폭력적인 삶

Una vita violenta

UNA VITA VIOLENTA
by Pier Paolo Pasolini

세계문학전집 253

폭력적인 삶

Una vita violenta

피에르 파올로 파솔리니

이승수 옮김

민음사

『거리의 아이들』 재판에서 나의 증인이 되어 준
카를로 보와 주세페 웅가레티에게

차례

1부

1
톰마소는 누구인가

톰마소, 렐로, 추카보, 그리고 몬티디피에트랄라타 거리 빈민촌에 사는 아이들은 평소처럼 밥을 먹고 적어도 삼십 분은 일찍 학교 앞에 도착했다.

하지만 빈민촌에 사는 다른 오줌싸개 녀석들이 벌써 그곳에 와 있었다. 녀석들은 주머니칼을 갖고 진창에서 놀고 있었다. 톰마소, 렐로 그리고 다른 아이들은 책가방이 진창에 닿는 줄도 모른 채 그 주변에 쭈그리고 앉아 녀석들의 놀이를 구경했다. 이윽고 두세 녀석이 공을 갖고 나타나자 다른 아이들은 둔덕에 책가방을 내던지고 학교 뒤편, 마을의 중앙 광장 격인 공터로 달려갔다.

공터 근처에서 렐로는 편을 가르기 위해 인근 2구역에 사는 녀석 하나와 동전 던지기를 했다. 하지만 톰마소는 공을 차고 싶지 않아서 다른 두 아이들과 함께 땅바닥에 죽치고 앉아 경기를 구경했다.

"어이, 카를레, 선생님 오셨냐?"

톰마소가 옆에 있는 키 작은 녀석에게 물었다.

"난들 알아!"

녀석이 어깨를 으쓱이며 대답했다.

"오늘은 누구야? 청소 당번 말이야."

잠시 후 톰마소가 물었다. 그는 몸에 열이 있어서 지난 이삼일 학교에 결석했더랬다.

"내가 알기로는 렐로야."

카를레토가 말했다.

"야, 담배 좀 내놓을래?"

톰마소가 근처 석회암 위에 쭈그리고 앉아 담배를 피우는 녀석을 불쑥 돌아보며 성난 목소리로 물었다.

톰마소는 자리에서 일어나 반대편 골문 쪽으로 갔다. 렐로는 허리를 구부리고 두 팔과 두 다리를 벌린 채 엉거주춤 서 있었다. 그는 언제라도 뛰어나갈 태세로 얼굴을 잔뜩 찌푸리고 온 신경을 경기에 집중했다.

"렐로!"

톰마소가 불렀다.

"저리 비켜, 뭔데?"

렐로가 톰마소에게 눈길 한 번 주지 않으며 대답했다.

"저, 너 오늘 학교 청소 당번이냐?"

"맞아."

렐로는 톰마소의 말에 전혀 신경 쓰지 않는다는 듯 짧게 대답했다.

톰마소는 골대 역할을 하는 자갈 더미 옆에 앉았다. 잠시 후 렐로가 뒤돌아서서 톰마소를 쳐다보았다.

"비켜, 자식아, 근데 왜 그래?"

렐로는 이렇게 말한 뒤 이내 등을 돌리고 경기장 가운데를 주시했다. 다른 아이들이 죽어라 고함을 내지르며 공 쪽으로 달려가고 있었다. 톰마소는 더 이상 한마디도 하지 않았다. 조용히 침묵을 지키며 말라붙은 진흙땅에 다리를 꼬고 앉아, 담배꽁초를 주머니에서 꺼내 불을 붙였다.

잠시 후 렐로는 톰마소에게 다시 힐끗 눈길을 던졌다가 그가 담배 피우는 걸 보았다. 렐로는 말없이 계속 경기를 주시하다가 잠시 후 가라앉은 쉰 목소리로 말했다.

"한 모금 빨게 해 줘, 토마."

톰마소는 서둘러 몇 모금 더 빨고 일어나 렐로에게 다가가서는 담배를 건넸다. 렐로는 경기에서 시선을 떼지 않은 채 담배를 받아 눈을 찡그려 가며 피우기 시작했는데, 여전히 여차하면 뛰어나갈 태세였다.

톰마소는 두 손을 반바지 주머니에 찌른 채 렐로 뒤에 서 있었다. 끈으로 질끈 동여맨 반바지는 가랑이가 너무 넓어서 치마 같았다.

그때 아이들이 골문 가까이 우르르 몰려왔고, 기진맥진 뛰어다니던 아이들 중 하나가 공을 찼다. 아이가 그리 힘껏 차지 않아서 공은 자갈 더미 근처로 데굴데굴 굴러갔다. 조금만 몸을 숙여도 공을 잡을 수 있었기 때문에 굳이 그럴 필요가 없었는데도, 렐로가 유난을 떨며 뛰어들더니 공터 가운데로 공을 다시 찼다. 그러고는 내던졌던 담배꽁초를 집어 들고 흡족한 얼굴로 몇 모금 빨았다.

"센데? 레."

톰마소가 렐로를 치켜세웠다.

렐로는 아무 대꾸도 하지 않았지만 불량스럽게 담배를 피우며 자신이 정말 뭐라도 된 것처럼 으쓱했다.

"야, 레, 오늘 나도 청소 당번 할 수 있는지 선생님한테 물어봐 줄래?"

잠시 후 톰마소가 짐짓 무관심한 표정을 지으며 물었다.

"봐서."

렐로는 벌써 시들해졌는지 경기에 열정을 덜 보이며 이렇게 대답했다. 톰마소는 다시 렐로 옆에 앉았다. 하지만 오래 그러고 있지는 못했다. 학교 근처 공터 저쪽에 있던 아이들이 몇 분 후에 소리를 지르며 손짓을 했기 때문이다. 선생님이 도착했고 아이들이 교실로 들어갈 시간이었다. 공놀이를 하던 아이들은 몇 번 더 공을 차다가, 쌓아 놓은 책가방 더미에서 자기 가방을 먼저 잡으려고 서로 밀치며 앞다투어 달려갔다. 아이들은 부서진 철책을 지나 조그만 학교 운동장 안으로 들어갔다.

2시에서 2시 30분 이후 피에트랄라타는 다시 정적에 잠겼다. 그 지역에 사는 개구쟁이 어린아이들이나 일하러 나온 몇몇 아낙네들만 눈에 뜨였다. 태양과 쓰레기, 쓰레기와 태양밖에 없었다. 아직 3월이라서 저 아래 로마 뒤로 태양이 빨리 저물었다. 땅거미가 졌고 공기가 얼어붙을 듯 쌀쌀했다. 아이들이 다시 학교 밖으로 나올 때는 거의 해 지는 시간이었다. 빈민촌은 여전히 한산했다. 노동자들은 더 늦게야 일터에서 돌아올 것이고, 영화관은 조금 전에야 문을 열었으며, 바 두세 곳은 좀 더 있어야 희망 없는 단골손님들로 북적거릴 것이기 때문이다.

학교에서 줄지어 나온 아이들이 빈민촌 맨땅을 다진 안마당들 사이로 흩어졌다. 초라한 담벼락, 교수대처럼 줄지어 늘어선 빨랫줄과 빨래통, 그 옆에 60센티미터쯤 쌓인 검은 진흙, 학교 안에서보다 조금 더 밝을 뿐인 햇빛.

그날 청소 당번이었던 렐로는 선생님과 단 둘이 남았다. 일주일에 몇 번씩은 이런 일이 있었다. 선생님은 벌이나 상으로 청소를 시키는 게 아니라 내키는 대로 청소 당번을 골랐기 때문이다. 아무튼 책상 사이사이를 빗자루로 대충 쓸어 내고 교탁과 그림에 묻은 먼지를 털어 내자면 적어도 삼십 분은 더 학교에 머물러야 했다. 렐로는 이제 청소에 익숙했기 때문에 해야 할 일을 순식간에 후다닥 해치웠다. 그리고 청소가 끝나자 혼자 집으로 향했다.

어둑어둑한 초원을 지나자니 조금 무서운 생각이 들어 렐로는 뛰기 시작했다. 홍합처럼 반짝거리는 검은 두 눈망울 앞에서 역시 같은 색깔인 검은 머리카락이 나풀거렸으며, 미제 꽃무늬 셔츠가 바지 위에서 펄럭였다. 근처 채소밭에서 일하던 농부들은 이미 일을 접고 집으로 들어갔고, 새순이 돋은 벚나무와 아몬드 나무가 심긴 메시도로에는 인적이 끊겼다. 그러나 농가 뒤에서는 클라우디오 빌라*를 흉내 내며 노래하는 청년들의 목소리가 들렸다. 더 멀리서 군인들에게 저녁 자유 외출

---

* Claudio Villa(1926~1987). 이탈리아 칸초네 가수. 1950년 「루나 로사」가 히트하여 스타가 되었다.

을 알리는 군 기지의 트럼펫 소리가 들려왔다.

수로의 교각 아래에 톰마소가 있었다. 그는 아직 집으로 돌아가지 않고 책가방을 옆으로 둘러멘 채 그곳에서 렐로를 기다렸다.

"토마, 뭐 해?"

렐로가 톰마소에게 말을 건네며 그 앞을 지나 교각의 작은 철제 계단을 먼저 기어올라 갔다.

톰마소는 늘 기름때에 찌든 듯한 둥근 주근깨투성이 얼굴로 아무 말 없이 렐로의 뒤를 따라갔다.

렐로는 뒤따라오는 노예를 단 한 번도 뒤돌아보지 않고 앞서 가는 주인처럼 다리를 먼저 건넜다.

"야, 레, 뭐가 그리 급해? 개자식!"

톰마소가 심통 맞은 표정을 지으며 뒤에서 말했다.

하지만 렐로는 이미 다리 반대편으로 내려가느라 여념이 없었다. 그는 토끼풀밭으로 뛰어내린 후 갈대밭으로 들어가는 오솔길을 달리기 시작했다. 톰마소는 렐로를 뒤따라 헐레벌떡 달렸다.

"기다려, 개새……!"

톰마소가 소리쳤다.

하지만 렐로는 톰마소가 전혀 안중에 없다는 듯 쏜살같이 질주했다. 그는 톰마소와 거리가 상당히 벌어져서야 발걸음을 늦추고 갈대와 버들가지 사이를 유유히 걸어가기 시작했다. 이윽고 톰마소가 따라붙자마자 그는 다시 밭두렁 내리막길을 달려갔다. 이미 싹이 돋기 시작한 브로콜리가 비탈진 밭을 따라 잡목 사이에 줄지어 심겨 있었다.

또다시 톰마소와 거리가 벌어지자 렐로는 고원으로 올라가서 걸음을 늦췄다. 하지만 이번에는 분수처럼 땀을 뻘뻘 흘리는 톰마소가 자신을 따라잡도록 내버려 두었다. 둘은 산등성이 아래 허름한 집들이 다닥다닥 붙어 있는 마을로 내려갔다. 종합병원 하수가 아니에네 강으로 흘러들어 가는 지점 조금 못 미쳐, 피에트랄라타와 몬테사크로 사이 거리에 그들이 살았다.

빈민촌에서는 이미 켜진 몇몇 불빛이 진창에 반사되었다. 다른 아이들은 집 문 앞에서 놀았고, 식구 열 명 혹은 열한 명 정도가 같이 지내는 집 안 작은방들에서는 여인네들이 다투는 소리와 아이들이 우는 소리만 들려왔다.

렐로와 톰마소를 보자 친구들이 놀다 말고 그들에게 다가왔다.

"너희, 밥 먹었니?"

피부가 온통 빨갛고 머리가 흐트러진 추카보가 그들에게 물었다.

"먹긴 뭘 먹어!"

렐로가 소리쳤다.

"꺼져! 지금 학교에서 돌아오는 길이란 말이야! 야, 너 장님이냐?"

톰마소도 쏘아붙였다.

"아, 그럼 서둘러. 우린 갈 테니까. 알았냐?"

추카보가 성질을 참지 못하고 말했다.

"그래, 가라! 왜, 우리가 길도 모를까 봐? 우리를 데려갈 거 아니잖아, 안 그래? 자식들아!"

톰마소가 신랄하게 말했다.

"너희를 데려갈 생각은 아니었지!"

추카보는 곧 순한 양이 되어 말했다.

"가고 싶으면 너희도 서둘러. 아니면 우리끼리 간다!"

추카보는 몬테사크로를 향해 오른손을 칼처럼 뻗은 뒤 오른손바닥을 왼손으로 서너 번 힘껏 때렸다.

그사이 렐로는 자신이 사는 판잣집으로 달려들어 갔다. 채 일 분도 안 돼서 그는 피망이 든 바게트를 손에 들고 다시 나왔다. 그러고는 다른 녀석들에게 고갯짓을 하며 빵이 가득 든 입으로 "가자!" 하고 말했다.

렐로를 보고 톰마소도 자기 집으로 뛰어들어 갔다. 하지만 그의 어머니는 아직 저녁 식사 준비를 해 놓지 않았다. 톰마소는 화가 나서 울음을 터뜨릴 것 같았지만 불평할 시간이 없었다. 주린 배를 이끌고 곧바로 밖으로 뛰어나와, 이미 저만치 걸어가고 있는 친구들 사이에 용감히 끼어들었다.

아니에네 강 뒤로 몬테사크로로 가는 길이 나 있었는데, 아스팔트가 피자 조각처럼 변해서 자갈 먼지를 일으켰고 오물과 쓰레기로 더러웠다.

강물은 악취 나는 비탈 아래로 흘러내려 갔으며, 종합병원 하수가 흘러드는 곳에서는 특히 고약한 냄새가 났다. 강 반대편에 또 다른 비탈이 솟아 있었는데 크고 작은 집들, 공사장, 빈민촌이 군데군데 보였다. 아니에네 강 저쪽, 티볼리 언덕 방향으로 차가운 바람이 휘몰아치는 들판이 펼쳐져 있었다.

방향을 몇 번 틀자 공사장과 건물들이 촘촘하게 나타나기 시작했다. 건물들이 여기저기서 하늘 높이 올라가는 듯했고,

강을 끼고 채소밭과 풀밭 사이사이에 공사장 웅덩이가 깊이 파여 있었다.

비계(飛階)가 설치되고 땅이 파인 공사장 너머로 깨진 작은 길이 노멘타나 거리까지 이어졌다. 바테리아 거리 위쪽으로 아니에네 강에 새로 놓인 다리 바로 앞에 노멘타나 거리가 있었다. 두 길이 만나는 교차로 바로 아래에 소나무로 둘러싸인 움푹한 공터가 하나 있었다. 그곳에 놀이공원이 있었는데 불빛만 요란했지 정작 사람들은 적었다. 그들은 유독 축구 게임장 천막 주변에서만 어슬렁거렸다.

"한판 할 거지, 레?"

추카보가 아이들로 빽빽이 들어찬 천막을 보고 소리쳤다.

렐로는 좋다고 고갯짓하며 이미 다른 아이들이 모두 차지한 게임 테이블로 뛰어갔다.

두 명씩 짝을 이룬 아이들이 온통 땀에 젖은 흐트러진 복장으로 다리를 벌린 채 재빨리 몸을 움직이고 있었다. 반면 테이블 주변 칸막이에 기댄 채 지루하고 빈정거리는 표정으로 구경하는 아이들은 윗옷 깃을 치켜세우고 두 손을 주머니에 넣은 채 움츠리고 있어야 했다. 3월의 차가운 저녁 공기가 장난이 아니었기 때문이다.

톰마소와 친구들은 테이블에 자리가 나기를 초조하게 기다리며 빽빽하게 서 있는 손님 무리를 비집고 들어갔다. 손님들은 기다리면서 몸을 푸는 동안 요란하게 응원하고 있었다.

"으싸, 벨레노!"

"힘내, 트레레. 본때를 보여 줘!"

그들은 기다리기 지루했던 탓에 습관적으로 입에서 나오는 대로 소란스레 응원했다.

몇몇은 톰마소와 친구들처럼 인근 아니에네 강변 빈민촌에 사는 아이들이었다. 하지만 대부분은 몬테사크로나 바테리아, 노멘타나의 새 고층 건물에 사는 부잣집 아이들과 학생들이었다. 네 명이서 하는 테이블 하나에 자리가 나자 렐로, 톰마소, 추카보, 세르지오, 카를레토는 우르르 달려들어 더러운 배로 테이블 가장자리를 문지르며 나아갔다. 그들은 먼저 기다리던 네다섯 아이들의 항의를 들은 척도 하지 않고 테이블을 점령했다.

"야, 우리 차례야, 여기서 한 시간이나 기다렸단 말이야!"

한 학생이 가슴을 앞으로 내밀며 온몸을 부르르 떨었다. 피콜라상하이 빈민촌의 네 아이는 녀석을 거들떠보지도 않은 채, 그들처럼 배고파 보이고 멸치처럼 마른 초라한 주인을 아주 호감 어린 눈빛으로 쳐다보았다. 주인은 말없이 손을 내밀어 돈을 받아 들고 공이 나오는 구멍을 열었다.

톰마소만이 성가신 표정으로 학생 녀석을 돌아보며 말했다.

"돼지 같은 자식! 꺼져!"

그러고 나서 톰마소는 게임할 준비를 했다. 하지만 다른 네명이 자기들끼리 죽이 맞았는지 벌써 게임기 손잡이를 잡고 있었다. 렐로와 카를레토, 추카보와 세르지오가 각각 한편을 이루었다. 톰마소도 테이블 가장자리를 배로 문지르며 나아갔다. 때가 꼬질꼬질한 주근깨투성이 작은 얼굴에서 두 눈이 분노로 이글거렸다.

"뭐야, 나는 할 수가 없잖아?"

톰마소는 다른 친구들을 향해 험악한 표정을 지으며 침울하게 말했다.

"비켜!"

렐로가 짜증을 부리며 성급하게 말했다.

"싫어, 안 돼. 서로 말을 맞추고 시작해야 하잖아!"

톰마소가 단호하게 말했다.

"꺼져!"

추카보가 톰마소의 옆구리를 떠밀어 게임 테이블 가장자리에서 밀쳐 내며 소리쳤다.

"이 자식들이!"

불쾌해진 톰마소는 눈물과 분노를 삼키며 싸울 듯한 태도로 소리쳤다. 하지만 이미 다른 아이들은 톰마소에게 눈길조차 주지 않고 게임을 시작해 버렸다.

그러자 톰마소는 한쪽으로 물러나 친구들을 째려보며 마음속으로 욕을 해 댔다.

'이 나쁜 자식들, 쪼다 새끼들아! 너희 같은 자식들을 누가 믿겠어!'

톰마소는 게임을 지켜보며 경멸로 가득 찬 비난 어린 태도로 한바탕 욕을 퍼붓고 나니 기분이 조금씩 풀렸다.

"도대체 누구한테 게임을 배운 거야!"

한 친구가 헛치자 톰마소가 빈정대며 소리쳤다.

다른 친구들은 톰마소를 전혀 안중에 두지 않았고 그의 말을 들은 척도 하지 않았다. 모두들 게임에 정신이 팔려 공이 부서져라 손잡이를 움직였다.

"좀 보고 해라! 쪼다 새끼야!"

카를레토가 실수하자 톰마소가 소리쳤다.

"멍청한 라지오 놈!"

톰마소는 입을 크게 벌리고 주변 사람들에게 들리도록 할 수 있는 한 큰 소리로 웃음을 터뜨렸다.

"우아, 우아, 우아."

톰마소는 두 손을 반바지 주머니에 넣은 채 배를 움켜잡고 꿈틀거리는 애벌레처럼 몸을 비틀어 대면서 웃었다.

"꼴들 좋다!"

웃음이 좀 가라앉은 그는 더욱 진한 경멸을 담아 비아냥거렸다.

"난 갈 테니, 잘들 해 봐! 이 머저리 넷을 보자고 내가 여기 있어야겠냐!"

톰마소는 심술 맞게 다시 큰 소리로 웃으며 게임장 천막을 기어 나온 후 놀이공원을 살피러 갔다.

조명이 환한 공터에는 사람들이 별로 없었다. 소형 오토바이를 탄 청년들, 몇몇 군인들, 그리고 선원들뿐이었다. 그들은 하릴없이 빈둥대며 험악한 분위기로 무리 지어 돌아다녔다. 누구는 노래를 흥얼거렸고, 누구는 표적으로 삼은 아가씨들과 노닥거렸다. 톰마소는 그들처럼 소나무 숲을 어슬렁거리다가 잠깐 멈춰 서서 사람이 거의 없는 꼬마 범퍼카 트랙이나, 손님 두세 명을 태우고 돌아가는 비행기들을 바라보았다. 산바람 탓에 얼굴이 창백해진 손님들은 의자에 웅크리고 앉아 있었다.

톰마소는 천천히 공원 안쪽에 도착했다. 아니에네 강 다리 바로 아래에서 끝나는 공원 안쪽 소나무 숲에서는, 엄청난 쓰레기가 쌓여 있는 비탈이 시작되었다.

톰마소는 그곳에서 동정을 살피기 시작했다. 다리 위쪽, 무덤 기둥같이 생긴 작고 흰 기둥 아래 두 창녀가 있었다. 둘 다 성깔 있어 보였는데, 한 명은 붉은 외투를 입었고 다른 한 명은 지저분한 산발을 하고 검은 니트 스웨터를 입었다. 둘 다 작달막했고 다리가 짧았으며 임신한 듯 배가 불렀고 뚱뚱했다. 거무스름한 얼굴에 털이 많았고 이마가 원숭이처럼 좁았으며 손에 핸드백을 들었다.

창녀들은 다리 위에 가만히 서 있거나 몇 걸음 서성이곤 했다. 한편 게임장에서 나온 선원 네다섯 명이 소나무 사이로 패잔병들처럼 올라오고 있었다. 그들은 가파른 오솔길을 기어올라 와 다리 위에 서 있던 창녀들에게 다가갔다. 선원들은 부도 수표라도 받은 듯 사납게 쏘아붙이는 창녀들과 잡담을 몇 마디 주고받았다. 임신한 창녀들이 그들의 돈이 필요하지 않다는 듯 튕기는 걸 보는 게 재미있는 모양이었다.

이윽고 선원들이 창녀들을 샀고 비탈 아래로 다시 내려가기 시작했다. 창녀와 선원 두 쌍이 내려갔고, 다른 선원들은 다리 위에서 자기 차례를 기다리며 담배를 피웠다. 창녀들이 몇 발자국 떼어 놓았을 뿐인데 두 선원은 벌써 소나무 숲 빈터에 날쌔게 내려가 있었다. 창녀들은 잔뜩 찌푸린 얼굴로 아래를 힐끗거리며 통통한 양처럼 네 발로 기어 내려갔다. 다소 미끄러운 내리막길에서 한 발 한 발 조심스레 걸음을 떼는데, 케틀드럼*처럼 생긴 구두가 자꾸 벗겨졌다. 마침내 그녀들도 아래에 도착했다. 핸드백을 꼭 움켜쥔 창녀들은 두 선원과 함께 톰마소 앞을 지나 더 아래로 향하는 다른 비탈 쪽으로 갔다. 수풀

---

* 반구형 큰북.

이 우거진 아니에네 강변으로 내려가는 비탈이었다.

그들이 어디로 가는지 살피기 위해 톰마소는 어둠에 몸을 숨긴 채 그들을 따라갔다. 폐지와 쓰레기, 못 쓰는 냄비들이 널려 있는 덤불이나 지저분하기 짝이 없는, 낡은 다리 아래 작은 동굴로 가는 게 분명했다.

그들을 따라붙은 결과 톰마소는 예상대로 그들이 그 조그만 동굴로 가는 걸 확인했다. 그는 휘파람을 불고 혼자 킥킥거리면서 다시 뛰어 돌아가, 회전목마와 꼬마 범퍼카 사이를 지나서 불을 환하게 밝힌, 놀이공원 한가운데 공터에 도착했다. 하지만 거기에는 친구들도, 축구 게임장 천막도, 주변 구경꾼들도 없었다. 도대체 어디로들 간 걸까.

'이 빌어먹을 쪼다 새끼들!'

톰마소는 화가 나서 생각했다. 그는 아니에네 강변 덤불로 다시 혼자 내려가면서 천천히 여기저기를 기웃거렸다. 그렇게 어기적거리며 걷다가 렐로를 보았다. 렐로는 울타리에 몸을 기댄 채, 범퍼카를 타고 트랙을 돌아다니는 두 선원을 지켜보고 있었다.

톰마소는 반가운 나머지 발뒤꿈치를 들고 살금살금 다가가 두 손으로 렐로의 눈을 가렸다. 렐로가 몹시 성내며 그를 뒤로 거칠게 밀치는 바람에 톰마소는 트랙 가운데로 나자빠질 뻔했다. 톰마소는 웃음을 터뜨렸다. 하지만 렐로는 여전히 독기 품은 눈으로 노려보며 투덜거렸다.

"이 개새……!"

"야."

톰마소가 말했다.

"창녀들이 뭐 하고 있는지 알아?"

톰마소는 잠시 뜸을 들이다가 덧붙였다.

"보러 갈래, 레?"

렐로가 어깨를 으쓱했다. 톰마소는 순간 어색하게 웃었다.

"난 보러 갈 거야."

톰마소가 울타리를 배로 문지르고 기지개를 펴면서 말했다.

"창녀들이 선원들과 함께 있거든."

그는 눈을 반짝이며 덧붙이고는 울타리 가장자리를 두 손으로 잡고 몸을 밖으로 내민 채 매달렸다.

그러다가 갑자기 뒤쪽 길로 뛰어내려 강을 향해 걸어가더니 멀리서 렐로를 흘끗 쳐다보며 따라오라고 까닥까닥 고갯짓을 했다.

톰마소가 15미터 정도 앞서서 소나무 숲에 접어들었고 렐로는 아무 말 없이 뜀박질해서 톰마소를 따라잡았다. 으쓱해져서 짐짓 점잔을 떨던 톰마소는 말라붙은 덤불 쪽으로 가기로 했다. 둘은 오솔길로 숨어들어 폐지와 오물로 덮인 비탈로 내려갔다. 비탈 중간쯤에서 조금 길을 돌아 작은 동굴 근처에 도착했다. 동굴 입구 바로 앞에 두 창녀와 선원들이 있었다. 동굴 안에 적어도 두 뼘 정도 높이로 똥이 쌓여 있었기 때문에 들어갈 수가 없었다. 희미한 달빛이 비치는 가운데 창녀들이 무너져 내린 동굴 벽에 기대서 있었고, 선원들은 등줄기에 돌멩이를 맞은 두 마리 도마뱀처럼 창녀들 위에서 꿈틀거렸다.

톰마소와 렐로는 커다란 딸기나무 아래 앉아 잎이 모두 떨어져 나간 나뭇가지 사이로 두 커플을 쳐다보았다. 톰마소는 지저분한 풀 몇 포기 위에 다리를 뻗고 드러누웠다.

"너도 해, 레!"

잠시 후 톰마소가 저항할 수 없는 분위기로 렐로를 바라보며 말했다. 렐로는 무릎을 꿇고 톰마소가 하라는 대로 했다.

"억지로 그럴 건 없어!"

톰마소가 교활하게 말했다.

"그래! 난 하고 싶지 않아!"

렐로가 대답했다.

"근데 오늘도 하지 않았어? 학교에서 말이야."

"입 닥쳐, 역겨운 자식!"

렐로가 화내며 말했다.

"말해 봐, 했잖아."

톰마소가 고집스럽게 재차 물으며 렐로를 놀리려 했다.

"찌그러지면 어떻게 하려고?"

톰마소는 풀밭 위를 데굴데굴 구르며 숨 막히게 웃어 댔다.

"상관없어!"

톰마소가 너무 큰 소리로 말해서 동굴에 있던 두 커플이 동작을 멈추고 주위를 둘러보았다. 톰마소는 웃음을 진정하고 렐로 옆에서 하던 일을 다시 시작했다. 렐로는 눈 위로 앞머리를 내려뜨린 채 잔뜩 움츠리고 있었다.

"근데 말이야, 사실."

잠시 후 톰마소가 말했다.

"나도 한 번만 해 보고 싶어!"

그는 무시해도 좋을 정도로 하찮은 욕구를 떨쳐 버리고 싶다는 듯 태연하게 말했다.

"내일 너한테 100리라 주면 너 대신 하게 해 줄래?"

"고작 100리라로 되겠어?"

렐로가 빈정거렸다.

"200리라! 됐지?"

톰마소가 말했다.

*

다음 날 아침 톰마소는 6시에 일어났다. 아직 날이 어두웠다. 보슬비가 내리고 바람이 조금 불었다. 태양이 떠오르고 날이 밝은 후, 다시 비가 내렸다가 이윽고 해가 났다.

정오쯤 되자 온통 비에 젖은 피에트랄라타가 햇살에 반짝거렸다. 공터의 마른 흙 위로 초콜릿 빛깔 진흙이 새로 덮였다. 그곳에서 사내아이들이 공을 차며 새끼 돼지들처럼 굴러다니고 있었다.

톰마소는 한 손에 고철을 담았던 빈 자루를 들고, 다른 손을 바지 주머니에 찔러 넣고 있었다. 티부르티나 비탈을 따라 널려 있던 쓰레기 더미에서 고철을 주워다 팔아 번, 꼬깃꼬깃한 100리라짜리 지폐 두 장이 호주머니에 들어 있었다.

"야, 괜찮으면 나도 공 좀 차자."

톰마소가 입과 다리를 쫙 벌리고 있는 한 아이에게 소리쳤다.

"안 돼, 싫어! 지금 우린 짝이 딱 맞는단 말이야!"

아이들이 요란스레 소리쳤다.

"빌어먹을! 짝이 맞건 안 맞건 뭐가 어때서? 너희가 국가 대표 팀이라도 되냐?"

톰마소가 소리쳤다.

"저리 비켜, 방해 말고, 씨……!"

한 아이가 고장 난 축음기에서 나오는 것 같은 목소리로 외쳤다.

그에 대한 대답으로 톰마소는 두 골문 중 하나로 천천히 발을 끌며 몇 발자국 이동했다. 그는 골대 역할을 하는 자갈 더미 중 한 군데에 자루를 던지고 아이들이 몰려 있는 공터 한가운데로 들어갔다.

사과처럼 생긴 한 녀석이 톰마소에게 와서 반쯤 우는 소리를 내며 목청 터질 듯이 소리쳤다.

"꺼지지 못해? 나쁜 자식아!"

그 순간 저쪽에서 공이 굴러오자 톰마소가 녀석을 밀쳐 냈다. 그 바람에 녀석은 진창에 엉덩방아를 찧었다. 톰마소는 얼굴이 빨갛게 달아오를 정도로 깔깔대고 웃으며 키 작은 강아지 다리같이 생긴 안짱다리로 공을 향해 달려갔다.

"대스타가 들어오셨다!"

다른 친구 두세 명과 함께 공터 가장자리에서 빈둥거리던 한 소년이 두 손을 깔때기 모양으로 입에 가져다 대며 소리쳤다. 더러운 종잇조각들과 부서진 변기 조각들이 널려 있는 채 소밭의 망가진 울타리 앞 그늘진 곳에서, 그 소년은 꾀죄죄한 차림으로 다른 녀석들과 함께 앉아 있었다.

톰마소는 허풍 섞인 그 말을 못 들은 척했다.

"발 고린내!"

그 소년이 벌떡 일어나며 톰마소 형의 별명을 소리쳐 불렀다. 형도 톰마소처럼 둥근 주근깨투성이 얼굴이었고 늘 퀴퀴한 발 고린내를 풍겼다.

"네가 뭐라도 되는 줄 아냐?"

톰마소는 밧줄과 끈으로 묶어 놓은 조각배 두 척같이 생긴 발로 진창을 차며 연신 뛰어다녔는데, 다른 아이들 가슴에 진흙이 튀건 말건 상관하지 않았다.

구경하던 소년은 재미있다고 느꼈는지 곧 다시 일어났다. 얼굴은 여드름투성이였고, 앞을 응시하는 실눈에 부드러운 웃음이 떠올랐다. 마음속 깊이 이 상황을 즐기는 듯한 눈빛이었다. 그가 두 손을 헐렁하게 늘어진 바지 주머니에 찔러 넣자 티셔츠 아래로 배꼽이 보였다. 그는 입술을 혀로 핥으며 아이들이 축구하는 공터 가장자리로 더 바싹 붙었다.

"발 고린내, 네가 다리 벌리고 뒤뚱뒤뚱 걷는 거 모르지? 폼이 꼭 오리 같다는 거 모르지?"

토마토소스를 발라 놓은 것처럼 얼굴이 빨개져서 땀을 뻘뻘 흘리며 뛰어다니던 톰마소가 이번엔 뒤를 돌아보았다. 눈이 촉촉해진 그는 이마 한가운데 작은 주름 하나를 만들며 빈정거렸다.

"침미, 가만 있는 사람 건드리지 마, 알겠어? 내가 판도르피니* 같다는 거 몰라?"

톰마소가 소리쳤다. 그러고는 고개를 숙인 채 공을 쫓아 아이들 사이로 다시 뛰어들었다.

"소리 한번 요란한데!"

침미오는 경기가 점점 더 흥미진진해진다는 표정으로 툴툴거리며 말했다.

---

* Pandorfini. 이탈리아 배우.「무방비 도시」에 출연했다.

"웃긴다, 웃겨. 엄마가 뇨키*라도 만들어 줬냐!"

그는 문득 어떤 생각이 떠올랐는지 천천히 덧붙였다.

"자식아, 나한텐 오줌싸개처럼 보인다!"

"나쁜 자식!"

이미 열 받을 대로 받은 톰마소가 소리쳤다. 공을 쫓아 떼지어 우르르 몰려다니는 아이들 틈에서 그의 큰 머리가 둥둥 떠다니는 듯했다. 두 눈에 눈물이 글썽했고 납작한 입에 독기 어린 작은 미소가 떠올랐으며 누런 치아도 드러났다.

또 다른 녀석이 나타나 톰마소에게 괜한 심술을 부리던 녀석에 합세했다. 그는 스물다섯 살 정도 되어 보였고, 목까지 내려오는 곱슬머리에 스카프를 불량스럽게 맸으며, 얼굴은 배고픈 여우처럼 누랬다. 두 녀석이 나란히 골문 가까이 섰다.

그는 두 손을 호주머니에 찔러 넣은 채 이마, 입, 앞머리, 바지 앞자락을 앞으로 쑥 내밀고 있었다.

"새끼야, 어때, 아직도 대들 용기가 남았냐? 넌 그렇게 비겁하게 십 년 세월을 끌고 왔지?"

한 집안의 가장일 수도 있는 사람이 생전 처음 총을 쏘는 풋내기 같은 태도로 소리쳤다.

"뭐! 십 년! 그런데 어쩌지, 난 열세 살이 조금 안 됐는걸!"

톰마소는 약 올라 죽겠는지 울 것 같은 표정으로 우습다는 듯 소리쳤다.

"아, 그러세요."

침미오가 '그래, 너 잘났다.'라는 듯이 험악하게 말하고는 웃

---

* 감자, 치즈, 밀가루를 반죽해 익혀 만드는 파스타의 일종.

음을 터뜨렸다.

"피콜라상하이에서는 두 살 때 벌써 삥 뜯고 다니는 거 아냐? 고린내 나는 족속들이니까 말이야!"

"네 여동생 데려와!"

톰마소가 콧소리 섞인 목소리로 홍얼거리듯 소리쳤다.

덩치 큰 녀석은 태도를 누그러뜨리고 짐짓 착한 척하며 코와 턱을 스카프로 닦았다.

"모르는가 보지, 침미? 네 여동생, 좀 헤프게 굴던데. 잘 좀 지켜! 내 여동생이라면 내일부터 집 밖으로 못 나가게 할 거야! 아예 철 팬티를 사서 입힐 거라고!"

톰마소가 말했다.

"근데 말이야, 너한테 휘파람을 가르친 사람이 네 엄마라는 거짓말을 들었는데?"

침미오가 간드러지게 소리쳤다.

"엄마는 끌어들이지 마, 자식아!"

톰마소가 즉각 튀어나가며 두 사람에게 몇 발짝 다가갔다.

"어쩌려고? 네가 산적 티네아라도 되냐?"

시궁창에 던져 버리고 싶은 중국인을 바라보는 듯한 눈빛으로 젊은 녀석이 말했다.

그 순간 멀리서 또 다른 불량배 무리가 지나갔다.

"카고네! 왜 거기서 쓸데없이 시간을 낭비하는 거야? 여기 어른들한테 오지 않겠어?"

그들 중 하나가 나이 많은 카고네 녀석에게 소리치는 목소리가 겨우 들려왔다.

"어이, 우리가 손 좀 보고 있는 거 안 보여?"

카고네가 쾌활하게 소리쳤다.

"그런데, 지금 로마에 가는 거야?"

침미오는 발 고린내에 대해 순간 잊어버리고 소리쳤다.

"돈 벌러 가는 중이야!"

멀리 있는 무리 중 하나가 소리쳤다.

"우리도 끼어 볼까, 카고?"

침미오가 친구에게 말했다.

"그래, 가자!"

카고네가 대답했다.

"야, 기다려어!"

뿔뿔이 흩어져 내려가는 무리를 향해 침미오가 목청 터져라 외쳤다.

"우리는 피에트랄라타의 무법자다!"

무리 중 하나가 유쾌하게 소리쳤다.

"가자! 황야의 무법자들이여!"

또 다른 소년이 소리쳤다.

"버스다, 버스가 왔어!"

침미오가 피곤을 타고난 듯한 무거운 발걸음으로 카고네와 나란히 친구들에게 걸어가며 말했다. 굽 높은 신발을 신은 카고네와 함께, 침미오는 절뚝거리며 211번 버스 정류장으로 뛰어가기 시작했다. 굶주린 사람들과 군인들을 가득 태운 버스가 몬테사크로에서 오고 있었다. 다른 친구들도 휘파람을 불며 승냥이 떼처럼 달려갔다.

여기저기서 정오 사이렌이 숨 가쁘게 울려 댔다.

이미 땀에 흥건히 젖은 톰마소는, 키가 자신의 턱 아래밖에 오지 않고 피부가 불그스름하고 옷차림이 남루한 꼬마 녀석들을 헤치고 공터를 누볐다. 고개를 숙이고 혀를 쑥 내민 아이들은 일 년째 이발을 하지 않아 머리털이 눈까지 덮인 채로 공을 향해 달려들었다. 아이들은 일제히 공격에 가담했다가 다시 일제히 수비에 가담했다.

풀풀 나는 먼지를 잔뜩 뒤집어쓴 아이들 정수리 위에서 톰마소의 머리가 종횡무진 움직였다. 공은 늘, 아니 대개 톰마소의 발 아래 있었다. 그런데도 그는 공을 차지하기만 하면 빼앗기지 않기 위해 드리블을 한다거나 아이들 정강이를 걷어차며 심술을 부렸다. 게다가 이따금 아이들의 해진 옷을 잡아당기기까지 했다. 아이들은 화를 참지 못하고 요란하게 소리 지르며 항의했다. 하지만 톰마소는 전혀 개의치 않고 비열한 짓을 하면서 계속 공을 찼다. 아침 돈벌이가 잘되어서, 그리고 지금 하는 고난이도 동작 덕분에 기분이 좋아져서 아이들을 한껏 조롱했다.

"나도 한 가닥 하는데!"

톰마소는 입술이 얇은 입을 활짝 벌려, 깨진 누런 치아 네 개를 보여 주면서 소리쳤다.

아직 젖을 떼지 못한 강아지 같은 어린 녀석 하나가 그의 앞을 가로막으며 소리쳤다.

"개새끼!"

톰마소는 뜀박질을 멈추고 공을 내팽개쳤다. 얼굴이 더 시뻘게진 그는 속이 뒤집히는지 입을 아래로 꾹 다물었다.

"너, 뭐라고 했어?"

그가 어린 녀석에게 말했다.

단추가 떨어진 바지에 채반보다 구멍이 더 숭숭 뚫린 스웨터를 입은 아이가 그 자리에 멈춰 섰다. 겉으로는 거만을 떨었지만 그의 눈빛이 흐려졌다.

"제기랄! 개새끼……."

그 아이는 톰마소에게도 잘 들릴 정도로 크게 중얼거렸다.

"요걸 그냥……. 꺼져, 알겠어?"

톰마소가 목에 핏대를 세우고 가까이 다가가면서 아이를 위협했다. 그렇게만 말했다면 어린 녀석은 제풀에 꺾여 다시 공을 쫓아갔을 것이다. 하지만 톰마소는 "알겠어, 자식아!" 하고 되풀이하며 꼬마의 코 아래를 손가락으로 살짝 쳤다. 그러자 얼굴이 시뻘게진 녀석이 누군가가 뒤에서 파이프로 바람을 집어넣은 것처럼 피부가 터질 듯 씩씩거리더니 마구 소리쳤다.

"나쁜 자식, 도둑놈, 개새끼……! 누가 너를 끼워 준댔어! 꺼져, 꺼져 버리란 말이야, 나쁜 새끼!"

얼굴이 창백해진 톰마소는 아무 말 없이 꼬마의 머리가 돌아갈 정도로 따귀를 세게 날렸다.

그러고 나서 올빼미 같은 눈으로 꼬마를 노려보며 말했다.

"잘 봐, 네 녀석 머리가 떨어져 나가게 따귀를 갈길 테니까!"

어린 녀석은 결국 따귀를 맞고 고개가 반대편으로 돌아가고 나서야 그 말을 이해했다. 그제야 어떤 상황인지 깨달은 아이는 창자가 꼬이도록 요란을 떨었다.

아이는 그 자리에 서서 가슴을 내밀고 입을 크게 벌린 채 닭똥 같은 눈물을 닦으면서 계속 울었다.

녀석이 너무 요란하게 울어 대자 화가 난 톰마소는 아이의 코를 손가락으로 거칠게 찌르면서 소리쳤다.

"울음을 그치지 않으면 본때를 보여 줄 거야."

그래도 꼬마가 울음을 그치지 않았기 때문에 울화가 치민 톰마소는 두 차례 더 아이를 때렸다. 게다가 녀석을 세게 밀쳐 넘어뜨리기까지 했다. 아이의 작은 몸이 진흙땅에 내동댕이쳐 졌고, 아이는 짧은 두 다리를 하늘로 향한 채 쓰러졌다. 톰마소는 가까이 다가가 아이의 갈빗대를 두세 차례 짓밟았다.

꼬마는 진흙땅을 데굴데굴 구르며 누가 자기를 잡아먹기라도 하듯 소리치기 시작했다. 이윽고 녀석은 벌떡 일어나 뒤도 돌아보지 않고 집 쪽으로 허둥지둥 달려갔다.

"형을 부르러 간 거야, 이제 넌 죽었어!"

다른 아이들과 함께 친구가 맞는 장면을 지켜보고만 있던 다른 꼬마 녀석이 말했다. 톰마소는 불량스러운 걸음걸이로 협 박하는 말을 거만하게 중얼거리며 골문 쪽으로 가서 던져 두 었던 자루를 집어 들었다. 그는 서두르는 기색을 보이지 않으 려고 하면서 공터를 거쳐 버스 정류장 쪽으로 갔다.

톰마소는 성난 시선들을 뒤로하고 아직 분이 풀리지 않은 눈으로 아이가 들어간 작고 초라한 집 쪽을 흘끔거리며 혹시 라도 아이의 형이 나오지 않는지 살폈다. 톰마소는 아니타 아 줌마의 노점 가까이에 이르러 위험에서 벗어나자 노래를 부르 기 시작했다. 노래는 그의 발걸음처럼 힘이 없었다. 그는 여전 히 흘끔거리며 이따금 뒤를 돌아보았다. 한쪽 눈으로는 "빨리, 얻어터지기 전에 피해!"라고 말했고, 다른 눈으로는 "나도 한 가닥 하는데! 제아무리 판도르피니라 해도 나한테는 못 당할 걸!"이라고 말했다. 그는 입을 벌려 누런 치아를 드러낸 채 노 래했다.

"맛있는 사과, 사과……."

톰마소는 아니에네 강 쪽으로 펼쳐진 더러운 채소밭 벚나무 사이를 거닐며 쉰 목소리로 노래했다.

*

저 멀리 몬테사크로의 집들 뒤편, 강 뒤쪽에서부터 진한 먹구름이 하늘을 뒤덮었다. 조금 전까지 비에 젖은 하늘을 가득 채웠던 빛은 먹구름에 덮였고, 이젠 더러운 들판에 반사된 빛이 남아 있을 뿐이었다.

조금 전 울렸던 사이렌 소리를 듣지 못한 톰마소는 날이 저물어 저녁이 되었다고 생각했다. 그는 이미 온통 흙투성이가 된 신발을 신고 흙탕물을 튀겨 가며 채소밭과 둑 사이에 파인 샛길을 따라 달리기 시작했다. 그는 수로교를 지나 빗물에 축축이 젖은 아름다운 녹색 언덕을 잰걸음으로 걸어 피콜라상하이에 도착했다.

'자식들은 벌써 갔겠지, 나쁜 자식들!'

톰마소는 어느새 판잣집들 사이를 내려와 마을 중간에 있는 질척한 작은 공터로 가면서 화가 나 생각했다.

그는 곧장 렐로의 집으로 갔다. 그곳에는 아무도 없었다. 얼마나 오래 굶었는지 짖을 힘도 남아 있지 않은 늙은 검정개 한 마리만 숨을 헐떡이고 있었다. 개는 널빤지가 너무 낡아 썩은 내를 풍기고 경첩이 떨어져 나간 작은 문 아래에서 일어나 주변을 돌아보더니 작고 녹슨 철조망 쪽으로 갔다. 개는 오줌과 수프 찌꺼기가 섞인 그곳 진창에 드러누웠다.

"더러워!"

톰마소가 기분 나쁘다는 듯 중얼거렸다. 그는 방향을 바꿔 조금 위에 있는 자기 집 쪽으로 다시 올라갔다.

"엄마, 먹을 것 좀 있어요?"

톰마소는 집으로 들어가 자루를 내던지면서 물었다.

하지만 냄비는 작은 화덕 위에서 아직 끓고 있었다. 엄마는 건넛방에 있었다. 말이 건넛방이지 방 하나짜리 오막살이에 꾀죄죄한 회색 커튼 하나와 각종 널빤지 조각들을 얼기설기 못질해 이어 붙이고 그 위에 판지를 댄 간이 벽으로 공간을 나눠 놓았을 뿐이다.

톰마소는 무릎을 꿇고 궤짝 안을 뒤졌다. 다 부서져 가는 찬장 하나와 화덕 그리고 등받이 없는 의자 두 개가 그 작은 방에 있는 살림살이 전부였지만 그것도 겨우 들어갔다. 그는 궤짝에서 꼬깃꼬깃한 만화책을 꺼내 읽기 시작했다.

집 안에는 어린아이 둘이 더 있었는데, 톰마소의 남동생 티토와 토토였다. 그들은 톰마소가 들어오자 조용히 형을 지켜봤다.

톰마소가 만화책을 읽는 걸 보고 한 아이가 네 발로 기어서 그에게 가까이 다가왔다. 아이는 통통 부어오른 얼굴로 형을 위아래로 물끄러미 훑어보았다. 콧물이 흘러서, 가운데는 하얗고 가장자리는 검은 땟국물이 얼굴에 덕지덕지 묻어 있었다. 거의 흰빛이 나는 작고 파란 두 눈은 장님 눈 같았고, 곱슬머리 아래로 보이는 두 눈 주변은 먼지와 콧물로 범벅되어 더러웠다.

티토는 네 발로 엎드린 자세에서 가만히 위를 올려다보며,

배에서 올라와 목구멍을 겨우 빠져나온 소리, 그르렁거리는 소리를 내기 시작했다. 아이는 웃고 있었다. 톰마소가 자기를 봐주지 않자 아이는 조금 더 가까이 다가와 형의 무릎 위에 고개를 올려놓고 넓적다리 위에 턱을 받쳤다. 귀찮아진 톰마소가 무릎으로 살짝 걷어차자 아이가 바닥으로 넘어지며 궤짝에 머리를 박고 말았다.

아이가 벌렁 나자빠진 채로 막 울음을 터뜨리려는 순간, 아침에 찬장 아래 떨어뜨렸던 빵 조각이 아이의 관심을 끌었다. 아이는 배를 뒤집은 후 두세 번 시도한 끝에 빵 조각을 잡아 빨아 먹기 시작했다.

그사이 또 다른 어린 동생 토토는 빗물을 받기 위해 방 가운데 갖다 놓은 양동이에 가득 담긴 빗물을 장난감 삼아 놀고 있었다. 지붕에 씌워 놓은 방수포 조각 두 개 사이로 빗물이 떨어졌다. 그러다가 아이는 왠지 주둥이 주변에 파리 한 마리가 날아다닐 때 강아지들이 그러는 것처럼 여기저기 깡충깡충 뛰어다녔다.

식사가 준비되자 톰마소는 수프 네 스푼을 급히 떠먹고 안에 채소가 조금 든 자기 몫의 빵을 집어 들고 씹으면서 밖으로 나왔다.

밖에서는 다른 데보다 빗물이 조금 더 마른 공터 가장자리에서 추카보와 세르제토가 작은 칼을 들고 놀고 있었다.

"렐로 봤니, 세르제?"

톰마소가 할 수 있는 한 상냥하게 물었다.

"아니."

세르제토가 톰마소를 쳐다보지도 않은 채 무뚝뚝하게 대

답했다. 그 순간 추카보가 방심하는 틈을 타 세르제토가 칼을 낚아챘다.

"나 학교 간다!"

톰마소가 심통 난 목소리로 외쳤다.

"가라! 누가 잡냐?"

추카보가 작게 중얼거렸다.

톰마소는 다소 과장되게 노래를 불렀다. 그는 바지 주머니 속 100리라짜리 지폐 두 장을 꽉 쥔 채 피에트랄라타까지 왔던 길을 되돌아갔다.

렐로의 어머니는 아니타 아줌마였다. 그녀는 버스 정류장 근처에서 땅콩과 사탕을 팔았다. 그곳에 도착한 톰마소는 곧장 아니타 아줌마에게 갔다.

"렐로 보셨어요, 아줌마?"

"로마에 감초를 사러 갔어, 곧 올 게다."

톰마소는 보도 한쪽에 좌판을 벌인 아줌마의 발치에 가 쭈그리고 앉았다. 벌써 저녁이 다 된 듯했고 날씨가 쌀쌀했다. 피에트랄라타에 부는 차갑고 어두운 바람 속에서 보도 위 노점은 더욱더 작아 보였다. 노점 위에는 비가 올 때를 대비한 작은 천막과, 좀이 슬고 곰팡이가 핀 작은 종이 상자들이 있었다. 톰마소는 각 상자에 들어 있는 한 움큼의 사탕, 땅콩, 먼지가 낀 얼마 남지 않은 감초를 침을 삼키며 훔쳐보았다. 좌판 한 귀퉁이에 걸려 있는 작은 봉투에 루핀* 네 개가 들어 있었다. 아니타 아줌마는 등받이 없는 의자에 앉아 코를 박고 물건들을 지

---

* 콩과 루피너스속의 식물을 통틀어 이르는 말.

켰다. 아줌마는 너무 뚱뚱해서 다리를 오므리지 못했다.

삼십 분쯤 지나자 렐로가 막대 사탕이 가득 든 꾸러미를 들고 나타났다. 그는 제 엄마와 실랑이하다가 결국 잔돈을 넘겨주었다. 50리라를 심부름비로 챙기려다 제 엄마와 말다툼이 벌어졌던 것이다. 렐로는 침을 뱉은 뒤 톰마소를 보지 못했는지 그에게 눈길조차 주지 않고 쌩하니 자리를 떴다.

톰마소는 지루한 표정으로 어정쩡하게 기지개를 켜면서 일어나 렐로를 따라갔다.

"레!"

톰마소가 불렀다. 렐로가 아랍 소년 같은 낯짝을 돌려 그를 힐끗 쳐다보았다. 마른 옆구리와 찢어진 반바지 위에서 미제 꽃무늬 셔츠가 펄럭였다.

"뭔데?"

"저, 우리 얘기 끝냈잖아……."

톰마소가 부드럽게 말했다.

렐로는 무슨 말인지 모르겠다는 듯 톰마소의 눈앞에서 손가락을 오므려서 흔들었다.

"200리라를 마련했어."

톰마소가 은근히 말했다.

"아하."

렐로는 기억났다는 듯 오므렸던 손가락을 풀고 바지 속에 손을 집어넣어 긁으면서 생각에 잠겼다.

"받아!"

톰마소가 돈을 내밀었다.

렐로는 냉큼 돈을 받지 않았다. 손을 주춤하며 톰마소가 내민 200리라를 경멸 어린 시선으로 쓸쓸하게 쳐다보았다.

"뭐야? 200리라를 주겠다고? 200리라로 대체 뭘 하겠어?"

렐로는 불쾌한 듯 화난 목소리로 말했다.

"젠장, 뭘 할 건지 난들 알아? 우리 그렇게 얘기 끝냈잖아?"

"야, 내가 무슨 얘기를 했다는 거야? 액수를 올리지 않으면 난 생각 없어."

톰마소가 엄지와 검지를 비비며 잠시 렐로를 뚫어져라 바라보다가 다시 학교로 걸어가기 시작했다.

"50리라 더 있어. 야, 나한테 꼭 이래야겠냐?"

렐로는 침묵을 지켰다. 톰마소는 화가 났다. 그는 50리라를 꺼내 렐로에게 내밀었다.

"가져가, 제길!"

렐로는 250리라를 잽싸게 낚아채 반바지 주머니에 감춘 뒤, 흡족한 마음을 숨기려고 일부러 이마를 찡그리고 지루하다는 표정을 지었다.

벌써 학교에 갈 시간이 다 됐다. 다시 햇빛이 조금 나서 피에트랄라타의 흙탕물을 비췄다. 아이들이 등교 시간을 기다리며 여기저기에 흩어져 있었다. 이윽고 학교 종이 울리자 모두들 밀치고 떠들면서 안으로 들어갔다. 거의 빈 빈민촌이 태양 아래 조용해졌다.

수업이 끝난 후 아이들 모두 들어갔던 때보다 더 요란스레 떠들면서 학교를 나왔다. 톰마소는 1층 조그만 교실에 혼자 남았다. 빈민촌이 세워졌을 때 개자식들 십여 명이 '만세' 혹은 '타도'라는 말과 욕설을 앞에 붙여 자신들과 친구들의 이름을 책상 위에 새겨 넣은 탓에 남은 나무판 중에는 멀쩡한 것이 없었다.

톰마소가 걸레로 책상들을 천천히 닦기 시작했다. 대충 걸레질하다가 멈춰 서서 구멍이 숭숭 뚫리고 낙서로 지저분한 책상을 손바닥으로 북북 문지르느라 오 분 동안 책상 두 개 이상을 못 닦았다. 톰마소의 신경은 선생님에게 가 있었다. 그는 그곳에서 선생님을 보려고 렐로에게 그 많은 돈을 주었다. 칠이 다 벗겨진 벽과 빛이 희미하게 들어오는 작은 창문 두 개 사이로 냉기가 들어와 얼굴이 하얘진 톰마소는 선생님을 뚫어져라 쳐다보았다.

톰마소는 선생님이 자신의 시선을 눈치채지 못하자 걸레질을 멈췄다. 선생님이 톰마소가 아무것도 하지 않는 걸 보면 적어도 자신을 봐 줄 거라고 생각했기 때문이다.

하지만 선생님은 교탁에 몸을 숙인 채 학생 기록부에 뭔가를 쓰기만 했다. 그의 머리에 포마드가 발려 있었고, 가르마가 끝나는 뒷머리에 머리카락 네다섯 올이 갈대처럼 삐져나와 있었다. 톰마소는 앞의 책상 두 줄을 천천히 청소한 뒤 세 번째 줄 책상에 앉아 쉬면서 걸레로 장난을 치기도 하고 잉크병을 책상 구멍에 박기도 했다.

톰마소는 의자에 뭉개고 앉아 그런 식으로 계속 청소를 했다. 선생님은 여전히 아무렇지도 않은 척 학생 기록부에 뭔가를 쓰고 있었다. 톰마소는 일부러 의자에 걸레를 떨어뜨렸다. 의자 등받이에 몸을 천천히 미끄러뜨리면서, 다리를 쭉 펴고 머리를 어깨에 묻고 두 손을 넓적다리 위에 올려놓았다. 그 자세로 의자에 몸을 비비면서 치마같이 생긴 낡은 반바지 밖으로 다리를 반쯤 드러냈다.

톰마소는 그 자세에서 시선을 들어, 선생님이 뭔가 말해 주기를 기다리는 듯한 눈빛으로 그를 바라보았다.

'젠장!'

화가 나서 샐쭉한 톰마소는 차가운 표정으로 생각했다.

그는 그 자세를 조금 더 유지한 채 선생님을 바라보며 다리를 점점 더 길게 뻗었다. 한쪽 다리는 책상 아래로 뻗고 다른 쪽 다리는 책상 위에 올려놓았다. 성난 표정을 바꿔서 지루하지만 억지로 즐거운 척하는 표정을 지어 보였다.

'눈뜬장님이야 뭐야, 근데 자나?'

톰마소는 머릿속으로 크게 소리 지르며 생각했다.

그는 다시 걸레를 집어 들고, 창문 쪽 벽을 따라 나머지 책상들을 후다닥 닦았다. 나머지 두 줄은 거의 뛰다시피 걸레질을 했다. 그러고 나서 밖으로 나가 빗자루를 가져와서 교실 여기저기를 되는 대로 쓸기 시작했다.

톰마소는 나지막이 휘파람을 불고 입을 실룩거리며 비질하는 동안 선생님이 한순간 눈을 들어 자신을 쳐다본 것을 알아차렸다.

톰마소는 비질을 멈추고 교탁 가까이 다가가 선생님 앞에 서서 그가 자신을 봐 주기를 기다렸다. 선생님이 시선을 들자 톰마소가 말했다.

"화장실에 다녀와도 될까요?"

"다녀오렴."

선생님이 작게 말했는데, 속으론 "내가 너한테 뭐라고 하든? 네 마음대로 해. 그런데 고작 그 말을 하러 온 거니? 그런 거야?" 하고 이야기하는 듯했다.

하지만 톰마소는 화장실에 가지 않았다. 벽에 기대 놓았던 빗자루도 다시 잡지 않았다. 책상에 앉아서 바지를 만지작거리며 또다시 자세를 취했다.

톰마소는 지저분한 셔츠를 입고 있었다. 그 셔츠는 넝마장수도 받지 않을 만큼 너덜너덜해졌기 때문에 톰마소의 어머니는 소매를 잘라 내야만 했다. 그래서 그 아래 다른 셔츠를 껴입었다. 밑에 입은 셔츠의 소매는 아직 멀쩡해 보였지만 겉으로 드러나지 않는 나머지 부분은 너덜너덜했다. 톰마소는 계속 선생님을 의식했다. 넝마나 마찬가지인 셔츠를 정리한다는 핑계로 바지를 묶은 끈을 풀고 손으로 배를 문지르며, 청소하느라 허리춤에 돌돌 말려 올라간 옷자락을 끌어내렸다. 다른 손으론 바지와 허리끈을 잡고 있었다.

선생님은 심각하고 어두운 표정으로 고개를 천천히 들더니, 들릴락 말락 한 소리로 이렇게 물었다.

"렐로의 어머니께 무슨 일이 생겼니?"

"저, 제가 듣기론 아프시다는데요."

톰마소는 계속 배 부분에서 반바지를 정리하며 대답했다. 선생님은 대화를 멈추고 다시 교탁으로 고개를 숙였다. 이제 날이 어둑어둑해졌다. 창문으로 희미한 햇살이 들어왔지만 차가운 교실 안은 어둡기만 했다.

심통 난 톰마소는 음흉하기도 하고 당황하기도 한 표정으로 꼼짝 않고 계속 책상에 앉아 있었다.

'뭘 망설여, 멍청아, 내가 허약해 보여? 내가 렐로보다 못해? 이봐, 난 이 교실에 있는 그 누구보다 나아! 뭘 생각해, 내가 할 줄 모른다고 생각해? 내가 제일 먼저 당신을 알아봤어,

눈뜬장님아! 당신이 시작하기도 전에 내가 렐로에게 말해 줬다고, 멍청아! 렐로는 바보 멍청이라는 걸 모르나 보지! 나는 할 줄 알아, 하지만 그 자식은 아니야!'

톰마소가 그렇게 생각하면서 점점 더 화를 내는 동안 선생님은 학생 기록부를 휴지로 닦아 내고 덮은 다음 일어섰다.

"가자, 시간이 됐구나."

선생님이 말했다. 그는 엉거주춤 기지개를 켜면서 교탁 뒤 옷걸이에 걸어 놓은 먼지 방지 외투를 집어서 입었다. 톰마소는 경악과 분노로 가득 찬 표정으로 그를 보았다.

'나쁜 자식, 오늘 저녁은 뭐가 그리 급해!'

하지만 선생님은 진지하게 다시 고갯짓을 하더니 서랍에 학생 기록부를 넣고 문으로 향했다.

톰마소는 달려가서 화장실 한구석에 빗자루와 걸레를 갖다 놓고 선생님을 따라갔다. 선생님은 교실에서 나와 아스팔트 자국이 군데군데 남아 있는 학교 건물 앞 맨땅으로 내려가고 있었다.

"잘 가라, 푸칠리!"

선생님은 늘 그렇듯이 작은 목소리로 진지하게 말했다. 학생들보다 더 야윈 선생님이 버스 정류장으로 발길을 옮겼다.

"안녕히 가세요, 선생님."

톰마소가 멀찌감치 떨어져서 말했다. 그리고 작은 목소리로 "빌어먹을!" 하고 덧붙였다.

그는 길 끝에서 계속 선생님을 노려봤지만 그래도 분이 풀리지 않았다. 그는 아니타 아줌마의 노점으로 향했다.

'나와는 엮이기 싫다, 이거지? 당신은 무서운 거야! 게이 자식! 렐로가 뭐가 좋다는 거지. 아버지도 없는 배고픈 바보 자식이 말이야, 누구 자식인지도 모르는 자식을 말이야! 그에 반해 난 훌륭한 소년이야, 렐로처럼 이가 득실득실하지도 않다고! 게이 자식아!'

톰마소는 화가 나서 생각했다.

톰마소는 보도 위에서 아니타 아줌마 옆에 옹크리고 앉아 211번 버스를 기다리는 선생님을 내내 지켜보았다. 그는 머릿속에 떠오르는 말을 골똘히 생각하는 듯 화난 표정으로 선생님을 노려보았다.

211번 버스가 도착하자 선생님은 버스를 타기 위해 줄 서 있는 사람들 속에 끼어들었다. 톰마소는 그를 지켜보다가 그가 탄 버스가 출발하자 갑자기 벌떡 일어섰다.

'아, 그래? 그랬다, 이거지? 잘났다, 잘났어! 하지만 내가 당신한테 본때를 보여 주겠어, 빌어먹을! 당신을 쪼그라뜨리겠어! 알았어, 젠장! 제아무리 예수님이라 해도 당신이 십 년 정도 감방에서 썩는 걸 막지는 못할 거야!'

그러고 나서 톰마소는 아니타 아줌마에게 한마디 인시도 없이 버스가 사라진 방향에 있는 티부르티나 쪽으로 뛰어갔다.

그사이 렐로는 다른 두 소년들과 함께 빈민촌에서 빈둥거리고 있었다. 그들은 길에서 주운 담배꽁초를 피우면서 근방을 폼 나게 쑤시고 다녔다. 군용도로로 들어선 그들은 풀이 없는 비탈에서 나무 궤짝 더미로 불장난을 하려고 페코라로 산에 올라갔다가 경주하면서 다시 내려왔다. 제일 먼저 아래에 도착한 녀석이 목청 터져라 다른 친구들을 부르기 시작했다.

"빨리 와, 어서!"

산 아래 성당 옆에 집채만 한 큰 자동차 한 대와 귀부인이
있었다. 차 안에는 가난한 사람들에게 나눠 줄 물건들이 그득
했다. 그들은 뭔가를 얻어 내기 위해 귀부인 주변을 둘러싸고
춤추듯 분주히 움직였다.

"저요, 저요! 아줌마! 저요!"

운전사가 분유 두세 통을 그들에게 나눠 주었다. 녀석들은
분유통 겉봉을 잡아 뜯어내고 분유를 한 움큼씩 집어 숨이
막힐 정도로 입안에 쑤셔 넣었다.

그리고 나서 그들은 분수로 달려가 물을 마시고 입안에 든
가루를 녹였다. 하지만 이내 진이 빠져서 서로를 향해 가루를
불면서 목 뒤쪽으로 뱉어 내기 시작했다. 그들은 빵 가게 점원
처럼 허연 분유를 뒤집어쓴 채 영화관 근처에 도착한 뒤 주변
을 살피며 몰래 숨어들 틈을 찾았다.

룩스 영화관 입구에서 렐로는 톰마소가 뛰어가는 걸 보았
다. 이미 녹초가 된 톰마소는 사람 얼굴을 보고 다니지 않았
다. 반바지는 다리 위에서 너덜거렸고 두 팔은 힘없이 옆구리
에 축 늘어져 있었다. 렐로는 톰마소가 왜 그리 기운이 없는지
알아채고 눈살을 찌푸렸다. 그는 톰마소를 더 자세히 보려고
몇 발자국 다가갔다.

"그런데 저 자식, 어디 가는 거지?"

렐로가 생각을 집중하며 중얼거렸다.

렐로는 이리저리 머리를 굴린 끝에 톰마소를 미행하기로 했
다. 그는 톰마소를 따라 룩스 영화관에서 티부르티나 군 기지
까지 피에트랄라타 거리를 달렸다. 톰마소가 뒤를 돌아볼 위
험은 없었다. 그는 누군가가 뒤에서 후려치기라도 하는 듯 구

부정한 자세로 앞만 보고 내달렸기 때문이다.

군인들의 자유 외출 시간이어서 바가 있는 길모퉁이에 병사들이 북적거렸다. 렐로가 톰마소를 시야에서 놓치지 않으려면 속력을 내야 했다. 톰마소가 모퉁이를 돌아 잰걸음으로 티부르티노테르초를 향해 내려가기 전에 겨우 그를 발견할 수 있었다.

"근데 어디…… 가는 거지?"

렐로는 비탈길 맞은편을 지나며 점점 더 수상하다는 표정으로 중얼거렸다.

톰마소는 페코라로 산으로 올라가는 오르막길을 달리고 있었다. 그는 길 끝, 티부르티노 광장이 있는 곳에 도착하자 잠깐 멈춰서 주변을 둘러보다가 지나가는 차들을 헤치고 길을 건넜다.

렐로는 낮은 담벼락에 바싹 붙어 울타리와 진흙땅 사이에 몸을 숨겼다. 곧이어 그는 톰마소가 시야에서 사라지기 전에 티부르티노 광장에 도착하기 위해 달리기 시작했다.

렐로는 다시 부서진 낡은 탑 뒤로 몸을 숨겼다. 탑 윗부분은 변전소였고, 탑 아래에는 한 가족이 살았다. 이미 가로등이 켜진 공터 전체가 탑 뒤에서 보였다. 광장 바로 앞쪽에 두에밀라 바를 비롯해 집들이 모여 있었고 뒤쪽 광장 내부는 안뜰처럼 완전히 폐쇄되어 있었다.

톰마소는 바로 그쪽으로 가고 있었다. 안쪽 소나무 정원 한가운데에, 정면에 네모난 기둥들이 줄지어 서 있는 건물 한 채가 있었다. 몹시 낡은 옛 파시스트 체육관이었는데 지금은 군대 막사로 사용되었다.

렐로는 분노로 얼굴이 하얗게 질렸고 앞머리가 이마에서 찰랑거렸다.

"스파이 자식!"

그는 톰마소를 노려보며 한숨을 쉬었고, 눈물을 쏟을 지경이었다.

사실 톰마소는 체육관 앞 계단을 두 개 올라 밤색 기둥들이 늘어선 복도 아래를 지나갔다. 정문 옆에서 무장하고 서 있는 헌병 앞에서 톰마소는 넝마 뭉치처럼 작아 보였다.

2
신의 도시에서의 밤

"야, 알도, 렐로 봤냐?"

톰마소가 근처를 지나가던 알도에게 물었다.

"누굴 봤냐고?"

알도는 침이라도 뱉고 싶을 만큼 아주 불쾌한 태도로 대답했다. 그는 너무 시건방지게 굴었던 게 미안했던지 한마디 덧붙였다.

"춤추러 갔을 거야."

"고마워, 자식아!"

톰마소는 가던 길을 갔다. 학교와 공산당 사무실로 이어지는 길이었다. 사람들은 일요일에 공산당 사무실에 모여 춤을 추곤 했다. 길 양편으로 진흙과 자갈을 깔아 놓은 것을 보도라 부를 수 있다면, 양쪽 보도는 옷을 잘 차려입은 젊은이들과 군 기지의 군인들로 바글댔다. 겨울이었지만 땀이 날 정도로 더웠다. 피에트랄라타와 아니에네 강 인근 들판을 자욱하게 덮은 안개는 목욕탕의 희뿌연 김 같았다. 톰마소는 팔꿈치 높이에 있는 가죽 점퍼 호주머니에 두 손을 찔러 넣은 채 도로 한가운데로 걸어갔다. 그는 다리가 아프기라도 한 듯 한 발씩 천천히 내디뎠고, 몸을 구부정하게 앞으로 숙인 것이 몹시 지쳐 보였다.

"야, 카치티, 렐로 봤냐?"

톰마소가 잡담하고 있는 다른 녀석에게 또다시 물었다. 녀석은 여름옷을 입었고 축축한 곱슬머리를 콧등까지 내려뜨렸다.

"아니."

녀석이 퉁명스럽게 대답했다. 하지만 톰마소는 떠보려고 그냥 해 본 질문이었기 때문에 대답을 듣지도 않았다. 그는 렐로 그 망할 놈의 자식이 무도회장에 있다는 것을 이미 알았다.

공산당 사무실은 분홍색 페인트로 칠한 단층집이었다. 작은 창문 세 개가 쭈르르 일렬로 나 있었고, 길가 작은 마당 쪽으로 문이 하나 있었다. 모두 똑같이 생긴 열 채 혹은 열두 채 정도 되는 주변 집들처럼 공산당 사무실 역시 집 앞에 지저분한 작은 마당이 딸려 있었다. 그 집들은 강제 퇴거당한 사람들의 집들로, 넓은 부지 한가운데에 일렬로 배치되어 있었다. 잎이 모두 떨어진 비틀린 떨기나무 몇 그루와 널빤지로 만든 공중 화장실 몇 개가 여기저기에 있었다.

문과 창문은 모두 열려 있었고 작은 앞마당에 불빛이 반사되었다. 집 안팎은 아이들, 풋내기 청년들, 젊은 아가씨들, 술 취한 노인들로 북새통을 이루어 마치 광장 같았다.

"레, 이 자식아!"

톰마소는 집 안으로 들어가다 채반처럼 구멍이 숭숭 뚫린

벽 한쪽에 렐로가 기대서 있는 것을 보고, 폐에 바람을 잔뜩 집어넣으며 심통 난 얼굴로 소리쳤다.

"이따 보자!"

그러고 나서 렐로는 이내 그 자리에 톰마소를 말뚝처럼 세워 두었다. 세 젊은이와 카치니*처럼 생긴 한 노인으로 구성된 악단이 삼바를 연주했기 때문이다. 렐로는 군중을 헤치고 쏜살같이 달려 나가더니 검은 벨벳 옷을 입은 소녀 앞에 제일 먼저 가서 섰다. 그는 소녀에게 인사하지도 않았고 춤을 청하지도 않았다. 그러다가 잠시 후 벌레를 문 딱따구리처럼 오른쪽, 왼쪽으로 소녀를 돌리면서 삼바 춤을 췄다. 소녀가 회전하는 동안 렐로는 껌을 씹고 엉덩이를 실룩거리며 장딴지가 꽉 조이는 미제 바지를 입고 버클 달린 뾰족한 신발을 신은 다리로 한 스텝씩 뒷걸음쳤다.

악단은 품삯을 받고 연주하는 듯했다. 특히 하모니카를 연주하는 청년은 모로코 사람처럼 피부가 검었고 고양이가 야옹거리며 반짝이는 이빨을 드러내듯 치아를 드러냈다. 1미터가 조금 더 되는 높이의 칸막이 뒤에 간이 술집이 있었다. 술집에는 술통 하나와 테이블 하나, 이미 술이 떡이 되게 취해서 서빙을 하는 늑대 인간이 하나 있었다.

테이블 앞에 카고네, 부처, 나자렛 놈 그리고 소매치기 두세 명이 더 있었다. 솜털이 보송보송한 풋내기들이 아니라 스물네다섯 살 정도 돼 보이는 청년들이었다.

"야, 저 자식 언제 움직일 거래? 젠장, 일 년쯤 걸리겠다!"

---

* Giulio Caccini(1546~1618). 16세기 중반에 활동한 이탈리아 성악가 겸 작곡가.

톰마소의 말에 카고네는 대답하지 않았다. 녀석은 다른 친구들과 함께 사진을 보는 데 정신이 팔려 있었다.

"카고네, 왜 가서 저 멍청한 자식을 불러오지 않는 거야? 늦었잖아!"

톰마소가 노래를 흥얼거리듯 다시 말했다.

하지만 카고네 역시 자리를 뜨기에는 할 일이 너무 많았다. 그는 눈썹을 추켜올린 채 톰마소를 지그시 바라보다가 냅다 침을 뱉으면서 말했다.

"4시가 안 됐잖아!"

"4시야! 밤이 다 됐다고!"

"개새……!"

카고네가 나지막이 말했다. 그러고는 한 친구가 보여 준 사진을 다시 들여다보았다.

카고네는 눈을 살짝 내리깔고 사진을 노려보다가 누구도 상상 못 할 표정을 지었다. 이미 주름이 몇 개 잡힌 늘어진 뺨과 턱, 찢어진 상처처럼 보이는 입, 거의 흰빛을 띨 정도로 옅은 아랫입술과 윗입술, 눈썹 없는 촉촉한 두 눈, 목까지 내려오는 지저분한 곱슬머리에 이미 듬성듬성 머리카락이 빠진 머리통, 이렇게 생긴 그가 술통 위에 턱주가리를 받친 채 한바탕 웃어 댔다.

"야, 네가 운동선수라도 되냐?"

카고네는 턱이 빠질 정도로 웃으며 말했다.

나자렛 놈은 카고네의 손에서 사진을 잡아채며 그를 노려보았다.

"머저리 자식!"

나자렛 놈은 끓어오르는 불쾌감에 아랫입술을 실룩거리며
말했다.

"머저리 자식!"

다른 말을 찾지 못한 나자렛 놈이 또다시 외쳤다. 그가 닭
대가리 같이 생긴 머리를 절레절레 흔들며 카고네를 바라보는
데, 꼭 이런 말을 하는 것 같았다.

"그러는 너는 나은 줄 아나?"

카고네는 여전히 배꼽을 잡은 채 나자렛 놈에게 안됐다는
눈길을 던지며 소리쳤다.

"산타칼라에나 가서 쉬어, 어서!"

"넌 크게 실수하는 거야! 넌 잘못 알았다고!"

무리 중 세 번째 녀석인 부처가 불쑥 끼어들었다. 그 말과
함께 그는 지갑을 주머니에서 꺼내더니 손가락으로 조심스럽게
그 안을 뒤지기 시작했다. 그러고 나서 마침내 사진 한 장을
꺼냈다. 사진에는 부처 자신과 다른 두 친구 그리고 카고네가
보였다.

그들은 수영 팬티를 입고 줄지어 있었다. 뒤쪽 줄은 서 있었
고, 앞쪽 줄은 옹크리고 앉아 있었다. 모두들 웃통을 벗은 채
카메라 렌즈 쪽을 바라보고 있었다. 멋있는 육체미를 한껏 보
여 주기 위해 모두들 근육을 부풀렸다. 나자렛 놈은 가슴을
활짝 펴고 옆구리에 손을 얹은 자세에서 어깨를 앞으로 들이
밀고 있었기 때문에 마치 터져 버릴 것처럼 보였다. 카고네는
말린 대구처럼 비쩍 마른 게 꼭 할머니 같았다. 그 모습을 보
고 이번엔 부처와 나자렛 놈이 턱이 빠져라 웃어 댔다. 웃음이
라기보다는 목구멍을 사포로 가는 고함 소리 같았다. 그들은

배꼽을 잡고 웃느라 허리가 휘었고 테이블 아래로 데굴데굴 구르다시피 했다.

카고네는 흐릿한 눈빛으로 눈썹을 추켜올리고 입술을 삐죽 내민 채 아무렇지도 않은 척 그들을 바라보았다. 하지만 그도 터져 나오는 웃음을 참고 있는 게 분명했다.

톰마소도 얼굴이 시뻘게지도록 웃으며 그들이 웃음을 멈추기를 기다렸다. 그들이 좀 진정했을 때 톰마소가 점퍼 안주머니에서 지갑을 꺼냈다.

"자식들아!"

톰마소가 동정적인 태도로 말했다.

"여기, 이 멋진 몸들을 봐."

톰마소는 인내심을 발휘하며 소리 지르다시피 덧붙였다. 악단의 연주 소리와 삼바 춤을 추는 녀석들이 발 비벼 대는 소리로 주변이 시끄러웠기 때문이다.

첫 번째 사진에는 톰마소와 렐로, 추카보, 카를레토가 있었는데, 오스티아 해변에서 찍은 것이었다. 추카보와 카를레토는 탈의실 계단에 앉아 물에 젖은 머리통 뒤로 집게손가락과 새끼손가락을 세워 뿔을 만들었다. 톰마소는 나무 난간에 기댄, 어정쩡한 자세로 앉아 있었다. 사진 한가운데에는 꽉 조이는 수영복을 입고 약간 비켜서서 문에 기댄 채 귀염을 떨며 자못 진지하고 멋지게 서 있는 렐로가 있었다.

톰마소는 친구들이 볼 틈도 거의 주지 않고 그들의 코밑에다 대고 사진을 흔들었다. 그는 그 사진을 지갑에 넣고 다른 사진을 꺼냈다. 이번 사진에는 그와 렐로, 추카보가 있었다. 모두들 옷을 잘 차려입고 가리발디 다리를 나란히 걸어가고 있었다. 그것은 여름에 찍은 사진이었다. 고개를 돌려 흘끗 그들을 쳐다보는 여행자 무리가 그들 뒤로 보였다. 셋 모두 주머니에 손을 넣은 채 걸어가고 있었다. 날이 좋아서 모두들 셔츠 차림이었다. 셔츠 사이로 가슴이 드러나 보였다. 이 사진 역시 다른 친구들은 자세히 볼 틈이 없었다. 톰마소가 그들의 코밑으로 사진을 들이밀고 썩은 내만 맡게 한 뒤 곧장 빼내 갔기 때문이다.

"머저리 자식들!"

톰마소가 의기양양하게 말했다. 그는 상황을 끝내기 위해 마지막 사진을 꺼내며 카고네에게 눈을 찡긋했다.

그것은 증명사진보다 크기가 조금 더 작았다. 톰마소는 엄지와 검지로 사진 가장자리를 잡았다. 그는 사진을 높이 들어 올리더니 부처와 나자렛 놈이 볼 수 있게 사진을 돌렸다. 독수리 문장이 있는 베레모 차림에 얼굴이 검은 무솔리니의 사진이었다.

부처와 나자렛 놈은 톰마소의 기를 세워 주기 싫어서 사진을 거들떠보지도 않았다. 그러다 흘끗 사진을 보고 사진 속 인물이 누군지 확인하고 나서야 조금 놀라워했다.

"개새……, 치워! 이 재미없는 참견쟁이를 왜 여기서 보여 주는 거야, 스파이 자식아!"

부처가 투덜거렸다. '스파이'는 발 고린내 이후 톰마소에게 붙은 새로운 별명이었다. 부처는 하품을 하고 기지개를 펴면서 다른 것에 관심을 돌리려 했다. 그는 톰마소가 무솔리니를 보면서 하는 말을 전혀 듣지 않았다.

"여기 봐, 그는 진정한 남자였어!"

톰마소는 찬양하는 눈빛으로 사진을 바라보며 건방을 떨었다.

카고네가 생각해 보니 화가 치미는지 갑자기 말했다.

"나 참, 렐로 그 머저리 자식은 뭐 하는 거야?"

"내 말이 그 말이야."

톰마소는 조심스럽게 다시 사진을 지갑에 넣으며 천천히 쓸쓸하게 말했다. 삼바는 끝났지만 악단이 몇 곡 더 연주했기 때문에 커플들은 모두 제자리에 서 있었다. 짝이 없던 남자들은 지금 벽을 따라 움직이며 춤추는 여자들에게 다음 파트너가 돼 달라고 눈짓을 보냈다.

카고네가 홀 한가운데서 침을 튀겨 가며 소리쳤다.

"렐로, 이 자식아!"

하지만 렐로는 커플들 무리 한가운데에 있어서 그 소리를 듣지 못했다. 아니, 설사 들었더라도 못 들은 척했다. 카고네는 톰마소를 데리고 석회 타일이 깔린 조그만 홀 주변을 돌아다니며 렐로를 찾았다. 누군가가 똥침을 놓기라도 한 듯 춤추던 사람들이 펄쩍 뛰었다. 그들은 무릎을 조금 구부리고 까치발을 하더니 깡패들처럼 다리를 이쪽저쪽으로 차기 시작했다.

카고네와 톰마소는 곧 렐로를 발견했다. 피에트랄라타에서 제일가는 춤꾼인 렐로는 자신의 진가를 보여 주기 위해 찰스턴* 춤곡이 나오기만을 기다렸다. 심각한 표정으로 얼굴을 찌푸리고 있던 렐로의 파트너는 렐로보다 한술 더 떴다. 그녀는 허벅지가 드러나도록 한 손으로 치마를 쳐들고 고삐 풀린 망

---

* 1920년대 미국 찰스턴에서 시작된 사교춤.

아지처럼 춤을 추었다.

"야, 이 자식아."

카고네가 렐로 옆으로 다가가며 소리쳤다. 렐로는 대답하지 않았다. 두 친구는 렐로가 마음껏 춤 실력을 뽐내는 걸 가만히 지켜볼 수밖에 없었다.

밖은 숨이 막힐 정도로 더웠다. 해는 이미 저물었고, 피에트 랄라타와 주변 들녘을 덮은 안개 속에 노을이 약간 남아 있을 뿐이었다.

그들은 사람들로 점점 더 북적이는 거리를 따라 내려갔다. 저녁이 되자 소리치고 노래하는 젊은이들과 환호성을 질러 대는 소년들로 거리가 넘쳐났다.

어린아이들한테 둘러싸인 세 친구는 줄곧 좌판 앞에 앉아 있는 렐로의 어머니 앞을 지나 길 끝에 있는 버스 정류장에 도착했다.

렐로는 자신의 어머니에게 눈길조차 주지 않았다. 친구들이 버스 정류장 차양 기둥에 몸을 기대자, 그는 계속 껌을 씹으면서 엄살을 부렸다.

"아이고, 피곤해서 못 살겠다!"

렐로가 끝도 없이 하품을 해 댔다.

버스가 오지 않았다. 자신들을 기다리는 멋진 계획을 생각하고 흡족해진 톰마소는 눈을 빛내며 주변을 둘러보았다.

카고네는 렐로 옆에서 넝마처럼 정류장 기둥에 기대서 있었다. 외투 옷깃을 세운 그는 곱슬머리가 안개에 젖어 더러웠다. 그는 닳고 쭈글쭈글하고 기름때가 묻은 외투를 입었다. 외투가 정강이까지 내려와서 사제처럼 보였다. 그는 조금 더 정직하게 보이려고 일부러 그런 우스운 복장을 한 듯했다.

카고네는 창녀와 깡패 사이에서 태어난 자식이었다. 형제가 두세 명 더 있었는데 로마로 뿔뿔이 흩어졌다. 아버지는 이 년을 감방에서 보냈고 한 달 내내 밖에서 지냈다. 카고네는 아버지를 거의 보지 못했다고 말할 수 있었다. 그의 어머니는 그가 오줌싸개일 때부터 몸을 팔았다. 그녀의 포주가 캄포부오치에 살았기 때문에 그녀는 가리발디 다리에 가서 손님을 기다렸다. 사람들은 그녀를 '할멈'이라고 불렀는데, 머리카락이 하얗게 셌기 때문이다.

카고네는 열서너 살쯤에 어머니가 창녀라는 것을 알았고, 자신이 좀 더 덩치가 커지기를 기다렸다. 이삼 년 후 그는 어머니에게 가서 멱살을 잡고 "날마다 500리라씩 나한테 줘, 그러지 않으면 죽여 버릴 거야." 하고 말했다 한다. 그녀는 놀라서 그 돈을 주겠다고 약속했다. 카고네는 절대 농담을 할 줄 모르는 성격이었기 때문이다. 그녀는 포주 몰래 매달 1만 5000리라를 아들에게 줬고, 카고네는 얌전히 굴었다. 사실 그가 저지른 몰염치한 행동은 빵을 얻기 위해서가 아니었고, 단지 몸에 밴 나쁜 습관 때문이었다.

*

로마 전역에 비가 왔다. 테스타치오에서 포르타포르테세와 룬가레타에 이르는 테베레 강 유역은 특히 더했다. 보슬비가 내려서 포장도로에 닿기도 전에 흩어졌다. 큰길과 골목길 들은 후덥지근한 물안개로 가득했다. 아벤티노와 몬테베르데 지역

등에도 안개가 자욱했다.

저녁 6시 혹은 7시쯤 됐다. 톰마소, 렐로, 카고네가 13번 버스를 타고 가다 콰트로카피 다리 앞 작은 공원에 내렸을 때, 그곳은 거의 텅 비어 있었다. 거리에 일찍 나온 창녀들만 주위를 배회했고 소형 오토바이들이 가리발디 다리에서 카라칼라까지 부르릉거리며 달렸다. 다리 바로 건너 룬가레타는 일요일 저녁의 열기로 혼란스러웠다. 레알레, 에스페리아, 폰타나 혹은 몇 군데 싸구려 교구 영화관에서 나온 젊은이들이 저녁 먹으러 가기 전에 바람을 조금 쐬면서 떼 지어 몰려다녔다.

모두들 외투와 스카프를 폼으로 걸치고 있었다. 렐로는 사실 외투나 점퍼가 없어서 못 입고 나왔는데도 그 옷들을 걸치지 않고 외출하길 잘했다고 생각했다. 빨강과 파랑 줄무늬 스웨터에 자잘한 붉은 꽃무늬가 들어간 회색 실크 스카프를 목에 둘러맨 렐로는 멋지고 활기차 보였다.

미스 본부는 루체 뒷골목에 있었다. 하지만 톰마소와 친구들은 그곳까지 갈 필요가 없었다. 골목 모퉁이에서 우고를 만났기 때문이다.

우고는 담배에 불을 붙이고 있었다. 그는 담뱃불을 붙이려고 모퉁이에 서 있었고, 인상을 찌푸리고 있어서 뻣뻣하게 웨이브 진 곱슬머리 아래로 얼굴이 잔뜩 주름져 있었다.

"어이?"

톰마소가 한 손을 엉거주춤 들면서 소리쳤다. 우고는 담배를 한 모금 깊이 빨면서 성냥개비를 던졌다.

이윽고 우고는 입술 사이로 혀를 내민 다음 젖은 입에서 잘 떨어지지 않아 짜증나게 하는 담배 찌꺼기를 뱉어 냈다.

"왔냐, 자식들."

우고가 세 사람에게 손을 내밀며 말했다. 톰마소는 역한 냄새라도 맡은 듯 코를 찡그리며 곧장 본론으로 급히 들어갔다.

"여기는 어때?"

톰마소는 골목에 있는 미스 본부로 가려고 하면서 물었다.

"거기에는 지금 아무도 없어."

"어째서!"

우고의 말에 톰마소가 대꾸했고, 다른 두 명은 궁금하다는 눈빛으로 그들을 지켜보았다.

"콜레타가 폰치아니 광장에서 기다리래."

우고가 덧붙인 뒤 톰마소의 대답을 기다리지 않고 룬가레타로 내려갔다.

"왜?"

톰마소가 우고를 따라가면서 불만스럽다는 듯 물었다.

우고가 비스듬히 돌아섰다. 그는 주기도문을 외우기라도 할 것처럼 두 손을 모았다. 그러고 나서 손가락 끝이 가슴을 향하도록 돌렸다. 그는 손가락 끝을 꽉 누른 자세에서 두 손을 가슴과 턱 밑에 대고 의문스럽다는 듯 대여섯 번 흔들었다. 그가 불쑥 한마디 던졌다.

"뭐가 그리 궁금해!"

우고는 침을 뱉고는 미지근한 빗물에 반짝거리는 룬가레타로 다시 걸어 내려갔다.

폰치아니 광장에 엔리코, 미치광이, 살바토레가 있었다. 톰마소는 그들을 금방 알아볼 수 있었다. 사람들이 그 작은 광장을 많이 찾지 않아 한산했기 때문이다. 그들은 바셸라리 거리 모퉁이에 있는 바 근처에 모여 있었다.

톰마소와 친구들은 그들에게 가서 악수를 청했다. 하지만 그 세 녀석들은 꼼짝도 하지 않았다. 벽에 등을 기댄 채 한쪽 다리는 펴고 다른 쪽 다리는 벽에 발을 대고 있거나 꼬고 있었다. 약속 장소가 그곳이어서 기다리기 지루했던지 그들은 하품을 했다. 그들은 아주 편안해 보이면서도 비아냥거리는 듯한 표정을 바꾸지 않은 채 오른손을 슬쩍 들어 보였을 뿐이다. 시간을 보내기 위해서였는지 그들은 길 건너에서 나무통을 놓고 올리브를 파는 노점상을 지켜보고 있었다.

"콜레타는?"

우고가 그냥 물어보았다.

"올 거야."

세 녀석들 중 두 눈에 환한 불빛이 켜져 있는 것 같은 녀석이 대답했다.

"그럼 우리뿐이야?"

톰마소가 불쾌하다는 듯 말했다.

"우리뿐이면 뭐가 어때서?"

우고가 되받아쳤다.

인상을 구긴 채 주변을 노려보던 톰마소는 우고의 말에 씁쓸하게 웃었다. 톰마소의 평평한 입이 벌어지며 쪼개지고 누런 치아가 보였다.

한편 눈빛이 네온 불빛 같은 미치광이가 친구들 시선을 받으며 피곤하지만 단호한 걸음으로 올리브 장수에게 다가갔다.

"아저씨, 올리브 50리라어치만 주쇼!"

아브루초 지방 어디 작은 마을에서 왔을 촌뜨기 아저씨는 돈을 든 미치광이 녀석의 손을 보고 우선 돈을 받으려고 손을 내밀었다. 미치광이는 그에게 돈을 주었고, 올리브 장수는 동전을 주머니에 넣으면서 국자로 올리브를 푸려고 했다. 그때 그는 갑자기 그것이 사용가치가 없는 동전이라는 걸 깨달았다. 돈을 살펴본 그는 그것이 옛날에 사용하던 50첸테지미 동전인 것을 알아차렸다. 그는 바보처럼 웃으며 말했다.

"이걸로는 안 되겠는데!"

올리브 장수가 두 눈을 반짝이며 말했다.

미치광이는 웃지 않았다.

"안 된다고?"

미치광이가 벌컥 화를 내며 무섭게 말했다.

"뭘 잘못 안 모양인데 잘 봐요, 아저씨."

미치광이는 노인의 경솔함을 탓하지 않겠다는 듯 이내 상냥하게 덧붙였다. 하지만 노인은 계속 멍청하게 미소 지으며 오른쪽 왼쪽을 부지런히 흘끔거렸다. 한편 다른 친구들도 그들에게 가까이 다가갔다.

"어이, 아저씨, 올리브를 줄 거요, 말 거요?"

미치광이가 다시 인내심을 잃고 말했다.

"그럼 진짜 돈을 내놔!"

결국 올리브 장수가 눈에 쌍심지를 켜고 말했다.

미치광이는 고개를 숙이고 그를 아래위로 쳐다보며 입맛이 쓰다는 듯 입천장에 대고 혀를 찼다. 그러고 나서 목소리를 깔고 조용히 말했다.

"뭐, 진짜 돈이 아니라고? 진짜 돈이 아니야?"

그러고는 미치광이가 내쏘듯 말했다.

"거지 양반, 당신이 뭔데 이 돈을 무시해? 이 돈에 어떤 역사가 있는지 당신이 알기나 해? 어서, 올리브나 담아. 당신 다음번엔 조심해, 알았어? 진짜 돈이 뭔지 잘 보고 다니라고! 하긴 그럴 눈이나 있는지 모르겠군! 쳇! 그놈의 입을 몇 대 때리고 싶은 걸 참은 줄이나 알아!"

올리브 장수는 계속 히죽히죽 웃었다.

"이건 이탈리아에 남아 있는 진짜 하나밖에 없는 돈이야. 바보 양반! 거스름돈도 줘야지, 어서!"

살바토레가 멀리서 소리치며 한마디 거들었다.

그 순간 콜레타와 다른 대여섯 명이 바셀라리 거리 끝에서 불쑥 모습을 나타냈다. 콜레타는 키가 크고 피부가 검고 말랐으며, 길고 숱 많은 머리를 뒤로 늘어뜨렸고, 푸르스름한 얼굴에 비틀어진 입이 도드라져 보였다.

콜레타의 두 눈은 누군가에게 상처 받은 소년처럼 늘 심각했으며, 마음속에 고통과 분노를 품고 있는 것처럼 뭔가를 골똘히 응시하곤 했다.

함께 온 다른 동료들은 대개 부잣집 자식들이었다. 누구는 더플코트를, 누구는 베르나르도 제품을 입었다. 퉁퉁 부은 얼굴은 보랏빛이었으며, 눈 아래 다크서클이 있었고, 대충 면도한 검은 수염이 편도선 부근에까지 나 있었다. 이들 중에는 톰마소의 친구도 있었다. 톰마소의 동네인 티부르티나에 사는 알베르토 프로이에티라는 친구인데, 알베르토 소르디*와 닮았다.

---

* Alberto Sordi(1920~2003). 이탈리아 배우, 감독, 가수, 더빙 성우. 1972년 베를린 영화제 남우주연상을 받았다.

하지만 그 친구는 이미 회계사가 되었고, 지금은 피오렌티니 공장 못 가서 있는 작은 빌라에 살았다. 처마 아래 포도 넝쿨이 올라와 있고, 작은 앞뜰에 잔디가 깔린 집이었다. 톰마소는 그에게 다가가 엄숙하게 악수를 청했다.

한편 카고네는 올리브를 먹겠다는 일념으로 다시 불타올랐다. 그는 재빨리 촌사람을 향해 돌아섰다.

"100리라어치 한 봉지만 주쇼."

카고네가 외투 주머니에 한 손을 넣으면서 말했다. 촌사람은 우물쭈물했다. 카고네가 인상을 찌푸리며 다시 말했다.

"100리라어치 한 봉지 달라니까."

그러자 올리브 장수가 말했다.

"먼저 돈을 내놔."

카고네는 화를 참으며 다시 그를 노려보았다.

"어서…… 올리브 100리라어치 달라니까요."

카고네가 상냥하게 말했다.

"먼저 돈을 내놔."

촌사람이 고집스럽게 되풀이했다. 몇 번이나 그런 일을 겪었는지 모르지만 그 불쌍한 노인은 아마 예전에 그런 경험이 있었던 탓에 더 고집을 부리는 듯했다.

꾹꾹 눌렀던 분노가 터졌는지 카고네가 이를 갈면서 한 발을 들어 올리더니 올리브 그릇을 걷어차려 했다.

"이 양동이를 걷어차서 광장 가운데로 날려 버릴 거야, 당신 엉덩이도 같이 말이야! 어서 올리브 내놔!"

카고네가 소리쳤다. 목매달 마음의 준비라도 됐는지 이제는 체념한 촌사람이 계속 막무가내로 버텼다.

"아니, 안 돼. 돈을 보여 줘."

카고네는 조용히 올리브 장수를 쳐다보았다. 그는 얼굴이 천천히 붉으락푸르락해졌고, 꽉 다문 입이 콧잔등 쪽으로 치켜 올라갔으며, 눈이 밖으로 튀어나왔다. 피부가 변한 것처럼 모든 얼굴 근육이 부르르 떨렸다. 그는 분노의 발작을 일으키며 앞에 있는 우둔한 얼굴에 발길질을 해 줘야 할지, 아니면 웃음을 터뜨려야 할지 결정하지 못한 듯했다.

"허, 나 원 참, 나를 그런 놈으로 봤단 말이야? 100리라를 당신 낯짝에 던져 주지!"

마침내 카고네가 나지막하게 외쳤다.

카고네는 떨리는 손으로 100리라짜리 지폐 두 장을 주머니에서 꺼냈다. 한 장을 뽑아 올리브 국물에 첨벙 담근 다음 주변 골목에 다 들리도록 찰싹 소리를 내며 올리브 장수의 얼굴에 그 지폐를 붙였다. 그러더니 올리브 장수를 거들떠도 보지 않고 여전히 부르르 떨면서 친구들이 있는 쪽으로 돌아왔다. 친구들은 빙 둘러선 채 웃으며 그 광경을 지켜보았다. 콜레타가 그의 어깨를 툭 치더니 동료들에게 돌아서며 "가자!" 하고 말했다. 깃발에 그려진 것 같은 머리 모양을 한 그는 무리의 선두에 서서 로토 다리 쪽으로 움직였다.

누구는 다리 이쪽에서, 누구는 다리 저쪽에서 모두들 활기차게 걸어갔다.

콜레타는 아스파라거스처럼 하얗고 그늘진 눈으로 앞만 바라보며 두 손을 주머니에 찔러 넣은 채 계속 앞장서서 걸었다.

콜레타가 무거운 책임을 혼자 다 떠맡았기 때문에 다른 친구들은 다소 불량한 태도로 앵무새처럼 그를 따라가기만 했다. 아버지와 형이 레지스탕스 대원에게 총살당했고 지금 도둑질을 해 가며 어머니와 단둘이 사는 우고는 엔리코, 살바토레와 함께 걸으면서 지나가는 모든 여자에게 치근덕거렸다.

학생인 듯한 어린 녀석들이 원앙처럼 짝을 지어 뒤따라왔다. 톰마소는 친구인 알베르토 프로이에티 옆에 바싹 붙어 걸었다. 그는 알베르토와 같이 있는 것이 자랑스러웠다. 그들은 빈민촌에 사는 다른 친구 녀석들처럼 배를 곯지 않았기 때문이다.

'이 녀석들과 어울리면 뭔가 이득이 있을 거야. 명성도 얻을지 몰라! 이 녀석들과 커피 마시러 가거나 영화관에 가는 게 낫겠어, 아니면 저 자식들과 같이 가는 게 낫겠어? 이 녀석들 중에서 제일 변변치 못하다는 자식도 최소한 의사나 변호사, 기술자를 아버지로 뒀어. 그들은 두려울 게 없는 사람들이지!'

톰마소가 얼굴을 붉히며 생각했다.

그들은 로토 다리에서부터 라르고아르젠티나까지 걸었다. 그들은 거기서 다른 무리를 만났다. 가까운 동네 보르고피오 혹은 폰테 혹은 파니고에서 온 녀석들로, 그들처럼 특별한 목적 없이 한가해 보였다. 멀게는 몬테베르데나 알베로네에서 온 녀석들도 있었는데 그쪽은 버스가 몇 대 지나다니지 않았다. 하지만 그들은 서로 모르는 사이인 척 이방인처럼 굴었고 각각 자신들의 일에만 신경 썼다. 콜레타만 입을 뗐다.

"기다려."

그러고 나서 콜레타는 작은 탑 아래 서 있는 꽃 장수에게 내려갔다. 몬테베르데에서 온 무리가 그곳을 지나가고 있었는데, 키가 작고 사팔뜨기인 녀석 하나가 선두에 서서 천진하게 웃고 있었다. 콜레타는 이 녀석과 함께 골목을 내려가 반쯤 비어 있는 유제품 가게 쪽으로 갔다. 잠시 후 그가 손에 꾸러미를 들고 다시 나타났다.

다른 친구들은 탑 아래 라르고아르젠티나 담벼락에 쪼르르 몸을 기댄 채 여자들을 쳐다보고 있었다.

콜레타가 돌아왔을 때 우고는 빨간 옷을 입고 지나가는 아가씨를 눈으로 좇으며 여자의 등에 대고 홀린 듯한 목소리로 수작을 부리고 있었다.

"아름다운 아가씨, 어디 똥 누러 가나?"

하지만 꾸러미를 손에 든 콜레타가 몹시 서두르며 우고를 말렸다. 그러고는 걸어가면서 "자, 가자!" 하고 말했다.

그들은 계속 아무 생각 없는 척 태평하게 길을 걸었다. 일요일이어서 웃고 노래 부르고 하는 모양새가 바로 그 근처 알티에리로 가는 젊은이들 무리처럼 보였다. 그들은 마세티 앞을 지나 미네르바 광장 쪽으로 갔고, 로톤다가 보이는 골목에서 다시 한 번 멈췄다.

콜레타는 렐로를 불러 그에게 꾸러미를 넘겼고, 이번에는 멀리 택시와 마차가 줄지어 서 있는 곳 뒤쪽 로톤다 광장으로 향했다. 그사이 사방 골목 여기저기에서 다른 무리들이 속속 도착했다. 십여 분 뒤 콜레타가 비누같이 하얀 뺨 위에 두 눈을 빛내며 돌아왔다. 드디어 때가 온 것이었다.

우고, 살바토레, 미치광이, 그 외 녀석들은 판테온 흙벽 돌더미 위에 드러누운 고양이들에게 침을 뱉고 있었다. 골목에서 나타난 다른 무리들은 모두 하나가 되어 이제는 서로 인사하고 비위를 맞춰 주고 함께 뒤섞여 통성명하기 시작했다. 콜레타는 카고네와 나란히 판테온 앞 광장 쪽으로 걸어갔다. 줄지어 서 있는 마차와 자동차 들 사이에, 셔터를 내리기 시작하는 바들 앞에 파시스트 몇백 명이 이미 모여 있었다.

그들은 보도, 골목, 분수 계단 등 여기저기에 정렬해서 휘파람을 불고 환호성을 질러 댔다. 다른 무리들이 도착하고 작은 광장이 거의 가득 차자, 양치기가 부는 듯한 휘파람 소리가 더 커졌고 쉼 없이 이어졌다. 택시 운전사들과 마부들은 신문 가판대 근처에 모여 하얗게 질린 우울한 얼굴로 욕설을 퍼부어 댔다.

파시스트 대열은 세미나리오 거리 입구에 있는 광장 모퉁이로 움직였다. 그곳에는 '태양'이라는 작은 호텔이 있었다. 종업원들은 이미 잽싸게 모든 창문을 닫아걸고 피신한 상태였다. 문 하나만 반쯤 열려 있었는데, 주인이 두려움에 떨며 가끔 고개를 빼꼼 내밀곤 했다.

"체코슬로바키아 놈들아, 나와!"

네오파시스트들이 빈정대며 소리쳤다. 그들은 또다시 휘파람을 불었고 점점 더 큰 소리로 외쳤다.

"역겨운 놈들아!"

"당장 너희 나라로 돌아가라!"

"그자들이 너희를 이곳으로 부른 거냐, 아니면 너희가 스스로 온 거냐?"

"너희 장막으로 돌아가라!"

"체코슬로바키아 놈들아아!"

한 사람이 소리치자 주위에 있던 대여섯 동료들이 한목소리로 야유를 퍼부었다.

"진정들 해요! 내가 뭘 잘못했습니까, 체코슬로바키아 사람들을 나한테 보낸 걸 난들 어떻게 해요!"

호텔 주인이 부탁했다.

그때 두세 줄이 웅성대더니 이렇게 말하는 소리가 들렸다.

"똥을 가져와! 똥!"

아주 달콤한 일을 예고하는 그 작업을 책임진 네오파시스트 당원 대여섯 명이 실제로 골목에서 나타났다. 그들은 몸을 구부정하게 움츠린 채 웃고 떠들면서 손에 오물통을 들고 재빨리 앞으로 행군해 왔다. 모든 대야, 목욕통, 양동이에 숨이 확 막힐 정도로 악취 나는 누리끼리한 오물이 가득 차 있었다. 그들은 오물통을 들고 호텔 문과 담벼락에 퍼붓기 시작했다. 오물을 던지는 사람들과 주변에 있는 다른 사람들에게 오물이 튀지 않게 하려면 특별한 전략이 필요했다. 양동이 손잡이와 밑바닥을 쥐고 잽싸게 한 번은 이쪽으로, 한 번은 저쪽으로 단번에 비워 내야 했다. 숨이 막힐 정도로 악취가 진동했다. 그러자 모두들 배꼽을 잡고 웃어 댔다.

오물통이 하나씩 비고 빈 양동이는 다시 사라졌다. 순식간에 열 통 남짓한 오물이 호텔 담벼락에 퍼부어졌다. 오물이 담벼락을 타고 흘러내렸고, 담벼락 전체가 똥색이 되었다. 이제 모두들 또 다른 재미난 일을 시작하려고 했다. 그때 갑자기 새로운 환호성과 함께 콜레타가 희멀건 얼굴로 머리카락을 바람에 나부끼며 손에 꾸러미를 든 채 동료들을 이끌고 지나갔다.

호텔 주인이 문을 다시 닫아 버리기 전에 그들은 호텔 문 앞에 도착했다. 호텔 주인이 콜레타를 말리려 했지만 다른 친구들이 주인을 꼭 붙들었다. 콜레타는 담배꽁초로 도화선에 불을 붙이고 몇 걸음 더 앞으로 나와 곰팡내 나는 호텔 좁은 복도 안에 폭탄을 던졌다. 펑 하는 소리와 함께 연기가 보였다. 그때 경찰차 사이렌이 들리기 시작했다.

"경찰이다! 경찰!"

멀리 있던 사람들이 소리치기 시작했다. 그들은 사방팔방으로 도망쳤다. 몇몇은 계속 휘파람을 불고 야유를 퍼부었지만, 나머지는 도망가느라 서로 밀치고 부딪히고 했다. 경찰은 세미나리오 거리와 미네르바 광장 두 군데에서 나타났다. 그래서 그 가운데 있던 네오파시스트들은 나머지 다른 골목들로 도망치기 시작했다. 십여 명이 붙잡혔고 몇몇이 머리에 곤봉 세례를 받았지만, 대부분 전력을 다해 도망쳐서 그 지역을 무사히 빠져나왔다.

톰마소, 카고네, 렐로는 콜레타, 살바토레, 알베르토, 우고, 미치광이와 함께 늙은 하이에나들처럼 크레셴치 거리를 줄곧 지치도록 내달렸다. 그들의 다리는 열심히 달리고 있었지만 얼굴은 산책 나온 사람들처럼 웃고 있었다.

"뛰어, 레!"

톰마소가 놀리듯 소리쳤다.

"빨리 와, 그러지 않으면 경찰이 우리를 영원히 보내 버릴 거야!"

그들은 오베르단 거리와 테아트로 거리 사이 갈림길에 도착했다. 내키는 대로 한쪽 길로 들어서자 또 다른 작은 갈림길이 나타났다.

"저쪽 길로 가자."

"아니야, 이쪽 길로 가자."

"아냐, 저쪽 길이야."

결국 그들은 고장 난 수도꼭지처럼 땀을 뻘뻘 흘리며 걸음을 멈췄다.

"야, 난 지쳐서 더는 못 뛰겠어."

우고가 씩씩대며 말했다. 그는 플란넬 바지에 허리띠가 달린 회색 재킷으로 멋을 내고 금 목걸이, 반지, 손목시계를 했다.

"배고파 죽겠어."

우고가 내쏘듯 덧붙였다.

"나도. 어제저녁부터 아무것도 못 먹었어."

톰마소가 말했다.

"야, 여기서 방향을 돌리지 않으면 난 빠질 거야!"

우고가 다시 성내면서 말했다.

"필레니 피자 가게에 피자 먹으러 가자."

살바토레가 말했다. 그러자 우고가 불쑥 한마디 했다.

"가자, 뭘 망설여?"

그들은 트라스테베레에 지름길을 이용해 곧장 가지 않고 멀리 돌아서 갔다. 비토리오 다리 우회도로로 들어가 햇볕을 쪼이면서 고베르노베치오 거리를 끝까지 걸었다. 그런 다음 가리발디 다리를 내려가 레 대로로 접어들었다. 에스페리아 영화관 조금 위쪽에 그들이 말한 피자 가게가 있었다.

피자 가게는 이미 만원이었고, 화덕 근처 구석 자리 테이블 하나만 어쩌다 남아 있었다. 그들은 피자를 먹는 사람들 사이로 서로 밀치고 시끄럽게 떠들면서 빈 테이블로 달려들었다.

"뛰어! 가자!"

그들은 피자 가게가 아니라 광장에 있는 것처럼 소리쳤다.

뱃사람들처럼 웃으며 의자로 뛰어든 그들은 곧장 종업원을 불렀다.

"피자 여섯 판! 달달한 포도주 2리터!"

그들이 소리치듯 주문했다.

"난 버섯 들어간 피자!"

우고가 주문했다.

"우린 같은 순례자들이니까, 그럼 우리도 같은 걸로 할까?"

다른 친구들이 소리쳤다.

옆 테이블에 트라스테베레에 사는 좀 더 덩치 큰 청년들이 자리 잡고 있었다. 그들은 서로 아는 사이라 손가락에 풀칠한 것처럼 손가락을 까닥 움직이며 인사를 나눴다.

"안녕, 뚱보!"

우고가 신선한 꽃상추 한 포기처럼 덩치가 좋고 희멀건 청년에게 인사했다. 그러자 뚱보는 우고에게 눈을 찡긋하더니 천천히 잔을 손에 쥐고 비웃는 눈빛으로 우고를 가만히 응시했다. 그는 한 모금 홀짝이더니 우고에게 시선을 떼지 않은 채 잔을 내려놓으며 말했다.

"이봐, 새해는 좀 더 있어야 해! 기다려. 아, 먼저 그 젖은 넝마 좀 벗어 버리시지!"

우고는 장난스러운 표정을 지었다. 화덕에서 불꽃이 널름거리는 가운데 피자 가게 네온 불빛 아래서 모두 큰 소리로 떠들고 있었기 때문에 그는 소리치듯 진지하게 대답했다.

"우리는 언제나 강한 놈들이야, 우리 하고 싶은 대로 할 수 있다고!"

"아, 그래."

뚱보가 일어나 고개를 숙이면서 말했다.

"하지만 너희의 독재도 이젠 끝났어."

우고가 냉담하면서도 의기양양한 목소리로 대꾸했다.

"우리에겐 독재할 수 있는 능력이 있지만, 네 녀석들에겐 아직 그럴 힘이 없잖아!"

"우린 너희 같은 깡패들이 아니니까!"

공산주의자 뚱보가 대답했다. 우고는 여차하면 덤벼들 기세였지만 아직은 평정심을 잃지 않고 뚱보를 노려봤다. 우고의 친구들도 슬슬 화가 나기 시작했다. 특히 톰마소가 그랬는데, 그는 녀석들을 발기발기 잔인하게 찢어 버릴 듯이 분노 어린 눈길로 그 녀석들을 노려보았다.

그 순간 우고는 목소리와 표정을 바꿨는데 금발 뚱보가 아니라 허공에 대고 말하는 것 같았다.

"우리보고 깡패들이래! 네 녀석과 같은 생각을 가진 네 동료들이 깡패들이야. 우리 아버지와 형을 무참히 죽였던 놈들 말이야!"

대답하기 전에 뚱보 역시 우고가 아닌 허공에 대고 잠시 희미한 미소를 짓더니 잔을 손에 들고 조금 흔들다가 말했다.

"마시자! 한잔 더 하지, 나도 한잔할게. 그리고 이 말싸움을 끝내자."

종업원이 피자와 포도주 2리터를 들고 나타났다. 그가 피곤한 듯 숨을 헐떡이며 테이블에 피자와 포도주를 내려놓자, 저쪽에서 다른 사람들이 그를 불렀다.

"뚱보의 심장을 먹어 치우려 했는데."

살바토레가 뚱보 무리에게 등을 돌리며 말했다.

"나는 저 녀석들의 심장을 먹어 치우려 했어."

증오심으로 얼굴이 노래진 톰마소가 나지막이 말했다.

"녀석들이 내 성질을 더 건드렸다면 벽에다 대고 저놈들 얼굴을 갈겼을 거야!"

카고네는 벌써 피자를 먹기 시작했다. 피자를 네 조각으로 잘라 한 조각을 손에 들고 반으로 접어 샌드위치처럼 우적우적 먹었다. 다른 친구들도 카고네처럼 했다. 그들은 웃고 떠들면서 피자를 배 터지게 먹었고 서로 포도주를 빼앗아 먹으려 했다. 잠시 후 분위기가 좀 진정되자 뚱보는 다시 침착한 목소리로 조용히 말을 걸었다.

"어이, 우리 쪽으로 전향한다면 포도주 0.5리터 값을 내지!"

뚱보가 도발적인 태도로 우고에게 말했다.

우고는 화난 눈초리로 뚱보를 노려보더니 입가에 침을 튀겨 가며 말하기 시작했다.

"뭐, 나를 네 편으로 끌어들이겠다고? 네가 나보다 똑똑하다고 생각해? 네놈이 정치에 대해 개뿔이나 알아! 잘 들어, 난 그 사람을 믿었어. 너는 네 마음대로 생각해. 하지만 그는 우리 모두의 복지를 위해서 그런 일을 한 거야. 오늘날 너희가 하는 그런 파렴치한 행위는 예전엔 없었어! 포로 무솔리니를 봐! 그가 세웠던 모든 계획을 생각해 봐! 이젠 그런 계획이 실제 있었다는 것만 알려져 있지만 말이야! 이렇게 된 건 너희가 그를 배신했기 때문이야! 그를 부활시킬 거야. 네 녀석들의 얼굴에 침을 뱉어 주기 위해서라도 말이야!"

금발 뚱보 녀석의 친구 하나가 그의 팔꿈치를 잡았다. 하지만 금발 녀석은 자신의 감정을 잘 통제하고 있었다. 톰마소가 독기 어린 눈으로 "빌어먹을 살인자 놈들!"이라고 말하는 소리를 분명히 들었음에도 그는 부드러운 미소만 짓고 있었다.

포도주 2리터는 많은 양이었지만 그들은 금방 다 마셔 버렸다. 그러자 미치광이가 포도주를 한 병 더 주문했다. 그것도 금방 동이 났다. 잠시 후 다들 기분이 좋아졌고 가만히 앉아 있을 수 없을 정도로 취기가 올랐다. 누구는 제 마음대로 노래를 불렀고, 누구는 테이블에 두 발을 올려놓았다. 마침내 카고네가 입을 열고 말했다.

"야, 오늘 저녁 기분 최곤데. 엽기적인 도둑질이라도 할 수 있을 것 같아."

모두 웃음을 터뜨리면서도 귀를 쫑긋 세웠다. 카고네는 농담이라는 걸 할 줄 몰랐기 때문이다.

"그래, 그렇게 힘이 넘치면 나가서 모험을 즐겨 볼까!"

미치광이가 말했다.

"가자, 가자, 가자! 여기 죽치고 있기도 지겨웠던 참이야!"

렐로가 소리쳤다.

모두 의견이 일치했다. 누리끼리한 얼굴에 두 눈이 숯불처럼 반짝거렸다.

"야, 알두치오 빵 가게에 가서 밀가루 두 포대 슬쩍해 올까?"

살바토레가 벌써 흥분해서 소리쳤다.

"밀가루 두 포대 갖고 뭘 해!"

미치광이가 한 손을 들면서 말했다.

"그러지 말고 저 아래 말리아나 철도에 가서 구리선 두 뭉치를 훔쳐 오자!"

"너 미쳤어? 요즘 선로용 구리선에는 상표가 찍혀 있단 말이야! 차라리 담배 가게를 털자. 너희 생각은 어때?"

우고가 말했다.

"그럼 차를 구해 와야겠네!"

살바토레가 벌써 일어나 나갈 준비를 하며 말했다.

"네가 뭘 하려고? 두고 봐! 이 분이면 문을 따고 들어가서 훔쳐 갖고 올 테니까!"

렐로는 앞머리가 약간 흐트러진 채 희색이 만연해서 생기 넘치는 목소리로 말했다. 그는 뒤도 돌아보지 않고 화덕 앞을 지나 피자 가게 출입문 쪽으로 곧장 걸어갔다.

카고네가 망을 봐 주기 위해서 잽싸게 일어나 늙은 개처럼 렐로를 따라갔다.

바깥 날씨는 점점 무더워졌다. 레 대로변에 있는 바들에서는 밖으로 테이블을 내놓았고, 많은 사람들이 노천 바에 앉아 주문한 음식을 먹고 있었다. 플라타너스들 위에 새들이 가득 앉아 있었다. 시들시들한 잎사귀들이 아직도 많이 달려 있는 나뭇가지들 위에 새 몇천 마리가 앉아 찍찍거리면서 귀가 멍멍할 정도로 요란하게 울어 댔다. 오줌싸개 녀석들은 셔츠 차림으로 새총을 들고 나무 아래를 돌아다녔다.

렐로는 카고네를 꽁무니에 붙이고 즐겁게 가리발디 다리 쪽으로 가서 다리를 지나 아레눌라 거리로 접어든 뒤, 거기서 라르고아르젠티나로 갔다.

그곳에서 두 녀석은 걸음을 멈추고 동태를 살폈다. 그들은 거기가 차를 훔치기에 적합한 장소라는 걸 한눈에 알았다. 그들은 광장을 한 바퀴 돌다가 보테게오스쿠레 거리로 시선을 던졌다. 아르젠티나 극장에서 콘서트가 열렸기 때문에 주변 거리에는 주차된 자동차들이 꽉 들어차 있었다. 보테게오스쿠레 거리 어귀 작은 공터에 일렬로 세워진 차들 옆으로 피아트밀 레첸토 스포츠카 한 대가 주둥이를 밖으로 향한 채 조금 떨어 져서 주차되어 있었다.

렐로는 가까이 다가가 주변을 살피더니, 차문에 무릎을 꼭 대고 두 손으로 손잡이를 잡고는 홱 잡아당겼다. 차문이 열리 자 그는 운전대 뒤로 들어가서 반대쪽 차문을 열었다. 그쪽 문 으로 카고네가 들어가서 곧바로 전선을 잡아챘다. 전선들을 모 아서 아래로 약간 구부린 다음 왼손으로 전선을 잡고 오른손 으로 전조등 전선을 잡았다. 렐로는 시동을 걸고 보테게오스 쿠레 거리로 들어갔다. 로토 다리 쪽에서 레 대로변 피자 가게 앞까지 이 분 만에 도착했다.

"그르으라나다아아……."

사람들로 북적이고 담배 연기 자욱한 피자 가게 안에서 노 래 소리가 들려왔다. 화덕 구멍 앞에 간수처럼 녹색 옷을 입은 두 악사가 있었다. 모두 음악을 들으며 먹고 와자지껄하게 떠 들어 대고 있었다.

"멍청이들아!"

렐로가 친구들이 앉아 있는 테이블로 가서 말했다. 녀석들 은 세 번째 술병을 비운 터라 얼굴이 석류처럼 벌겋게 달아올 라 있었다. 렐로는 친구들을 기다리지도 않고 곧장 다시 출구 쪽으로 발길을 돌렸다. 이미 돈을 지불한 친구 녀석들은 일어 나 줄줄이 그를 따라 나왔다. 기분 좋게 취해 밖에 나온 녀석 들은 밀레첸토를 보고 그 안으로 뛰어들어 갔고 곧장 트라스 테베레 역으로 쏜살같이 출발했다.

"그르으라나다아아…… 티에라 소냐다 포르 미!"

얼굴이 촌스럽게 생긴 살바토레가 의자에 벌렁 자빠져서 기분 좋게 노래하기 시작했다.

어떤 녀석은 길게 누워 있었고, 어떤 녀석은 눈웃음을 치며 개새끼처럼 창밖을 쳐다보고 있었다. 우고는 창밖으로 머리통을 내밀고 지나가는 계집들에게 소리쳤다.

"대담한 조개야! 황금 조개야! 기름칠한 조개야!"

"우리 어디로 가는 거야?"

살바토레가 노래를 멈추고 흥분한 목소리로 물었다.

"야호, 어디 가는데, 야호."

톰마소가 쾌활한 목소리로 같은 질문을 반복했다.

카고네가 전선을 든 채 슬쩍 돌아보며 입을 열었다.

"돈 벌러!"

그들은 포르타포르테제와 암마차토라 사이에 있는 컴컴한 도로로 들어갔다. 그곳에서 전선들을 꼬아 정리한 후 전속력으로 테스타치오로 출발했다. 그들은 노래하고 미친 듯이 환호성을 지르며 강변도로를 잠시 달리다가 산조반니 쪽으로 방향을 잡았다. 갑자기 미치광이가 소리쳤다.

"봐, 저기 봐, 외제 차야!"

"렐로, 렐로, 바싹 붙어. 어디에 서는지 보자고. 차가 서면 일을 벌이는 거야."

우고가 소리쳤다.

그 낡은 외제차는 윤이 나는 짙은 색 카피탄이었다. 차는 지붕 위에 여행 가방, 손가방, 유모차를 실은 채 서두르지 않고 침착하게 달렸다. 차 안에는 한 남자와 한 여자, 어린 소년 둘이 타고 있었다.

렐로가 그 차를 따라가기 시작했다. 산조반니 광장을 지나 천천히 카실리나 거리에 이르렀고 토르피냐타라 갈림길에 있는 독일 순례자들을 위한 호텔에 도착했다. 그곳은 아주 한적했다. 자동차들과 빈 전차 몇 대만 지나갔다. 카피탄에 타고 있던 사람들이 내려서 경적을 울렸다. 그러자 관리인이 문을 열어 주었고 그들은 호텔 안으로 들어갔다.

렐로 일행은 종업원이 짐을 가지러 나오기 전에 재빨리 움직여야 했다. 카고네가 조용히 물었다.

"야, 누구 칼 있어?"

"나!"

톰마소가 드라이버, 병따개, 깡통 따개가 달린 미제 칼을 꺼내면서 말했다. 카고네와 톰마소는 차에서 내려 자동차로 다가갔다. 톰마소는 짐을 묶은 줄을 칼로 끊기 시작했다. 카고네는 거치적거리는 유모차를 집어 땅바닥에 내던졌다. 그들은 일 분도 못 되어 차 문을 열어 놓은 채 여행 가방과 손가방을 들고 시동을 켜 놓은 밀레첸토로 돌아왔다. 그들이 차에 타고 출발하는 순간 수위실과 정원 전등이 켜졌다.

먹구름이 도시를 감싸며 다시 비가 내리기 시작했다. 밀레첸토는 비를 뚫고 모터보트처럼 커브 길을 요리조리 달렸다.

"난 비 올 때 차 안에 있는 게 정말 좋더라!"

한껏 들뜬 살바토레가 말했다.

"내가 좋아하는 게 두 가지 있어!"

차가 물을 튀기며 웅덩이를 지나는 동안 그는 덧붙였다.

"비 올 때 자동차 타는 거랑 길거리 지나가는 사람들 보면서 풀밭에 똥 누는 거!"

철교에 도착한 그들은 로디 광장의 아치로 들어갔다가, 산조반니로 가서 포르타메트로니아와 파세지아타아르케올로지카를 달렸다. 비가 억수같이 내리는 가운데 잠시 후 그들은 트라스테베레에 다시 나타나 로마의 돌 포장도로를 달리며 즐겁게「라 쿰파르시타」*를 연주했다.

산타마리아 광장을 지나 뒷골목으로 접어든 그들은 렌치 광장 근처에 있는 아주 컴컴한 또 다른 뒷골목에서 멈추었다.

차에서 내린 우고가 담벼락을 스치는 후덥지근한 비를 맞으며 렌치 광장으로 뛰어갔다. 그는 광장 전체에서 유일하게 불이 켜져 있는 어떤 술집으로 재빨리 뛰어들어 갔다. 우고는 술집 안으로 얼굴을 드밀고 친구를 찾더니 그에게 다가가 소곤소곤 말했다.

"할 말이 있는데!"

그러고 나서 우고는 친구의 시선을 받으며 술집 문으로 다시 나와 처마 아래에서 그를 기다렸다.

잠시 후 친구가 나오자 우고가 말했다.

"지금 가방 몇 개를 가져왔어. 안에 뭐가 들었는지는 몰라. 혹시 생각 있어?"

"음, 팔 만한 물건이라면 가져와 봐! 난 먼저 집에 가 있을 테니까."

"저 말이야, 가방이 네 개라서 나 혼자 들 수가 없어. 내 친구를 데려갈게! 이 바닥 물정을 아는 놈이야!"

---

* La Comparcita. 로드리게스가 작곡한 탱고 음악.

우고가 자동차로 뛰어가면서 장물아비를 안심시키기 위해 한마디 덧붙였다.

"좋아, 하지만 의심 살 행동은 하지 마!"

노인이 수락하며 자신이 사는 건너편 뒷골목 쪽으로 갔다.

일 분도 안 돼서 우고와 카고네가 장물을 들고 노인이 간 길을 따라갔다. 빗물에 쓰레기가 둥둥 떠다니는 지저분한 뒷골목으로 접어든 그들은 작은 문 안으로 들어갔다. 그리고 전등 하나만 바람에 흔들거리는 계단을 올라 칠흑같이 어두운 층계참에 멈췄다. 문이 반쯤 열려 있어서 그들은 안으로 들어갔다.

장물아비가 그곳에서 기다리고 있었다. 그는 작은 탁자 하나와 등받이 없는 의자 두세 개가 놓인 빈방으로 그들을 안내했다. 우고와 카고네는 훔친 물건, 그러니까 여행 가방 네 개와 손가방 두 개를 내려놓았다. 세 사람 모두 곧장 경첩을 뜯고 가방을 열어 보기 시작했다. 그들은 안에 들어 있는 것을 살폈다. 대개 옷, 속옷, 책 들이었다. 그들은 협상을 시작했다.

"얼마를 내놓을 건지 지껄여 봐!"

카고네가 위협적으로 말했다.

"입 한번 더럽네!"

노인이 2만 5000리라를 제시했다. 두 친구는 적어도 5000리라를 더 원했다. 실랑이를 되풀이하다가 노인은 전에도 흔히 그랬듯 돈을 꺼내 눈앞에 보여 줘야겠다고 생각했다. 그는 그들의 생리를 잘 알았기 때문이다. 돈다발을 보고 욕심이 생긴 그들은 돈을 빨리 손에 넣고 싶은 급한 마음에 그가 말한 가격을 받아들이곤 했다.

장물아비는 조그만 소파로 다가갔다. 거기에 보물찾기에서 탄 물건처럼 생긴 커다란 인형이 놓여 있었다. 그가 인형 머리를 떼어 내더니 권총과 함께 묵직한 돈다발을 꺼냈다. 카고네는 곧 홀딱 반해서 그 권총을 바라보았다.

"권총 좀 보여 줘!"

카고네가 권총을 낚아채고는 세심하게 쓰다듬었다.

"총알 들어 있어?"

카고네가 권총을 살피면서 물었다.

"아니."

조금 당황한 노인이 인형을 손에 들고 다소 과장해서 대답했다.

카고네는 노인을 쳐다보고 나서 군침을 삼키며 돈다발을 쳐다보았다.

"좋아, 2만 5000리라로 하지, 제기랄. 하지만 요 잘빠진 놈을 덤으로 얹어 줘!"

카고네가 떨면서 말했다.

장물아비는 징징 우는 소리로 그건 위험하다는 둥, 골치 아픈 일에 휘말리기 싫다는 둥 이런저런 핑계를 댔다. 하지만 결국 승낙하며 거래를 끝냈다.

"총이 어디서 났는지 절대 말하면 안 돼!"

노인이 부탁했다. 하지만 두 녀석은 노인의 말을 제대로 듣지도 않고 귀족 집 개 두 마리처럼 잽싸게 돈을 챙겨 나왔다. 다른 녀석들을 태운 자동차는 어둠 속에 그대로 서 있었다. 친구 녀석들은 시체처럼 숨죽이고 있었다. 그들은 돈을 나눴다. 한 사람당 4000리라 조금 넘게 돌아갔다. 그들은 다시 출발했다.

"어디 갈까?"

살바토레가 신나서 물었다.

"마시러!"

개 눈망울처럼 눈물이 똑똑 떨어질 것 같은 눈을 가진 카고네가 말했다.

"가아자!"

톰마소가 소리쳤다. 렐로는 뒷골목 두세 군데를 내키는 대로 여기저기 들어갔다가 시스토 다리로 간 다음 강변도로를 타고 질주했다. 비가 그쳤다. 날씨가 개면서 군데군데 맑은 하늘이 나타났다. 순식간에 로토 다리에 도착했고, 또 순식간에 수블리치오 다리로, 다시 오스티아 역으로 갔다. 그들은 첨탑을 지나 타이어에 연기가 나도록 달리면서 그 지역에서 진 치고 있는 창녀 두세 명에게 휘파람을 불었고, 마르모라타 거리로 들어갔다가 테스타치오로 접어들었다. 그들은 흰자위가 보일 정도로 취했다. 차발리아 거리에 트럭 한 대가 멈춰 있는 통에 길 전체가 꽉 막혀 있었다. 크리스마스트리를 가득 실은 트럭이었다. 트럭 뒤 받침대가 풀리는 바람에 한가득 실려 있던 나무들이 도로 한복판으로 굴러 떨어졌던 것이다. 트럭 운전사는 받침대 대신 가로목을 대면서 분주히 움직였다. 하지만 빗물에 젖은 크리스마스트리들을 뚫고 지나갈 수는 없었다. 꼬마 녀석들은 나무 주변에서 야단법석을 피우고 있었다.

"야, 나 배고파."

화난 톰마소가 옆에 있는 식당을 보면서 소리쳤다.

"야, 어차피 돌아가지도 못하잖아."

살바토레가 톰마소의 지원군이 되어 렐로에게 말했다. 차를 돌릴 마음이 없었던 렐로는 웃으며 차에서 내리더니 차문을 쿵 닫고는 식당 쪽으로 곧장 걸어갔다.

"배때기 채우러 가자, 빨리 와."

렐로가 소리쳤다.

식당에 아무도 없어서 그들은 식당 전체를 세 낸 것처럼 굴었다. 렐로는 바다 조개를, 톰마소는 구운 양 머리 고기를, 카고네는 닭 요리와 카프리치오사 피자를, 미치광이는 콰트로스타지오니(사계절) 피자를, 우고는 저민 대구살 요리를, 살바토레는 라이스 크로켓을 주문했다. 또 모두 먼저 감자튀김을, 다음은 페코리노 치즈를, 마지막으로 올리브유와 후추로 양념한 회양*을 시켰다.

뱃속까지 취한 그들은 다시 밀레첸토에 올라타고 비에 젖은 나무들 아래 강변도로를 달렸다. 바람이 나무를 흔들면서 잎사귀를 한 움큼씩 떨어뜨렸다.

"야, 우린 다시 빈털터리가 됐어."

다시 질주하기 시작하자 우고가 렐로에게 말했다.

"이쯤에서 한탕 더 하자."

우고가 싸울 듯한 표정으로 사납게 덧붙였다.

"난 좋아. 식은 죽 먹기잖아."

렐로가 군소리 없이 동의했다.

화가 난 우고는 주먹 쥔 두 손을 턱 아래 가슴 부근에 대고 싸울 자세를 취하고서 말했다.

"그럼, 어디 갈까?"

"시내로 쳐들어가자! 가다 보면 걸려드는 게 있을 거야!"

---

* 다년생 허브로, 이탈리아 요리에 많이 쓰인다.

살바토레가 평소 성격대로 흥분하며 말했다.

"전진하라, 젊은이들이여! 세상이 우리를 지켜보고 있노라!"

즉시 미치광이가 소리쳤다.

톰마소가 입을 비틀며 콧소리로 말했다.

"우린 언제나 일이 착착 맞아떨어진다니까. 우리는 승리할 것이다!"

그들은 다시 마르모라타 거리를 지나 강변도로로 들어갔다.

"얘들아, 감옥에서 몇 년 썩더라도 크게 한탕하고 싶냐?"

강변도로를 달리기 전에 렐로가 결심을 굳힌 듯 말했다.

"뭔데? 어떤 건데?"

다른 친구들이 물었다.

"무장 강도."

카고네는 이렇게 말하며 잠시 주머니를 뒤지더니 권총을 꺼냈다.

"좋아!"

렐로가 그의 말이 무슨 뜻인지 금방 알아차리고 동의했다.

"돈을 얼마나 훔칠 거고 누구를 털 건데?"

우고가 말했다.

"주유소를 터는 거야."

렐로가 침착하게 말하며 시속 100킬로미터로 포르투엔세를 질주했다.

"어느 주유소?"

우고가 물었다.

"크리스토포로콜롬보나 아피아, 아르데아티나에 있는 주유소들 중에 털기 좋은 데로. 어디로 갈까?"

모두들 그 범죄에 동의했고, 어느 주유소냐를 두고 약간 실랑이를 벌이다가 밀비오 다리 쪽으로 향했다. 거기서 우고가 아는 주유소를 향해 카시아로 갔다. 지아니콜로와 몬테마리오를 지나자 곧 언덕이 많은 들판 한가운데에 도착했다. 로마의 불빛이 멀리서 깜박이는 가운데 그들은 초원과 작은 숲 사이로 몇 킬로미터를 더 달렸다. 이윽고 말다툼을 벌인 끝에 살바토레, 미치광이, 톰마소가 내키지 않았지만 결국 포기하고 차에서 내렸다. 세 사람은 주변 농가에서 개들이 짖는 소리를 들으며 비탈길에서 기다리기로 했다.

　나머지 세 명은 스토르타 조금 못 가서 있는 주유소로 갔다. 렐로가 운전대를 잡았고, 카고네가 옆자리에, 우고가 뒷좌석에 앉았다.

　캄캄하고 인적이 없는 가운데 달처럼 큰 조개껍데기 모양의 전등 하나만 밝힌 주유소로 그들은 접근했다.

　"15리터만 넣어 주세요."

　렐로가 주유원에게 말했다. 주유원은 스물다섯에서 서른 정도 되어 보이는 청년으로, 먹고 자기만 하는지 피둥피둥 살이 쪘다. 그는 호스를 구부려 기름 탱크에 집어넣은 다음 차에 기름을 넣기 시작했다. 한편 렐로는 하품을 하면서 카고네에게 말했다.

　"타이어가 어떤지 좀 봐."

　타이어를 본다는 핑계로 카고네는 차에서 천천히 내려 타이어를 살폈다.

　"타이어는 괜찮아!"

　카고네는 말을 마치기도 전에 호스를 다시 걸고 있는 주유원에게 권총을 들이댔다. 그는 주유원의 가슴 가까이에 권총을 겨누고 자신이 무서워 떨고 있다는 것을 보여 주기 위해 손을 덜덜 떨었다. 사람은 보통 두려움을 느낄 때 총을 쏘기 때문이다. 하지만 일부러 떠는 척할 필요는 없었다. 카고네는 두려워서가 아니라 성내느라 진짜 떨고 있었던 것이다.

"돈 내놔!"

"제발 죽이진 마세요, 제겐 가족이 있어요."

얼굴이 양초처럼 하얘진 주유원이 재빨리 가방을 풀어 카고네에게 주면서 말했다. 카고네는 권총을 그의 등에 계속 겨눈 채 가방 안을 슬쩍 보고는 돈이 얼마 없다는 걸 알았다.

카고네는 분노로 이를 갈며 입을 일그러뜨린 채 주유원의 얼굴을 다시 쳐다보았다.

"주유소 안으로 들어가."

주유원은 곧 순순히 카고네의 명령에 따랐다. 그는 등 뒤로 총을 느끼며 주유소 안으로 들어갔다.

"서랍을 모두 열어."

카고네가 다시 명령했다. 직원은 또다시 순순히 말을 들었다. 서랍에서 카고네는 돈을 더 발견했다. 그는 돈을 집어 들고 주머니에 쑤셔 넣었다. 그러고 나서 주유원을 사무실 안에 가두고 유리창 너머로 그에게 소리쳤다.

"움직이지 마, 움직이면 쏜다!"

카고네가 권총을 살짝 옆으로 겨눈 채 자동차 안으로 뛰어들어 갔고, 차가 땅을 긁으며 출발했다.

"얼마나 번 거야, 얼마나 벌었어?"

우고가 물었다. 카고네는 말없이 돈을 셌다. 개 두세 마리가 농가에서 달려 나와 가시덤불 너머에서 우왕좌왕하며 컹컹 짖어 대는 가운데 그들은 습한 곳에서 추위에 덜덜 떨고 있던 톰마소와 다른 녀석들을 다시 태웠다.

"얼마나 긁어모았어?"

톰마소가 얼굴을 찡그리며 말했다. 카고네가 지폐를 보여 주었다.

"우리한테도 좀 보여 줘!"

미치광이가 돈다발을 보고 소리쳤다. 1000리라짜리 지폐 서른 장이었다. 톰마소는 인상을 팍 쓰면서 우고에게 말했다.

"한탕할 수 있다더니 고작 이거냐?"

"바보 자식."

우고가 반박했다.

"투덜거리지만 말고 그럼 어디 네가 이만큼 벌어 와 봐!"

톰마소가 코를 찡그리며 입을 다물었다. 그는 대답 대신 노래를 부르기 시작했다.

우린 감옥 따윈 무섭지 않아.
비참한 죽음도 무섭지 않아…….

그들은 별빛 아래 그렇게 노래하며 밀비오 다리로 다시 돌아와 테베레 강을 따라 달리다가 오벨리스크 앞에 있는 두카 다오스타 다리를 탔다. 다리 중간쯤 오자 카고네가 불쑥 성내며 권총을 꺼내 강으로 던지면서 소리쳤다.

"이젠 필요 없어!"

"왜? 바보 아냐?"

여전히 심사가 뒤틀려 있는 톰마소가 물었다.

카고네는 톰마소를 돌아보며 인상을 찌푸렸다.

그들은 실랑이를 벌이며 플라미니아로 가는 대로로 접어들었다. 렐로는 뒷골목과 광장을 내키는 대로 죄다 돌아다녔다. 마침내 그는 다소 어두컴컴한 길 하나를 찾아냈고, 그곳에 차를 버렸다. 그들은 주변 동태를 살피며 잠시 걸었다. 인근 보도를 따라 많은 자동차들이 줄지어 주차되어 있었다. 하지만 거의 모두 도난 방지 장치가 달려 있었다. 마침내 도난 방지 장치가 없는 괜찮은 차 한 대를 찾아냈다. 그들은 그 차를 훔쳐서 다시 멋지게 달렸다. 그런데도 톰마소는 아직 성에 차지 않는 모양이었다.

"야, 주유소를 하나 더 털자. 이번에는 내가 적당한 데를 물색해 줄게."

"어디로 데려갈 건데?"

우고가 물었다.

"피우미치노 거리에 있는 주유소."

톰마소가 무뚝뚝하게 말했다.

"가자!"

톰마소가 렐로에게 명령했다. 잘생기고 쾌활한 렐로는 아무데면 어떠냐는 듯 창문에 팔꿈치를 올린 채 거칠게 운전했다.

그들은 로마를 반쯤 지나 포르투엔세 거리로 다시 들어갔다. 페르몰리오 공장이 고요한 밤하늘에 기둥처럼 높다란 불꽃을 아직도 훨훨 날려 올리고 있었다.

눅눅한 주변 공기가 숯불처럼 검은 증기와 연기에 섞여 더욱 축축해졌다. 하나둘 불이 꺼지면서 구역 전체가 정적 속에 잠드는 듯했다. 그들은 포를라니니 뒤쪽 포르투엔세 거리에 있었다. 달은 이미 높이 떠올라서 따뜻한 봄날 같은 밤하늘의 뭉게구름을 노랗게 물들였다.

"일이 술술 잘 풀리는데. 올해 우리보다 크리스마스를 잘 보낸 사람이 또 누가 있겠어?"

살바토레가 아주 명랑하게 말했다.

"멈춰, 멈춰 봐!"

갑자기 우고가 소리쳤다.

"멈춰!"

우고가 또다시 사납게 소리쳤다. 렐로는 재빨리 브레이크를 밟았고, 차는 젖은 도로에서 약간 흔들거렸다. 광장처럼 넓은, 포르투엔세의 공터를 지나는 길이었다. 포를라니니 병원 끄트머리 병동 안쪽 담벼락 뒤로 인근의 많은 집들과 건물들이 잠들어 있었다. 왼쪽에는 한산한 대로가 있고 오른쪽 화장실 맞은편에는 불 켜진 주유소가 있었다. 그들이 주유소 앞을 지나는데, 사무실 유리창 안에서 주유원이 잠들어 있는 걸 우고가 봤던 것이다.

"차를 가까이 대!"

우고가 렐로에게 속삭였다.

"제기랄, 그냥 지나가자……!"

톰마소가 화내며 말했다.

"잠자코 있어, 자식아……. 성가시게 굴지 말고 가만 내버려 두라고!"

우고가 말했다.

"여기서 세우려고?"

톰마소가 손과 팔을 높이 들면서 고집을 피웠다.

"무슨 짓이야, 우릴 감옥에 보내겠다는 거야? 그러지 말고 내가 말한 곳으로 가자!"

우고는 톰마소를 쳐다보지도 않았다.

"인마, 내려."

얼굴이 궁둥이처럼 넓적한 우고가 입을 신경질적으로 우습게 찌그러뜨리며 미치광이에게 말했다. 렐로가 자갈 깔린 보도 가까이에 차를 대자 미치광이가 우고를 따라갔다. 초라하기 그지없는 침묵 속에서 홀로 불을 밝힌 주유소 사무실로 우고가 날쌔게 걸어갔다.

"자, 두 번째 주유소도 습격해 볼까!"

우고가 중얼거렸다.

"좀 봐 봐, 저놈 귀여운데!"

미치광이가 사무실 안에서 자고 있는 주유원을 보고 나지막이 말했다.

주유원은 갑자기 잠이 쏟아져서 깜박 잠든 모양이었다. 그는 유리벽 모서리에 고개를 기대고 허벅지 위에 가방을 올려 둔 채 긴 의자에 누워 자고 있었다. 그는 진한 청색 작업복을 입었고 검은 앞머리 위에 챙 모자를 삐딱하게 썼다. 미치광이가 천천히 유리문을 열었다. 미치광이 뒤에 있던 우고는 주유원이 깨면 머리를 박살 내려는 태세로 바닥에 깔려 있는 발판을 집어 두 손으로 꼭 쥐었다. 미치광이가 천천히 문을 열고 고양이처럼 살그머니 안으로 들어갔다. 그는 주유원의 배 위에 있는 가방에 손을 댔다. 두 손으로 가방을 뒤지면서도 주유원의 얼굴을 살피며 한시도 눈을 떼지 않았다. 주유원은 시골 출신이 틀림없었다. 아마 로마에서 멀지 않은 아브루초나 풀리아에서 건너왔을 것이다. 얼굴은 넓적하고 햇볕에 그을렸으며, 입은 잠자면서도 다소 멍청해 보였고, 단추를 풀어헤친 작업복 주름 사이로 보이는 몸은 튼튼했다.

미치광이는 왼손으로 가방을 살짝 받쳐 들고 오른손으로 가방을 연 다음 안에 든 돈을 니켈 동전까지 싹 쓸어 담았다. 그러고는 주유원의 얼굴을 계속 주시하면서 뒷걸음쳐 문을 닫고 나왔다. 우고는 발판을 다시 내려놓았고 둘은 자동차를 향해 뒤돌아 뛰었다. 하지만 그들은 자동차에 도착하기 전에 카고네가 뒤따라왔다는 걸 알아차렸다. 카고네는 시체처럼 누런 얼굴로 압축기 위에 몸을 구부리고 이를 부드득 갈며 젖 먹던 힘까지 다해 압축기를 용써서 뽑고 있었다. 그는 거친 숨을 내쉬며 목구멍에서 헐떡헐떡 숨넘어가는 소리를 냈다.

"뭐 하는 거야, 카고?"

미치광이가 불안하다는 듯 물었지만 카고네는 대답하지 않았다. 그는 농담할 기분이 아니었다. 우고는 두려움에 사로잡혔다.

"내버려 둬. 압축기엔 상표 번호 표시가 돼 있단 말이야!"

하지만 카고네에게는 이미 어떤 말도 들리지 않았다. 할 수 없이 서둘러 일을 처리하기 위해 우고가 카고네를 도와줬다. 그들은 압축기를 바닥에서 뽑아내고 함께 자동차로 옮겼다. 차 안에 압축기를 실을 수 있었다. 카고네는 압축기 위에 걸터앉았고, 차는 피우미치노를 향해 번개같이 출발했다.

자기 집에서 나와 더듬이를 세우고 있는 달팽이처럼 톰마소는 몸을 곧추세웠다. 그는 불에 올려놓은 것처럼 시뻘겋게 달아오른 얼굴로 자신이 말한 장소를 향해 제대로 가고 있는지 전방을 주시하며 길을 살폈다. 그사이 다른 친구들은 돈을 나눴다. 어둠 속에서 뒤로 스쳐 지나가는 비슷비슷한 건물들, 군기지의 우스운 작은 집들, 언덕 꼭대기에 있는 교구의 작은 성당, 스펀지처럼 물기를 잔뜩 머금은 더러운 들판, 누런 주택 부지들이 줄지어 있고 몇 개 안 되는 전등들이 배고픔과 죽음의 풍경을 비추고 있는 트룰로*를 톰마소는 독기 오른 눈초리로 바라보았다.

"이쪽이야?"

렐로가 말리아나 쪽으로 핸들을 꺾으며 소리쳤다.

"그래."

톰마소가 입을 삐죽이며 대답했다. 그런데 카고네가 갑자기 외쳤다.

"잠깐 멈춰!"

"멈추긴 뭘 멈춰! 그러지 말고 더 밟아!"

톰마소가 날카롭게 쏘아붙였다.

카고네는 잔뜩 화난 표정으로 톰마소를 돌아보며 갈라진 목소리로 외쳤다.

"너 죽을래!"

그러면서 카고네가 렐로를 향해 휙 돌아앉았다.

"멈춰, 멈추라니까!"

카고네가 불같이 화내며 다시 말했다. 렐로가 브레이크를 밟자 말리아나 철도 가까이에 있는 작은 길에 차가 멈췄다.

---

* 이탈리아 로마의 지명.

카고네가 내렸다. 그곳에 소나무 한 그루가 있었고 그 뒤로 낮은 담벼락이 있었다. 시커먼 오물이 잔뜩 쌓여 있는 진흙투성이 채소밭들 사이로 정적에 싸인 판잣집 네 채가 주변에 자리하고 있었다. 카고네는 가시덤불에 싸인 낮은 담장을 넘어가 바지를 내렸다. 숨을 내쉬며 끙끙거리는 소리가 들렸다. 누군가가 카고네를 홀딱 벗기고 재갈을 물린 채 고문해서, 그는 고양이처럼 야옹거릴 수밖에 없는 것 같았다. 마침내 그가 바지 단추를 잠그고 혁대를 매면서 돌아왔다. 그는 땀에 흠뻑 젖어 있었다. 차 안의 입김과 밖의 습기 때문에 자동차 유리도 하얘졌다. 톰마소가 화내며 말했다.

"다 쌌냐? 자, 가자!"

카고네가 그의 얼굴을 돌아보며 다시 꺽 하고 트림했다.

다시 하늘이 온통 먹구름으로 덮였다. 아래로 보이는 철도의 줄지어 선 불빛이 땅 아래서부터 새어 나오는 듯했다. 그들은 다시 달리기 시작했다. 하지만 카고네는 여전히 몸이 좋지 않았다. 습한 공기를 너무 오래 쐰 탓에 설사가 났는지 배를 쥐어뜯고 싶을 정도로 아랫배가 뒤틀렸다. 그가 이따금 방귀를 뀌는데 냄새가 고약해서 다른 친구들은 코를 틀어쥐고 창문을 내려야 했다.

갑자기 카고네가 다시 소리쳤다.

"멈춰, 멈춰!"

톰마소가 야수처럼 화를 냈다.

"야, 똥 싸는 게 지겹지도 않냐?"

톰마소가 찢어지는 목소리로 외쳤다.

"멈춰, 자식들아!"

카고네가 필사적으로 소리쳤다.

렐로는 침착하게 다시 차를 세웠다. 말리아나를 지나왔고 이제 집들은 보이지 않았다. 왼쪽으로 철도를 따라 하느님께 버림받은 적적한 전등 불빛이 반짝이고 있었을 뿐이다. 카고네는 필사적으로 뛰어가며 다시 바지를 내렸다. 그는 도로변에 있는, 가시덤불이 그득한 계곡같이 생긴 곳으로 달려갔다. 계곡같이 생긴 곳이 잘려 나간 석회암 산들 사이로 하늘 높이 솟아올라 있었는데, 산들 역시 가시덤불로 덮여 있었다. 카고네는 고통스러워 목에 핏대를 세워 가며 이를 악물고 끙끙거렸다. 그는 천천히 다시 일어나 바지를 추켜올리고 단추를 잠갔다. 하도 조용해서 로마 쪽인지 바다 쪽인지 모르겠지만, 비에 젖은 땅과 무참히 잘려 나간 산들 뒤 오륙 킬로미터 밖에서 개들이 짖는 소리까지 들렸다. 마치 길 잃은 영혼들이 우는 것 같았다.

그들은 갈레리아 다리를 전속력으로 통과했다. 다시 빗방울이 떨어지기 시작했다. 주변이 캄캄하고 인적이 없었다. 이윽고 커브 길 끝에서 불빛이 보였다. 거기에 집 몇 채와 술집이 있었다. 좀 더 뒤쪽에는 주유소가 있었다. 주유소는 만든 지 얼마 안 된 도로변 공터에 자리 잡고 있었고, 그 앞에 흰 자갈이 깔려 있었으며, 불이 환하게 켜져 있었다. 주유원이 걸레로 오토바이를 열심히 닦고 있었다. 그가 담배를 입에 물고 있어서 연기 때문에 눈이 따끔거렸다.

손님을 보고 주유원이 고개를 들었다. 그는 손가락을 튕겨 담배꽁초를 던지면서 그들을 살폈다. 주유원은 이내 그들의 인상이 별로 좋지 않다는 걸 눈치챘다. 주유원 역시 시골뜨기로,

머리카락이 풍성해서 새가 몸을 웅크리고 머리 위에 앉아 있는 것 같았으며, 흑발과 금발이 약간 섞여 있었다. 무뚝뚝하고 날카로우며 사악해 보이는 각진 얼굴이었다. 그는 녀석들을 보며 얼마나 넣을 거냐고 물은 다음 만약의 사태에 대비해 침착하게 머리를 굴리면서 천천히 휘발유 호스 쪽으로 갔다. 작업복 바지, 그러니까 거의 무릎까지 내려올 정도로 안이 깊은 호주머니들 중 하나에 권총이 들어 있는 게 분명했다. 한편 렐로는 운전대를 잡고 하품하면서 능청을 떨었다.

"스파이, 타이어가 어떤지 좀 보고 와."

톰마소가 일어섰고 우고도 밖으로 나왔다. 톰마소는 타이어를 발로 탁탁 두 번 차고는 말했다.

"이상 없어!"

그러면서 톰마소는 입을 덜덜 떨며 주유원을 바라봤다. 톰마소는 주유원이 호스를 잡는 순간 그를 덮쳤고 경찰처럼 등 뒤로 두 팔을 꺾었다. 우고가 뒤에서 달려와 주유원의 목에 팔을 두르고 눈알이 튀어나올 정도로 세게 졸랐다. 카고네 역시 차 밖으로 나왔다. 그는 곧 주유원의 가방을 뒤지기 시작했는데, 울음을 터뜨릴 것처럼 킁킁거리면서, 가방이 열리지 않자 화가 치미는지 부들부들 떨었다. 그때 철도변에 있는 사무실 뒤에서 보조 주유원이 나타났다. 그는 빛과 그림자 사이에서 온몸이 마비된 듯 잠시 움직이질 못했다. 키가 작고 건방져 보이는 금발 청년으로, 맑고 작은 눈이 사악해 보였다. 그는 곧 주머니에 손을 넣더니 권총을 꺼냈다. 네모난 마우스 권총이었다. 그는 강도 네 녀석을 모조리 쏘아 버릴 태세로 총을 겨누었다. 우고의 팔에 붙들려 있던 다른 주유원이 소리쳤다.

"쏘지 마!"

카고네와 톰마소는 주유원의 몸을 방패 삼아 재빨리 그의 몸 뒤로 숨었다. 톰마소는 칼을 꺼내 주유원의 옆구리에 겨누면서 보조 주유원에게 사납게 소리쳤다.

"총 쏘면 이 자식을 찔러 버릴 거야!"

운전대를 잡고 있던 렐로가 소리쳤다.

"그자를 차에 태워!"

금발 보조 주유원은 총을 쏘지도 못한 채 불빛 아래 그대로 못 박혀 있었다.

"어서, 태우자."

톰마소가 소리쳤다. 그때 피우미치노 쪽 언덕 아래 커브 길에서 빛줄기가 보였다. 곧이어 자동차 한 대가 시속 100킬로미터로 지나갔고, 그 뒤로 또 다른 차 한 대가 나타났다. 차들은 빛 파동을 일으키며 주유소 앞을 쏜살같이 지나갔다. 작업 중이라 자동차를 보지 못한 우고와 톰마소, 카고네는 주유원을 끌고 다시 차에 올라탔다. 녀석들은 목이 반쯤 졸린 주유원을 다리 위로 눕혔다. 렐로는 시동을 걸어 차를 돌린 다음 로마를 향해 번개처럼 출발했다. 때마침 금발 보조 주유원이 공중에 대고 두세 발 총을 쏘는 소리가 들렸다. 주유소에서 사오 킬로미터 떨어지자 그들은 주유원의 바지 주머니에서 권총을 꺼내고 가방을 잡아챈 다음 차에서 끌어내려 때리기 시작했다. 톰마소가 등 뒤에서 두 팔을 잡고 우고가 처음에는 명치 부근에, 다음은 얼굴에 주먹을 퍼부었다. 곧 주유원의 입과 눈썹에서 피가 흘러내리면서 그가 까무러쳤다. 그러자 카고네도 차에서 내려, 신음 비슷한 소리를 내뱉으며 주유원의 얼굴과 배를 발로 걸어찼다. 톰마소가 잡은 손을 풀자 주유원이 아스팔트 위에 쓰러졌다. 카고네는 주유원의 등짝과 밟히는 아무 데나 발길질을 해 댔다. 이윽고 그들은 퉁퉁 붓고 피를 줄줄 흘리는 주유원을 철도변 가시덤불 아래로 굴려 떨어뜨렸다.

여전히 비가 주룩주룩 내렸다. 초원에는 희뿌연 안개가 자욱이 끼어 있었다. 하늘에는 피 얼룩같이 생긴 달이 빛났다. 카고네는 힘을 쓰고 나자 다시 배가 아프기 시작했다. 그는 두 손으로 배를 움켜잡고 몸을 뒤틀며, 무릎 사이에 머리를 박다시피 해서 몸을 웅크렸다. 자동차 안에서는 숨 쉴 수 없을 만큼 악취가 진동했다. 하지만 다른 녀석들은 돈을 나누느라 정신이 없어서 냄새를 전혀 느끼지 못했다.

말리아나 철도를 지나 갈대숲 사이를 달리며 에우르 방향에 있는 새로 놓은 다리로 들어가려 했을 때 카고네가 다시 차를 세우라고 소리치기 시작했다.

렐로가 웃으며 차를 세웠다. 카고네는 다리 인근 비탈 아래 빗물을 잔뜩 머금은 가시덤불 사이로 급히 뛰어내려 가느라 두 팔 높이쯤 되는 부드러운 진창에 미끄러졌다. 그는 다리 아치 아래 높다란 수풀에서 겨우 멈출 수 있었다. 여기서 볼일을 세 번째로 봤다. 이윽고 그가 덤불을 움켜잡고 올라왔다. 얼마나 용썼는지 시체처럼 창백해져서 꼭 졸도할 것 같았다. 하지만 카고네는 차에 도착하고도 바로 올라타지 않았다. 발밑에 계속 품고 있던 압축기를 아무 말 없이 움켜잡았다.

"뭐 하는 거야?"

톰마소가 개처럼 이를 드러내며 불쑥 한마디 던졌다.

"자식아!"

다른 친구들이 다 같이 팔을 뻗어 카고네를 말리면서 소리쳤다. 우고는 그의 어깨를 잡고 차 안으로 끌어들이려 애썼다. 하지만 카고네는 여전히 입을 꾹 다문 채 아무 말 없이 우고를 뿌리치고 압축기를 두 손으로 들었다. 그는 오줌보가 터질 듯힘을 쓰며 왔던 길을 돌아갔다. 그는 강물에 빠진 사람처럼 온몸을 적셔 가며 다리 아래까지 미끄러져 내려갔고, 마른 나뭇가지 사이 눈에 띄지 않는 진흙 웅덩이에 압축기를 묻었다. 이윽고 그는 다시 올라와 여전히 아무 말 없이 이를 덜덜 떨며자동차 안 자기 자리에 앉았다.

"다 왔네."

자동차가 다리를 지나 산파올로 쪽으로 질주하자 살바토레가 말했다.

"이젠 방귀 뀔 힘도 없겠다!"

살바토레가 비아냥거렸다.

"그런 말 하지 마! 이 녀석이 데모라도 일으킨답시고 독가스를 내뿜어서 이 안에서 우리 모두 질식사하면 어쩌려고!"

톰마소가 야유를 퍼부었다.

카고네는 대답할 힘조차 없어서 입을 열지 않았다.

"우리 어디로 갈까?"

미치광이가 이제야 질주하기 시작한 듯 새로운 의욕에 불타서 말했다. 각자 주머니에 1만 리라 이상 들어 있었고 그 돈이면 인생을 즐길 수 있었다. 비가 마지막으로 퍼부었다. 이윽고날이 개면서 후덥지근한 안개 사이로 촉촉이 젖어 반짝이는하늘이 나타났다.

"춤추러 갈까?"

얼굴 가득 횃불처럼 환한 미소를 짓고 전방을 주시하면서 렐로가 쾌활하게 말했다.

"춤은 무슨 춤!"

뇌 속에 매독이 들어 있는 우고가 말했다.

"자정이야! 먹고 마시러 가자."

톰마소가 못마땅하다는 듯 인상을 일그러뜨리며 불쑥 끼어들었다.

"뭘 먹고 마셔! 맥 빠진 놈! 여자한테 가서 즐기자고!"

"맞는 말이야!"

미치광이가 소리쳤다.

렐로는 얼굴이 더욱 환해졌다.

"박으러 갈까, 우고?"

"박으러 가자!"

우고가 곧 동의했다.

"우리는 난폭자들, 춤도 잘 추고, 도둑질도 잘하고, 박기도 잘하지!"

살바토레가 소리쳤다.

다시 살아난 카고네가 입에 손을 대고 휘파람을 불었다.

그들은 산파올로 대성당 근처 어두운 구석에 차를 버리고, 전차 종점에 있는 작은 바 쪽으로 걸어갔다. 소나무들 아래서 바의 불빛이 반짝였다.

"주먹코 마리안나한테 가자!"

우고가 말했다.

"우리는 여섯이야! 우리를 모두 들여보내 주진 않을 거야!"

미치광이가 말했다.

"내가 말해 볼게!"

우고가 말했다.

"게다가 우리에겐 돈이 있잖아! 붉은 지폐 두 장을 보면 그 년도 팬티를 내리지 않겠어!"

"그럼 18번을 타자."

살바토레가 소리치며 종점 쪽으로 뛰어갔다.

하지만 전차가 코빼기도 보이지 않았다. 그들은 막 문을 닫으려는 바로 들어가서 늙은 까마귀들처럼 소리 지르며 각자 작은 술병을 하나씩 주문했다. 전에 진열장 밖에서 봐 두었던 술이었다. 누구는 스트레가*를, 누구는 위스키를, 누구는 아니스 술을 주문했다. 그들은 습기로 가득한 인적 없는 광장에서 고래고래 소리치며 소나무 아래로 술 마시러 갔다.

갑자기 우고가 무엇에 쫓기기라도 하듯 대성당 앞 인적 끊긴 큰길을 향해 뛰기 시작했다.

"가자, 자식들아!"

우고가 소리쳤다. 다른 친구들은 영문도 모르고 술을 꿀꺽 꿀꺽 마시면서 따라 뛰었다.

그들은 제때 큰길 목적지에 도착했다. 우고가 멀리서 지나가는 택시를 잡았다.

"가자, 불쌍한 놈들아. 택시비는 내가 지불하지!"

우고가 소리쳤다.

모두들 웃고 서로 밀치면서 택시에 올랐다. 이제는 꼭지가

---

* 1860년대 스트레가 알베르티가 만든 술. 70여 가지 약초로 만들며 식후 소화제로 많이 마신다. 약 40도 정도 된다.

돌 정도로 완전히 취했다.

산타마리아 대성당 아래에서 내린 그들이 맨 처음 만난 것은 개 한 마리였다. 그 개는 비에 젖은 돌 포장도로를 걸어 내려오며 그들 쪽으로 다가왔다.

"저 녀석을 잡아서 데려가자!"

충동적인 애정에 사로잡힌 살바토레가 주먹코 마리안나는 잊어버리고 술에 취해 흰자위만 보이는 눈으로 소리쳤다.

살바토레는 비틀거리며 혁대를 풀기 시작했다.

"그냥 내버려 두자!"

톰마소가 녀석들 앞에서 알랑거리는 늙은 개를 화난 눈초리로 쳐다보며 소리쳤다.

살바토레는 수영하는 것처럼 허우적거렸고 바지가 흘러내리는데도 개의 목에 자신의 혁대를 매기 시작했다. 늙은 개는 주변을 둘러보며 그가 하는 대로 가만히 맡기고 있었다.

우고는 손에 술병을 든 채 비틀거리다가 하늘 높이 구름까지 계단과 둥근 지붕이 올라가 있는 대성당을 향해 다리를 벌리고 오줌을 갈겼다. 그러더니 그도 몸을 돌려 개한테 다가갔다.

"야간 경비를 만나면 저 개를 풀어 놓자!"

우고가 말했다.

"보비."

우고가 개의 목을 쓰다듬으며 말했다.

마침내 살바토레가 개의 목에 혁대를 맨 뒤 개를 끌고 걸어갔다. 개는 기분이 좋은지 여기저기, 특히 신발과 다리 사이에서 킁킁거리며 냄새를 맡았다.

"뭐야, 이 개, 호모 아냐?"

톰마소가 경멸 어린 목소리로 말했다.

"녀석한테 네 똥구멍을 보여 줘!"

카고네가 톰마소에게 투덜거렸다.

"가자, 똥개야!"

살바토레가 개를 향해 아주 쾌활하게 소리쳤다.

미치광이 역시 갑자기 충동적인 애정에 사로잡혔다. 그는 빗물에 반짝이는 돌 포장도로에 무릎을 꿇더니 개의 목덜미 털을 거칠게 움켜잡았다. 그러더니 이를 갈고 입술을 잘근잘근 씹고 개의 주둥이에 얼굴을 비비면서 말했다.

"똥개, 똥개야."

그들은 천천히 주먹코 마리안나가 사는 동네 메룰라나 거리에 도착했다.

"이쪽이야!"

우고가 오르막길로 접어들며 말했다.

"아니야, 이쪽이야."

미치광이가 대문들이 닫혀 있고 건물 정면에 작은 기둥들이 있는 다른 길로 들어가려 하면서 시끄럽게 소리 질렀다.

"아니야, 오르막길 뒤에 있었잖아!"

우고가 사납게 대답했다.

"신호등이 있었던 거 기억 안 나!"

미치광이가 말했다.

"아니야, 작은 정원들이 있었어! 그때 정원들을 지나갔던 거 기억하지?"

우고가 소리쳤다.

"나를 따라와. 너희 모두 엄청 취해서, 제길…… 잘 모르나

본데!"

렐로가 소리쳤다.

렐로가 비탈길을 죽 올라갔고, 다른 녀석들은 계속 싸우고 목청 터져라 소리 지르면서 따라갔다. 개도 자기 생각을 얘기하려는지 숨 가쁘게 짖어 댔다.

그들은 돌고 또 돌고 두세 번 비탈길을 오르락내리락하다가 브란카치오 앞 작은 정원들을 지나, 작은 기둥들과 철책 문들이 많고 줄지어 선 커다란 대문들이 모두 닫혀 있던 그 길로 다시 돌아왔다. 하지만 끝내 주먹코 마리안나의 집 대문은 찾아내지 못했다.

대신 그들은 우연히 붉은 고양이 나이트클럽 앞에 도착했다. 술 기운 때문에 모두 자신의 고추를 잡고 서너 차례 지그재그로 오줌을 갈기며 "봐, 정말 멋진 글씨야!" 하고 소리치면서 산티콰트로 거리를 뛰어내려 오다가 갑자기 클럽 앞에 오게 됐던 것이다.

너무 놀란 나머지 바지 단추를 잠그는 것도 잊은 렐로가 베스파, 람브레타, 모톰, 구제티, 질레라 등등 오토바이들이 앞에 줄지어 서 있는, 불을 환히 밝힌 정문으로 뛰어갔다. 그가 소형 오토바이 한 대를 건너뛰며 소리쳤다.

"얘들아, 춤추러 가자!"

나머지 녀석들도 개를 데리고 따라갔다. 살바토레는 재빨리 오토바이 손잡이에 개를 묶은 다음, 벌써 복도로 들어가서 클럽 지배인과 얘기하고 있는 친구들을 따라갔다.

"이젠 안 돼, 오 분 후면 영업이 끝나!"

클럽 지배인이 활달한 목소리로 말했다.

우고는 이해가 안 된다는 듯 그를 뚫어져라 쳐다보았다.

"들여보내 주지 않겠다고? 왜, 우리 돈은 색깔이 틀리기라도 해?"

"이게 마지막 춤이야!"

지배인이 말했다. 한편 물품 보관실 담당 종업원과 매표원이 가까이 다가왔다. 렐로는 그사이 앞으로 가서 상황을 살폈다. 작은 홀에서 마지막 커플이 춤추고 있었다. 악단은 탱고를 연주했고, 조명은 어두운 붉은색이었다. 고개를 살짝 들이밀고 홀을 살피던 렐로가 반대편 홀 구석에 있는 악단장에게 소리쳤다.

"나를 위해 조니 기타를 연주해 줘!"

그러고 나서 렐로가 소리치며 되돌아왔다.

"뭐 해, 들어가지 않고?"

"지금 영업 끝났다니까!"

콧수염을 큼지막하게 기른 지배인이 말했다. 렐로는 뿔이 났다. 그는 2000리라를 꺼내 물품 보관실 카운터에 던지며 소리쳤다.

"계산한 거야, 됐지?"

렐로는 지배인의 대답을 기다리지도 않은 채 술에 잔뜩 취해 있는 다른 친구들을 데리고 홀로 들어갔다. 지배인과 종업원들이 욕하며 그들을 따라갔다. 렐로는 홀 한쪽 구석에 박혀 있는 금발 계집애에게 춤을 청하러 갔다. 여자가 싫다고 말하려는 찰나 탱고가 끝났다. 금발과 같이 온 여자 친구가 파트너와 함께 돌아왔고, 세 사람 모두 자리를 떠났다.

조명이 바뀌었다. 붉은 조명 몇 개만 드문드문 켜진 채 정상적인 빛으로 돌아왔다. 모두 마지막 무대를 준비했다. 누구는 벌써 외투를 입었고, 누구는 조용히 외투를 가져와서 마지막 춤을 추기 위해 의자 위에 올려놓았다.

녀석들은 길고 좁은 홀 여기저기를 돌아다녔다. 카고네는 무대 근처에 앉아 불편했던 신발 한쪽을 벗었다. 우고는 홀 안쪽에 있는 악단을 향해 직행했다. 악단은 정말 마지막 곡을 연주하기 시작했다. 룸바였는데, 박자가 보통으로 시작되었다가 따라갈 수 없을 정도로 점점 더 빨라졌다. 커플들 대부분은 춤추는 걸 그만두고 출구로 몰려들었다. 무대 위에서는 춤에 환장한 서너 사람만 남아 끝까지 스텝을 밟았다. 마치 댄스파티에 온 것 같았다. 룸바가 끝나자 그들마저 웃으며 출구 쪽으로 향했다.

악단 앞에 죽치고 앉아 있던 우고는 룸바가 끝나자 아주 쾌활하게 소리쳤다.

"어이, 「라 쿰파르시타」를 연주해 줘!"

연주자들이 목을 부풀리고 눈은 화났지만 입가엔 살짝 미소를 지은 채 우고를 쳐다보았다. 그들은 알았다고 말만 하고 악기를 정리하기 시작했다.

우고가 이내 심술을 부렸다.

"어이, 내가 농담하는 줄 알아?"

우고가 입이 찢어져라 크게 소리쳤다.

"이봐, 우리 좀 내버려 둬, 졸리다고!"

악단장이 침착하게 말했다.

우고가 친구들을 향해 돌아서서 휘파람을 불었다. 곧 친구들이 왔고 지배인도 따라왔다.

"자."

우고는 엄지를 세우고 악단을 향해 검지를 겨누었다. 우고가 안 된다는 듯 손을 재빨리 움직이며 말했다.

"우리를 위해 연주해 주지 않겠어?"

"이봐, 우린 월급쟁이들일 뿐이야!"

악단장이 말했다.

우고가 지배인을 향해 돌아서며 애꾸눈처럼 한쪽 눈을 찡그렸다. 그가 소리쳤다.

"이 거지가 당신들한테 얼마를 주는데?"

"우리는 노조 대표들이다!"

미치광이가 웃음을 터뜨리며 소리쳤다.

"그럼 이제 얘기를 빨리 끝내자고. 우릴 위해 연주하겠어?"

우고가 소리쳤다.

악단장이 진지하게 그를 쳐다보았다.

"이봐아……."

우고가 "얌전히 굴어, 안 된다는 거 몰라?" 하고 말하려는 듯 입을 뗐다.

그때 렐로가 끼어들었다.

"왜 연주를 안 하겠다는 거야?"

우고가 한 손으로 렐로를 제치고 앞으로 나서며 소리쳤다.

"우리가 돈을 낸다고, 알았어, 영감탱이들아!"

"좋아, 하지만 홀 안에서는 연주할 수 없어. 지금 문 닫아야 하니까!"

악단장이 말했다.

"그럼 밖에 나가서 연주하면 되겠네!"

우고가 노래하듯 소리쳤다.

"자, 마셔 보쇼!"

카고네가 투덜거리며 주머니에서 반쯤 남은 스트레가 술병을 꺼냈다. 악단장은 술병을 바라보다가 건네받고는 카고네의 만족스러운 시선을 받으며 한 모금 마셨다. 다른 녀석들도 반쯤 남은 술병을 꺼내 악사들 모두에게 건넸다.

"근데 엄마가 너희를 안 부르니? 잠자러 가야 하지 않아?"

수염 난 지배인이 말했다.

"코틸, 내가 이 악단 전체를 사겠어!"

우고가 이렇게 말하며 붉은색 지폐 몇 장이 끼어들어 가 있는 100리라, 1000리라짜리 돈다발을 꺼냈다. 악단장이 탐욕스러운 눈길로 돈다발을 바라보았다.

"자, 나를 위해 연주해 줘. 그럼 한 달 동안 웃게 해 줄 테니!"

우고가 소리쳤다.

"그럼 연주를 잠깐 해 주지! 하지만 밖에서!"

"가자!"

렐로가 말했다.

곧 모두들 춤추고 노래하며 출구로 나갔다.

우고는 문가에서 손을 깔대기 모양으로 만들어 입가에 대면서 콧수염 난 지배인을 돌아보고 소리쳤다.

"다른 악단을 구해. 이 악단은 우리가 고용했으니까!"

그들은 아코디언과 기타 그리고 코넷 연주자를 거느리고 거리로 나왔다. 그들은 먼저 술병을 돌려 가며 술을 마셨다. 악단이 「꽃의 은총」을 연주하기 시작했다. 그동안 거룩한 자식들 여섯은 또다시 노상 방뇨를 했다. 이윽고 그들은 인적 없는 텅 빈 거리로 올라가며 서로 춤추고 난리법석을 떨었다.

"가자, 킬로미터 당으로 돈을 내겠어!"

우고가 악사들에게 소리쳤다.

악사들도 술에 취해 흐느적거리며 걸었다. 「꽃의 은총」이 끝나자 렐로가 말했다.

"악사 양반들, 당신들의 렐로에게 「죄수」를 들려줘!"

"「죄수」는 무슨! 나한테 「살모사」를 들려줘!"

우고가 비아냥거리는 듯이 말했다.

살바토레가 미치광이와 함께 추던 춤을 멈추며 소리쳤다.

"살모사한테 물리려고? 혹시 몸에 독이 퍼진 거 아니야? 내가 너희 애간장을 녹일 노래를 불러 주지!"

살바토레가 안경 쓴 기타 연주자에게 손가락 하나를 들며 말했다.

"「스무 살」."

"「전기의자」!"

렐로가 소리쳤다.

"술주정뱅이야, 방해하지 마, 제길⋯⋯."

이미 화난 우고가 소리쳤다. 그가 악사들을 사납게 돌아보며 말했다.

"「살모사」라고 했잖아, 이 녀석들이 살모사니까!"

"이 바보한테는 도마뱀이나 연주해 줘! 「죄수」를 연주해, 인생을 아는 노래니까!"

렐로가 화내며 말했다.

우고는 광견병에 걸린 개처럼 이를 드러냈다. 그는 턱이 거의 보도에 닿을 정도로 몸을 숙이고 악단을 향해 뱀처럼 기어

가는 흉내를 냈다.

"「살모사」를 연주해."

우고가 명령했다.

평정심을 잃기 시작한 렐로가 눈을 찡그리고 입을 비틀고 집게손가락을 들어 안 된다는 표시를 했다.

"안 돼, 왜냐고? 「죄수」를 연주할 테니까!"

한편 「스무 살」을 포기하고 흥이 오른 살바토레는 춤추면서 사이렌처럼 요란하게 제 마음대로 「롤라, 롤라!」를 노래하기 시작했다.

그러자 악단이 그 틈을 이용해 찰스턴 곡을 신나게 연주했다. 모두 더러운 손을 꼭 잡고 여기저기 돌아다니면서 찰스턴을 추기 시작했다. 누구는 친구와 함께, 누구는 혼자 신나게 찰스턴을 추면서 산티콰트로 거리 끝, 산조반니 광장에 도착했다. 여기서 우고가 갑자기 찰스턴 춤을 집어치우고 오벨리스크를 향해 뛰어가서 주춧돌 위에 발을 올려놓았다.

우고는 광장 반대편에 있는 산프란체스코 동상처럼 하늘을 올려다보고 두 팔을 벌리며 소리쳤다.

"로마의 영광이 여기 있노라!"

그러더니 시선을 하늘로 향한 채 목을 아래위로 움직이며 목청껏 노래하기 시작했다.

승리를 위해선 용기로 무장한
무솔리니의 사자들이 필요하다네……

하지만 곧 우고는 안색이 어두워졌고 이를 갈면서 노래를 멈췄다.

"왜 하필 이 오벨리스크를 러시아 사람들에게서 훔쳐 왔지, 머저리들! 우리는 그들보다 강력해질 수 있는데, 왜! 머저리들! 누구도 우리를 욕하지 못해, 젠장! 여기는 영원한 도시야!"

우고가 잠시 숨을 고르고 나서 절망적으로 소리쳤다.

"비열한 놈들! 암시장은 끝났어! 이젠 식량 배급표 없이도 빵을 줘! 이젠 손을 써서 빵을 구하면 돼! ……예전엔 아버지가 빵을 구해 왔지. 그런데 너희도 알 거야, 우리 아버지가 우리 집 문 앞에서…… 어떻게 학살당했는지……. 이마에 총알 세 방이 박힌 채 아침까지 땅바닥에 쓰러져 있었어……. 누가 우리 아버지를 도와줬지? 아무도 없었어, 더러운 새끼들! 이탈리아에는 5000만 명이나 사는데 모두 엉덩이 하나 꿈쩍하지 않더군!"

살바토레는 눈을 감고 하도 고래고래 소리 질러서 졸도할 것처럼 보였다. 그런데도 그는 점점 더 크게 소리쳤다.

"데 가스페리!"

살바토레는 잠시 침묵하더니 끝도 없이 한참이나 혀를 차면서 배에 두 손을 얹은 구부정한 자세로 침을 뱉으며 불길한 소리를 냈다. 마침내 혀 차는 걸 멈추고 죽은 사람처럼 창백한 얼굴로 다시 한 번 힘을 모아 악사들에게 소리쳤다.

"로마로 행군을!"

그때 톰마소와 찰스턴을 추다가 지쳐 녹초가 돼 있던 미치광이가 산조반니 광장을 둘러보았다. 그제야 그곳이 산조반니 광장이라는 걸 안 눈치였다. 그는 광장 한구석, 라테라노에 있는 산조반니 거리 어귀의 건물 하나를 물끄러미 바라보더니 화들짝 놀라며 낯빛이 환해졌다.

"야, 멈춰, 멈춰. 여기에 내 대모가 있어!"

그러더니 혹시 몰라 자세히 확인하려고 주변을 둘러보았다.

"여긴 죽은 사람들을 갖다 놓는 데 아니야?"

미치광이가 물었다.

"그래, 병원에서 죽은 사람들을 갖다 놓는 시체 안치소야."

아까 우고가 코미디를 연출한 돌 울타리 뒤에서 카고네가
바지를 내리며 말했다.

기뻐하는 미치광이의 얼굴이 다시 환해졌다.

"그럼 여기에 내 대모가 있어, 어제저녁에 죽었단 말이야."

미치광이가 소리쳤다.

미치광이는 잠시 침묵하더니 광장 끝에 있는 시체 안치소의
철책을 돌아보며 소리쳤다.

"대모오오오!"

이윽고 다시 한 번 소리쳤다.

"대모오오오!"

미치광이가 말했다.

"암으로 죽었어."

"암은 무슨, 매독으로 죽었지!"

카고네가 말했다.

미치광이는 대모를 부르는 것으로 성에 차지 않았는지 입에
두 손가락을 넣고 휘파람을 불었다.

"대모가 대답이라도 해 주길 기다리냐?"

한 악사가 말했다.

"세레나데를 연주해 주자!"

살바토레가 소리쳤다. 미치광이는 말없이 시체 안치소로 달려갔다. 다른 녀석들도 뒤에 악사들을 끌고 웃으면서 따라갔다. 피로하고 두려워서 얼굴이 창백해진 미치광이가 시체 안치소 창문 아래 도착해서는 헐레벌떡 뛰어온 악사들을 향해 돌아섰다.

"토타레를 연주해! 그 노래를 대모에게 바칠 거야."

미치광이가 소리쳤다. 녀석은 창문으로 몸을 돌리고 노래하기 시작했는데 열정에 사로잡혀 엄청나게 침을 튀겨 댔다.

마지막 세레나데
당신을 위해 부르고 싶지 않았는데,
마지막 세레나데
나를 아프게 하네…….

"연주해!"

우고가 머뭇거리는 악사들을 향해 험상궂게 소리쳤다. 악사들은 잠시 주저하더니 반주를 넣어 주었다. 미치광이는 암브라조비넬리 무대에 서기라도 한 듯 반주에 맞춰 손을 움직여 가며 의기양양하게 앞으로 나아갔다.

당신에게 들려주고 싶네.
저 위에 있는 금발 여인이여,
당신에게 이 자리에서 노래해 주고 싶네.
일 년이 넘도록 나를 기다려 온 여인에게…….
마지막 세레나데를…….

그때 광장 끝에 있는 그들을 향해 자전거를 탄 야경꾼 두세 명이 포르타산조반니 공원에서 올라오는 게 보였다.

카고네가 먼저 그들을 보고 소리쳤다.

"튀어! 사열 나왔다!"

그러면서 메룰라나 거리 쪽으로 튀기 시작했다.

"기습이다!"

톰마소가 카고네를 따라 뛰면서 소리쳤다. 모두들 줄행랑을 쳤다. 예상치 않은 일이었던 탓에 그들은 악사들을 내팽개치고 달렸다. 악기 때문에 힘껏 달리지 못하는 악사들도 혼비백산 도망갔다.

*

마침내 로마가 잠들었다. 명확히 말하자면 야경꾼들은 잠을 자지 않았다. 먹구름이 점점 짙어지며 건물들 처마 사이와 광장에 비바람을 퍼부을 것 같았다. 크리스마스가 다가왔지만 날씨가 너무 궂었다. 안전한 곳에 도착하자 녀석들은 서로 작별 인사를 했다. 트라스테베레에 사는 녀석들은 설사를 해서 기운이 하나도 없는 카고네를 부축해 자기들 갈 데로 갔다.

한편 렐로와 톰마소는 집으로 돌아가는 길을 터벅터벅 걸어갔다.

사실 그들은 많이 걷지 않고 비토리오 광장이나 경우에 따라 산로렌초 정도까지만 걸어갈 생각이었다. 첫 전차가 지나가기 전에 잠시만 걸으려 했다. 에마누엘레필리베르토 거리를 지나 비토리오 광장에 도착한 그들은 비에 흠뻑 젖은 공원 쪽으로 갔다. 그들은 나란히 붙어 있는 벤치 두 개에 몸을 뉘었다. 렐로가 벤치 한쪽에, 톰마소가 다른 쪽 끝에 발을 두고 머리를 가까이 맞댄 채 드러누웠기 때문에 서로 얼굴을 볼 수 없었다.

매점, 화장실, 신문 판매대 등이 모두 문을 닫았다. 아무도 지나다니지 않았다. 가로등들만 나무들 사이에서 반짝거렸다. 저 아래 광장 한구석, 인조 바위 중간에 고양이 무리가 있었다. 온갖 종류의 고양이들이 섞여서 이따금 대장간 용광로처럼 숨을 뿜으며 야옹거렸다. 톰마소와 렐로는 사이좋게 드러누웠다. 머리 밑으로 손깍지를 껴 팔베개하고 두 다리를 벌려 거시기를 하늘로 향하고 편안한 자세를 취했다.

그들은 뭔가 해야 했기에 어린 시절에 대해 잡담을 나눴다. 하루 벌어 하루 근근이 먹고 사는 지금에 비하면 그때가 장밋빛이었다.

하지만 이런 잡담도 곧 시들해져서 그들은 하품이 났고 약간 말다툼을 벌이다 결국 잠이 들었다.

밤이 천천히 지나갔다. 잠이 깨서 젖은 돌 포장도로에 발을 딛고 일어섰을 때, 벌써 아침 5시가 거의 다 되어 가는 시각이었다. 첫 전차들이 다니는 소리가 들렸다.

렐로가 웃음이 터질 것 같은 상쾌한 표정으로 기지개를 펴며 톰마소를 보고 말했다.

"좀 더 걸어갈까, 토마?"

"제길, 걷는 게 지겹지도 않냐?"

톰마소가 쾌활하게 말했다.

"뭐가 피곤하다고 그래?"

렐로는 비토리오 광장을 내려가며 말했다.

손수레를 끌고 나온 사람들 모습이 보이기 시작했다. 한 사람은 노예처럼 수레를 끌었고, 다른 사람은 이발소에서 방금 나온 듯 머리를 단정히 빗은 채 졸린 얼굴로 뒤에서 총총 따라갔다. 그들은 젖은 포장도로 위를 유령처럼 재빨리 지나 광장 주변 보도를 타고 사라졌다.

골목에서 요란한 울림이 들려왔다. 아치와 기둥으로 이뤄진 복도에서 환경미화원들이 쓰레기통을 굴려 트럭에 싣고 있었다.

렐로는 이제 잠이 다 깼고, 한잔 걸치고 실컷 춤추다 새벽녘 거리로 나왔을 때처럼 몸이 아주 가뿐했다. 그는 두 손을 주머니에 찔러 넣고 가슴을 앞으로 내민 채 건달 같은 표정으로 아치와 기둥으로 이뤄진 복도 위를 걸었다.

렐로의 밝은 모습에 기분이 좋아진 톰마소는 덩달아 활력을 얻어 그 뒤를 따라갔다. 하지만 그는 렐로의 들뜬 기분을 좀 죽여 놓으려고 인상을 찌푸리며 말을 걸었다.

"레, 이 자식아! 발에 불이 붙기라도 했냐?"

렐로는 대답하지 않았다. 웃음이 나려고 해서 뒤돌아보지 않고 걷기만 했다. 렐로는 친구가 그저 말을 걸어 보고 싶어 괜히 그렇게 시비 건다는 것을 잘 알았다. 그런 식으로 시비를 거는 것은 녀석의 기분이 정말 좋았기 때문이다. 결국 렐로를 칭찬하는 소리였다. "레, 이 자식아, 넌 정말 개자식이라니까! 그런데 피곤하지도 않냐? 너, 무슨 저격 대원이라도 되냐?"라고 말하는 것이나 마찬가지였다.

렐로는 고개를 가볍게 흔들며 전방을 주시한 채 포박당한 것처럼 두 손을 주머니에 찔러 넣고 노래를 불렀다. 퇴근하는 야경꾼, 졸려서 창백한 얼굴로 철도역으로 가는 노동자, 젖은 넝마 조각과 악취 나는 잡동사니가 가득 든 유모차를 밀고 가는 수염 난 키 작은 노인을 만났다. 그들은 각자 멀리 떨어져서 추위에 몸을 옹크리고 조용히 자기 갈 길을 갔다. 비에 젖은 주랑 바닥에 신발이 끌리는 소리조차 거의 들리지 않았다.

톰마소와 렐로는 비토리오 광장에서 나와 군 막사와 우유 보급소가 있는 라마르모라 거리로 접어들었다. 병들로 가득 찬 철제 상자들이 창고 바닥에서 끌려 나와 트럭에 실리는 소리가 요란하게 들려왔다.

그들은 암브라조비넬리 영화관 앞에서 잠시 걸음을 멈추고 개봉할 영화 포스터와 여러 예술가의 사진들을 바라보았다.

"끝내준다!"

렐로가 반쯤 벗은 금발 미인이 어깨 위로 고개를 살짝 돌리고 창녀 같은 미소를 흘리는 포스터를 하염없이 쳐다보며 입술을 잘근잘근 씹고 넋을 잃은 채 중얼거렸다.

렐로는 두 손을 꽉 끼는 바지 주머니에·찔러 넣은 채 잠시 코앞에서 포스터를 뚫어져라 쳐다보았다.

비토리오 광장 쪽에서 덜컹거리며 전차 오는 소리가 들렸다.

"가자, 레!"

톰마소가 뛰어가며 소리쳤다.

그들은 건달처럼 휘파람을 불면서 암브라조비넬리 영화관 모퉁이를 돌아 전속력으로 프린치페디피에몬테 거리로 접어들어서 첸토첼레 전차 선로를 따라 달렸다. 그들은 산타비비아나 아치에 도착했다. 숨을 못 쉴 만큼 헐레벌떡 뛰어왔건만 전차는 그림자도 보이지 않았다.

"젠장, 푸칠리!"

렐로가 숨을 가다듬으려고 허리를 구부리면서 소리쳤다.

"야, 내가 어떻게 알아."

톰마소가 헐떡거리는 모습을 보이지 않으려고 애쓰면서 대답했다.

"12번인지 11번인지 내가 어떻게 알겠어!"

렐로가 보도 가장자리에 앉았다. 그는 다리를 뻗고 석회 가루가 떨어지는 담벼락에 등을 기댔다.

"여기서 기다리자!"

렐로가 얼굴을 찌푸리며 말했다. 하지만 곧 체념했는지 다시 얼굴이 환해졌다. 그는 보도에 편안하게 앉아 노래하기 시작했다.

톰마소는 그 옆에 서서 두 손을 주머니에 찔러 넣고 다리를 꼬고 추워서 몸을 옹크린 구부정한 자세로 담벼락에 기댔다.

그 순간 톰마소는 인생이 만족스러웠다. 아니, 싫증 날 정도로 포만감을 느꼈다. 그래서 그는 전차를 기다리며 하품만 해댔다.

렐로가 잠시 노래를 멈췄다. 그는 머리를 스치고 지나가는 생각에 웃음이 터져 나와서 입술을 당기며 말했다.

"여기 이 두 거지들 누가 집어 가지도 않겠다!"

렐로는 가볍게 쓴침을 삼키며 다시 노래하기 시작했다. 그는 조금 불편하긴 했지만 지금 자세가 멋있어 보인다고 생각했기 때문에 자세를 바꾸려 하지 않았다.

그 앞에 아폴로 극장이 있었다. 거기 철조망 뒤에도 비에 젖은 포스터가 붙어 있었다. 영화관 출입문 아래에는 50센티미터 크기의 활자로 영화 제목이 쓰여 있었다.

정류장은 없지만 커브 길이어서 전차가 늘 서행 운전하는 카이롤리 거리에는 부랑자 하나 보이지 않았다. 마치 죽음의 도시 같았다. 다른 쪽, 프린치페디피에몬테 거리는 더 심했다. 그 거리를 끼고 테르미니 역의 높다란 흰색 담벼락 아래로 첸토첼레 전차 선로가 놓여 있었다. 나선 계단과 많은 전등들이 휘돌아 가는 이슬람교 사원같이 생긴 건물이 그 위로 보였다. 거기에 빨래통처럼 물이 뚝뚝 떨어지는 산타비비아나 지하도가 있었다. 칠이 벗겨진 천장에는 전등들이 줄지어 달려 있었고, 산로렌초와 베라노 쪽으로 가는 전차 선로가 깔려 있었다.

정말 개미 새끼 하나 없었다. 동이 트기는커녕 오히려 밤이 된 듯했다. 그 캄캄한 어둠 속에 광장, 길거리, 골목, 지하도를 남겨 두고 모두 잠자러 간 것 같았다. 어둠 속에서 질척질척한 빗물에 반짝이는 돌 포장도로를 도시의 인공조명이 대낮처럼 훤히 밝히면서 아무 목적 없이 빛났다.

높다란 담벼락 너머 테르미니 역사에서 기적 소리만 들려왔다. 그 위쪽으로는 집들이 없었기 때문에 훤히 트인 하늘이 보였다. 하늘은 아직도 구름에 덮여 있었다. 하지만 하늘을 가린 시커먼 막이 맑게 개는 징조인지 아니면 비를 머금은 먹구름인지 알 수 없었다.

정말 하늘의 끝이 보이지 않았다. 하늘에는 희끄무레하고 약간 붉은빛이 돌았다. 새벽이어서 세상을 꽁꽁 얼어붙게 할 것 같은 차가운 바람이 불었다. 이 바람 때문에 비가 오지 않았고 모든 것이 맑고 깨끗해 보였다. 하지만 구름을 덮은 그 붉은빛이, 사방 몇 킬로미터에 퍼져 있는 도시 야간 조명을 반사한 빛인지 아니면 새벽 여명인지 알 수 없었다.

날이 차츰 밝아 왔다. 하지만 그 빛이 너무 희미해서 밤보다 더 어두웠다. 변두리 빈민촌 너머, 시골 들판 너머, 평원이나 언덕에 걸쳐 있는 저 멀리 지평선에서 불그스름한 혹은 노르스름한 한 줄기 바람이 불어와 차츰 구름들에 불을 붙이기 시작했다. 두세 시간 전에 술꾼들이 오줌을 싸거나 구토를 해 놓은 도시 북쪽 골목들, 아니면 저 멀리 안치오 혹은 피우미치노 해변에서 바람이 불어오는 듯했다.

"제기랄!"

화가 치민 톰마소가 거의 울 것 같은 표정으로 짜증을 냈다. 하지만 주머니에 들어 있는 돈다발을 만지자 위로가 되었다. 렐로는 노래를 멈췄다. 자세도 바꿨다. 무릎 위에 팔꿈치를 대고 주먹으로 얼굴을 받친 자세로 보도 끝에 옹크리고 앉았다. 그는 지루함을 참으며 아무 생각 없이 이따금 하품을 했다.

"빌어먹을, 이 11번은 왜 안 오는 거야? 길을 잃어버린 거 아니야?"

톰마소가 으르렁거렸다.

바로 그때 하느님이 보내기라도 한 듯 저 아래 비토리오 광장 카이롤리 거리 모퉁이에서 전차가 소름 끼치는 끼익끼익 소리를 내며 커브를 돌아왔다. 텅텅 빈 11번 전차가 나타났다.

두 사람은 맹수 새끼처럼 자리를 박차고 일어섰다.

"돌격! 전차가 기적 소리를 내며 오고 있어! 레, 레!"

톰마소가 재촉하며 소리쳤다.

렐로는 여전히 관심 없다는 듯이 행동했다. 전차가 아폴로 영화관 근처에 도착하자 커브를 돌아 산타비비아나 아치로 들어가기 위해 서행했다. 톰마소는 앞으로 튀어 나가 전차 손잡이를 잡고 발판으로 올라간 다음, 차장과 부딪칠 각오를 하고 대담하게 객차 안으로 뛰어들어 갔다. 객차 안에 아무도 없어서 차장은 앞쪽 운전사 옆에 있었다. 그런데 갑자기 뼈가 저릴 정도로 요란한 소리를 내며 운전사가 거칠게 급브레이크를 밟았다. 그 바람에 톰마소는 차장의 등과 부딪혔다.

"젠장, 뭐야?"

톰마소가 소리쳤다. 운전사는 재빨리 수동 제어 장치를 조작한 뒤 앞문이 열리자 바로 뛰어내렸다. 톰마소도 뒤따라 뛰어내려 갔다. 산타비비아나 아치 앞 도로였다. 렐로가 객차 근처 전차 선로 옆 축축한 돌 포장도로에 앉아 있었다. 그는 객차에서 뛰어내린 톰마소와 전차 운전사와 차장을 등지고 있었다. 차장은 렐로 옆에 서서 가만히 지켜보고 있었다. 렐로는 등을 곧추세우고 두 다리를 앞으로 뻗은 채 앉아 있었다. 한 손은 젖은 도로를 짚고 다른 손은 눈앞으로 들어 올리고 있었다. 뒤에서 보면 바닥에서 뭔가를 집어 유심히 바라보는 듯한 모습이었다. 톰마소가 렐로 옆으로 달려갔다. 렐로가 보고 있던 것은 자신의 손이었다. 하지만 톰마소가 그걸 보고 걸레처럼 하얗게 질려서 부들부들 떨 정도로 그 손은 모양이 달라져 있었다. 그것은 뼈가 뭉개지고 피범벅이 된 살덩어리였다. 렐로는 비명을 지르려 했지만, 그의 입에서는 너무 가늘어서 다른 세상에서 온 듯한 목소리만 흘러나왔다. 렐로가 그답지 않은 목소리로 말했다.

"오, 세상에, 도와줘!"

렐로의 다리도 뭉개졌다. 신발, 살, 뼈가 한데 뭉개져 피범벅이 됐다.

차장과 운전사는 여전히 그 자리에 서서 렐로를 향해 몸을 구부리고 있었다. 그들은 꼼짝하지 않은 채 렐로를 바라보았다. 운전사는 차마 볼 수 없는지 얼굴을 가린 두 손을 떼지 않았다. 이윽고 여기저기에서 다른 사람들이 몰려들었다. 멈춰 있는 전차 주변을 몇 분 만에 사람들이 둘러쌌다. 누군가가 렐로를 부축해서 보도로 옮겨 가려 했다. 하지만 렐로가 고래고래 비명을 질러 댔다. 그래서 할 수 없이 한 손을 올리고 다리 한쪽을 뻗은 그 자세로 돌 포장도로에 가만히 앉아 있게 했다.

젊은 환경미화원 두세 명이 전화로 사고를 알리려고 근처에 있는 바나 첸토첼레 전차 종점 사무실로 달려갔다. 한편 렐로 주변의 비에 젖은 집 담벼락, 역의 높다란 담장, 사람들 얼굴, 돌 포장도로, 이 모든 것이 오늘도 변함없이 도시 위로 천천히 올라오는 첫 아침 햇살을 받으며 새하얗게 빛났다.

3
이레네

부활절이 얼마 남지 않은, 어느 화창한 날 점심나절이었다. 햇살은 따스했지만 여전히 살이 틀 정도로 바람이 서늘하게 불었다.

하수구 근처 축축한 땅바닥에서 톰마소가 일어났다. 그는 바지를 올리고 혁대를 맨 뒤 자갈과 마른 나뭇가지에다 대고 욕설을 퍼부으며 비탈길을 올라가기 시작했다.

온통 시커먼 진흙 범벅이 된 톰마소의 신발에서 악취가 났다. 바닥에 괴어 있는 시커먼 구정물은 화산 분화구에서 올라온 것처럼 보였다. 주변에 수초와 이끼가 융단처럼 펼쳐진 가운데 벌써 들판에 나오기라도 한 듯 개구리 몇 마리가 조용히 풀썩풀썩 뛰어다녔다. 가장 먼저 봄을 알리는 날개 달린 곤충들도 여기저기 보였다.

톰마소는 비탈 꼭대기에 도착했다. 신발에 작은 자갈들이 잔뜩 들어갔다. 그는 성깔을 부리며 털썩 주저앉아 신발을 벗었다. 그는 노래를 흥얼거리며 신발을 털어 내고 다시 신은 다음 세테키에세를 향해 발걸음을 옮겼다.

톰마소는 유유히 크리스토포로콜롬보 대로를 지나 가르바텔라 쪽에 있는 공터로 들어갔다. 길이가 거의 1킬로미터에 달하는 긴 공터였다. 허물어진 낮은 담장이 군데군데 보였고, 막 세워진 6층 건물들이 주변에 줄지어 있었다. 마리아아델라이데가리발디 거리 방면, 공터에서 길이가 긴 쪽 가장자리에만 작은 건물들 몇 개가 있었다. 그곳에서는 적어도 백여 명쯤 되는 아이들이 공을 차고 있었다.

톰마소가 아이들 사이로 들어갔다. 벌써 부활절이라도 된 것처럼 아이들은 시끄럽게 떠들어 대며 즐겁게 뛰놀고 있었다. 공놀이를 하지 않는 아이들도 있었다. 아래위가 붙은 유아복에 턱받이를 한, 두세 살 정도 된 어린아이들이었다. 어떤 아이들은 벌써 큰형 같은 약삭빠른 표정을 짓고 있었다.

하지만 톰마소는 젖먹이 아이들을 거들떠도 보지 않았다. 톰마소는 단지 한 가지 이유 때문에 그곳에 왔다. 찜해 놓은 계집애들을 멀리서 몰래 관찰하기 위해서였다.

실제로 풀밭에 여자애들이 있었다. 그녀들은 젖먹이 아이들을 돌보고 있었는데, 몇몇은 아직 어린애였고 몇몇은 이미 어린 숙녀 티를 솔솔 풍겼다. 모두들 실내복을 입었는데 옷매무새가 흐트러져 있었다. 그녀들은 주변에서 난리법석을 떨며 놀고 있는 또래 남자아이들과 부딪히지 않으려고 조심하면서 평지 한가운데 줄지어 혹은 둥글게 원을 이루고 앉아 있었다.

여자들이 보통 그러듯 그녀들은 차가운 바람이 깨끗하게 쓸어 놓은 마른 풀밭이나 잘 다져진 맨땅에 앉아 있었다. 그녀들은 무릎을 딱 붙이고 치마로 잘 덮은 다음 한쪽으로 다리를 모아서 앉았다. 하지만 그녀들이 웃고 떠들다가 때때로 자세를 바꾸거나 자리에서 일어나 서로 톡톡 치고 장난할 때면 치마가 들썩였고, 톰마소는 그 밑으로 뭔가를 훔쳐볼 수 있었다.

바로 이것 때문에 톰마소가 축구 경기 따위는 안중에도 두지 않고 평지를 어슬렁거리며 모여 있는 여자애들을 훔쳐보는 것이었다. 여자아이들은 톰마소를 전혀 못 본 척했지만 그가 자신들을 훔쳐보고 있다는 사실을 곧 알아차렸다. 그러자 그녀들은 톰마소의 얼굴을 쳐다보지 않고 한층 호들갑스럽게 장난치거나 깔깔대며 웃었다. 그녀들은 톰마소가 거기 있다는 사실을 전혀 눈치채지 못한 것처럼 행동하면서 그가 치마 속을 훔쳐보도록 내버려 두었다. 게다가 톰마소는 혼자였고 자신들은 여러 명이었다. 톰마소는 군침을 삼키며 그녀들에게 한 걸음 한 걸음 다가갔다.

"빌어먹을 헤픈 년들!"

톰마소가 입을 삐죽이며 중얼거렸다.

평지 끝에 도착한 톰마소는 당황했다. 여기서 가르바텔라 건물들 사이로 들어가는 길 뒤로 공터가 하나 더 있었지만, 다른 여자들은 없었다. 수탉처럼 얼굴이 빨개진 톰마소는 그 드센 여자아이들 쪽으로 돌아가려 했다. 때때로 운명이 장난을 치듯이, 바로 그 순간 크리스토포로콜롬보 거리에서 개 포획차 한 대가 나타났다. 모여 있던 여자애들 앞을 지나 안나마리아타이지 거리 쪽으로 들어간 차는 좀 더 위쪽에 있는 한 건물 앞에 멈췄다.

모든 아이가 환호성을 지르며 차를 따라갔다. 다 큰 아이들도 원숭이처럼 호기심에 이끌려 차를 따라갔다. 주변 앞마당에 있던 아이들도 달려왔다. 코흘리개들이 건물 대문 앞에 장사진을 이루었다. 이번엔 사내 녀석들 사이에 여자아이들도 끼어 있었다. 여자아이들은 모두 여배우처럼 잘 빗은 머리를 스웨터 위로 매끄럽게 내려뜨리거나 말총머리를 했다.

톰마소는 여자애들을 보고 가까이 접근했다. 그사이 들개 포획인은 재빨리 대문 안으로 들어가 건물 중간에 있는 좁고 긴 안뜰로 걸어갔다.

톰마소는 관심 없는 척하면서 몰려든 아이들을 뚫고 들어가 여자아이들 두세 명 뒤에 가서 섰다. 여자아이들은 팔짱을 끼고 목을 길게 뺀 채 안뜰을 들여다보고 있었다. 톰마소도 안뜰을 바라보는 척하면서 제일 큰 여자애에게 천천히 접근했다. 그는 두 손을 바지에 찔러 넣고 닳아빠진 얇은 천 뒤에서 손가락을 움직이며 그 여자애를 더듬기 시작했다. 곧 그의 손길을 눈치챈 여자아이는 눈동자가 흔들렸다. 그녀는 암탉이 땅바닥을 쫄 때처럼 이쪽으로 탁, 저쪽으로 탁, 고개를 까닥이며 안뜰을 봤다가 거리를 봤다가 했다. 붉은 옷깃 위에서 말총머리가 이쪽저쪽으로 탁탁 흔들렸다. 뒤에 서서 인상을 찌푸린 채 활기 없는 표정으로 손가락을 움직이는 톰마소를 말총머리 여자애가 거리를 돌아보는 척하며 흘끔거렸다. 하지만 그녀는 톰마소가 공기 중에 있는 천사라도 되는 듯 없는 사람으로 치부하고 내버려 두었다.

중천에 뜬 태양이 서민 밀집 주거지를 부드럽게 비춰 주었다. 그곳에는 바람이 불지 않았다. 그 지역 보도며 가로수에까지 따스한 황금빛 햇살이 비쳤다.

오 분이 지나고, 십 분이 지나고, 십오 분이 지났다. 아이들은 서로 투덕거리며 다시 뛰놀기 시작했다. 지나가다 그곳에 몰려들었던 구경꾼들이 웅성거리기 시작했다. 여자아이들은 두 손을 맞잡거나 뺨을 비벼 대고 애정을 표현하며 깔깔대고 웃었다. 톰마소가 제일 큰 여자 친구, 말총머리를 한 계집애를 더듬는 걸 다른 여자아이들도 보았다. 여자아이들이 킥킥거리며 웃자 톰마소는 점점 화가 났다.

마침내 안마당 안쪽, 빨랫줄이 매인 돌기둥과 말라 버린 화단 옆에서 뭔가가 나타났다. 사람들 한 무리가 행군하듯 앞으로 나왔다. 들개 포획인이 조수를 데리고 선두에 서 있었고, 검은 앞치마를 두른 예쁘장한 두 여자애가 황망히 잰걸음으로 그 뒤를 따라왔다. 들개 포획인은 긴 낚싯대 같은 것을 손에 들었는데, 테베레 강에서 낚시꾼들이 사용하는 것과 정말 비슷했다. 하지만 그 끝에 낚싯줄이 아니라 가죽끈이 매달려 있었다.

귀뚜라미처럼 짧은 다리로 톡톡톡 총총거리며 걸어 나오는 우습게 생긴 동물의 목에 가죽끈 한쪽 끝이 매여 있었다.

아주 작고 검은 강아지였다. 몸 전체에 곱슬곱슬한 털이 난 잡종 개로, 다리에 곱슬곱슬하고 검은 털 뭉치가 달려 있었다. 그 강아지는 뒤따라오는 여자애들과 함께 급히 종종걸음을 쳐야 했는데, 들개 포획인을 뒤따라가느라 이따금 뛰기도 했다. 또 낚싯대 같은 것에 매달려 물고기처럼 몇 미터 끌어올려지기도 했다.

그 무리가 빠른 걸음으로 대문 앞에 도착하자 기다리던 사람들 사이에서 웃음이 터져 나왔다.

"저것 좀 봐!"

아이들은 눈앞에 나타난 하찮은 강아지를 보고 실망하기보다는 아주 재미있다는 듯 소리쳤다.

강아지는 출구에서 자신을 기다리는 많은 사람들과 자신에게 쏟아지는 눈길에 잠시 당황했다. 그는 주변을 둘러보고 짧은 다리 한쪽을 들어 올린 채 잠시 머뭇거렸다. 하지만 이내 들개 포획인이 가죽끈을 잡아채자 강아지는 그 짧은 다리로 다시 뛰다시피 걸어야 했다. 강아지 다리가 하도 빨리 움직여서 거의 보이지 않을 지경이었다.

강아지는 그렇게 빨리 걸어가면서도 계속 주변을 두리번거렸다. 아니, 자신을 기다리는 사람들에게서 눈을 떼지 않았다. 복슬복슬한 털 사이로 이쪽저쪽을 둘러보는 강아지의 반짝이는 커다란 검은 눈망울에서 수치스러워하는 기색이 보였다. 강아지는 쾌활한 척하며 수치심과 굴욕감을 숨기려 애썼다. 자신에게 나쁜 일이 전혀 일어나지 않았다는 것을 보여 주기 위해, 아니 자신이 지금 상태에 만족한다는 사실을 보여 주기 위해 자신을 바라보는 사람들에게 미소 짓는 듯했다.

강아지는 가죽끈에 반쯤 목이 졸린 채 가슴을 쭉 펴고 꼬리를 흔들며 사람들 사이를 지나갔다.

강아지가 사람들 발치에 아주 가까이 다가와서야 등의 털이 뽑혀 나갔고 드문드문 나 있는 복슬복슬한 검은 털 사이 회색빛 피부에 얼핏얼핏 부스럼이 돋아 있다는 것을 알 수 있었다. 들개 포획인은 개를 날리다시피 던져서 트럭에 태웠다. 트럭에서는 잡혀 온 다른 개들이 앞발로 벽을 긁으며 헐떡이고 있었다.

들개 포획인이 트럭에 기어를 넣고 출발했다. 잠시 후 거의 모든 사람이 웃으며 그 자리를 떠났다. 남자아이들은 공터로 돌아갔고, 소년들은 주변 보도나 집 혹은 햇살 아래로 돌아갔다.

하지만 강아지를 따라 나온 두 여자아이는 아직도 정문에 서 있었다.

몸이 달아오른 톰마소는 흥분해서 잔기침을 했다. 그는 낮은 담벼락에 몸을 기대고 무너져 가는 담벼락에 한 발을 댄 채 한 손을 주머니에 찔러 넣었다.

두 여자애는 자신들을 기다리는 어머니가 집에 없다는 듯 아주 명랑하게 소곤소곤 잡담을 나누며 햇살과 바깥 공기를 즐겼다.

'헤픈 년들!'

눈이 빨갛게 충혈된 톰마소가 역겹다는 듯 여자애들을 쳐다보았다.

한 명은 생머리에 아프리카 여자처럼 피부가 검고 키가 작았으며, 여름 블라우스 아래로 작은 가슴이 봉긋 솟아 있었고, 둥글넓적하고 탄탄한 엉덩이가 거의 발뒤꿈치에 닿는 듯했다. 하지만 톰마소는 이 여자애한테 전혀 혹하지 않았다. 그녀는 귀엽긴 했지만 간교하고 영악해 보였다. 톰마소는 옆에 있는 다른 여자아이가 한눈에 들어왔고 마음에 들었다. 그 여자아이도 키가 작고 통통하며 남자아이처럼 체격이 다부졌다. 파마한 곱슬머리 때문에 키가 좀 더 커 보였고, 붉고 네모난 얼굴 주변에서 곱슬머리가 찰랑거렸다.

두 여자애는 곧 톰마소의 존재를 눈치챘다. 하지만 그녀들은 톰마소에게 전혀 눈길을 주지 않았다. 여자들이 흔히 하는 잡담을 나누면서 대문 앞에 서 있었을 뿐이다. 키 작은 아프리카 계집애는 전날 사촌 언니 약혼자의 친구가 자신에게 전화했다는 것과 오늘 아침 사촌 언니의 어머니에게 전화해 대화 내용을 보고했다는 것을 설명하고 있었다. 톰마소는 말뚝처럼 서 있었고, 그녀는 계속 종알거렸다. 다른 여자애는 친구 얼굴을 쳐다봤다가 주변을 둘러봤다가 했다. 종알대는 여자애도 닭들이 머리를 까딱이듯 고개를 움직이며 이따금 거리 쪽을 힐끔거렸다.

집에서 잠깐 나온 듯 다소 가볍고 흐트러진 옷차림 탓에 그녀들은 추워서 덜덜 떨었다.

감기에 걸린 아프리카 계집애는 콧잔등이 빨갛고 멍멍한 코에서 나오는, 약간 허스키한 코 막힌 소리가 무척 마음에 드는 듯했다. 다른 여자애, 즉 이레네는 추위에 떨며 옆구리에 팔꿈치를 꼭 붙이고 가슴에 두 팔을 갖다 대고 손을 꼭 모은 채 친구의 말을 듣고 있었다. 이레네는 머리를 어깨에 묻고 두 발끝을 안으로 향한 채 허벅지를 꼭 붙이고 배를 집어넣고는, 몸을 옹크려 구부정하게 숙인 자세로 서 있었다. 말없이 서 있던 톰마소는 담배를 주머니에서 꺼내 조용히 불을 붙이고 천천히 점잖게 담배를 피우기 시작했다.

두 여자애는 정신없이 수다를 떨다가 살갗을 스치는 바람이 차가운지 어깨와 가슴을 두 손으로 비벼 대며 웃었다. 그녀들이 수다를 피우는 동안 빗자루처럼 머리카락이 뻣뻣하고 단식한 듯 깡마른 노파가 거리를 지나갔다. 노파가 철책을 거의 다 지나갔을 때 두 여자애가 큰 소리로 인사했다.

"안녕하세요, 쳴레 할머니!"

노파도 멀리서 진지하게 인사에 답했다. 그러자 여자애들은 더욱 쾌활하고 장난스럽게 말했다.

"뽀뽀 좀 해 주시겠어요, 첼레 할머니?"

아프리카 계집애가 소리쳤다. 그러자 노파는 화를 참는 듯 어두운 표정으로 자기 갈 길을 계속 갔다. 좋은 기회였다. 톰마소는 천천히 침착하게 담배를 몇 모금 더 빤 다음 벽에서 떨어져 두 여자애 쪽으로 한 걸음 나아갔다.

"혹시 아까 그 개가 너희 거니?"

톰마소가 관심을 보이며 진지하게 물었다.

두 여자애는 얼굴을 마주 보았다.

"얘 거야."

아프리카 계집애가 말했다. 이레네는 더욱 얼굴을 붉히며 웃어 보였다.

"왜?"

이레네가 말했다.

"개가 벌레에 물렸니?"

톰마소가 물었다.

"아니, 옴이 옮았어."

톰마소는 이네레를 쳐다보며 잠시 침묵했다. 그러다가 아주 교양 있게 다시 말했다.

"저런, 어쩌다 그런 몹쓸 병에 걸렸어?"

"글쎄, 남동생이 늘 데리고 다녔는데 다른 개와 어울리다가 옮았나 봐!"

이레네가 떨리는 목소리로, 하지만 또박또박 말했다. 그동안 말이 많았던 다른 여자애는 조용히 입을 다물고 톰마소를 아래위로 훑어봤다.

톰마소와 이레네는 개를 이야깃거리로 삼아 집 안에서 개를 키우는 장점과 단점 등을 얘기했다. 이레네는 강아지 피도를 키운 지 얼마 되지 않았고, 톰마소는 빈민촌에서 개들을 숱하게 보고 알아 왔다.

"음, 이따금 개들한테 한 식구 같은 애정이 생길 때가 있어! 어렸을 때 나도 개를 키워 봤거든. 하지만 개가 너무 커지니까 엄마가 포도주 운반인한테 줘 버리고 말았지 뭐야! 믿어지지 않겠지만 사실 난 그날 눈물을 펑펑 쏟았어!"

"그래, 맞아! 게다가 개들은 똑똑해!"

이레네가 맞장구쳤다.

"이 세상에 있을 가치가 없는 인간들보다 개들이 훨씬 나을 때도 있어! 그런 인간들은 들개 포획인한테 넘겨 버려야 하는데 말이야!"

이레네가 덧붙였다.

"불행히도 정말 그래!"

톰마소가 말했다.

갑자기 아프리카 계집애가 뿌로통하니 갈 길이 바쁘다는 표정을 지었다. 그녀는 뒤축이 닳고 발목선이 많이 파인 신발을 신고서 시린 발을 따뜻하게 하려는 듯 발을 동동 굴렀다.

"이레, 나 그만 가 볼게."

아프리카 계집애가 말했다. 가겠다는 그녀의 마음이 확고해서 이레네가 붙들어도 소용없어 보였다.

"어디 가려고?"

이레네가 그냥 한번 물어보았다. 아프리카 계집애는 오른쪽 무릎을 구부리고 왼쪽 다리를 살짝 뒤로 빼면서 목을 까닥하며 인사했다.

"아니, 알잖아! 여기 이러고 있을 순 없다는 거! 집에 할 일이 태산이야!"

아프리카 계집애가 심술을 부리다시피 화를 내며 말했다. 그녀는 마음이 조급했지만 이내 목소리를 바꿔 아주 친밀하고 귀여운 척하며 말했다.

"안녕, 이레, 나중에 보자!"

아프리카 계집애는 감기 든 자기 목소리와 할 일이 있어 바빠 가 봐야 한다는 사실을 자랑하듯이 뛰어갔다. 그녀는 털이 빠진 볼품없는 날개처럼 팔꿈치를 옆구리에 붙이고, 보통 여자들이 그러듯 펑퍼짐한 엉덩이를 살랑살랑 흔들며 뛰어갔다. 그녀가 그 모양새로 뛰어가니 안뜰 끝 보도에 도착한 뒤 건물 문 안으로 사라지는 데 삼십 분이나 걸렸다.

톰마소가 이제 꽁초만 남은 담배를 입으로 가져갔다. 과일 속살처럼 붉고 누런 나머지 한 손은 반쯤은 주머니 안으로, 반쯤은 주머니 밖으로 찔러 넣었다. 그는 개 얘기를 다시 꺼냈다.

"그럼, 다른 개를 키우고 싶지 않아? 원한다면 피에트랄라타에 사는 내 친구한테서 구해 줄 수 있거든. 걔한테는 강아지 여섯 마리가 있어. 아주 귀여운 강아지야! 혈통도 좋고!"

"싫어!"

이레네가 가슴을 앞으로 내밀며 약간 화난 듯 소리쳤다.

"내 남동생이나 아버지한테 그런 소리 하지 마. 그 말을 들으면 진짜 또 다른 개를 데려오려 들 거야! 난 사실 개를 키우고 싶지 않아, 정말 개가 싫다고! 개는 할 일만 잔뜩 만들어

놓을 뿐이야. 침대에 뛰어올라 오지 않나, 집 안을 더럽히지 않나. 또 얼마나 먹어 댄다고!"

이레네는 여자 친구에게 자신이 아주 싫어하는 것을 말해주는 여자아이 같았다. 흥분한 그녀의 얼굴이 새빨개졌다.

"그런데 나한테 개를 가져다주겠다고? 성가시기만 해, 그 개도 그랬어!"

이레네는 자신의 생각을 바꾸지 않겠다는 듯 잠시 입을 다물고 고개를 절레절레 흔들며 턱을 앙 다물었다.

톰마소는 머리가 좋았다. 개에 대해 더 이상 할 말이 없어진 그는 둥글넓적하고 기름기 번지르르한 얼굴로 웃으며 그녀를 바라보다가 생각이 많은 진지한 목소리로 말했다.

"내가 친구를 만나러 여기 가르바텔라에 오지 않았다면, 그래서 잠시 걸음을 멈추고 공놀이하는 아이들을 보지 않았다면, 또 들개 포획인이 나타나지 않았다면, 우리가 어디 만날 수나 있었겠어?"

톰마소는 철학적인 사고에서 나온 그 말이 마음에 들었다. 공터에서 공놀이하는 아이들이 아니라 여자들의 치마 속을 훔쳐보기 위해 발길을 멈췄다는 얘기는 당연히 하지 않았다.

톰마소가 만나러 온 그 친구가 누구인지 말할 필요도 없었다. 그가 만나러 온 사람은 크리스토포로콜롬보 뒤쪽 신흥 주택가에 사는 유대인 세티미오 아우구스토였다. 톰마소는 가끔 그가 수레를 끄는 일을 도와주고 몇백 리라를 벌곤 했다. 이레네한테 일부러 그 얘기는 하지 않았다. 주머니에 있는 400리라로 무엇을 할지 이미 머릿속에 짜 놓았기 때문이다.

"왜 우리가 만나야 하지?"

톰마소의 철학적인 말을 들은 이레네가 이런 일에 대해서는 아무것도 모르고 생각조차 못하는 얌전한 처녀같이 천진한 표정을 지으며 말했다.

톰마소는 자신도 훌륭한 청년 흉내를 내야 하기 때문에 그녀를 그냥 내버려 두었다.

"왜냐고? 글쎄……. 운명이라고 생각하지 않니……?"

운명이라는 말에 이레네는 조용히 입을 다물 수밖에 없었다. 그 침묵 속에는 두 가지 의미가 담겨 있었다. "그래서? 운명이 어쨌다고?"와 "그래, 운명인 것 같아!"라는 것이었다.

결국 톰마소는 분위기를 깨고 싶지 않았다. 얼굴이 빨갛게 달아오른 그가 자갈 도로 앞으로 한 발짝 다가갔다. 그는 얼굴 가득 능글맞은 미소를 짓느라 가늘게 째진 실눈으로 이레네를 뚫어지게 쳐다보았다. 그렇게 그녀를 쳐다보면서 지나가는 말처럼 무심하게 말을 던지듯 물어보았다.

"오늘 가르바텔라 극장에서 무슨 영화를 하지?"

"「쿠오바디스」."

이레네가 좋은 정보를 줘서 기쁘다는 듯 재빨리 말했다.

"좋은 영화지!"

톰마소가 마찬가지로 좋은 정보를 얻어 기쁘다는 듯 침착하게 말했다.

톰마소는 의미심장하고 교활한 미소를 지으면서 잠깐 침묵을 지켰다.

"내일 일요일인데 함께 가지 않을래?"

톰마소는 이레네도 이미 그 말을 기대하고 있을 거라 생각하며 물었다.

이레네는 안색이 어두워지며 아프리카 계집애처럼 절 비슷한 몸짓을 하더니 사뭇 진지하게 얼굴을 찌푸리며 다소 심각하게 말했다.

"갈 수 없어."

이레네는 자신의 삶에 운명처럼 주어진 어떤 일이 있음을 암시하며 슬픈 목소리로 말했다.

하지만 여자가 영화관에 같이 가겠다고 금방 대답하기 어렵다는 것을 톰마소는 알았다.

그래서 톰마소는 고집을 피우지 않았다. 아니, 인생사가 어떤지 다 이해한다는 듯 사려 깊고 원숙한 태도를 보여 주었다. 가족 안에서, 사람들과 이웃들의 관계 안에서 아가씨가 자유롭게 행동하기 얼마나 어려운지 아는 듯한 태도였다.

톰마소는 담배꽁초를 손가락 사이에 끼우고 손가락으로 톡 튕겨 보도로 날려 보냈다.

그는 영화 얘기는 일단 접어 두고 이렇게 물었다.

"그런데 하는 일이 뭐야?"

"난 일 안 해, 그냥 집에 있어. 넌 일하는 모양이지만!"

이레네가 슬픈 목소리로 말했다.

"그럼 얌전히 신부 수업을 받는 모양이군!"

톰마소가 줄곧 훌륭한 청년 노릇을 하며 말했다.

"글쎄."

"아버님은 무슨 일을 하시니?"

톰마소가 조심스럽게 물었다.

이레네는 인상을 찌푸리며 가느다란 목소리로 품위 있게 말했다.

"시청 직원이셔!"

톰마소는 반갑고 놀라서 두 눈이 반짝였다.

"우리 아버지도 그런데!"

톰마소가 탄성을 지르며 말했다.

이 사실 덕분에 두 사람은 더욱 하나가 되었고 상대에게 친밀감을 느낄 수 있었다. 둘 다 흥분했고 기분이 좋았다.

"우리 형도 일해. 재봉사야."

톰마소가 말했다.

"난 점원으로 일해. 하지만 티부르티노에서 이 년제 야간학교에 다녔으니까 더 좋은 일자리를 얻으면 좋겠어. 지금 대답을 기다리고 있어……."

톰마소는 잠시 침묵하며 담배 한 대에 또 불을 붙였다. 담배를 피우며 잠시 조용히 이레네를 쳐다보는 그의 얼굴에 이런 질문이 담겨 있었다.

"그럼…… 내일 말인데, 정말 나올 수 없는 거야?"

이레네는 이번에는 금방 안 된다고 말하진 않았지만 이내 이렇게 답했다.

"안 될 것 같아."

"왜?"

톰마소가 순진한 척 물었다.

이레네는 깊은 상념에 빠졌다가 다시 고개를 흔들며 "아니, 안 되겠어."라고 말했다.

"왜?"

톰마소가 고집스럽게 물었다.

"11번 전차 정류장에서 만나서 같이 영화관에 가자. 안 될

게 뭐 있어?"

"모르겠어. 상황 봐서……."

"그게 무슨 상황인데?"

톰마소가 아기 천사처럼 순진무구한 목소리로 물었다.

"정 그렇다면 한번 기다려 봐. 내일 4시쯤 전차 정류장에서……. 만일 아버지가 외출하고…… 내 친구 네그레타가 알베로네에 사는 사촌 언니를 만나러 가면 엄마한테 핑계를 대고 약속 장소로 나갈 수 있을지 몰라."

톰마소는 흥분해서 얼굴이 벌겋게 달아올랐다.

"두 시간이라도 기다릴 수 있어. 네가 나오기만 한다면."

"저, 갈 수 있으면 가겠지만 못 갈지도 몰라."

이레네가 턱을 앙 다물며 말했다. 하지만 그녀는 나올 것 같았다. 그러더니 아까 아프리카 계집애가 그랬듯 이레네도 갑자기 진지한 표정으로 뭔가 궁금증을 남기며 갈 길 바쁜 사람처럼 말했다.

"늦었어, 그만 가 봐야 해, 잘 가!"

이레네가 통통하고 불그레한 손을 어색하게 내밀었다.

톰마소는 이번에도 의젓한 남자 행세를 하며 더 이상 이레네를 붙잡지 않았다.

"잘 가."

톰마소가 이레네의 손을 잡고 한참을 쳐다보며 말했다. 그렇게 헤어지고 나서 이레네가 파마머리를 찰랑이며 급하게 뛰지 않고 단정하게 안뜰을 서둘러 지나가는 모습을 톰마소는 지켜보았다. 안뜰 끝에 도착한 이레네는 톰마소가 자신을 지켜보고 있다는 걸 느끼고 안 되겠는지 집으로 서둘러 올라가는 척 가볍게 뛰어갔다. 팔꿈치가 약간 해진 옷을 입고 굽이 닳은 신발을 신은 자신을 톰마소가 뒤에서 보는 게 그녀는 부끄러웠다.

이레네가 안뜰 끝 모퉁이로 사라지자 톰마소는 담배를 입에 물고 두 손을 주머니에 찔러 넣은 채 부잣집 도련님 흉내를 내며 자리를 떠났다. 그는 집으로 가는 내내 다음 날만 생각했다. 어둑어둑해질 때까지 두 시간 이상 생각할 여유가 있었다. 전차비를 아끼기 위해 티부르티나까지 걸어갔기 때문이다.

*

가르바텔라 전체가 햇살에 빛났다. 작은 정원들이 줄지어 있는 오르막길, 음식이 오른 접시같이 생긴 처마 장식과 비탈진 지붕을 가진 집들, 작은 창문 몇백 개와 다락방이 있는 밤색 대저택들, 아치와 주랑 그리고 주변에 인조 바위가 있는 커다란 광장들이 햇살에 반짝였다. 이 광장들 중 하나에서, 작고 허름한 영화관 옆 전차 종점에서 옷을 쫙 빼입은 톰마소가 초조하게 담배를 피우며 이레네를 기다리고 있었다. 이레네는 이미 십 분가량 늦었다. 톰마소는 이레네가 도착할 세테키에서 거리 쪽을 한 번씩 노려보며 투덜거렸다.

"뭐야? 바람맞는 거 아냐?"

그 아름다운 햇살 아래, 모두들 외투뿐 아니라 상의까지 벗어 버리고 간편하게 청바지에 스웨터 차림으로 돌아다녔다. 사람들은 무리 지어 다니거나 두세 명씩 스쿠터를 타고 다녔다.

한겨울에도 외투 냄새를 맡아 보지 못하고 아주 추울 때도 기껏해야 지저분한 스카프를 목에 둘둘 감고 다녔던 톰마소가, 지금은 허리띠가 달린 기차게 멋진 외투를 목부터 발꿈치까지 휘감고 있었다. 외투는 트라스테베레에 사는 네오파시스트 학생들의 친구이며 회계사인 알베르토 프로이에티한테 빌린 것이었다. 이렇게 말하기는 뭐하지만 톰마소는 최하층, 배를 곯는 사람들 계급에 속했으면서도 상류층과 우정을 맺고 있었다. 빌린 외투 때문에, 그리고 여자를 기다리고 있다는 사실 때문에 인상을 잔뜩 찌푸린 그는 주변을 둘러보지도 않았다.

거리 위쪽에서 반쯤 빈 11번 전차가 덜컹거리며 도착하더니 허름한 영화관 앞 비탈길에 멈췄다. 일고여덟 명이 내렸고, 그들 중에 이레네와 전날 봤던 여자 친구도 있었다.

얼굴이 고추처럼 빨개진 톰마소가 담배를 뻐금거리는 사이사이 초조하게 코를 쿵쿵거리며 앞으로 나섰다. 두 여자애도 입가에 살포시 미소를 머금고 조용히 그쪽으로 다가왔다. 그들은 예의 바르게 악수를 나누며 인사했다. 옷을 잘 차려입고 신발 뒷굽까지 내려오도록 가방을 든 아프리카 계집애가 곧 다시 손을 내밀며 작별 인사를 했다.

"난 가 봐야 해."

아프리카 계집애는 공범 분위기로 다소 어색하게 말했다. 그녀는 악수를 나눈 다음 아무도 자신을 붙잡지 않자 바람에 머리칼을 휘날리며 세테키에서 광장 쪽으로 갔다.

이제 둘만 남았다. 이레네는 옷깃에 어지러이 흐트러진 머리를 정리하기 위해 습관처럼 고개를 옆으로 살짝 젖혔다. 그녀도 우아하게 차려입었다. 회색 치마에 아주 꼭 끼는 얇은 검정 양털 스웨터를 입었다. 톰마소는 그녀를 보자 이내 흥분했다.

'우아, 가슴 죽이는데!'

얼굴이 붉어진 톰마소가 인상을 더욱 찌푸리며 생각했다.

"갈까, 이레네?"

톰마소가 거기서 300미터 정도 떨어져 있는 가르바텔라 영화관을 향해 걸어가려 하며 말했다.

이레네는 옆에서 따라갔다.

"아버지가 나를 보면 어쩌지!"

이레네는 좋다는 대답 대신 이렇게 말했다. 그들은 전차 선로를 따라 걸어갔다. 아버지들에 대해서는 톰마소에게 다 생각이 있었다.

"우선 나이 드신 어른들은 동네 산책을 다니지 않아! 술집에서 술을 마시거나 카드놀이를 하지!"

"그래, 하지만 우리 아버지는 이쪽 술집에 다니시거든. 친구 분들이 판테로판테라 광장에 사셔!"

'우리가 만나는 걸 정말 보는 거 아니야, 제기랄!'

톰마소가 생각했다. 그러고는 미소를 띠면서 말했다.

"음, 그럼 만날 수도 있겠네! 까짓것! 그러면 인사드리고 허락을 받지, 뭐!"

톰마소가 힘주어 말했다.

"알았어!"

이레네가 반신반의하며 말했다. 톰마소의 얘기는 간단히 말해 남자가 여자를 꾈 때 보통 하는 말이었다. 하지만 이레네는 안심이 되지 않는 모양이었다. 여운을 남기며 알았다고 말해 놓고 나서도 못 미더운지 걱정스러운 표정으로 조용히 있다가 이렇게 말했다.

"좋아, 내가 여기 있는 게 뭐 어때. 난 젖먹이 어린애가 아냐!"

톰마소는 이레네의 아버지 얘기를 계속하고 싶지 않았다.

'난 너한테 작업을 걸고 있는 거야, 너한테 달린 두 젖가슴에 말이야!'

"아주 귀여워, 네 여자 친구 말이야!"

톰마소가 큰 소리로 말했다.

"그래, 아주 귀여워!"

잠시 분위기가 무거워 보였던 이레네가 그 말이 반가운 듯 말했다.

"이름이 뭐야?"

"디아시라."

이름이 예쁜 친구가 있는 게 자랑스러운 듯 이레네가 대답했다.

"그 애한테는 애인이 있어!"

이레네는 다시 약간 교활하면서도 전보다 조금 촌스러운 미소를 띠면서 덧붙였다.

"아, 그래?"

톰마소가 상냥하게 물었다.

이레네의 얼굴에 아주 못 미덥다는 표정이 나타났다.

"토르마란치오 출신 남자애야."

톰마소는 이번에도 대화를 접고 토르마란치오 출신 남자애에 대해 자세히 묻지 않았다. 하지만 이레네는 얘기를 계속했다.

"하지만 성실한 남자가 전혀 아니야! 일주일 일하면 한 달 놀거든. 바로 어제 해고당했대! 일할 마음이 전혀 없어!"

'쳇, 웬 참견이야!'

톰마소가 생각했다. 그러면서 큰 소리로 말했다.

"모든 여자가 운이 좋을 순 없어! 알잖아, 요즘 같은 때에!"

아버지한테 들키지 않을까 하는 의심과 슬픔이 담긴 새로운 침묵이 이레네의 얼굴에 새겨졌다. 이윽고 그들은 화창한 햇살을 가득 받은 간판이 있는 가르바텔라 극장 앞에 도착했다. 극장 앞 작은 광장에는 바가 있었다. 바 근처에 젊은이들 스무여 명이 있었다. 톰마소의 안색이 더욱 어두워졌다. 톰마소는 잔기침을 하며 보호자라도 되는 듯 이레네의 옆구리를 살짝 안고 그녀를 매표소 입구 쪽으로 안내했다. 이레네는 여자들이 애인 앞에서 그러듯 얼굴을 살짝 찡그리며 나약한 모습을 보였다.

톰마소는 표를 사려고 줄 서 있는 내내 그러고 있었다. 그는 1층 관람석으로 가는 가난한 사람들을 거들떠보지도 않고 2층 관람석으로 올라갔다. 하지만 사람들은 많지 않았다. 대부분 몇몇 영화관에서 「쿠오바디스」를 이미 한두 번 봤기 때문이다. 특히 젊은이들 중에는 그 영화를 보지 않은 사람이 드물었다.

그들은 영화가 시작되기 전 휴식 시간에 들어갔다. 두 사람은 심각하고 조심스러운 태도로 난간 뒤 첫째 줄에 앉았다. 조명이 꺼지자 이레네의 얼굴에 확연히 흡족한 표정이 떠올랐다. 이레네는 톰마소를 슬쩍 쳐다본 다음 습관대로 머리를 살짝 뒤로 젖히고 의자에 편히 앉았다. 그녀는 영화를 감상할 만반의 준비를 하는 듯 보였다. 톰마소가 막 나가려는 땅콩 장수를 불러 땅콩 50리라어치를 샀을 때 그녀는 기분이 더욱 좋아졌다.

"봐!"

이레네가 땅콩을 먹다 말고 배우들의 이름을 읽으면서 상냥하게 말했다.

"레오 글린도 있어!"

톰마소는 레오 글린이 누군지 전혀 몰랐다. 하지만 배우에 대한 호감으로 가슴이 벅차오른 이레네는 대단히 기뻐하며 연신 떠들었다.

"저 배우의 연기를 정말 좋아해."

"훌륭한 배우지!"

톰마소가 잘 안다는 듯 맞장구쳤다.

땅콩을 먹는 동안, 그러니까 손과 입을 움직여 가며 땅콩을 다 먹을 때까지 거의 1부 내내 톰마소는 이레네처럼 얌전히 앉아서 영화를 봤다. 하지만 땅콩이 떨어지자 초조해지기 시작했다. 이레네는 비둘기처럼 순진하게 옆자리에 앉아 있었다. 하지만 그녀의 커다란 가슴이 난간에 걸쳐 있었고, 의자 밖으로 떨어진 옷자락이 톰마소의 외투를 건드렸다. 톰마소는 내심 입맛이 썼다. 누군가가 그를 때리기라도 할 것처럼 어깨 사이에 고개를 파묻고 생각했다.

'괜찮은 여자야! 젠장, 썩 괜찮아!'

톰마소는 자신의 무릎을 이레네의 허벅지에 좀 더 가까이 붙이기 시작했다. 그녀가 눈치채고 그를 슬쩍 흘겨보았지만 그냥 내버려 두었다. 그것이 영화를 감상하는 순수한 즐거움을 망치지 않고 그녀가 그에게 허용할 수 있는 최소한의 행동이었기 때문이다. 잠시 후 콜로세움에서 기독교인들이 순교하는 장면을 틈타, 갑자기 애정이 꿈틀댄 톰마소가 이레네의 어깨에 팔을 두르고 꼭 감싸 안았다. 그녀는 자못 심각하게 인상을 찌푸리긴 했지만 그것도 참아 넘겼고, 감동해서 눈물을 글썽이며 계속 영화를 봤다.

한편 톰마소는 흥분이 더욱 고조되었다. 왼손으로 이레네를 꼭 끌어안고, 오른손으로 초조하게 담배를 피웠다. 그러다가 갑자기 담배꽁초를 적어도 2미터 밖으로 던져 버리고, 천천히 외투를 벗었다.

"덥군."

톰마소는 외투를 조심스럽게 접어 배 위에 올려놓았다.

이윽고 톰마소는 레오 글린의 연기를 보느라 정신이 없는 이레네의 어깨에 팔을 두르고 그녀 쪽으로 몸을 살짝 구부렸다. 그는 어깨에 팔을 두른 자세로 잠시 가만히 있었다. 그러다가 다시 팔을 내려 이번에는 이레네의 손을 더듬어 꼭 쥐었다. 이레네의 손은 남자처럼 거칠었지만 그래도 흥분은 됐다. 톰마소는 그녀의 손을 꼭 쥐고 그녀의 허벅지와 무릎 부근에 손등을 대고는 지그시 눌렀다.

"귀엽지 않아? 연기를 정말 잘해!"

이레네가 성 피에트로를 가리키며 말했다.

"연기가 좀 가벼운데!"

톰마소는 이레네가 어떻게 나올지 계산하면서 손등을 그녀의 허벅지 위로 조금 끌어당겼다.

하지만 이레네는 아무렇지 않은 척 톰마소의 손을 자신의 무릎 쪽으로 다시 밀쳐 내고 그가 꼭 쥐고 있는 자신의 손을 뒤집었다.

'빌어먹을!'

"세상에."

이레네가 다른 손으로 입을 가렸다. 그녀는 곧 살점이 갈가리 찢겨 나갈 기독교인들이 경기장 안으로 들어가기 위해 무리 지어 있는 장면을 보고 그들의 운명을 걱정했다.

"실화가 아니야! 영화라고!"

그렇게 위안하는 것이 습관이 된 톰마소가 말했다.

"어쩜 그래! 실화가 아니라니! 그럼 성경에서 괜한 소리를 했다는 거야?"

이레네가 화를 내며 말했다.

"쳇, 그래, 이런 일들이 실제로 일어났다고 쳐. 하지만 그게 언제야? 천 년도 더 전에 일어난 일이라고!"

이런 일에 관심이 없는 톰마소가 서둘러 말했다.

"뭐라고?"

이레네가 말했다. 그녀는 찬송가를 부르면서 조용히 계단을 올라가는 순교자들을 보고 완전히 감동했다. 톰마소는 이 틈을 타 꽉 잡은 손을 그녀의 허벅지 위로 끌어올렸다. 이레네는 영화에 정신없이 빠져 있으면서도 완강히 저항했다.

'어쭈, 요것 봐. 하지만 내겐 이럴 권리가 있어, 알았어?'

톰마소는 슬슬 부아가 치밀었다. 그는 정말 흥분해서 난간에 무릎을 대고 의자에 편히 누웠다. 이레네의 가슴이 거의 그의 코앞에 있었다. 얇은 양털 스웨터 아래에 한쪽당 10킬로그램은 나갈 듯한 풍만하고 탱탱하며 아름다운 가슴이 있었다. 톰마소는 잡았던 이레네의 손을 다시 풀고 그녀의 목덜미 주변을 팔로 감쌌다. 이번에는 그녀의 어깨 위 브래지어에 자신의 손가락이 닿을 정도로 꼭 끌어안았다.

"세상에, 저들은 하느님을 진심으로 믿고 있어, 안 그래?"

톰마소는 기독교인들을 가리키며 말했다.

"그래!"

톰마소와 함께 감정을 나누고 있다는 사실에 감동한 이레네가 말했다. 그는 손가락을 약간 아래로 밀어 내리며 그녀의 가슴 언저리를 쓰다듬기 시작했다.

그때 그들 뒷좌석에 애들 넷을 거느린 부모가 와서 앉았다. 남자아이 셋, 여자아이 하나였다. 여자아이가 이레네 바로 뒷좌석에 앉았다.

'이 빌어먹을 촌뜨기들아!'

톰마소가 이를 갈았다. 그는 손장난을 멈추고 그녀의 어깨에 둘렀던 손을 풀어야 했다. 이윽고 그는 허벅지 위에 놓여 있는 그녀의 손을 다시 잡기로 했다. 하지만 결국 코끝 4센티미터 앞에서 그녀의 가슴을 훔쳐보는 것으로 만족해야 했다.

영화를 진지하게 감상하던 톰마소는 점점 더 몸이 달아올랐다. 뒤에 온 가족이 있는데도 그는 이레네의 허벅지 위에서 잡고 있던 손을 자신의 허벅지로 옮겨 오려고 애썼다. 그러자 그녀가 저항했다. 두세 번 완강히 저항했다. 그는 정말 화가 치밀어 올랐다.

'병신 같은 계집애, 봉이라도 잡을 줄 아는 모양이지?'

톰마소가 생각했다. 그러면서 계속 이레네의 손을 잡아끌었다. 결국 이레네가 어느 순간 저항을 포기했다. 톰마소는 자신의 허벅지에 대고 그녀의 손을 잡을 수 있었다.

'바보 같은 계집애! 이걸 모르고 따라왔어?'

이제 톰마소는 자기 허벅지 위에 이레네의 손을 가져온 뒤 서서히 위쪽으로 잡아당기기 시작했다. 그는 안 보이게 가리려고 주머니에 넣었던 손을 빼내 외투 위에 올려놓았다. 그는 외투 안에 흰 줄무늬가 들어간 밤색 양복을 입었는데, 중요한 날 입으려고 보관해 놨지만 이제는 너무 낡아서 악취가 났다. 양말과 신발은 침미오가 호모에게서 훔친 물건을 일 년 전에 사 두었던 것들이었다. 하지만 극장 안은 어두워서 그 허름한 차림새가 잘 보이지 않았다. 잡은 두 손이 조금 더 위, 그의 팬티 아래로 움직이자 이레네가 손을 빼내려고 했다.

'뭐 하는 거야? 생각이 바뀐 거야?'

톰마소가 속으로 이레네를 협박했다. 그녀의 손을 놓지 않으려고 힘을 주는 바람에 그의 얼굴이 빨개졌다.

이레네는 고집을 부리며 자꾸 손을 빼내려고 애썼다. 하지만 톰마소가 손을 꽉 쥐고 있어서 뺄 수가 없었다. 그녀가 지쳤는지 손을 내버려 두자, 그는 잠시 무릎 부근에서 손을 쥐고만 있는 것으로 만족했다. 그는 잠깐 「쿠오바디스」를 얌전히 관람했다.

2층 관람석에도 조금씩 자리가 채워지더니 이젠 사람들이 생선 썩는 듯한 땀 냄새를 풍기며 정어리처럼 빽빽하게 서 있었다. 뒷좌석에 있던 아이들 중 하나, 제일 어린 남자애는 아버지가 술 취해 잠든 틈에 훌쩍거리며 울고 있었다.

중요한 장면이 그렇게 지나가고 고대 로마 귀족이 자신의 저택에서 하프를 연주하는 노예들과 함께 있는 장면이 나오자, 톰마소가 다시 손을 끌어올리기 시작했다.

이레네가 고개를 획 돌리며 말했다.

"난 싫어, 가만히 좀 있어, 토마!"

"왜 그래?"

"왜 그러긴 뭐가 왜 그래."

이레네가 대답하며 다시 손을 빼내려 했다.

'빌어먹을, 얼굴을 후려갈길까 보다!'

톰마소가 화를 내며 생각했다. 그러면서 큰 소리로 말했다.

"나쁜 짓 한 적 없잖아!"

"가만히 좀 있어. 조심해, 다시는 너랑 영화관에 오지 않을 거야!"

이레네가 조용조용 말했다.

"내가 무슨 나쁜 짓을 했다고 그래!"

톰마소가 되풀이해서 말했다. 그는 크게 움직이지 않고 이레네의 손을 꽉 쥐느라 얼굴이 점점 더 빨개졌다.

'네가 다시는 안 나온다고 해도 난 관심 없어! 오늘 여기 나온 걸로 됐어, 바보 같은 계집애야! 네가 지금 이 톰마소한테 대들려는 모양인데, 네가 이렇게 앙탈을 부리면 안 되지!'

톰마소는 이레네의 손을 뼈가 으스러질 정도로 꽉 쥐었다. 그녀는 고통스러워 얼굴을 찌푸리며 손을 빼내려는 걸 멈췄다. 그녀는 낙담했는지 눈물을 글썽이며 가만히 화면을 보았다.

'이제 알겠어?'

톰마소가 심술궂게 생각했다. 이레네는 그가 원하는 대로 천천히 손을 문지르기 시작했다. 하지만 그녀는 정말 마음이 내키지 않았다.

"톰마소, 네가 이러리라고는 정말 생각 못 했어! 진작 알았다면 영화관에 오지 않았을 거야!"

이레네가 목소리를 가다듬고 말했다. 그러면서 다시 줄다리기를 시작했다. 그러자 톰마소가 야수로 돌변했다.

"내가 무슨 나쁜 짓을 했다고 이렇게 바보 같은 말을 하는 거야!"

톰마소가 소리를 지를 것 같은 목소리로 말했다. 그는 화가 나서 원하는 위치로 그녀의 손을 획 잡아끌었다. 하지만 이레네는 다른 쪽으로 손을 잡아당기면서 꼭 움츠렸다.

'제기랄, 몹쓸 계집애. 내가 왜 영화비를 냈다고 생각해? 자그마치 300리라야, 알아!'

톰마소는 체면을 구겼다고 느꼈다.

"손 좀 줘 봐!"

그가 다시 난폭하게 이레네의 손을 낚아채며 말했다.

'300리라야, 너한테 쓴 게 말이야! 아무것도 아닌 것 같아? 내가 왜 그 돈을 썼겠어? 빌어먹을 계집애, 네가 귀여우니까 영화만 보고 있으려고!'

톰마소가 화내며 생각했다.

'너한테 땅콩도 사 줬잖아. 그건 50리라야! 젠장……!'

다시 화가 치밀어 오른 톰마소가 생각했다. 그는 옹크린 손을 지그시 눌렀다.

"잠깐, 잠깐만, 돌아가신 어머니를 두고 맹세할게!"

톰마소가 말했다. 바로 그 순간 이레네의 얼굴과 눈에 체념 비슷한 것이 보였다. 그러자 그는 부드러우면서도 조금 쾌활한 말투로 덧붙였다.

"사람은 자기 욕구를 충족해야 해, 안 그래?"

이레네는 계속 영화를 보면서 자기 손이 아닌 듯 톰마소에게 손을 맡겼다. 그가 큰 소리로 말했다.

"이레, 넌 얼마나 좋은 여자인지 몰라! 내가 너를 정말 좋아하는 거 알지?"

그런 다음 톰마소는 이런 말을 덧붙였다.

"이레, 너를 사랑해. 농담 아니야, 너를 사랑해, 맹세해!"

이레네는 그림자처럼 조용히 의자에 웅크리고 앉아 있었다. 눈물이 글썽한 눈으로 영화를 보는 그녀의 온몸, 턱에서 가슴까지, 가슴에서 허벅지까지 슬픔이 가득했다.

「쿠오바디스」는 상당히 길었다. 영화가 끝나고 톰마소와 이레네가 가르바텔라 영화관을 나왔을 때는 한밤중같이 날이 어두워져 있었다.

영화관 앞 조그만 광장의 작은 바에서 네온 불빛이 반짝였고, 주변 가르바텔라 거리에 가로등들이 어둠 속에 흩어져 있었다. 젊은이들이 쏟아져 나왔다. 누구는 소형 오토바이를 타고 로마로 들어갈 채비를 했고, 누구는 시끄럽게 떠들고 야단법석을 떨며 로마에서 돌아오는 길이었다.

이레네와 톰마소가 골목을 돌아 접어든 엔리코크라베로 거리에서는 사방이 어두컴컴했다. 창문을 통해 스며 나오는 빛과 가로등 몇 개가 전부였다. 그들은 앙상한 나무 몇 그루가 서 있고 생선 가시 모양으로 파인 아스팔트 길 한가운데로 걸어갔다. 톰마소는 두 손을 주머니에 찔러 넣고 조용히 걸어갔다. 이레네는 그와 팔짱을 낀 채로 조금 뒤에서 걸어갔다. 그들은 오래된 연인들처럼 말없이 걸었다. 자신들 생각에 골똘히 잠겨 다른 사람들과 나눌 만한 것이 없는 연인들, 이미 모든 말을 나누어서 "응, 아니." 같은 간단한 말만 주고받지만 사실 미처 못한 말이 많아서 조금은 쓸쓸하고 무거운 얼굴을 하고 걸어가는 오래된 연인들 같았다.

그렇게 그들은 세테키에세 광장에 도착했다. 작은 바 두 개가 빈 잔디밭 쪽으로 빛을 발했고, 한창 세워지고 있는 거대한 병원의 윤곽과 크리스토포로콜롬보 거리의 불빛들이 광장 끝에서 보였다. 길을 돌아가자 더욱 어두워졌고, 막 파헤친 공사 현장만 있을 뿐 가로등 하나 없었다.

두 사람은 이따금 멈춰 서서 애정이 담긴 "응, 아니." 정도의 짤막한 말과 가벼운 키스를 몇 번 나누었다. 하지만 그 이상은 진도를 나가지 않았다. 극장에서 마음먹었던 행동을 해서 톰마소의 기분이 가벼워졌기 때문이다. 둘 다 자못 심각한 표정을 지으며 길 끝, 산테우로시아 광장의 작은 정원들이 줄지어 있는 곳에 도착했다. 영혼과 마음이 이미 하나가 된 두 사람은 그곳에서 헤어졌다. 소곤소곤 다음 약속을 정하고, 아쉬운 듯 작별 인사를 했다. 이레네는 작은 정원들의 울타리를 따라 자갈길을 내려갔다. 걸어가다 이따금 뛰기도 했다.

톰마소는 이레네가 멀어져 가는 모습을 지켜보다가 담배를 꺼내 불을 붙였고, 전차 종점을 향해 건들건들 천천히 걸어 내려갔다.

*

여자 친구와 보낸 첫 번째 일요일 때문에 가슴이 한껏 부푼 톰마소가 피에트랄라타에 도착했다. 그가 도착하자 침미오와 카고네 그리고 다른 두세 악동들이 그를 불러 세웠다. 그들은 함께 안귈라라에 가서 닭을 훔쳐 오지 않겠느냐고 물었다. 톰마소가 말했다.

"물론, 가고말고."

이미 캄캄한 밤이었다. 그들은 오후에 훔쳐 놓은 피아트 자동차를 타고 출발했다.

안컬라라에서의 닭 도둑질은 순조로웠고, 그들은 다음 날 티볼리에서 한탕 더 했다. 그리고 빌랄바에서 한탕, 인근 지역인 세테카미니에서 다시 한탕 더 했다. 성스러운 토요일에는 너무 멀리 뛰어가는 게 피곤했으므로 아니에네 강 너머 지척에 있는 맘몰로 다리에 가서 도둑질을 했다.

맘몰로 다리에 닭서리를 하러 가게 된 경위는 이랬다. 카고네, 첼레로네, 카치티니, 부처, 그리치오, 자칼, 나자렛 놈은 나이가 좀 더 어린 톰마소, 침미오, 그리고 요사이 부쩍 큰 추카보와 함께 트럭을 빌리기 위해 티부르티노에 갔다. 다른 지역, 치암피노 근처에 건수가 있었기 때문이다. 그들은 청동 삼사백 킬로그램을 훔쳐 올 생각이었다. 비가 내리는 날이었다. 녀석들은 모두 뼛속까지 젖어서 티부르티노에 도착했다. 그들은 들판 쪽으로 나 있는 집 창문 앞에서 휘파람을 불었다. 귀머거리 카를로가 차양이 쳐진 작은 현관으로 나왔다. 그들이 트럭을 빌려 달라고 부탁하자 녀석은 싫다고 했다.

"싫어, 안 돼, 안 돼. 트럭 안 빌려 줄 거야! 벌써 세 번이나 빌려 줬잖아. 그런데 모두 허탕 치고 나만 손해 봤다고!"

"우리는 그 녀석들처럼 맹탕들이 아니야!"

"좋아, 당장 5000리라를 내놔. 그럼 트럭을 빌려 줄게!"

"하지만 우리에겐 지금 5000리라가 없어!"

"그럼 미안하지만, 친구들, 트럭은 못 빌려 줘!"

"우리를 빈손으로 돌려보내 봐. 내일은 부활절이고, 모레는 부활절 다음 월요일이야. 돈도 없이 우리보고 어쩌라고?"

녀석들이 부탁했다.

"못 믿겠으면 너도 가자."

자칼이 제의했다.

"싫어, 안 돼. 난 너무 많이 찍혔어. 만약 걸리면 감옥에서 몇 년 썩어야 해!"

카를로가 말했다.

"너한테 외투를 넘길게!"

카고네가 고집을 피웠다.

"내게도 입을 만한 외투는 있어. 내일은 부활절이야. 난 조용히 부활절을 보내고 싶어. 트럭을 걱정하며 밤새 뜬눈으로 보내고 싶진 않어!"

결국 그들은 잘 자라는 인사를 나누고 맨손으로 돌아와야 했다. 카고네, 첼레로네, 자칼, 부처, 그리치오, 카치티니, 나자렛 놈은 티부르티노의 페코라로 산 앞에 있는 두에밀라 바로 갔다. 그들보다 어린 다른 세 녀석은 귀머거리 카를로의 집 앞에 서서 어디로 가야 할지 결정하지 못하고 있었다.

"할 일이 없네."

침미오가 힘없이 말했다.

"바보같이 잠이나 자러 가겠다는 거야? 건수를 찾아보자. 찾아보면 돈은 어딘가에서 나오게 돼 있어!"

추카보가 말했다.

"알아, 계획 없이 나설 때 오히려 일이 쉽게 풀린다고!"

이레네와 만난 후 녀석들 중에서 돈이 제일 아쉬운 톰마소가 말했다.

"내일은 부활절이야. 땡전 한 푼 없는 것보다는 차라리 감옥에 가는 게 나아!"

추카보가 말했다.

"비가 오니까 빨래를 훔칠 수도 없잖아. 누가 테라스에 빨래를 널기나 했겠어!"

침미오가 씁쓸하게 말했다.

낙담한 그들은 모두 잠시 말이 없었다. 주변이 조용해서 비 떨어지는 소리만 들렸다.

그때 닭 우는 소리가 들렸다. 카를로가 키우는 닭이었다.

"우리 귀머거리네 닭이나 훔치러 갈까? 그 망할 놈의 자식이 트럭을 빌려 주지 않았잖아. 그러니 골탕 좀 먹여야지!"

추카보가 눈을 빛내며 말했다.

"아, 닭 얘기가 나와서 말인데."

톰마소처럼 아직도 닭서리에 미련을 버리지 못한 침미오가 말했다.

"너희, 나랑 갈래? 생각나는 곳이 있어. 저기 맘몰로 다리 성당 사제관에 닭장이 있어. 닭들이 어디 있는지 알아. 몇 년 전에 달걀을 훔쳐 봤거든. 젠장, 엄청 많아!"

"몇 마리나 있는데?"

톰마소가 물었다.

"이삼백 마리!"

침미오가 탄성을 지르며 말했다.

"그럼 가자, 한탕 뛸 만한데. 한 마리에 500리라니까 15만 리라잖아?"

톰마소가 말했다.

"그럼 닭들을 어디다 넣지?"

추카보가 벌써 자리를 뜨면서 말했다.

"침대 커버가 있어. 엄마가 모직 커버를 빨아 놨어. 그 안에 닭들을 넣으면 돼. 성당지기도 들어갈 정도라니까."

침미오가 즉각 대꾸했다.

그래서 모두들 희망을 안고 출발했다. 그들은 몸을 옹크리고 머리가 온통 빗물에 젖은 채 티부르티나로 갔다. 피오렌티니 거리를 지나, 목초지를 등지고 쓰레기 더미 뒤에 있는 침미오의 작은 집 앞에 도착했다. 톰마소와 추카보가 밖에서 기다리는 동안 침미오는 필요한 물건을 챙기러 집 안으로 들어갔다. 30킬로그램이나 되는 쇠지레, 정, 손전등을 챙기기 위해서였다. 그런데 집 안으로 들어간 침미오가 침대 머리맡 탁자 위에 놓아 둔 포도주 병을 보았다. 그는 한 모금, 그리고 또 한 모금 벌컥벌컥 들이켰다. 그러고는 반쯤 취해서 비틀거리며 집을 나왔다.

침미오가 침대 커버로 연장들을 돌돌 말아서 티부르티나 거리로 다시 돌아왔다. 그들은 잰걸음으로 맘몰로 다리까지 이삼 킬로미터를 걸어갔다. 캄캄한 들판에서 길이 강물처럼 보였다. 지평선 부근에서 마을 불빛이 반짝였다.

그들은 아니에네 강에 놓인 다리를 지나 피자 가게까지 조금 더 걸어간 다음 왼쪽으로 돌아 카살데이파치 거리로 들어갔다. 그곳에는 아직도 불 켜진 데가 없었다. 반쯤 짓다 만 석회 칠을 한 조그만 흰색 집들과 여기저기 펴져 있는 건물 몇 채가 전부인 마을에도 빛이 보이지 않았다. 카살데이파치 거리 중간쯤에 건물 전체가 하얀 성당이 있었고, 그 옆으로 사제관이 있었다. 길 건너편에는 온통 풀밭과 채소밭뿐이었고 그 끝자락에서 몬테사크로의 불빛이 반짝였다.

성당과 사제관 주변에 나지막한 담벼락이 있었다. 세 사람은 담벼락을 돌아 닭장이 있는 뒤쪽으로 갔다. 담벼락을 끼고 도는 좁은 길은 비 때문에 진흙 개울로 변해 있었다. 주변에 새로 들어선 두세 채의 집터는 폐허 같았다. 비가 줄기차게 내렸다. 침미오는 쇠지레와 정을 가지고 길을 내려갔다. 톰마소는 손전등으로 길을 비췄다. 추카보는 길 끝 모퉁이에 있었다. 침미오는 거리낌 없이 담벼락을 세차게 두들겼다. 곧 50센티미터 정도 구멍이 만들어졌다. 구멍이 거의 다 뚫려 갈 즈음에 끄트머리 집에서 불이 켜졌다.

"조심해, 조심하라고!"

추카보가 와서 말했다.

침미오는 추카보를 보지도 않았다.

"신경 쓰지 마! 저 사람은 보베 아버지야. 알리바바보다 더한 도둑이지. 우릴 보면 자기도 한탕하고 싶어 할 걸!"

침미오는 일 년 전부터 맘몰로 다리에 사는 여자애와 사귀고 있었기 때문에 모든 정황을 훤히 꿰고 있었다.

"그럼 계속해!"

톰마소가 말했다.

구멍이 다 뚫리자 침미오가 톰마소를 돌아보며 말했다.

"구멍을 다 뚫었어. 내가 구멍을 뚫었으니까 네가 들어가. 아까 포도주 한 병을 다 마셨더니 머리가 지끈거려!"

"침미오보고 들어가라고 해! 침미오, 네가 들어가, 네가 닭 잡는 데는 선수잖아! 그런데 닭들이 울지 않을까?"

추카보가 말했다.

"아니, 닭들은 울지 않을 거야. 어두우면 울지 않아. 불을 켜면 분명히 울 거야. 하지만 어두우면 단지 코코코 하고 천천히 울 뿐이야. 더군다나 이 닭들은 성당 닭들이잖아, 안 그래? 순하게 굴 거야!"

톰마소가 말했다.

결국 침미오가 배로 기어서 들어갔다. 그가 다 빠져나가자 톰마소가 구멍 속으로 따라 들어갔다. 닭장 안에 들어선 톰마소가 손전등을 켰다.

닭장 안에는 짚이 가득 깔려 있었고 빈 둥지 두 개와 횃대 하나가 있었지만 닭은 그림자도 보이지 않았다. 안쪽에 창살이 가느다란 우리가 있었는데 거기에 쇠사슬이 채워져 있었다. 다른 쪽 벽은 속이 빈 구멍 벽돌로 만들어졌다.

"내기할까, 옆 닭장에 닭들이 있는지 없는지? 닭 소리가 들리지 않냐? 들리지 않아?"

침미오가 말했다.

"젠장, 아까도 들린다고 했잖아!"

톰마소가 사납게 말했다.

어쨌든 그들은 구멍 벽돌로 만든 벽을 허물고 옆 닭장으로 들어갔다. 횃대가 있는 칸막이 안에 닭 한 마리가 있었다. 손전등을 다시 켰다. 둥지 안에 달걀 하나가 보였다. 톰마소가 달려들어 달걀을 빨아 먹었다. 침미오가 톰마소를 붙잡으려 했다.

"나도 한 모금만 줘, 나쁜 자식아!"

침미오가 화내며 말했다. 하지만 톰마소는 그에게 닭을 보여 주며 말했다.

"궁둥이에 손가락을 넣어 봐. 하나 더 있을지 누가 알아!"

그러더니 톰마소가 살그머니 다가가서 닭을 움켜잡았다. 어둠 속에서 닭은 천천히 코코코 하면서 순순히 잡혔다. 그가 닭 모가지를 쥐고 세게 비틀었다.

"바보야, 왜 죽였어? 이 닭을 가져가서 우리 집 마당에 풀어 놓고 아침마다 달걀을 얻을 생각이었단 말이야!"

침미오가 말했다.

톰마소는 너무 기막혀서 대답하고 싶지도 않았다. 주변이 고요했다. 밖에서 빗방울 떨어지는 소리만 들렸다. 그 닭장 안 우리의 창살문이 열려 있었다. 그래서 담을 부수고 옆 닭장으로 들어갈 필요가 없었다. 침미오는 그걸 보고 아주 만족해서 말했다.

"저쪽에는 닭들이 많을 거야!"

침미오가 창살문을 어깨로 밀면서 말했다. 그들은 세 번째 닭장으로 들어갔는데, 여기에는 닭 네 마리가 있었다. 그들은 그 닭들도 잡아 죽였다.

"이 담도 부수자. 빌어먹을 이놈의 닭들은 도대체 어디에…… 있는 거야!"

닭 네 마리만 찾아낸 데 실망한 침미오가 말했다.

"가자, 어서, 얼마 안 있으면 신부들이 미사 드릴 시간이야. 신부들은 일찍 일어나잖아!"

톰마소가 화내며 말했다.

그들은 닭장을 나왔다. 그런데 추카보가 보이지 않았다.

"가자, 가자, 어서! 근데 이 자식…… 추카보는 어디 갔지?"

침미오가 말했다. 그들은 침대 커버 안에 연장과 닭 들을 넣기 시작했다. 이때 추카보가 나왔다.

"별일 아니야! 사람 그림자가 보이기에 그 자식이 어디 가는지 보려고 따라갔다 왔어!"

추카보가 가까이 다가오면서 말했다.

"근데 닭들은?"

침대 커버를 보고 실망해서 얼굴이 하애진 그가 말했다.

"도대체 닭들은 어디 있는 거야?"

추카보가 실망이 가득한 눈으로 다시 물었다.

목소리가 다 떨릴 정도로 신경질이 난 톰마소가 대답했다.

"닭은 무슨 닭, 나비도 안 보이더라!"

추카보는 옹크리고 앉아 연장들을 챙기는 침미오를 계속 째려보았다.

"어떻게 된 거야?"

추카보가 포기할 수 없었던지 침미오를 돌아보며 말했다. 그는 기분이 상해서 점점 더 안색이 험악해졌다.

"닭 이삼백 마리가 있다고 했잖아, 근데 닭들이 어디 있어? 닭은커녕 우리를 감방에서 몇 년 썩게 만들려고 했냐?"

"바보 자식!"

화나서 떨리는 목소리로 톰마소가 덧붙였다.

"바보는 너야!"

침미오가 연장들을 내팽개치면서 불쑥 대들었다.

"왜냐고? 지난번에 내가 너희를 주유소로 데려갔잖아. 그땐 일이 술술 풀렸어. 바보짓 안 했잖아! 감옥에서 썩게 하지도 않았고!"

톰마소가 말없이 진창에 무릎을 꿇으며 다시 침대 커버를 만지작거렸다. 그러면서 어깨를 으쓱거리며 혼자 중얼거렸다.

"자식들 말이 많아!"

톰마소는 분노로 가득한 눈으로 침미오를 노려봤다. 그의 눈이 찌그러지며 점점 작아졌다. 마침내 그가 화를 터뜨렸다.

"다음에 또 이런 발작을 일으킬 거면 딴 녀석을 찾아봐! 빌어먹을! 내일은 부활절이고, 모레는 부활절 다음 월요일이야. 난 여자 친구와 데이트를 해야 해. 근데 빈손으로 나가야 한다고!"

톰마소는 어린아이처럼 눈물이 글썽해서 마지막 말을 했다. 모두들 잠시 침묵했다. 비가 그치고 먹구름이 조각조각 흩어지면서 달빛을 머금은 맑은 하늘이 여기저기 나타났다. 바람이 불어 얼음처럼 차가운 옷이 몸에 찰싹 달라붙었다.

"야, 영 빈손은 아니야, 닭은 먹을 수 있잖아! 무사히 빠져나온 걸 하느님께 감사해!"

침미오가 쉰 목소리로 말했다.

그 말에 추카보는 부들부들 떨려 더 이상 아무것도 보이지 않았다. 그가 닭들을 집어서 침미오에게 내던지며 소리쳤다.

"너나 실컷 닭고기 처먹어, 이 거지 새끼야! 난 우리 집에서 먹을 수 있으니까!"

침미오의 몸에 맞은 닭들이 날개를 펼친 채 톰마소의 발치 진흙탕에 떨어졌다. 추카보와 마찬가지로 분노에 사로잡힌 톰마소는 닭을 걷어차서 저 아래 풀숲에 떨어뜨렸다. 이윽고 톰마소가 뒤돌아 걸어갔다. 친구 녀석들이 뭘 하는지 뒤돌아보지도 않았다. 그는 분노와 추위 때문에 얼굴이 파랗게 질린 채 그렇게 잠시 걸었다. 얼음장 같은 빗물에 축축해진 들판과 풀밭 위로 바람이 쌩쌩 훑고 지나갔다. 그는 잠깐 몸을 돌려 친구들을 훔쳐보았다. 추카보는 아직도 침미오의 멱살을 잡고 말다툼을 벌이고 있었다.

"그 자식 놔줘!"

톰마소가 소리쳤다. 추카보는 침미오를 획 밀쳐 내고 병아리처럼 젖은 채 톰마소에게 성큼성큼 뛰어왔다. 톰마소는 두 손을 물이 흥건한 호주머니에 찔러 넣고 젖은 머리카락을 이마에 내려뜨린 채 낙담해서 걸어갔다.

"내일 이레네를 만나는데 어떻게 하지, 예수님이 나를 도와주길 바랄 뿐이야. 더는 이런 식으로 살 수 없어!"

톰마소가 큰 소리로 혼잣말을 했다.

그런 생각을 하자 다시 톰마소의 가슴에서 부아가 치밀었다. 그는 걸음을 멈추고 침미오에게 돌아서서 다시 고래고래 소리쳤다.

"이 개새끼! 뭐, 우리를 부자로 만들어 줘! 빌어먹을 자식!"

침대 커버를 돌돌 말고 있던 침미오가 고개를 들더니 입안에 맴돌던 말을 참지 못하고 즉각 소리쳤다.

"씨부렁거리지 마…… 스파이 자식아!"

하지만 다음 날 아침 톰마소와 추카보는 시시덕거리며 어젯밤 일을 되새기고 있었다. 톰마소는 기분이 아주 좋았다. 멍청이가 있는 한 약삭빠른 악당은 늘 즐거운 법이다. 하느님이 보우하사 톰마소는 어젯밤 사진기를 든 느림보를 만났다. 군 기지에서 복무 중인 군인이었는데 그가 이렇게 말했다.

"미안하지만 사진 좀 찍어 줄래요?"

"네, 그러죠."

톰마소가 말했다. 느림보가 포즈를 취하려고 돌아서기도 전에 그는 바람처럼 달아났다.

톰마소는 사진기를 훔쳐서 1000리라를 벌었다. 이제는 마음 편히 기분 좋게 이레네와 약속한 장소로 나갈 수 있었다. 1000리라가 그의 손에 행운을 쥐어 주었다.

추카보가 말했다.

"왜 우리가 침미오에게 닭을 몽땅 줬지? 각자 한 마리씩 먹을 수 있었는데 말이야! 배 속에 닭 한 마리 넣으면 남부럽지 않게 부활절을 보낼 수 있는데!"

구름 사이로 태양이 이글거리는 아주 화창한 아침이었다. 침미오는 피에트랄라타를 조금 벗어난 외곽, 새로 짓는 이나카세 주택단지 방향에 있는 목초지 뒤쪽 티부르티나 지역의 올망졸망한 집들 중 하나에 살았다. 이나카세 주택단지는 백 년 전부터 세워지고 있었지만, 여전히 보이는 거라고는 작은 창문, 뾰족한 지붕, 다락방 들뿐이었다.

톰마소와 추카보는 침미오의 집에 도착해서 녀석을 불렀다. 침미오는 잠자고 있었다. 맘몰로 다리에 여자 친구가 살았고 그녀와 그녀의 어머니가 독실한 가톨릭 신자였기 때문에, 그는 졸려 죽겠는데도 일찍 일어나 그녀들과 함께 맘몰로 다리에 미사를 드리러 갔더랬다. 한 시간 전에 돌아온 그는 이불 속으로 들어가서 한잠 자는 중이었다. 톰마소와 추카보가 그를 깨웠다.

"근데 닭들 어쨌어? 우리한테 안 줬잖아?"

톰마소와 추카보가 물었다.

"두 마리는 엄마한테 주고, 나머지 두 마리는 카살데이파치에 놔두고 왔어!"

잠을 못 자 얼굴이 붓고 그늘진 침미오가 뭔가 할 말이 있는 듯한 묘한 표정으로 말했다.

침미오는 웃음기 도는 눈망울로 잠시 그들을 바라보았다.

"그런데 말이야……."

침미오는 모자라는 사람처럼 웃음을 터뜨렸다.

"그런데, 미사 때 신부가 뭐라고 했는지 아냐?"

침미오는 배를 잡고 웃느라 한마디도 할 수 없었다. 세 시간 전에 닭을 훔쳤던 바로 그 성당에서 침미오가 미사를 드렸다는 얘기를 듣고는 다른 두 녀석도 얼굴이 빨개지도록 깔깔대고 웃으며 그를 바라보았다.

"지난밤 닭 서른 마리를 도둑맞았다지 뭐야! 불경한 도둑들이 닭장으로 들어왔고, 이 타락한 영혼들이 그리스도의 은총으로 살아가는 자신을 이용해 닭 서른 마리를 훔쳐 갔대! 서른 마리라고 했어, 망할 자식!"

미사 때 사람들 앞에서 자신들의 얘기가 나왔다는 사실을 안 톰마소와 추카보는 두 눈이 기쁨으로 빛났다.

"야, 토마, 너 알아? 우리가 도둑 티네아보다 더 나쁜 놈들이래, 우리가 말이야!"

추카보가 말했다.

"야, 우리 미사에 가서 한번 들어 볼래?"

톰마소가 말했다.

"가자!"

추카보가 신나서 말했다.

"그럼 너도 같이 가자!"

톰마소가 침미오에게 말했다.

그래서 그들은 맘몰로 다리로 걸어갔다. 그들은 2부 미사 강론을 듣는 것으로 만족하지 않고 마지막 정오 미사까지 들었다. 신부는 그들에 대해서, 도둑들에 대해서, 타락한 영혼들에 대해서, 그 불경스러운 자들에 대해서 이런저런 얘기를 계속했다. 그들은 정말 미사에 진저리를 쳤다. 첫 영성체를 받은 후 성당에 안 다닌 지 적어도 십 년은 됐고, 천지를 창조한 사람이 누군지 기억조차 나지 않았다.

모두들 만족한 얼굴로 성당을 나와 아름다운 햇살 아래로 나섰다. 태양이 구름을 몰아냈고, 비에 씻긴 들판 여기저기 흩어진 마을의 흰색 집들을 상쾌하게 비추었다.

침미오는 셸미 거리의 한 작은 바에서 크림이 들어간 카푸치노를 주문했다. 하느님의 은총을 듬뿍 받으며 자란 젊은이들이 바에 가득했다. 하지만 톰마소는 마음이 급해서 곧바로 바를 나왔다. 할 일이 있었기 때문이다. 도둑 기질이 다분해서 도둑질을 하거나 사기를 치지 않으면 종일 할 일이 없는 추카보나 침미오 같은 희망 없는 놈팡이들과 자신은 다르다고 생각했다. 톰마소는 할 일이 있다고 생각하자 마음이 평온하고 흡족해지며 생기가 꿈틀대는 것을 느꼈다. 그는 부활절과 부활절 다음 월요일을 잘 보내라는 인사를 서둘러 한 다음, 이레네와의 약속 장소인 가르반테 거리로 가기 위해 사랑에 빠진 생기 넘치는 모습으로 마을버스에 올랐다.

4
피에트랄라타 전쟁

축제일이었다. 톰마소의 친구들, 즉 카고네, 첼레로네, 자칼, 부처, 그리치오, 카치티니, 침미오, 추카보는 수중에 돈이 없는 관계로 피에트랄라타에서 꿈쩍도 하지 못했다. 그들은 거의 모두 새 옷을 입은 듯했다. 하지만 땡전 한 푼 없이 어떻게 로마로 갈 수 있겠는가? 그들은 테이블을 밖에 내놓은, 버스 정류장 앞 바에 아침부터 모여서 죽치고 앉아 축구 경기에 대해 시끌벅적하게 얘기했다. 11시쯤 첼레로네와 그리치오는 바에 죽치고 있는 게 싫증났는지 과감히 자리를 박차고 일어났다. 일어설 마음이 없는 다른 친구들은 허공을 향해 배를 내밀고 두 손을 거시기에 올려놓은 채 바에 앉아 있었다.

이윽고 첼레로네와 그리치오 대신 다른 친구들, 즉 민키아, 프레기노, 치아네토, 카피네라, 냐치아 등등이 왔다.

4월인데도 날씨가 그다지 화창하지 않았다. 크리스마스보다 더 추웠다. 하늘에 구름이 잔뜩 끼어 있고 이따금 여기저기 오렌지 빛 햇살이 보이는, 그런 날이었다. 촛불이 도시 전체를 비추는 것 같았다. 피에트랄라타는 진흙 호수로 변한 듯했다. 하지만 명색이 봄이었기에 모두들 노란 카우보이 셔츠에 얇은 포플린 새 옷을 입었다. 티부르티나와 맘몰로 다리에 가거나 거기서 오는 사람들이 줄을 이었고, 로마로 들어가는 버스를 기다리며 옹크리고 있는 사람들이 보였다. 그들도 카고네와 친구들처럼 수중에 땡전 한 푼 없는 빈털터리여서 새 옷을 입고 폼이나 재면서 마을을 어슬렁거리고 있었다.

카고네와 친구들이 바에서 죽치고 있는데, 피에트랄라타 거리로 들어오는 세 사람이 보였다. 그들은 사복 차림이었지만 친구들은 금방 그들을 알아보았다. 두 사람은 형사였고, 한 사람은 관내 경찰이었다. 경찰도 사복 차림이었다. 그들은 마을 입구 노점상 앞에서 걸음을 멈추고 각자 잠두콩을 한 봉지씩 샀다. 그들은 콩을 먹으며 바가 있는 쪽으로 천천히 내려왔다.

바의 노천 테이블에 앉아 있던 희망 없는 녀석들은 혀로 천천히 치아를 훑거나 어정쩡하게 하품을 하면서 우울한 눈빛으로 서로 신호를 보냈다. 그들이 투덜거리며 말했다.

"무슨 일이지? 무슨 일일까? 기습인가?"

경찰에 찍히지 않은 녀석이 없었기 때문에 경찰들은 패거리 중 하나를 잡기 위해 그곳에 온 것일 수도 있었다. 그래서 아무도 움직이지 못한 채 실눈을 뜨고 주변을 살피며 엉덩이만 들썩거렸다.

경찰들이 침착하게 의자와 테이블 사이로 들어왔다. 그대로 계속 앉아 있던 카고네는 속으로 불안감과 두려움에 떨고 욕설을 퍼부으며 그들이 왜 왔을까 궁금해했다. 그는 눈에 힘을 빼고 경찰들을 부드럽게 쳐다보았다.

'누구를 잡으러 왔지? 나, 이 자식, 아니면 저 자식? 우리 중에 누군가를 잡으러 온 거야!'

아니나 다를까 경찰은 녀석들 무리가 있는 테이블로 다가 왔다. 벌써 주변이 술렁거렸다. 버스 정류장에 있던 사람들, 장 보러 나왔다가 그곳을 지나가던 여자들, 꼬마 녀석들, 바에 있던 다른 손님들, 모두 이미 심상치 않은 분위기를 감지했기 때문이다.

한편 경찰들은 아무렇지 않은 척 카고네가 앉아 있는 테이블 옆으로 갔다. 계속 별일 아닌 척하며 한 사람은 이쪽, 한 사람은 저쪽, 또 한 사람은 카고네가 앉은 의자 뒤로 갔다. 경찰들은 서로 농담을 주고받았다. 경찰들의 첫마디는 이랬다.

"어이! 우리가 못 본 지 꽤 됐지?"

카고네는 앉은 자리에서 몸을 웅크리고 있었다. 그의 안색이 어두워졌고, 곱슬머리 몇 가닥이 목에 처량하게 붙어 있었으며, 눈이 졸린 것처럼 멍했다. 꼬여 있는 두 손이 떨리는 게 보였다. 하지만 경찰은 카고네가 아닌 옆자리에 있는 카치티니를 향해 돌아서서 그의 뺨을 다정하게 살짝 건드렸다. 그러더니 불쑥 카고네에게 돌아서며 조용히 말했다.

"자, 우리와 가지!"

카고네는 그즈음 계속 도둑질을 했고 집에 장물까지 있었기 때문에 잔뜩 긴장했다. 경찰들이 다른 말을 하지 않자, 카고네가 대뜸 소리쳤다.

"싫어! 난 가지 않겠어! 내가 왜 당신들을 따라가야 하지?"

카고네는 친구들이 자신을 달아나게 해 줄 거라는 희망을 품고 즉시 엉거주춤 몸을 일으켰다. 이미 주변 사람들 모두 무슨 일인지 보려고 몰려들기 시작했다. 주변에서 웅성대는 소리가 들렸다.

"어이, 무슨 일이야?"

"카고네를 잡아가려나 봐!"

"이 멍청이가 술 먹고 사고 친 거야?"

각자 한마디씩 하자 주변이 어수선해졌다.

"무슨 짓을 했는데? 도대체 무슨 일이래?"

낯빛이 양초처럼 하얘져서 다시 앉은 카고네에게 어떤 사람이 물었다.

"가 봐!"

그가 카고네에게 충고했다. 그러자 다른 사람이 나서서 말했다.

"가면 안 돼, 멍청아! 저자들이 순순히 놔주지 않을 거야!"

사람들이 그들 주변을 점점 더 에워쌌다. 특히 여자들이 많았다. 바 부근에 있던 여자들도 있었고, 근처 판잣집에 사는데 무슨 일인가 해서 구경 나온 아낙네들도 있었다. 모두 빈민촌 아낙네들로, 머리는 헝클어졌고 기름때 낀 더러운 검은 실내복 차림에 슬리퍼를 신었다.

경찰들이 소리치기 시작했다.

"가요! 가! 비켜 줘요!"

하지만 주변에 모여 있던 여자들은 꿈쩍도 하지 않았다. 아니, 오히려 다소 나지막한 목소리로 민중의 지팡이들을 향해 욕설을 퍼붓기 시작했다.

"나쁜 놈들! 파렴치한 놈들! 부끄러운 줄 알아!"

헝클어진 앞머리를 이마에 내려뜨린 채 얼굴이 시뻘겋게 달아올라 울다시피 하는 사람들도 있었다.

그러자 더 이상 시간을 낭비하지 않기 위해 두 경찰이 양쪽 겨드랑이 밑으로 손을 집어넣어 카고네를 움켜잡고 끌어올리면서 낙지처럼 의자에 딱 들러붙어 있는 그를 떼어 내려 애썼다. 우두머리로 보이는 나폴리 출신 40대 경찰이 짜증스러운 코맹맹이 소리로 외치듯 말했다.

"비켜요! 이 바보들에게서 떨어져요!"

카고네는 경찰들의 말을 듣지 않고 미친 듯이 빠져나오려고 했다. 이미 그의 셔츠와 스웨터가 찢어졌다. 경찰들에게 팔이 붙들린 그는 침대에 붙이라도 붙은 듯 여전히 의자에서 몸을 비틀고 경찰들의 허리를 차며 빠져나가려 했다. 친구들은 여전히 자리에 앉아 꿈쩍도 하지 않았다. 오히려 그들은 테이블 주변으로 모여 앉았다. 그들은 그곳 터줏대감들처럼 경찰들 뒤에서 50센티미터 정도 떨어진 채 유심히 지켜보고만 있었다. 어수선한 분위기에 사람들이 더 몰려왔다. 버스 정류장과 바 사이에 이제 거의 백여 명이 몰려들었다. 축제일이라 모두들 바깥 길거리로 나와 있었기 때문이기도 했다. 사람들, 특히 젊은 이들은 멀찌감치 뒤쪽에 물러서 있었다. 대신 여자들은 사람들을 헤치고 앞으로 나와 카고네의 몸을 붙들려 했다. 한편 경찰들은 마침내 카고네를 의자에서 일으켜 세웠다. 하지만 카고네가 테이블 다리를 두 손으로 붙들고 늘어졌다. 경찰들이 녀석을 끌고 가려면 테이블까지 끌고 가야 했다. 바 여주인이 놀라서 고래고래 소리 지르기 시작했다.

"모두 부숴라! 모두 부숴!"

여주인의 목소리에 극심한 분노와 증오가 담겨 있었다. 다른 여자들도 그녀와 함께 더욱 큰 소리로 외치기 시작했다.

시끄러운 고함 소리에 귀가 멍멍해진 세 경찰이 상황을 빨리 끝내기로 마음먹었다. 한 경찰이 몸을 숙여 카고네의 팔목을 잡고 테이블 다리에서 그의 두 손을 떼어 내려 안간힘을 썼다. 하지만 야수처럼 돌변한 그는 자기 입 주변에서 경찰의 팔목이 보이자 그것을 물어뜯었다.

하지만 카고네는 경찰의 소매 자락만 물었을 뿐이다. 그는 입을 떼고 실룩거리며 침을 뱉고 나서 이번에는 좀 더 위쪽, 털이 많은 손 쪽을 다시 물었다. 이를 드러내고 코를 실룩거리며 힘껏 물자 그의 입에서 침까지 흘러내렸다. 그는 침이 피와 섞일 때까지 물고 늘어졌다.

아파서 야수로 돌변한 경찰이 카고네를 있는 힘껏 잡아당겨서 테이블에서 떼어 냈다. 테이블이 바닥에 나둥그러져 찌그러지며 튀어 올랐다. 주변에 있던 친구 녀석들은 그 장면을 조용히 쳐다보기만 할 뿐 여전히 꿈쩍도 하지 않았다.

경찰들이 겨드랑이 밑을 잡고 끌어올려서 몸이 공중에 떠 있으면서도 카고네는 자꾸 발길질을 해 대며 버둥거렸다. 결국 카고네를 잡고 있던 경찰이 길을 내기 위해 한 손을 사용해야 했다. 다른 청년들이 1센티미터도 움직이지 않았고, 여자들이 점점 더 주변을 조여 왔기 때문이다. 카고네는 또다시 몸 한쪽이 자유로워지자 진흙투성이 보도 위로 엎어져 기어가서는 또 다른 테이블을 붙들고 늘어졌다.

카고네는 아까보다 더 죽자 살자 테이블에 매달렸다. 두 경찰이 카고네의 두 손을 떼어 내려 하자 카고네는 거칠게 발길질을 하면서 의자라는 의자는 몽땅 뒤집어 엎어 났다. 경찰들이 카고네의 몸을 붙들고 늘어졌지만 테이블에서 그를 떼어낼 수 없었다. 마침내 팔목에서 피가 뚝뚝 흘러내리는 경찰이 다시 한 번 카고네를 잡아당겨서 테이블로부터 떼어 났다. 카고네는 갑자기 벌렁 드러누워 두 다리를 맞붙인 채 등으로 진창길을 비비며 나아갔다.

그러면서 카고네가 잉어처럼 흙탕물을 튀기기 시작했다. 눈은 이미 뒤집혔고 얼굴은 창백해서 그곳에 깃털을 남겨 놓고 죽을 것 같았다. 그는 징징거리는 목소리로 외쳤다.

"엄마! 엄마! 도와줘! 나 좀 살려 줘!"

그 소리에 아낙네들이 이성을 잃었다. 그녀들이 소리쳤다.

"천하의 나쁜 놈들!"

"놔둬!"

"불쌍한 애야, 부끄러운 줄 알아!"

"비켜! 비켜요! 떨어져요!"

경찰들이 소리쳤다. 그런데 한 여자가 두 손으로 경찰의 팔을 잡아당기면서 소리쳤다.

"저 애를 놔주지 못해! 살인마야!"

돌 하나가 사람들 머리 위를 쌩하니 날아 바 담벼락에 부딪히며 부서졌다. 아낙네들이 점점 더 큰 소리로 외쳤다.

"배신자들! 제 부모도 팔아먹을 놈들!"

카고네가 땅바닥을 다시 기어와 경찰들의 다리를 붙들고 늘어졌다. 경찰들이 녀석을 끌고 몇 걸음 걸어가자, 카고네가 성난 개처럼 경찰들을 물어뜯었다. 경찰들은 빨리 상황을 끝내야 했다. 결국 한 경찰이 주먹을 날려 후려갈기자 카고네가 기절했다. 다시 눈을 떴을 때 더 이상 저항할 힘이 없어진 카고네는 숨이 넘어갈 것처럼 한탄을 늘어놓았다.

"엄마! 도와줘! 엄마! 날 구해 줘!"

하지만 때리고 잡아끌고 한 덕분에 경찰들은 이제 군중을 뚫고 카고네를 끌고 갈 수 있었다. 그러자 뒤에 남자들이 버티고 있다는 사실에 고무된 여인네들이 경찰 주변으로 달려들기 시작했다.

"여러분, 덤벼들어 저놈들을 죽입시다!"

멀리 있던 여자들이 목이 찢어져라 소리쳤다.

"걜 정중하게 데려가, 망할 놈들아!"

좀 온건한 다른 아낙네들이 소리쳤다.

"걜 놔줘, 간질을 앓고 있어!"

"아버지도 어머니도 없는 애야!"

"부모 없는 외톨이에 몸까지 아파, 알았어!"

"여러분, 덤벼들어 저놈들을 죽입시다!"

모두들 자식들이 감옥에 있거나 수배 중이거나 몇 년째 일자리를 찾지 못해 배를 곯고 있었기 때문에 아낙네들은 더욱 독이 올라 뒤에서 다시 소리쳤다.

한 여인이 신발을 벗은 다음 울면서 한 경찰을 후려치기 시작했다. 뒤에 있던 다른 아낙네들도 함께 총공세를 펼쳤다. 성난 여인네들을 보자 경찰들은 혼쭐나고 싶지 않았던지 카고네를 놔줬다. 카고네는 경찰들이 놔준 그 자리에 꼼짝하지 않고 누워 있었다.

"저자들이 저 앨 죽였어!"

한 여인이 목청껏 소리쳤다.

"머리에서 피가 철철 흘러나와!"

"여러분, 덤벼들어 저자들도 죽여 버립시다! 죽일 놈들아, 너희 혀로 저 애 피를 핥게 해 주겠어!"

경찰들이 수갑을 휘두르기 시작하면서 소리쳤다.

"멈추지 못해, 빌어먹을 무식한 사람들아! 모두 감옥에 처넣을 거야!"

이성을 잃은 한 경찰이 소리쳤다.

"멈춰, 그러지 않으면 쏘겠다!"

경찰이 그 말을 하지 말았어야 했다. 아낙네들이 우르르 몰려들어 경찰을 발로 차고 물어뜯었다. 그들은 뒤에서, 옆에서 경찰들을 밀어제쳤다. 경찰들은 두세 차례 바닥에 무릎을 꿇거나 길게 누운 채 쓰러졌다. 주변에 있던 여인들이 경찰들을 발로 밟고 침을 뱉었다. 그러자 경찰들은 여인들을 뚫고 달려나와 줄행랑을 쳤다. 뒤에서 여인들이 돌이나 벽돌, 나무 조각을 던졌다. 경찰들이 도망치는 길에 아기를 안은 한 아낙네가 있었고, 그 옆에 숯이 타는 솥단지가 있었다.

"불을 던져, 크로체피!"

여인들이 그녀에게 소리쳤다.

아낙네들이 두 번 말하게 하지 않고 그 즉시 크로체피사라는 여인이 아기를 내려놓은 다음 숯불을 경찰들에게 던지기 시작했다. 그것만으로 성에 차지 않았는지 그녀는 불똥이 탁탁 튀는 석탄가루가 잔뜩 든 솥단지를 두 손으로 움켜잡고는 경찰들 발치에 던졌다. 땅에 숯불을 획 내동댕이치자 재, 연기, 불똥이 확 타올랐다.

한편 죽은 사람처럼 땅에 누워 있던 카고네가 눈을 떴다 감앉다를 반복하면서 무표정하게 주변을 살폈다. 그 옆에서 자칼이 두 다리를 벌리고 서 있었다. 그는 몬테사크로 쪽을 보면서 바람에 대고 얘기하듯이 말했다.

"우리 집으로 도망쳐."

군중이 지켜보는 가운데 카고네가 천천히 일어나 여우처럼 재빨리 도망쳤다. 그는 작은 집들 사이로 요리조리 빠져나가 냅다 길을 달렸고 늪지를 껑충껑충 뛰어 메시도로 쪽 들판에 이르렀다. 그는 철조망을 타고 넘어 채소밭으로 들어갔고, 회향밭에 움푹움푹 발자국을 찍으며 농장이 보이는 곳에 도착했다. 고대 폐허처럼 아주 낡고 허물어져 가는 농장이었다. 가운데에 퇴비가 여기저기 널려 있는 지저분하고 작은 마당, 헛간 두세 개, 분수 하나가 있었다. 낡은 집 주변, 분수대 바로 앞에 군수품 창고 같은 새 건물이 있었다. 카고네는 가장자리가 깨지고 석회와 건초로 지저분한 분수 아랫구멍에 손을 집어넣어 열쇠 하나를 꺼냈고, 그 건물의 허물어진 문을 열었다.

그곳은 자칼의 아버지가 감옥에 가 있는 동안 자칼이 임시로 혼자 기거하는 장소였다. 사방이 어둡고 아주 고요했으며, 커다란 부엌이 있고 침대 하나, 침대 머리맡 탁자 하나, 라디오 하나가 놓여 있었다. 탁자 위에는 자칼의 아버지를 위해 마련해 놓은 담배 한 갑이 있었다. 한편 나치오날레 담배 한 개비가 벽에 박혀 있었는데, 자칼이 다신 담배를 피우지 않겠다고 맹세했을 때 녀석의 친구가 벽에 박아 놓은 것이었다. 다른 쪽 구석에는 옷걸이 하나와 이음새를 맞물려 만든 긴 나무 테이블 하나가 있었고, 그 위에 물건들이 어지러이 널려 있었다. 문 옆 벽에는 작은 세면대도 하나 있었는데 자칼이 혼자 알아서 빨래를 하기 때문에 옷이 물에 담겨 있었다.

안으로 들어간 카고네는 안도의 한숨을 내뱉었고, 이내 뭐 먹을 것이 없나 살피러 갔다. 하지만 빵 부스러기도 없었다. 카고네는 담배를 입에 문 채 침대에 벌렁 누워 친구를 기다리기로 했다.

잠시 후 자칼이 얇게 저민 햄 한 봉지와 둥근 빵 두세 개를 들고 나타났다. 그들은 걸신들린 사람처럼 게걸스럽게 음식을 먹으며 조금 전 일어났던 사건에 대해 잡담을 나눴다. 이윽고 2시경에 다른 친구들이 왔다. 이 세계에선 될 테면 돼라는 식이었고 괜한 걱정을 하는 사람은 못난 바보였기 때문에, 그들은 금방 테이블에 모여 앉아 자칼의 아버지가 쓰던 낡은 카드로 패를 돌리는 녀석에게 관심을 집중했다.

태양이 빛나는 오후였다. 축구 경기를 중계하는 라디오 방송 소리가 여기저기서 들렸다. 모두 검은 정장을 차려입은 농부들이 아이들을 안은 채 허물어져 악취를 풍기는 마당 차양 아래 모여 있었다. 몇몇 아는 지인들도 찾아왔는데, 그들도 맘몰로 다리 쪽에서 농사를 짓는 사람들이었다. 지지리 가난해서 다른 농부들 땅에서 소작하며 입에 풀칠이나 하는 우둔하고 배고픈 남부 사람들도 있었다. 그들은 진창이 된 마당에서 잡담을 나누며 축제일을 보내고 있었다.

카고네와 친구들이 자칼의 숙소에서 체키네타 카드놀이*를 한창 하는데 밖에서 부르는 소리가 들렸다.

"카고네에에!"

---

* 이탈리아에서 서민들이 즐기는 카드놀이. 카드 사십 개로 게임을 한다.

카고네는 팬티 차림이었다. 다른 친구들이 카드놀이를 하는 동안 그는 찢어진 바지를 꿰매느라 바늘을 쥐고 있었다.

"카고, 널 부르잖아!"

자칼이 말했다. 카고네는 손에 바지를 들고 문 쪽으로 가서 천천히 문을 열면서 생각했다.

'형님 휴식을 방해하는 녀석이 누구야?'

카고네가 고개를 내밀자 모르는 얼굴이 보였다. 그는 재빨리 문을 닫으려 하면서 생각했다.

'누가 날 경찰에 찔렀나?'

밖에 있던 남자가 문틈에 한 발을 끼우고 카고네의 목을 잡더니 밖으로 끌어냈다. 남자는 카고네의 뒷덜미에 몽둥이질을 했고, 카고네는 문 모서리에 머리를 박았다. 그는 넘어져 의식을 잃었다. 이번에는 꼼짝없이 당할 수밖에 없었다.

다른 경찰들이 다가와 기절해서 축 늘어져 있는 카고네를 잡았다. 농부들이 그 광경을 말없이 지켜보는 가운데 경찰들이 겨드랑이 아래로 녀석을 잡고 진창으로 질질 끌고 가 조그만 트럭에 실었다.

*

새벽 두세 시였다. 침미오는 자기 집에서 자고 있었다. 그가 푹 잠들어 있는데 시끄럽게 문 두드리는 소리가 들렸다. 그는 눈을 실로 꿰매서 딱 붙여 버린 것처럼 졸려서 눈을 뜰 수가 없었다.

'죽일 놈들.'

침미오가 울고 싶은 심정으로 생각했다. 집행유예 일 년을 받은 그는 경찰이 왔을 때 직접 문을 열고 얼굴을 보여 줘야 했다.

침미오가 안간힘을 쓰며 한쪽 팔꿈치로 몸을 일으켰다. 그는 피가 온몸에서 빠져나간 듯 시체처럼 창백했고, 노인처럼 주름이 자글자글한 이마에 난 붉은 여드름 자국 위로 머리카락이 흘러내려 와 있었다. 그는 비틀거리며 일어나 작은방, 즉 어머니와 여동생과 함께 사는 형무소 감방 같은 집을 둘로 나누는 커튼 쪽으로 걸어갔다. 침미오의 침대 옆에 놓인 허름한 침대에서 잠자던 어머니와 여동생도 눈을 휘둥그레 뜨고 그를 바라보았다. 방에는 전깃불이 없었다. 그래서 마구리가 벽면을 향하게 쌓은 벽돌 벽에 난 작은 창문으로 빛이 약간 들어오는 게 전부였다. 밖에서 망령 들린 듯이 문을 계속 두드렸기 때문에 그렇잖아도 허술한 문이 부서질 것 같았다.

"돼지 같은 새끼, 옷 입어!"

밖에서 소리쳤다. 침미오는 200리라짜리 헐렁한 팬티 차림으로 어리둥절해 있었다.

"왜요, 무슨 일이에요? 내가 무슨 짓을 했다고 그래요?"

침미오가 바닥에 놓인 요강 두 개 사이에 널브러져 있는 옷가지와 신발을 주섬주섬 찾으면서 물었다.

"이번에는 꾸물거릴 시간이 없어, 옷 입고 빨리 나와!"

"입고 있어요!"

침미오는 바지를 찾았다. 겁에 질린 어머니와 여동생이 지켜보는 가운데 그는 지저분한 침대에 다시 털썩 주저앉아 바지를 입었다. 그는 아랍인 두 명과 낙타 한 마리가 오아시스에서 쉬는 그림이 들어간 아라스 천 벽걸이를 등진 채 힘없이 옷을 입었다.

밖에서 경찰들이 다시 작은 문을 죽어라 두드리기 시작했다. 침미오는 신발을 손에 들고 맨발로 문을 열러 갔다. 커튼 너머, 빨래가 널려 있는 작은 부엌은 캄캄했다. 그는 구정물이 가득 든 대야를 올려놓은 삼각대를 건드려 넘어뜨리고 말았다. 욕하면서 문을 열자마자 그는 놀라 땅바닥에 쓰러질 뻔했다.

네다섯 경찰들은 모두들 철모에 턱 가리개, 기관총으로 완전 무장을 했다. 기관총을 누구는 어깨에 멨고 누구는 손에 들었다. 침미오는 반쯤 혼비백산해서 부엌, 즉 위에 가스통이 달려 있는 커다란 구식 가스레인지 쪽으로 몇 발자국 뒷걸음질쳐서 숨을 죽였다. 손에 기관총을 든 경찰들이 안으로 들어와 커튼 너머 두 여자를 훑어보았다. 그사이 두 여자도 반쯤 몸을 일으키고 앉았다. 이윽고 경찰들이 침미오를 잡아끌며 말했다.

"가자."

아무 말 없이 침미오가 몸을 숙이고 신발, 아니 한쪽 신발 끈을 묶으려 했다. 나머지 신발 한 짝은 아직 뒤집힌 대야 근처 바닥에 있었다.

하지만 경찰들은 조금도 기다려 주지 않았다. 두 사람은 침미오의 팔을 하나씩 잡았고, 한 사람은 입을 막았다. 그러고는 판잣집 밖으로 그를 끌고 나갔다. 그의 어머니와 여동생은 반쯤 벗은 속옷 차림으로 손에 신발 한 짝을 든 채 소리쳤다.

"신발, 신발!"

그녀들이 울다시피 소리쳤다.

경찰들은 침미오를 집 앞 차양 아래로 끌고 나갔다. 땅바닥에 두 뼘 정도 되는 물웅덩이가 있었다. 나무판 네 개를 담벼락과 판잣집 널빤지에 못질해 연결했고, 그 위에 양철 지붕을 올려놓았다. 걸레, 철, 낡은 침대 머리맡 탁자 몇 개, 낡은 자동차 타이어 네 개, 양털을 넣은 꼬질꼬질한 이불 한 채, 쌓여 있는 벽돌 열두 개, 부서진 욕조 하나가 있었다. 모두 침미오 가족의 재산이었다. 경찰들은 그 차양 아래를 지나 진창이 된 집 앞 작은 길로 그를 끌고 나갔다.

다른 판잣집들 주변에 헌병들이 적어도 사십여 명은 있었다. 그들도 철모를 쓰고 탄띠를 두르고 기관총을 멨다. 누구는 초원을 등지고 있는 작은 집들의 문을 두드렸고, 누구는 청년들과 여자들까지 끌어냈다. 몇몇은 누가 집 뒤쪽 창문으로 도망갔을까 싶어 초원으로 개를 풀어놓았고, 몇몇은 손전등을 켜고 주변을 살폈다. 개들은 목청이 터져라 컹컹 짖어 댔고, 여자들은 집 안이나 차양 아래에서 소리를 질렀다.

부처도 조용히 잠들어 있었다. 피곤해서 전날 저녁 술 한잔 걸친 그는 옷을 입은 채로 자고 있었다. 작업복을 입고 모자까지 쓴 상태였다. 모자는 나폴리 식으로 눈썹 위까지 눌러썼고 그 아래로 곱슬머리가 내려와 있었다. 그는 그런 차림으로 널찍한 침대 발치에서 아내와 두 아이와 함께 드러누워 자고 있었다.

부처는 아니에네 강 쪽 들판 어귀, 메시도로 주택지 근처 한 농가에 살았다. 바닥에 벽돌이 하나도 없었는데 벽돌을 모두 팔아먹었기 때문이다. 커다란 방에는 덜렁 침대 두 개만 있었다. 침대 하나는 한쪽 벽에, 다른 하나는 반대쪽 벽에 붙여 놓왔고, 옷가지를 올려놓은 의자 두 개 외에 다른 세간은 없었다. 전기가 끊겨서 양초를 들고 다녀야 했기 때문에, 침대 옆 의자 위에 양초를 올려놓는 타일 두 개가 있었다.

경찰들은 문이 열려 있는 부처의 집에 곧장 쳐들어왔다. 그들은 기관총을 겨누고 손전등을 비추며 말했다.

"여기 포스틸리오네 비르지니오가 사나?"

잠에서 깬 부처가 눈을 비비면서 머리에 쓰고 있던 모자를 두세 번 아래위로 움직여 눈꺼풀 위로 고쳐 썼다. 그는 앞을 보기 위해 턱을 들어야 했다.

"아뇨, 여기에는 포스틸리오네라는 사람 없어요. 디 살보 조반니가 살아요."

"네 마누라 이름은 뭐야?"

경찰들이 부처의 아내 쪽으로 기관총을 겨누면서 말했다.

"스피치키니 테레사예요. 당신들이 찾는 사람은 여기 없어요, 여기 없다고요!"

"당신? 당신 이름이 뭐라고 했지?"

한 젊은 경위가 말했다.

"디 살보 조반니."

부처가 다시 말했다. 경위가 부처를 보며 말했다.

"나와, 당신도 나와!"

"왜요?"

깜짝 놀란 부처가 순진하게 물었다. 두 경찰이 한 사람은 이쪽에서, 한 사람은 저쪽에서 부처를 꼼짝달싹 못하게 잡았다. 잠이 깨서 아버지를 바라보던 두 아이와 그 광경을 지켜보던 부처의 아내를 돌아보며 경위가 말했다.

"주무시오, 부인!"

동네 끄트머리 판잣집들에 붙어 있는 부처의 농가 아래에도 경찰 한 소대가 있었다. 개, 손전등 불빛, 어깨에 두른 기관총, 소형 트럭 들이 보였다.

한때 톰마소, 렐로, 다른 친구들과 함께 피콜라상하이에 살았던 추카보는 지금은 피에트랄라타의 중앙, 마을 안쪽까지 이르는 중심 대로와 나란히 뻗은 작은 거리들 중 하나인 2번지에 살았다. 추카보도 경찰의 감시를 받았다. 그도 잠을 자고 있었다. 그는 잠에 취해 있다가 문 두드리는 소리에 옷을 반만 입은 채 비틀거리며 직접 문을 열러 가야 했다. 그가 문을 열자 경찰들이 안으로 들어왔다. 경찰들은 일단 들어오긴 했지만 부엌을 넘어가기는 힘들었다. 부엌 앞에 문 대신 낡은 커튼을 쳐 놓은 칸막이가 있었다. 작은 화덕을 올려놓고 밤을 구울때 쓰는 것 같은 통, 더러운 옷가지가 가득 담겨 있는 욕조, 토마토 병으로 가득한 테이블, 작은 액자 같은 바둑판 틀에 붉은색과 파란색 유리를 끼운 찬장을, 부엌으로 몰려들어 온 경찰들이 기관총으로 들쑤셨다. 경찰들은 그 이상 앞으로 나아갈 수 없었다. 칸막이 너머 너덧 평 되는 공간에 간이침대 세 개가 비스듬히 놓여 있었고, 침대 겸용 소파 두 개, 널찍한 매트리스를 모아 만든 침대 하나가 있었던 것이다. 그 위에는 시트와 따뜻한 이불 들이 뒤엉켜 있었다.

추카보의 아버지와 어머니, 할머니, 여자 형제 너덧 명 정도, 어린 남동생들 한 무더기까지 거의 스무 명 정도 되는 식구들이 그곳에서 자고 있었다. 고개를 들이밀고 방 안을 살피던 경찰 반장이 속옷 차림으로 애벌레들처럼 침대에 널브러진 채 자신을 쳐다보는 거지들을 훑어보았다.

"여기, 여기, 너희 둘!"

경찰 반장이 머리가 마구 헝클어진 열일고여덟 살 소녀 둘을 가리켰다.

두 사람은 침대에 앉아 눈을 휘둥그레 뜨고 경찰 반장을 쳐다보았다. 추카보가 앞으로 나서며 말했다.

"왜요? 도대체 왜요? 무슨 일인데 그래요? 허락은 받고 이러는 거예요?"

"너희 둘 어서 나와!"

경찰 반장이 말했다.

경찰들이 추카보의 두 팔을 각각 붙잡고 작은 부엌을 지나 밖으로 나갔다. 그도 넝마로 가득 찬 집 앞 차양 아래를 지나 끌려 나갔다. 경찰들은 중앙로 여기저기서 직각으로 교차하는 작은 길들 중 하나에 그를 붙들어 놓았다. 주변에 있는 집들 모두 경찰 수색으로 발칵 뒤집혔다. 경찰들이 네 명은 여기, 열 명은 저기서 돌아다니거나 명령을 내리고 있어서 한눈에 모두 보이지 않을 정도였다. 허물어진 담벼락, 지붕을 덮고 늘어져 있는 싸구려 방수포, 석회 더미, 울타리, 좁은 마당에 널려 있는 허섭스레기들을 손전등 불빛이 이리저리 비췄다. 개들은 망령 들린 듯 컹컹 짖어 댔고 사방에서 고함 소리, 욕설, 명령 소리가 들려왔다. 경찰들이 추카보의 두 팔을 움켜쥐고 그를 세워 둔 지 채 이 분이 지나지 않아 그의 두 여동생이 경찰들에게 끌려 나왔다. 그녀들은 옷도 제대로 갖춰 입지 못했고 구두를 슬리퍼처럼 끌었으며 스타킹은 늘어져 있었고 머리는 헝클어졌다. 여동생들은 울고 있었다.

"쟤들이 뭘 어쨌다고 그래요? 무슨 짓을 했냐고요? 쟤들은 그냥 내버려 둬요!"

추카보가 소리쳤다. 경찰들은 그를 획 잡아채서 아무 대답 없이 끌고 갔다. 다른 경찰들이 두 여동생을 끌고 갔다. 그들은 썩은 담벼락 사이에 매 놓은 빨랫줄 아래로 진창에 석회가 뿌려진 좁은 길들을 따라 100여 미터 걸어갔다. 주변은 온통 아수라장이었다. 그들은 버스 정류장 앞에 있는 바 근처부터 성당 아래까지 이어지는 중앙로로 접어들었다.

한쪽 끝에서 반대쪽 끝까지 도로 양쪽으로 한쪽당 100여 대쯤 되는 지프차들이 두 줄로 꼬리에 꼬리를 물고 주차장에서처럼 정렬해 있었다. 경찰 순찰대가 사방을 오갔다. 몇몇은 누군가를 끌고 갔고, 몇몇은 기관총을 어깨에 비스듬히 멘 채 개들을 데리고 수색에 나섰다. 추카보가 한 트럭에 태워졌고, 두 여동생은 각각 다른 트럭에 태워졌다. 경위가 소리쳤다.

"태울 수 있는 데까지 태우고 빨리 떠나!"

추카보가 여동생들과 얘기하고 인사를 나눌 시간조차 없었다. 여동생들을 태운 트럭이 전조등을 켜고 앞차를 따라 출발했기 때문이다.

사방에서 경찰들이 트럭, 지프차, 붉은색 죄수 호송차, 심지어 밀레첸토와 밀레노베 소형 자동차에까지 사람들을 태웠다. 차들은 각각 다른 길로 들어갔는데, 아마 지금 일어나는 일을 인근 지역 사람들이 보지 못하게 하려고 그러는 모양이었다. 경찰들은 몬테사크로와 티부르티나 쪽으로 빠지는 마을 진입로 네 곳에 지프차들로 방어벽을 치고 각각 검문소를 만들었다. 마을 여기저기에 지프차들이 채소밭을 등지고 중앙로에서처럼 길 양쪽으로 길게 서 있었다.

추카보는 자신이 탄 트럭에서 침미오를 보았다. 침미오에게는 여전히 신발 한쪽이 없었다. 침미오의 어머니와 여동생이 신발 한 짝을 손에 들고 트럭 아래로 와 그에게 건네주려 애썼다. 경찰들은 그녀들을 뒤쪽, 울며불며 소리치는 여자들과 어린아이들이 모여 있는 곳으로 쫓아냈다.

"신발, 신발!"

"오늘 밤은 신발 없어도 돼! 맨발로 가!"

나폴리 출신 경찰이 대답했다.

안색이 어두워진 침미오는 몹시 화가 나서 말을 할 수 없었다. 그들 앞을 지나던 경찰 반장이 신발 한 짝을 손에 들고 트럭으로 접근하려는 두 여자를 보고 화가 치밀어 소리쳤다.

"저 여자들도 태우고 빨리 떠나!"

침미오의 어머니와 여동생은 속옷 바람으로 붙잡혀 앞에 있는 다른 차에 태워졌다. 입에 거품을 문 침미오가 트럭 뒷받침대를 뛰어내려 가 경찰들을 발로 차고 물어뜯으려 했다. 하지만 함께 타고 있던 사람들이 그를 말렸다.

"멍청아, 너 죽고 싶어? 지금 무슨 일이 일어나고 있는지 안 보여?"

그들은 침미오를 말리기 위해 트럭 긴 의자에 멍하니 앉아 있는 카치티니를 보여 주었다. 카치티니는 교황청 구호소 인장이 찍힌 밤색 플러시 팬티를 입었을 뿐 완전히 알몸이었다.

출발하는 모든 차량 뒤로 경찰차가 전조등을 켜서 트럭 안을 비추며 따라갔다. 트럭에는 체포된 사람 열 명과 경찰 열다섯 명이 타고 있었지만, 누군가가 뛰어내려 도망치지나 않을까 걱정됐는지 트럭이 마을을 완전히 빠져나갈 때까지 경찰차가 트럭을 비춰 주었다. 차들이 도착하고 출발했다. 경찰차의 현란한 전조등 불빛, 경찰 지프차 불빛 때문에 불꽃놀이만 빠진 축제일 같았다.

추위에 떨고 있는 카치티니는 말이 없었다.

"네 처제가 오고 있어."

자칼이 카치티니에게 말했다. 자칼은 로마 시내에서 돌아오는 길에 붙잡혀서 온전히 옷을 갖춰 입은 상태였다.

속옷 바람인 처제가 카치티니에게 작은 재킷을 가져다줬다.

"받아요, 이 재킷이라도 입어요!"

카치티니의 처제는 경찰들이 방심한 사이 그에게 옷을 건넬 수 있었다. 경찰들도 불쌍한 보통 사람들인지라 그런 혼란한 와중에 정신이 반쯤 나가 있었다. 잠시 후 카치티니의 아내도 왔다. 그녀는 절망적으로 소리치며 남편을 따라왔다.

"오지 마요, 오지 마!"

침미오와 다른 사람들이 소리쳤다.

"오지 마, 당신도 잡아갈 거야!"

하지만 카치티니의 아내는 멈추지 않고 트럭 가까이까지 왔다. 그녀는 울고불고 소리치며 카치티니에게 옷을 건네려 했다.

"받아요, 마리오, 어서요!"

"가란 말이야, 가. 이 천치야, 집에 애가 있잖아! 누가 그 애를 돌볼 거야!"

카치티니가 소리쳤다.

근처에 있던 경찰 대여섯이 다가와 카치티니 아내의 이름과 성을 물었다. 그녀는 앙상한 두 손을 가슴에 모은 채 소리쳤다.

"남편한테 옷을 건네주러 왔어요, 그이는 알몸이에요!"

"알몸, 알몸이라고! 이 여자도 태워!"

경찰들이 말했다. 그녀는 발작이라도 일으키듯 발버둥쳤다.

"놔줘요, 놔줘! 집에 아기가 있단 말이에요!"

"놔줘, 집에 넉 달 된 갓난애가 있단 말이야!"

카치티니가 트럭 위에서 소리쳤다.

"애는 우리가 돌봐 주지."

경찰들은 기절해 땅에 쓰러진 카치티니의 아내도 지프차에 태웠다.

오후에 두 경관을 이끌고 카고네를 체포하러 왔던 경찰 반장이 소동을 일으킨 여자들의 집을 지목했다. 그는 코맹맹이 소리나 내며 하루에 포도주를 2리터나 마셔 대는 늙은 술주정뱅이였다. 그가 집을 가리키면 경찰들이 들어가 집 안의 어머니, 솜털이 가시지 않은 소녀, 늙은 창녀까지 막무가내로 체포했다.

여자들은 얼굴에 손전등 불빛을 받으며 기관총과 개들 한가운데로 쫓겨 나왔다. 일부는 한군데에 모여 있었고, 일부는 벌써 니코시아 광장에 있는 경찰 본부로 이송되었다. 총살대에 둘러싸인 사형수처럼 놀라 혼비백산한 여자들이 곳곳에서 끌려 나왔다.

자칼의 할머니도 무장 경찰들과 함께 얌전히 걸어 나왔다. 기도하듯 두 손을 꽉 잡은 그녀의 모습이 점점 더 작아져서 빈대나 개미 같은 존재가 되는 듯했다. 그녀는 어린 소녀처럼 다른 사람들에게 용서를 구하는 듯한 수줍은 검은 눈으로 주변을 돌아보았다. 그녀는 녹색 옷을 입고 슬리퍼를 끌며 진창길을 걸어갔다. 숯처럼 까만 얼굴 주변으로 거친 백발이 흘러내려 와 하모니카 모양처럼 보였다. 그녀는 종교 행렬에 끼어 있는 듯 이가 몽땅 빠진 입으로 미소 지었다.

안나도 다른 수색대에 둘러싸인 채 유대인처럼 욕설을 퍼부으며 끌려 나왔다. 안나는 시장 바닥에서 잔심부름을 하는 여자로, 예닐곱 자식들은 전 세계에 퍼져 살았다. 그녀는 진짜 억척스러운 여자였다. 코밑에까지 루주를 칠했고, 땀범벅이 돼 화장이 군데군데 뭉쳤으며, 치아란 치아는 모두 상해서 늘 더럽고 누랬다. 몸은 장대 빗자루처럼 뻣뻣했고 눈은 언제나 잉크처럼 까맸으며 머리카락은 때때로 염색 색깔을 바꿔서 알록달록하게 물들였다. 검은색, 밤색, 금색, 붉은색 머리가 조금씩 보였는데 모두 타서 곡식 이삭이나 배관공의 밧줄 같았다.

배 속에 있는 모든 것을 토해 내겠다는 안나를 누가 말릴 수 있겠는가.

"개뿔 같은 자식들아!"

자신을 데려가는 수색대 앞으로 두 손을 내민 채 안나가 소리쳤다.

"개뿔 같은 자식들아! 죽일 놈들, 머리에 뿔 달린 자식들! 배신자들! 밭에 가서 괭이질이나 해, 배곯아 죽을 놈들아! 너희가 데려가는 저 갈보들이 어떻게 하는지 가서 보라고, 가, 가라고!"

이 수색대 뒤로 또 다른 수색대가 나자렛 놈의 어머니를 끌고 갔다. 그녀도 거의 옷을 입지 못했다. 그녀는 헝클어지긴 했지만 찰랑찰랑한 머리카락을 목덜미로 내려뜨린 채 울면서 걸어갔다. 그녀의 머리 여기저기에서 머리핀이 떨어졌다. 포동포동한 얼굴이 아주 창백했고 눈두덩이 푹 꺼져 있었다. 게다가 그녀의 옷 앞자락은 해졌고 한 조각이 떨어져 나갔다. 빨래통이나 분수에 몸을 비벼 가며 젖은 옷을 빨았기 때문이다. 배 부분 찢어진 옷자락 사이로 속옷 대신 받쳐 입은 군용 셔츠가 보였다. 그녀는 여기저기를 기운 붉은 모직 상의를 어깨에 걸쳤는데, 하도 작아서 등의 반밖에 오지 않았다. 그녀는 뭐라 중얼거리고 흐느끼면서 헌병들과 걸어 나왔다.

그녀 뒤로 온 동네에서 붙들려 나온 젊고 늙은 여자들이 경찰들에 둘러싸여 끌려가는 게 보였다. 굴에서 쫓겨 나온 동물들처럼 누더기를 걸친 여자들이 항의하거나 울면서 걸어갔다.

이제 밤이 끝나 갔다. 벌써 산바실리오 쪽 구름들 위로 새벽 여명이 보였다. 구름 테두리를 엷게 물들인 보라색, 하늘색 빛 때문에 동이 틀 때라기보다는 날이 저물 때처럼 보였다. 이윽고 대기가 조금씩 빛으로 물들었다. 빛이 만물에 달라붙었지만 태양은 보이지 않았다. 건조하고 희미한 순백의 빛이 진창에, 초췌한 얼굴들에, 아직도 켜져 있는 전조등에 스며들었다.

천천히 경찰들도 떠나기 시작했다. 알파로메오 자동차들과 경찰 지프차들이 줄어들었고, 커다란 트럭들도 몇 대 남지 않았다. 반쯤 빈 트럭들이 아직도 마을을 돌아다녔다. 채소밭을 등지고 있던 바깥 줄 차들이, 다음은 중앙로를 따라 줄지어 있던 차들이 서너 대씩 무리 지어 욕설을 퍼붓듯 부르릉거리며 떠났다.

경찰들은 졸려 죽겠으면서도 끝까지 수색을 멈추지 않았다. 한 소년이 일찍 일어나 도시락을 싸 들고 일터로 가다가 페로니아 거리에서 붙잡혀 끌려갔다. 소년은 울면서 소리쳤다.

"난 일하러 가야 해요!"

"넌 우리와 함께 가야 해."

경찰들이 숨을 헐떡이며 말했다.

"비토리오 광장에 있는 가게 열쇠가 제게 있단 말이에요. 제가 안 가면 다른 사람들이 일을 못 해요."

밝은 햇살을 받으며 소년은 울면서 다시 애원했다.

"상관없어!"

경찰들이 그 소년을 지프차에 태웠다.

이제 높이 떠오른 태양이 햇살을 내보내며 전쟁터를 방불케하는 피에트랄라타를 비췄다. 집 담벼락은 말이 없었다. 담벼락은 말을 못하는 법이니까. 하지만 자동차 바퀴 자국과 밤새 이리저리 끌려다녔던 불쌍한 사람들의 발자국은 아직 진창길에 남아 있었다.

*

톰마소는 경찰이 습격한 동안 마을에 없었다. 그는 마을에서 벌어진 일에 대해서는 아무것도 몰랐다. 그는 지난 이삼 주일요일과 마찬가지로 이번 일요일에도 이레네와 같이 있었다. 여자 친구와 헤어지고 나서는 세티미오라는 생선 장수 친구와 함께 가르반테에 있었다. 친구 집에서 자고 나서 완전히 빈털터리가 된 그는 로마로 가서 종일 외국인들을 따라다녔다.

톰마소가 혼자 마을로 돌아왔을 때, 태양은 종일 진창을 우울하게 비추고 난 뒤 잿빛 털쐔구름 뒤에서 뉘엿뉘엿 기울어 가고 있었다.

마을에는 아직 불을 켠 집이 없었지만, 곧 불빛이 켜질 시간이었다. 마을은 고요하고 조용했다.

사람들은 각자 집 안이나 두세 평 남짓한 앞마당에서 자기 일을 했다. 누군가가 죽기라도 했는지 여자들이 창가나 분수가에서 소곤소곤 얘기를 나누었다. 바에는 사람이 없었고 셔터가 반쯤 내려져 있었다.

아무것도 모른 채 4시나 4시 30분쯤 211번 버스에서 내린 톰마소와 다른 사람들은 턱을 쑥 내밀고 놀란 표정으로 주변을 돌아보다가 얼굴을 마주 보았다.

곧이어 대부분 불길한 생각을 하며 급히 집으로 향했다. 어떤 사람은 발길을 멈추고 길에서 무슨 일이 있었는지 물어보기도 했다. 이들 중에 톰마소도 있었다. 그는 곧 무슨 일인지 알았다.

'우리는 이제 끝장이야! 경찰들이 카고네를 찾아냈으니 나도 찾아낼 거야!'

톰마소는 다리를 후들후들 떨면서 생각했다.

톰마소는 안개가 깔린 듯 눈앞이 뿌옇게 흐려지고 머리가 빙빙 돌고 몸이 납덩이처럼 무겁게 느껴졌다.

톰마소는 집으로 달려갔지만 자신이 어디로 가는지도 몰랐다. 주변이 보이지 않았다. 동네 조그만 잿빛 집들, 물웅덩이, 깨져 나간 보도블록, 목에 지저분한 스카프를 두른 채 긴장해서 창백한 얼굴로 추위에 떨며 이야기를 나누는 사람들이 전혀 눈에 들어오지 않았다.

톰마소는 주변을 둘러보며 계속 같은 생각만 했다.

'우리는 이제 끝장이야!'

톰마소는 미친 사람처럼 그 생각만 되풀이했다. 그 생각에 사로잡힌 채 뛰어서 피콜라상하이 근처에 도착했다. 언제부터인지 모르지만 톰마소는 그 시간에 집에 들어간 적이 없었다. 스스로도 잘 기억나지 않았다. 어렸을 때 학교에서 돌아오던 때부터였던 것 같다.

톰마소는 평소 그 시간에 친구들과 함께 마을에 있었다. 카고네, 침미오, 추카보, 렐로 등과 같이 있었다. 그들이 없으면 안면이 있는 다른 녀석들과 어울렸다. 돈 한 푼 없어서 아무것도 마시지는 못했지만 주인이 봐줬기 때문에 바에 죽치고 있곤 했다. 아니면 날씨가 좋은 날에는 거리를 배회했다. 밥 먹으러 집에 일찍 갔다가도 이내 다시 나와서 그 시간쯤엔 마을 거리에 있었다. 그가 한밤중이 돼서 집에 늦게 돌아가면 어머니는 차가운 수프 한 사발과 가느다란 빵을 테이블 위에 남겨놓곤 했다.

톰마소는 대낮에 집에 들어가는 게 굉장히 낯설었다. 대기 중에 마지막 햇살이 비쳐서 아몬드 나무, 과수원의 바짝 마른 복숭아나무, 갈대숲이 아직은 똑똑히 분간됐다. 저 멀리 시커멓게 흘러가는 차가운 아니에네 강 위로 수로교도 보였다.

톰마소는 두 손을 주머니에 넣고 지름길로 걸어갔다. 그의 발길이 닿자 말라 있던 땅 표면이 부서지면서 발이 푹푹 빠지는 미끄러운 진창으로 변해 걸어갈 수가 없었다. 톰마소는 피콜라상하이까지 장님처럼 더듬더듬 걸어갔다.

가시덤불이 드문드문 난 진흙 비탈길 끝에 피콜라상하이가 자리 잡고 있었는데, 지저분한 잿빛 마을은 늪지와 잘 구분되지 않았다.

빙 돌아 나가는 강물을 끼고 도는 커브 길에 마을이 잠복한 것처럼 웅크리고 있었다. 움푹 파인 구덩이 같은 마을은 벌써 캄캄한 어둠 속에 잠겨 있었다. 반대편 강변 맘몰로 다리 쪽으로 밭들이 펼쳐진 가운데 작은 집 몇 채가 여기저기 흩어져 있었고, 멀리서 조명등 빛줄기가 비추는 것처럼 노르스름하고 이상한 빛에 그 집들이 잠겨 있었다.

'다 왔군.'

피곤하고 지친 톰마소가 생각했다.

'낌새가 이상하면 강 쪽 비탈을 뛰어내려 가서 갈대밭에 숨어 버리는 거야. 그럼 누가 날 볼 수 있겠어! 헤엄을 좀 쳐야 하는 게 문제긴 한데, 반대쪽 강변에 도착하면 누가 잡을 수 있겠어! 그래도 끝까지 나를 잡고 싶어 하겠지! 개를 풀어 날 잡으려 들지도 몰라!'

나무와 벽돌을 조금씩 써서 지은 판잣집 삼십여 채가 모여 만들어진 마을, 피콜라상하이의 중앙 공터에서 몇몇 아이들이 놀고 있었고, 몇몇 노파가 진창에 발이 빠져 가며 잡담을 나누고 있었다.

톰마소의 집도 조용했다. 그의 가족들은 저녁 식사를 하는 중이었다.

톰마소가 들어오는 것을 보고 가족들은 이루 말할 수 없을 정도로 놀라 한마디도 하지 못한 채 종전처럼 조용히 음식을 먹기만 했다.

아버지는 티토와 토토를 데리고 테이블에서 식사 중이었다. 테이블 양쪽에 앉은 티토와 토토는 아버지처럼 조용히 숟가락으로 사발을 박박 긁었다. 형은 조금 어두컴컴한 문 옆 긴 의자에 앉아 무릎 사이에 사발을 끼고 식사를 했다. 어머니는 석탄 화덕 옆에 서서 밥을 먹었다.

톰마소가 집 안으로 들어서자 어머니가 말했다.

"웬일이니, 이 시간에 다 들어오고?"

톰마소는 밖에서보다 위장 속, 즉 마음이 더 추워서 어깨를 살짝 으쓱했다.

"아, 그러게 말이야."

어머니는 말없이 구린내 나는 돼지 껍데기를 넣은 콩죽 한 사발을 준비해 줬다. 톰마소는 테이블 한구석에 자리를 잡고 먹기 시작했다. 하지만 음식을 넘길 수가 없었다. 아니, 구역질이 났다. 구역질 나는 죽을 네 숟가락 떠먹고 딱딱한 빵을 물었다. 어머니가 말했다.

"기다리렴."

어머니는 빵에 차가운 브로콜리 수프 두 숟가락을 끼얹어 주었다. 톰마소는 간신히 구역질을 참아 가며 다시 천천히 브로콜리 수프를 적신 빵을 먹었다.

식사를 다 마친 형은 자리를 떠났다. 두 남동생은 밥을 다 먹고 나자 두더지 두 마리처럼 작은방 안을 빙글빙글 돌기 시작했다. 아버지가 말했다.

"애들 좀 재우지?"

"설거지 끝내고."

어머니가 말했다. 아버지는 계속 투덜거리며 허름한 침대에 벌렁 드러누웠다.

톰마소는 문이 부서질까 봐 너무 세게 누르지 않으려고 주의하면서 문설주에 몸을 기댔다. 머리 뒤로 손깍지를 끼고 이

옷들이 뭘 하는지 조용히 지켜보았다. 한 판잣집에서 왁자지
껄 떠드는 소리가 들렸다. 세례식이 있거나 고향에서 친척이
온 모양이었다. 공터 여기저기에서 사람들이 오갔다. 몬테사크
로에 가는 청년들이었다. 그들이 이웃집을 지나면서 인사했다.

"안녕하세요, 리나 아줌마! 안녕, 테레!"

청년들은 여자들을 유혹하는 농담을 던지기도 했다.

"시원한 바람이라도 쐬러 갈래요?"

"부럽구나!"

이웃집 부인이 대답했다. 청년들은 해진 신발을 신고 상의
가 얇고 아주 짧은 여름 작업복을 입고서 몸을 옹크린 채, 두
손을 주머니에 꽂은 자세로 미끄러운 진창길을 걸어갔다.

톰마소는 집 문 앞에서 얌전한 모습을 보여 주려고 했다. 그
는 적어도 그날만은 밤에 돌아다니며 어리석은 짓을 하지 않
고, 집에서 얌전히 잠자려는 자신의 결심을 알리고자 했다. 결
국 그는 자신이 성실한 청년임을 보여 주고 싶었다. 문 앞 빨랫
줄에 널려 있는 빨래를 걷기 위해 옆집 여자가 나왔다.

"안녕하세요, 아델레 아줌마."

톰마소가 곧 말을 건넸다.

"안녕, 토마."

옆집 여자가 대답했다. 두 사람 모두 자기 일만 하고 남 일
에는 간섭 않는 구닥다리 현인처럼 행동했다.

"아데 아줌마! 아줌마 손엔 물 마를 날이 없네요!"

"가서 내 남편한테 그 얘기 좀 해 주겠니!"

턱으로 자신의 몸을 누르면서 옆집 여자가 말했다.

"아르만도 씨가 텔레비전을 사 왔다는 게 사실이에요?"

"볼 수도 없는데, 뭐!"

"휴, 아줌마처럼 한쪽 눈이 안 보이는 사람은 그렇겠군요!"

톰마소가 한숨을 쉬었다.

아델레 부인은 꽁꽁 언 빨래 두세 개를 걷어 집 안으로 들어가며 재빨리 말했다.

"잘 자라, 토마!"

"안녕히 주무세요, 아델레 아줌마."

톰마소는 여전히 얌전하고 현명한 태도를 유지하면서, 주머니에서 담배꽁초를 천천히 꺼내 불을 붙였다.

티토와 토토는 그사이 작은방 안에서 뛰놀기가 지쳤는지 밖으로 고개를 빼꼼 내밀었다. 곧 토토가 판잣집 옆 차양 아래 놓여 있는 다 부서지고 지저분한 긴 의자 아래로 고개를 숙이고 들어갔다. 그는 의자 아래 차가운 검은 진흙 바닥에 웅크리고 앉은 다음 항아리 조각을 집어 날카로운 면으로 의자를 박박 긁기 시작했다.

티토는 토토에게 눈길도 주지 않았다. 여기저기 머리를 박으면서도 뭐가 그리 좋은지 눈웃음을 치고 때때로 좋아라 고함을 지르면서 두 평 남짓한 진흙 앞마당을 돌아다녔다. 그러더니 엉덩이와 커다란 배를 밖으로 드러낸 채 웅크리고 앉았다. 티토는 조금 전에 똥을 싼 모양이었는데 아무도 옷을 갈아입혀 주지 않았던 것이다. 그는 진창 속에 있는 뭔가를 뚫어져라 보았다. 그러더니 갑자기 일어나 자신이 봤던 것을 작은 발로 짓밟기 시작했다. 신발 뒤꿈치로 너무 세게 밟아서 두세 차례 넘어질 뻔하기도 했다. 그는 다 밟고 나자 또다시 고함을 질렀다. 마치 "빌어먹을."이라고 말하는 듯했다. 녀석은 "부르릉, 부

릉, 부릉." 하면서 집 앞 좁은 공터를 맴맴 돌았다. 아직 엄마 소리도 못 하는 녀석이 소형 루미 오토바이를 타고 도망가는 흉내를 냈다.

갑자기 마리아 부인이 집에서 나왔다. 그녀는 톰마소와 몸이 살짝 부딪혔지만 곧장 주변에서 뛰놀던 티토에게 갔다. 그녀는 녀석의 두 팔과, 무릎에 걸쳐진 팬티와, 겨드랑이 아래 뭉쳐 있는 옷을 잡고 녀석을 들어 올려 집 안으로 데려갔다. 그녀는 이 분 후에 다시 나와서 깨진 항아리 조각으로 의자를 긁고 있던 토토에게도 똑같이 했지만, 이번에는 그리 간단하지 않았다. 어머니가 녀석을 잡자 토토는 입을 있는 대로 크게 벌리고 목청이 터져라 울기 시작했다.

"애들 좀 살살 다루면 안 돼요?"

톰마소가 강하게 말했다.

"너나 잘해!"

우느라 입만 보이는 토토를 집 안으로 끌고 가느라고 정신이 없는 어머니가 쏘아붙였다.

티토는 벌써 의자 아래 준비된 요람에서 잠들었다. 원래 토토는 가재도구와 여름옷, 이불로 반쯤 채워지고 그 위에 아주 더럽고 너덜너덜한 베개를 얹어 놓은 작은 상자 안에서 잤다. 토토는 그리 오래 징징대지 않았다. 잠시 후 녀석도 색색 소리를 내며 잠들었고 어머니는 강아지처럼 얌전해진 녀석을 상자 속에 누였다.

7시도 되지 않았는데 바깥은 벌써 한밤중 같았다. 저 위쪽에 자리한 판잣집 두세 채에서만 와자지껄한 사람들 목소리가 들렸다. 나머지는 침묵 속에 잠겨 있었다. 톰마소는 몸이 얼음장처럼 차가워졌지만 아직 잠자리에 들고 싶지는 않았다. 몸은 추워도 기분은 한결 가벼워졌다. 지금까지 일이 순조롭게 흘러온 게 기적같이 느껴졌다. 그는 잠자리에 들기 전 마지막으로 담배 한 대를 피우는 착한 아이 흉내를 내며 주변을 둘러보았다. 경찰 그림자도 보이지 않다. 옹기종기 모여 있는 판잣집들이 모두 캄캄했기 때문에, 마을이 자리하고 있는 작은 언덕 밑자락과 하나가 되어 구분이 되지 않았다. 새어 나온 불빛이 뜨문뜨문 보였고 검은 진흙 사이에 움푹 파인 물웅덩이가 빛을 받아 반짝였다. 전깃불이라고는 몬테사크로로 가는, 포장이 떨어져 나간 좁은 도로에 서 있는 가로등뿐이었다.

비탈 아래로 흐르는 아니에네 강 너머 초원도 어둠 속에 잠겨 있었다. 조명을 반사하는 빛처럼 태양이 지고 난 후에도 초원에 빛이 남아 있어서 노란 흙먼지가 이는 게 보였다. 아마 위쪽이 모두 하늘이고 티볼리 언덕까지 초원이 펼쳐져 있어서 그런 모양이었다.

하늘에 희고 맑은 구름이 잔뜩 끼어 있었다. 구름들 사이로 한층 어두워진 맑은 하늘이 뜨문뜨문 보였다. 방수포를 덮은 아델라 부인의 판잣집 양철 지붕 위로, 하늘 조각 안 새털구름 가장자리로 작은 별 몇 개가 홀로 반짝였다. 무서울 정도로 조용하고 평화롭고 고독했다. 잠시 후 기운 없이 혼자 서 있는데 톰마소는 자신도 모르게 눈물이 나는 걸 느꼈다. 하지만 이내 다시 눈물을 삼켰다.

5
삶의 노래

장미 향이 묻어나는 계절, 버스 정류장 쪽으로 가는 침미오와 카를레토를 톰마소가 뛰어가 불러 세웠다.

"카를레!"

톰마소가 녀석들을 다시 한 번 불렀다.

"잠깐, 너한테 할 말이 있어!"

카를레토는 발길을 멈추고 부드러운 눈길로 톰마소를 바라보며 기다렸다. 침미오는 교활한 눈빛을 보이며 약간 떨어져서 껌을 짝짝 씹었다. 톰마소가 물었다.

"버스를 타야 해?"

"아니."

카를레토가 약간 흥미를 보이며 상냥하게 말했다.

"저, 카를레토."

톰마소가 서둘러 친밀감을 나타내며 얘기를 꺼냈다.

"나 지금 가르바텔라에 사는 여자애 하나를 꾀고 있거

든……. 예쁜 애야, 정말 귀여워……."

"어쭈!"

침미오가 껌을 씹다 말고 놀렸다.

"그만해, 침미. 방해하지 마, 자식아!"

톰마소가 말했다. 그의 목소리는 사나웠지만 입가에는 웃음이 피어올랐다.

"그래서 말인데."

톰마소가 카를레토에게 다시 말했다.

"내가 하고 싶은 말은……. 저, 아첨을 좀 해서 그 여자애를 정복하고 싶거든. 네가 그 일을 도와줘야 해! 나는 내일 세레나데를 불러 주고 싶어. 그 애의 집 아래에 가서 정말 멋진 세레나데를 불러 주는 거야. 네가 잘 부르는 걸로!"

"우아, 우아, 우아."

침미오가 배를 앞으로 내밀고 다리를 벌린 채 배꼽이 빠져라 비웃었다.

"그만해, 침미!"

톰마소가 웃음을 참기 위해 입을 일그러뜨리며 명령했다. 그의 눈에는 이미 독기가 조금 비쳤다.

"어때?"

톰마소가 카를레토를 돌아보며 말했다.

"좋아. 하지만 문제가 좀 있는데……."

"무슨 말이야, 문제라니?"

"저, 지금 난 빈털터리야, 땡전 한 푼 없다고! 기타는 몬테 전당포에 있어. 돈이 필요해서 전당포에 맡겼거든. 근데 찾아올 수가 있어야지!"

"밤비노에게 기타를 빌려 달라고 해 보자!"

톰마소가 좋은 생각이라는 듯 말했다.

"쳇, 언제 그 자식이 너한테 뭐 주는 거 봤냐! 바늘로 찔러도 피 한 방울 안 나올 자식이잖아, 너 몰라?"

"말해 봐, 네 기타를 찾으려면 얼마가 필요한데?"

"최소한 400리라는 있어야지!"

"뭐? 400리라나 마련해야 한다고?"

"네 사정 알아. 나도 가르바텔라에 가서 세레나데를 불러 주고야 싶지. 나와 아무 상관없는 일인데 말이야!"

어둠이 깔렸고, 침미오가 뛰어가기 시작했다.

"카를레, 가자!"

침미오가 벌써 성큼성큼 뛰어가며 말했다. 하지만 카를레토는 톰마소와의 거래를 먼저 마무리하고 싶었다.

"그럼 어떻게 할래?"

"음, 내일 아침에 너한테 400리라를 주면 되지? 달리 해결책이 없잖아?"

"그래, 기다릴게, 잘해 봐."

카를레토는 이렇게 말하며 침미오를 따라갔다.

전깃불이 켜져서 석양빛과 섞여 진창을 비췄다. 특히 아니타 아줌마가 노점을 벌인 버스 정류장 근처 커다란 웅덩이에 석양이 반사되었다. 렐로에게 일어난 그 사고 이후 아니타 아줌마는 더 이상 예전의 그녀가 아니었다. 검은 옷으로 온몸을 휘감고 다녔고, 입은 축 처졌으며, 만사가 귀찮고 모든 사람한테 잔뜩 화난 표정으로 침묵을 지켰다.

톰마소가 주머니에서 잔돈을 찾아 세어 보았다.

"제기랄, 고작 70리라야."

톰마소가 이를 악물고 중얼거렸다.

"가는 차비밖에 안 되잖아. 집에 돌아오려면 10리라를 더 구해야겠군!"

톰마소는 211번 버스를 타고 포르토나치오까지 가서, 거기서 9번 버스를 타고 역에 도착했다.

톰마소는 우선 담배꽁초에 불을 붙였다. 그는 묵묵히 자기 갈 길을 가는 사람처럼 친퀘첸토 광장을 차분하게 걸어갔지만, 담대한 겉모습과 달리 속으로는 의기소침해 있었다.

하지만 이번에도 운명의 여신이 톰마소에게 미소를 지어 주었다. 지금까지 병원에 있는 렐로에게는 경찰이 코빼기도 내밀지 않았다. 카고네는 감옥에서 의리를 지켰다. 경찰이 대질심문을 했기 때문에 그는 루체 뒷골목 녀석들에 대해서는 공범임을 인정할 수밖에 없었다. 하지만 그는 연기를 하면서까지 이름 하나를 빼고 말하지 않았다. 카고네는 감옥에서 간질 발작을 일으켰고, 면도날로 두세 번 손목을 그었다. 살바토레, 미치광이, 우고도 경찰에 붙잡혔을 때 톰마소에 대해서는 전혀 기억나지 않는 듯 그의 이름을 불지 않았다.

경찰은 얼마 전 새끼줄 꼬듯이 줄줄이 녀석들을 붙잡아 갔다. 그때 살바토레는 광장 행상 앞에서 인도 무화과 열매를 잘라 달라고 말하고 있었다. 경찰들이 그에게 접근했다.

"무슨 좋은 일 없어? 일은 하고? 아니면 여전히 놀아?"

"일해요!"

"우리와 오 분만 경찰서에 가지 않겠어?"

"어떤 오 분요? 당신들이 말하는 오 분, 아니면 진짜 오 분?"

"아니, 아니야, 서장님이 몇 가지 형식적인 질문만 할 거야. 순순히 따라와, 우린 네 아버지도 알아!"

살바토레는 그들을 따라갔다. 경찰서 정문으로 들어간 살바토레는 경찰들이 자신을 사무실 계단으로 데리고 올라가는 대신 유치장이 있는 복도로 데려가는 걸 알았다. 그는 곧 상황을 직감했다.

'여기 감옥으로 데려가고 있어!'

살바토레가 느닷없이 몸을 획 돌리며 마음속으로 말했다. 문가에 있던 사람이 놀라 자리를 비켰다. 살바토레는 있는 힘을 다해 달렸고, 다른 경찰들은 소리를 지르며 그를 따라갔다. 그 근처를 지나던 한 시민이 자동차를 타고 그의 뒤를 쫓았다. 그 시민이 살바토레를 바싹 따라잡기는 했지만 붙잡을 수는 없었다. 그 시민이 가까이 접근하자 살바토레는 보도로 올라갔고, 따라가던 시민은 녀석을 놓치고 말았다. 어떤 수녀원 기숙사 앞에 이르자 (아마 스벤트라텔레 수녀원일 것이다. 신의 축복이 있을지어다.) 숨조차 쉬지 못할 정도로 지친 살바토레는 담을 넘으려 했지만 힘이 빠져서 넘을 수가 없었다. 그 시민이 뒤에서 소리쳤다.

"멈춰, 멈추지 못해! 자식아, 근데 무슨 짓을 저지른 거야?"

마침내 경찰들이 도착한 순간 살바토레가 마지막 남은 젖먹던 힘까지 다해 담을 넘었다. 거기에는 채소밭이 있었다. 그는 잠시 머뭇거리며 이쪽저쪽을 살펴보았다. 인부들이 석회 반죽을 만들고 삽으로 자갈을 퍼서 뿌리고 있었다. 인부들도 그에게 물었다.

"어이, 뭐 하는 거야?"

그 순간 아주 작은 문을 본 살바토레가 그 안으로 뛰어들어 갔다. 가파른 계단이 보였다. 계단으로 올라가자 더는 아무것도 없었다. 이쪽 문은 닫혀 있고, 저쪽 문은 열려 있었다. 열린 문을 통해 긴 복도로 들어갔다. 복도 끝에서 노래 소리가 들렸다. 복도 끝에 도착하자 창문 하나와 강의실 문들이 있었다. 빗장이 쳐져 있어 창문으로는 나갈 수가 없었다. 그래서 그는 다시 뒤돌아 가려 했다. 하지만 계단 끝에서 경찰들이 올라오는 소리가 들렸다. 눈에 띄는 첫 번째 문을 열고 들어가자 그곳에 찬송가를 합창하는 소녀들이 있었다. "아베, 아베, 아베." 살바토레가 들어가자 소녀들이 일제히 입을 다물었다. 결국 그는 꼼짝없이 갇혔고 더는 어떻게 할 방법이 없었다.

미치광이는 다음 날 밤 한탕 할 거리를 찾기 위해 트룰로의 빈민촌 친구들과 함께 자동차를 타고 나갔다. 그가 페달을 밟고 달리는데 포르타마지오레의 고딕식 아치 뒤에 잠복 중인 경찰 지프차가 있었다. 그들이 지나가는 걸 보고 경찰차가 곧 사이렌을 울리며 따라왔다.

"이런, 경찰이 따라붙었어!"

녀석들이 소리쳤다. 미치광이는 경찰차를 따돌리기 위해 자동차 페달을 밟고 전속력으로 지하도로 들어가서 시속 100킬로미터로 커브를 돈 다음 산로렌초 뒷골목으로 들어가려 했다. 하지만 붉은 순환 전차가 앞에 나타나는 바람에 할 수 없이 대로를 따라 달렸다. 200미터도 못 가서 차가 순식간에 가로수를 들이받아 종잇장처럼 찌그러졌다. 경찰들은 산산조각 난 차에서 녀석들을 꺼냈다. 그 사고로 미치광이는 죽었다.

우고는 푼타노네 근처 이발소에서 샴푸를 하고 있었다. 그는 비누 거품이 잔뜩 인 머리를 세면대에 숙이고 있었다. 그때 경찰들이 그 이발소로 들어왔다. 한 경찰이 이발사에게 물었다.

"이 친구 아직 멀었나?"

"앉으세요, 오 분이면 됩니다!"

"서둘러, 우리가 좀 필요해!"

곧 감을 잡은 우고가 거울을 통해 곁눈질로 경찰들을 살피며 말했다.

"이렇게 친절히 찾아오시다니 누가 나를 찔렀나 보죠?"

우고는 샴푸를 마치고 머릿기름을 멋지게 바르고 매만진 다음 조서를 쓰기 위해 그들을 따라 경찰서로 향했다. 그는 도중에 경찰들에게 커피까지 대접했다. 이윽고 레지나코엘리 정문 앞에 다다르자 그는 계단을 올라가면서 그들이 잘못 짚었다는 걸 보여 주기 위해 목청껏 노래 부르기 시작했다.

나의 변덕스러운 마음, 변덕스러운 마음…….

우고는 그렇게 노래하면서 경찰서로 들어갔다.

친퀘첸토 광장의 나무들이 가벼운 바람에 흔들렸다. 광장의 돌 포장도로와 버스 정류장의 긴 의자들에 떨어진 휴지 조각이 바람에 이리저리 날렸다. 봄날 초저녁 공기에서 좋은 냄새가 묻어났다. 더울 정도로 공기가 따스해서 모두들 외투 없이 셔츠 차림으로 돌아다녔다. 벌써 여름밤에 벌어지는 파티 분위기가 났다.

톰마소는 곧장 에세드라 광장 공원으로 갔다. 그는 먼저 화장실로 내려갔다. 누런 물을 빼러 내려가는 게 나쁜 일이 아니었기 때문에 그는 인상을 찌푸린 듯한 아주 진지한 표정을 지었다. 지하 화장실에 사람들이 너무 많아서 몸을 간신히 움직일 수 있었다. 그는 소변기들 앞에서 줄을 잠시 서야 했다. 화장실에는 군인들이 많았다. 마카오 병영이 그 근처에 있고, 외곽에 있는 다른 병영으로 가는 전차가 그곳에서 출발했으며, 그때가 자유 외출 시간이었기 때문이다. 그곳을 지나다 들른 사람들, 농부, 노동자 혹은 팔 아래 가방을 끼고 있는 사무원들도 있었다. 그들은 테르미니 역으로 기차를 타러 가는 사람들이었다.

이 사람들이 모두 화장실에 들어와서 잡담을 나누거나 서로 이름을 부르면서 재빨리 일을 보고 나갔다. 하지만 몇몇은 조그만 대리석 칸막이들 사이에 서서 대리석 판에 몸을 기댄 채 시간을 끌었다. 톰마소는 그런 사람들을 한눈에 알아보았다. 그들 중에 키가 크고 반백인 50대 남자가 있었는데, 그는 외투를 입었고 얼굴이 개같이 생겼으며 시선이 닿는 곳을 다 태워 버릴 듯 두 눈이 뜨거웠다.

술에 좀 취했거나 심장병이 있는 사람처럼 그 남자는 얼굴 전체가 붉었다. 그의 얼굴 전체에 음흉한 미소가 떠올라 두 눈이 보이지 않을 정도였다. 그의 옆자리가 비자 톰마소는 얼른 가서 진지하면서도 무심한 태도로 바지춤을 풀었다. 노인은 자기 자리에서 힐끗 오른쪽을 훔쳐보았다. 톰마소는 우연히 시선이 부딪친 것처럼 노인의 눈을 보았고 곧 위쪽 정면에 붙어 있는 맘 광고 포스터로 눈길을 돌렸다.

뿔이 잘린 늙은 악마 같은 그 노인이 계속 톰마소를 뚫어져라 보았다. 톰마소는 다시 한 번 노인을 힐끗 보고는 바지 단추를 채운 다음 뒤도 돌아보지 않고 곧장 계단으로 올라갔다.

계단을 올라온 톰마소는 더욱 심각한 표정을 지으며 보도 위 플라타너스 아래로 갔다. 역으로 혹은 스테페르 전차 종점으로 가는 수많은 사람들이 그 앞을 지나갔다. 그는 누군가를 총으로 쏴서 맞혀야 하는 사람처럼 두 손을 주머니에 넣은 채 나무 기둥에 몸을 기댔다.

얼마 지나지 않아 노인이 계단 위에 나타났고 보도를 걸어갔다. 그는 톰마소를 훔쳐보며 그 앞을 지나갔다. 톰마소는 조각상처럼 움직이지 않았다. 노인은 좀 더 앞으로 가다가 뒤돌아섰다. 톰마소는 노인을 쳐다보지 않았다. 그는 길 건너편 보도를 보았다. 과일 행상 앞 햇빛이 반사되는 진열장 아래로 이쪽보다 훨씬 많은 사람들이 지나다녔다. 서 있는 자세와 시선을 보면 톰마소는 아주 유순하고 상대방의 어떤 작은 신호만 기다리는 사람 같았다. 그때 두 하사관이 노인과 톰마소 앞을 지나갔다. 두 사람 모두 어깨가 떡 벌어지고 잘생기고 건장했으며, 걸어 다니기 불편해 보일 정도로 바지 앞자락이 불룩했다. 그들은 화장실을 보고 계단을 내려가 사라졌다. 그러자 노인은 톰마소는 안중에도 없다는 듯 그 앞을 지나 군인들을 따라갔다.

톰마소는 곧 울음이 터질 듯한 어린애 같은 표정으로 낯선 이방인처럼 잠시 그곳에서 머뭇거렸다.

잠시 후 다시 나타난 두 하사관이 톰마소 앞에 있는 매점에서 내다 놓은 테이블들 앞을 지나 역 쪽으로 갔다. 노인도 다시 계단을 올라와 그들을 따라갔다.

톰마소가 기둥을 어깨로 살짝 치면서 나무에서 몸을 뗐다.

그는 이를 갈면서 중얼거렸다.

"빌어먹을 호모 자식!"

톰마소는 다시 휘파람을 불면서 공원으로 내려갔다. 가르반테에 갈 생각을 하자 다소 위로가 되었다. 그는 두 손을 주머니에 넣은 채 사람들 얼굴을 살피며 노래를 부르기 시작했다.

　　나의 노래가 나뭇잎 사이로 사라지네……

하지만 그쪽에는 아무도 없었다. 아직 이른 시간이었기 때문에 직장에서 돌아오는 사람들뿐이었다. 아니, 있었다. 톰마소는 호모 둘을 보았다. 그들은 신문 가판대 옆에서 소곤소곤 얘기를 나누다가 서둘러 자리를 떴다. 톰마소가 생각했다.

'가리발디 다리로 가 봐야겠군! 여기서는 건질 놈이 없어! 이렇게 걷다 보면 시간이 좀 갈 거야!'

톰마소는 즐거운 마음으로 걸어가기 시작했다. 나치오날레 거리로 접어들어 끝까지 걸어간 다음 베네치아 광장과 보테제 오스쿠레 거리를 지났다. 삼십 분 후 지쳐 잠이 올 정도로 기진맥진해진 그는 가리발디 다리에 도착했다.

'빌어먹을! 오늘 저녁에는 녀석들 모두 거리에서 길을 잃었나?'

가리발디 다리를 잠깐 살펴보고 나서 톰마소는 콧구멍에서 턱 아래로 혐오감이 뚝뚝 떨어지는 걸 느꼈다.

강변도로를 낀 아레눌라 거리 구석에 자리한 만치넬리 바에는 단골손님들이 전혀 없었다. 평소에는 열네 살에서 스무 살까지 이르는 배고픈 녀석들 너덧이 매일 저녁 그곳에 죽치고 앉아 호모들을 기다렸다. 주근깨투성이에 다소 아둔해 보이는 붉은 머리 녀석은 그곳을 지나는 사람들의 옷자락을 붙들고 늘어지며 10리라나 적어도 담배 한 개비를 얻어 낼 때까지 그들을 놔주지 않았다. 키가 크고 너무 말라서 옷만 걸어 다니는 것 같은 큰 발 녀석은 더러운 얼굴 주변에 머리를 늘어뜨린 채 가운데 이가 하나 빠진 커다란 입으로 언제나 웃고 다녔다. 다른 두세 녀석도 있었다. 그들은 다리 아래나 동굴 같은 데서 하늘을 이불 삼아 잤기 때문에 잠잘 때도 절대 옷을 빨지 않아 옷에서 고약한 냄새가 났다.

때때로 그 녀석들 외에 트라스테베레나 캄포데이피오리에서 온 미소년들도 있었다. 그들은 적진에 뛰어드는 만큼 혹시 불상사가 생길지 몰라 만반의 준비를 한 채 루미 스쿠터를 타고 나타났다.

대신 보통 창녀들은 조금 더 위쪽 으슥한 곳, 전차 정류장 너머 꽃 장수와 주유소 사이, 지우디아 광장 근처 강변도로에 있었다.

하지만 오늘은 웬일인지 창녀들도 보이지 않았다.

'뭐야!'

반쯤 빈 만치넬리 바 안에서 빵 진열대와 계산대 사이에 앉아 있는 여점원이 보였다. 피부가 붉고 뚱뚱하고 게을러 보이는 여점원은 『우편배달부』를 읽고 있었다.

톰마소는 가까이 다가갔다. 그때 카운터 끝에서 두 경찰이 뭉그적거리는 게 보였다.

'튀자!'

톰마소는 저녁 식사 시간에 맞춰 집으로 돌아가는 사람들로 북적이는 교차로를 지나, 강둑을 옆에 끼고 있는 강변도로를 따라 시스토 다리 쪽으로 내려갔다.

이때 나무 기둥 뒤에서 고개를 살짝 내밀고 있는 클레멘티나가 보였다.

그녀는 얼굴을 찡그린 채 커다랗게 부푼 거친 파마머리를 빼꼼 내밀어 만치넬리 바 쪽을 살피고 있었다.

얼마 전에 가까운 사람이 죽었기 때문에 클레멘티나는 온통 검은 옷을 입고 있었다. 그녀는 검은 블라우스를 입고 검은 양말, 뒤축이 닳은 검은 방수 구두를 신었다.

클레멘티나는 옴이 붙은 여자애처럼 나무 기둥 뒤에 숨어서 자신이 아는 어떤 동태를 살피고 있었다. 그녀는 동상에 걸린 것처럼 빨간 손으로 검은 핸드백을 꼭 쥐고 있었다. 어떤 망할 놈의 자식이 어리석은 마음을 먹고 그녀의 쌈짓돈이 든 핸드백을 채 갈지 몰랐기 때문이다.

아래쪽을 뚫어지게 보던 클레멘티나는 경찰의 움직임을 살피느라 자리를 조금 움직였다. 한쪽 발을 들다가 입을 찡그리고 입술을 깨물면서 나무 기둥에 기대는 것으로 보아 그녀는 다리를 다친 모양이었다. 다리 통증 때문에 상을 당한 아픔이 떠올랐는지 그녀는 울음을 터뜨릴 것처럼 얼굴을 찌푸렸다.

"여기서도 돈을 벌긴 틀렸어! 죽을 맛이군. 내게 얼마가 있지? 20리라에다 20리라를 더하면 40리라. 30리라 남았군. 죽을 맛이네, 제기랄! 나치오날레 두 개비는 살 수 있겠어. 가자! 담배부터 빨고 봐야지!"

톰마소는 시스토 다리에 있는 담배 가게에 들어가 나치오날레 담배 두 개비를 샀다.

"카를레토 그 망할 놈의 기타를 찾는 데 400리라나 들다니. 사람 환장하겠네! 몬테 전당포, 그래, 몬테 전당포, 기타를 전당포에 맡기듯 녀석을 그놈의 전당포에 맡겼으면 좋겠어. 빌어먹을 자식! 기타 찾는데 400리라라니! 휘발유 2리터, 아니 3리터를 넣는 데 500리라 정도가 또 필요해. 어떻게 그 돈을 마련한다지? 오늘 저녁 누군가를 울려야겠군! 누구를 울리든 상관 말자!"

톰마소는 울음이 나올 정도로 다리가 아팠지만 캄포데이피오리를 거쳐 나보나 광장으로, 그곳에서 다시 코르소로 갔다. 스페인 광장에 도착하자 이미 한밤중이 다 됐고, 꽃 장수들이 장사를 마무리하고 있었다.

톰마소는 숨을 좀 돌리고 경찰이 있나 살피기 위해 바닥에 앉았다. 경찰은 없었다. 톰마소는 일어나서 가파른 계단을 오르기 시작했다.

아래 계단에 외국인 두세 명이 앉아 있었다. 계단 위 중간쯤에 있는 공터 난간 아래서 젊은 녀석 몇몇이 모두 셔츠를 벗고 소리 지르며 공을 차고 있었다.

톰마소는 화난 표정으로 계단을 하나씩 올라 꼭대기에 도착했다. 그는 축구 경기를 잠깐 구경했다. 가로등 불빛 아래 두 골키퍼는 잔뜩 긴장한 얼굴로 경기를 살폈고, 다른 녀석들은 땀에 젖은 채 공을 따라다니며 웃고 옷가지를 잡아당기며 서로 헛발질을 하게 했다. 공이 톰마소한테 굴러 왔다. 그는 아주 유연하고 멋지게 공을 차서 공이 계단 아래로 굴러가는 걸 막았다. 그러고 나서 얼굴이 빨갛게 달아오른 그는 낮은 담벼락 위에 앉아 구경하는 무리 쪽으로 걸어갔다.

그때 트리니타데이몬티 꼭대기에서 두 신부가 옷자락을 휘날리며 내려왔다.

"으으웅, 신부니임!"

담벼락에 앉아 있던 녀석들 중 하나가 질질 끄는 목소리로 말했다.

톰마소는 그쪽으로 가까이 다가갔다. 담벼락에서 조금 떨어진 곳에 톰마소와 비슷한 망할 놈의 자식 하나가 있었다. 그는 작업복 위에 짧은 검정 코트를 걸쳤는데 가로등 불빛 아래서 『폭풍』을 읽고 있었다.

나머지 망할 자식들은 한 뼘 정도 앞머리를 기른 뚱보 녀석과 두 손을 주머니에 찌르고 난간 옆에 서 있는 빼빼 마른 녀석이었다.

"으으음, 신부니임!"이라고 말했던 녀석은 이제 사진이라도 찍듯이 턱을 한쪽 어깨로 숙이고 거만한 태도를 취했다. 사람을 멸시하는 듯 거만해 보이는 다른 두 녀석도 담벼락에 앉아 멀리서 축구를 관전했다. 한편 담벼락에 등을 기대고 남자들과 얘기를 나누는 다른 두 녀석도 있었다.

이들 두 사람 중 롤로브리지다식* 머리를 한 금발 녀석은 여자인 듯했다. 톰마소는 의심스러운 눈으로 녀석을 쳐다보았다. 금발 녀석도 상대방과 얘기를 계속하면서 톰마소를 쳐다보기 시작했다. 정면으로 보는가 싶으면서도 스쳐 지나가는 듯한 눈길이어서, 톰마소가 아니라 톰마소 뒤에 있는 뭔가를 보는 듯했다.

---

* 1950~70년대 활동한 이탈리아 여배우 지나 롤로브리지다의 머리 모양.

금발 녀석이 다른 녀석들과 말하고 있긴 했지만 주절주절 떠들어 대는 쪽은 녀석의 동료였다. 금발은 입을 다물고 맞장구를 쳐 주기만 했다. 그는 좋다는 표시를 하며 맞장구를 쳐야 할 때 고개를 끄덕이기도 했지만, 영화 속 시녀가 왕 앞에서 절할 때와 똑같은 자세로 마치 구멍 안에 발뒤꿈치를 박는 것처럼 어깨와 몸 전체를 낮추기도 했다.

이윽고 금발은 정상적인 자세로 되돌아가기 위해, 약간 도전적인 분위기로 오만하게, 하지만 입과 눈으로 웃으면서 몸을 한 번 흔들어 주고 일어섰다. 그는 톰마소에게 점점 더 자주 눈길을 주었다. 마음이 부푼 톰마소는 서두르지 않고 자리를 옮기면서 담배에 불을 붙인 후 좀 더 가까이 다가갔다.

금발 녀석이 다소 관심을 보이며 톰마소를 좀 더 오래 쳐다 보았다. 그는 눈썹을 민 뒤 연필로 다시 그렸고, 배우들이 붙이는 것처럼 속눈썹이 손가락만큼 길었으며, 복숭아처럼 매끈한 두 뺨에 크림과 약간의 루주로 화장을 했다. 그는 정말 아름다웠다. 롤로브리지다식으로 빗은 머리는 낙타 가죽 외투의 올려 세운 깃 너머로 흘러내렸다.

아주 진지하게 조용히 얘기를 듣는 두 남자에게 라디오처럼 떠들어 대던 또 다른 녀석도, 톰마소의 온몸에 우표를 붙이듯 이리저리 훑어보기 시작했다.

금발은 지금 얘기하는 사건 때문에 몹시 화난 눈치였지만 톰마소를 보자 잠시나마 분노가 확 가라앉은 모양이었다. 그는 눈이 네 개 있어서, 두 개는 자기가 옳다고 주장하는 문제의 사건을 이야기하는 데 쓰고, 나머지 두 개는 톰마소를 이리저리 훑어보는 데 쓰는 듯했다.

금발이 갑자기 말을 멈추고 톰마소를 돌아보았다.

"이 나암자는 누구래? 이쪽에서는 본 적이 없는데! 몸매 죽인다!"

톰마소는 비웃으며 담배를 물더니 방금 말한 호모의 얼굴에 대고 연기를 훅 불었다.

"이렇게 만난 것도 인연이니까 우리 서로 소개할까, 어때? 음, 우린 문화인이니까 말이야!"

금발은 어깨 아래로 턱을 잡아당기고 온몸을 움직이면서 톰마소에게 악수를 청했다.

"난 민중의 여자야! 만나서 반가워!"

그렇게 해서 톰마소는 그들 무리에 들어갔다. 죽 말이 없던 키 작은 호모는 여전히 침묵을 지켰다. 하지만 그는 이글거리는 눈으로 톰마소를 쳐다보았다.

"어디서 왔니?"

민중의 여자가 아주 상냥하게 물었다.

"피에트랄라타."

톰마소가 심각한 목소리로 말했다.

"으으으음!"

민중의 여자는 새삼 흥미롭다는 듯 톰마소를 바라보더니 등줄기에 기분 좋은 전율이 느껴지는지 온몸을 비틀며 탄성을 질렀다.

"왜? 마음에 안 들어?"

톰마소가 물었다.

"마음에 들어, 마음에 들고말고, 미남 청년!"

민중의 여자가 날카로운 목소리로 말했다.

"뭐야, 오늘 저녁 거시기가 근질거리나 보지?"

담벼락에 조금 떨어져 앉아 있던 녀석들 중 하나가 말했다.

모두들 콩깍지가 목에 걸린 듯한 시녀 목소리로 나폴리 억양을 섞어 가며 여자들처럼 이야기했다.

"황후가 된 기분이야!"

민중의 여자가 한 손을 옆구리에 얹은 채 동료들을 돌아보며 말했다. 이윽고 그가 다시 톰마소를 쳐다보았다.

"너, 거칠어?"

민중의 여자가 간지럽게 유혹하는 목소리로 물었다.

"채찍질을 해 주지!"

톰마소가 비아냥거리며 대답했다.

민중의 여자는 몸을 부르르 떨며 "으으으음." 하고 다시 신음했다. 이윽고 그들은 자질구레한 얘기를 생략하고 곧장 본론으로 들어갔다.

"느끼게 해 줘!"

민중의 여자가 말했다. 그는 목선을 드러내기 위해 어깨 위에 넓게 걸친 외투 자락을 배 위에서 왼손으로 부여잡았고, 부끄러운 듯 얼굴을 마주치지 않은 채 단검을 찌르듯 재빨리 오른손으로 톰마소를 쓰다듬었다.

민중의 여자는 일을 끝내자 톰마소에게는 이제 관심 없다는 듯 다른 두 남자 녀석, 즉 체치오와 세코와 다시 이야기했다.

또 다른 여자 역 호모는 계속 침묵을 지켰다. 그는 조용히 황홀경에 빠져 자신만의 정신세계에 잠겨 있었다. 녀석도 망토같이 생긴 이브닝드레스 외투 자락을 아랫배 부근에서 두 손으로 여민 채 몸을 담장 뒤로 젖히고 있었다.

호모는 말하면 깨질까 그 축복의 상태를 오래 느끼고 싶은 듯했다. 그는 몸짓, 눈, 태도로 그 세계에 참여했다. 그것으로 충분했다. 아니, 말이 아닌 몸짓과 눈으로 그 세계에 참여하는 것이 더 완벽했다. 그 세계에 대한 명언 한마디도 잊지 않았다.

"남자들이여, 축복을 받으라!"

민중의 여자가 남자 녀석들과 이야기하는 사이, 톰마소는 그 호모에게 가까이 접근한 뒤 몸을 담벼락에 기댔다.

"어이, 친구, 잠깐 얘기 좀 나눌까?"

"좋아."

호모가 옷깃으로 여민 머리를 살짝 한 번 흔들면서 말했다.

"저쪽으로 좀 더 가서 얘기하자!"

톰마소가 느끼하면서도 단호한 목소리로 말했다.

"왜? 여기가 훨씬 좋잖아!"

"너하고만 얘기하고 싶어."

톰마소가 기분이 상했다는 듯 말했다.

"왜?"

호모가 어깨를 으쓱했다. 하지만 톰마소는 녀석의 팔을 잡고 좀 더 저쪽, 두 번째 계단층이 시작되는 곳으로 그를 끌고 갔다. 호모가 움직이자 절뚝이는 게 보였다. 그는 다리가 불편했다. 다리 한쪽이 50센티미터 정도 더 짧아서, 한 걸음 옮겨 놓을 때마다 제자리에서 거의 한 바퀴 도는 것처럼 보였다.

무리와 조금 떨어져서 좀 더 안전한 자리로 가자 둘 다 긴장한 얼굴로 무슨 얘긴가를 속닥거렸다. 하지만 잠시 후 얘기를 끝낸 톰마소가 샐쭉해진 표정으로 담배를 피우며 터벅터벅 돌아왔다. 다리가 불편한 호모도 뒤따라왔다. 호모는 나선형을 그리며 돌 포장도로 위에서 오 분을 허우적거린 끝에 동료들이 있는 자기 자리로 돌아왔다.

호모는 머리카락을 쓸어 넘기며 조금 힘없이, 하지만 짜증난다는 표정으로 부드럽게 웃었다. 한 동료가 그의 어깨에 팔을 두르고 다정하게 끌어안으며 뺨을 맞댔다.

"뭘 원하던?"

민중의 여자가 호모에게 거만하게 물었다.

"재한테 직접 물어봐."

"돈 얘기 좀 했다, 왜?"

민중의 여자는 대답하지 않았다. 그는 외투를 꼭 여미고 톰마소에게서 엉덩이를 돌린 뒤 발끝으로 일어서서 두세 번 회전했다. 그는 황새들처럼 다리 하나를 올리고 제자리에서 발을 차며 빙그르 돌았다. 그러더니 갑자기 동작을 멈추고 톰마소의 코앞에서 다리를 벌리고 섰다.

뚱보가 한쪽 다리를 올리더니 "조심해."라고 말하며 방귀를 뀌었다.

모두들 웃으며 뚱보에게 말했다.

"더러운 자식, 숙녀들 앞에서 무슨 짓이야?"

톰마소는 왁자지껄한 분위기를 틈타 자리를 떴다.

톰마소는 2단 계단을 내려오며 생각했다.

'빌어먹을 자식들! 저런 자식들은 벽을 보고 일렬로 세워놔야 하는데! 이 땅에서 왜 저러고 살아? 그건 그렇고 800리라를 어떻게 구하지? 어떻게 구하냐고?'

절망스러워진 톰마소에게는 상황이 정말 암담해 보이기 시작했다.

날씨가 조금 시원해졌다. 시원한 공기와 뭔가 새로운 열기가 느껴졌다. 산들바람이 계단을 타고 어떤 냄새를 가져왔다. 젖은 풀 냄새 같기도, 불에 타는 나무 냄새 같기도, 뒷골목의 축축한 진흙 냄새 같기도 했다.

톰마소는 계속 걸었다. 신발이 꽉 끼였다. 발가락에 티눈이 박였고, 왼발 뒤꿈치는 상처투성이였다. 닳은 신발 가죽이 빗물에 젖고 햇볕에 마르기를 거듭하며 철보다 더 딱딱해져서, 주머니같이 생긴 양파 색깔 신발 안에서 발뒤꿈치가 위아래로 움직이다 피부가 가죽에 쓸려 벗겨졌다. 구두끈은 몇 달 전부터 풀리지 않았고 신발 가죽과 완전히 하나가 되어 버렸다.

톰마소는 그 불쌍한 발을 끌고 두에마첼리 거리를 거쳐 바르베리니 광장으로 들어간 다음 비솔라티 거리로 나와 역전 에세드라 광장 공원으로 돌아갔다. 아직 주머니에 10리라가 남아 있었다. 바에 가서 돈을 탈탈 털어 나치오날레 담배를 샀다. 어제저녁부터 굶은 그는 빵 가게 진열장 옆을 지날 때 거의 졸도할 지경이었다.

벌써 11시가 다 돼 갔다. 하지만 공원 주변이나, 아래 조명에 차갑게 빛나는 물줄기를 뿜어내는 분수가에는 아직 사람들이 있었다. 올해 들어 처음으로 따뜻한 밤이었다. 역 주변과 근처 스테페르 종점에는 늘 사람들이 다녔다. 화장실에서 줄을 설 필요까진 없었지만 연신 많은 사람들이 오르락내리락 분주히 오갔다.

톰마소는 오줌이 마렵지 않은데도 지하 화장실로 내려가 진지하게 볼일을 봤다. 하지만 화장실에 아무도 없어서 다시 올라왔다.

화장실 근처 화단 옆 벤치에 사람들이 죽 앉아 있었고, 두세 명은 서 있었다.

난감해진 톰마소는 상황을 살피기 위해 그쪽으로 다가갔다. 앉아 있는 사람들은 모두 남자였다. 서 있는 세 사람은 호모였는데 이제 헤어질 모양이었다. 톰마소가 다가가자 그들은 "안녕, 잘 가." 하며 서둘러 자리를 떴다. 엄마가 집에서 회초리를 들고 기다리는 아가씨들 같았다.

벤치에 앉아 있는 사람들 중 하나는 여자 역할 호모였다. 하지만 그는 호모처럼 보이지 않았다. 얼굴은 날강도 같았고 낡아서 이제는 색깔 구분도 안 되는 회색 외투의 올려 세운 깃 밖으로 지저분한 곱슬머리가 내려와 있었다. 호모는 다른 동료들과 집회를 하고 있었다. 동료들은 한 눈으로는 주의 깊게 듣는 척했지만 다른 눈으로는 관심 없다는 듯 주변을 힐끔거렸다.

호모는 진지한 대화를 나누고 있었다. 그는 가슴에 한 손을 대고 가슴을 쭉 내민 채 사람들에게 좀 더 편하게 얘기하기 위해 엉덩이 한쪽을 벤치 끝에 걸치고 앉았다.

그의 두 눈은 자신감으로 뜨겁게 빛났고 태도는 겸손했다.

"나는 아무것도 아닌 존재야, 실제로 아무것도 아니니까. 하지만 난 언제나 내 의무를 다해 왔어!"

호모는 자신의 의무감에 벌써 감동했는지 턱을 목 쪽으로 잡아당기며 주변을 바라보았다.

"난 여덟 살 때부터 일했어. 아버지가 돌아가셨을 때부터 말이야. 어머니는 키워야 할 자식이 여덟 명이나 됐지. 난 이발사, 수리공, 목수, 승강기 보조원, 막노동, 가구 광택 내는 일 등…… 안 해 본 게 없어. 일할 때는 절대 뒤로 빼는 법이 없었어!"

호모는 화가 나는지 눈을 찡그리고 오므린 손가락으로 가슴을 탁탁탁 여러 번 치면서 말했다.

"하지만 난 늘 한 가지 사상을 품어 왔고 절대 그 사상을 바꾸지 않을 거야. 나는 빵과 일자리를 달라고 외치면서 빵만을 원하는 그런 사람이 아니야! 나는 100퍼센트 이탈리아 사람이야! 하지만 오늘날 이탈리아에 진정한 이탈리아인이 얼마나 있을까? 이탈리아가 우리에게 가르쳤던 원칙, 선하고 현실적인 원칙들을 지키고 사는 이탈리아 사람들 말이야!"

아무도 대답하지 않았다. 하지만 그때 공원 안쪽에서 한 금발 녀석이 나타났다. 그의 얼굴에 희색이 가득했다. 두 눈은 웃고 있었고, 불을 때서 굴뚝에서 연기가 솟듯이 담배를 피워댔다. 그는 정말 행복해 보였다. 그는 호모의 마지막 말을 들었는지 이렇게 말했다.

"그만해, 방귀 뀔 힘도 없으면서!"

톰마소는 다소 굳은 얼굴로 꺼진 담배를 들고 진지하게 다가서며 말했다.

"형씨, 담배 불 좀 빌립시다?"

금발은 톰마소를 쳐다보지도 않은 채 담배를 내밀며, 아주 즐겁고 만족스러운 얼굴로 호모 쪽을 바라보았다. 호모는 지아니콜로에 있는 안니타 가리발디 동상처럼 똑바로 서서 금발을 쳐다보지도 않은 채 말을 계속했다.

"나는 공산주의자야. 나 플레바니 루치아노는……."

톰마소는 그의 말을 듣지 않았다. 그는 독을 씹듯이 담배를 피우면서 주변을 둘러보았다. 그런 얘기에는 하나도 관심이 없었다. 그들은 모두 형편없는 족속들이었다. 누가 그에게 좌파가 돼라 우파가 돼라, 이쪽이다 저쪽이다 강요할 수 있겠는가. 그는 자유 시민이고 무정부주의자다. 그것으로 됐다.

"어이."

마지막에 온 금발이 좋은 소식을 물고 온 것처럼 말했다.

"바다표범이 왔어!"

"얼마나 줬어?"

하품하며 얘기를 듣던 녀석들 중 하나가 이내 관심을 보이며 물었다.

"700리라 주던데!"

금발이 말했다. 그는 그날 저녁 운이 좋았던 데 크게 만족하고 대부호가 된 듯 담배를 피우다가 약간 떨리는 손가락 사이에 담배를 끼운 채 자리를 떠났다.

"얼마나 줬어?"라고 물었던 녀석이 일어나 기지개를 펴며 하품하는 척하더니 에세드라 광장 쪽 공원으로 천천히 내려갔다.

톰마소는 녀석이 일어난 벤치 끝자리에 가서 앉았다.

"궁금해서 그러는데, 사브리나는? 걔는 어떻게 됐어?"

한 녀석이 호모에게 물었다.

"뭐?"

궁둥이에 똥침이라도 맞은 것처럼 벌떡 일어서며 호모가 말했다.

"그 일을 모른단 말이야? 넌 신문도 안 읽냐?"

"누가 그런 걸 읽어!"

풋내기가 조금 부끄러워하며 그 사실을 인정했다.

"정말 엄청난 스캔들이었어!"

호모가 눈을 빛내며 말했다. 그는 이 말과 함께 하늘을 올려다보며 손바닥을 보인 뒤 녀석의 얼굴 앞에다 대고 작은 손을 흔들었다.

"스캔들이었다니까!"

호모가 다시 한 번 말했다.

"여자처럼 미니스커트와 스코틀랜드식 짧은 볼레로를 차려입고 다른 남자와 함께 트리온팔레 공원으로 가다가 발각됐다고 생각해 봐! 신문에 사진까지 실렸다니까! 진짜 볼 만해!"

그때 유명한 바다표범이 나타났다. 그는 통통하고 얼굴이 검게 탔으며 대머리였다. 그는 네로 황제 같았다. 바지 위에 셔츠를 입었는데, 셔츠 사이로 가슴털이 보였다.

눈과 입이 누런 바다표범이 황급히 벤치 앞으로 왔다. 그러고는 안면이 있는 두세 사람에게 서둘러 인사하며 손을 꼭 잡았다. 인사를 나눈 녀석들은 그를 친구로 대하며 함께 떠날 준비를 했다. 그들은 그가 "갈까?"라고 말하자 차가 세워져 있는 곳으로 움직였다.

조용히 담배를 피우며 힐끔거리던 톰마소는 그들의 눈에 띄기 위해 무진 애를 썼다.

하지만 바다표범은 뛰다시피 가 버렸다. 그는 전투를 위해 군인 두세 명을 차출하러 온 장교 같았다. 세 녀석이 일어나 줄지어 따라갔다. 그때 에세드라 광장에 바다표범의 차가 있는지 보러 갔다가 하마터면 잊힐 뻔했던 네 번째 녀석이 나타났다. 바다표범이 제때 녀석을 보았다.

"프라, 빨리 와!"

바다표범이 말했다. 프란코는 기꺼이 무리에 합류했고, 그들은 모두 바다표범을 선두로 분수 쪽으로 걸어갔다.

혼자 남은 또 다른 호모 녀석도 일어나 아주 예의 바르게 톰마소에게 악수를 청하며 자기소개를 하더니, 색깔을 알아보기 힘든 외투 깃을 올려 세우고 노래 부르며 자리를 떠났다.

톰마소는 벤치에 혼자 남았다. 이제 밤이 깊어졌다. 밤이 깊어질수록 광장 떨기나무와 가로등 들 사이로 바람이 살랑살랑 부드럽게 감겨 왔다. 이제 광장에 인적도 드물었다.

톰마소는 일어나 화장실 계단을 예닐곱 차례 오르락내리락했다. 자정이어서 아무도 없었다. 아니, 사람이 있다 해도 그를 거들떠도 보지 않고 횡 하니 가 버렸다.

그래서 톰마소는 언제 가도 늘 건수를 올릴 수 있었던 역전으로 향했다. 그는 역 앞에서, 차양 아래서, 역 안에서 삼십 분 이상 서성였다.

기차들이 도착하자 사람들이 쏟아져 나왔고, 대리석 벤치에서 잠든 사람들도 많았다. 모두 가난한 농부들이었는데, 그들은 양 냄새나 썩은 치즈 냄새를 폴폴 풍기는 보따리들을 들고 있었다. 톰마소처럼 어슬렁거리는 사람들도 있었지만 대개 도둑들이거나 포주들이었다. 마르살라 거리나 지올리티 거리로 나가는 복도 출입구에는 창녀들이 잔뜩 서 있었다. 톰마소는 걸으면서 창녀들을 하나씩 살폈다. 특히 한 창녀가 디우르노 담벼락 옆에 서 있는, 몸을 가누기도 힘들어 보이는 한 노인에게 다가가는 모습을 유심히 지켜보았다.

그녀는 젖가슴이 자기 몸보다 더 컸고 엉덩이가 하이힐 뒤축까지 축 처져 보였으며 키가 작고 온몸을 붉은 옷으로 휘감

왔다.

창녀는 계단 난간을 따라 지하도로 내려갔고, 노인은 콧물을 질질 흘리며 그녀를 따라갔다. 그녀는 지하도 끝 회랑으로 가더니 길 건너 어둠 속으로 사라졌다. 노인은 놀란 토끼 눈으로 주변을 살피다가, 바람 불면 쓸려 갈 것 같이 삐쩍 마른 몸을 이끌고 길을 건넜다.

삼십 분이 지나고 한 시간이 지났다. 경찰 순찰대가 나타났다. 다행히 톰마소는 제때 도망칠 수 있었다. 삼십 분 후 그가 역에 다시 고개를 내밀었을 때 그날 밤 상황은 모두 끝난 뒤였다. 아주 고요했다. 기차 기적 소리와 드나드는 여행자 무리도 소음 방지 장치를 단 듯 조용했다.

톰마소는 지치고 배가 고파서 헛것이 보였다. 이젠 별 도리 없이 피에트랄라타까지 걸어가야 했다.

톰마소는 고무로 된 바닥을 터벅터벅 걸어 역에서 나왔다. 그는 짐수레에서 꾸벅꾸벅 졸고 있는 짐꾼에게서 담배꽁초를 훔쳐 불을 붙인 뒤 마르살라 거리로 갔다.

그곳에는 아직 몇몇 부랑자가 있었다. 하지만 톰마소가 지름길로 찾았던 산로렌초 뒷골목들에는 인적이 없었다.

상처투성이 발을 끌고 터벅터벅 걸어가는 톰마소의 발걸음 소리만 들렸다.

그런데 갑자기 거리 한 모퉁이에서 여자가 불쑥 나타났다. 톰마소는 종 모양의 어린이용 붉은 외투 때문에 그녀를 한눈에 알아보았다. 노인을 데리고 갔던 그 키 작은 창녀였다. 이제 일을 마치고 서둘러 집으로 돌아가는 모양이었는데 그녀는 니스를 칠한 검은 가방을 손에 꼭 쥐고 있었다.

'요것 봐라!'

톰마소가 천천히 걸음을 내디뎌도 금방 창녀를 잡을 수 있을 듯했다. 그녀는 획 돌아보며 톰마소를 노려보더니 뛰다시피 빨리 걸었다. 톰마소도 욕을 하면서 걸음을 빨리했다.

'엉덩이만 큰 못생긴 년아! 항아리와 군밤을 섞어 놓은 것 같군! 쳇, 엉덩이는 축 처져 가지고, 엉덩이가 처지면 행실이 나쁘다던데……. 근데 어디로 가는 거지?'

톰마소는 창녀를 한순간도 눈에서 놓치지 않고 다소 숨을 헐떡이며 따라갔다. 그녀는 톰마소가 따라오는 것을 눈치채고 거의 뛰다시피 길을 틀어 산로렌초 쪽으로 향했지만, 이 길도 부랑자 하나 없이 조용했다.

톰마소는 화가 났다. 그는 이가 드러나도록 입을 비틀며 인상을 썼다. 그러고 나서 "퉤!" 하며 침을 뱉었다.

'근데 어디로 가는 거야, 우라질 년! 전차에나 뛰어들어서 바퀴에 기름칠이나 해 줘. 너 같은 년은 이 지상에 없는 게 나아! 네년을 낳은 엄마가 불쌍해! 몸도 가누지 못하는 노인네까지 꼬드겨! 부끄러움도 모르는 년! 갈보! 살 가치도 없는 년, 네년을 보기만 해도 구역질이 나.'

톰마소가 창녀의 뒤에 바싹 붙었다. 이제 손만 뻗으면 잡힐 것 같았다. 그녀는 겁에 질린 채 톰마소를 힐끔 보고는 핸드백을 꼭 껴안았다.

'아, 그래! 내가 무서운가 보지? 네년을 울릴 거라는 걸 알았나 보군. 나한테 걸리면 대가를 지불해야 해! 천천히 가, 멍청아! 어쭈, 뛰어? 뛴다, 이거지? 천천히 가, 내 손아귀에서 빠져나갈 수 없어! 알아, 뛰어야 벼룩이야!'

톰마소가 얼굴을 일그러뜨리고 주변을 둘러보았다. 거리 전체에 쥐새끼 한 마리 없었다.

"에잇!"

톰마소는 소리를 지르며 창녀에게 달려들어 핸드백을 잡고 있는 힘을 다해 낚아채려 했다. 하지만 그녀는 이미 예상하고 있었는지 핸드백을 놓지 않았다. 그녀는 두 손으로 핸드백을 꼭 끌어안고 소리를 지르기 시작했다. 톰마소는 주먹을 날려 그녀의 입을 두 차례 때렸다. 그녀는 무릎을 꿇고 쓰러졌는데도 여전히 핸드백을 꼭 쥐고 놓지 않았다. 톰마소는 핸드백을 잡아당기며 그녀의 배를 걷어찼다. 하지만 이 때문에 그녀는 더 요란하게 비명을 질렀다.

"빌어먹을, 안 놓으면 죽여 버릴 거야, 알아!"

톰마소가 소리쳤다. 하지만 창녀는 핸드백을 놓지 않고 시끄럽게 비명만 질렀다. 그러자 그는 몸을 숙여 먼저 그녀의 한 손을 물고 그다음 다른 손을 살점이 뜯겨 나갈 정도로 물었다. 그녀는 고통 어린 비명을 지르더니 핸드백을 잡은 손을 놓았다. 그는 길 끝까지 죽을 힘을 다해 뛰었고, 대학로를 거쳐 베라노까지 계속 뛰었다. 그는 누군가 따라오는 사람이 없는지 보기 위해 뒤돌아보거나 하지도 않았다. 그는 베라노에 이르자 나무 뒤로 가서 신발을 벗었다. 신발을 손에 들고 담벼락을 따라 다시 뛰었다. 포르토나치오가 보이자 나무 아래로 가서 신발을 다시 신고 윗옷 안에 핸드백을 숨겼다.

톰마소는 마을로 가는 전차와 버스 종점에 도착했다. 기진맥진한 그는 종점을 50미터 이상 지나쳐 티부르티나 육교 아래 쓰레기 더미로 내려갔다.

톰마소는 안쪽 으슥한 곳으로 들어가 악취 나는 땅바닥에 주저앉은 다음 핸드백을 열고 안을 살피기 시작했다. 핸드백을 살피면서 이내 얼굴에 희색이 만면해졌다. 통통한 두 뺨에 잔뜩 난 여드름까지 기쁨에 반짝반짝 윤이 나는 듯했다.

'우아, 이년 오늘 수확 좋았네! 핸드백에 6000리라나 넣고 걸어 다니다니! 이 많은 돈 좀 봐! 토마, 너 여기서 유전을 찾은 거야!'

돈 이외에 분, 립스틱, 라이터, 동전 지갑이 있었다. 여러 서류와 신분증도 있었다. 신분증 사진에서 창녀는 흰 칼라가 달린 옷을 받쳐 입고 귀걸이를 단 채 활짝 웃고 있었다. 하지만 톰마소는 핸드백과 함께 그 물건들을 진창에 던지고 그 위에 오줌을 싸 버렸다.

*

피에트랄라타에 저녁이 찾아왔다. 막 저녁 식사를 마친 사람들도 있었고 식사 전인 사람도 있었지만 모두들 즐겁고 기분이 좋아서 마을 거리를 배회하고 있었다. 공기가 아주 달콤했고, 바람이 조금만 불어도 모과 냄새, 이슬에 젖은 양상추 냄새가 났다.

침미오는 다리를 벌리고 베스파 스쿠터에 걸터앉아 껌을 쩍쩍 씹어 대고 있었다. 이마 위로 내려온 매끄러운 앞머리가 턱의 움직임을 따라 위아래로 들썩였다.

침미오는 두 손을 교차해 배 위에 올려놓고 조용히 참을성 있는 표정을 짓고 있었다.

침미오 뒤에 톰마소가 있었고, 기타를 멘 카를레토가 안장에 엉덩이를 반만 걸친 채 세 번째 자리에 앉아 있었다.

그들 옆에 있는 또 다른 베스파에 세 명이 더 타고 있었다.

"밥맛 없는 자식들아!"

그 셋 중 하나가 토할 것 같이 역겹다는 표정으로 말했다.

"밥맛 없는 자식들아!"

그는 손가락을 꽉 움켜쥔 손을 눈높이에 대고 허공에서 맥없이 흔들며 되풀이해서 말했다. 혐오감 때문에 파란 두 눈동자가 하얘졌다가 풀어졌다. 그는 작은 달걀형 얼굴에다 미끈하게 잘생겼고 금발을 짧게 잘랐다.

"너희가 기름 값을 대겠다고? 우린 돈이 없는 줄 알아?"

그가 신경질을 부렸다.

"멋쟁이, 그만 좀 구시렁대, 자식아!"

톰마소가 말했다.

"가자!"

멋쟁이가 화를 내며 말을 내뱉었다.

"가자."

앞뒤에 꼭 끼어 앉아 있는 멋쟁이가 다른 두 녀석 사이에서 몸을 뒤틀며 오토바이 손잡이로 손을 뻗어 시동을 걸고 그들 셋이 먼저 떠나려 했다.

"기다려! 가만히 좀 있어!"

나머지 두 녀석 중 하나인 연기가 멋쟁이를 바라보며 웃음이 터질 것 같은 입으로 말했다.

"왜 그래?"

"우리는 우리 내키는 대로 가면 되잖아, 왜? 우리 마음대로

가지도 못하냐?"

연기가 다른 두 녀석을 돌아보며 말했다.

침미오가 갑자기 인내심을 잃고 신발 뒤축으로 시동 장치를 두 번 차더니 버스 정류장 바 앞에서 지그재그로 출발했다. 그 바람에 오토바이에 타고 있던 다른 두 녀석이 떨어질 뻔했다.

다른 베스파도 그들을 따라갔다. 비록 멋쟁이가 "저 자식들 상관 말고 가자……. 연기!" 하고 계속 소리쳤지만 말이다.

올리브 조각처럼 피부가 투명한 연기는 멋쟁이의 말을 듣지 않았다. 그는 사람들과 차들 사이를 요리조리 뚫고 지나가는 데 신경을 집중하느라 입술을 깨문 채 침미오를 따라가기 바빴다. 멋쟁이는 곧 화가 풀렸는지 눈 색깔이 다시 파란빛으로 돌아왔고, 강아지처럼 이마에 잡혔던 잔주름도 펴졌다. 그는 연기의 작업복을 움켜잡고 웃으면서 양옆으로 지나가는 사람들을 놀리기 시작했다.

녀석 뒤, 세 번째에 앉은 미국 놈은 시종일관 '난 관심 없어.' 하는 분위기였다.

미국 놈은 열다섯이 조금 넘은 풋내기였고, 이마 위에서 앞머리가 살아 있는 듯 찰랑거렸다. 그는 한쪽으로 똑바로 가르마를 타서 곱슬거리는 검은 머리를 넘겼다.

더운 공기가 머리카락을 쳤지만 그의 두 눈은 웃고 있었다.

침미오는 피에트랄라타 거리를 따라 미친 듯이 질주해 내려갔고, 룩스 영화관 앞을 지나 티부르티나 거리로 접어들었다. 그곳에는 자동차, 트럭, 고속버스, 일반 버스 등이 끝없이 어지럽게 늘어서 있었다.

톰마소는 침미오의 뒤에 가만히 앉아 원정대 대장으로서의 책임에 대해 약삭빠르게 생각했다.

'내가 말들 하나는 잘 선택했어! 톰마소…… 이 우라질 자식이 뭘 할 건지 상상이 되는군!'

뒤따라오는 다른 녀석들은 짓궂은 장난을 쳤다. 미국 놈은 길거리에 삐죽삐죽 튀어나온 협죽도 잎사귀를 뜯어 지나가는 여자들에게 던졌다. 잎사귀가 여자들에게 명중할 때마다 멋쟁이는 휘파람을 요란하게 불었다. 연기는 운전을 계속하며 "한 번 더 해!" 하고 소리쳤다.

그들은 포르토나치오, 산로렌초, 산조반니를 지나 포르타메트로니아, 파세지아타아르케올로지카로 들어갔다. 그들은 창녀들 주변을 잠시 빙빙 돌다가 큰 시장 앞을 지나 가르바텔라로 향했다.

가르바텔라가 시작되는 곳, 모두 똑같이 생긴 작은 저택들 두세 줄과 공사장 네다섯 군데가 보이는 곳 한가운데 헐벗은 빈 공터에 풀밭이 남아 있었다. 그 위에 빈민촌 판잣집들을 합쳐 놓은 것 같은 집 한 채가 서 있었다. 그 집은 전면적으로 수리한 해안가 낡은 오두막 같았다. 굴뚝과 뾰족 지붕 그리고 다락방 들이 즐비한 이 건물 한구석에 정자가 딸린 작은 바와 피자 가게가 있었다.

근처에는 수리한 다른 오두막이 몇 채 더 있었다. 모두 밤색이었고 꽃으로 장식되어 있었다. 어떤 집에는 낙서가 그려져 있었고 어떤 집은 가족 무덤처럼 작았다. 그 옆에는 냉장고처럼 커다랗고 네모반듯하고 하얀 저택들이 있었다.

그라타 바, 정자 주변에 그 동네에 사는 모든 청년이 모여 있었다.

톰마소와 친구들이 가르반테로 들어섰을 때 처음 본 것은 어둠 속에서 홀로 반짝이는 바의 네온 불빛이었다.

"커피 한잔 정도는 사 줄 수 있겠지!"

침미오가 껌을 뱉으면서 말했다.

"가자! 가!"

톰마소가 말했다. 침미오가 갑자기 브레이크를 밟는 바람에 그들은 하마터면 연기 녀석의 오토바이와 부딪힐 뻔 했다.

그들은 정자 앞에 베스파를 세워 두고 바로 들어갔다. 카를레토는 기타를 어깨에 멘 채 들어갔다.

"이봐, 딴따라, 「경찰 서장」을 불러 주겠어?"

그들을 보고 가르바텔라에 사는 녀석이 나지막이 말했다.

"안 되겠는데! 난 할 수 있는 것만 부르거든!"

카를레토는 매너가 깔끔한 청년처럼 침착하게 대답했다.

"목소리가 좋으면 괜찮아! 한 곡조 불러 줘!"

상대편 녀석이 다시 한 번 중얼거렸다.

다른 세 녀석, 즉 연기, 멋쟁이, 미국 놈도 오토바이를 세우고 친구들을 따라 들어왔다.

침미오는 마른 등나무 기둥이 네 개 있는 입구를 지나면서 잠깐 걸음을 멈추고 하품을 했다. 입을 헤 벌리고 고무줄이라도 되는 듯 팬티를 잡아당기면서 팬티 아래 거시기를 다시 제자리에 놓았다. 그런 다음 그는 바로 들어갔다.

그곳은 둥근 카운터가 있는 작은 바였다. 카운터 뒤에 무덤 파는 사람처럼 생긴 두 멍청이가 있었는데, 한 사람은 꽤 나이 먹은 노인이었고 다른 사람은 솜털이 가시지 않은 풋내기였다.

카운터, 벽, 계산대 사이에 꼭 끼어들어 가 있는 작은 테이블에서 네 사람이 카드놀이를 하고 있었다.

톰마소, 침미오, 카를레토는 자리를 잡고 세상 물 좀 먹은 녀석들처럼 슬쩍 기지개를 폈다. 곧이어 따라 들어온 다른 세 녀석도 기분 좋게 딴 자리를 꿰차고 앉았다.

카드놀이를 하던 네 녀석 중 하나가 신부가 미사 전서에서 눈을 뗐다가 다시 내릴 때처럼 엄숙한 분위기로 잠깐 눈을 들어 그들을 훑어보았다. 그러고 나서 그는 손에 든 클럽 킹 카드로 다시 시선을 내리며 같이 카드를 치던 세 녀석 중 하나에게 나지막이 말했다.

"아아아아흐, 너 이레네 알지?"

"아니, 누군데?"

질문받은 녀석이 흥미가 동하는지 세속적인 대화를 나눌 때의 말투로 상냥하게 말했다.

"우리 이웃, 안나마리아타이지 거리에 사는 여자애 말이야……"

"그런데?"

상대방은 이웃으로서 흥미를 보이며 반문했는데 벌써 그의 입가에는 웃음이 피어올랐다.

"그 애가 이 근처에서 소문난 건달 녀석과 함께 있는 걸 봤어. 사람들이 그러는데 따먹기 쉬운 계집애래."

그는 이 말을 하고 나서 체념한 듯 어깨에 머리를 묻으며 테이블에 카드를 탁 내려놓았다.

녀석과 가까이 앉아 있던 톰마소가 그 소리를 못 들을 리 없었다. 칠면조처럼 얼굴이 빨개진 그는 감정을 추스르며 험악한 표정으로 계산대에 있는 사람을 돌아보았다.

"브랜디 세 잔!"

톰마소가 짜증난다는 듯 말했다.

"코냑 세 잔."

계산대 점원이 두 바텐더에게 말했다. 그는 톰마소가 내민 돈을 쌀쌀맞게 받아 서랍에 챙겨 넣었다.

다른 세 녀석도 서로 상의하더니 오렌지에이드 두 병과 잔 세 개를 주문했다.

한편 바깥 정자에 있던 두 녀석까지 담배를 사기 위해 들어오자 조그만 바 안은 움직이기 힘들 정도로 붐볐다.

"로베르토 무롤로*가 왔나 보지!"

금방 들어온 두 녀석이 다른 쪽을 바라보며 말했다.

카를레토는 살포시 바보같이 웃으며 기타를 손에 들고 카운터로 다가갔다.

"바텐더! 우리가 주문한 코냑 안 줘요?"

톰마소는 대화를 피하려고 오렌지에이드를 바삐 서빙한 뒤 쉬고 있던 늙은 바텐더를 향해 말했다. 늙은 바텐더는 잠깐 그를 보더니 입술을 축이고 시선을 피하며 다시 코냑을 서빙하기 시작했다.

한편 담배를 사러 방금 들어온 녀석들이 또다시 말을 걸어 왔다. "로베르토 무롤로가 왔나 보지!"라고 말했던 녀석이 이렇게 말했다.

"이봐, 50리라 줄 테니까 한 곡조 연주해 주겠어?"

카를레토는 기타에 대해서만은 자부심이 컸기 때문에 이렇

---

* Roberto Murolo(1912~2003). 이탈리아 자작곡 가수이자 기타리스트, 배우.

게 말했다.

"그렇게 바닥으로 내려갈 수는 없지. 고작 50리라에 나를 팔아서야 쓰겠어!"

상대편 녀석이 웃음을 터뜨렸다.

"그러셔! 배고파 죽어도 자존심은 세우시겠다!"

테이블에 앉아 카드놀이를 하며 조금 전 이레네에 대해 말했던 녀석이 입이 근질근질했던지 카드로 테이블을 때리면서 한마디 거들었다.

"그만해, 고상한 음유시인이잖아!"

카를레토는 대답 대신 씁쓸하게 눈웃음을 지으며 잔을 들고 코냑을 마시기 시작했다.

토르마란치오 출신의 다른 두 녀석이 바 안으로 들어왔다. 그들은 심상치 않은 분위기를 금방 눈치챘다. 나치오날레 담배 다섯 개비를 사러 카운터로 가더니 한 녀석이 멍한 눈길로 돌아보며 한마디 거들었다.

"아하, 성가신 밤 훼방꾼들이 나타나셨군!"

톰마소는 기분 나쁘다는 것을 알리려는 듯 지금 들어온 두 녀석을 보며 혀를 차고 고개를 끄덕였다. 그러더니 천천히 카운터 쪽을 돌아보며 자기 술잔을 손가락 사이로 쥐었다.

처음 이레네에 대해 말했던 녀석은 우체국 직원이었다. 그는 검은 유니폼을 입고 몇 가닥 안 되는 곱슬거리는 금발에 챙 달린 모자를 머리에 슬쩍 걸쳐 썼다. 그가 손에 든 플러시 패에서 잠깐 시선을 떼더니 술을 마시는 톰마소를 후려 보며 말했다.

"양치질은 했어? 걘 잠귀가 좀 어두운데!"

톰마소는 녀석을 뚫어져라 쳐다보았다. 그는 막 잠에서 깼다가 다시 곯아떨어진 사람처럼 입맛을 쩝쩝 다시더니 잠시 말이 없었다.

"이봐."

톰마소가 깊고 격한 목소리로 말했다.

"과장이 좀 심한 것 같은데……."

우편배달부는 톰마소를 보더니 녀석이 생각만큼 거칠지 않다고 판단했던지 매독에 걸린 것처럼 웃었다.

같이 온 무리, 즉 멋쟁이, 연기, 풋내기는 이방인처럼 말없이 그 상황을 즐겼다. 피에트랄라타의 다른 세 녀석도 그들을 한 번도 본 적이 없다는 듯 눈길조차 주지 않았다.

우편배달부는 억지웃음을 거두고 반짝이는 눈으로 다시 카드를 보았다.

"여기 있는 누군가의 입에서 썩은 내가 나는군."

코냑을 다 마신 침미오가 계산대로 다가갔다.

"나치오날레 담배 열 개비 주쇼."

침미오가 머리가 반쯤 벗겨진 30대 바 주인에게 말했다. 주인은 대리석 계산대 빈자리에 담뱃갑을 던지고 돈을 받았다. 한편 값싼 눈물을 짜내는 기타를 어깨에 멘 카를레토와 함께 톰마소는 출구 쪽으로 다가갔다. 우편배달부가 카드를 치면서 이번에는 침미오를 향해 말했다.

"도대체 돈이 어디서 나는 거야? 엄마 핸드백에서?"

침미오는 문으로 가고 있었다. 하지만 그런 비난을 받고 밖으로 나갈 수는 없었던지 깡패처럼 우편배달부에게 달려들어 두 손으로 녀석의 멱살을 움켜잡고 일으켜 세우더니 그의 얼굴에 침을 뱉으며 말했다.

"야, 너 내 비위를 건드렸어, 알아?"

우편배달부는 침미오의 팔목을 잡았지만 빠져나올 수가 없었다. 그래서 그는 두 손으로 녀석의 목을 잡고 녀석을 뒤로 밀치며 빠져나오려 애썼다. 다른 녀석들도 의자를 박차고 벌떡 일어나 침미오의 스웨터를 잡고 네다섯 번 옆구리를 때리며 우편배달부를 떼어 내려 했다. 톰마소와 카를레토도 우편배달부 친구 녀석들의 옷을 잡아당기면서 동료를 보호해 주고자 했다.

하지만 바 주인과 바텐더가 이들 누구보다도 재빨리 계산대와 카운터 뒤에서 튀어나왔다. 한 사람은 우편배달부의 어깨를 잡고 다른 사람은 침미오를 잡고 그들을 떼어 놨다.

떼어 놓자마자 침미오는 미친 말처럼 날뛰며 금방이라도 우편배달부에게 달려들려 했다. 우편배달부도 침미오에게 달려들면서 마구 발길질을 해 댔다. 바텐더는 온 힘을 다해 우편배달부를 말리며 걱정스러운 목소리로 천천히 말했다.

"지금 뭐 하는 거야? 너보다 약한 사람을 치려 하고 있잖아……. 이건 공정한 싸움이 아니지! 남자 대 남자로 싸우는 게 아니라 어린아이와 싸우는 거나 마찬가지야……."

주인도 침미오를 끌어안고 말리며 심각하게 속삭였다.

"이봐, 친구, 손을 더럽힐 가치가 전혀 없어! 저 자식을 몰라! 비실비실해서 서 있기도 힘들어 보이잖아……. 저런 녀석을 때리는 건 범죄야!"

그 말에 싸움이 붙었던 두 사람은 좀 진정되었다. 주변 다른 녀석들도 마찬가지였다. 주인은 갑자기 상냥해졌고 말이 많아졌다. 그는 싸움에 관한 한 이골이 나서 제 나름의 노하우를 터득한 듯했다. 주인이 말을 꺼냈다.

"이봐, 어리석은 행동으로 신세 망치고 싶어?"

"누가 먼저 싸움을 시작했는데요?"

아직 흥분이 가시지 않은 침미오가 주인의 말을 가로막았다.

"멍청아, 내가 먼저 너를 건드렸냐?"

우편배달부가 반박했다. 주인은 코밑에 있는 파리를 쫓기라도 하듯 손을 살짝 내저으며 말했다.

"이이이."

그 "이이이."라는 말에 기가 죽은 두 녀석은 화를 조금 가라앉히고 인상을 찌푸린 채 옷가지를 정리하며 입을 다물었다.

"너한테 죽일 놈이라고 욕이라도 했어?"

주인이 말했다.

"아뇨."

침미오는 폭풍 후의 하늘처럼 여전히 얼굴을 찌푸린 채 어깨를 으쓱이며 말했다.

"그런데? 이 녀석 말이 농담이라는 걸 몰랐단 말이야? 너희는 세레나데를 부르겠다고 잔뜩 신나서 기타를 들고 여기에 나타났어. 이걸로 이 녀석들이 몇 마디 씹을 수 있는 거 아니야? 너 같아도 똑같이 하지 않았겠어?"

"아뇨!"

침미오는 갑자기 어깨를 다시 으쓱이며 기분 나쁘다는 듯 말했다. 그는 주인을 바라보며 자신은 그렇게 하지 않았을 거라고 주장하려 했다. 하지만 그때 늙은 여우 같은 주인이 애정 어린 눈길로 침미오를 바라보았다. 그는 못 미덥다는 듯 정감 있게 인상을 찌푸렸는데 이런 말을 하는 것 같았다.

"잔말 마, 자식아, 너도 똑같이 했을 거야! 제기랄!"

그러자 침미오는 포기하고 검은색과 빨간색 줄무늬 스웨터에 묻은 먼지를 툭툭 털었다. 주인이 얘기를 끝냈다.

"이봐, 모두 훌륭한 청년들이야!"

훌륭한 청년들은 한 쇠사슬에 매인 죄수들처럼 모두 표정이 험악했다. 녀석들 중 누군가가 바를 빠져나오며 방귀를 뀌었다.

"우리도 훌륭한 청년들이에요!"

"그럼, 그렇고말고!"

주인은 갑자기 무슨 결심이라도 한 듯 침미오에게 다가갔다. 그의 표정이 이런 말을 하는 듯했다.

"그런데 우리가 여기서 치고받고 싸워야겠어? 이봐, 우리는 모두 어려운 상황을 이겨 내고 여기까지 올라왔어! 내 말을 들어 봐, 올바르게 제대로 살아온 어른 말을 들어, 어리석은 행동 하지 말고!"

주인은 먼 곳을 보는 듯한 멍한 눈으로 침미오의 팔을 잡고 우편배달부에게 다가갔다. 이번에는 우편배달부의 어깨에 아주 친근하게 한 손을 얹고 그를 침미오 쪽으로 밀었다.

"자, 우리는 모두 이탈리아 사람이야! 서로 악수하고 깨끗이 잊어!"

주인이 재빨리 말했다. 화해가 성공하지 못한다면 자신의 체면이 깎일 것이기 때문에 그는 이제 안달 나다시피 했다.

톰마소가 침미오를 밀었다.

"자, 화 풀고…… 악수해!"

두 사람은 적의를 품은 채 손을 내밀고 악수를 했다. 그들

은 아교로 손가락을 붙여 놓기라도 한 듯 처음엔 허공에서 손
가락만 움직였다.

"커피 일곱 잔!"

톰마소가 바텐더에게 주문했다. 바텐더는 그사이 다시 카운
터 뒤로 돌아가 있었다. 바텐더가 커피를 준비하는 동안 적수
들은 몇 마디 나누며 서로 통성명을 했고, 어디에 살고 무슨
일을 하는지 등등을 얘기했다.

마침내 그들은 아직 시간이 이르지만 노래 몇 곡을 해 달라
고 카를레토에게 부탁했다. 카를레토는 기타를 어깨에서 풀더
니 의자 가로대 위에 한 발을 올려놓고 잠시 기타 줄을 맞춘
다음 자코모 론디넬라* 같은 얼굴로 한껏 감정을 잡으며 「마루
첼라」**를 노래하기 시작했다.

*

톰마소 일행은 약 삼십 분 뒤에 인사를 하고 바 안의 모든
사람들에게 악수를 청한 다음 그곳에서 나왔다. 그들은 베스
파에 올라타고 가르바텔라 시내를 향해 다시 출발했다.

일행이 아닌 척하며 좀 더 바에 머물렀던 다른 세 녀석도
잠시 후 그들을 따라 나왔다.

"야, 너희가 나가고 쟤들이 뭐라고 했는지 알아?"

멋쟁이가 새끼 호랑이같이 생긴 작은 얼굴로 아주 쾌활하게

---

* Giacomo Rondinella(1923~). 이탈리아 가수 겸 배우.
** 이탈리아 나폴리 민요.

소리쳤다.

"개새끼!"

톰마소가 멋쟁이에게 소리쳤다.

"너희가 바보 멍청이고 다음에 만나면 흠씬 두들겨 패 준데!"

"개새끼!"

톰마소가 다시 소리쳤다.

"너보고 뭐라 했는지 알아? 네 낯짝이 주근깨 접시 같데!"

"개새끼!"

톰마소가 세 번째로 소리쳤다.

아직 시간이 일렀다. 그들은 오토바이를 타고 크리스토포로 콜롬보 대로에서부터 파세지아타아르케올로지카까지 그 동네를 잠시 돌아다니며 창녀들에게 장난을 쳤다.

이윽고 콜롬보 거리를 통해 세테키에서 거리 쪽으로 다시 돌아와 마을 하나 정도로 큰 공터를 지났다. 칠흑같이 어두워서, 공터는 가로등들이 일렬로 둘러싸고 있는 적막한 바다처럼 보였다.

인적이 완전히 끊긴 안나마리아타이지 거리에는 부랑자 하나 없었다. 철책 문을 지나자 앞뜰 세 개가 나왔는데, 그것들은 서로 연결되어 있었다. 굳게 닫힌 창문들이 즐비한, 절벽처럼 높다랗고 누런 벽 아래로 마당은 모두 비어 있었고 조용했다.

녀석들은 첫 번째 앞뜰로 들어간 다음 두 번째, 세 번째 뜰을 지나갔다. 마당 가운데 바짝 마른 떨기나무 두세 그루가 있었고, 화단 대신 돌처럼 단단히 다져진 땅이 보였다. 지하실과 접해 있는 깨진 보도를 따라 낮은 담장이 둘러쳐져 있었다. 그들은 오토바이를 담장에 세웠다. 어떤 녀석은 담장 위에, 어떤 녀석은 보도 가장자리에 앉았고, 어떤 녀석은 서 있었다.

이레네는 3층, 계단이 있는 열, 불 켜진 창문들 옆에 살았다.

카를레토는 기타를 잡고 한쪽 무릎을 들어 허리에 갖다 붙인 다음 음을 맞췄다. 딩뎅뎅, 기타 줄을 뜯자 경쾌한 소리가 흘러나왔고 고요한 어둠 속에서 전율이 느껴졌다. 카를레토가 두세 음을 잡자 그 소리가 감정을 더 자극하면서 주변에 경쾌하게 울려 퍼졌다. 얼굴이 빨갛게 달아오른 톰마소는 상황이 예상대로 잘 흘러가고 있는지 신경 쓰면서 인상을 찌푸린 채 기다렸다. 담배꽁초를 든 그의 손이 떨렸다. 음을 다 맞춘 카를레토는 가슴과 허벅지 사이에 기타가 잘 고정되도록 허리를 숙이고 톰마소를 돌아보며 물었다.

"무슨 노래를 부를까?"

"세레나데!"

톰마소가 입을 비틀며 화난 목소리로 말했다.

"「죄수」를 불러! 인생을 아는 노래야!"

침미오가 말했다.

"닥쳐."

화난 톰마소가 침을 뱉으면서 말했다.

"「죄수」라고! 세레나데나 불러, 어서!"

카를레토는 고개를 조금 숙이고 기타를 내려다보며 잠시 생각하는 듯했다. 이윽고 그는 표정을 바꾸고, 아기 예수처럼 눈썹을 아래로 내려뜨린 채 고개를 들더니 노래하기 시작했다.

나의 키스를 꿈꾸며
잠들어 있는 아름다운 그대여,

나의 부드러운 노래 소리가
당신의 잠을 달콤하게 하노라.

당신에게서 풍기는
갖가지 꽃향기
나뭇가지 사이로
나의 노래가 흩어지네…….

카를레토의 목소리는 아주 달콤하고 호소력 있었다. 그의
목소리가 앞뜰을 거쳐 지저분하고 누런 건물 벽을 타고 계단
열의 불 켜진 창문들을 지나 지붕으로 올라갔다가 침묵 속에
잠겨 있는 앞마당에 메아리쳤다.

갑자기 무슨 나쁜 일 혹은 파티가 벌어진 것 같았다. 그 노
래는 단순한 세레나데가 아니라, 알 수 없는 불안한 감정을 자
아냈다. 그만큼 카를레토의 세레나데는 즉흥적이고 열정적이
었다. 그의 노래는 본궤도를 벗어나 앞마당들 사이로 퍼져 나
가기 시작했다.

금방 사람들이 몰려들었다. 계단 밑에서 카드놀이를 하고
있었을 청년들과 소년들이었다. 이윽고 나이 든 사람들과 영화
관이나 피자 가게에서 돌아오던 여자애들도 몰려들었다. 집안
사람들이 모두 죽은 듯 굳게 닫혀 있는 이레네 집의 창문 아
래로 사람들이 몰려들었다. 카를레토가 노래하는 동안 사람들
은 예의를 갖춰 조용히 경청하면서, 세레나데를 누가 준비했고
누구에게 바치는지 알아내려 했다.

톰마소가 심장이 콩당콩당 뛰는 걸 감추느라 심술궂은 표

정을 짓는 바람에, 사람들은 세레나데를 준비한 주인공이 누구인지 금방 눈치챘다. 그곳에 소녀들이 대여섯 있었다. 누구는 이레네라고 했고, 누구는 이레네 친구인 말총머리 아프리카 계집애라고 했고, 누구는 애다, 누구는 쟤다 말들이 많았다. 그러다가 어떤 사람은 자리를 떠났고 또 다른 사람이 왔다. 젊은 녀석들만은 끝까지 남아 있을 생각인지 서서 혹은 담벼락에 편히 기댄 채 죽치고 있으면서 노래를 들었다.

대부분 아주 얌전히 노래를 들었다. 하지만 때때로 누군가가 감정을 주체하지 못하고 노래를 따라 불렀다. 카를레토는 눈썹을 아래로 내려뜨리고 턱을 위로 올린 채 그건 아니라고 말하려는 듯 머리를 저으면서 아주 열정적인 손짓으로 허공을 애무하듯 쓰다듬었다. 이윽고 그는 "나를 봐! 나를!"이라고 말하려는 듯한 표정으로 이맛살을 찌푸려 가며 끈기 있게 미소를 보이다가 동작을 멈췄다.

줄곧 죽치고 있는 사람들도 있었고, 잠깐 머물렀다가 더 중요한 볼일이 있어 발길을 돌리는 행인들도 있었다. 특히 졸린 아기들을 들쳐 업고 나온 엄마들이 그랬다.

세레나데가 끝나자 카를레토가 다른 노래를 시작했다.

장미 넝쿨 철책…….

감정이 오른 카를레토가 사람들의 애간장을 녹이며 노래했다. '장미 넝쿨 철책'이 끝나고 그는 기타 줄을 맞추며 잠시 침묵하더니 다시 이어서 노래했다.

바다에 이는 파도
사이렌보다 더 매혹적인 아름다운 그대여,
그런데 어떤 이상한 요정이 당신을 그렇게 만들었는가.
그대에게 모든 것을 주면서도 마음만은 주지 않았네…….

밤꾀꼬오리,
그대의 목소리가 눈물에 젖어 있네…….

영화에서 밤에 큰 도둑들이 집합하듯이 카를레토 주변에 사람들이 모였다. 누군가가 세레나데를 부르는 건 자주 있는 일이 아니었지만, 사람들은 매일 저녁 세레나데가 불리기라도 하는 듯 주변에 조용히 서 있었다. 뭔가 뭉클한 게 느껴졌고, 크리스마스나 부활절 때처럼 아주 즐거웠다.

사람들은 검은 앞머리 아래까지 눈썹을 추켜올리고 두 손을 앞으로 모은 채 짐짓 냉소적인 표정으로 편하게 서 있었다. 하지만 몸에 소름이 돋을 정도로 감동이 전해 왔고, 모두들 긴장을 풀고 노래를 들었다. 밤꾀꼬리보다 더 아름다운 노래 소리에 이레네의 창문 틈 사이로 불이 켜지는 것이 보였다.

잠시 후 불이 다시 꺼졌고 그 대신 덧문이 조금 열렸다. 여자가 창가에 나와서 노래를 듣고 있었다. 그러자 카를레토는 잘못하면 심장이 터질 것처럼 한껏 감정을 실어 노래했다.

"이 노래를 들으면 난 기분이 나빠져!"

옆에 있던 건방진 금발 녀석이 중얼거렸다.

그 점에 대해서는 모두들 동의했다. 카를레토는 붕붕 떠서 훨훨 날아가 버릴 것같이 자기 감정에 완전히 취해서 노래했다.

"하늘의 천사, 나의 눈동자, 진홍색 꽃이여!"

또 다른 녀석이 구애하는 톰마소의 입장이 되어 여자애를 향해 말했다.

"아침부터 저녁까지 나 그대를 위해 기도합니다, 당신을 여왕으로 만들게 해 달라고 청하면서!"

밤꾀꼬오리
그대의 목소리가 눈물에 젖어 있네…….

노래의 성스러운 아름다움에 취해 카를레토가 다시 노래했다. 노래를 듣는 사람들 모두 카를레토와 함께 붕붕 떠서 그 동네 하늘 위로 날아갈 것 같았다.

노래가 끝나자 카를레토는 금방 다른 노래를 시작해야 했다. 중요한 순간이라 이때를 놓치면 끝장이었기 때문이다. 그는 머리에 처음 떠오르는 노래를 부르기 시작했다. 모든 일이 잘 풀려 갔고 친구들, 처음 보는 낯선 사람들 등 주변에 있는 다른 모든 사람처럼 그도 즐거웠기 때문에 노래가 술술 나왔다.

아이 케임 프롬 알라바마
위드 에 벤지오 온 마이 니,
고잉 백 투 알라바마,
마이 트루 러브 포 시…….

이 노래가 끝나자 주변에 즐겁고 편안한 분위기가 퍼졌고 카를레토는 곧이어 세 번째 노래를 시작했다. 그는 마음속으로 세 번째 노래를 염두에 두고 좋은 곡을 골라 놓았다.

> 나의 사랑하는 여인이여,
> 달빛은 그대의 발코니 유리창에 비치고
> 그대는 커튼 뒤에 숨어 있네.
> 나는 노래로 내 마음을 전하네. 당신을 사랑합니다!
> 그대여, 얼굴을 내밀고 내 노래를 들어 주오…….
> 나의 사랑하는 여인이여,
> 잠잘 시간이 아니라오,
> 당신 마음이 허락한다면
> 나는 여기에 와서
> 밤의 찬가를 부르리…….
> 그대 때문에 이 마음은 한숨짓는데,
> 왜 그대는 아직도 얼굴을 내밀지 않는가,
> 나의 사랑하는 여인이여…….

저 위의 덧문이 천천히 반쯤 닫히더니 다시 열리지 않았다. 불이 완전히 꺼졌다.

"누가 왔는지 봐! 보라고!"

갑자기 저 안쪽에서 고함치는 소리가 들렸다. 길에서, 안나 마리아타이지 거리에서 젊은 녀석들 한 무리가 정문으로 들어 서고 있었다. 신문을 읽을 수 있을 정도로 달빛이 밝았다. 이미 발에 열이 나서 오토바이를 타고 떠날 준비를 하던 톰마소와 친구들은, 그들이 가르반테 어귀에 있는 그라타 바에서 만났던 우편배달부와 그 패거리라는 걸 금방 알아보았다.

술 취한 사람들 특유의 불쾌한 목소리로 고함을 지르며 오는 모양새로 보아 그들은 술에 취한 게 틀림없었다. 집으로 올라가기 전에 오줌을 쌀 작정인지 좀 더 뒤로 빠져 있던 한 녀석이 소리를 지르며 열정적으로 노래했다. 다른 녀석들은 두 손을 주머니에 넣고 배를 받치면서 키득거렸다. 톰마소의 무리 가까이 오자, 모자 챙 밖으로 삐져나온 금발 곱슬머리 아래까지 얼굴이 빨갛게 달아오른 우편배달부가 그들을 바라보며 말했다.

"이봐……. 우리가 기분 좋게 잠들 수 있게 해 줘……. 우리는 정말 음악에 대한 열정이 넘치는 사람들이야."

우편배달부는 재미있다는 듯한 눈빛으로 동그란 입에 탐욕스러운 미소를 지으며 덧붙였다.

"우리 핏속엔 음악에 대한 뜨거운 열정이 숨어 있다고. 한 곡 멋지게 뽑아 봐, 응?"

"유감스럽지만 나뿐만 아니라 우리 모두 너무 피곤해. 이제 가 봐야 해!"

카를레토가 말했다.

"뭐라고? 노래를 안 하겠다고? 우리한테 호의 좀 베풀어 주면 안 돼?"

우편배달부가 유감스러운 척 놀라며 슬프게 말했다.

"이봐, 우리는 이 골목 바로 뒤에 사는 게 아니야! 우리는 오토바이로 한 시간 거리에 살아, 알겠어?"

침미오가 끼어들었다.

"에에에헤."

우편배달부가 노래하듯 말했다.

"아직 해가 뜨지도 않았잖아, 그런데 가겠다고! 우리와 어울리는 게 싫은 거야? 응?"

바로 그 순간 침미오가 몇 번 시도한 끝에 겨우 오토바이 시동을 걸었다.

"자, 가자."

여드름이 잔뜩 난 침미오가 교활한 표정으로 말했다. 면도 칼로 자른 머리 아래로 화나고 졸려서 창백해진 그의 얼굴이 보였다.

"뭐, 어서 가자고!"

우편배달부가 괴로운 듯 참을성을 발휘하며 말했다.

"어린애처럼 굴지 마! 이젠 어린애가 아니잖아!"

"노래를 불러 줘, 어서."

톰마소가 새 친구들과 성가신 분쟁을 일으키기 싫었는지 서둘러 말했다.

카를레토는 머뭇거리며 마지못해 오토바이에서 내렸다. 손으로는 그 일을 하는데 얼굴로는 다른 말을 하는 듯한 태도였다. 그는 두 번 정도 기타 줄을 맞췄다.

"어서, 우리가 포도주 1리터를 사 줄게!"

우편배달부가 말했다.

"물론, 내일!"

친구 녀석이 비아냥거렸다.

멋쟁이, 연기, 미국 놈은 자신들의 베스파에 붙어 앉아 친구들이 당하는 꼴을 지켜보며 망나니 녀석들처럼 즐거워했다.

카를레토는 다시 한 번 기타 줄을 맞추고 나서 머릿속에 맨 처음 떠오른 노래를 불렀고, 점차 열정을 더해 갔다.

내 기타 줄…….

노래가 끝나자 우편배달부는 만족감을 표시했고 다른 친구 녀석들도 그랬다.

"이 자식은 앞길이 창창할 거야! 희망이 있어! 목소리가 무시무시하지 않냐?"

몸이 동글동글 다부지고 키가 난쟁이 똥자루만 한 녀석이 말했다.

침미오는 다시 시동 장치를 밟았지만 베스파를 출발시킬 수는 없었다.

"뭐 하려고? 뭐 하려고? 이렇게 가겠다는 거야? 우리를 내버려 두겠다고? 안 되지! 아직 시간이 이르잖아, 엉!"

우편배달부가 화를 냈다.

"시간이 일러, 개뿔……!"

침미오가 말했다.

"뭐라고 했어!"

우편배달부가 소리쳤다. 이윽고 그는 침울한 미소를 지으며 부드럽게 질책하듯이 혀를 찼다.

"그러면 안 되지!"

"이봐."

우편배달부가 카를레토에게 아주 친근하게 말했다.

"노래 한 곡만 더 해 줘, 우리를 위해 「올리 유」를 불러 줘!"

우편배달부가 그 동그란 입으로 힘주어 노래 제목을 발음했는데, 멋을 내느라 입술을 깨물 것 같았다.

"우린 가 봐야 해, 자식아!"

카를레토가 힘없이 말했다. 하지만 카를레토와 친구들은 자리를 떠나지 못했다. 우편배달부의 친구 녀석들 숫자가 훨씬, 거의 두 배 정도 많았기 때문이다.

우편배달부는 계속 그들을 붙들고 늘어졌다.

"이제 겨우 자정이야. 모두 이렇게 너만 바라보고 있잖아!"

우편배달부가 소리쳤다. 그는 동정심을 자아낼 정도로 슬픈 표정을 지었다. 그래서 피에트랄라타에서 온 녀석들이 더 큰 도량과 관대함을 보여 주도록 자극했다. 그러자 톰마소가 말했다.

"한 곡만 더 하고 우린 갈 거야."

"그래, 그래."

우편배달부가 말했다. 카를레토는 「온리 유」를 불렀다.

"음, 이 자식은 장래가 보여!"

우편배달부의 또 다른 친구인 염색 머리가 말했다. 녹색 눈을 가진 그는 흥분하면 한쪽 눈은 녹색, 다른 눈은 시베리아 고양이처럼 빨간색이 되었다.

"「팀버 잭」좀 불러 줘, 그 노래를 어떻게 해석하는지 보자!"

그 말에 침미오가 방귀를 뀌더니 피식 웃었다.

"사랑 타령하려고?"

우편배달부의 그림자에 가려 눈과 머리만 보였던 작은 고추 녀석이 말했다.

"가자, 가자, 가자."

침미오가 화난 목소리로 말하며 신발 뒤축으로 오토바이 시동 장치를 몇 번 밟은 다음 안장에 펄쩍 뛰어올라 앉았다.

"잠깐! 액션 멋진데! 내 친구 말 못 들었어? 「팀버 잭」을 듣고 싶다잖아. 근데 우리를 이렇게 두고 가려고?"

우편배달부가 말했다.

"상하이 자식아."

침미오가 침착하게 말했다.

"네 녀석이 누구든 우리를 지나가는 똥개 취급하면 안 되잖아? 우리를 가만 놔둬, 그냥 가게 해 달라고. 빨리 이 실랑이를 끝내자!"

"너 참 못됐다!"

우편배달부 녀석이 충격 받았는지 무슨 사제나 교양인처럼 놀란 눈으로 입을 헤 벌리며 말했다.

"우리가 만난 사람들을 봐……. 저 사람들을 보고 느끼는 거 없어? 모두 선량한 사람들 같잖아!"

"어서 타."

톰마소가 카를레토에게 말했다. 그는 먼저 침미오의 뒷자리에 올라탔다. 카를레토는 톰마소 뒤에 올라타려 했다.

그러자 염색 머리가 아주 침착하게, 섬세하기까지 한 동작으로 카를레토가 들고 있던 기타를 잡았다. 갑작스러운 공격에 놀란 카를레토는 기타를 부수지 않기 위해 얼떨결에 기타를 놓고 말았다. 염색 머리는 두 손으로 기타를 잡고 앞뒤로 돌리며 자세히 훑어보았다.

"이 기타 좀 봐."

염색 머리는 순전히 예술적인 관심에 사로잡혀 침착하고 분명하게 말했다.

"누구한테서 훔친 거야?"

"개새끼!"

톰마소가 소리치며 오토바이에서 뛰어내렸다.

염색 머리는 깜짝 놀라 톰마소를 바라보았다. 톰마소의 얼굴에서 미소가 싹 벗겨져 나갔고, 창백한 피부, 아래로 처진 입, 탈색된 앞머리 아래로 곧게 뻗은 코, 놀라운 관심이 담긴 깊은 두 눈만 남았다.

염색 머리는 짜증이 났지만 여전히 침착한 태도로, 주변에 날아다니는 모기 새끼를 쫓아 버리려는 듯 고개를 살살 흔들더니 코를 찡긋하며 물었다.

"너, 뭐라고 했어?"

톰마소는 이를 갈며 사납게 말했다.

"개새끼!"

톰마소가 침을 퉤 뱉으면서 다시 소리쳤다.

염색 머리는 냅다 두 손으로 톰마소의 넥타이를 잡고 자기 쪽으로 잡아당기며 얼굴을 맞대고 분노를 터뜨렸다.

"멍청한 놈, 개새끼, 나한테 욕하지 마, 욕하지 말란 말이야!"

"작살내 줘!"

우편배달부가 소리쳤다.

톰마소는 염색 머리에게서 빠져나오려 애썼지만 멱살을 잡혀서 꼼짝할 수 없었다. 그는 염색 머리의 팔목을 잡고 멱살 잡은 손을 떼 내려 애썼다. 하지만 녀석은 한층 더 화를 내며, 온 힘을 다해 톰마소를 잡고 늘어졌다.

그러자 톰마소는 더 이상 어찌할 도리가 없어 젖 먹던 힘을 다해 녀석의 배를 무릎으로 걷어찼다. 고통스러워 반쯤 혼이 나간 염색 머리는 허리를 숙이고 몸을 비틀더니 배를 부여잡고 보도 위를 데굴데굴 굴렀다.

주변 사람들은 피비린내 나는 싸움을 감지했다. 톰마소는 염색 머리의 무릎을 가격하고 나서 펄쩍 뛰어 뒤쪽 집 담벼락으로 빠졌다. 그것은 타이밍을 아주 잘 맞춘 행동이었다. 우편배달부가 친구를 보호하려고 톰마소에게 달려들었기 때문이다.

우편배달부는 다른 사람들에게 등을 돌리고 톰마소에게 달려들며 염색 머리가 맞았던 곳을 쳐 주기 위해 전력을 다해 발길질을 했다. 하지만 헛발길질이 됐다. 톰마소가 미리 눈치채고 계단 난간 쪽으로 좀 더 빠졌기 때문이다.

우편배달부는 톰마소를 때려눕히기 위해 물불 가리지 않고 달려들었다. 그는 발차기를 날려 톰마소를 박살 내고 더러운 옷가지와 재만 남게 해 주려 했다. 톰마소는 자신보다 몸집이 두 배나 큰 우편배달부 뒤에 가려 사라진 듯했다.

톰마소가 금발 우편배달부를 때려눕힐 경우 톰마소를 흠씬 두들겨 패 주기 위해 다른 녀석들이 원을 짜고 조여 왔다. 하지만 그때 갑자기 우편배달부가 움찔 동작을 멈추고 옆구리를 두 손으로 거머쥐었다.

"아이고, 어머니!"

우편배달부가 숨을 헉헉대며 소리쳤다. 그의 몸이 마비라도 된 듯 꼼짝하지 않았다.

톰마소가 손에 칼을 들고 낮은 담벼락 앞에 서 있었다. 멋쟁이와 다른 두 녀석은 상황이 이상하게 돌아가는 것을 보고 재빨리 오토바이에 올라타더니 마당 끝에 있는 타이지 거리로 사라졌다.

톰마소는 앞뜰 반대쪽으로 도망가려 했지만 그쪽에는 출구가 없었다.

"잡아!"

염색 머리가 어쩔 줄 모르고 있는 다른 녀석들에게 소리쳤다. 우편배달부는 꼼짝하지 않았다. 그가 윗옷 아래 셔츠에 두 손을 댔다 빼자 손에 피가 흥건히 묻어났다.

그러자 우편배달부는 도와 달라고 소리치며 몸을 받치기 위해 담에 등을 기댔다. 이윽고 그는 깨진 벽돌담에 천천히 미끄러지더니 바닥에 주저앉았다. 친구들 몇몇은 도와줄 방법을 찾으며 그를 바라보았고, 몇몇은 톰마소를 잡으러 달려나갔다.

한편 침미오와 카를레토도 걸음아 날 살려라 냅다 마당 안쪽으로 달아났다.

혼자 남은 톰마소는 우편배달부 친구 두세 녀석의 추격을 받으며 멀리서 빙빙 돌다가 잠시 멍하니 서서 상황을 살폈다. 그는 기회를 엿보다가 숨을 헐떡이며 어두운 타이지 거리 쪽으로 필사적으로 도망쳤다.

2부

1
자유의 악취

    톰마소의 아버지 토르콰토 푸칠리는 시청 직원이었다. 시청 직원이라고 하면 흔히 청소부를 의미하곤 했다. 예전에 그가 고향 마을에 살 적엔 분명 먹고살기가 나았다. 노동자 집안 출신이었지만, 그렇다 해도 고개를 똑바로 쳐들고 다닐 수는 있었다. 점심 식사 때는 밥상이 늘 준비됐고 언제나 수프 두 사발이 식탁에 올라오곤 했다.

    토르콰토에게는 작은 집도 하나 있었다. 섬에서 1킬로미터 거리에 있는 들판 한가운데 석회를 바른 집으로 그의 어머니에게 유산으로 받았다. 주변에 땅이 약간 있어서 그는 거기에서 농사를 지었다. 그곳에 축사를 짓고 돼지, 양, 닭 들을 키웠다. 게다가 토르콰토는 리리 섬 학교의 수위로 취직하기도 했다. 그리고 몇 년간의 밀고 당기는 사랑 끝에 마리아와 결혼할 수 있었다. 1934년에 장남이 태어났고 1936년에 톰마소가 태어났다. 나중에 딸 하나를 더 얻었지만 사산됐다. 2차 세계대전이 발발하자 토르콰토는 군대에 징집되었고, 9월 8일에 다른 사람들처럼 패잔병이 되어 집으로 돌아왔다. 하지만 곧 다시 집을 떠나야 했다. 이번에는 그가 가진 모든 것을 싸 들고 로마로 떠나는 피란민들 행렬을 따라가야 했다.

모두 맨발에 배고프고 지쳐서 집시들보다 더 비참한 모습으로 로마에 도착했지만, 그들은 다른 피란민들과 함께 마레넬라 거리의 한 학교인 미켈라치 학교로 다시 쫓겨났다. 파시즘 시대가 끝나고 나서 그 학교는 피사카네 학교로 이름을 바꿨다.

토르콰토는 고향 마을에 있던 모든 것을 잃어버렸다. 폭격기들이 집, 헛간, 축사를 폭파했으며 탱크들이 그 흔적마저 지워 버렸다.

미군이 로마로 들어오자 토르콰토 가족은 함께 살던 다른 농민들과 함께 학교 밖으로 쫓겨났다. 미군이 그 학교를 사용하려 했기 때문이다. 그들이 학교를 떠나도록 회유하기 위해 미군은 꾸러미 몇 개와 보잘것없는 돈 몇 푼을 쥐어 주었다. 하지만 그들은 어떻게 해야 살아남는지 정말 몰랐기 때문에 그런 것에 현혹되지 않았다. 그러자 대기가 뜨겁고 자갈이 불덩이 같던 어느 여름날, 치안경찰이 들이닥쳐 그들을 거칠게 공격했고 그들에게 남아 있던 걸레 조각 같은 옷가지와 함께 그들을 길거리로 내쫓았다.

그들은 각자 살아남기 위해 최선을 다했다. 하늘은 스스로 돌보는 자를 돕는다. 어떤 이는 한 달에 2000리라 하는 지하방, 어떤 이는 차고를 주거지로 삼았고, 어떤 이는 폐허가 된 굴다리 아래나 건물 안에 오두막을 지었다.

토르콰토 가족은 피에트랄라타와 몬테사크로 사이, 아니에

네 강변 비탈에 있는 판잣집에 살게 되었다. 암시장에서 번 돈을 술로 탕진한 그 동네 사람이 토르콰토에게 그 집을 넘겼다. 토르콰토 가족은 그때부터 줄곧 그곳에서 살았다. 토르콰토는 일자리를 찾아 이리저리 뛰어다니다가 시청에 들어가 청소부가 되었다.

토르콰토는 전쟁이 끝나자 집을 얻기 위해 시청이며 호적과며 사제들이며 종교단체 등을 쫓아다니면서 수많은 신청서를 냈다. 하지만 몇 달이 지나고 몇 년이 지났지만, 그의 집은 언제나 여름에는 불을 집어삼킨 듯 뜨겁고 겨울에는 진흙 때문에 강으로 쓸려 갈 것 같은 빈민촌 그곳이었다. 그는 집을 얻는 걸 포기하고 아내와 자식들과 함께 평생 그곳에 뿌리내릴 생각을 했다.

그러던 어느 날 군 기지에서 멀지 않은 티부르티나 인근에 건물들이 세워지기 시작했다. 정부가 주도하는 이나카세 사업이었다. 초원 위에, 낮은 언덕들에 집들이 생기기 시작했다. 뾰족 지붕과 작은 테라스와 다락방이 있고 동그랗거나 타원형의 작은 창문들이 달린, 모양이 이상한 집이었다. 사람들은 그 동네를 이상한 나라의 앨리스, 마법의 마을, 혹은 예루살렘이라고 불렀다. 모두 그 집들을 보고 웃었다. 하지만 인근 빈민촌에 사는 사람들은 이렇게 생각했다.

'아하, 마침내 나한테도 하렘이 생기는구나!'

판잣집 사람들, 강제 추방자들, 피란민들은 자신들이 사는 빈민굴에서 빠져나오기 위해 너도나도 한 사람도 빠짐없이 신청서를 제출하려 했다.

주택단지가 거의 마무리되고 쓰레기 더미와 습지 사이에 산뜻하고 깨끗한 빈 동네가 모습을 드러내자, 인근 주민들은 어느 날 만장일치로 어떤 계획 하나를 준비했다. 「머나먼 서부」에서처럼 마을을 점령하고 먼저 들어간 사람이 그 집을 차지하는 것이었다.

아직 길도 나지 않았는데 여자들 대부분이 주택 개발 단지로 쳐들어가서 수위들을 쫓아 버렸다. 그녀들은 서로 물어뜯고 필요한 경우에는 손도끼도 꺼내 들며 아파트를 차지하고 진을 쳤다.

여자들은 오륙 일 동안 아파트에 갇혀 있었다. 결국 경찰이 와서 건물들을 포위했다. 지프차들과 소형 트럭들이 돌아다니며 예루살렘의 출구를 모두 봉쇄했다.

마리아 부인도 다른 여자들과 함께 가서 집을 차지했다. 장남이 판잣집에서 티토와 토토를 돌보고, 가능할 경우 약간의 빵과 먹을거리를 어머니에게 가져다줬다. 경찰이 어떤 때는 출입을 허락했고, 어떤 때는 모든 사람에게 신분증을 요구하며 들어가지 못하게 했기 때문이다.

그런데 어느 화창한 낮, 아니 비가 억수같이 쏟아지는 저녁인지 잘은 모르겠지만 그들을 쫓아내라는 명령이 내려졌다. 경찰 서장이 직접 나섰고, 몇 시간 만에 모든 상황이 정상으로 돌아갔다. 오십여 명의 여자들이 트럭에 실려 갔다. 마을은 텅 비고 적막해졌으며, 끝까지 남았던 사람들은 돌돌 만 더러운 이불을 머리에 이고 집으로 돌아갔다.

몇 달이 지나고 공식 허가를 받은 첫 가족들이 그곳에 이사 왔다. 모두 시청 직원들이거나 집이 그다지 필요하지 않은 사람들이었다. 빈 아파트 몇 채가 있었지만 신청서가 수없이 쌓여 있었다. 그런데 십 년도 더 된 그 오랜 옛날부터 마리아 부인이 늘 기도해 왔던 많은 성인들 중 누군가가 그녀의 기도를 들은 모양이었다.

누가 그 사실을 믿을까? 이나카세 아파트 하나가 토르콰토 푸칠리에게 배당되었다. 세상에나! 몽둥이를 들고 그의 주변에서 맴돌던 불운이 지친 걸까! 토르콰토는 노래가 절로 나올 정도로 기분이 좋아 판잣집 사람들 모두에게 술을 샀다. 그리고 액운을 쫓기 위해 낡은 접시 몇 개를 깨부쉈고, 다른 접시들은 이웃에게 나눠 주었다. 마침내 그는 매매계약을 하고 판잣집을 팔았다. 5만 리라, 세상에, 그가 언제 그런 돈을 만져봤겠는가! 모든 물건을 밖으로 끌어내 손수레에 실었다. 이삿짐을 다 꾸린 뒤 그는 물이 가득 든 알루미늄 냄비를 들고 집 입구에 서서 홍수가 날 정도로 물을 땅바닥에 퍼부었다. 다시는 이곳에 발을 들여놓고 싶지 않았기 때문이다.

그렇게 해서 토르콰토 가족은 이나카세 주택단지에 있는 방 두 개와 부엌이 딸린 아파트에서 살게 되었다. 아파트는 꽤 넓었다. 그사이 톰마소는 감옥에 있었고, 티토와 토토는 죽어서 집 안을 돌아다니지 않게 되었기 때문이다.

티토가 먼저 아팠다. 어머니가 아침에 티토가 자던 상자에서 아이를 꺼내려 했을 때, 그녀는 콧물과 구토물에 뒤범벅된 채 우는 아이를 보았다. 그녀가 티토를 안고 달래려 했지만 아이는 울음을 멈추지 않았다. 티토는 고개를 가눌 힘도 없어서 어머니의 어깨에 그 작은 머리를 기대고 있었다.

마리아 부인은 티토를 상자 안에 다시 누이고 피를 따뜻하게 해 주기 위해 따끈한 포도주를 마시게 했다. 아이는 술에 취해 잠깐 잠들었다. 하지만 잠이 깼을 때 아이는 전보다 몸이 더 아팠고, 마신 포도주도 다시 게워 냈다.

티토는 종일 그리고 밤까지 점점 더 심하게 앓았다. 다음 날 아침 어머니는 이제 앞을 보지도 못하고 넝마 조각처럼 축 처져 있는 아이를 피에트랄라타 응급 진료소로 데려갔다.

겨울인 데다 비가 오는 가운데 진창길을 걸어 진료소에 도착하자니 시간이 꽤 걸렸다. 버스 정류장 근처에 있는 응급 진료소 앞에 줄이 길게 서 있었다. 그녀의 차례가 되자 의사는 아이의 몸 상태가 심상치 않으니 큰 병원으로 데려가는 게 좋겠다고 말했다. 이틀 후 병원에서 티토는 몸을 비틀고 소리를 지르며 밤새 고통스럽게 앓다가 죽었다.

형을 잃은 토토는 정신이 나간 듯 멍해 있었다. 판잣집 앞마당, 금속판으로 세운 벽과 널린 빨래 사이에 홀로 남겨진 아이는 그 사실이 이해가 되지 않는 모양이었다.

토토는 늘 티토와 함께 지내 왔다. 그래서 자신 옆에 티토가 아직 있다고 믿었다. 토토는 이따금 티토 이름을 자꾸 부르다가, 티토가 어디 있냐고 설명해 달라는 듯 엄마 치맛자락을 붙들고 늘어졌다. 잠시 후 아이는 모든 걸 잊어버리고 혼자 진창을 돌아다니다가, 침울한 얼굴로 다시 주변을 둘러보며 티토를 불렀다.

쓰레기 더미 사이에서 찾아낸, 뚜껑이 벌어진 여행 가방이 아직 그대로 집에 있었다. 그전에 티토와 토토는 가방 안에 앉아 트럭을 탄 척하고 놀았더랬다. 토토는 한 시간가량 혼자 가방 안에 앉아 "부릉, 부르르르릉." 하는 소리를 내며 놀다가 갑자기 입을 다물었다. 공처럼 돌돌 만 헌 옷가지를 덮고 잠든 모양이었다. 아니면 판잣집 안이나 앞마당에서 맹인처럼 주변을 돌아다니며 몇 시간이고 줄곧 "엄마! 엄마! 엄마아!"라며 엄마를 불러 댔다.

헝겊으로 만든 공도 남아 있었다. 창고의 녹슨 철판 아래서 우연히 그 공을 찾아낸 토토는 햇빛이 반짝 든 어느 날 그 공을 갖고 놀기 시작했다. 아이는 두 손으로 공을 하늘로 던졌다가 공이 떨어지는 곳으로 달려가서 다시 잡았다. 공을 차려고 용을 쓰느라 토토의 얼굴이 벌게지고 사나워졌다. 아이는 "얏!" 하고 공을 찼지만 맞추지는 못했다. 헛발길질에 넘어질 뻔하기까지 했다. 하지만 마침내 공을 정면으로 맞췄고 공이 멀리 날아갔다.

그러고 나서 토토는 앞마당을 나와 판잣집들 사이를 지난 뒤 빈민촌과 길을 나누는 웅덩이 위의 작은 다리를 건너 그곳에서 놀기 시작했다.

그러다 토토가 공을 따라 허겁지겁 뛰어가는데 몬테사크로로 가는 커브 길 뒤에서 갑자기 버스가 나타났다. 기사가 제때 브레이크를 밟지 못해 범퍼로 토토를 들이받았고, 토토는 웅덩이에 떨어져 쓰러졌다.

토토는 진창에 박힌 돌부리에 머리를 부딪혔다. 티셔츠를 몇 개씩 껴입고 때가 꼬질꼬질한 아주 짧은 반바지를 입고 해진 신발 위로 돌돌 말린 양말을 신은 토토가 웅덩이에서 꼼짝하지 않았다. 아이는 잠자는 듯 움직이지 않았다. 핏방울이 아이의 귀 뒤에서 흘러나와 돌부리 아래 짓이겨진 풀포기를 더럽혔다.

이런 일들이 벌어지는 동안 톰마소는 집에 없었다. 그는 감방에서 휴양 중이었다. 아니, 이제는 감옥에서 너무 오래 썩어서 곰팡내가 날 지경이었지만 출감 날이 몇 달 남지 않은 것 같았다.

마리아 부인이 톰마소에게 늘 했던 말이 맞았다. 밤에 돌아다니는 사람 주위에는 죽음이 붙어 다닌다. 톰마소는 그 말에 전혀 귀 기울이지 않았다. 하지만 가르반테에서의 칼부림이 그에게 혹독한 대가를 치르게 했고, 후회하며 눈물 흘릴 시간을 충분히 주었다.

지난 일을 간단하게 설명하면, 칼부림이 있고 나서 톰마소는 안나마리아타이지 거리에서 크리스토포로콜롬보 쪽으로 도망치며 아직도 자신이 세상에 존재한다는 것에 놀라워했다. 그는 경찰이 그 지역을 수색하러 올 거라고 생각해 늪지와 늪지 사이를 연결하는 큰길 아래로 흐르는 작은 하수도로 들어갔다. 냄새가 역한 구정물이 흐르는 하수도 벽 쪽에 좀 더 검고 악취가 심한 땅이 조금 있었다. 톰마소는 그곳에 숨어서 아이들이 싸 놓은 마른 똥더미 두세 개 사이로 몸을 누이고 추위에 떨며 잠들었다.

톰마소는 낮이 되자 피에트랄라타까지 천천히 걸어가 빈민촌 근처에 이르렀다. 그는 여차하면 튈 생각으로 멀리 내다보고 경계하며 걸어갔다.

'아무도 없으면 좋겠는데, 나를 알아보는 사람이 없어야 할 텐데!'

톰마소가 마음속으로 말했다.

'하지만 먼저 잘 봐야지, 낌새가 이상하면 안 되잖아. 집에 가는 사람이 이게 뭐야, 빌어먹을……!'

톰마소는 마을에 가까이 다가갔다. 아이들이 앞마당 말뚝들 사이에서 뛰어놀며 시끄럽게 떠들 뿐 아주 잠잠해 보였다.

하지만 그가 조용한 집 안으로 들어가려고 문을 열자마자 단박에 경찰이 보였다.

톰마소는 두 번 생각할 겨를도 없이 강변 비탈, 갈대밭 쪽으로 뛰어갔다. 경찰이 그를 보고 냅다 달려 나와 쫓아갔다. 톰마소는 달리면서 뒤를 돌아보았는데 경찰이 있었다. 그와 동시에 경찰차에 남아 있던 또 다른 경찰이 멀리서 그를 보았는지 차에 시동을 걸고 앞으로 달려왔다. 그는 얼굴에 간사한 미소를 지으며 톰마소의 앞을 가로막았다. 그 사이 다른 두 경찰이 가까이 다가와 소리쳤다.

"멈춰, 푸칠리, 아무 짓도 하지 않을게!"

결국 경찰들이 톰마소를 잡아 경찰서로 연행했고, 단 몇 마디로 교도소에 보냈다.

약 두 달 후 어느 날 저녁, 간수가 재판 일정이 적힌 종이를 감방에 가져왔다. 주머니에 법전을 넣고 다닐 정도로 경험이 가장 많은 죄수가 종이를 보면서 말했다.

"보자……. 여기에 1차 공판이 있군. 3차까지 갈 거야! 수요일, 홀수 날, 미친 광대 이름이 있어……. 그럼 미친 광대가 사건을 맡겠군. 그자가 너를 죽일 거야, 불쌍한 친구……. 차라리 꾀병을 부리고 재판을 늦추는 게 좋을 거야!"

미친 광대는 정말 톰마소를 죽이려 들었다. 판사는 톰마소의 가슴에 법전을 던졌고, 사르데냐 달력의 사흘 형, 즉 '오늘, 내일, 영원히'를 구형했다.

힘없이 축 늘어진 톰마소는 징역 이 년을 짊어지고 3구역에 있는 자신의 감방으로 돌아왔다. 죄수들이 소리쳤다.

"이봐, 얼마나 줬어, 얼마나 줬어?"

"거의 이 년."

"에이, 뒷간에서 똥 몇 번 싸면 나가겠네! 넌 자유나 마찬가지야!"

달력이 두 번 돌아가는 징역 이 년 구형의 첫째 날 저녁이었다. 결코 사그라지지 않을 맑고 환한 달빛이 아름답게 비치는 아주 달콤한 여름 저녁이었다. 평소처럼 감옥에서 웅성이는 소리가 들렸다. 감방에 있는 죄수들은 잡담을 나누며 아직은 조용히 서로를 불렀다. 황혼 녘이었기 때문에 사형수들은 감옥에서 보낸 시간을 한탄하고 있었다.

이윽고 감방 여기저기에서 좀 더 크고 유쾌한 목소리들이 들렸다. 밤이 된 것이다. 한 사람이 소리쳤다.

"5구역 스파이 놈들아!"

"여편네가 바람난 녀석아!"

"이봐, 난 네 처남이다!"

다른 사람들이 대답했다. 그러자 첫 번째 사람이 소리쳤다.

"네 여편네가 오늘 나한테 소포를 가져왔어!"

그러자 이내 모든 사람이 애무하듯 감겨 오는 철창에 붙어서 허공에 대고 함께 소리쳤다.

"더러운 자식아, 난 네 여동생을 건드리는 바람에 감옥에 왔어!"

"5구여억! 오늘부터 너희한테 경찰 앞잡이 둘을 넣어 줬대! 그놈들이 우리 친구들을 좀 괴롭혔지, 몽둥이질 좀 해 줘!"

"치페에에! 네가 손 좀 봐 줘!"

"허약 체질, 너 샴푸 있지? 네 마누라가 가져다줬잖아? 나한 테는 머리핀 좀 보내 줘!"

멀리 불빛이 환한 자니콜로에서 친구들과 친척들을 부르러 온 사람들의 목소리가 저녁 산들바람에 실려 들려왔다. 특히 기둥서방들을 부르러 온 창녀들의 목소리가 많았다.

낮은 담벼락에 몸을 내밀고 소리치는 누군가의 아들 목소 리도 들렸다.

"아빠아아아, 일요일에 엄마랑 면회 갈게요! 몸조심하세요!"

드릴처럼 날카로운 소리를 내며 담을 넘어오는 창녀의 시끄 러운 목소리도 있었다.

"벤갈라아아, 오늘 당신한테 2000리라 넣었어요!"

이윽고 만텔라테 감옥에 수용된 여자들의 목소리도 들렸다. 가장 가까운 곳에 있는 7구역 남자 죄수들이 먼저 시작했다.

"마리아아아! 죽고 싶어어어!"

한 죄수가 말하자 저쪽 여자 죄수들이 대답했다.

"목매달아 죽어!"

밤이 그렇게 깊어 갔다. 자정이 되면 언제나 죄수 하나가 자 기 감방에서 고래고래 소리치곤 했다.

"형제드으을! 영혼의 목소리가 말하노니!"

그러면 감옥의 모든 구역에서 일시에 대답했다.

"또 지랄이네!"

*

톰마소가 다시 자유의 몸이 됐을 때는 5월의 어느 아름다운 황혼 녘이었다. 톰마소는 완성된 이나카세를 처음 보았다. 그가 감옥에 갔을 때는 아직 공사가 한창이었다. 사람들은 당시에 이미 이나카세가 어떤 모습일지 알았기 때문에 냉소적으로 바라보았더랬다. 이제는 모두 아름답게 단장되어 있었다. 지저분한 쓰레기들로 가득 차 있던 초원에 나지막한 담벼락을 둘러쳤다. 분홍색, 빨간색, 노란색 집들 사이로 새로운 길들이 곡선을 그리며 나 있었다. 모두 곡선으로 지어진 집들에는 발코니와 다락방이 딸려 있었고 난간이 둘러쳐져 있었다. 톰마소가 버스를 타고 오면서 동네를 보니 그 아파트 단지가 정말 예루살렘 같았다. 오래된 채석장 앞 초원에 층층이 올라간 거대한 건물이 일렬로 배치되어, 정면으로 햇빛을 가득 받고 있었다.

톰마소는 피오렌티니 거리로 내려갔다가 다시 조금 위로 올라가 아파트 단지 안으로 들어가는 첫 번째 길로 접어들었다. 그는 표지판을 보았다. 루이지체사나 거리라고 쓰여 있었다.

"루이지체사나 거리."

톰마소는 흡족한 마음에 침을 꼴깍 삼켰다.

"그럼 여기 루이지체사나 거리로 들어가 볼까!"

톰마소는 심장이 쿵쾅쿵쾅 뛰어서 목이 조금 돌아갈 지경이었다. 자신의 집이 크리스폴티 거리 19번지라는 것은 알았다. 하지만 그는 그 거리가 도대체 어디 있는지 도통 감을 잡을 수가 없었다. 그는 입을 아래로 축 내리고 눈을 크게 뜨고 얼굴을 찡그린 채 주변을 둘러보았다.

"젠장······."

톰마소는 누구에게 길을 물어봐야 할지 몰랐다. 감옥에 갔다 왔기 때문에 사람들을 대하기가 조금 어색했다. 따지고 보면 그는 이 년 동안 여기에 없었다. 이제 감옥에서 나왔고 아직 자유가 익숙하지 않았다. 그래서 지금 여기에 사는 새 동네 사람들이 그가 감옥에 갔다 온 사실을 알게 되지나 않을까 걱정됐다. 톰마소는 우유병을 들고 집으로 뛰어가는 다소 멍청해 보이는 소년과 마주치고는 그 애를 불렀다.

"야, 크리스폴티 거리가 어디 있어?"

톰마소가 무뚝뚝하게 물었다.

"저 위 안쪽으로 가면 오른쪽에 있어요!"

톰마소는 아주 침착하게 소년이 알려 준 길을 따라갔다. 하지만 그 전에 먼저 담배에 불을 붙였다. 그는 담배를 피우면서 크리스폴티 거리에 도착했다.

그곳은 이나카세의 마지막 거리 중 하나였다. 톰마소는 구불구불 물결치며 햇볕에 타들어간 초원으로 빙 돌아들어 갔다. 멀리서 보기에 비틀어져 보이는 작은 건물들 예닐곱 채가 있었다. 조그맣고 동그란 창문들이 줄지어 있고, 짙은 분홍색 페인트를 칠했으며, 나지막한 계단 대여섯 개를 올라가야 들어갈 수 있는 문들이 있고, 계단들을 연결하는 난간들이 지그재그로 둘러쳐져 있었다. 이 건물들 뒤에서 길이 갑자기 끊겼고, 석회암이 깔려 있지만 집들은 없는 다른 길이 연결되었다. 주변은 온통 풀밭뿐이었다. 저 아래로 떡갈나무 몇 그루가 서 있는 낡은 낙농장이 있었다. 공터에 덩그러니 자리한 빈민촌 쪽으로 주변에 철조망이 둘러쳐진, 나무로 지은 작은 성당이 있었다.

공기는 아주 더웠지만 달콤했다. 사방에 햇빛이 내리쬐고 있었다. 평온한 노란 햇빛이었다.

이제 노을이 지기 시작해서인지 몇몇 여자들이 창가에서 노래를 불렀다. 거리에서는 아이들이 놀고 있었다. 이쪽 크리스폴티 거리에서는 꼬마 녀석들이 작은 공을 가지고 놀았고, 저 아래 석회벽 사이 반쯤 아스팔트가 깔린 골목길에서는 좀 더 큰 녀석들이 다 해진 축구공으로 경기를 했다. 크리스폴티 거리어귀에 있는 작은 분수 아래서 어떤 녀석이 달콤한 공기를 마시며 방울새처럼 노래했다. 최근에 나온 노래라 톰마소는 모르는 곡이었다.

오, 라차렐라…….

톰마소는 멈춰 서서 자신의 집을 바라봤다. 그것은 짙은 분홍색 페인트를 칠한 아파트 두세 동 가운데 하나였다. 초원을 등지고 거리 어귀에 지은 정말로 아름다운 새 건물이었다.

톰마소는 눈물이 날 정도로 감동해서 목이 메었다. 그는 지금의 감정을 드러내지 않기 위해 일부러 인상을 약간 쓰면서 아파트 안으로 들어갔다. 톰마소가 기억하는 어린 시절부터 줄곧 그는 쓰레기와 진창과 배설물 들이 주변에 널려 있고 양철과 방수포로 지붕을 덮은 판잣집에서 살았다. 그런데 드디어 지금 벽이 아름답게 칠해져 있고 계단에는 완벽하게 마무리된 난간이 쳐져 있는 호화롭기까지 한 건물에 살게 된 것이다.

한창 일할 시간이어서 집 안에 사람이 없는 데다 열쇠가 없어서 올라가도 소용없다는 걸 뻔히 알면서도 톰마소는 그냥 둘러보기 위해 올라가 봤다. 아파트 29호에 도착했다. 여기서 또 다른 멋지고 놀라운 사실이 그를 기다렸다. 문 위에 '푸칠리'라고 쓰인 명패가 붙어 있었던 것이다. '푸칠리'라는 이름이 대문자로 정성 들여서 쓰여 있었다.

"죽인다아아!"

톰마소가 감동으로 눈물이 글썽해서는 얼굴이 빨개질 정도로 웃으며 중얼거렸다.

층계참에 조그맣고 둥근 창문이 있었다. 톰마소의 코가 닿을락 말락 한 높이였다. 톰마소는 창문으로 가서 밖을 내다봤다. 거기에서 로마 시내가 반쯤 보였다. 이제 어둑어둑해진 땅에 불 켜진 집들이 끝도 없이 줄지어 있었다. 몬테사크로에서 볼로냐 광장, 산로렌초, 카살베르토네, 프레네스티노, 첸토첼레, 고르디아니 빌라, 콰드라로까지 불 켜진 집들이 구름 위에 둥둥 떠 있는 듯했다. 사이렌 소리가 들렸다. 건물 아래서 종소리가 귀청을 찢을 듯 따르릉거렸다.

행복감에 젖은 톰마소가 창문에서 얼굴을 뗐다. 그는 두 손을 주머니에 찔러 넣고 계단을 껑충껑충 뛰어내려 왔다. 집 안으로 들어가려면 적어도 7시까진 기다려야 했다. 그 전에는 분명 아무도 돌아오지 않을 것이다.

톰마소는 건물을 나와 분수에서 목을 축인 다음 노래를 흥얼거리며 즐거운 마음으로 크리스폴티 거리를 숨차게 걸어 내려갔다. 다시 루이지체사나 거리로 들어갔다가, 군 기지 앞의 티부르티나 거리를 거쳐 피에트랄라타 쪽으로 내려갔다.

톰마소는 거리를 걸으면서 자신의 상황을 생각했다. 그의 심장을 방망이질하게 만들고 기쁨으로 가득 채워 더는 안에 뭔가를 담을 수 없게 만드는 단 한 가지를 생각했다. 그는 점점 더 큰 소리로 노래하면서 머릿속으로는 아파트를 출입하는 자신의 모습을 상상했다. 그런 집에서 늘 살아온 것처럼 말쑥하게 차려입고 권태로움까지 감도는 편안한 모습으로 아파트를 출입하는 자신을 말이다.

강제 퇴거 명령을 받은 사람들의 콧구멍만 한 집들 혹은 피콜라상하이에 아직도 사는 사람들, 땡전 한 푼 없어서 돈을 찾아 발이 부르트도록 돌아다니는 가난하고 배고픈 사람들을 톰마소는 무관심하게 바라보았다. 퇴근 시간이었다. 버스들이 디딤대에까지 많은 사람들을 그득 태우고 도착했다. 군 기지 안에서 자유 외출을 알리는 트럼펫 소리가 울렸다.

햇살이 아직 뜨겁고 조용하긴 했지만 저녁이 되자 빈민촌이 살아나기 시작했다. 톰마소는 바 앞에서 친구 녀석들을 모두 찾아냈다. 그들은 출소한 톰마소를 맞이할 준비를 하고 그곳에서 기다린 것 같았다.

여기저기 테이블에 앉아 있는 녀석도 있었고, 지저분한 나무 기둥에 기대서 있는 녀석도 있었다.

바지 위로 노란 티셔츠를 꺼내 입은 침미오가 자신처럼 땡전 한 푼 없는 다른 두세 녀석과 함께 돌멩이를 던지며 우연히 그쪽에 들어온 개 한 마리를 뜀박질시키고 있었다. 벌써 완전히 녹초가 돼서 털이 쭈뼛 선 개는 대롱거리는 혀를 입 밖으로 쭉 빼서 먼지를 쏠고 있었다. 그들이 순진한 자신을 이용하고 놀리고 있다는 것을 개는 알지 못했다. 개는 미친 듯이 이리 뛰고 저리 뛰어다니며 돌멩이를 입에 물고 다시 갖다 주느라 기진맥진했다.

침미오 그 망할 자식은 매번 더 멀리 돌멩이를 던지려 했다.

그러느라 그도 조금 지쳤다. 페인트가 벗겨져 나간 농가 모퉁이와 담벼락 서너 개 너머 아니에네 강 주변의 먼지 낀 뿌연 밭 쪽으로 돌멩이가 날아가자 침미오는 아주 만족스러워했다. 그는 입을 벌리고 비웃음을 날렸다.

카고네는 담벼락에 앉아 꼬마 녀석에게 빼앗은 만화책을 읽고 있었다.

"누가 왔는지 봐."

추카보가 말했다. 그는 길 한가운데 다리를 벌리고 서서 뭔지 모르지만 뭔가를 기다리고 있었다.

부처, 자칼, 민키아, 카치티니, 나자렛 놈 등 대여섯이 일시에 톰마소를 돌아보았다. 모두 피곤하고 지루한 표정에 졸리고 창백한 얼굴이었다.

"어떻게 지내?"

추카보가 전과자 딱지를 붙이고 나온 톰마소에게 악수를 청하며 물었다.

"잘 지내."

"누가 널 고자질한 거야?"

부처가 배를 내밀면서 말했다. 다른 녀석들이 키득거렸다. 하지만 톰마소는 녀석들의 얼굴을 쳐다보며 녀석들보다 더 크게 웃었다.

'웃어라, 웃어. 상판대기들하고는, 네깟 녀석들쯤은 떼거지로 덤벼도 끄떡없어!'

톰마소는 눈을 가늘게 뜨고 생각했다.

그는 조용히 자신의 집을 떠올렸다. 이제 그는 아름다운 새 집에 살게 됐지만, 다른 녀석들은 아직 모두 판잣집에서 하루

하루 끼니를 걱정하며 살았다.

그 순간 버스가 도착했다. 추카보를 포함한 사람들이 정류장을 향해 까마귀 떼처럼 우르르 달려갔다.

톰마소는 아주 침착하게 침미오와 카고네에게 가서 악수를 청했다. 그들은 하품을 하면서 인사했다. 침미오가 개를 놓아주자, 녹초가 된 개는 이내 먼지 낀 바닥에 드러누워 반짝이는 눈으로 자신을 반쯤 죽여 놓은 살인자를 계속 쳐다보았다. 침미오는 시간을 보내기 위해 카고네가 정신없이 만화책을 읽고 있는 담벼락 근처에 대고 오줌을 갈기기 시작했다. 침미오는 때때로 몸을 휙 돌리더니 여전히 비웃음을 지으며 개의 몸 위에 오줌발을 튀겼다.

이제 말라붙은 들판 위로 해가 졌다. 빈민촌 전역에서 시끄럽게 떠드는 사람들 목소리가 들렸고, 이곳저곳에서 노래 소리도 흘러나왔다. 톰마소도 담 위에 앉아 한쪽 다리를 가슴에 끌어안고 무릎 위에 턱을 받친 자세로 아주 흥겹게 노래를 흥얼거리기 시작했다.

잠시 후 렐로가 그쪽으로 왔다. 렐로가 불구자였기 때문에, 그를 본 톰마소는 두 팔로 꼭 끌어안은 다리를 풀고 벌떡 일어나 녀석에게 다가갔다.

"레, 레, 어떻게 지내, 레?"

톰마소는 렐로의 어깨에 손을 얹으며 상냥하게 물었다.

"안녕, 토마."

렐로가 톰마소의 손을 잡았다.

톰마소는 오랜 친구같이 굴었다. 그는 녀석의 불행이 아무것도 아니며 녀석의 장애에 전혀 신경 쓰지 않는다는 것을 알려 주기 위해 더욱 쾌활하게 행동했다.

"레, 어떻게 지내는지 말 좀 해 줄래?"

"무슨 할 말이 있겠어! 젠장……!"

렐로가 바 쪽으로 불편한 다리를 질질 끌고 갔다.

"빌어먹을, 난 감옥에서 얼마나 힘들었다고!"

톰마소가 대화를 이어 나가기 위해 말했다.

"그랬겠지!"

장애인들이 흔히 그렇듯 지저분하고 음울하고 어두운 얼굴로 렐로가 말했다.

"휴, 죽을 맛이었지!"

톰마소가 한숨을 내쉬었다.

그들은 사람들이 바글바글한 바의 열린 문 앞에 도착했다.

톰마소는 마음속으로 계속 집 생각을 하면서 무슨 말을 해야 할지 몰라 다시 한 번 한숨을 쉰 다음 담배꽁초에 불을 붙였다.

"그런 게 인생이지, 뭐!"

렐로가 걸음을 멈추고 잠시 톰마소를 곁눈질했다.

"푸칠리, 난 이만 가 볼게. 안녕, 잘 지내!"

그러더니 렐로는 발걸음을 돌려 자기 볼일을 보러 떠났다. 그는 바 너머, 먼지와 쐐기풀이 무성한 들판 어귀에 버려진 두 건물 사이로 난 진흙투성이 비탈길을 올라갔다.

톰마소는 기지개를 펴고 하품을 했다. 그는 하품을 하다 말고 잘 자고 난 뒤 막 잠에서 깼을 때처럼 입을 쩝쩝거렸다. 그는 두 손을 주머니 깊숙이 찔러 넣으며 시간을 끌다가 천천히 이나카세 쪽으로 올라갔다. 마음이 아주 편안해진 그는 자유를 만끽하는 동시에 집을 생각하며 기쁨을 누렸다.

톰마소는 천천히 티부르티나에 도착했다. 해가 져서 자유 외출을 나온 군인들이 많았다. 이윽고 톰마소는 루이지체사나 거리로 들어가서 이번에는 자신이 살 동네 주변을 찬찬히 살피며 크리스폴티 거리에 있는 집으로 향했다.

아직도 밝은 하늘을 배경으로 짙은 분홍색 페인트가 아름답게 칠해져 있고, 발코니와 다락방이 줄지어 있는 집을 톰마소는 다시 쳐다보았다. 집 주변에는 꼬마 녀석들 외에 직장에서 돌아오는 몇몇 청년들도 있었다. 그중 대여섯은 자신들 집 아래 땅바닥에 앉아 카드놀이를 하고 있었다. 저 아래 이나카세 정중앙, 슈퍼마켓이 들어서 있는 나지막한 건물 한 귀퉁이에 자리한 바에는 동네 청년들이 모여서 의자에 몸을 편안히 기대고 앉아 있었다.

톰마소는 집 주변을 잘 살펴보고 싶었다. 그는 루이지체사나 거리 쪽으로 좀 더 올라가서 거리 끝에 있는 집들까지 갔다. 드넓은 들판과 채석장 쪽을 마주하고 안쪽에 떡갈나무들로 둘러싸인 낡은 빌라가 있었다.

그곳에서도 톰마소의 집 쪽으로 갈 수 있었다. 그러려면 나지막한 언덕과 구릉, 사방에 쓰레기가 널려 있는 들판으로 들어간 다음, 집들을 짓다가 석회화된 들판에 파 놓은 제방 도로를 따라 오른쪽으로 돌아가야 했다. 톰마소의 집 입구가 그쪽에도 있었다. 수직으로 늘어서 있는 유리창들을 통해 계단이 보였다. 톰마소는 그 호화스러움에 의기양양해졌다.

'유리창들 죽인다!'

톰마소가 있는 그 위쪽에서 땅을 다져서 만든, 검은 트랙 같은 길이 시작됐다. 그 길은 초원을 가로질러 루이지체사나 거리 끝에서부터 초원 중앙에 있는 나무로 만든 작은 성당까지 연결되어 있었다.

초원이 말랐기 때문에 지금은 이용하지 않는 그 시커먼 길을 따라 톰마소는 성당 쪽으로 가 보기로 마음먹었다. 길고 좁은 창고 같은 성당은 밝은 밤색 나무로 지었고 홈이 길게 파인 널빤지들을 붙여서 만들었다. 지붕이 뾰족했고 지붕 꼭대기에 십자가가 있었다. 아주 반짝반짝한 새 철조망이 성당과 앞뜰 조금을 빙 둘러싸고 있었다. 성당 뒤편 안쪽에 성당과 비슷하지만 좀 더 나지막한 건물이 붙어 있는 게 보였다. 사제관이 분명했다. 그 안쪽에서 목소리가 들렸기 때문에 톰마소는 철조망을 따라 초원을 걸어 그쪽으로 다가갔다. 그의 집과 마주한 작은 성당 뒤, 고원같이 생긴 초원은 땅이 움푹 파여 있었다. 웅덩이에 건물 주춧돌과 널빤지가 있었고 그 가운데에 크레인이 있었다. 인부들이 모두 퇴근해서 공사는 멈춰 있었다. 로마가 반쯤 내다보이는 관망대라도 되는 듯, 먼지 낀 흰색 널빤지로 만든 공사장 화장실이 꼭대기에 외로이 서 있었다.

웅덩이 근처 목제 사제관 뒤 작은 마당에서 목소리가 들려왔다. 조그만 사제관 마당 앞 차양 아래서 아이들이 놀고 있었다. 이젠 조금 차가워진 마지막 붉은 햇살이 그쪽을 비췄다. 네 명 이상의 어린 녀석들은 테이블 축구 게임을 하고 있었고, 다른 두 녀석은 탁구를 치고 있었다. 나머지 아이들은 상자 위에 앉아 그 경기를 지켜봤다.

톰마소는 이나카세에 두 부류가 산다는 것을 알았다. 한 부류는 공무원, 철도청 직원, 전차 기사로 그들의 회사를 통해 집을 분양받은 사람들이었다. 그들 중에는 회계사, 측량 기사 등등 상위 계층도 있었다. 다른 부류는 판잣집들이나 작은 집 들에서 살다가 어쩌다 시에서 집을 분양받은 사람들로 지지리 가난하고 거친 삶을 살아온 사람들이었다.

성당 마당에서 놀고 있는 녀석들은 모두 돈 잘 버는 아빠를 둔 학생들이었다. 하지만 어쩌고저쩌고해도 그들은 톰마소의 새 이웃들이었다.

그들은 모두 테이블 축구 게임과 탁구에 정신이 팔려 있었 다. 톰마소처럼 녀석들도 반질반질한 작은 단추들이 가득 달 린 미제 바지에 폭이 넓은 벨트, 스웨터를 불량스럽게 차려입 었다. 하지만 모두 깨끗하고 산뜻했다. 앞뒤에 때가 조금 묻어 있긴 해도, 일하다가 생긴 것이 아니라 놀다가 그냥 털썩 주저 앉거나 더러운 손으로 만져서 생긴 얼룩이었다.

낯빛이 창백해서 푸른빛까지 돌고 아랍의 어린 왕자같이 두 눈동자가 까만 녀석이 탁구 치는 친구 녀석을 비웃듯이 쳐다 보았다.

"야코바치, 집에 가 봐야 하지 않냐? 어서 집에나 가시지!"

녀석이 껌을 씹으며 혼자 피식 웃은 뒤 덧붙였다.

"짜증 난다, 짜증 나!"

야코바치는 게임에 너무 몰두해서 대답할 여유도 없었다. 하지만 탁구공이 떨어져 차양 안쪽까지 튕겨 가자 공을 주우 러 가면서 말했다.

"성질 돋우지 마, 디 파!"

"그만 손 좀 놓지!"

디 파치오가 말했다. 그러면서 그는 조용히 껌을 씹었다. 잠시 후 그가 일어나 친구에게 다가가면서 말했다.

"내 차례야!"

"치기 시작한 지 오 분도 안 됐어!"

야코바치는 눈을 치뜨고 손에 라켓을 들고 가슴에 양쪽 팔꿈치를 붙인 채 말했다.

"뭐, 오 분이라고!"

디 파치오는 잔뜩 인상을 쓰고 두 손을 주머니에 찔러 넣은 채 다시 털썩 주저앉았다.

"이번 판만 치고 네가 쳐, 응?"

야코바치는 다시 후다닥 자세를 취하며 달래듯이 말했다. 그사이 상대방 선수는 그가 꾸물거린다고 성을 냈다.

톰마소는 철조망 너머로 그 모습을 지켜보았다.

그는 그 녀석들을 지켜보면서 못생긴 입을 반쯤 벌리고 골똘히 생각에 잠긴 채 어정쩡하게 서 있었다. 그러다 가볍게 고개를 흔들었다.

'뭐야? 내가 지금 구걸하는 거야, 여기서?'

하지만 톰마소는 마음이 아주 가벼웠기 때문에 이내 신경 쓰지 않았다.

철조망 뒤에 서서 지켜보던 핑곗거리를 만들기 위해 톰마소는 천천히 화장실 쪽으로 갔고, 볼일이라도 보려는 듯 화장실 안으로 들어가 그 안에 잠시 머물렀다. 그는 담뱃불을 붙이고 채석장 아래 화장실의 먼지 낀 널빤지 사이로 밖을 내다보았다. 저쪽으로 바다 같은 목초지와 들판이 보였고, 그 끝에서 강렬한 노란빛 노을이 고루 깔린 하늘을 등지고 있는 로마 동네들이 보였다. 태양은 이제 거의 저물었지만 우윳빛처럼 맑고 싸늘한 아름다운 빛이 아직 남아 있었다.

화장실에서 나온 톰마소는 이번에는 좀 건방진 태도로 사제관 마당에서 노는 아이들을 관찰하며 녀석들 눈에 띄려고 애썼다. 하지만 녀석들은 여전히 그에게 전혀 눈길을 주지 않았다.

이번엔 테이블 축구 게임을 하던 녀석들이 강아지들처럼 짖으며 조잘댔다. 짧은 하늘색 반바지를 입은 금발 녀석이 같이 놀던 친구에게 소리쳤다.

"뭐 해, 자냐? 낮이야, 일어나!"

눈 위까지 내려오는 직모 금발에 입술이 두툼한, 키 크고 마른 녀석이었다. 그는 자신이 실수했다는 것을 알면서도 조용히 짜증 나는 목소리로 말했다.

"성질 돋우지 마, 자식아!"

이겼기 때문에 신나서 잠자코 있던 상대방 두 녀석 중 하나가 강서브로 공을 가운데로 되받아치며 소리쳤다.

"자, 받아, 로마뇰리!"

뻣뻣이 굳은 채 게임을 바라보던 톰마소는 심장이 마구 뛰었다. 그는 철조망 뒤에서 거지처럼 바라보는 게 볼썽사납다고 생각했다. 하지만 녀석들과 말을 트고 안면을 익히고 싶기도 했다. 그는 성당 쪽으로 몇 걸음 올라갔다. 그는 계속 곁눈질했지만 녀석들은 그의 존재를 전혀 눈치채지 못했다. 디 파치오라는 녀석이 껌을 씹다가 흘깃 눈길을 주었을 뿐이다. 톰마소는 자신이 테이블 축구 게임이나 탁구에 있어서 진정한 경쟁자, 아니 챔피언이라고 생각했다. 그런데 자신이 벌였던 수많은 시합을 생각하면서 무관심한 태도로 하품이나 쩍쩍 하며 녀석들을 바라보고 있어야 하다니! 그는 일부러 두 손을 주머니에 넣은 채 보호자같이 다소 딱딱한 태도로 녀석들을 지켜보았다. 하지만 녀석들에게 말을 걸 용기는 없었다. 그는 대신 마음속으로 혼잣말을 했다. 그럴수록 녀석들이 자신의 말을 알아듣고 이미 자신과 친구가 된 것처럼 느껴졌다. 톰마소도 녀석들처럼 호화로운 새 집에 살게 됐기 때문이다.

'다른 애들이 저 녀석들을 바보로 여기는 이유를 난 알기 때문에 감옥에서 썩은 거야! 저기 저 자식들은 바보 멍청이들이야! 녀석들은 아무 근심 걱정 없이 놀고 즐기고 여학생들과 사귀잖아, 쳇! 돈을 척척 주는 아버지도 있고!'

톰마소가 마음속으로 생각했다.

'녀석들은 나쁜 짓을 하지 않아……. 저 녀석들은 인생이 뭔지 알까? 그래도 저 틈에 끼어 보고 싶어! 빌어먹을, 나도 녀석들처럼 착한 학생으로 잘 교육받았으면 좋았을 텐데!'

톰마소가 계속 생각했다. 하지만 이 말을 마음속으로만 했지 소리 내어 말하지는 못했다. 톰마소가 그 자리에 없고 옆에 온 적도 없다는 듯 녀석들은 계속 자기들 할 일만 하며 놀았다. 천장으로 공을 날려 버린 야코바치의 순진한 드라이브를 보면서 톰마소는 피식 코웃음을 쳤다. 하지만 어린아이를 봐주듯이 녀석을 용서했고, 진정한 탁구 경기가 어떤 것이고 누가 그런 경기를 벌일 수 있는지 생각하자 오히려 안쓰러운 마음이 들어 조용히 웃었다.

그런데 톰마소의 머리에 어떤 생각이 떠올랐다. 그는 눈살을 잔뜩 찌푸리며 생각하고 또 생각했다. 그러다가 그 생각을 떨쳐 버리려 애쓰며 마음속으로 말했다.

'안 돼, 안 돼…….'

톰마소는 인상을 더욱 찌푸리며 생각했다.

그는 멍한 시선으로 녀석들을 계속 지켜보았다. 그러다가 다시 그 생각을 했다.

'왜 이러는 거야? 나도 참, 머릿속에 어떤 생각이 떠오르면 온통 그 생각뿐이니! 한번 해 볼까, 안 될 이유도 없잖아?'

그러자 다시 작은 의심이 들었다.

'그런데 내가 무슨 생각을 하는 거지? 야, 말이 그렇지 쉬운 일이 아니야!'

"그래, 한번 해 보는 거야, 일이 틀어져도 그만이지 뭐……."

톰마소는 성당을 흘깃 쳐다보았다. 그러고 나서 이미 전에 결심했던 일이고, 시간을 보내느라 우연히 그곳에 들렀다가 놀고 있는 아이들을 쳐다봤던 것처럼 성당 정문으로 갔다.

자갈과 석회 두 더미, 작은 상자들과 연장들이 널려 있는 성당 정문 앞마당은 창고 같았다. 톰마소는 주변을 돌아보며 마당을 가로질러 입구 쪽으로 향했다. 그는 담배꽁초를 던져 버리고 기침을 몇 번 하고는 성당 안으로 들어갔다.

작은 성당은 텅 비어 있었다. 무릎 옆에 장바구니를 놓은 한 여인밖에 없었다. 그녀는 성모마리아나 어떤 성인에게 간절히 기원을 드리는 게 다소 부끄러운 것처럼 체념한 얼굴로 기도하고 있었다. 그 여인 외에 다른 사람은 없었다. 톰마소는 얼굴을 찌푸리며 마음속으로 말했다.

'쳇!'

톰마소는 성호 긋는 방법이 기억났다. 그런데 기도문은 좀처럼 나오지 않았다. "주님이 너와 함께 계시니."까지만 아베마리아 기도가 기억났다. 하지만 뭔가를 하기 위해 들어왔다는 것을 보여 주려고 그는 기도하는 척했다. 성당 내부는 나쁘지 않았다. 긴 의자들이 줄지어 놓여 있고 그림들이 흰 벽을 따라 걸려 있는 게 아주 깨끗했다. 카우보이 영화에 나오는, 뭐랄까, 프로테스탄트 교회 같았다. 톰마소는 다시 밖으로 나와 앞마당에서 엉거주춤 주변을 둘러보다가 성당 다른 편, 공사장 웅덩이 쪽으로 내려가 사제관으로 향했다. 안으로 들어가자 복도가 나왔다. 오른쪽에 당구대 두세 개와 연장이 있는 작은 방이 있었다. 문에 붙어 있는 푯말에 '그리스도의 왕국'이라고 쓰여 있었다.

창고같이 생긴 기다란 사제관을 따라 복도가 이어졌고, 색바랜 벽에는 체육관 탈의실에 달린 것처럼 생긴 문들이 죽 붙어 있었다. 아무도 없었다. 톰마소는 우물쭈물 앞으로 나가면서 계속 마음속으로 투덜거렸다. 마침내 안쪽 작은 문에서 살찌고 머리카락이 붉은 사람 두셋이 나왔다. 톰마소가 물었다.

"신부님은 어디 계시나요?"

"저기."

한 사람이 나가면서 톰마소를 보지도 않고 말했다.

"들어가도 될까요?"

톰마소가 앞으로 걸어가며 물었다.

신부는 문에서 고개를 빼꼼 내밀고 톰마소를 가만히 바라보더니 들어오라고 말했다. 톰마소는 신부의 시선을 받으며 작은 방으로 들어갔다. 방은 초원 쪽을 향하고 있었고 초원 끝에 나무로 만든 작은 화장실이 있었다. 테이블 하나, 책 삼십여 권이 놓인 선반, 의자 두 개 그리고 간이침대가 있는 작은 방이었다. 당연히 신부 덩치만 한 커다란 십자가도 붙어 있었다.

바깥마당에서 시끄럽게 떠들며 놀고 있는 아이들의 목소리가 들려왔다. 모두 이나카세에 사는 아이들 목소리였다.

신부는 곁눈질로 톰마소를 살폈다. 그는 사제관 주변에 있는 석회처럼 얼굴이 하얬다. 톰마소는 엉거주춤 서 있었는데 오히려 그 때문에 신부에게 다소 좋은 인상을 줄 수 있었다.

"실례합니다, 신부님."

톰마소가 다소 건들거리며 손을 내밀었다.

"푸칠리 톰마소라고 합니다."

신부는 톰마소의 손끝을 잡고 천천히 악수를 했다. 톰마소는 성격이 다소 쾌활하고 편안한, 훌륭한 소년 노릇을 했다. 하지만 사실 그는 도박, 담배, 여자 등 나쁜 습관이란 습관을 모두 가진 다 큰 남자나 다름없었다.

"앉게."

톰마소가 뭘 원하는지 모르지만 이런 일들에는 익숙한 신부가 말했다. 톰마소는 처음엔 별로 피곤하지 않아서 앉고 싶지 않았다. 그러다가 의자를 한번 보고 나서 공손히 의자에 앉으며 어깨를 으쓱했다.

"고맙습니다."

톰마소는 의자에 앉자 약간 부끄러워졌다. 그렇게 의자 끝에 앉아 있자니 자신이 신부의 시선에 낱낱이 들춰지는 것 같았다. 이 년 전 캄포데이피오리에서 중고로 산, 흰 줄무늬가 그려진 밤색 양복, 너무 바래서 밤색인지 붉은색인지, 사슴 가죽인지 양가죽인지 알 수 없는 딱딱하고 뒤축이 닳은 구두, 구멍난 것을 보여 주지 않기 위해 구두 안에 꼭꼭 숨긴 해진 양말,

기원전 300년경 굶주림의 신이 있던 시대 물건 같은 넥타이와 낡은 셔츠. 그런 초라한 몰골로 그는 손을 어디다 둬야 할지 몰랐다. 그는 뭐라도 하기 위해 머리끝까지 벌겋게 달아오른 얼굴로 담배를 꺼냈다.

톰마소는 여전히 얌전한 소년 행세를 했다. 다 큰 남자 노릇을 하기엔 자신의 초라한 모습이 견딜 수 없었다.

"한 대 피우겠습니다, 신부님……. 나쁜 습관이죠……."

톰마소는 한 대 태우시라는 듯 신부를 향해 엉거주춤 담뱃갑을 내밀었다. 그렇게 하는 것이 예의 바른 행동인지, 아니면 그런 나쁜 습관을 가져서는 안 되는 신부의 마음을 상하게 하는 것은 아닌지 헷갈렸다.

신부는 손짓으로 담배를 피우지 않는다는 뜻을 전하며 조용히 진지하게 주변을 둘러보았다. 그는 병색이 짙었다. 몇 가닥 안 되는 턱수염 아래로 창백하고 거무죽죽한 피부, 움푹 들어간 눈, 고양이 입처럼 창백한 입술이 보였다. 그는 키가 작고 말라서 사제복에 푹 싸여 있는 것 같았다.

톰마소는 아주 얌전히 담배를 피웠다. 보통 나쁜 의도로 사람들에게 접근할 때, 톰마소는 그들 앞에서 그렇게 얌전하고 예의 바르게 행동하곤 했다. 하지만 지금은 나쁜 의도가 전혀 없었기 때문에, 아니 좋은 의도로 온 것이기 때문에 그는 아주 어색했다.

"할 얘기가 있나?"

다른 생각에 잠겨 있던 신부는 말하기가 약간 힘든 듯했다. 아마 저 아래, 주택단지 안쪽에 짓고 있는 성당을 생각했을 것이다. 톰마소가 곧장 대답했다.

"네, 중요한 일을 상의드리고 싶어서요……."

"어서 말해 보게. 내가 도움이 된다면 말이야……."

"에이, 도움이 되지 않을 리가 있나요, 신부님이신데! 일부러 신부님을 찾아왔는걸요……."

"무슨 일이지?"

"글쎄요……. 어떻게 말을 꺼내야 할지 모르겠네요, 저, 신부님……."

톰마소가 이맛살을 찌푸리고 고개를 저었다.

"말해 보게, 뭐가 두려운지……."

신부가 간단하게 말했다.

"글쎄요."

톰마소가 결심을 굳히고 말을 꺼냈다.

"신부님, 제가 여자 친구와 결혼하기로 맘먹었거든요……. 그래서 조언을 얻고자 신부님께 왔습니다……. 저, 신부님, 친절을 베푸셔서 저를 도와주시겠다면, 몰라서 그러는데, 제가 뭘 해야 하는지 설명해 주세요……."

"몇 살이지?"

"11월에 스무 살이 됩니다."

"하지만 진지하게 상황을 생각해 봐야 해. 지금 어떤 일을 벌이려 하는지는 잘 아는 거지?"

"물론이죠, 그것도 모르겠어요?"

평소 습관이 나온 톰마소가 다소 건들거렸다.

"자네가 취해야 할 가장 좋은 방법은 바로 주님께 다가가는 거야. 자네는 젊고, 좋은 가정을 꾸릴 수 있을 거야……. 약혼녀는 몇 살이지?"

신부는 아주 침착하게 톰마소를 관찰했다.

톰마소는 여자 친구의 나이가 잘 기억나지 않아서 잠깐 망설였다.

"그녀도 스무 살이에요……."

"자네 부모님은 아시겠지. 자네들 사이에도 별 문제가 없고……."

"없습니다, 없어요."

톰마소가 자신 있게 말했다.

신부는 약간 주저하다가 다시 말했다.

"지금 고해를 하고 싶나?"

톰마소는 어지러웠다. 이것은 예상하지 않은 일이었다.

"아니, 아닙니다……. 내일 아침이 좋겠어요. 내일 아침 다시 오겠습니다……. 그런데 신부님, 결혼하려면 어떤 서류들이 필요하죠, 어떤 서류를 준비해야 하나요?"

"출생증명서, 세례 증명서, 견진성사 증명서……."

신부가 친절하게 대답했다.

"이 모든 서류를 어떻게 마련해야 하나요?"

머리가 복잡해진 톰마소가 신부의 말을 끊었다.

신부는 아주 간단하고 쉬운 것처럼 설명했다.

"세례와 견진성사를 받은 교구에 가면 금방 발급해 줄 거야……. 모두 1000리라 정도 내야 할 걸세……. 그리고 나서 독신 증명서, 그러니까 결혼한 적이 없다는 것을 증명하는 서류가 필요해……."

톰마소는 조용히 미소 지으며 생각했다.

'리리 섬까지 가는 데 필요한 돈은 당신이 줄 거야!'

"이 서류는 호적과에 가면 발부해 줄 거야, 출생증명서도 마찬가지고……."

신부가 계속 설명했다. 톰마소는 신부의 말에 관심과 존경을 보이며 아주 완벽하게 이해한 척했다. 톰마소가 다시 한 번 물었다.

"이 서류들을 모두 갖추는 데 시간이 많이 걸릴까요?"

"아니, 서두르면 며칠 만에 모두 준비될 걸세……."

톰마소는 질문이 끝나자 이제 결혼에 관한 한 신부에게 물어볼 것이 없었다. 내친 김에 고해를 하려고 들면 또 모를까. 하지만 톰마소는 이렇게 금방 대화를 끝내자니 뭔가 섭섭했다. 그가 훌륭한 신도로서 부드러운 표정을 지으며 물었다.

"신부님……. 제가 지금 잘하는 짓이라고 생각하세요?"

신부는 톰마소의 눈을 잠시 살펴더니 시선을 내렸다.

"자네 약혼녀와 혹시 다른 일은 없었겠지, 무슨 일이 있었던 건 아니지?"

"없어요!"

화들짝 놀라며 톰마소가 소리쳤다.

"그런 생각일랑 아예 마세요! 농담하시는 거죠? 결혼할 사람은 훌륭한 여자예요! 사랑해서 결혼하는 거고요……."

"좋아, 좋아."

신부가 고개를 숙이고 말했다.

"모든 일은 하느님의 은총 속에서 이루어진다네……"

신부는 그러면서 시선을 내리고 조용히 있었다. 잠시 후 톰마소는 헛기침을 몇 번 하고 일어나 신부에게 손을 내밀며 자리를 떠나려 했다.

"그럼 안녕히 계세요, 신부님. 내일 아침에 뵙겠습니다……."

"잘 가게."

톰마소는 방을 나와서 문 쪽으로 복도를 걸어 내려갔다. 그는 아주 흡족해하며 생각했다.

'신부가 꽤 마음에 드는데!'

톰마소는 술을 마신 것처럼 자신감이 넘치고 얼굴이 빨개져서 아주 기분 좋게 사제관을 나왔다. 그는 코를 훌쩍이고 헛기침을 하면서 두 손을 주머니에 찔러 넣고 초원 쪽으로 향했다.

파헤친 초원 근처 땅을 다져 만든 좁은 도로, 성당, 집들 사이에 꼬마 녀석들이 있었다. 이제 저녁이 다 됐고, 다른 세계에서 온 것 같은 불빛이 비쳤다. 엄마들은 아이들을 불렀고, 초저녁 첫 전깃불이 켜졌다. 톰마소는 걸음을 멈추고 담배에 불을 붙였다. 마지막 담배였고, 주머니에는 이제 땡전 한 푼 없었다. 이름이 디 파치오인 녀석이 혼자 성당 뒤에서 나왔다. 톰마소가 녀석을 바라보자 녀석은 바지 주머니에서 담배꽁초를 꺼내며 그에게 다가왔다. 녀석이 톰마소에게 물었다.

"저, 불 좀 줄래?"

톰마소는 침착하게 자신의 담뱃불을 내밀었다. 녀석은 톰마소의 얼굴을 쳐다보지도 않고 진지하게 말했다.

"고마워."

그러고는 녀석이 자리를 떠나려 했다.

"잠깐만."

톰마소가 목을 가다듬고 헛기침을 한 번 했다. 녀석이 뒤돌아보았다. 톰마소는 아주 상냥하고 예의 바르게 행동했다.

"저, 저기 성당에 등록하고 다니니?"

"우린 성당 명부에 이름이 올라 있어."

녀석은 앞머리를 엄지손가락으로 쓸어 올려 정리하며 재빨리 대답했다.

"아하!"

톰마소가 말했다.

"그런데 여기 사니?"

"여기 뒤쪽 루이지체사나 거리에 살아."

"나는 저기 살아."

녀석이 묻지도 않았는데 톰마소가 일부러 조금 따분한 표정을 지으며 말했다. 자신의 집을 보여 주려니 다시 심장이 쿵쾅쿵쾅 뛰었다. 톰마소는 어설프게 하품을 하며 녀석과 함께 땅을 다져 만든 좁은 도로를 걸어 내려갔다. 그러자 녀석은 어쩔 줄 몰라 하며 자기 갈 길로 가고 싶어 했다.

"나도 저기에 등록할 것 같아."

톰마소가 성당을 가리켰다.

녀석은 뭐라고 말해야 할지 몰라 하며 무슨 변덕인지 침을 탁 뱉었다. 톰마소는 자신의 생각이 아주 만족스러웠다.

'내가 등록하면 테이블 축구 게임이며 탁구며 어떤 종목이든 너희 모두에게 한 수 가르쳐 주겠어. 네 녀석들을 모두 뭉개 버리겠어! 내가 저 안에서 대장이 될 텐데, 네 녀석들은 어떻게 할래? 멍청한 자식들!'

톰마소는 초원에서 루이지체사나 거리로 내려왔다. 작은 계단들을 통해 집 앞 테라스들이 서로 연결되어 있는데, 한 테라스 난간에서 한 녀석이 내려오며 녀석을 불렀다.

"마르첼로오오오!"

고개를 쳐들어 소리 나는 쪽을 쳐다본 디 파치오는 친구를 알아봤는지 톰마소에게는 인사를 하는 둥 마는 둥 하고 친구에게 뛰어갔다. 디 파치오를 부른 녀석은 옷을 세련되게 갖춰 입고 테라스를 내려왔다. 잘 다린 회색 바지에 흰 셔츠를 받쳐 입고, 그 위에 붉은 스웨터를 걸쳤다. 녀석은 디 파치오의 어깨에 한 손을 걸치며 뭐라고 속닥이기 시작했다. 그들은 그렇게 어깨를 감싸 안고 이나카세 중심으로 내려갔다.

이제는 분명 7시가 되었을 것 같아서 톰마소는 집으로 갔다. 문이 열려 있었다. 어머니가 집에서 그를 기다리고 있었다.

톰마소는 어머니를 안았다. 어머니는 아들을 포옹하며 눈물을 터뜨렸다. 그녀는 눈물이 좀 진정된 뒤에도 여전히 훌쩍이면서 그에게 집을 구경시켜 주었다. 멋진 방 두 개, 작은 부엌, 욕실, 작은 테라스가 있었다……. 방 하나에서 아버지와 어머니가 자고, 다른 방에서 톰마소와 형이 잤다.

톰마소는 정말 멋진 밤을 보냈다! 말하자면 지금까지 살면서 가장 아름다운 밤이었다. 잠자리에 누워도 잠이 오지 않았다. 거의 뜬눈으로 밤을 보냈다. 자신의 집에, 그것도 귀족들의 집처럼 크고 멋지고 아름다운 집에 있다는 생각이 줄곧 머리에서 떠나지 않았다.

2
이나카세의 봄

다음 날 아침 7시였다. 톰마소는 일어나 욕실에서 씻고 있었다. 봄의 절정을 맞이한 강한 햇살이 이나카세에 내리비쳤다. 모두 일찍 일어났는지 사람들 목소리, 노래 소리, 고함 소리가 떠들썩해서 꼭 정오쯤 된 것 같았다.

톰마소는 아주 침착하게 볼일을 모두 보고 옷을 입고 와이셔츠에 넥타이까지 맸다. 그는 스웨터나 티셔츠 등은 어린애나 건달이 주로 입는 옷이지 모범적이고 훌륭한 청년에게는 이제 어울리지 않는다고 결론 내렸다. 완전히 좀이 쏠았을 정도로 와이셔츠 깃 테두리는 낡았고, 골동품이나 진배없는 넥타이는 파란색인지 보라색인지 색깔조차 잘 구분되지 않았다. 하지만 욕실 벽에 걸린 작은 거울로 자신의 모습을 비춰 본 톰마소는 아주 만족스러웠다.

주머니에 땡전 한 푼 없는 톰마소가 그리 가깝지 않은 목적지까지 그냥 걸어서 갈 요량으로 집을 나서려는데, 어머니가 그를 불러 세우더니 기쁜 목소리로 말했다.

"이리 좀 와 보렴, 톰마소!"

어머니는 티토와 토토의 사진이 놓인 찬장으로 그를 데려갔다. 사진 속에서 티토와 토토는 제일 좋은 옷을 입고 햇빛에 눈부셔하며 웃고 있었다. 어머니는 아들에게 주기 위해 요 몇 달 한 푼 두 푼 모아 두었던 1000리라를 꺼냈다.

돈을 받은 톰마소는 부자라도 된 심정으로 집을 나왔다.

그는 티부르티나에 도착했다. 그는 다른 사람들 얼굴을 쳐다보지 않은 채 아주 예의 바르고 조심스러운 태도로 사람들과 함께 버스를 기다렸다. 돈이 없어서 가르반테까지 걸어가는 일은 꿈에도 생각 못 해 봤다는 표정으로 말이다. 왕복 버스비에다 몇백 리라까지 그의 주머니는 두둑했으니까.

가르바텔라에 도착한 톰마소는 곧장 시장으로 향했다. 작열하는 태양 아래 예배당같이 생기고 구멍이 숭숭 난 낡은 집들 한가운데 시장이 있었다. 그는 여러 코너를 지나 비린내가 진동하는 생선 가게 코너로 갔다.

작은 분수 옆에 좌판 하나가 붙어 있었다. 오른쪽 왼쪽에서 땀에 젖은 채 약삭빠르게 "얇게 저민 고기 팔아요!", "싱싱한 농어 팔아요!"라며 소리치는 다른 생선 장수들과 달리 그 좌판의 생선 장수는 얼음 상자에 몸을 숙이고 망치로 얼음만 깨고 있었다.

"세티!"

톰마소가 생선 장수를 보면서 아주 친근하게 소리쳤다.

세티미오가 밝은 파란색 눈과 박박 민 머리통을 들었다. 그는 생쥐처럼 작고 민첩했고, 가는 눈과 부랑자 같은 옷차림에도 불구하고 마음이 넓다는 것을 한눈에 알 수 있을 정도로 인상이 좋았다.

"토마, 어, 어떻게 된 거야, 어, 언제 나왔어?"

세티미오가 파란 눈을 빛내며 벌떡 일어섰다.

유대인이었던 그의 아버지와 어머니가 독일군 수용소에서 학살된 충격으로 그는 간혹 말을 조금 더듬었다. 부모를 잃은 충격이 영원히 기억에 아로새겨져 남아 있었던 것이다.

"물어볼 게 있어서 왔어, 세티."

톰마소가 악수하며 말했다.

"너, 이레네라는 애 알지? 안나마리아타이지 거리에 사는 애 말이야."

"이레네?"

세티미오 아우구스토가 생각을 집중했다.

"그래, 이레네. 성은 본돌피야. 튼튼하고…… 검은 머리에다…… 썩 예쁘지는 않지만, 어쨌든 봐 줄 만한 여자애야……. 그냥 집에 있고……."

"글쎄."

세티미오는 생각을 집중하며 이레네라는 여자애가 어딘가에서 튀어나오지 않을까 머릿속 여기저기를 뒤졌다.

"친구가 있는데, 키가 작고, 말총머리야. 타이지 거리에 있는 공동주택 C동인가에 살아……. '아프리카 계집애'라는 별명으로 불리는 것 같던데……."

톰마소가 설명을 늘어놓자 세티미오의 얼굴이 순간 빛났다.

"아아아, 아프리카 계집애, 디아시라! 어떻게 걔를 모르겠어! 천 번도 넘게 함께 춤춘걸!"

톰마소는 행복했다. 그는 세티미오가 청어 500그램을 사러 좌판에 온 여자 손님을 대하는 동안 기다렸다가 말했다.

"오늘 저녁이나 내일 혹시 볼 일 있니?"

"가게 문 닫는 대로 금방 보게 될 걸! 걔네 집 앞을 지나가게 돼 있으니까!"

세티미오가 말했다.

"왜? 걔한테 무슨 볼일 있어?"

세티미오가 쾌활하게 톰마소를 바라보며 덧붙였다.

톰마소가 헛기침을 몇 번 했다.

"저 말이야, 나 이레네와 다시 시작하고 싶어."

톰마소는 잠시 생각을 가다듬은 다음 말했다.

"감옥에 있는 내내 어땠는데…… . 내가 무슨 말을 하고 싶은지 넌 이해할 거야…… . 난 한번도 이레네에게 편지를 쓰지 않았어, 단 한 줄도…… . 결국 일 년 이상 멀리 떨어져 있었던 셈이야. 그런데 어떻게 불쑥 나타나겠냐? 말을 잘 전해 줄 누군가를 통해 신중하게 접근하고 싶어!"

"당연해."

세티미오가 톰마소를 가만히 쳐다보았다.

"네가 디아시라에게 말을 전해 주면, 디아시라가 걔한테 말해 줄 거야. 그러면 내가 나중에 다가가기가 수월해, 알겠냐?"

"걱정 마, 전해 줄게."

세티미오는 다시 무릎을 꿇고 상자 속 얼음을 부수면서 말했다.

톰마소는 담뱃갑을 꺼내 친구에게 내밀었다. 두 사람은 함께 담배를 피웠다.

"저, 내가 돌아왔고, 그녀와 진지하게 만나고 싶어 한다고 전해 줘. 그리고 사랑한다는 말 같은 것도 잊지 말고……."

"걱정하지 마!"

세티미오가 쾌활하게 말했다.

"내가 오늘 저녁 집 앞에서 기다리겠다고 전해. 포도주를 사러 나올 시간에 말이야……."

"안심하고 잠이나 자 둬! 내가 하나도 빠짐없이 얘기 전할 게, 그럼 된 거지?"

"내가 널 다시 찾아올게!"

톰마소는 인상을 조금 쓰면서, 하지만 아주 만족스러운 표정으로 세티미오를 보았다. 모든 일이 일사천리로 진행되었다. 운명의 여신이 그에게 미소 짓고 있었다.

"너 뭐 하냐, 일해?"

잠시 후 세티미오가 물었다.

"뭐, 일하냐고!"

톰마소가 소리쳤다.

"너 누구 약 올리냐? 감옥에서 어제 나왔잖아! 일은 해야겠지! 일자리를 찾도록 하느님이 도와주셔야 할 텐데……."

세티미오는 생각에 잠긴 채 얼음을 깨며 잠시 말이 없었다. 그는 얼음을 다 깨고 나자 내일 장사를 위해 생선 위에 얼음을 고루 펴서 덮었다. 그러고 나서 말을 이었다.

"저, 일할 마음이 있으면 산파올로 쪽으로 가 봐. 그러면 일 거리가 얼마든지 있어!"

톰마소는 희망에 가득 찬 눈빛으로 세티미오를 쳐다봤다.

"우리 같은 소매상인들은 큰 시장에 친구들이 좀 있어! 토마, 네가 일하고 싶다면 널 밀어줄 사람을 소개할 수도 있어!"

"농담 아니지? 네가 날 살리는구나! 그러면 오죽 좋겠어!"

"내일 도매업자 몇 명과 만나고, 상점들도 돌아다닐 예정이야. 짐꾼이 필요한 사람이 분명 있을 거야!"

"근데 일이 고되지 않을까?"

톰마소가 상냥하게 지나가는 말처럼 물었다.

"야, 자식아, 요즘 같은 때 누가 돈을 거저 주겠어! 응!"

세티미오는 한 여자 손님에게 튀김용 생선을 팔고 나서 다시 말했다.

"이삼 일 널 시험해 볼 거야⋯⋯. 네가 잘 해내면 분명 쫓아내지 않을 거고⋯⋯."

톰마소는 시장에서 어떤 일을 해야 하는지 대충 알았지만 세티미오의 말을 귀 기울여서 들었다. 세티미오는 좌판 일을 보면서 그가 어떤 일을 하게 될지 설명했다. 새벽 4시경에 시장에 나와야 하고, 나오는 즉시 제일 먼저 냉동고에 가서 전날 팔고 남은 생선 상자들을 꺼낸다. 그런 다음 도매업자의 생선 창고에 그 상자들을 정리한다. 5시경 신선한 생선들을 실은 트럭들이 창고 앞에 도착한다. 그러면 새로 들어온 상자들을 내리고 다른 상자들과 함께 정리한다. 이윽고 판매가 시작된다. 소매상들이 와서 생선을 사 간다. 그러면 그는 소매상들을 도와 상자를 운반하고 구입한 상자들의 무게를 달고 그들의 수레에 실어 줘야 한다. 마지막으로 10시나 11시경 남은 생선을 냉동고에 다시 갖다 놓고 썩은 생선은 하수도에 버린다.

"생선한테 잘 보여야겠군!"

톰마소가 신나서 말했다.

"그래, 우리 물에 들어오면 절대 굶어 죽지는 않을 거야. 부자들이나 가난한 사람들이나 모두 생선은 먹으니까!"

세티미오가 덧붙였다.

"야아아, 토마!"

세티미오가 톰마소의 어깨를 툭 쳤다.

"미래는 젊은이들의 것이야!"

자, 상황은 그때 톰마소가 생각했던 것처럼 아주 순탄하게 흘러가지만은 않았다. 늘 그렇듯 이 땅에는 어려운 일도 있고 쉬운 일도 있게 마련이다. 하지만 결국은 모든 일이 순풍에 돛 단 듯 흘러갔다.

이레네는 지금 카실리나에 있는 제약 공장에서 일했고, 좀 늦게 퇴근했다. 디아시라가 톰마소의 메시지를 이레네에게 전했고, 다시 이레네의 메시지를 톰마소에게 전하기까지 이삼 일이 걸렸다.

디아시라가 웃으면서 얘기를 전하자, 톰마소의 이름을 들은 이레네는 인상을 찌푸리며 아주 심각해졌다. 그녀는 잠시 말을 멈추고 지난 일을 골똘히 생각했다. 감정을 추스르고 나서도 울음이 터질 것 같은지 코를 훌쩍이며 한 번에 몇 마디씩 말을 쏟아 냈다.

이레네는 울음을 보이지 않으려고 애쓰면서 사람들의 입에 오르락내리락하던 그 일과 자신이 알았고 자신을 낙심시켰던 그 슬픈 일들을 되새겨 보려고 했다. 하지만 일단 그녀는 톰마소가 몸 성히 다시 나왔다는 얘기에 너무 기쁘고 흥분했다. 결국 이레네는 이삼 일 후 저녁에 퇴근하고 디아시라와 함께 공장 정문에서 톰마소를 기다리고 있었다. 그녀는 흰 외투를 입고 귀걸이까지 우아하게 갖췄다. 그녀는 자신을 만나러 오는 톰마소를 보자 아주 우울하고 기분이 가라앉으면서도 동시에 기쁘기 그지없었다. 그녀는 상냥하게 톰마소의 손을 잡고 오랜 친구처럼 인사했다.

그다음 일요일 그들은 이레네의 부모님 몰래 함께 로마에 갔다. 햇살이 따뜻하고 정말 화창한 일요일이었다. 그래서인지 오스티아로 가는 사람들이 많이 보였다. 특히 톰마소와 이레네가 가르바텔라에서 11번 버스를 타고 도착한 역 주변에는 놀러 나온 사람들이 많았다. 톰마소는 어머니가 준 1000리라를 아껴 놓았다. 일 다니기 시작한 시장에서 아직 월급을 받지 못했기 때문에 전차비와 담뱃값으로만 조금 썼다.

그들은 비토리오 광장에서 전차를 내려 에세드라 광장까지 햇볕을 쬐며 걸었다.

톰마소는 짐짓 심각한 표정을 지으며 얼굴을 찡그렸다. 와이셔츠에 넥타이까지 매고 여자 친구를 옆에 낀 채 그곳에 있다는 사실이 아주 만족스럽기 때문이기도 했고, 아침부터 몸이 불편했기 때문이기도 했다. 다음 날에 대한 흥분 때문에 밤새 눈을 붙이지 못해 그런지 몸이 안 좋은 것 같았다. 그의 몸이 이상했다. 무슨 이유인지 몰라도 식은땀이 나고 다리가 후들거리고 온몸이 떨렸다.

이레네는 침착하고 우아하게 평소처럼 신중한 태도로 톰마소 옆에서 걸어갔다. 손을 바지 호주머니에 반쯤 찔러 넣은 톰마소의 왼팔에 팔짱을 끼고 약간 뒤로 물러나 걸었다. 톰마소는 여자를 데리고 산책 나왔다는 게 너무 자랑스러워 수탉처럼 얼굴이 빨개진 채 오른손으로 담배를 피웠다.

하지만 톰마소는 몸이 정말 좋지 않았다. 두 개의 작은 인도 사원처럼 생긴, 비토리오 광장 화장실 옆에 도착하자 그는 얼굴을 더욱 찡그렸다.

"기다려!"

톰마소가 이레네에게 말했다. 이레네는 아주 슬픈 듯이 서서 톰마소를 기다렸다.

'뭐야, 카고네처럼 설사를 하다니?'

톰마소는 비토리오 광장 구석 더럽고 조그만 화장실에 앉아 있는 자기 자신한테 화가 났다.

'그런데 이러다 죽는 거 아니야?'

어쨌든 톰마소는 화단 사이로 고양이들이 돌아다니는 밖으로 나오자 기분이 한결 좋아졌다. 그는 아무 일도 없었다는 듯 이레네와 팔짱을 끼고 다시 걸었다.

'말할까, 말까?'

톰마소가 턱을 앙 물면서 생각했다. 이레네에게 전해 줄 소식 때문에 기쁘고 뿌듯했지만, 한편으론 으슬으슬 한기가 느껴져 자신도 모르게 그녀를 집에 보내고 싶은 마음이 들었다. 하지만 이레네는 애인과 일요일을 즐길 생각으로 가득했다.

"봐, 정말 귀여워!"

이레네가 인형같이 예쁘게 차려입은 여자아이를 보면서 말했다. 여자아이는 화려하게 차려입은 엄마, 아빠의 손을 하나씩 잡고 걸어가고 있었다.

"저 침대 깔개 정말 마음에 든다!"

이레네가 침구류 가게 앞을 지나면서는 이렇게 말했다. 톰마소는 그런 식으로 선량하고 돈 많은 사람들처럼 생각하는 애인을 둔 게 내심 흡족했다. 그도 리본을 단 여자애들이 귀엽다고 해 주었고, 침대 깔개가 멋지다고 맞장구쳤다.

그렇게 그들은 에세드라 광장에 도착했다. 광장에는 활기가 넘쳤다. 회랑 입구 건물 4층에는 무도회장이 있었다. 죄수처럼 검은 옷을 차려입은 젊은이들이 정문 앞으로 몰려들기 시작했다. 거기에는 좀 더 고전적으로 양가죽 구두에 파란 정장을 차려입은 사람도 섞여 있었다.

옷차림이 단정치 못한 몇몇 여자들과 하녀들도 애인이나 여자 친구들과 함께 왔다.

좀 더 아래쪽에 개봉관인 모데르노 영화관이 있었다. 그곳 특별석에 앉으려면 600리라라는 거금을 지불해야 했다. 좀 더 앞으로 가면 회랑 아래 오데온 극장이 있었다. 거기에는 군인들과 꼬마 녀석들이 많았는데 「강의 여인」을 상영하고 있었다. 톰마소와 이레네는 영화 내용이 어떨지 알아보기 위해 걸음을 멈추고 바깥에 붙어 있는 포스터를 쳐다봤다. 이레네는 곧 기쁨과 놀라움이 섞인 눈빛으로 여배우를 쳐다보았다. 바지를 돌돌 말아 올리고 손수건을 얹은 머리 위에 챙 넓은 밀짚모자를 쓴 여배우가 낫으로 갈대를 베고 있었다. 여배우 뒤로 눈부신 태양 아래 수면이 잠잠하고 아름다운 호수가 보였다.

"좋은 영화야."

영화에 대해 뭐든 아는 이레네가 들뜬 목소리로 말했다.

"소피아 로렌과 릭 바탈리아*가 나와!"

---

* Rick Battaglia(1930~). 마리오 솔다티 감독의 「강의 여인(La donna del fiune)」에서 소피아 로렌의 상대역으로 나왔다.

톰마소도 포스터를 보았다. 이레네의 흥분이 그에게 전달되었다.

"들어가자!"

톰마소는 흥분했는지 기침을 한 다음 기쁜 마음으로 단호하게 말했다.

톰마소는 재빨리 표를 끊고 안으로 들어갔다. 이레네가 앞장섰고 그는 자기 여자 친구를 보살피고 보호해 주는 훌륭한 애인 행세를 하며 뒤에서 두 손으로 그녀의 허리를 안고 자리로 안내했다.

아직 시간이 일렀기 때문에 그들은 빈자리 두 개를 쉽게 찾아낸 다음 앉아서 기분 좋게 영화를 감상했다. 잠시 후 1부가 끝나고 불이 켜지자 그들은 주변을 둘러보았다. 그들은 정말 멋진 한 쌍이었다. 그들 주변 특별석에 다른 연인 일고여덟 쌍이 있었다. 반면 군인들과 소년들은 의자에 편히 몸을 누이고 평소 버릇대로 장난치고 있었다. 톰마소는 증오에 가까운 감정을 느끼며 그들을 바라보았다. 자신이 그들보다 우월하다고 느꼈고, 이제 그런 어리석은 장난 따윈 하지 않을 거라고 생각했다. 자신이 매표원이었다면 지금쯤 그들을 발로 차서 모두 극장 밖 길거리로 내쫓았을 것이다.

그런 생각을 하는 동안 다시 배가 아팠다. 얼굴이 시체처럼 차츰 창백해졌고, 창자가 목까지 올라올 것 같아서 자리를 박차고 나가고 싶었다. 눈앞이 흐려졌고 앞 의자에 이마를 박을 뻔하기도 했다. 몸을 움직여 보려 해도 마음대로 할 수가 없었다. 밤사이 목과 어깨에 종기가 나서 아팠기 때문이다.

톰마소는 아직 머리가 멍멍하고 입에 침이 약간 고였지만 겨우 기운을 좀 차렸다. 그러고 나서 이레네의 손을 낚아채 부서뜨릴 듯이 꼭 쥐면서 가까이 다가갔다.

"이레네, 할 말이 있어⋯⋯."

톰마소는 숨을 헐떡이며 할 수 있는 한 진지하게 말했다.

이레네는 몹시 흥분했지만 겉으로 드러내지는 않았다. 그녀는 그의 말을 줄곧 기다려 왔다는 듯 톰마소 쪽으로 약간 몸을 돌리고 그를 쳐다봤다.

"어떻게 시작해야 할지 모르겠어⋯⋯."

"무슨 얘긴데?"

"음, 저 말이야."

톰마소가 말을 시작했다.

"지금 너를 다시 만났고, 이젠 정착해야겠다는 생각을 줄곧 해 왔어⋯⋯. 그러니까 인생을 바꾸고 싶다는 말이야⋯⋯. 너도 알겠지만, 난 예전에 불량배 노릇을 조금 했어⋯⋯. 내가 왜 그러고 다녔는지 그 이유를 너한테 설명하진 않았지⋯⋯. 하지만 내가 왜 그러고 다녀야 했는지 넌 알 거야. 내가 미친놈이라는 걸 너한테 말해 줄 수 있었겠어? 내가 일하지 않고 빈둥댄다는 걸 너한테 말해 줄 수 없었어⋯⋯. 하지만 우리 동네 빈민촌에선 대개 모두 그렇다는 걸 알 거야⋯⋯."

생각에 잠긴 톰마소가 잠시 침묵했지만, 곧 흥분해서 얼굴이 새빨개졌다. 이윽고 그가 다시 말을 이었다.

"너를 많이 사랑한다는 걸 알았어, 이레네. 내가 진실을 말하면 네가 어떻게 나올지 몰랐던 거야⋯⋯."

"그래서?"

이레네가 주의를 기울이며 부드럽게 말했다.

"이제, 모든 게 바뀌었어……. 사람들에게 존경받고 사랑받는다는 게 뭘 의미하는지 이제야 깨달았지. 저, 결론은 이거야. 너는 내 마음을 알아. 내가 너를 사랑한다는 걸 말이야. 이것 때문에 나는 변하고 싶어. 더는 예전의 톰마소처럼 살고 싶지 않아!"

"알아, 토마."

이레네가 이해한다는 듯 말했다.

"너는 천성이 착해. 게다가 넌 나한테 잘못한 게 전혀 없어. 네가 나를 조금 놀렸던 것도 결국 나쁜 일이 아니었어……. 젊은 남자들은 모두 제아무리 선하다 할지라도 처음에는 너처럼 그래……."

"이레."

톰마소는 이레네의 말에 아주 행복해했다.

"나와 진지한 일을 할 생각이 있어?"

이레네는 너무 흥분해서 바로 대답할 수 없었다.

"진지한 일……. 어떤 진지한 일?"

"우리 약소하게 약혼식을 하자!"

톰마소가 소리쳤다.

"너의 아버지와 어머니를 만나 뵙고 말씀드리겠어……. 그분들이 원하시는 대로 상황을 만들어 가자……."

"저, 토마, 네가 나를 사랑한다고 느낀다면……."

이레네가 말했다. 하지만 그녀는 울음이 터질 것 같았기 때문에 더는 말을 계속할 수 없었다.

톰마소도 울컥해서 잠시 침묵했다. 그는 이레네의 어깨에 손을 얹고 가까이 끌어안았다.

"넌 모를 거야, 이레네."

톰마소가 이레네를 보면서 만족스러운 목소리로 말했다.

"지난번에 신부님을 찾아뵙고 얘기를 해 봤어. 내 생각을 말씀드렸지!"

"서류를 준비하려고 찾아간 거야?"

이레네가 아주 기쁜 목소리로 물었다. 목소리가 정말 부드러워서 혀를 치아에 거의 대지 않고 얘기하는 것 같았다.

"그래! 하지만 별로 어려울 것 없더라고!"

톰마소는 기쁜 듯이 덧붙였다.

"출생증명서, 세례 증명서, 견진성사 증명서, 호적등본……. 돈이 많이 들지도 않아! 1000리라, 2000리라 정도, 그 정도는 아무것도 아니지, 뭐……."

그 순간 불이 다시 꺼졌고, 영화가 시작됐다. 톰마소와 이레네는 서로 손을 꼭 잡고 끌어안은 채 교양 있는 사람들처럼 영화를 즐기기 시작했다.

*

그들이 극장을 나왔을 때 날씨는 더욱 화창해져 있었고, 공기는 더욱 달콤해져 있었다. 하늘 높이 태양이 떠 있었고, 에세드라 광장과 나치오날레 거리에는 햇살과 소음이 가득했다.

몸이 아까보다 한결 나아지고 다시 기운을 차린 톰마소는 11번 버스 정류장으로 가기 전 나치오날레 거리를 거닐며 시원한 바깥 공기를 쐬었다. 그들은 걸으면서 주변 상점 진열장과 사람 들을 구경했다. 모두 호화로웠고 생기가 넘쳤다.

그들은 미국 사람들로 북적이는 작은 바 옆을 지났다. 진열장에 먹을거리들이 가득했고 미국인들은 카운터 앞 등받이 없는 높다란 의자에 앉아 먹고 마셨다. 그들은 남성 의류점 앞도 지나갔다. 진열장에는 에나멜 구두, 흰 머플러, 검은 장갑, 지팡이, 야회복이 함께 놓여 있었다. 또 다른 진열장에는 산책용 밝은 옷이 밤색 모카신,* 정말 근사한 붉은색과 검은색이 들어간 넥타이와 함께 놓여 있었다. 이윽고 그들은 신발 가게와 갖가지 물건이 있는 백화점 앞을 지나 박람회장에 도착했다. 박람회장의 흰 계단이 햇살에 빛났다.

거리 지면보다 아래로 내려가는 계단 난간에 바싹 붙어서 그들이 걸어가는데, 문득 톰마소의 눈에 낯익은 얼굴이 보였다. 자세히 보니 바로 렐로였다.

'저기서 뭐 하는 거지?'

톰마소가 이내 얼굴을 찡그렸다. 그는 렐로에게 인사도 하지 않고 인상을 더욱 찌푸린 뒤 이레네가 눈치채지 못하게 그녀의 허리를 잡고 앞으로 계속 걸어갔다.

"참 멋있다!"

톰마소가 목욕탕처럼 하얀 박람회장 정면 벽을 가리켰다.

렐로는 계단 옆 낮은 담벼락에 등을 기대고 보도를 향해 불편한 다리를 뻗었다. 발이 없는 다리가 보이도록 바지를 위로 끌어올렸고, 절단된 부위를 보여 주려고 소매도 걷어올렸다.

그는 그런 자세로 한두 살쯤 돼 보이는 어린 사내아이를 한 손으로 가슴에 꼭 안고 있었다. 온전한 다른 손은 구걸하기 위

---

* 신창과 갑피를 한 장의 가죽으로 하여 뒤축이 없게 만든 구두.

해 지나가는 사람들에게 내밀고 있었다.

렐로는 톰마소를 보지 못했다. 그가 사람들 얼굴을 아예 보지 않았기 때문이다.

렐로의 팔에 안긴 아이는 여자아이 옷을 입은 채 아주 얌전히 있었다. 낯빛이 너무 창백해서 녹색이 감돌 정도였고, 검은 두 눈은 어른처럼 생각에 잠겨 있었다. 아이는 때때로 뭔가에 호기심이 생겼는지 오른쪽 왼쪽을 둘러보긴 했지만 큰 관심을 보이지 않고 조용히 둘러보기만 했다.

렐로는 아이가 옆에 있다는 것을 전혀 의식하지 않는 듯했다. 분명 누군가에게서 아이를 빌려 왔을 것이다. 그는 어린아이가 아니라 무슨 물건을 안은 듯했다. 아이도 그걸 아는지 얌전히 굴었다.

로마에서 친구들과 함께 위험천만한 짓을 하고 다니던 시절에 비하면 렐로는 얼마나 많이 변한 건가! 그는 야위고 꺼칠해졌다. 한때 정말 신경 써서 가꿨던 머리카락도 이젠 예전 같지 않은 듯했다. 적어도 육칠 일 정도는 면도를 안 한 듯했지만 수염이 희고 숱이 적어서 그리 티가 나지는 않았다. 하지만 자세히 보니 땀에 절었는지 그의 얼굴에 꼬질꼬질한 땟국물이 흘렀다. 렐로 같은 절름발이, 불구자들이 대개 그렇듯 오랫동안 때에 찌들어서 표백제로도 벗겨지지 않을 듯했다. 한때 딱 붙는 바지가 유행했던 시절 입고 다녔던 멋진 바지, 줄무늬 스웨터, 보안관처럼 매듭을 지어 목에 맸던 머플러는 이제 없었다. 렐로는 더럽고 꾀죄죄한 회색 바지에 체크무늬 짧은 상의를 입었는데, 안에 음식 봉지가 들었는지 주머니가 불룩했다.

렐로는 거지들이 대개 그렇듯 죽는 소리를 하거나 분노 어린 심술 맞은 눈빛으로 사람들을 째려보며 동냥하진 않았다. 그는 신에게 버림 받은 도둑 같은 얼굴을 하고 딴 생각을 하면서 그냥 습관적으로 그것이 직업이라도 되는 듯 구걸하고 있었다.

"커피 마실래?"

주머니가 두둑하고 도량이 넓은 신사라도 되는 듯 톰마소가 이레네에게 선심을 썼다.

"아니, 우리 그냥 걸어! 구경하는 게 좋아!"

이레네가 상냥하게 말했다.

"이쪽은 정말 화려해!"

톰마소는 마지막으로 한 번 렐로를 뒤돌아보고는 성큼성큼 걸어갔다.

"여기 사람들은 행동 방식이 달라. 우리와는 너무 달라! 옷입는 방식이며 코 푸는 방식, 의자에 앉는 방식까지 다르지. 너도 보이지, 우리와 같지 않다는 거⋯⋯. 그들은 우리와 달라, 하지만 우리가 할 수 있는 건 없어!"

"음, 이 사람들은 태어날 때부터 부자야! 자식이 생겼을 때 이들이 어떻게 하는지 너도 봤을 거야. 아이들이 자신들을 '아빠⋯⋯, 엄마⋯⋯.'라고 부르게 하잖아⋯⋯. 아이들을 늘 보살피고, 개미가 들어간 우유 따위는 절대 먹이지 않아⋯⋯. 아이들이 다 클 때까지 공부도 시키고⋯⋯."

"모두 기독교 민주당원이야. 그게 이유야!"

"우리가 이런 환경에 속할 수 있다고 생각해? 난 그렇게 생각하지 않아!"

"그들은 우리보다 한참 위에 있어. 어떻게 그들과 경쟁할 수 있겠어! 예전엔 그들을 보면 게으름뱅이에 멍청이라고 생각했어. 그런데 지금은 빈민촌 사람들과 여기 사람들의 차이를 이해하기 시작했어! 이 사람들은 정직하게 살고 어딜 가든 존경받아!"

이레네가 생각에 잠기며 잠시 침묵했다.

"그걸 어떻게 알아?"

이윽고 이레네가 입을 열었다.

"열심히 살다 보면 언젠가 우리도 재산을 쌓을 거고 좋은 인상을 줄 수 있을 거야!"

톰마소도 골똘히 생각에 잠기며 잠시 침묵했다.

"내가 무슨 생각하는지 알아, 이레?"

톰마소가 소리쳤다.

"신부와 얘기했는데, 나도 기독교 민주당에 가입할 거야!"

이레네의 식구들은 모두 공산당원이었다. 아버지에게 배운 대로 그녀도 어렸을 때부터 공산당을 지지해 왔다. 그녀는 잠시 톰마소의 말을 낙관적이고 신중하게 생각해 보더니 이윽고 이렇게 말했다.

"틀린 생각은 아니야, 토마! 기독교 민주당원이 되면 훗날 도움을 받을 수 있을 거야……. 일자리를 얻는 데 말이야……. 그리고 사람은 성당에 가까워지면 질수록 늘 또 다른 위안을 얻는 법이니까!"

*

다음 일요일에도 톰마소와 이레네는 다정한 연인으로 함께 하루를 보내기 위해 만났다.

하지만 톰마소는 이레네가 이번에는 자기 쪽, 이나카세에 와 주기를 바랐다. 그녀는 처음에 부끄럽다는 둥 너무 멀다는 둥 이런저런 핑계를 댔지만 결국 동의했다. 그녀도 그의 어머니와 아버지를 만나 뵐 수 있지 않을까 해서 이쪽으로 오는 게 내심 기뻤다. 톰마소는 그런 말을 일절 내비치지 않았지만 말이다.

그날은 그리 화창하지 않았다. 하늘에 먹구름이 가득했고, 그 누가 황금을 준다 해도 햇살을 볼 수 없을 것 같았다. 빗방울이 떨어질 기세였지만 비는 오지 않았다. 때때로 잿빛 하늘에 불어 대는 차가운 바람 때문에 콧물이 나왔다.

그날도 톰마소는 몸이 별로 좋지 않았다. 차가운 바람에 몸이 얼어붙었다. 사실 아주 추운 날씨는 아니었다. 다른 젊은 녀석들은 티셔츠나 가벼운 옷차림으로 유유히 걸어 다녔으니 말이다. 그들은 이왕 그런 옷을 입었으니 설령 눈이 온다 해도 절대 벗지 않겠다는 기세였다. 그들은 추위에 전혀 떨지 않았다. 하지만 톰마소는 으슬으슬 몸이 떨렸고 기침까지 나왔다. 이레네가 티부르티나로부터 타고 올 버스를 이나카세 앞에서 기다리는 동안 그는 점점 화가 났다.

톰마소는 두 손을 주머니에 넣고 옷깃을 세운 채 옹크리고 있으면서, 버스가 이레네를 내리지 않고 그냥 지나갈 때마다 마음속으로 욕설을 퍼부었다. 마침내 이레네가 새로 산 빨간 옷을 예쁘게 차려입고 나타났다. 버스에서 내린 그녀는 늦은 게 미안했던지 숨을 약간 헐떡이며 그에게 바삐 뛰어왔다. 하지만 그는 그것이 애인 사이에 흔히 일어날 수 있는 일이라고 생각했기 때문에, 그녀가 늦은 것에 그다지 신경 쓰지 않았다.

그는 그녀의 팔을 잡고 피에트랄라타 거리를 올라가 페코라로 산 아래서 룩스 영화관 쪽으로 길을 틀었다.

톰마소는 두 손을 주머니에 넣고 추워서 창백해진 얼굴로 뭔가에 골똘히 집중하며 짐짓 심각하게 앞서 걸어갔고, 이레네는 그의 팔짱을 낀 채 조금 뒤에서 걸었다.

룩스에서는 토토*가 나오는 영화를 상영했다. 톰마소와 이레네는 영화관에 들어가 실컷 웃었다. 그들은 1부를 다시 보고 싶었기 때문에 극장에 두 시간 이상 더 있었다. 영화관에서 나오자 바람은 잦아들었지만 날씨는 좀 더 쌀쌀했다. 주변에 사람들이 많았다. 모두 모여 피자 가게에 가는 가족들, 뭘 해야 할지 모르는 군인들, 티부르티노의 영화관으로 가는 피에트랄라타의 꼬마들, 피에트랄라타의 영화관으로 오는 티부르티노의 꼬마들.

톰마소와 이레네는 포옹하듯 꼭 끌어안고 걸었다. 그는 이레네가 넘어질까 봐 걱정되는 듯 그녀의 오동통한 허리를 아주 꼭 잡았다. 두 사람은 보통 애인들이 그렇듯 인상을 찌푸린 채 목적지를 향해 말없이 천천히 걸어갔다.

피에트랄라타 거리를 지나 티부르티나에 들어서자, 아픈 사람을 부축하듯 애인을 꼭 끌어안고 있던 톰마소의 팔이 심하게 저려 왔다. 지나가는 사람들이 그들을 힐끔거렸다. 톰마소는 사람들이 자신들을 봐 주지 않으면 그들이 봐 줄 때까지 다른 생각을 하는 척 인상을 찌푸리고 그들을 노려봤다. 그러

---

* Toto(1898~1976). 안토니오 데 쿠르티스로도 알려져 있다. 이탈리아 배우이자 작곡가, 시인이다.

고 나서 그는 온 신경을 기울여 이레네를 부축하며 앞만 보고 걸었다. 그중에 어떤 빌어먹을 자식이 지나가다 시비를 걸기도 했다.

"담쟁이넝쿨처럼 엉켜 있잖아?"

"접착제로 완전히 붙여 놨군!"

어떤 할머니가 이렇게 말하기도 했다.

"남자 말 믿지 마!"

하지만 톰마소와 이레네는 그들을 거들떠도 보지 않고 슬프고 침착한 표정을 지으며 자기 갈 길을 갔다.

보통 그 동네 커플들은 티부르티나를 거쳐 티부르티노테르초를 지난 다음 아니에네 강변으로 내려가곤 했다. 이삼백 미터 지나 맘몰로 다리에 도착하기 전 길가에 작은 다리가 하나 있었다. 이 다리 옆 비탈 근처에 메시도로 거리 쪽 들판으로 향하는 오솔길이 있었다. 그쪽 들판에는 밀밭과 유실수가 많았고 퇴비 더미가 쌓여 있었으며, 꽃양배추와 회향과 무를 심은 채소밭이 올리브 나무숲과 함께 펼쳐져 있어서 녹음이 짙고 아름다웠다. 갈대밭 가운데로 오솔길이 나 있었다. 갈대밭은 높다란 갈대들로 빽빽했고 두 경작지 사이에 끼어 있어 다소 악취가 풍겼다. 피에트랄라타 근처에까지 이르는 길고 좁은 갈대밭이었다. 커플들은 그곳에서 사랑을 나누곤 했다. 실제로 배설물, 쓰레기, 진창과 함께 신문지로 만든 이부자리가 여기 저기에서 보였다.

톰마소와 이레네는 습기를 먹어 완전히 축축해진 옷을 입고 오솔길을 따라 천천히 내려갔다. 그는 점점 더 추워지고 기침이 나오자 화가 났다. 하지만 이왕 사랑을 나누러 가기로 마음먹은 이상 행동에 옮겨야 했다. 여기서 포기하는 것은 생각해 보지도 않았다. 그들은 둘만 있을 수 있는 장소에 도착하자, 잎이 너덜너덜하고 들보처럼 뻣뻣한 갈대밭 한가운데 키 큰 수풀들이 자라나 있는 축축한 흙더미 위에 앉았다.

자리에 앉자 톰마소가 이레네의 허리를 다시 끌어안았다.

"편안해, 괜찮아?"

"으응."

이레네가 톰마소를 안심시켰다.

"가까이 와, 좀 더 이쪽으로 다가앉아!"

톰마소는 아파서 이제는 감각도 없는 팔로 이레네를 끌어안았다.

이레네는 톰마소에게 안기며 그의 어깨에 뺨을 기댔다. 톰마소는 이레네에게 키스했다. 입에 한 번, 두 번. 하지만 불편해서 잠시 키스를 멈추고 자리를 고쳐 앉았다.

"눈 감아, 여자가 눈 뜨고 있으면 다른 생각을 한다는 뜻인 거 몰라?"

이레네가 어깨를 부드럽게 살짝 으쓱했다. 톰마소는 모든 감정을 담아 최대한 정열적으로 다시 키스하기 시작했다. 그는 그녀를 밀어붙이며 혀를 놀렸다. 하지만 흙더미 가장자리에 비스듬히 앉아 있어서 몸이 균형을 잃었고 등이 아팠다.

"야, 긴장 풀어, 지금 뭐 하는 거야?"

톰마소가 몸을 곧추세우면서 말했다.

"너무 축축해, 토마. 옷이 온통 엉망이 됐어……. 우리 일어서자, 그러면 안 될까?"

"뭐, 일어서자고?"

톰마소가 말을 치고 나왔다.

"이렇게 좋은데……. 잠깐만 기다려……."

톰마소가 일어나 손수건을 꺼냈다. 그는 손수건을 쥐고 주변을 둘러보았다. 조금 저쪽으로, 두 개의 잘려 나간 갈대 그루터기 뒤에 누군가가 갖다 놓은 포장지 조각들이 있었다. 그는 그것들을 집어 축축한 땅 위에 깐 다음 그 위에 손수건을 깔았다. 그가 다시 이레네에게 키스하기 시작했다. 하지만 기댈 곳이 없고 젖은 풀밭에 다리를 길게 뻗고 있었기 때문에 아직도 자리가 영 불편했다.

"어이, 못을 집어삼켰어?"

초조해진 톰마소가 말했다. 그는 전혀 흥분되지 않아서 이레네한테 화가 났다. 그는 더 이상 예의 따윈 필요 없다는 듯 그녀를 내리누르며 풀밭에 누이려 했다.

"누워, 누워 봐!"

톰마소가 뿔이 나서 숨을 헉헉거렸다. 하지만 이레네는 완강하게 저항했다.

"안 돼, 안 돼, 토마!"

그러자 톰마소는 이레네를 잠시 내버려 두었다. 하지만 이내 그는 그녀의 치마 아래로 손을 뻗치기 시작했다.

"옷을 올려 봐……. 자, 옷을 올려 보라고……."

톰마소는 이렇게 말하며 이레네의 치마를 무릎 위 허벅지까지 천천히 끌어올렸다.

'너를 먹어 버릴 거야!'

뇌를 자극하는 허연 속살을 한 손으로 움켜잡으며 톰마소는 마음속으로 말했다.

"벨트를 풀어, 젠장! 이것 때문에 아무것도 못 하겠잖아……."

톰마소가 이레네의 벨트에 손을 대며 말했다.

흥분한 톰마소는 손이 떨려서 벨트를 잘 풀지 못했다. 벨트를 풀지 않고는 원하는 만큼 속치마를 끌어올릴 수가 없었다. 이레네의 다리는 이미 모두 드러났지만 가터벨트에 스타킹이 고정되어 있었다. 이레네는 자신의 다리가 얼마나 곧게 쭉 뻗었는지 보여 주고 싶은 마음이 약간 있었기 때문에 다리를 꼭 붙이고 곧게 뻗은 채 자신의 발끝을 바라보았다.

톰마소는 한 손으론 이레네의 허벅지, 즉 스타킹이 끝나는 지점을 쓰다듬었고, 다른 손은 목 아랫부분 머리칼 사이에 집어넣었다.

"안 돼, 안 돼, 그러지 마. 거긴 안 돼, 거긴 안 돼, 멈춰."

톰마소가 이레네처럼 헉헉거리며 쉰 목소리로 말했다.

"내가 약점을 찾아낸 거지, 응?"

톰마소는 웃으면서 계속 이레네의 머리칼을 쓰다듬었다.

이레네는 계속 미친 듯이 중얼거리며 자신을 방어했다.

"빗을 줘……."

"나중에, 나중에……. 걱정하지 마, 나중에 줄게."

톰마소가 약속했다.

감동으로 목이 멘 톰마소는 이레네의 다리 사이를 내려다보기 시작했다.

"저, 팬티를 내려 봐……."

톰마소가 중얼거렸다. 그는 이레네가 즉각 인상을 찌푸리는 걸 보고 선수를 쳤다.

"팬티를 다 벗을 필요는 없어……. 조금, 조금만……."

"추워. 그런데 뭘 하려는 거야?"

이레네가 얼굴을 찌푸렸다.

"아무것도! 내가 무슨 짓을 하겠어? 걱정하지 마, 손도 대지 않을게……. 그저 보기만 할게……."

톰마소는 이레네의 대답을 기다리지도 않고 맹수 조련사처럼 천천히 조심스럽게 팬티 고무줄 부분을 잡았다. 그러고 나서 밑에서부터 팬티를 벗겨 내릴 수 있도록 무거운 그녀를 조금 들어 올린 다음, 팬티를 끌어내렸다.

"멋진 허벅지야, 아주 탄력 있어! 사랑해!"

톰마소가 이레네에게 말했다. 그는 가터벨트도 끌어내리기 시작했다.

"뭐야, 나를 발가벗기려는 거야?"

"가만 있어, 좀 가만히 있어. 이렇게 해 봐……."

이레네의 두 손이 가운데에 끼인 상태에서 톰마소는 다시 그녀를 밀어붙이며 그녀의 목덜미를 잘근잘근 씹으면서, 거의 우는 듯한 목소리로 중얼거렸다.

"사랑해……."

하지만 여전히 흥분이 잘 되지 않았다. 보통 그 시간쯤이면 벌써 일을 두 번 치르고도 남았다.

'제기랄!'

톰마소는 화가 나서 입가에 침까지 고였다. 그는 키스를 퍼붓고 물어뜯고 혀를 놀려서 이레네를 반쯤 먹어 치웠다.

'뭐야……. 나한테 무슨 일이 일어난 거지? 어째서 발기가 안 되는 거야?'

톰마소는 마음속으로 계속 그런 생각을 하면서도 개의치

않으려고 애썼다. 그는 이레네의 젖가슴을 잡고 눈물이 쏙 빠질 정도로 세게 움켜잡았다. 그녀의 젖가슴을 밖으로 드러낸 다음 키스하고 혀로 핥았다.

'그래, 여자와 안 잔 지 한참 됐어! 그사이에 나한테 무슨 일이 일어난 거야, 빌어먹을! 추워서 그런가……'

톰마소는 또다시 뿔이 나서 이레네의 어깨에 한 손을 올려놓고 힘껏 밀어붙여 그녀가 젖은 풀밭에 드러눕게 만들었다.

"누워 봐, 길게 누워!"

톰마소가 이레네에게 화를 냈다.

"옷이 엉망이 됐어……. 땅바닥이 너무 축축해……."

이레네는 몸을 일으키려 애쓰며 투덜거렸다.

"옷 좀 젖는다고 세상이 끝나냐! 나중에 말리면 돼!"

톰마소는 이레네를 누이고 위에 올라탄 뒤 목덜미를 빨고 키스했다.

"야, 너도 어떻게 좀 해 봐! 좀 움직여 보라고!"

이레네는 톰마소의 목에 키스하고 머리카락을 쓰다듬고 꼭 끌어안으면서 스스로 할 일을 찾기 시작했다. 그들은 바닥에 웅덩이를 팔 것처럼 꼭 끌어안고 몸부림쳤다.

'젠장! 어떻게 된 거야? 내가 뭘 한 거지?'

톰마소는 갑자기 이레네를 놔두고 몸을 일으켜 세우더니 흙더미 위 눅눅하게 젖은 포장지 위에 아까처럼 앉았다. 그는 손을 주머니에 넣어 담뱃갑을 꺼낸 다음 떨리는 손가락으로 한 개비를 잡았다. 그는 입술에 붙은 담뱃가루 두세 개를 뱉어 버리고 나서 담배에 불을 붙이고 뻐끔대기 시작했다.

좋다 만 이레네는 축축한 풀밭에서 몸을 일으키고 등을 털어 내며 톰마소를 곁눈질했다. 그는 추워서 창백해진 얼굴로 이맛살을 찌푸리고 눈에 독기를 품은 채 담배만 뻐끔거릴 뿐, 그녀에게 눈길조차 주지 않았다. 마침내 그녀가 굳게 마음을 먹고 그에게 말을 걸었다.

"무슨 일 있어?"

이레네가 부드럽지만 약간 트집 잡는 듯한 목소리로 물었다. 톰마소가 그녀를 쳐다보았다.

"난 아무 일 없어."

톰마소는 잠시 말없이 담배 연기를 흩뜨리다가 덧붙였다.

"변한 건 너야!"

이레네는 구름 위에서 뚝 떨어진 기분인지 얼굴을 찌푸리며 반박했다.

"내가 변했다고? 나는 늘 똑같아……. 난 정말 그래, 기억 안 나?"

"내가 처음 만났을 때 너는 달랐어!"

톰마소가 날카로운 목소리로 우겼다.

이레네가 엉망진창이 된 옷을 매만지다가 손길을 멈췄다.

"봐, 난 언제나 똑같아!"

이레네는 울음 섞인 목소리로 외쳤다.

"아니, 아니, 아니야."

톰마소가 입을 삐죽이고 고개를 저었다.

"네가 말한 것과 달라! 넌 나를 속이지 못해, 뭔가 있어. 내 눈은 틀리는 법이 없어……"

"왜 이러는 거야? 무슨 일이 있기를 바라는 거야? 난 변하지 않았어……. 내 삶은 늘 똑같았어……. 달라진 게 하나 있다면 예전엔 일을 하지 않았지만 지금은 일한다는 것뿐이라고! 그렇다고 일 때문에 내가 변했을 리는 없잖아……."

무릎에 팔꿈치를 대고 구부정하게 앉아 있던 톰마소는 잠시 말이 없었다. 이마에 주름이 잡혔고, 생각에 잠긴 눈동자가 어두워졌다.

"그 직장엔 어떻게 들어간 거야?"

톰마소가 이레네를 바라보며 느닷없이 물었다.

우울한 상황이었지만 이레네는 다소 쾌활한 목소리로 설명했다.

"우리 이웃집 조카가 약을 수송하는 운전기사였는데 의사한테 날 추천해 줬어……."

"그런데도 네가 어느 누구에게도 호의를 베풀지 않았다는 거야?"

이레네는 톰마소의 의도를 이해하고 싶지 않았다. 그녀가 이내 이렇게 말했다.

"잘 살고 있는 사람한테 나 같은 여자가 무슨 호의를 베풀수 있겠어……."

"여자가 베풀 수 있는 호의는 여느 호의와는 달라."

이레네가 톰마소를 쳐다보았다. 그녀는 축축한 풀밭에서 핸드백을 집어 들고 잠시 닦은 뒤 일어나려 했다. 그녀는 울음이 터질 것처럼 턱이 덜덜 떨렸지만 말싸움을 접고 자리를 떠나기로 마음먹었다.

"집에 가……."

"안 돼, 여기 있어야 해!"

톰마소가 이레네의 팔목을 잡고 억지로 다시 앉히는 바람에 하마터면 그녀를 넘어뜨릴 뻔했다.

"나한테 말해 줘야 할 게 있어."

톰마소가 이를 갈며 계속했다.

"내가 너희 집 아래서 세레나데를 부른 날 저녁부터 오늘 점심때까지 네가 한 모든 행동 말이야!"

이레네는 체념하고 모두 설명해 주기로 했다. 그녀는 슬프고 속상했지만, 스스로 양심에 걸릴 게 없다는 걸 알기에 침착하게 말했다.

"난 어떤 하루만 말해도 충분해. 나한텐 하루하루가 모두 똑같았으니까……. 그러니 너한테 구구절절 설명할 필요조차 없어. 내가 살아온 길이 어떻다는 건 너도 잘 알잖아……."

톰마소는 화가 났다.

"내 이름이 괜히 톰마소가 아니야."

톰마소는 손바닥을 편 채 한 손을 쳐들고 다른 손 엄지손가락으로 그 손바닥을 치면서 큰 소리로 말했다.

"뭐야! 난 십팔 개월 동안 캄캄한 감옥에 있었어, 네 덕분에 말이야! 난 두 다리 뻗고 편히 자지도 못했어, 알아? 넌 네가 쥐고 있는 카드를 테이블에 내놓고 보여 줘야 해!"

"네가 나한테 왜 이러는지 모르겠어……. 왜 이러는 거야? 뭘 알고 이러는 거야? 누가 무슨 딴소리를 했어? 말해 봐……."

"그럼, 조금만 말해 줘. 운전한다는 이웃집 조카라는 남자, 몇 살이야?"

"그 사람은 결혼했어!"

이레네가 소리쳤다.

"아내와 다 큰 애들도 있어! 우리 가족도 잘 알아서 어렸을 때부터 나를 귀여워해 줬다고……."

"그럼 의사는?"

톰마소가 이레네의 말을 가로챘다.

"얼굴도 못 봤어. 어떤 사람인지도 몰라!"

"그럼 말해 봐! 제약 공장엔 여자뿐이야? 남자는 없어?"

톰마소가 계속 물었다.

"남자들은 다른 부서에 있어. 배달원들이 있기는 해……."

톰마소는 불쑥 화난 표정으로 이레네를 쳐다보며 소리쳤다.

"이봐! 일 년 이상 성녀처럼 지냈고, 어떤 남자와도 말한 적이 없다는 얘기야?"

"그게 무슨 상관이야! 그래, 말은 했어, 나도 여자니까……. 하지만 너만큼 많이 만난 남자는 없었어……. 그리고 네가 나한테 다시 올 줄 상상이나 했나, 뭐……."

이레네가 떨리는 목소리로 말했다.

톰마소는 무릎을 꿇은 뒤 이레네의 얼굴을 마주 보았다. 그는 입을 비틀고 개처럼 으르렁거리며 다시 소리쳤다.

"자, 봐! 뭔가 있잖아!"

"저, 나한테 자꾸 귀찮게 말을 걸어오는 남자가 있긴 했어. 하지만 아무 일도 없었어."

이레네가 몸을 조금 떨면서 말했다.

"네가 말을 걸 기회를 준 거야, 네가 발길을 멈추고 그놈과 시시덕거렸으니까 그랬겠지……."

톰마소가 침을 튀겨 가며 냅다 소리쳤다.

"그래."

이레네가 인정했다.

"하지만 그래도……."

톰마소는 이레네의 말을 끝까지 듣지 않았다. 그는 이미 작정하고 있었는지 그녀의 머리가 돌아갈 정도로 따귀를 갈겼다.

이레네는 처음엔 영문을 몰랐다. 그녀는 두려움에 떠는 눈으로 멍하니 톰마소를 쳐다보았다. 이윽고 그녀가 얼굴을 두 손에 묻고 천천히 울기 시작했다.

'울어, 그거 고소하다!'

화난 톰마소는 이레네를 똑바로 쳐다보면서 생각했다.

땅거미가 졌다. 갈대밭에 이미 어둠이 드리웠다. 이레네가 우는 사이 침묵이 감도는 가운데 멀리서 사람들 목소리와 고함 소리가 들렸다. 노래하는 사람도 있었다. 아마 티부르티나를 거쳐 집으로 돌아가는 젊은 녀석들일 것이다. 그들 목소리를 듣고 더 멀리 있는 다른 젊은 녀석들이 낄낄대고 웃으며 시비를 걸고 야유를 퍼부었다. 저녁이 되면서 아까처럼 바람이 불지 않았기 때문에 공기가 덜 추웠다. 쐐기풀에 이슬이 맺혔고 훈훈한 기운마저 감돌았다.

잠시 후 이레네가 울음을 멈추더니 손에 핸드백을 챙겨 들고 일어나 걸어갔다. 톰마소는 조용히 그녀를 따라가며 여전히 화난 얼굴로 담배에 불을 붙였다. 그들은 무너진 담벼락, 갈대밭, 잡초 더미 사이를 지나 흰 얼룩같이 보이는 오솔길을 따라 올라갔다. 진창길이 미끄러웠기 때문에 그들은 티부르티나 위쪽까지 비탈길을 힘겹게 올라간 다음 버스 정류장 쪽으로 천천히 걸어갔다.

그들은 거리를 조용히 걸었다. 거리에서는 전조등을 켠 자동차들이 꼬리에 꼬리를 물고 달렸고, 젊은 패거리들이 서로 밀치고 싸우고 웃으며 오갔다.

톰마소는 두 손을 주머니에 찔러 넣고 오만상을 쓴 채 걸었다. 한 100걸음 걷고 나서 이레네는 발이 아파서 구두에 손가락을 넣어 본다는 핑계로 걸음을 멈췄다. 그녀는 몸을 지탱하기 위해 얼굴을 살짝 찌푸리며 그의 팔꿈치를 잡았다. 이윽고 다시 걷기 시작하자 그녀는 통통하고 붉은 손으로 부끄러운 듯 그의 팔짱을 살짝 꼈다.

톰마소는 여전히 침묵을 지키며 이레네가 팔짱을 끼게 내버려 두었는데, 화나기도 하고 감격스럽기도 해서 그의 얼굴이 붉어졌다. 그렇게 말없이 조금 더 걷다가 그가 마침내 쉰 목소리로 말했다.

"차비는 있어?"

"응, 있어."

이레네는 다시 울음이 터질 것 같은 눈망울에 안도의 표정을 담고서 재빨리 대답했다.

그들은 여전히 말없이 몇십 미터 더 걸었다. 이윽고 톰마소가 중얼거렸다.

"이레네, 내가 어째서 그런 짓을 했는지 넌 알 거야⋯⋯. 너는 어떨지 모르겠지만, 난 너한테 할 말이 있으면 꼭 해야 해. 너 때문에 심장이 터지는 건 원치 않으니까!"

톰마소는 자신의 말에 감동해서 잠시 침묵했다가 다시 말했다.

"나는 네가 쉽게 속일 수 있는 사람이 아니야! 잘 기억해 둬! 난 일단 마음을 주면 진짜 마음을 줘. 하루나 이틀이면 시들해지는 사랑이 아니라고! ⋯⋯ 내가 너한테 못된 짓을 하고 비난을 퍼부은 건 다 너를 사랑한다고 느끼기 때문이야……. 내가 너를 아끼지 않는다면 지나간 일로 그냥 넘겨 버릴 거야……. 너한테 무슨 일이 있었건 대수롭지 않게 여겼을 거야. 관심을 끊는 거지!"

이레네는 톰마소가 말하고 싶은 것을 모두 이해하면서 경건한 마음으로 조용히 들었다. 마침내 그녀도 감격에 겨워 숨을 헐떡이며 말했다.

"알겠지만, 나도 널 사랑해!"

티부르티노 어귀의 버스 정류장 차양 아래 서 있는 동안 그들은 버스를 기다리는 다른 사람들에게서 조금 떨어져서 여전히 인상을 찌푸린 채 말이 없었다. 이윽고 두 정거장 앞이 종점인 덕분에 반쯤 빈 버스가 도착했고, 이레네는 그 버스에 올랐다. 그들 사이의 모든 문제가 정리되어 많은 말이 필요 없다는 듯 그들은 "잘 가.", "잘 가." 하며 인사를 나눴다. 톰마소는 버스가 멀리 사라질 때까지 가만히 서 있다가 주변을 둘러보았다. 흥분한 그는 얼굴이 여전히 빨갰고 두 눈이 이글거렸다. 두 손을 주머니에 넣은 그는 서두르지 않고 천천히 그 앞에 있는 페코라로 산 쪽으로 향했다.

톰마소는 아까 그곳을 지나면서 이미 동태를 봐 두었다. 아이들이 축구 경기를 하고 있었고, 친구들은 가장자리에 앉아 있었다.

톰마소는 패거리가 있는 축축하고 더러운 골문 뒤 풀밭에 가서 앉았다. 그는 여자와 방금 헤어지고 난 뒤라 아주 여유로웠다. 하지만 계속 몸이 안 좋았다. 열이 나고 식은땀이 흘렀다.

자칼은 손을 주머니에 넣은 채 불알을 쥐고 서서 축구 경기를 중계하고 있었다. 그가 갑자기 말을 멈춘 뒤 큰 입을 벌리면서 잠시 멈칫했다가 목구멍을 움직이며 입을 헹구듯 트림을 했다.

트림이 특기인 병자라는 친구가 티부르티노에 있었는데, 녀석이 자칼에게 본때를 보여 주기 위해 서너 번 연속으로 트림하며 작은 시위를 했다. 모두들 더러운 풀밭이나 바 의자에 비비고 앉아서 땡전 한 푼 없이 오후를 보내고 난 터라 녀석을 보면서 다시 활력을 찾았다.

공을 차던 녀석들이 갑자기 싫증 났는지 자리를 털고 서로 투닥거리며 빈민촌 쪽으로 향했다. 이미 날이 어두워졌다. 하지만 산 아래에는 아직 보랏빛이 남아 있었다.

'잠이나 자러 가야겠군. 내가 여기서 뭐 하는 거지?'

그때 술이 떡이 되도록 취해 혀가 잘 돌아가지 않는 노인이 폐병 환자 같은 목소리로 목청껏 노래하며 맘몰로 다리 쪽에서 올라왔다.

"쿠나파다!"

자리를 털고 일어날 준비를 하던 친구 녀석들이 노인을 보고 일제히 기쁜 듯 소리쳤다.

"쿠나파, 이쪽으로 와서 우리한테 사면발니* 몇 마리 좀 붙여 줘!"

친구 녀석들은 그 노인을 알았다. 노인이 산바실리오에 있는 한 창고에서 수위 노릇을 했고, 그들이 어렸을 때부터 그곳으로 도둑질을 하러 가곤 했기 때문이다. 하지만 쿠나파는 그

---

* 사람의 털에 살면서 피를 빨아먹는 기생 곤충. 성 접촉 등에 의해 감염된다.

들을 보지도 못했고 그들 목소리를 듣지도 못했다. 무릎이 약한 쿠나파가 휘청거리며 비틀비틀 앞으로 걸어갔다. 그는 순간순간 돌바닥에 마빡을 찧을 뻔했다. 더러운 회색 바지가 치마처럼 펄럭거렸고, 주머니가 찢어진 상의는 무릎까지 내려와 있었다. 콧잔등까지 눌러쓴 챙 모자는 너무 낡고 때에 찌들어 짜면 기름이 나올 것 같았다.

쿠나파의 존재가 모두에게 활기를 주었다. 톰마소에게도 그랬다.

"쿠나파, 스파이! 이쪽으로 와, 이쪽으로 와 봐, 이젠…… 당신 차례야! 오늘 저녁 뒈질 거라고!"

녀석들이 소리쳤다. 녀석들은 사열을 받기라도 하듯 산자락에 일렬로 다리를 벌리고 서 있었다. 갑자기 예고도 없이 스파이 쿠나파 노인이 진흙투성이 보도의 깨진 가장자리에 털썩 주저앉았다. 그는 죽은 사람처럼 빨개진 얼굴을 흔들며 3킬로미터 밖까지 악취를 풍기는 윗옷 주머니에서 주섬주섬 뭔가를 찾았다.

"스파이, 전에는 잘 살았다며? 당신 발을 핥아 주는 사람까지 있었다던데!"

병자 녀석이 소리쳤다. 뒤이어 그가 역겹다는 듯이 말했다.

"사람들한테 불쾌감만 주는 이 더러운 술고래를 감옥에 언제 처박을 거야!"

노인은 곁눈질로 병자 녀석을 쳐다보았다. 하지만 그가 어떻게 그 말을 알아들을 수 있으며 녀석을 쳐다볼 수 있겠는가. 산 그림자가 드리우고 가로등이 켜져 보랏빛이 감도는 가운데, 다른 악동들과 뒤섞여 있는 병자 녀석을 알아보기란 힘들어 보였다.

"난 먹어야 해, 먹어야 해!"

노인은 타이어 조각을 문 것처럼 이런 말을 혹은 이런 종류의 말을 내뱉었다.

"뭘 먹을 건데? 이가 득실거리는 빵?"

자칼이 물었다. 그러자 노인은 크고 높은 소리로 단 한 단어를 또박또박 발음했다.

"새앵선!"

노인이 혀가 불에 덴 듯 침을 뱉으며 소리쳤다.

그는 진창에서 주운 신문지로 둘둘 만 것을 주머니에서 꺼냈는데, 그것을 보기만 해도 구역질이 났다.

"그 안에 생선이 있어?"

녀석들이 궁금해서 상냥하게 물었다.

노인은 아주 흡족하게 웃으며 낮에 광장에서 그걸 주웠으며 저녁 식사 거리로 가져왔다고 말했다. 그는 콧잔등, 턱, 귀, 엉덩이를 모두 움직여 가며 말하는 듯했다.

병자는 숱 없는 머리, 뾰족한 턱, 올리브 껍질로 만든 듯한 기름기 반지르르한 얼굴로 노인에게 다가가서 말했다.

"이 윗옷 좀 보여 줘, 나한테 어울리나 보게!"

노인이 술에 취해 몸을 가누지 못하는 탓에 아이처럼 옷을 입히고 벗길 수 있었다. 노인이 어찌해 볼 도리도 없이 병자 녀석은 그의 윗옷을 벗겨서 입었다. 병자는 친구들이 턱이 빠져라 웃어 대는 가운데 빙글빙글 돌며 광대 짓을 하다가 페코라로 산으로 올라가는 샛길로 튀었다. 티부르티나의 가로등 불빛만 겨우 비칠 뿐 불이 하나도 없는 어두컴컴한 길이었다. 다른 녀석들도 소리 지르며 따라갔다. 노인은 땅에 떨어진 신문지 말이를 더듬더듬 주워 들고, 그도 병자 녀석과 친구 녀석들을 따라 달려가며 소리쳤다.

"내 윗옷 내놔! 내 윗옷!"

다른 녀석들은 산꼭대기, 싼 지 얼마 안 되는 배설물들이 널려 있어 악취가 진동하는 둔덕 사이에서 다시 만났다.

"내 윗옷, 윗옷!"

노인은 누구한테 얘기해야 할지조차 몰랐다. 아마 볼 수도 없었을 것이다. 그는 은총을 베풀어 줄 어떤 성인에게 도움을 호소하는 것 같았다. 그가 목에 가시가 걸린 듯 계속 소리쳤다.

"내 윗옷, 윗옷!"

병자 녀석은 구두 뒷굽까지 내려오는 윗옷을 입고 계속 돌아다녔다. 그러다가 그는 갑자기 걸음을 멈추고 뭔가에 집중하는가 싶더니 방귀를 뀌었다. 노인은 그곳에 멈춰 서서 계속 목청 터져라 고래고래 소리쳤다.

"자!"

병자 녀석이 노인에게 다가가며 말했다. 그는 구역질을 하며 악취가 진동하는 윗옷을 벗었다. 노인은 성인이 그의 기도를 들어줬다며 손을 뻗어 옷을 잡으려 했다. 그러자 병자 녀석이 웃으면서 소리쳤다.

"가져가!"

병자가 윗옷을 멀리 던졌다. 옷은 악취를 풍기며 전봇대 근처에 떨어졌다. 쿠나파는 누구의 얼굴도 보지 않은 채 살아 있는 사람을 따라가듯 자기 옷을 따라 달려갔다. 그러고는 옷을 줍기 위해 전봇대 아래로 냅다 뛰어들어 갔다.

톰마소는 즐거운 표정으로 입을 비틀고 하품을 쩍 했다.

'집에나 가자! 잠자러 가야 해! 이불 속으로 들어가야지. 나한테는 잠이 보약이야!'

톰마소가 건들거리며 생각했다.

그가 자리를 뜨려는데 그 순간 나자렛 놈이 원숭이처럼 웃으면서 노인에게 달려들었다. 노인은 윗옷 위에서 뭉그적거리고 있었다. 나자렛 놈은 노인의 벨트를 잡고 바지를 벗기기 시작했다.

"나한테 어울리나 보게 이 팬티 좀 입어 볼게! 슈베르트한테서 산 거야?"

연옥에서 온 사악한 영혼이 노인에게 절망을 안겨 주러 오기라도 한 듯 그는 완강히 저항했다. 하지만 나자렛 놈은 노인을 뒤집어 배를 위로 내놓게 하고 지저분한 다리에서 바지를 벗겨 냈다. 병자 녀석은 윗옷을 집어 다시 공중에 던졌다. 노인은 윗옷을 따라가야 할지 바지를 따라가야 할지 알지 못했다. 우선 생선을 만 신문지를 주워 들고 이리저리 뛰어다니며, 이번에는 이렇게 소리쳤다.

"내 옷, 내 옷!"

"불에 태우자!"

자칼이 소리쳤다.

"라이터 좀 꺼내!"

자칼이 친구 녀석에게 소리쳤다. 친구는 재빨리 라이터를 꺼냈다.

"몽땅, 몽땅, 우리 몽땅 태우자!"

나자렛 놈이 신나서 소리쳤다.

그들은 윗옷과 바지를 쌓았다. 두세 명이 노인의 두 팔을 잡고 있는 동안 나머지 녀석들은 창녀처럼 웃으면서 노인의 옷을 모두 벗겼다. 그들은 악취에 진저리를 치며 양말만 남긴 채 셔츠, 더러운 스웨터, 팬티, 챙 모자, 신발을 옷 더미 위에 던졌다. 이윽고 흰머리로 뒤덮여 있는 노인을 엄마에게서 태어났던 알몸 그대로 한쪽으로 밀어내고 옷 더미에 불을 붙였다. 노인은 삐쩍 마른 몸으로 그 광경을 지켜보았다. 그는 뭔가를 본다기보다 옷가지가 타며 널름대는 불꽃에 대고 불평하듯 중얼거렸다.

"생선 봉지!"

나자렛 놈이 웃음을 멈추고 소리쳤다. 생선을 만 신문지를 주워 그것도 불에 던졌다. 이윽고 한 녀석이 손가락으로 코를 틀어막으면서 산 아래로 냅다 뛰어내려 갔다.

"냄새애애!"

모두들 녀석을 따라 산 덤불을 헤치고 티부르티나 쪽으로 뛰어내려 가면서 소리치고 배꼽을 잡고 웃었다. 그들은 검은 산 둔덕, 진창, 축축한 쐐기 더미 사이를 늙은 승냥이 무리처럼 뿔뿔이 흩어져 도망쳤다. 톰마소도 도망가며 웃었다. 하지만 점점 더 몸이 아팠다. 목에 난 종기 때문에 괴로웠고, 얼굴이 온통 새빨갛고 화끈거렸다. 뛰어가는데도 열이 나는 것처럼 으슬으슬 추웠다.

3
톰마소는 무엇을 찾고 있을까?

그날부터 줄곧 톰마소는 몸이 좀 이상했다. 저녁에 특히 더했다. 오후 네다섯 시경이 되면 몸이 불덩이처럼 뜨거워지면서 식은땀이 났다. 몸이 아주 아픈 것 같지는 않았는데 하여튼 이상했다. 그래서 별것 아닌 듯 그냥 넘겼다. 그는 여전히 날이 밝자마자 시장 일을 나가 생선을 날랐고 아침 늦게까지 일했다. 하지만 일을 마치고 집으로 돌아와 잠깐 눈을 붙이면 구토가 나고 으슬으슬 추워서 잠이 깼다. 그러다가 어머니와 큰소리가 오가면 옷을 입고 빈민촌으로 가서 친구들과 어슬렁거렸다.

바로 그 무렵 톰마소에게 분홍색 엽서, 즉 영장이 배달됐다. 군대에 가야 할 시기가 왔던 것이다.

어느 날 아침 톰마소는 추카보, 민키아, 자칼 등 또래 친구 녀석들과 신체검사를 받기 위해 그레카 거리에 있는 징병소에 갔다. 그들은 옷을 벗고 작은 방으로 들어가 한 명씩 검사를 받았다. 다소 차이는 있었지만 모두들 적격 판정을 받았다. 하지만 부적합한 뭔가가 발견된 톰마소는 첼리오 병원으로 보내졌다. 좀 더 자세한 검사가 필요한 사람들이 그 병원으로 가곤 했다.

며칠 뒤 톰마소는 첼리오 병원에 갔다. 여기서 엑스레이 등 정밀 검사를 받았다. 마침내 병원에서 그가 이해할 수 없는 말을 했다. 아니, 폐에 이상이 생겨서 종기가 났다는 말이었다. 빨리 병가를 내고 치료를 받아야 한다고 했다. 그는 이해할 수가 없었다. 조금은 불안하고 조금은 심술 나서 "쳇!"하고 말했다. 결국 의사들이 좀 더 쉽게 설명하도록 했다. 의사들은 그가 폐결핵에 걸렸으며 빨리 포를라니니 병원으로 가야 한다고 말했다.

말이 떨어지자마자 곧 수속에 들어갔다. 국민건강보험공단 등 여기저기에 수많은 신청서를 내고 한 주, 한 달, 두 달을 기다려야 했다.

톰마소는 이레네나 다른 사람들에게 아무 말도 하지 않았다. 그 모든 일이 우스꽝스럽게 느껴졌다. 화나고 신경질이 났다. 그는 의무적으로 포를라니니 병원에 가야 했지만 그래도 씩씩했다. 별것 아니며 성탄절에서 12월 26일 성 스테파노 축일까지 하루 이틀 있으면 될 일이라고 철석같이 믿었다. 그는 폐병쟁이가 아니고 결핵을 앓은 적도 없었기 때문이다.

톰마소는 아쿠아불리칸테에서 저 위 몬테베르데까지 가는 13번 버스를 타고 저녁 5시쯤 포를라니니 병원에 도착했다. 어머니와 함께 버스에서 내려 새로 난 큰길을 걸어가 포를라니니 병원 입구에 도착했다. 군부대처럼 철책이 내려져 있었고 경비 초소 같은 곳이 옆에 있었다. 뒤에 나무가 많은 정원이 보였고 그 끝에 극장처럼 큰 기둥들이 즐비한 대형 건물이 있었다.

초조하고 긴장된 마음을 안고 톰마소는 울먹이며 뒤따라오는 어머니와 함께 화단 끝에 있는 그 기둥 많은 건물로 들어가려 했다. 하지만 수위가 거칠게 그를 막고 일단 기다리라고 했다. 그는 한숨을 쉬면서 담뱃불을 붙였다. 수위가 당직 의사인 한 청년을 부르러 갔다. 의사는 그가 정식 수속을 밟았는지, 국민건강보험공단의 입원 서류를 들고 왔는지 등을 조용히 확인했다. 톰마소는 통상 절차라는 걸 알았기 때문에 참을성 있는 표정으로 귀찮아도 참고 기다렸다.

입구에서 톰마소를 원무과로 보냈다. 수위가 그를 데려다주었다. 정원을 가로질러 가는데 페르몰리오 공장에서 뿜어내는 가스 냄새가 났다. 공장은 불꽃을 뿜어내며 좀 더 아래쪽 트라스테베레 역 뒤로 새빨갛게 노을 진 하늘을 더욱 붉게 물들였다. 기둥이 많은 건물로 들어가 커다란 홀, 현관, 계단, 큰 복도와 작은 복도를 십여 분간 걷다가 다른 반원형 정원으로 나왔다. 정원 뒤 맞은편 끝, 포르투엔세 거리 쪽에 원무과가 있었다.

한마디도 없이 묵묵히 뒤따라오는 어머니와 함께 톰마소는 원무과 안으로 들어갔다. 등기를 보내고 전보를 치러 가는 우체국과 비슷하게 생긴 작은 방이 나왔다. 그곳에서 한 사람이 서류를 살피고 신상에 관련한 일반적인 질문을 했다. 그러고 나서 마침내 입원실로 갈 수 있는 환자 등록 번호를 주었다.

원무과 직원이 밖으로 나가자마자 말굽 모양의 작은 정원 입구에 입원실이 있다고 설명했다. 정면에 베란다들이 즐비한,

높고 큰 건물이었다. 톰마소는 인상을 구긴 채 초조하고 화난 얼굴로 그곳으로 갔다. 십 년 전부터 계속 가장 좋은 옷이었던 천에 파묻힌 어머니는 줄곧 말없이 톰마소의 뒤를 따라왔다.

안으로 들어가자 다시 복도, 계단, 큰 창문들이 나왔다. 지나가는 사람이 없어서 앞으로 갔다 뒤로 갔다 길을 헤매자 톰마소는 점점 더 화가 났다. 마침내 한 수녀를 본 그는 날 선 목소리로 물었다.

"수녀님, 도대체 어디로 가야 하는지 좀 가르쳐 주시죠?"

수녀는 정원을 따라 나 있는 복도에 위치한 작은 문을 가리키고는 다른 쪽으로 가 버렸다.

그 작은 문 뒤에 사무실이 있었다. 세로로 길기보다는 옆으로 넓은 방에 농부처럼 눈이 순박하고 포동포동하고 예쁜 간호 실장이 있었다. 여기서 톰마소의 모든 여정이 끝났다. 며칠 동안 그 병동에서 검사를 받아야 했다. 모든 서류를 다시 검토하고 나자 간호 실장은 톰마소가 지정받은 병실, 그의 자리로 안내할 준비를 했다.

톰마소는 어머니가 병원을 떠나야 할 순간이 오자 작별 인사를 하고 잠시 말없이 서 있었다. 놀란 어머니는 처음에 그것을 알아채지 못했다. 그래서 간호 실장이 어머니에게 귀띔해 줘야 했다. 그러자 마리아 부인은 어쩔 줄 몰라 아들을 절망 어린 눈빛으로 바라보았다.

"잘 있어, 토마, 몸 건강하렴!"

어머니가 나지막한 목소리로 말했다. 그녀는 톰마소를 꼭 끌어안자 눈물이 왈칵 쏟아질 것 같았다. 이내 그녀는 몸을 돌리고 손수건으로 눈물을 훔치며 자리를 떠났다. 두세 번 길을 헤매고 부끄러워하다가 황급히 걸음을 재촉하며 정원으로 나갔다.

둘만 남은 뒤 간호 실장이 톰마소에게 말했다.

"이쪽으로 와요."

간호 실장은 시들시들한 나무들 아래 벤치들이 즐비한 작은 안뜰로 이어지는 복도로 안내했다. 두 걸음도 가지 않아 아래는 금속이고 위는 유리로 된 병실 문 앞에 도착했다.

간호 실장이 문을 밀고 톰마소를 들여보냈다. 침대 여섯 개가 나란히 놓여 있고 끝에 창문이 하나 있는 방이었다. 창문은 포르투엔세 거리를 따라 위치한 정원으로 나 있었다. 침대에는 몇몇 환자들이 누워 있었다. 안색이 잿빛이고 방울새처럼 말랐으며 수염을 텁수룩하게 기른 노인들이었다.

들어가자마자 문 옆에 있는 첫 번째 침대가 톰마소의 자리였다. 옆 침대는 비어 있었다.

"바로 여기예요, 자리를 정리하세요."

간호 실장이 말했다. 하지만 톰마소는 그 말이 납득되질 않았다. 그게 자신의 자리, 자신의 침대라는 걸 이해할 수 없었다.

"침대 머리맡에 탁자와 옷장도 있어요."

간호 실장이 말했다. 침대 앞 벽에 흰 철제 옷장 여섯 개가 붙어 있었다.

"저녁 식사는 한 시간 후예요."

그러고 나서 간호 실장이 다른 용무를 보기 위해 서둘러 나갔다.

톰마소는 손에 보따리를 들고 그 자리에 멍청이처럼 서 있었다. 한 환자가 침대에 누워 말했다.

"물건들을 갖다 놔."

'무슨 상관이야. 제기랄⋯⋯!'

톰마소가 화내며 속으로 말했다. 그는 보따리에서 아주 천천히 물건을 꺼내 옷장에 넣었다. 옷장은 좁고 매우 작았지만 여전히 거의 텅 빈 채로 남았다. 물건을 정리하고 나자 더 이상 할 일이 없었다. 썩어 가는 다른 결핵 환자들과 함께 병원 한구석에 서서 몸을 반쯤은 밖에, 반쯤은 안에 둔 채 하릴없이 저녁 식사를 기다리는 일밖에 없었다.

저녁이 오고 빛이 천천히 사라지자 침대들이 더욱 하얗게 보였다. 소음도 사람 목소리도 아무것도 들리지 않았다.

톰마소는 침대에 누워 머리 아래로 손깍지를 끼고 자기 문제를 생각하며 한 시간을 보냈다. 그는 화가 났다.

'도대체 내가 어디 있는 거지! 이 폐병쟁이들과 함께! 젠장⋯⋯. 이 일을 어떻게 헤쳐 나가야 하지? 혹 여기서 누군가를 죽여야 나갈 수 있는 거 아니야?'

이윽고 톰마소는 일어설 수 있는 다른 환자들을 따라 저녁 식사를 하러 갔다. 간호 실장의 사무실이 있는 복도 끝에 식당이 있었다. 1200평방미터 정도 되는 큰 방에 커다란 철제 테이블들이 가득 놓여 있었다. 저녁 식사를 하려고 환자들이 오륙백 명 이상 몰려들었다.

저녁을 먹은 톰마소는 아는 사람이 없어서 병실 구석 자기 자리로 돌아왔다. 그는 잠이 오지 않았지만 미칠 듯이 화가 나서 다른 환자들 얼굴은 거들떠보지도 않고 이불 밑으로 들어갔다.

톰마소는 몸이 아팠지만 정말 아픈 건지 아니면 화가 나서 그런 건지 알 수 없었다. 그는 두세 번이나 물건을 챙겨 들고 병원을 나와 집으로 돌아갈 뻔했다.

'누가 나를 여기에 처박은 거야, 제기랄! 내가 여기 이 사람들과 똑같다고?'

톰마소는 마음을 추슬렀지만 다른 환자들과 병원에 대한 분노와 경멸은 점점 커지기만 했다. 그는 자리에 누워 높다란 흰색 천장을 가만히 바라보았다. 그것은 천장 같지가 않았고, 그는 바깥 복도나 정원에 있는 듯했다. 그곳은 잠자기 좋은 장소가 아니었다.

한참이 지나서야 마침내 졸음이 와서 톰마소는 스르르 잠이 들었다. 하지만 잠든 것 같지가 않았다. 꿈을 꾸는 동시에 감각이 생생히 깨어 있었다.

톰마소는 병원을 벗어나 밖으로 나왔고 예전처럼 건강한 몸으로 햇살을 받았다.

톰마소는 크리스폴티 거리, 이나카세에 있는 집이 아닌, 아니에네 강변 빈민촌 그 낡은 집에 있었다.

"이봐, 나는 이제 여기에 안 살아. 이봐! 난 이제 여기에 안 산다고!"

톰마소가 거의 우는 소리로 항의했다.

화창한 날이었다. 다소 강한 햇살이 하늘에서 대지로 감미롭게 내려왔다. 하지만 아무리 애를 써도 톰마소는 제방과 작은 언덕 사이로 흐르는 강물 너머 들판을 볼 수 없었다. 모든 것이 마을 판잣집 바로 뒤에서 끝나 버린 것 같았다. 그런데 그 판잣집들이 보통 때보다 훨씬 더 넓어 보였다. 누추한 집들, 진창이 된 공터, 상자들, 썩은 널빤지들, 햇볕 아래 빨래들이 널려 있는 빨랫줄과 말뚝들로 이루어진 거대한 도시 같았다.

하늘에서 내려오는 빛이 모든 것을 한층 더 크고 깨끗하고 거의 장엄하게 보이게 만들었다. 나뭇잎 모양 벽돌로 쌓은 벽, 양철과 방수포로 덮은 지붕, 오래 묵어 얇아진 더러운 나무 칸막이 등 모든 것이 호화로운 재료로 만든 듯 보였고, 햇살에 투명하고 아름답게 빛났다.

톰마소의 판잣집은 궁전 같았다. 오줌 섞인 시커먼 진창에 놓인 접이식 긴 의자는 편안한 안락의자 같았다.

톰마소는 의자에 앉아 햇볕을 쬐며 꾸벅꾸벅 졸고 있었다. 평생 그런 기분을 느껴 본 적이 없을 만큼 편안했다. 목 안을 콕콕 쑤시던 울고 싶은 마음도 그 순간 그를 괴롭히지 못했다.

톰마소의 어머니가 집 안을 청소하고 있었다. 그녀는 아주 명랑해 보였고 누군지 모르겠지만 어떤 사람과 이야기하고 있었다.

톰마소의 다리 사이에서 티토와 토토가 놀고 있었다.

티토와 토토는 평소처럼 누더기를 걸쳤다. 티토는 채반처럼 구멍이 숭숭 뚫린 외투 속에 턱을 푹 파묻고 있었다. 토토는 구호단체에서 얻은 플란넬 잠옷 바지 위에다 꾀죄죄한 미제 스웨터를 입었는데, 등 뒤에 럭비 선수 두 명이 찍혀 있었다. 이유는 모르겠지만 그 누더기들이 실크로 만든 것처럼 보였고, 찢어지고 해지고 얼룩진 것이 자수를 놓은 것 같았다.

티토는 진창에 머리를 박고 진흙 범벅이 된 채 짧은 두 다리를 들어 올리려 하다가, 배를 드러낸 채 철퍼덕 하고 반대편으로 고꾸라졌다. 아이는 잠시 진창에 누워 기분이 아주 좋은 듯 입을 크게 벌리고 웃었다.

한편 토토는 강아지 흉내를 냈다. 앞마당 주변, 벽은 없고 지붕만 얹은 곰팡이 핀 차양 아래, 진흙이 덕지덕지 붙은 말뚝들 사이, 판잣집 담벼락 옆을 네 발로 뛰어다녔다. 그러다가 진짜 강아지처럼 멍멍 짖곤 했다.

이따금 두 어린 형제가 어쩌다 서로 머리통이라도 박으면 마주 보며 얼싸안았다. 마치 "자, 어서, 서로 뽀뽀해!"라고 시킨 사람의 명령에 순순히 따랐다가, 그 명령을 내린 사람이 그들의 존재를 잊어도 계속 뽀뽀할 것처럼 서로 꼭 부둥켜안고 있었다. 그렇게 부둥켜안고 때때로 뽀뽀를 하면서 새끼 원숭이들처럼 웃으며 주변을 두리번거렸다.

판잣집들 사이 비좁은 골목에서 톰마소의 아버지가 불쑥 나왔다. 그는 화려하게 차려입었는데 검은 정장에 검은 모자를 쓰고 멋진 넥타이를 맸으며 한 손엔 장갑을 끼고 나머지 한쪽 장갑은 손에 들었다.

아버지는 담배를 피우면서 새 구두를 신었을 때처럼 발이 아픈 듯 걸었다.

"토마, 아침은 먹었니?"

아버지가 집 안으로 들어가면서 톰마소에게 물었다.

난생처음 아버지에게 그런 질문을 받았기 때문에 톰마소는 놀란 눈으로 아버지를 쳐다보았다.

"네에."

톰마소는 정말 기뻤지만 좋아하는 기색을 숨기기 위해 일부러 기지개를 펴면서 말했다.

한편 이웃들이 마당 주변에 있었다. 그들은 조용히 마당에 모여 살포시 서로 웃으면서 톰마소의 판잣집 쪽을 쳐다보고 있었다.

'쳇, 이 사람들이 뭘 원하는 거야?'

톰마소가 그들을 쳐다보며 생각했다. 그는 일어나 집 안으로 들어갔다. 그의 어머니가 테이블 옆에 있는, 너덜너덜하고 등받이 없는 의자에 앉아 있었다. 어머니도 깨끗한 흰옷을 입었다. 그는 어머니를 보자 이유는 모르겠지만 갑자기 두려움에 사로잡혀 부들부들 떨면서 그녀에게 물었다.

"엄마, 설마 죽은 거야?"

마리아 부인이 웃음을 터뜨렸다. 그녀는 의자에서 일어나 찬장 쪽으로 갔다. 그녀는 찬장을 열고 먹을 것을 끝도 없이 꺼내기 시작했다.

"먹으렴, 토마!"

어머니는 아주 상냥하고 애정이 담뿍 담긴 목소리로 말했다. 그녀는 테이블에 페투치네 파스타, 계란, 닭 요리, 샐러드, 복숭아를 올려놓았다.

"고마워요, 엄마."

톰마소는 음식을 먹기 시작했고 부모님은 웃으면서 그 모습을 지켜보았다.

집이 좀 더 커진 것 같아서 톰마소는 예전 집 내부 구조를 알아보기 힘들었다. 집을 둘로 나누는 칸막이가 너무 높아서 끝이 보이지 않았다. 칸막이는 서까래에 닿을 수 없을 정도였고, 그 위에는 어딘지 잘 알 수 없는 빈 공간이 있는 듯했다.

"저쪽엔 뭐가 있어요?"

톰마소가 페투치네 파스타를 먹으면서 어머니에게 물었다.

"뭐긴, 네가 자는 곳이잖아!"

그 순간 왁자지껄 즐겁게 서로 떠밀면서 이웃들이 집 안으로 들어왔다. 모두들 즐거워했고, 눈은 웃고 있었다.

"신랑 신부 만세!"

누군가가 소리쳤다. 잠시 후 온통 잔치 분위기가 되었다.

"신랑 신부 만세, 신랑 신부 만세!"

모두들 소리쳤다.

"어서 가서 카를레토를 불러와, 기타도 가져오라고 해!"

한 사람이 소리쳤다. 카를레토는 이미 기타를 들고 그곳에 있었다. 그는 앞머리가 흐트러진 채 두 눈을 빛내며 기타를 연주하고 노래했다.

신랑 신부는 톰마소의 아버지와 어머니였다. 그들은 그 축하 파티에 감동하며 웃고 있었다. 아름다운 흰 실크 드레스를 입은 조그맣고 귀여운 마리아 부인의 허리를 토르콰토 씨가 잡고 있었는데, 사진을 찍기 위해 포즈를 취하는 것 같았다.

한편 톰마소는 자신의 존재로 인해 결혼 축하 파티가 방해받지 않도록 조금 떨어져서 식사를 계속했다. 그는 먹는 데에만 신경 썼다. 앞에 놓인 접시에 페투치네 파스타가 산처럼 수북이 쌓여 있어서 포크로 돌돌 감을 수가 없었다. 그랬다간 파스타가 밑으로 흘러내릴 것 같았다.

톰마소가 처음 맛본 음식인 듯했는데 정말 맛있었다. 페투치네 파스타 위에 페코리노 치즈가 수북이 뿌려져 있었고, 면은 정말 달걀을 넣어 만든 것처럼 보였다. 면은 노르스름하니 먹음직했고, 매끄럽고 부드럽지만 알맞게 설익어서 씹히는 맛이 일품이었다. 버터를 섞은, 색깔이 예쁜 토마토소스도 뿌려져 있었다. 접시 여기저기에 아직 손대지 않은 버터 조각 서너 개가 있었다. 버섯과 페코리노 치즈 조각에 닭 조각을 섞어 버무린 요리도 있었는데, 보기만 해도 군침이 흘렀다.

하지만 톰마소는 좋아하는 그 음식들을 삼키기가 어려웠다. 목구멍이 좁아든 것 같아서 숨 쉬기조차 힘들었다. 그는 저쪽에 뭐가 있는지 보러 가고 싶다는, 미칠 것 같은 욕망에 사로잡혀 칸막이 쪽만 바라보았다.

주변 사람들이 웃고 소리치고 춤추면서 이해할 수 없을 정도로 난리 법석을 치는 동안 그의 어머니는 톰마소에게 다가와 몸을 숙이고 귓속말을 했다.

"토마, 칸막이 안을 봐서는 안 된다!"

"알았어요, 엄마."

톰마소는 감정을 자제하면서 상냥하게 대답했다.

"페투치네는 더 못 먹겠어요!"

이윽고 톰마소는 약간 당황하며 말했다.

"그럼 그건 내버려 두고 닭 요리를 먹으렴."

이웃들 모두 만족해했다. 톰마소는 조금 어리둥절했지만 내색하고 싶지 않았다. 그는 닭 다리를 손에 들고 먹기 시작했다. 그러면서도 한편으론 어떻게 해야 저쪽 칸막이 너머에 가 볼 수 있을까 생각했다. 닭고기도 페투치네 파스타처럼 하늘에서 내린 진미였지만 그는 삼킬 수가 없었다.

'제기랄…… 왜 안 된다는 거야? 여긴 우리 집이잖아? 저쪽은 내 잠자리잖아?'

톰마소는 불쑥 그런 생각이 들었다.

'샐러드와 복숭아는 나중에 먹으면 되잖아, 안 그래?'

톰마소는 자리에서 일어나 노래를 계속하는 카를레토의 등 뒤를 지나서 칸막이 너머로 갔다.

집 전체가 더 넓어 보였듯 칸막이 뒤 공간도 훨씬 넓었다. 칸막이는 높이 솟아올라 허공으로 사라졌다. 벽돌 바닥은 깨진 데 없이 아름답게 빛났다. 톰마소가 잠자던 침대가 나무와 방수포로 만든 안쪽 벽 앞에 놓여 있었다. 처음부터 누군가가 침대에 누워 있다는 것을 알았던 톰마소는 침대 가까이로 다가갔다. 그는 온몸이 후들거려서 걸을 수가 없었고 서 있기도 힘들었다.

어쨌든 톰마소는 침대로 다가가 떨면서 이불을 잡아챘다. 렐로였다. 렐로는 머리부터 발끝까지 검은 피를 잔뜩 묻히고 입을 벌린 채 침대에 꼼짝 않고 누워 있었다. 이내 그가 일어나 매트리스 위에 앉았다. 그는 침대에 앉아 입을 벌린 채 톰마소를 골똘히 쳐다봤다. 놀라움과 공포에 질려서 톰마소를 처음 본 사람처럼 쳐다봤다. 뭔가를 말하고 싶지만 소리가 목구멍에서 나오지 않는 듯했다. 렐로는 앞쪽으로 몸을 구부정히 숙이고 앉았다. 그는 뭉개져서 뼈와 살점 더미로 변한 오른손을 허공에 내밀어 들었다. 오른팔에서 피가 뚝뚝 떨어지며 소매 끝과 바지를 더럽혔다. 그는 두 다리를 펴고 움직이지 않았다. 발 하나도 완전히 으깨져서 피범벅이 됐고, 진흙으로 얼룩진 신발 가죽밖에 보이지 않았다.

렐로는 자기 손과 다리를 쳐다보기도 하고 톰마소를 쳐다보기도 했다. 하지만 마침내 뭔가를 말할 수 있게 되자 톰마소의 눈만 똑바로 쳐다보며 소리쳤다.

"도망쳐, 토마, 그들이 널 잡으러 올 거야!"

"왜?"

톰마소가 떨면서 물었다.

"도망쳐, 토마, 어서!"

렐로가 놀라서 거의 사정하는 목소리로 계속 다그쳤다.

침대, 썩은 널빤지로 만든 벽, 판잣집 구석이 주변에서 사라졌다. 렐로는 산타비비아나 아치 앞에 서 있는 전차를 타고 프린치페디피에몬테 거리 돌 포장도로에 앉아 있었다. 그는 허공에 절단된 손을 가만히 내밀고 여전히 두려움에 떨면서 톰마소에게 도망치라고 부탁했다. 하지만 그의 목소리는 아주 시끄러운 고함 소리에 묻혀 버렸다. 그 소리는 담벼락과 거리와 주변 광장에 귀가 멍멍해질 정도로 울려 퍼졌다. 그것은 경찰차 사이렌 소리였다. 경찰차는 사이렌 소리를 줄였다 늘렸다 하며 그 지역을 계속 순찰하면서 점점 더 가까이 다가왔다. 톰마소의 어머니도 그곳에 있었다. 그녀가 톰마소를 꼭 부둥켜안고 뽀뽀를 했는데 그의 뺨에 침이 약간 묻었다. 이제 경찰차 사이렌 소리가 아주 가까운 거리, 길모퉁이 뒤에서 들려왔고 경찰차가 막 도착하려는 참이었다.

"날 놔줘, 놔 달란 말이야, 엄마. 오, 하느님, 도와주세요!"

그러다가 잠이 깬 톰마소는 이내 침대에 앉았다. 주변을 돌아보았지만 아무것도, 벽도, 창문도, 나란히 놓여 있는 침대들도 분간이 되지 않았다. 검은 머리 청년이 옆 침대에서 한 손으로 뺨을 받치고 그를 바라보고 있었다.

"이봐…… 너 삼십 분째 소리치고 있어!"

청년은 기쁜 얘기를 해 주려는 것처럼 즐겁게 말했다.

"내가 어디 있는 거야?"

톰마소는 쓸데없는 질문이라는 걸 알면서도 자기도 모르게 물었다.

청년은 재미있다는 듯 깜짝 놀란 얼굴로 대답했다.

"포를라니니 병원이잖아! 네가 어디 있는 줄 알았어?"

청년은 생글생글 웃는 눈으로 톰마소를 놀랍다는 듯 쳐다
보았다.

톰마소는 정신을 차리려고 애쓰면서 잠시 침묵했다. 그는
땀에 흥건히 젖어서 돌돌 말려 있는 침대 시트를 정리했다.

"이봐, 너한테 무슨 일 있었나?"

검은 머리 청년이 장난스럽게 물으며 대화를 계속하려 했다.

톰마소는 어리둥절하기는 했지만 청년의 말이 맞다는 걸 알
았다.

"그래, 빌어먹을 내 영혼에 일이 생겼다!"

톰마소가 대답했다.

"어디서 왔어?"

톰마소가 베개를 돌리면서 물었다.

"빌라아드리아나에서, 너는?"

"피에트랄라타."

톰마소는 골똘히 생각하며 잠시 침묵을 지켰다. 아직도 온
몸이 덜덜 떨렸다. 톰마소가 옆 사람에게 물었다.

"넌 여기 있은 지 오래됐어?"

"여섯 달하고도 며칠 됐어."

청년이 껄렁껄렁하게 대답했다.

"여섯 달?"

톰마소가 눈이 휘둥그레지며 소리 지르다시피 했다.

"나보고 그렇게 있으라고만 해 봐, 제기랄……. 난 철조망을

뛰어넘어 도망갈 거야!"

톰마소는 오른손을 칼 잡듯이 쥐고 왼손바닥에다 서너 차
례 세게 때렸다.

"그들이 원하는 녀석을…… 이 안에다 가둘 수 있겠지만
나, 푸칠리는 이 안에 가둬 놓을 수 없어!"

톰마소가 몹시 불쾌해하며 말했다.

"그렇게 말한 사람은 너밖에 없어!"

청년이 침착하게 조금은 빈정거리며 말했다.

"이 안에 있는 사람들은 여기에 남으려고 싸우니까 말이야!
그들은 대문 밖으로 쫓겨나도 창문으로 다시 기어들어 와!"

"밖에 나가면 먹을 것이 없나 보지!"

"넌 밖에 나가면 뭐 할 건데?"

청년이 포용력 있게 말했다.

"누가 너한테 수프 한 접시라도 줄 거라고 생각해? 우리가
환자라는 거, 너 몰라? 모두들 우릴 받아 주지는 않는다고! 적
어도 여기선 비가 오나 바람이 부나 편히 지낼 수 있어! 밖에
나갈 때 얼마 주는지 알아? 300리라야! 그거 갖고 먹고살아야
한다고……."

톰마소는 어깨를 으쓱하며 비아냥거렸다.

"상관없어. 난 구걸하고 싶지 않아! 밖에 나가면 차라리 도
둑질을 하겠어!"

하지만 검은 머리 청년은 톰마소의 말을 듣지 않았다. 그의
머릿속에 다른 생각이 스쳐 지나갔기 때문이다.

"하지만 그들은 우리 말을 듣게 될 거야! 우리가 이렇게 자
꾸 큰 소리로 요구하면 억지로라도 우리 권리를 인정해 줘야

할 거야! 여기선 우리가 알아서 찾아 먹어야 해. 구호단체는 우리릴 전혀 신경 쓰지 않아. 그들은 싫증 내기 시작했어! 그래도 나중에 여기서 나갈 때 우리가 기대하는 것을 줘야 할 거야! 그리고 병이 완쾌되자마자 곧바로 일자리도 찾아 줘야 해!"

톰마소는 조용히 듣고 있다가 그를 쳐다봤다.

'이 자식 미친 거 아니야? 무슨 얘기하는 거야?'

"우리의 불행은……."

검은 머리 청년이 계속 말을 쏟아 냈다.

"이 안에서 모든 일을 발 벗고 나서서 했던 녀석이 죽었다는 거야! 바로 그저께 죽었어……. 수술받다가……. 친구보고 침대 옆에 있어 달라고 했지. 느닷없이 신부가 들이닥쳐 고해성사를 하는 일이 없도록 하려고 말이야……."

'자식, 말 진짜 많네…….'

톰마소가 생각했다.

"우리 또래였어, 스무 살……. 그 자식은, 그래, 진짜 남자였어……. 가만히 있어야 할 때는 가만히 있다가도 행동해야 할 때는 끝까지 밀어붙였지……. 너한테 사진을 보여 줄게……."

청년은 침대 머리맡 탁자에서 사진이 붙어 있고 부고가 적힌 반들반들한 종이 한 장을 꺼냈다. 그는 그 종이를 톰마소에게 내밀었다. 톰마소는 청년의 기분을 맞춰 주려고 사진을 받아 들고 손가락 사이로 돌리면서 쳐다봤다.

"이름이 베르나르디니야……."

검은 머리 청년이 점점 더 흥분하며 설명했다.

톰마소는 죽은 사람의 사진을 한번 힐끗 보았다. 그는 얼굴이 길고 결단력이 있어 보였으며 안경을 썼는데, 그 모습이 교황과 조금 비슷했다. 검은 머리 청년이 계속 말했다.

"우리가 기대한 일등품이 아니라고 해서 녀석이 물건을 실은 트럭 두 대를 그냥 돌려보낸 날을 네가 봤어야 하는데! 그들은 녀석한테 아무 짓도 할 수 없었어. 빙빙 돌다가 그냥 떠났지!"

'쳇! 가관이군!'

톰마소가 큰 소리로 물었다.

"친구, 너 이름이 뭐야?"

"로렌초."

"에에에, 이름 멋진데……."

톰마소가 하품하면서 말했다.

로렌초라는 이 청년은 이름을 말하고 나서 수다를 떨고 장황하게 설명하던 그 열정으로 이번에는 깊이 침묵에 빠졌다. 아이들이 그렇듯 갑자기 잠든 모양이었다.

하지만 톰마소는 정신이 말짱했고 잠이 오지 않아서, 녀석이 다시 수다를 떨어 줬으면 싶었다. 잠시 후 톰마소가 녀석을 불렀다.

"이봐, 친구!"

하지만 다시 잠에 곯아떨어진 청년은 대답하지 않았다. 베개를 베고 가만히 누워 있는 그의 검은 머리와 얼굴 한 부분이 보였을 뿐이다.

톰마소는 계속 몸이 아팠다. 아직 담배가 남아 있다면 일 년치 목숨을 주고라도 담배를 피우고 싶은 심정이었다.

톰마소는 한동안, 아마 한 시간 이상 침대에 누워서 땀을 뻘뻘 흘리며 깨어 있었다.

이윽고 뭔가가 변했다. 바깥은 더 이상 캄캄하지 않았고, 엷은 빛이 대기를 하얗게 밝히는 느낌이었다. 그 모습이 인상적이었다. 페르몰리오 공장에서 하늘에 불꽃을 날려 올리며 대기를 밝히는 모양이었다. 소음 하나, 목소리 하나 들리지 않았다.

하지만 이때 아주 천천히 종소리가 들리기 시작했다. 종소리는 멀리 병동과 정원 너머, 포르투엔세 거리나 비냐피아 근처 성당 혹은 카살레토, 코르비알레, 산타파세라 같은 지역에 새로 지은 몇몇 성당에서 들려오는 것처럼 숨죽인 듯 미약했다……. 그것은 톰마소가 들어 보지 못한 소리였다. 혹시 어렸을 때 들어 봤을 수도 있지만 기억이 나지 않았다. 종소리는 땅속 깊숙이에서, 혹은 빛이 약간 아롱거리며 화창하고 행복한 하루를 예고하는 듯한 새벽 구름 위 하늘 어느 끝자락에서 들려오는 듯했다. 그것은 새벽 예배를 알리는 종소리였다. 밝아 오는 날을 위한 축제의 소리인지 아니면 어느 누구의 죽음이나 불행을 알리는 소리인지 아직은 알 수 없었다. 아니면 두 경우 다 해당돼서 서로 섞이면서 상쇄되는 것인지도 몰랐다. 종소리는 단 한 가지 소리였다. 미약하지만 끈질기게 되풀이됐다. 톰마소는 그 소리가 무엇을 의미하는지 이해할 수 없었다. 그것을 이해할 기회도 없었고 그런 말도 듣지 못했기 때문이다. 지금까지 그런 것에는 전혀 신경 쓰지 않았더랬다. 세상에 그런 것들이 존재하지 않는 듯 그에게 말해 주는 사람도 없었다. 하지만 지금 그 소리는 존재했다. 그것도 동동동동 하고 강하게 들려왔다. 깨끗한 회색빛 동이 텄고 대기가 스스로 내부 깊숙한 곳부터 밝아지면서 모든 사물, 담벼락, 나무, 마을, 거리를 다시 드러냈다. 그 대기를 뚫고 아직 잠들어 있는 그 지역을 가로질러 소리가 들려왔다. 누군가를 위해 일부러 울리는 종소리가 틀림없었다. 종을 울리게 한 신부를 위해, 성당지기를 위해, 어떤 노파들을 위해, 야간 근무를 마치고 그 시간에 돌아가는 노동자들을 위해, 기차를 타고 떠나야 하는 사람들을 위해 말이다.

하지만 그 종소리, 일상의 삶이 다시 시작되었음을 알리는 그 신비한 동동동 소리는 아니라고, 모든 것은 부질없다고, 모든 사람이 살아 있는 것 같지만 이미 죽어 땅에 묻힌 길 잃은 영혼들이라고 말하는 듯했다. 동시에 그 소리에 진흙, 비, 카페라테 냄새가 묻어오는 것처럼 느껴져서 종소리는 새삼 침착하고 신선한 느낌을 줬다.

이제 시작된 그 종소리는 결코 끝나지 않을 것 같았다. 아니, 트라스테베레, 테스타치오, 산파올로에 있는 성당들에서 들려오는 여러 종소리들이 같은 우울함을 담고 울리기 시작했다. 그 소리에 어리벙벙해진 톰마소는 점차 저항할 수 없는 깊은 잠에 빠져들었다. 그는 돌처럼 굳은 채 서서히 잠들면서도 마음속에서는 그 종소리에 대한 분노가 일어 욕을 퍼부었다. 그는 납덩어리처럼 무거운 잠에 빨려 들면서 한동안 편안히 잠을 청했다.

톰마소는 또 다른 종소리가 들리는 것 같아서 잠을 깼다. 완전히 잠이 깨자 또 다른 종소리가 정말 들리는 걸 알았다. 하지만 이번에는 아주 가까이에서 들렸다. 거의 머리 위에서, 바로 옆 병동에서, 병원 성당에서 들리는 듯했다.

이미 날이 환히 밝았다. 창문으로 눈부신 하얀빛이 들어왔다. 빛이 점점 더 하얘지면서 타일 바닥에 놓인 침대들과 잠자는 사람들의 모습이 보였다. 이미 잠에서 깬 사람은 침대에 앉아 있거나 침대 머리맡 탁자 옆에 서서 우유처럼 맑은 빛을 쐬고 있었다.

종은 단 하나였다. 소리가 빠르고 컸다. 당당당 하고 세 번 울리고 다시 뎅뎅뎅 하고 세 번 울렸다. 이윽고 잠시 쉬었다가 당당당, 뎅뎅뎅 소리가 번갈아 들렸다. 그런 식으로 종소리가 계속 반복됐다. 죽음을 알리는 소리였다. 톰마소는 그 소리를 잘 알아서 금방 분간해 낼 수 있었다. 하루가 시작됐지만 주변이 아직 너무 조용해서 종소리는 점점 더 커졌다. 사방에서, 창문에서, 복도에서 그 날카롭고 요란한 소리가 들려오면서 귀를 멍멍하게 했다.

종소리가 멈추지 않았다. 종소리는 누군가가 죽었다는 것을, 불쌍한 어떤 사람이 황천길로 떠났다는 것을, 예수그리스도가 누군가를 데려갔다는 것을 말해 주었다. 소리가 너무 집요해서 머릿속이 멍멍해졌다. 종소리가 그칠 때마다 이젠 완전히 그쳤다고, 종소리가 새벽 침묵에 삼켜져 체념하고 순순히 물러났다고 생각했다. 하지만 이내 당당당 소리가 세 번 들리고 다시 뎅뎅뎅 소리가 이어졌다.

하늘은 이제 밝았지만 여전히 잿빛이었다. 아마 날이 채 밝지 않아서 아니면 구름이 잔뜩 끼어 있어서 그랬을 것이다. 이제 막 태동한 그 빛 속에서 살아 있는 유일한 것은 울리고 또 울리고, 숨을 고르기 위해 잠시 침묵했다가 다시 울리고 또 울리는 그 종소리였다.

*

일어날 시간이었다. 톰마소는 뭘 해야 하는지 알지 못했다. 계속 곁눈질하면서 그냥 침대에 있었다. 톰마소와 같이 병실을 쓰는 결핵 환자 네 명 중 병이 중한 한 사람만 빼고 모두 천천히 일어났다. 톰마소의 옆 침대를 쓰는 청년은 자리에 없었다. 어디로 갔는지 누가 알까마는 그건 그가 상관할 일이 아니었다. 다른 환자들은 말없이 해야 할 일을 했다. 그들은 발목까지 길게 내려오는 흰 셔츠를 입고 세면대로 갔다. 한 명씩 좀비같이 생긴 낯짝을 씻고 수건으로 닦은 다음 셔츠나 흰 팬티 위에 누구는 재킷을, 누구는 스웨터나 숄을 걸쳤다.

그들은 체념 어린 표정으로 서로 몇 마디 주고받았을 뿐 톰마소에게는 아무도 말을 걸지 않았다. 톰마소는 그들을 바라보자니 구역질이 났다.

'허약한 인간들! 현재의 자신에 대해 만족할 배짱이나 있을까? 자신들을 뭐라고 생각하는 걸까, 일광욕이나 즐기면서 신부 노릇이나 하러 온 줄 아나?'

이내 톰마소도 후다닥 일어났다. 이불을 걷어차고 입고 있던 셔츠 차림에 맨발로 세면대에 가서 씻은 다음 자기 것이 분명한 깨끗한 수건으로 닦았다. 그다음 머리를 빗으며 평상시처럼 잠시 꾸물거렸다. 그는 그 방에 있는 한심한 작자들처럼 자신도 수염이 텁수룩한 걸 보았다.

"내가 저 사람들처럼 추해 보일까? 하! 그렇게 보일지 몰라!"

톰마소는 씁쓸하게 중얼거렸다. 그는 옷장에 가서 형이 병원에 가져가라고 선물한 면도기를 꺼냈다. 여드름 사이로 수염이 몇 올 보이지 않았기 때문에 금방 면도를 끝냈다.

톰마소는 면도를 마치고 옷을 입었다. 그렇게 셔츠 차림으로 있기가 싫었다.

'저 사람들은 땅에 들어갈 때나 좋은 옷을 입으려나?'

톰마소는 입을 삐죽이며 비웃었다.

그는 다시 옷장으로 가서 가지고 있는 제일 좋은 옷을 꺼냈다. 말이 제일 좋은 옷이지 이 년 전에 포르타포르테세에서 중고로 구입한 것이었다. 그는 깨끗한 셔츠에 넥타이까지 매고 가능한 정성 들여 갖춰 입었다. 마침내 외출할 준비가 됐다.

'이제 뭘 하지, 제기랄!'

톰마소는 자물쇠와 열쇠가 없는 금속 문을 지나 병실을 나왔다. 그는 복도로 나온 뒤 인상을 찌푸린 채 주변을 둘러보았다. 누군가가 남루한 옷을 질질 끌면서 황급히 왔다 갔다 했다.

"쳇."

톰마소는 심술 난 듯 얼굴을 찌푸리며 말했다. 그는 소음과 목소리 들이 들리는 쪽으로 몇 걸음 걸어갔다. 그는 주변을 힐끔거리며 복도를 잠시 걸어갔다. 복도 끝에서 흰옷을 입은 키 작은 여자가 보였다. 그녀는 찻잔과 접시가 가득 담긴, 자신보다 큰 쟁반을 배에다 받쳐 든 채 걸어가고 있었다.

"식사 시간인 모양이군! 거 잘됐네!"

톰마소는 더욱 심술 난 얼굴로 아까 그 촌닭이 나왔던 곳으로 가면서, 실수할 경우 망신 당하지 않도록 조심했다. 그곳에서 복도가 넓어지며 테이블들이 가득한 작은 홀이 나타났다. 환자들이 테이블 주변에 앉아 조용히 아침을 먹고 있었다.

톰마소 또래의 청년들이 두 테이블을 차지하고 있었다. 톰마소는 그쪽으로 가야 하는지 아니면 자신을 위한 자리가 다른 곳에 있는지 어찌할 바를 몰랐기 때문에 흥분해서 상기된 얼굴로 주변을 잠시 둘러보았다.

'젠장……! 여기에 앉지 뭐, 네깟 놈들이 어떻게 할 거야?'

청년들이 앉아 있는 테이블 끝자리가 비어 있었다. 톰마소는 가서 앉아 기다렸다. 누구도 그를 쳐다보지 않았다. 그는 자기 생각을 하는 척하며 그들의 대화를 들었다. 그들은 모두 이틀 전에 죽어서 지금 장례식을 하는 그 베르나르디니에 대해 얘기하고 있었다.

'모두들 그 자식에 대해 무슨 얘기를 하는 거지? 어떤 자식이었을까? 조아키노 벨리*라도 되나?'

톰마소는 귀를 쫑긋 세웠다.

베르나르디니가 이제 죽고 없는 이상 모든 게 끝났으며 그들이 세운 모든 계획은 곧 잊힐 거라고 한 청년이 말했다. 그가살아 있다면 적어도 국회의원이나 장관은 될 수 있었을 거라고 또 다른 사람이 말했다.

'쳇! 가관이군! 그 이상은 못 되나 보지!'

키 작은 여자가 톰마소에게 밀크 커피와 함께 빵과 버터, 꿀이 담긴 접시를 가져다줬다. 톰마소는 베르나르디니를 비롯해 다른 모든 얘기에 대해서는 싹 잊고 허겁지겁 음식을 먹기 시작했다. 다른 사람들도 조용히 서둘러 식사를 마쳤다. 이윽고 그들은 서로 동의가 된 듯 일제히 일어나 함께 나갔다. 노인 몇 명도 그들을 따라갔다.

---

* Gioacchino Belli(1791~1863). 이탈리아 시인.

'자식들, 어디 가는 거야……. 빌어먹을 놈들! 로마에 불이라도 났나?'

그들을 따라가기 위해 톰마소도 서둘러 식사를 했다. 그는 꿀을 바른 마지막 빵 조각을 꿀꺽 삼키고 소매로 입을 닦고 나서 식당을 나와, 알지도 못하는 복도와 계단 들을 지난 끝에 결국 정문을 찾아 나왔다.

밖에 정원이 있었고, 그 끝에 포르투엔세 거리와 발코니에 빨래들이 걸린 서민주택들이 있었다.

소나무, 삼나무, 떡갈나무 등 모두 상록수들뿐이었다. 원무과와 접견실 사이, 남성 병동의 커다란 날개 건물과 정형외과 병동 사이에 있는 크고 작은 길에는 그 시간에 거의 사람이 보이지 않았다. 이른 시간이라 모두 아침 식사 중이었다. 늙은 정원사 몇 명만 지나갔다. 정원사는 후추알만큼 작았는데, 파란 챙 모자 아래로 누렇게 뜬 병든 노인의 얼굴이 보였다. 그들은 2미터쯤 되어 보이는 장대 빗자루를 들고 큰길과 작은 길들을 느릿느릿 쓸었다.

찬란한 태양, 눈부신 햇살이 있었다! 강렬해지는 햇살 때문에 눈앞의 정경이 시시각각 변했다. 녹색은 더욱 진한 녹색으로, 하늘색은 더욱 진한 하늘색으로 변했다. 하늘에는 구름 한 점 없어서 쌍안경을 쓰고도 아무것도 찾지 못할 정도였다. 공기는 큰북 가죽처럼 탱탱했다. 그래서 가까이 혹은 멀리 떨어진 동네에서 나는 미세한 목소리들, 새로 시작되는 하루의 소음과 웅성거림이 공기를 타고 들려왔다. 눈부실 정도로 찬란한 태양 아래서 모든 것이 너무나 투명하고 아름다웠다. 훈훈한 흙 내음, 바짝 마른 깨끗한 풀 내음, 바다 바람 냄새도 났다. 오스티아 해변을 찾게 되는, 일 년 중 가장 아름다운 그런 날이었다. 모두들 마음속에서 가려움증, 즐기러 가고 싶은 미친 듯한 열망을 느끼게 되는 그런 날이었다.

톰마소는 발길 닿는 대로 정원을 돌아다니며 사람들이 간 길을 찾아내려 애썼다. 정원은 그리 크지 않았지만, 길을 모르는 사람이 방향을 잡기는 그리 수월하지 않았다. 다행히 그는 다른 환자 무리를 보았다. 그들도 대부분 젊은이들이었다. 톰마소는 잠깐 그들을 지켜보다가 그들이 지나간 다음 아무 일 아닌 척 따분하다는 듯 얼굴을 찡그린 채 천천히 그들을 따라갔다.

톰마소는 그들을 따라가면서 비스듬히 나 있는 내리막 샛길을 잠시 걸었다. 라마치니 대로에 있는 정문 쪽도, 포르투엔세 거리 쪽도 아니었다. 그곳 정원에는 사람 손길이 덜 닿았고, 작고 어린 나무들과 크고 늙은 소나무들이 섞여 있었으며, 선인장과 함께 화분들이 반쯤 땅에 파묻힌 채 여기저기 널려 있었다. 내리막길 너머에, 담벼락 너머에 분명 포르투엔세에서 몬테베르데까지 이어지는 작은 길이 있었다. 정원 오솔길은 그 길과 나란히 나 있었다. 그 길 끝, 정문 앞 공터에 사람들이 모여 있었다.

톰마소는 신중하게 접근하려고 애쓰면서 한 걸음씩 그쪽으로 다가갔다. 사람들이 얘기하던 바로 그 베르나르디니의 운구 행렬이라는 걸 그는 이내 감지했다. 베르나르디니의 친구들인 환자들이 모여 있었다. 어떤 이들은 정문 옆 빈터, 케이크같이 생기고 수위실인 듯한 작은 건물 아래 모여 있었고, 어떤 이들은 아주 매끄러운 담벼락과 커다란 색유리가 들어간 또 다른 타원형 건물 아래 모여 있었다. 그 건물로 사람들이 들어가고 나왔다. 그곳은 영안실이 분명했다. 잠시 후 건물 정문이 열렸다. 건물 밖 길 위에는 신부를 태운 영구차가 있었고 타원형 건물 안으로 사람들이 관을 가지러 갔다. 관을 영구차에 싣자 사람들이 울면서 차를 따라갔다. 그리고 장례식이 있었다. 차 지붕을 화환으로 덮은 자동차들이 많았다. 점점 더 뜨거워지는 아름다운 햇살이 그곳의 평온한 침묵을 지배하는 가운데 꽃들이 산호초처럼 강렬하고 밝게 빛났다.

톰마소는 병세가 중해 장례식을 따라갈 수 없는 몇몇 환자들과 함께 뒤에 남았다. 장례식이 끝나자 환자들은 각자 일을 보러 병원 쪽으로 갔다.

톰마소도 발길을 돌려 지나온 길을 다시 걸어갔다. 이제 혼자였고 할 일이 아무것도 없었다. 그는 담배가 없어서 절망스러웠고, 숨 막힐 정도로 담배를 피우고 싶었다.

"제기랄, 미치겠군, 이렇게 체념하고 살 순 없어!"

톰마소는 이를 갈며 거의 우는 소리로 말했다.

태양의 열기가 뜨거운 가운데 주변이 텅 비었고 인적이 없었다. 오솔길 어귀에 아직 푸릇푸릇하고 신선하지만 열기에 썩기 시작하는 양배추 꽁지들이 2미터 높이로 쌓여 있었다.

좀 더 걸어가자 아까는 미처 보지 못했던 또 다른 빈터에 작고 허름한 집 한 채가 있었고 그 앞으로 작은 다리가 놓여 있었다. 그 집은 작은 공장이나 소각로처럼 보였다. 지붕에 위로 갈수록 넓어지는 우습게 생긴 굴뚝이 하나 있었다. 청소부인 듯한 두 사람이 자루를 실은 수레를 밀고 있었다. 그들은 너무 말라서 옷이 걸어 다니는 것 같았고 다리는 휘었으며 머리에는 혹이 잔뜩 나 있었다. 그들은 소각로 앞에 당도하자 기진맥진한 듯 헐떡거렸지만, 서두르지 않고 천천히 자루를 들더니 소각로 안으로 굴려 넣었다. 이윽고 그들은 새처럼 작은 어깨를 꼽추처럼 구부리고 한마디 말없이 사라졌다. 톰마소는 등을 돌려 정원 쪽으로 갔고 자신의 병동 정면에 도착했다.

'내가 뭐 하는 거지? 내가 지금 어디서 어물거리는 거야?'

이유를 알 수 없는 설움이 북받쳐 목이 멘 톰마소는 정부 관청같이 생긴 커다란 건물 입구 2층 계단을 올라갔다. 복도로 들어가 몇 걸음 걸어가면 그의 병실 문이 있었다. 병실로 들어가 침대로 뛰어드는 것밖에 다른 희망, 다른 길이 보이지 않았다. 날씨가 더워지기 시작해서 아무것도 하지 않고 가만히 있어도 땀이 났다. 톰마소는 병실로 들어가 침대로 뛰어들었다. 병실에는 지난밤 함께 대화를 나눴던 검은 머리 로렌초가 있었다.

"뭐 할 거야? 명상 시간도 아니잖아!"

"내 일에 상관 마!"

톰마소가 어깨를 으쓱거리며 대답했다. 명상 시간이 뭔지 몰랐지만 상관없었다. 그는 그게 뭐냐고 묻지도 않았다.

"이봐."

대신 톰마소는 잠시 후 쉰 목소리로 물었다.

"베르나르디니란 사람, 병실이 어디였어?"

톰마소는 베르나르디니라는 말에 회의적인 냉소와 약간의 분노를 담아 발음했다. 사람들이 그에 대해 너무 많이 떠들어대는 게 마음에 들지 않았기 때문이다.

"이 위층에 있어!"

로렌초가 정신없이 신문을 읽다가 고개를 들어 말했다.

톰마소는 침대에 조금 더 있다가 다시 일어났다. 그는 문을 열고 복도로 다시 나갔다.

톰마소는 당황스럽고 갈피를 잡지 못해 바닥에 침을 좀 뱉었다. 그러다가 침을 뱉어서는 안 된다는 데 생각이 미쳐 놀란 기색으로 주변을 둘러보았다. 아무도 없었다. 어깨를 으쓱하며 큰 소리로 짜증 난다는 듯 말했다.

"무슨 상관이야!"

톰마소는 잠시 방향을 가늠하고 복도 끝으로 가서 계단을 올라갔다. 위층으로 올라가자 아래층과 똑같은 복도가 나왔다.

톰마소는 턱을 아래로 당기면서 다시 주변을 살펴보았다. 복도를 서성이거나 병실로 들어가는 몇몇 환자들이 있었다. 하지만 그는 그들에게 물어보기가 부끄러웠다. 단지 시간을 때우기 위해 그렇게 한다는 것이 좀 바보 같았기 때문이다.

창문 밖 저 위쪽으로, 거의 테베레 강까지 이르는 포르투엔세 거리의 집들과 길들이 보였다. 공사 현장, 누추한 집들, 너무 강렬한 아침 햇살 탓에 김이 모락모락 피어오르는 녹색 초원 사이로 테베레 강이 골을 이루며 흘러갔다.

조금 더 앞쪽 복도에 잿빛 불투명 유리를 끼운 문이 하나 있었다. 그곳은 병실이 아닌 듯했다. 더구나 식당도 아니었다. 유리문에 밝은 흰색 글자로 ULT(결핵노동자협회)라는 약자와 작은 원에 싸인 다른 글자들이 있었다. 톰마소는 손잡이를 잡고 문을 열어 보았다. 그가 빼꼼 고개를 내밀었다. 아무도 없었다. 책상 세 개가 놓여 있고 책상 뒷벽에 포스터가 붙어 있는 널찍한 사무실이었다. 계속 손잡이에 손을 댄 채 톰마소는 방 안을 잠시 훑어보았다. 한 늙은 환자가 창문턱에 몸을 기대고 있었다. 톰마소가 물었다.

"선생님, 아무도 없나요?"

"모두들 장례식에 갔네."

노인이 길고 누런 얼굴을 비스듬히 돌려 말했다.

톰마소는 어깨를 으쓱한 다음 방 안으로 들어갔다.

'들어간다고 누가 뭐라겠어? 난 들어간다 이거야!'

사무실 안에 찬란한 햇살이 가득했다. 햇살은 모든 것을 흡수하며 빛났다. 거기에도 꽃이 있었다. 맨 끝쪽, 창가에 붙어 있는 제일 작은 책상 위에 꽃이 놓여 있었다. 카네이션이었다. 붉은 카네이션이 작은 화병에 담겨 있었고, 그 뒤에 베르나르디니 녀석의 사진이 있었다. 톰마소는 그를 금방 알아보았다. 톰마소는 호기심에 이끌려 책상 위의 물건들을 살펴보기 시작했다. 별거 아니었다. 햇살에 바짝 마른 서류철 안에 타자기로 친 서류들이 있었다. 서랍들은 온통 책들로 그득했다. 약간 닳고 더럽고 오래된 책들이었다. 톰마소는 대충 여기저기 훑어보았지만 전혀 이해할 수 없었다. 이해되지 않는 어려운 단어로 정치, 사회 문제를 말하는 책들이었다. 그는 끝에 있는 마지막 서랍을 열었다. 낫과 망치가 그려진 새 붉은 깃발이 먼지가 잔뜩 끼고 구깃구깃 마른 채 들어 있었다.

톰마소는 손끝으로 깃발을 꺼내 살펴보았다. 그 순간 큰 소리로 집요하게 울리던 병원 종소리가 다시 세차게 울리기 시작했다. 그는 창가로 다가갔다. 저 아래 빛의 바다에서 다듬어지지 않은 그 정원 한구석, 병원에서 나온 썩은 쓰레기를 태우는 작은 소각로, 후문 쪽에 있는 건물들, 조금 전 청년의 운구 행렬을 보았던 포를라니니 병원을 끼고 도는 길이 보였다.

'나도 죽게 될까? 나도 여기서 종말을 맞을까?'

땀날 정도로 더운 날씨였는데도 톰마소는 갑자기 밤이 찾아온 것처럼 춥고 몸이 떨렸다.

*

한 주, 한 달, 두 달이 지났다. 톰마소는 포를라니니 병원 생활에 익숙해지기 시작했다. 하지만 7월경, 다시 한 번 모든 것을 뒤흔들어 놓고 톰마소도 한동안 그 결과를 감내해야 했던 사건이 터졌다.

이미 얼마 전부터 톰마소를 포함한 환자들은 냄새를 맡았다. 결핵노동자협회에서 원인을 제공했다. 협회에서 베르나르디니 혼자만 유능했던 게 아니라 다른 사람들도 그에 버금가게 유능해서 각자 자기 할 일을 찾았기 때문이다. 그들 용어를 사용하자면 그들은 투쟁해 나갔던 것이다. 톰마소는 관심은 없었지만 그에게는 좋은 귀와 날카로운 후각이 있었다. 어느 날 그가 비(非)전염 환자 병동 주변 작은 정원을 산책하고 있는데 보네스키, 트리지아니, 타데이, 굴리엘미 등등 결핵노동자협회 무리가 보였다. 그들은 사진기를 들고 메르세데스 내부를 찍고 있었다. 그것은 요양원 원장인 파니의 차였다. 원장은 유대인으로, 파시즘 시대 무솔리니 당에 가입했다가 축출되었으나 이후 권력이 전보다 더 강해져서 돌아왔다.

톰마소는 그 사진 촬영에 대해 발설하지 않았다. 어느 날 아침 드디어 올 것이 오고야 말았다. 포를라니니 병원 환자들은 예상한 일이었다. 요양사라고 불리기도 하는 간호사들이 자신들의 요구 사항을 제시했다. 그것은 당연한 요구 사항이었다. 하지만 그에 대한 병원 측의 대답이 전혀 없었다. 어느 화창한 아침 간호사들은 파업을 결행했고, 800명 중에 100명도 안 되는 인원만 출근했다.

포르투엔세 거리 입구에서 교체 인력으로 온 적십자 회원들과 보병들 등 두세 부대가 나타났다. 그들은 트럭에서 내려 식당으로 안내됐다. 하지만 그들은 그런 일을 해 본 적이 없었다. 그래서 재료를 챙기고 각 병동으로 배급품을 수송하기만 했다. 보병들은 일을 아주 잘했지만 환자들은 불만을 털어놓고 분통을 터뜨리기 시작했다. 환자들은 위생에 각별한 주의가 필요하다는 사실을 알았다. 식기 세척 같은 일에 조금만 소홀해도 병에 감염되기 때문이었다. 특히 회복기 환자나 늑막염만 앓고 있는 환자들은 파업 중인 간호사들을 대신해 이런 일에 전혀 경험이 없는 사람들이 일하러 왔다는 게 영 마음에 들지 않았다. 모두들 항의하고 소리치고 비난을 퍼부으며 밖으로 나가기 시작했다. 병이 중한 환자들도 더는 침대에 가만히 누워 있지 않았다. 모두들 일어나 복도를 오가거나 창문에 모여서 동태를 살폈다.

병세가 중하지 않은 다른 환자들은 병동 사이 정원들을 돌아다니며 군인들이 무슨 일을 꾸미는지 살피러 갔다. 한편 펠리체살렘 공산당 세포조직이 있고 베르나르디니에 이어 굴리엘미가 조직 위원장이 된 결핵노동자협회 본부에서는, 모두들 앞으로 어떻게 해야 할 것인가에 대해 토론했다. 그들은 대표단을 조직해서 원장실로 쳐들어가 협상을 벌이기로 했다.

그들은 병원 복도, 현관, 계단을 거쳐 원장실에 도착했다. 원장은 곧 그들을 맞이했고 온갖 감언이설로 일단 진정시켰다. 일단 원장실을 나온 그들은 이번에는 건물 앞문으로 나가 병원 정문으로 향했다. 그곳에서 시끄러운 소리가 끝도 없이 들려왔기 때문이다. 화단 사이 광장에 많은 환자들이 모여 밖을 쳐다보며 소리치고 있었다. 철책 뒤에 대형 경찰 지프차 한 대가 와 있었다. 누구도 그 사실을 좋아하지 않았다. 어떤 사람들은 벌써 철책으로 다가가 경찰들에게 소리쳤다.

"뭐 하는 거야? 뭐 하는 거냐고? 당장 철수하지 못해!"

앙상하게 마르고 얼굴이 누렇게 뜬 사람들이 펄럭거리는 병원 환자복 위에 낡은 옷을 걸친 채 소리쳤다.

대형 지프차에서 내린 경찰들이 열린 철책 문, 올라간 막대기 아래서 그들을 진정시켰다.

대표단 사람들이 도착했다. 그들을 보자 다른 환자들은 더욱 흥분했다.

"썩 꺼지지 못해, 더러운 놈들, 변절자들아! 아픈 사람들을 이렇게 대해도 두렵지 않냐?"

주변에 환자들이 100~150명쯤 있었다. 어떤 환자들은 정원 밖으로 경찰들을 몰아내고 철책에 그들의 면상을 박겠다고 결심했다.

"저자들을 쫓아냅시다! 다시는 끼어들지 못하게 이 살인자들에게 본때를 보여 줍시다!"

경찰들은 상황이 험악해지자 그중 한 사람을 끌어내 잡아가려 했다. 몬테베르데 경찰 반장과 만나서 부하들을 이끌고 철수하라고 설득하기 위해 앞으로 나온 굴리엘미를 경찰들이 붙잡았다. 경찰 반장이 소리쳤다.

"저자를 잡아, 저자를 체포해!"

하지만 다른 환자들이 끼어들어서, 옷이 찢어진 굴리엘미를 데려갔다.

환자들은 두 번 생각하지 않고 주저 없이 공권력에 반항했다. 몸이 아픈 사람들인 만큼 무서울 게 없었다. 그중에는 살아서 포를라니니 병원을 나갈 희망이 없는 사람들도 있었다.

하지만 그때 또 다른 경찰차 한 대가 전속력으로 달려왔다. 그 차는 어느 샛길이나 라마치니 대로 커브 길 뒤에 잠복해 있었던 듯했다. 곤봉을 든 경찰들이 또 내렸고 학살이 일어났다. 몇몇 환자들은 경찰들에게 분노를 터뜨리며 있는 힘을 다해 싸우기 시작했다. 그들은 제대로 서 있을 수조차 없는 불쌍한 사람들이었다.

다른 환자들은 혼비백산해서 병원의 크고 작은 길로, 나무 아래로 도망쳤다. 미친 듯이 이리저리 열이 나도록 뛰는 환자들을 경찰들이 곤봉을 휘두르며 따라갔다.

그러는 사이 요양원 경보 사이렌이 울리기 시작했다. 귀가 멍멍해질 정도로 사이렌이 몇 차례 울렸다. 이제 걸을 수 있는 거의 모든 환자는 원장실 앞, 정문 광장으로 몰려들었다. 모두 1500~2000명쯤 됐다. 도망갔던 사람들은 광장에 몰려든 군중을 보고 그들과 섞여서 다시 전진하기 시작했다. 경찰들을 병원 밖으로 쫓아내고 철책 문을 닫겠다는 생각이 그들의 머릿속에서 굳어졌다. 그리고 거의 그럴 뻔했다. 하지만 진작부터 상황을 주시하고 있었는지 경찰들과 소방 호스 두 개를 실은 작은 트럭 몇 대와 큰 트럭 네 대가 도착했다.

경찰 500~600명이 손에 곤봉을 들고 소방 호스를 겨눈 채 철책 앞으로 나왔다.

환자들은 철책 문을 잠그고 그 뒤에 집결했다. 하지만 경찰들에게 그깟 철책 문을 여는 건 일도 아니었다. 작은 트럭 두세 대가 모여 철책 문으로 돌진하자 이내 자물쇠가 부서지며 문이 열렸다. 경찰들은 물불 안 가리고 쳐들어와 환자들에게 곤봉을 휘둘렀다.

환자들은 숨을 수 있는 곳을 찾아 도망쳤다. 누구는 불치병 환자 병동 쪽으로, 누구는 원장실 쪽으로, 복도며 계단, 사방으로 달아났다. 하지만 사람이 너무 많아서 정원 입구 쪽에 경찰 가까이 노출되어 있던 환자들은 경찰의 공격으로부터 미처 몸을 숨기지 못했다. 시위에 적극 가담했던 100명이 넘는 환자들은 도망쳤다가 이내 다시 얼굴을 내밀고 좀 더 험악하게 소리치기 시작했다.

"이 무식한 놈들, 도살자들아! 돈에 팔린 놈들아! 네놈들의 얼굴에 각혈을 뱉어 주마!"

이들은 소방 호스의 물세례를 받았다. 모두들 흰 물거품을 뒤집어 썼고, 뼈만 앙상한 몸에 옷이 착 달라붙은 채 병동 쪽으로 도망쳤다. 그들은 울면서 소리쳤다.

정원에는 소수의 환자들이 남아 여전히 곤봉을 휘두르며 쫓아오는 경찰들의 추격을 받고 있었다. 그들은 대부분 병동을 가리지 않고 숨어들었다. 남성 병동에 여자들이, 여성 병동에 남자들이 섞여 들었다. 환자들은 문을 모두 걸어 잠갔다. 경찰들은 문을 부수고 들어와 내부를 점령하려 했다. 그러자 환자들은 자기들 물건이 아닌데도 의자며 테이블이며 상자며

변기며 요강이며 손에 잡히는 것은 무엇이든 닥치는 대로 집어던졌다. 물건들이 비 오듯 쏟아지자 경찰들이 정원 나무들 사이로 물러났다. 하지만 환자들이 일광욕을 하던 창문과 베란다에서 던진 물건들이 그곳에도 떨어졌다. 그들은 경찰들의 머리통과 등짝에 물건들을 집어던지며 소리쳤다.

"옜다, 빌어먹을 자식들, 집으로 가져가! 가서 엄마한테나 줘!"

병원 안에 있는 집기란 집기들이 모두 정원에서 박살 나기 전에 경찰들은 원장실 쪽으로, 정문 쪽으로 물러나기 시작했다. 환자들은 또다시 병동 밖으로 나와서 경찰들을 추격했다. 경찰들이 퇴각하는 동안에도 환자들은 계속 물건들을 집어던졌다.

잠시 후 1500~2000명쯤 되는 환자들이 라마치니 대로 입구 철책을 따라 원장실 앞 광장에 집결했다. 환자들은 의기양양했다. 그들의 눈에 얼마나 많은 만족감과 감동과 눈물과 독기가 배어 있는지 잘 보였다.

환자들은 멀리서도 계속 경찰들에게 분노를 토해 냈다. 그들은 병원 원장이나 정부에게도 분노를 터뜨렸다.

환자들은 각자 할 말이 많았다. 모두들 탈진할 때까지 팔을 휘두르며 욕설을 퍼붓고 소리쳤다. 그들은 헐렁한 흰색 환자복 위에 남루한 옷을 걸쳐서 꼭 작은 황새 떼처럼 보였다. 그런 그들을 지탱해 주는 건 정신력이었다.

한편 그 모든 소란을 일으킨 간호사 무리가 그 유명한 파니와 협상하기 위해 원장실 쪽으로 향했다. 다른 많은 사람들도 따라갔다. 경찰이 병원을 떠나 자신들 본연의 임무로 돌아간다면 간호사들은 파업을 철회하겠다고 말했다. 병원 측은 그렇게는 할 수 없으며, 이제 포를라니니 병원의 통제권은 경찰 서장에게 있다고 말했다. 하지만 여러 요소가 고려되었고 결국 밀고 당기는 실랑이 끝에 합의가 도출됐다. 경찰들은 병원에서 철수했다. 환자들은 아주 만족해하며 일부는 자신들의 병동으로 돌아가 침대에 누워 잠시 휴식을 취했고 일부는 입구 앞에 그대로 남아 있었다.

삼십 분이 지나고 한 시간이 지나 정오가 됐다. 느닷없이 경찰차들이 다시 나타나 전속력으로 병원 내부로 돌진해 들어왔다. 그들은 한마디 소리 낼 시간조차 주지 않고 전략적 요충지에 소형 트럭들을 배치하고 병동 내부를 점거했다.

어떤 환자들은 저항해 보았다. 독이 잔뜩 오른 여자들이 특히 그랬다. 하지만 푸스코 경찰 서장에게 직접 명령을 받았다는 경찰들은 파업을 끝장내려고 단단히 벼르고 있었다.

이제 아무것도 할 게 없으며 경찰들은 사람을 죽이고도 남을 놈들이라는 소문이 곧 입에서 입으로 전해졌다. 외과 병동의 한 여자 환자는 머리채가 잡힌 채 질질 끌려 나갔으며, 경찰들이 그녀의 옷을 찢어 버려 너덜너덜한 속옷만 남았다고들 했다. 다른 여자 환자는 너무 놀라 말문이 닫혔고 다시는 말을 못하게 됐다고들 했다. 폐렴에 걸린 또 다른 여자 환자는 곤봉에 두들겨 맞으며 끌려 나갔다고 했다.

모든 병동은 경찰에게 점령당했다. 각 병동마다 경찰이 이삼십 명 정도 배치됐다. 그들은 오후 내내 그리고 밤새 남아 있었으며 트럭들은 전조등을 켠 채 정원을 순찰했다.

경찰들은 최루탄, 기관총, 소총을 들고 병원에 주둔했다.

다음 날 아침나절부터 경찰들은 이미 준비된 리스트를 들고 주동자들을 체포하기 위해 수색을 펼치기 시작했다. 주동자들은 이미 모두 리스트에 올라 있었다. 굳이 언급하자면 결핵노동자협회, 간호사 노조 간부들, 공산당 세포의 간부들이었다. 경찰은 그들을 색출해서 머리 위로 손을 올리게 하고 밖으로 끌어내 데려갔다. 조직과 당 활동 본부로 사용되던 그 방은 경찰들에게 강제 진압당했다. 경찰들은 방으로 들어가서 모든 것을 부수고 압수해 갔다.

라마치니 대로와 포르투엔세 거리 쪽에 있는 포를라니니 철책에 몇백 명의 사람들, 환자 가족과 친척 들이 몰려와 있었다. 하지만 경찰들이 그들을 들어가지 못하게 했다. 잠시 후 태양이 높이 떠올랐을 때 트럭 한 대가 후문에 오더니 쫓겨 나온 환자들을 트럭에 태우기 시작했다. 체포된 환자들, 퇴원 명령을 받은 환자들, 다른 병원으로 이송되는 환자들이었다. 적어도 200명은 됨 직했다. 이송되는 동안 환자들이 각혈을 해도 경찰들은 눈 하나 깜박하지 않고 그들을 싣고 떠났다.

환자들은 경찰들과 함께 꿀꿀이죽보다 못한 차가운 파스타 한 접시와 통조림으로 식사를 때웠다.

한편 경찰들은 응분의 대가를 치러야 하는, 숨어 있는 주동자들을 찾기 시작했다. 병원 곳곳은 숨기 좋은 장소였다. 병원은 항구처럼 혼잡하고 어지러워졌다. 체포당하지 않기 위해 숨어야 하는 사람들은 다른 병동의 친구들과 자리를 바꾸고 붕대나 검은 안경으로 얼굴을 숨기려 했다. 아니면 베란다 일광욕 의자에 누워서 이불 밑으로 얼굴을 숨겼다.

톰마소는 늙은 창녀 같은 불만스러운 표정으로 말없이 침대에 앉아 차가운 파스타를 먹고 있었다. 입맛이 썼지만 그냥 한 입 한 입 음식을 삼켰다. 그의 목젖 움직임이 "불쾌한 자식들."
이라고 말하는 듯했다. 그는 옆에 있는 이불 위에 식초에 절인
고기 통조림 하나를 비상식량으로 챙겨 놓았다.

다른 늙은 환자들도 각자 옆 사람에게 등을 돌리고 구부정
하게 앉아 밥을 먹고 있었다. 그들은 공사장에서 먼지 낀 널빤
지 울타리에 등을 기댄 채 밥을 먹는 늙은 인부들이나 노동자
들 같았다. 인내심을 발휘해 천천히 아작아작 음식물 씹는 소
리가 들렸다.

로렌초는 벽에 기대선 채 밥을 먹으면서 때때로 출입문 유
리 너머를 불안한 시선으로 힐끔거렸다. 사실 굴리엘미와 페초
라는 녀석이 경찰에 쫓기다 그 병실에 숨어 있었다. 로렌초를
아는 그들이 그 병실에 들어왔던 것이다.

병실에서 조금 떨어진 위쪽 복도 끝에서 그 병동을 지키는
경찰들도 밥을 먹고 있었다. 환자들과 마찬가지로 배고픈 젊은
이들인 그들은 커다란 창문턱에 철제 밥 쟁반을 놓고 팔꿈치
를 괸 채 음식을 씹고 삼켰다. 시골에서 온 것같이 얼굴이 까
무잡잡한 그들은 지금의 사태에 다소 의기소침해졌는지 말이
없었다.

"떴다, 떴어!"

갑자기 로렌초가 숨죽여서 외쳤다. 굴리엘미와 페초는 각각
톰마소와 로렌초의 침대 밑으로 냅다 뛰어들었다.

톰마소는 아무것도 보지도 듣지도 못한 것처럼 돌이 된 듯
꼼짝 않고 앉아 묵묵히 먹기만 했다. 그는 음식을 입에 넣고
씹고 삼켰다. 체념했다는 듯 전혀 표정 변화 없이 불쾌한 얼굴
이 달타냥처럼 보였다.

잠시 후 순찰대가 지나갔다. 그들은 톰마소의 병실도 수색했다. 병실에는 침대 위에 나란히 앉아 톰마소의 옆에서 식사하는 사람들밖에 없었다. 입에 음식을 한가득 넣은 환자들이 경찰들 쪽으로 일제히 고개를 돌렸다. 경찰들 옆에는 수위도 있었다. 날카로운 표정으로 보아 수위는 수상쩍은 낌새를 눈치챈 듯했다. 하지만 그는 모르는 척했다. 반면 경찰들은 병실을 둘러보며 환자들의 이름을 묻고는 금방 나가 버렸다. 그들의 의무는 딱 거기까지였다. 침대 아래 누군가 축복받은 영혼이 있다 해도 그만이었다.

환자들 식사 시중을 들어주는 가슴이 큰 여급이 들어와 재잘재잘 수다를 떨며 더러운 접시를 갖고 나갔다.

한 시간, 두 시간이 지났다. 경찰들은 여전히 복도를 서성거렸고, 들려오는 소식은 점점 더 절망적이었다. 포를라니니 병원에서는 모든 것이 끝났다는 얘기였다. 파업은 모든 것을 진압하고, 눈엣가시 같은 사람들을 쫓아내며, 모든 것을 질서와 체념으로 되돌리기 위한 구실이었다.

이에 타협하지 않는 늙은 동지들이 있었다. 그들은 병원 여기저기를 돌아다니며 소식을 물어다 줬다. 그중 한 노인이 와서 경찰들이 미리 준비한 블랙리스트를 들고 돌아왔으며 이번에는 진짜 샅샅이 수색하고 있다고 말해 줬다.

"가자고, 내가 숨기 좋은 곳으로 데려갈게!"

노인이 말했다.

"어디로요?"

굴리엘미가 물었다.

"따라와 보면 알아!"

간사해 보이는 노인이 말했다.

"한 사람 더 데려가야 해. 나중에 먹을 것을 가져다주고 너희와 접촉할 수 있도록 장소를 봐 둘 사람이 필요하니까. 나는 이미 요주의 대상이라, 경찰들이 심상치 않은 눈길로 날 감시하고 있거든!"

로렌초는 협회 지도부와 어울려 다니며 일을 했던 만큼 얼굴이 알려져 있었다. 다른 환자들은 땅에 묻힐 날만 기다리는 반송장이나 다름없는 노인들이었다.

"네가 따라와!"

노인이 톰마소에게 말했다.

톰마소는 심장이 쿵 내려앉고 칼에 찔린 것 같았다. 그는 독을 뱉으려는 것처럼 불쾌하고 심각한 표정으로 얼굴을 찌푸리며 입을 삐죽거렸다. 그의 얼굴이 빨개지더니 숯처럼 검게 변했다. 그는 문을 향해 고갯짓을 살짝 하며 기어들어 가는 목소리로 "가죠!"라고 말했다.

그들은 복도로 나가 화장실에 가는 사람들처럼 혹은 바람을 쐬러 나가는 사람들처럼 태연자약하게 천천히 걸었다. 복도 끝에 있는 두 경찰이 그들을 봤지만 눈도 귀도 없는 듯 아무 말도 하지 않고 순순히 내버려 두었다.

톰마소는 가는 길을 머릿속에 잘 기억해 두려고 애썼다. 그들은 아래층으로 내려가 정원으로 나갔고, 남성 병동과 여성 병동 사이에 있는 말굽처럼 생긴 뜰을 가로질러 쪽문으로 갔다. 그들은 못이라도 삼킨 듯 몸을 꼿꼿이 세우고 아무 일도 아닌 것처럼 문 안으로 들어갔다. 그러자 수위실로 통하는 좁은 복도가 나왔다. 이내 지하실로 내려가는 작은 문이 나타났다.

굴리엘미는 조금 뻣뻣하긴 해도 키가 크고 어깨가 떡 벌어졌으며 얼굴이 늘 사색에 잠긴 소년 같았다. 핏기 없이 누렇게 뜬 피부, 마찬가지로 핏기 없는 작고 도톰한 입술 때문에 병색이 짙어 보였다. 반면 그의 동지는 금발에 밝은 눈과 긴 얼굴을 갖고 있었고 베로나 사람처럼 발음했다. 그들은 평생 그런 일을 해 온 사람들처럼 문 안으로 들어갔다. 노인은 그들을 들여보낸 다음 문을 잠그고 열쇠를 가져왔다.

노인과 톰마소는 병실로 돌아왔고, 노인은 톰마소에게 인사하며 말했다.

"저 두 사람은 이제 자네가 맡아야 해. 내게는 다른 할 일이 있어. 게다가 경찰이 이젠 나까지 찾고 있지. 자, 열쇠 받아. 잊어버리지 말고 먹을 것을 가져다줘, 굶어 죽지 않게 말이야! 잘 있게, 친구, 부탁인데 일을 잘 처리해 줘!"

노인은 톰마소에게 열쇠를 쥐어 주고 떠났다.

톰마소는 손에 열쇠를 쥔 채 남았다. 그는 엷은 하품을 하며 주머니에 열쇠를 넣고 생각했다. 그다지 화가 나지는 않았고 오히려 웃음이 터질 뻔했다.

'영감……! 두고 봐, 나는 한번 한다면 끝내주게 하니까!'

오후 네다섯 시였다. 저녁이 왔다. 한여름 아름다운 저녁이었다. 어둠은 내리지 않았고 달님이 두둥실 떠올라 따뜻한 달빛을 가까이 내리비췄다. 날이 환해서 달빛이 소용없었지만 어쨌든 아름다운 저녁이었다.

포를라니니 병원에서는 체포, 구타, 곤봉질, 눈물이 계속되었다. 중증 환자나 회복기 환자에게 그곳에서 쫓겨난다는 건 많은 것을 의미했다. 도둑들처럼 감옥에 끌려가야 했던 환자들에 대해서는 말할 필요도 없을 것이다.

톰마소는 병원 사람들 모두 경찰 앞잡이일 수 있고 벽도 귀를 쫑긋 세우고 듣는다고 생각했다. 그래서 그는 식사 시중을 드는 촌스러운 여급에게 갖가지 신호와 암시를 통해 말을 전했고 결국 동의를 얻어 냈다.

저녁 식사 시간에 여급은 톰마소의 병실에 식사를 이 인분 이상 가져왔다. 그녀는 연기를 했지만 그것이 너무 지나쳐서 모두 그녀가 거짓말한다는 것을 눈치챘다. 그녀의 연기가 너무 과장돼서 하마터면 경찰에게 들킬 뻔했지만 다행히 무사히 넘어갔다. 톰마소는 로렌초의 도움을 받아 음식을 아주 납작하게 두 개로 싸서 윗옷 아래 감추고 위험한 길을 나섰다.

오후에 갔던 길을 다시 쫓아서 정원을 가로질러 지하실에 도착한 뒤 쪽문을 열고 들어갔다. 두 동지는 늙은 죄수들처럼 여전히 지하실에 있었다. 그들은 곧 톰마소에게 상황이 어떻게 돌아가느냐, 체포가 계속되고 있느냐 등등 이런저런 질문들을 퍼부었다. 톰마소는 사실, 젠장…… 상황을 알지 못하니 대답을 해 줄 수 없었다. 하지만 그들을 안심시키기 위해 그들 말에 동조해 가며 아이들에게 말하듯이 대답해 줬다. 그는 먹을 것을 건네준 후 가까이에 있는 수위실을 의식하고 아주 조심스럽게 주변을 둘러보며 지하실에서 나왔다.

다음 날 아침에도 같은 상황이 반복되었다. 여급은 먹을 것을 정해진 양보다 더 많이 가져왔다. 정오가 되기 조금 전에 순찰이 다시 한 번 있었다. 경찰 예닐곱 명이 사복 경찰 반장과 함께 순찰을 돌았다. 이번에는 병실에 들어와서 모든 환자에게 서류를 요구했고 환자들의 얼굴을 일일이 살피면서 "알도 굴리엘미라는 놈을 아는 사람 있나?"라고 물었다. 모두들 턱을 길게 빼고 입술을 앞으로 내밀며 입을 삐죽였고, 눈에 적의를 품은 채 입안에서 쓴맛이 느껴져서 침을 뱉을 것 같은 표정을 지었다.

"누구 아는 사람 없어? 없어? 누구 그놈을 본 적 없느냐고?"

경찰들이 말했다. 모든 사람을 도둑이나 해충으로 보는 데 익숙한, 선량한 구석이라고는 찾아볼 수 없는 경찰 반장이 파란 눈으로 환자들을 험상궂게 둘러보고 나서 병실을 나섰다. 그는 비둘기 같은 등짝에 면도한 목덜미, 촌스러운 얼굴을 보이며 나갔다.

"엿 먹어라!"

톰마소가 반장의 등 뒤에 대고 말했다. 혐오감에 하도 입을 삐죽거리고 실룩거리는 통에 입술 조각이 떨어져 나갈 것 같았다.

약 삼십 분 후 주변이 좀 잠잠해지자 톰마소는 먹을 것 두 봉지를 싸 들고 다시 길을 나섰다.

두 동지는 유령처럼 얼굴이 하얘져서는 상태가 정말 말이 아니었다. 지하실 위쪽에 작은 창문 하나가 길게 나 있었다. 거기에는 긴 의자 두 개와 작은 테이블뿐이었고 그 뒤에 샤워기가 있었다. 그곳은 그즈음에는 사용하지 않는 탈의실이었다. 안에 다른 것은 없었다. 그 불쌍한 두 사람은 바닥에서 자야 했다. 이제 그들이 할 수 있는 건 없었다. 하지만 전혀 낙담하지 않았다. 그들은 다른 사람들 소식이나 돌아가는 상황, 신문 소식을 물었다. 그들 자신의 문제에 대해서는 털끝만치도 생각하지 않는 사람들 같았다. 그들은 안에 무엇이 들었는지 보지도 않고 서둘러 음식을 먹기 시작했다. 말하지 않고 오로지 먹기만 했다. 그래서 톰마소가 굴리엘미에게 말할 수밖에 없었다.

"이봐, 알겠지만, 경찰이 너를 찾는 데 혈안이 돼 있어!"

굴리엘미는 모든 상황을 자세히 알고 싶어 했다. 이윽고 그는 다 먹고 나서 침착하게 일어나 두툼한 보랏빛 입술로 말했다.

"이 근처에 내부 위원회 사무실 본부가 있어……. 잠깐 기다려, 금방 다녀올게."

굴리엘미는 나갔다가 잠시 후 더 창백해진 얼굴로 타자기를 들고 돌아왔다. 그는 테이블 위에 타자기를 올려놓고 그 위로 몸을 구부정하게 숙인 채 얼마 동안 타자기로 뭔가를 쓰고 또 썼다. 다 쓰고 나자 그는 톰마소를 향해 돌아서며 말했다.

"대자보야. 환자들에게 평정을 찾을 것을 부탁하고, 경찰에게 환자들과의 폭력 사태를 피하도록 노력해 달라고 요청했어……. 남성 병동이나 여성 병동 내부 위원회 게시판에 이 대자보 좀 붙여 줘야겠어……. 내가 너를 믿고 이 일을 맡겨도 될까?"

"그럼."

'멋지게 해 주지. 내가 어떤 사람인지 아직 모르는 모양이군.'

톰마소가 마음속으로 생각했다.

"이리 줘! 다시 보자고!"

톰마소가 굴리엘미가 내민 종이를 받으면서 말했다.

두 사람은 또다시 꽁꽁 숨어 있어야 했고, 톰마소는 천연덕스럽게 복도를 거쳐 정원으로 나갔다. 그는 두 손을 주머니에 찔러 넣고 집에서 나와 영화관이나 친구들이 있는 바로 가는 것처럼 멍한 표정으로 쾌활하게 휘파람을 불기 시작했다.

"마루첼라, 마루체에에에……."

톰마소는 휘파람을 불었다가 노래를 흥얼거렸다가 하면서 남성 병동으로 들어갔다. 입은 노래하고 있었지만 눈뿌리로 이쪽저쪽을 보면서 경찰이나 경찰 끄나풀이 돌아다니지 않는지 확인했다. 경찰들은 평상시대로 톰마소의 병실이 있는 복도 끝에서 경계를 서고 있었다. 톰마소는 몹시 지루하고 나른한 눈빛으로 이마를 찡그리고 하품을 쩍 하면서 경찰들 앞을 지나갔다.

톰마소는 자신의 병실 문 앞도 그렇게 지나갔다. 로렌초와 반송장인 다른 환자들이 의아하다는 듯이 그를 지켜보았다. 그는 반대편 계단으로 가서 천천히 위로 올라갔다. 위층 복도 끝에 경찰 두 명이 또 있었다. 게시판이 있는 당 본부는 모퉁이를 돌아서 있었다. 위층에는 병실이 더 많아서 한층 혼란스러웠다.

'어어어, 뭐야, 강물이라도 흘러넘쳤나?'

모퉁이를 돌자 좀 한산했다. 젊은 환자들 한 무리만이 커다란 창문 옆에서 바람을 쐬고 있었다. 톰마소는 그들이 공산주의자라는 걸 알았다.

'자식들, 나 때문에 심장 발작 좀 일으킬 거다!'

톰마소는 이런 생각을 하자 아주 신나서 얼굴이 빨갛게 달아올랐다.

한 녀석은 바나나, 다른 녀석은 뚱보, 나머지 한 녀석은 저당물로 콰르티치올로 출신이었다. 한 녀석은 어렸을 때부터 꼽추파 단원이었다. 꼽추가 구멍이 숭숭 뚫린 채반처럼 온몸에 총알을 맞고 죽었을 때 그가 그 자리에 있었다.

그들은 병에 걸려 바짝 말랐으며, 두 눈 아래 광대뼈가 살갗을 뚫고 나올 것처럼 툭 튀어나와 있었다. 모두들 두 뺨이 훵하니 들어간 게 턱만 길어 보였다. 기름기 하나 없이 버짐만 잔뜩 핀 누렇게 뜬 피부, 낡아서 너덜너덜한 옷의 칼라 위로 길게 내려와 있는 흐트러진 머리칼에서 죽음의 냄새가 한층 더 풍겼다.

톰마소가 이들 앞을 막 지나려 할 때 복도 끝에서 경찰들이 불쑥 나타났다. 족제비처럼 마르고 작고 눈동자가 파란, 예의 그 촌스러운 경찰 반장이었다. 무장 경찰 몇몇이 그 뒤를 따르고 있었는데 그들은 명령만 떨어지면 언제든지 사람들을 결딴낼 준비가 되어 있었다.

"방귀 뀐 사람 누구야?"

저당물이 창밖을 보는 척하며 말했다. 바나나도 찌푸린 얼굴로 코를 킁킁거리며 저당물의 어깨를 툭 쳤다.

"에이, 더러운 자식들!"

그들은 경찰들을 곁눈질하면서 소리쳤다. 모두들 고소해하면서 얼굴을 마주 보거나 창밖을 보며 뺨을 부풀리고 웃었다.

"에에에히."

저당물이 팔꿈치를 든 채 손바닥을 세게 치고는 부드럽게 비비면서 다시 말했다.

"에에히, 정말 멋진 게임인데!"

"조심해, 여섯 달 구형 감이야!"

갑자기 뚱보가 소리쳤다.

뚱보는 입술 사이로 혀를 빼고 입에 온통 침을 묻혀 가며 조용히 웃었다. 이젠 폭소가 전염되었다. 흡족하고 낙관적인 표정과 함께 순수하고 너그러운 빛이 그들 눈에 떠올랐다. 그들은 마주 보며 계속 웃었다. 목에 턱을 박고 킥킥거리거나 "우리는 강해, 강하다고!"라고 말하고 싶은 듯 머리를 가로저으며 웃었다. 웃음이 그치자 경찰 반장이 시골 출신이라는 걸 아는 한 녀석이 다시 말을 꺼냈다.

"곡괭이 무게가 얼마나 나가려나!"

다시 순진하고 친밀한 웃음이 터졌다. 그와 동시에 약간 적의를 띤 두 눈은 허공을 똑바로 쳐다보았다.

경찰들이 그 옆을 지나갔다.

'멈출까 그냥 갈까, 멈출까 그냥 갈까, 오 하느님, 만약 멈춘다면 안 돼, 그건 안 돼. 그냥 가면 좋겠는데, 그런데 녀석들이 지금 뭐 하려는 거지? 다시 우리한테 침을 뱉으려나? 꺼져 버려, 빌어먹을 자식들아!'

환자 녀석들은 여전히 조용히 웃고 있었다. 톰마소는 그들 틈에 끼어서 두 손을 주머니에 찔러 넣은 채 벽에 한쪽 어깨를 기대고 조용히 웃었다.

경찰들이 충분히 멀어지자 톰마소는 헛기침을 몇 번 한 뒤 서두르지 않고 침착하게 웃음을 멈췄다. 녀석들이 호기심 가득한 눈으로 지켜보는 가운데 이윽고 그는 무리에서 떨어져 문 옆에 붙어 있는 유리로 덮은 게시판 쪽으로 걸어갔다.

톰마소는 이쪽저쪽 휙휙 주변을 급히 살펴본 후 게시판 유리 뚜껑을 열었다. 낡은 종이들에 압정들이 붙어 있어서 그 위에 새 종이를 붙이고 뚜껑을 닫은 다음 자리를 떠났다.

한편 다른 녀석들이 주위를 살피며 게시판으로 다가왔다.

톰마소는 그들 앞을 지나며 프리물라 로사*처럼 목소리를 깔고 중얼거렸다.

"아, 그러니까 말이야, 와서 읽어 보라고 모두한테 알려!"

그러고 나서 톰마소는 자기 병실로 돌아왔다. 다음 날 포를라니니 병원에서는 남은 적 소탕 작전이 계속되었다. 상황은 더욱 나빠졌다. 이미 어느 정도 강제 진압된 상태라 경찰이 더욱 쉽게 수색할 수 있었기 때문이다. 간호사들은 아무 소득도 없이 일자리로 복귀했고 경찰에게 감시를 받았다. 톰마소는 지하실에 있는 동지들에게 먹을 것을 전달하기가 더욱 힘들어졌다.

태양이 하늘 높이 떠올라 작열했다. 이제 슬슬 움직여 볼 시간이었다. 피골이 상접한 채 지하실에 갇혀 있는 그 두 고행자가 얼마나 배고프겠는가. 톰마소는 평소처럼 점심을 싸서 여성 병동 지하실 쪽으로 갔다. 문 앞에 이르자 몸을 수그리고 노크를 한 다음 주변을 한번 둘러보았다. 그런데 10여 미터 떨어진 저쪽에서 살레타라는 수위가 그를 가만히 쳐다보는 게 보였다.

톰마소는 안으로 들어가 말했다.

"수위가 우리를 봤어. 이 병원 안에서 악질로 소문난 자야!"

톰마소가 밖으로 살짝 고개를 내밀어 보았지만 이제 수위는 없었다.

"경찰에 알리러 갔어!"

톰마소가 말했다. 이제 그곳에 그냥 남아 있는 건 꿈에도

---

* 영어로는 스칼렛 핌퍼넬(Scarlet Pimpernel)이라고 한다. 『스칼렛 핌퍼넬』은 1950년 헝가리 출신 오르치 남작 부인이 쓴 스파이 모험소설로, 주인공 스칼렛 핌퍼넬은 프랑스혁명 시기 활동한 복면 영웅이다.

안 될 일이었다. 그들은 거기에서 도망쳐 나왔다.

그들은 작은 계단으로 올라갔고 거기서 또 다른 작은 계단을 거쳐 복도로 들어가서 한 병실 앞에 이르렀다. 병실 안에는 침대 세 개가 놓여 있었고, 여자들이 침대 위에 누워 쉬고 있었다. 굴리엘미는 그 여자들을 알았고, 그녀들도 그를 알았다. 그들은 그 병실로 숨어들었다. 굴리엘미는 과거 레지스탕스였던 밀라노 출신인가 제노바 출신인가 하는 한 여자 환자와 두 시간 동안 정치에 대해 얘기했다.

회진 시간이 되었다. 침대 아래 숨는 것밖에는 방법이 없었다. 세 경찰이 따라 들어왔다. 의사가 나갈 때까지 십여 분 동안 세 사람은 침대 아래 옹크리고 있어야 했다. 한편 다른 여자가 와서, 살레타의 보고를 받은 것이 분명해 보이는 경찰이 즉시 병동을 수색하기 시작했으며 지금 이쪽으로 오고 있다고 알려 줬다. 그들은 그곳에 있을 수가 없었다. 이제 경찰들은 침대 아래까지 살펴보았기 때문이다.

"내가 적당한 장소를 알아!"

여자가 말했다. 그들은 달려 나갔다. 다른 쪽 복도를 달려 경사가 가파른 짧고 작은 계단을 올라갔다. 복도를 끝까지 달려 그곳 계단 아래에 도착하자 여자가 반쯤 열린, 다 부서진 조그만 문 하나를 가리켰다. 그곳은 계단 밑 창고로, 천장에 머리가 부딪힐 정도로 낮고 캄캄했다. 여자가 떠나자 그들은 감옥 독방같이 생긴 그 안에 남아 정치에 대해 계속 얘기했다.

벌써 저녁이었다. 그들은 코앞 2센티미터도 보이지 않는 어둠 속에 있었다. 담배가 없어서 담배를 피울 수도 없었고 슬슬 배고픔이 밀려왔다. 톰마소가 생각했다.

'여기선 날이 밝는 것도 모르겠군! 계속 여기 있을 순 없어!'

베로나 사람인 페초는 시무룩했다. 말하는 쪽은 언제나 굴리엘미였다. 그는 네모난 단지에 둥근 뚜껑을 덮은 것 같은 머리 모양을 하고 페초를 어린아이같이 뚫어져라 쳐다보며 커다란 입을 쉴 새 없이 움직였다.

문을 천천히 두드리는 소리가 들렸다. 그들은 문을 천천히 열었다. 계단을 타고 내려오는 석양빛에 작달막한 검은 머리 청년이 보였다. 그는 환자가 아니었다. 옷 위에 검은 작업복을 입고 있었다. 그는 병원 전화 교환수였다. 이 사람도 굴리엘미와 아는 사이였다. 남자가 말했다.

"여자들이 알려 주더군. 가자!"

'어디로 가는 거지?'

톰마소는 긴장되고 어지러웠지만 침착하게 따라갔다.

청년은 그들을 복도로 데려갔다. 복도 끝에 나지막한 문 하나가 있었다. 그 문으로 가려면 작은 계단 서너 개를 내려가야 했다. 그들은 문으로 들어가 끝도 없이 이어지는 캄캄한 계단을 내려갔다. 전화 교환수에게 손전등이 있어서 그가 앞서 걸어가며 길을 비췄다.

그들은 어느 지하 통로에 도착했다. 그 지하 통로는 다른 지하 통로로 이어졌다. 포를라니니 병원 지하에는 통로들이 있어서 그 길을 통해 병원 한쪽 끝에서 반대쪽 끝까지 갈 수 있었다. 십오 분 정도 걸었을까 그들은 마침내 반대편 작은 계단으로 올라갔다. 계단 끝에 있는 문은 동굴처럼 생기고 아주 깨끗하고 작은 방으로 연결되었다. 그 방은 남성 병동의 베란다 측면 아래 정원으로 나 있었다. 그들은 목을 쭉 빼고 도시 위로 달님이 하늘 높이 떠올라 아름다운 빛을 발하는 바깥 공기를 쐬었다. 포르투엔세 거리를 오가는 사람들 목소리와 웃음 소리, 버스 소음, 여름날 저녁의 웅성거림이 들렸다.

병동 입구에서 50미터 정도 떨어진 거리에 두 경찰이 있었다. 경찰들은 충분히 먼 거리에 있었고 떨기나무와 다른 나무들이 중간에 있었지만, 그들은 들킬까 봐 걱정됐다.

"내가 가서 따돌려 볼게!"

전화 교환수가 말했다. 그는 두 동지와 악수를 나누고 행운을 빈 뒤 담뱃불을 붙이면서 자리를 떴다. 그가 두 경찰에게 천천히 다가가 그들이 이쪽을 볼 수 없도록 자리를 잡고 대화를 나눴다.

톰마소와 다른 두 사람은 곧 몸을 푹 수그리고 덤불과 나무들 사이로 빠져나갔다. 정원 끝에 도착하는 데 정말 아무 문제가 없었다. 화단과 마른 잔디밭을 걸어가기만 하면 됐다. 그들은 정원을 둘러싼 높다란 철조망에 도착했다. 철조망 위에는 가시철조망이 쳐져 있었다. 그 뒤는 바로 포르투엔세 거리였다. 집들 아래로 많은 사람들이 오갔다. 대부분 페인트가 벗겨진 낡은 붉은색 집들이었지만 흰 페인트를 칠한 새 집도 있었다. 정비소 앞에서 소년들이 시동을 켠 채 소형 오토바이에 걸터앉아 옥신각신 말다툼을 벌이고 있었다. 버스들이 사람들을 가득 태우고 지나다녔다. 불을 켠 채 열어 놓은 창문들을 통해 사람들 목소리와 노래 소리가 흘러나와 달빛 아래 뜨거운 대기 속으로 사라졌다.

톰마소도 다른 녀석들과 함께 철조망을 넘으려 했다. 하지만 굴리엘미가 그를 제지하며 말했다.

"뭐 하는 거야? 도망가서 뭐 하려고? 경찰이 아직 너는 몰라. 여기에 남아 치료를 더 받는 게 너한테 좋을 거야……."

굴리엘미는 처음으로 미소를 살짝 지었다.

"나 같은 사람이 되고 싶진 않겠지? 안 돼, 내가 당에 들어온 건 배를 내놓고 일광욕하면서 건강이나 염려하기 위해서가 아니라 다른 일을 많이 하고 싶었기 때문이야!"

톰마소는 철조망을 넘어가서 자유를 만끽하고 싶은 마음이 굴뚝 같았지만 굴리엘미의 말이 옳다는 걸 알기에 이내 포기하고 두 명이 철조망을 기어오르는 걸 조용히 도와줬다. 굴리엘미는 떠나기 전에 다시 톰마소를 돌아보며 고무처럼 뻣뻣하고 초라한 얼굴로 그의 눈을 가만히 응시했다.

"고마워, 푸칠리! 너는 정말 좋은 친구였어!"

굴리엘미는 철조망을 기어올라 갔다. 페초 녀석은 벌써 철조망을 건너가 저쪽에서 참을성 있게 기다리고 있었다. 그들이 길을 건너 반대편 정비소 근처에 도착해서는 다시 버스 정류장 쪽으로 가는 걸 톰마소는 지켜보았다. 저녁 시간에 맞춰 집으로 돌아가는 사람들과 차들의 물결이 그들 주변을 에워쌌다. 낡고 초라한 몇몇 집들에서 소년 무리가 나와 어딘가로 가고 있었다.

소년들은 늘어뜨린 앞머리에 때가 꼬질꼬질한 낯짝들을 해 가지고 서로 얼싸안고 얼굴도 보지 않은 채 정신없이 떠들어 댔다. 몇몇은 줄기차게 떠들어 댔고, 다른 몇몇은 웃으면서 조용히 들었다. 알록달록하고 더러운 옷깃 위로 보이는 껄렁껄렁한 얼굴들은 행복 그 자체였다. 그들은 영리하고 아무 근심 없는 염소 떼처럼 주변을 둘러보지 않은 채 자신들이 가야 할

곳을 향해 앞만 보고 걸어갔다.

"아아아, 나는 부자였어, 왜 그걸 몰랐을까!"

톰마소가 한숨을 쉬었다.

4
늙은 태양

8월의 태양이 먼지와 양철 지붕, 쓰레기와 풀밭, 갈대밭과 석회벽 들을 타들어 가게 했다. 아니에네 강변 둔덕과 잿빛 하늘을 등지고 그 앞에 피에트랄라타가 펼쳐져 있었다. 오른쪽에는 낡은 서민 공동주택들이 있었고, 뒤에는 원주민 부락처럼 작은 집들과 경작지들이 줄지어 호를 그리고 있었는데, 더위에 썩는 쓰레기 냄새가 코끝을 찔렀다. 때때로 바다에서 좀 시원한 바람이 휙 불어오기라도 하면, 초라하고 작은 집들에서 누더기, 양철, 아이들의 오줌이 뿜어내는 악취가 진흙과 강변 갈대 냄새와 뒤섞였다.

그즈음 빈민촌에는 변화가 약간 있었다. 마을 가운데 있던 일고여덟 줄의 난민 집들과 길들이 허물어지고 대신 산처럼 크고 칙칙한 새 건물 서너 채가 들어섰다. 건물에는 작은 창문들이 다닥다닥 나 있었고, 작은 안뜰과 현관, 계단이 딸려 있었다. 건물이 햇빛을 가려 주변에 남아 있는 다른 초라한 집들과 배고파 누렇게 뜬 것 같은 땅뙈기에 그늘이 졌다.

룩스 영화관은 증축한 뒤 이름을 바꿔서 지금은 보스턴 극장이라고 불렸다. 페코라로 산 아래에 있던 작은 공장은 문을 닫았고 대신 체피에리 창고가 들어섰다.

톰마소는 그 모든 변화에 내심 아주 흡족해하며 두 손을 주머니에 찔러 넣은 채 햇볕에 타들어 가는 적막한 길을 유유히 걸어갔다. 잠시 후 그는 자기 땅으로 돌아온 주인처럼 주변을 둘러보았다. 그는 그 지역을 손바닥 들여다보듯 훤히 꿰고 있었기 때문에 어떤 것이 그대로 남아 있고 어떤 것이 변했는지 금방 알았다. 넥타이까지 멋지게 차려입은 그는 서둘지 않고 침착하고 활기차게 걸어갔다. 하지만 지루해 보일 정도로 조용하고 만족스러운 태도와 달리 그의 심장은 귀가 멍멍할 정도로 세차게 뛰었다.

톰마소가 버스 정류장 가까이에 천천히 다가갈수록 늑골 가운데서 들리는 쿵쾅거리는 소리도 점점 더 커졌다. 그는 다리가 후들거리기까지 했다. 고장 난 수도꼭지처럼 땀을 뻘뻘 흘렸고 두 뺨이 창백해졌으며 눈빛이 흐려졌다.

톰마소는 껄렁껄렁하게 기지개를 펴면서 다시 하품을 했다. 그러고는 어물거리지 않고 곧장 빈민촌 중앙 대로로 접어들어 판잣집들 사이에 있는 공산당 지부로 향했다.

햇볕이 뜨겁게 내리쬐는, 벽돌을 깐 작은 앞뜰에는 아무도 없었다. 사방이 고요했다. 톰마소는 코를 훌쩍거리며 손가락 사이까지 타들어 와 겨우 쥐고 있는 담배꽁초를 두세 모금 더 빤 다음, 꽁초를 던져 버리고 안으로 들어갔다. 햇빛이 방 두 칸짜리 누추한 집 안으로 들어와 먼지, 구석에 있는 붉은 깃발, 콧수염 단 남자의 사진을 뜨겁게 비췄다. 하지만 아무도 보이지 않았다.

"저, 실례합니다!"

톰마소가 첫 번째 방 안으로 몇 발자국 들어가며 쉰 목소리로 말했다.

잠시 후 흔들거리는 카운터 뒤쪽 좀 그늘진 곳에서 한 남자가 자는 게 보였다. 지부 술집을 관리하는 카침페리오라는 사람이었다. 그는 포도주 얼룩 하나 없이 열기에 바짝 마른 술통과 카운터 사이 너덜너덜한 의자에 앉아 잠들어 있었다.

카침페리오는 해골처럼 누런 머리를 의자 등받이 뒤로 젖히고 있었는데, 거무죽죽한 입 밖으로 툭 튀어나온 치아 두 개, 콧수염, 콧물과 코털이 범벅된 콧구멍만 보였다. 그는 천천히 코까지 골았다. 톰마소는 '죽여주는군!'이라고 생각하며 무도회장으로 사용되곤 하는 더 큰 옆방으로 들어갔다. 그곳에도 사람은 없었다. 하지만 사무실 문은 열려 있었다. 톰마소는 문으로 다가가서 고개를 살짝 내밀며 "실례해도 될까요?"라고 다시 말했다. 사무실에 한 사람이 있었다. 그는 책상에 몸을 구부린 채 봉투에 우표를 붙이고 있었는데, 우표를 찰싹 붙일 때마다 책상이 덜컹거렸다.

"어이, 페르시키!"

톰마소는 얼굴만 아는 사이인 그 청년을 알아보고 말했다. 페르시키는 눈을 들어 잠시 톰마소를 쳐다보다가 이내 다시 시선을 내리고 하던 일을 계속했다.

"어이, 내가 뭘 해야 하는지 말 좀 해 줘!"

톰마소가 말했다. 지금 자신이 하려는 말 때문에 몹시 흥분한 그는 잠시 입을 다물고 좀 더 무관심하고 평범한 말투를 찾으려고 애쓰며 말을 이었다.

"포를라니니 병원에 있었어, 저 말이야, 나도 당에 등록하고 싶어……. 우리가 그 시끌벅적한 소동을 겪고 난 뒤 그들은 나한테 기다렸다가 밖에 나가라고 충고하더군……. 그래서 이제야 왔어. 내가 뭘 해야 하지?"

상대편 녀석은 말없이 우표만 붙였다. 녀석이 우표 두세 개를 더 붙이는 동안 톰마소는 무슨 말을 더 해야 할지 몰라 흥분 때문에 지치고 조금 혼란스러운 표정으로 기다렸다. 이윽고 녀석이 시선을 들어 톰마소를 보았다. 그는 치아가 몇 개 빠진 입 주변에 있는, 힘없는 턱을 길게 빼면서 말했다.

"지금은 아무도 없어……."

톰마소도 고개를 길게 빼며 말했다.

"그럼 언제 다시 와야 할까?"

녀석은 이미 우표 위로 다시 몸을 수그린 상태였다. 그는 이번에도 우표 두세 개를 붙이고 나서 다시 고개를 들었다. 그는 사무실에 관해 중요한 얘기를 할 것 같은 표정으로 말했다.

"나중에. 지금은 회의가 있어……."

"나중에 언제?"

톰마소가 고집스럽게 물었다.

"5시나 6시."

페르시키 녀석이 입을 살짝 벌리고 진지한 표정으로 조용히 톰마소를 쳐다보며 말했다.

"좋아!"

잠시 후 톰마소가 자리를 뜨면서 말했다.

"그럼 나중에 들를게."

상대편 녀석은 그 소리를 듣는 둥 마는 둥하고 잔뜩 구겨진 얼굴로 진지하게 우표에 침을 발랐다.

바깥은 지옥 같았다. 모든 것이 잿빛이고 침울했다. 초록빛 하나 없이 잎 하나 붙어 있지 않은 채소밭과 텅 빈 거리 사이에서 줄지어 늘어선 집들은 더욱 빛바래 보였다. 톰마소가 걸어가자 푹푹 찌는 더위 때문에 뜨거운 물에 젖은 누더기처럼 옷이 살갗에 착 달라붙었다. 쓰레기와 오물이 쌓여 있는 온통 누리끼리한 빈민촌 안으로 길이 이어졌고, 그 끝에 나무로 지은 작은 성당이 있었다.

그런 거리 하나에서 그곳 원주민인 듯한 사람이 나타났다. 그는 찢어진 고무신에 청바지를 입고 윗통을 벗어젖힌 채 손에 셔츠를 들고 있었다. 햇볕이 내리쬐는 가운데 가까이 다가가서야 톰마소는 그가 추카보라는 걸 알았다. 추카보는 피둥피둥 살이 쪘다. 머리는 예전의 밤색이 아니라 금색이었다. 금발이 햇빛에 반짝거렸다.

"어이, 어디서 오는 거야?"

추카보가 톰마소에게 물었다.

"어이, 넌 뭐 했어?"

톰마소는 질문에 대답하는 대신 추카보의 머리를 가만히 응시하며 되물었다.

"염색한 거야!"

추카보가 키득거렸다.

"포르타포르테세에 로베르토라는 금발 녀석이 있었어. 만드리오네 출신이야. 걔 머리는 정말 황금처럼 빛나는 금발이었지. 곱슬거리는 앞머리가 눈까지 내려왔어. 금발이 맘에 쏙 들기에 나도 염색해 봤어. 나만 그런 게 아니야! 여기서 스물다섯 명이나 염색했어!"

"좋아 보여! 근데 어디 가는 길이야?"

"먹 감으러 가."

톰마소는 잠시 머뭇거리며 생각했다.

"그럼 나도 같이 가자!"

톰마소가 생각 끝에 말했다.

그는 길 끝 구역으로 가서 몬테사크로 거리를 지나 들판 가운데로 들어갔다.

들판에 난 풀들은 햇볕에 모두 타들어 가서 누렇게 떴고, 녹색이라고는 강을 따라 자라난 갈대들뿐이었다. 떨기나무, 복숭아나무, 벚나무 들은 뒤틀린 채 검게 변했고 앙상한 가지들만 남아 있어서 겨울이 된 것 같았다. 나무들은 잎 하나 없이 바짝 말라 있었다. 속살을 드러낸 떨기나무들 사이로 수풀이 타고 남은 검은 재 얼룩들이 보였다.

메시도로를 따라 펼쳐진 검게 죽은 들판에는 추카보처럼 누더기를 걸친 몇몇 소년들만 보일 뿐 다른 인기척이 없었다.

두 친구는 걸어가면서 이런저런 얘기를 했다. 대개 자신들의 친구들 얘기였다. 톰마소는 일 년 이상 밖에 있었기 때문에 친구들 소식을 몰랐다. 이제 피콜라상하이에 사는 친구는 거의 없었다. 판잣집에는 새로운 사람들이 살았다. 대개 폴리아 혹은 칼라브리아같이 아주 가난하고 더러운 지방에서 올라온 농부들이나 빈곤한 농부들이었다.

렐로는 여전히 로마에서 구걸을 했고, 누구는 더하고 누구는 덜하기는 했어도 다른 친구들은 모두 감방에 들락거렸다.

잡담을 나누며 수로교 위에 도착한 그들은 갈대숲을 따라 내려가서 강가에 이르렀다.

강가에는 옷을 홀랑 벗은 시커먼 아이들이 우글댔다. 아이들은 강가와 물속을 오가며 수영을 했고 냄새나는 모래사장 배설물들 사이를 뛰어다녔다. 추카보는 바지를 벗은 다음 숨막힐 정도로 악취가 진동하는 고무신을 벗었다.

"카고네는?"

톰마소가 기억을 되새기면서 연신 물어 댔다.

추카보는 살짝 놀란 표정으로 톰마소의 눈을 쳐다보았다.

"뭐, 너 정말 몰라?"

"몰라!"

"카고네에 대해서 아무 얘기 못 들었어?"

옷을 홀랑 벗은 추카보가 또다시 물었다.

"그럼 얘기해 줄 테니 들어 봐!"

추카보는 양말을 벗으면서 더러운 모래밭에 궁둥이를 대고 주저앉으며 카고네에 대해 설명하기 시작했다.

카고네의 어머니 늙은 할멈은 체르키에서 일했다. 벌써 사오 년째였다. 그곳은 그녀의 구역이었다. 그녀는 매일 저녁 날이 어두워지면 그곳에서 손님 맞을 준비를 했다. 마지막 전차 시간까지 그곳에 있다가 막차를 타고 몬테베르데누오보에 있는 산조반니디디오 광장의 집으로 돌아오곤 했다. 그녀는 그곳에서 깡패인 기둥서방과 살았다. 그녀와 비슷한 처지인 오랜 동료들 대여섯 명, 스페인 년, 여장부, 마리사가 같이 일했다. 그들은 파세지아타아르케올로지카 거리를 올라가 체르키 주변의 부서진 담장에 있거나 로몰로와 레모 광장 근처 비탈 밑 커다란 타원형 풀밭 가운데 혹은 덤불 사이 혹은 진창에서 자리를 잡고 손님을 기다렸다.

간혹 손님들이 한 다스씩 몰려오기도 했다. 그곳엔 아스팔트가 반쯤 깔린 작은 풀밭이 있었다. 아침나절에는 그곳에서 꼬마 녀석들이 축구를 했고 저녁에는 창녀와 손님 들이 우글거렸다. 어둠 속에서 이리저리 돌아다니는 흰 와이셔츠와 스웨터 그리고 반짝거리는 붉은 담뱃불 들이 보였다. 달이 떠 있어서 꼭 대낮 같았다. 소년들과 청년들, 군인들, 술 취한 노인들이 공터 가운데서 어슬렁거리거나 차례를 기다렸다. 창녀들은 광장 아래 비탈 그늘 아래로 숨어들어 가 폐허 더미나 움푹 파인 땅 구덩이에서 그 짓을 했다. 종종 소동이 일어나기도 했다. 가난하고 덜 떨어진 젊은 녀석들이 지저분한 재밋거리를 찾아 떼 지어 몰려올 때 그랬다. 녀석들은 가만있질 못하고 어린아이들처럼 사소한 것을 시비 삼아 싸움을 일으켰다. 창녀들이 녀석들을 상대하려 하지 않았기 때문에 말다툼이 끝도 없이 벌어지곤 했다. 하지만 가장 큰 소동은 여장부가 "떴다!"라고 혹은 더 실감나게 "경찰이 떴다!"라고 마구 소리치며 헐레벌떡 뛰어오는 일이었다. 그러면 모두들 이쪽저쪽 덤불이나 비탈 어두컴컴한 곳으로 도망쳤다.

어느 겨울 저녁, 톰마소가 포를라니니 병원에 있을 때, 포르투엔세 거리 녀석들이 네다섯 명 정도 체르키에 내려왔다. 그들은 오토바이를 낮은 담장 너머에 세워 두고 두 손을 주머니에 찔러 넣은 채 박새처럼 노래 부르며 체르키 가운데로 내려왔다.

전날 눈이 조금 내렸더랬다. 추위로 인해 딱딱하게 굳은 체르키의 진창길, 쓰레기, 울타리 사이에 회색빛 눈 얼룩이 약간 남아 있었다.

　저 안쪽에서 다른 젊은 녀석 무리와 섞여 있는 창녀들을 본 데다 크리스마스 분위기에 들떠서, 포르투엔세 녀석들은 좀 더 큰 소리로 노래 부르며 이쪽저쪽으로 붕붕거리고 뛰어다녔다. 녀석들 중에 목덜미 머리털만 삐죽 기른 채 나머지 머리를 빡빡 밀어 버리고 얼굴이 몬테마리오 정신병원 환자 같아서 보는 것만으로 공포를 자아내는 녀석이 있었다. 또 다른 녀석은 북부 출신에 검은 머리로, 성격이 내성적이어서 그런지 녀석들 중에서 가장 지독했다. 얼굴에 주근깨가 잔뜩 박히고 추위 때문에 하얗게 질린, 나머지 빨간 머리 녀석들은 형제인 듯했다.

　발목까지 내려오는 외투를 입고 목 주변의 옷깃 단추를 꼭 여민 미친 녀석은 이름이 부레타였다. 이 부레타라는 녀석이 가뜩이나 심술궂은 얼굴을 더욱 심술궂게 만들면서 느닷없이 말했다.

　"입 다물어!"

　부레타는 쌓인 눈을 조금 주워 잘 뭉치더니 외투 주머니에 넣었다. 다른 녀석들은 부레타가 뭘 하려는지 감을 잡지 못한 채 졸래졸래 따라갔다. 체르키 한가운데서 손에 핸드백을 든 채 혼자 떨어져 있는 창녀에게 부레타가 다가갔다.

　부레타는 그녀 앞에서 얌전한 청년처럼 행동하며 날씨와 추위에 대해 몇 마디 나누고 나서 가격이 얼마냐 등등을 물었다. 이윽고 그는 교활하게 어린아이 같은 표정을 지으며 자기한테 거시기를 보여 줄 수 없느냐고 물었다. 끈질기게 부탁하자 창녀는 녀석을 떼 버리기 위해 치마를 배꼽 위까지 들어 올렸다.

그 순간 두 손을 주머니에 넣고 있던 부레타 녀석이 약간 녹은 눈덩이를 꺼내 지옥 입구처럼 새까만, 창녀의 팬티 안으로 재빨리 집어넣었다.

창녀는 차갑고 화가 나서 미친 듯이 소리를 질렀다. 주변의 다른 녀석들은 턱이 빠져라 웃으며 데굴데굴 땅을 굴렀다. 장난에 재미 붙인 녀석들은 체르키를 돌아다니며 할멈을 포함해 다른 창녀들에게도 장난을 쳤다. 눈이 다 떨어지자 녀석들은 그곳을 떠났다.

그들은 대엿새 후에 다시 돌아와 같은 자리에 오토바이를 세워 두고 풀밭으로 다시 들어갔다.

이제 눈은 없었다. 날씨가 훈훈해서 봄이 된 것 같았다. 부레타도 외투를 벗고 스웨터에 스카프로 멋을 부리고 나왔다.

그들은 노래하고 웃으며 내려갔다. 지난번처럼 갑자기 부레타가 생각에 잠겼다. 예수님도 말리지 못할 결정을 내릴 때 떠오르곤 하는 교활한 표정을 지으며 그가 말했다.

"종잇조각 좀 찾아 봐, 포장지처럼 좀 질긴 걸로!"

다른 녀석들이 몇 마디 시부렁거리며 종잇조각을 찾기 시작했다. 로마에는 종잇조각이 부족하지 않았기 때문에 그들은 그것을 금방 찾아냈다. 소포 포장용 누런 종이였다. 부레타는 꾸깃꾸깃한 종이를 잘 펴서 먼지를 툭툭 털어 버리고 땅바닥에 잘 펴 놓았다. 그렇게 한 뒤 혁대 버클을 풀고 바지를 내린 다음 종이 위에 쭈그리고 앉아 조용히 똥을 싸기 시작했다. 다른 녀석들은 코를 틀어막으며 "더러운 새끼, 냄새나는 새끼."

라고 소리치면서 누구는 이쪽으로 누구는 저쪽으로 달려가서 기다렸다. 일을 마치자 부레타는 종이를 잘 싸서 이번에는 주머니에 넣는 대신 등 뒤에 숨기고 창녀들이 있는 쪽으로 천천히 걸어갔다.

녀석들이 처음 만난 창녀가 할멈이었다. 할멈은 지난 대엿새 동안 하도 많은 사람들을 상대해서 그들을 기억하지 못했다. 부레타는 할멈과 진지하게 그 짓을 할 의도가 있는 척하면서 한 손으로 그녀를 쓰다듬었다. 그러다가 느닷없이 그녀의 치마를 걷어 올리고 속살에 똥이 든 종이를 던졌다. 너무 세게 던지는 통에 젖가슴 아래서부터 발목에 돌돌 감겨 있는 양털 양말에까지 똥 범벅이 됐다. 할멈은 악취 때문에 구역질을 하며 목이 찢어져라 소리 지르기 시작했다. 네 녀석은 부레타를 선두로 배 터져라 웃으며 도망갔다. 우아 우아 하하하하 웃음소리가 붕붕거리는 오토바이 소리와 섞이며 녀석들이 등기소 쪽으로 사라질 때까지 계속되었다.

일주일 후에 녀석들이 돌아왔다. 이제는 장난이 나쁜 습관이 되었다. 부레타는 다시 종이에 똥을 싸서 등 뒤에 숨긴 채 벌써부터 킥킥거리며 웃는 녀석들을 거느리고 장난칠 대상을 물색하러 갔다. 하지만 이번에는 체르키에서 '점잖은' 이들을 기다리는 사람들이 있었다. 지난 사나흘 밤 동안 깡패들이 와서 진을 치고 있었던 것이다. 그들은 공터에 있지 않고 멀찌감치 떨어져 손님인 척하고 오가는 손님들 사이에 섞여 있었다. 거기에는 전과자 조반니 파타키올라도 끼어 있었다. 할멈이 가장 심한 장난을 당했기 때문에 기둥서방인 그가 나서야 했던 것이다. 제 무덤을 파러 온 파로키에타 출신의 네 녀석들은 풀밭 한가운데서 한 창녀에게 다가갔다. 창녀는 그들을 보자 불같이 화내며 핸드백을 높이 쳐들고 흔들면서 악을 썼다. 네 녀석은 뜻밖의 환대에 당황해서 움찔 걸음을 멈췄다. 미친놈 같이 머리를 한 부레타는 똥 싼 종이를 손에 든 채 눈을 반짝이며 창녀를 물끄러미 쳐다봤다. 그 순간 비탈 아래 그림자에서 기둥서방들이 떼 지어 튀어나왔다. 할멈과 다른 창녀들도 그 뒤를 따르며 암탉들처럼 시끄럽게 소리쳤다.

곧 파타키올라는 부레타에게 달려들었고 그 통에 부레타는 똥을 떨어뜨렸다. 똥 싼 종이가 두 사람의 발 사이에 떨어지며 내용물이 드러났다. 더 이상 설명이 필요 없었다. 하지만 부레타도 가만있는 성질이 아니어서 곧 치고받고 격투가 시작됐다. 두 사람이 먼저 싸움을 시작했지만 이내 모두 끼어들어 난투가 벌어졌다. 북부 출신의 검은 머리 녀석은 턱이 깨지고 이빨이 나가고 피를 뱉어 냈다. 다른 두 빨간 머리 형제는 몸을 사린 덕에 갈빗대만 몇 대 걷어차이고 퉁퉁 부은 눈으로 도망칠 수 있었다. 부레타는 만만하지가 않았다. 그는 파타키올라의 주먹을 맞고 진창 바닥에 나가 떨어졌다. 하지만 기절한 척했다가 파타키올라가 다른 녀석들을 손봐 주기 위해 몸을 돌리자 칼집에서 빼내 두었던 칼을 손에 들고 다시 벌떡 일어섰다. 그는 파타키올라의 등 뒤에 너덧 차례 칼을 꽂았다. 이번에는 파타키올라가 비명을 지르며 쓰러졌다.

파타키올라가 병원에 있다가 감옥에 수감돼 있는 동안 할멈은 한 번에 두 마리 토끼를 잡았다고 생각했다. 기둥서방을 떼 버리는 동시에 아들 카고네를 떼어 낼 기회라고 생각했던 것이다.

체르키에서 칼부림이 있던 날 밤 파타키올라가 쓰러지고 모두 사방팔방으로 도망가자 할멈은 몬테베르데로 가는 13번 버스를 타는 대신 23번 버스를 탔다. 그녀는 다시 트롤리버스*로 갈아타고서 밀비오 다리로 갔다.

테베레 강과 글로리 빌라 사이에 있는 누오보 다리 아래 빈민촌 두 군데가 있었다. 한 곳은 조금 더 크고 또 다른 곳은 조금 더 작았다. 그곳은 누추한 집들이 잔뜩 있는 『이상한 나라의 앨리스』를 연상시켰다. 자갈과 쓰레기 더미 여기저기에 둥근 집과 뾰족한 집, 낡은 대형 마차로 만든 집, 버스로 만든 집, 초록색 집과 파란색 집이 흩어져 있었다. 그런 작고 초라한 집들 중 하나에 할멈의 어릴 적 동무가 살았다. 그녀들은 수녀들이 운영하는 고아원에서 함께 자랐다. 친구는 얼마 전부터 이렇게 말하곤 했다.

"나한테 와서 같이 지내. 왜 안 돼? 적어도 지금보다는 나을 거라고 생각하지 않아?"

그래서 할멈은 그 기회를 이용해 그 친구한테 갔다. 그녀는 그곳에 도착하자 플라미니아 거리, 밀비오 다리, 아콰아체토사 같은 그쪽 동네에서 몰래 매춘을 하기 시작했다…….

일주일이 지나고 한 달이 지났다. 파타키올라가 다시 세상에 나오는 날이 왔다. 그는 할멈을 찾아 천천히 침착하게 자신이 해야 할 일을 찾아 나섰다. 그는 이 사람 저 사람, 그 더러운 바닥에 있는 모든 사람한테 할멈 소식을 묻고 다녔다. 그는 한밑천 모아 자동차를 타고 로마를 돌아다니기나 하는 다

---

* 가공선에서 트롤리에 의해 전력을 공급받아 달리는 전차.

른 기둥서방 녀석과 뜻이 맞아 할멈을 찾아다녔다. 어느 저녁 할멈 친구의 그 작은 집에 그가 드디어 모습을 나타냈다. 할멈은 그 시간에 밖에서 몸을 팔고 있었다. 그동안 그는 집 앞 차양 밑 화분 두세 개 사이에 앉아 어둠 속에서 담배를 피웠다. 첫 아침 햇살이 비칠 때쯤 할멈이 지친 몸을 이끌고 다리를 절뚝거리며 오두막 앞에 도착했다. 그녀는 너무 피곤해서 문가에 있는 그를 보지 못했다. 아니면 판잣집들과 나무들 뒤에서 눈부시게 떠오르는 신선한 햇살 때문에 못 봤을지도 모른다. 그는 일어나 칼을 잡더니 느닷없이 야수처럼 고함을 지르며 할멈의 배에 열 번이나 열두 번쯤 칼을 꽂았다.

그래서 카고네는 모든 희망을 잃었다. 그는 사실 솜씨 좋은 전문 도둑은 아니었다. 피에트랄라타 친구들이 늘 그를 끼워주긴 했지만 그저 그의 오랜 경험을 사서 망 보기로 썼다. 그것도 늘 좀도둑질에 불과해서 소득이 적거나 아예 없었다. 그들은 뼈 하나를 두고 몰려든 개 떼들과 다름없었으니까!

더구나 카고네는 아팠다. 어떤 때는 좀 더, 어떤 때는 좀 덜 아팠지만 이젠 정말 종일 화장실에서 살았다. 복통과 함께 또 다른 병이 있었다. 병명을 제대로 알지는 못했지만 피부 아래에서 가스가 새는 것처럼 온몸이 부어오르는 병이었다. 어떤 때는 목이, 어떤 때는 입술이, 어떤 때는 눈꺼풀이 부어올랐다. 이마까지 벗겨지며 머리카락이 거의 모두 빠졌고 목덜미에 곱슬머리만 조금 남아 있었다. 그의 어머니가 잠적한 후 돈 나올 구멍이 막히자 먹는 날보다 굶는 날이 더 많아졌다. 낮에는 신부들한테 가서 죽 한 사발을 구걸했고, 밤에는 이곳저곳을 기웃거렸다. 가끔 2~3만 리라씩 돈이 생기면 그는 창녀를 사서 하룻밤에 그 돈을 모두 써 버리곤 했다.

　어느 날 카고네가 사라졌다. 다음 날도 그가 돌아다니는 모습을 본 사람이 없었다. 셋째 날에도 마찬가지였다. 넷째 날 몇몇 친구가 프라티에 있는 옷감 가게를 가볍게 한탕 털 계획으로 카고네를 찾아갔다. 카고네가 사는 메시도로 거리 판잣집으로 들어가자, 그들의 눈앞에 그의 신발이 보였다. 카고네가 천장 들보에 목매달아 자살했던 것이다. 다 썩은 그 들보가 사흘 동안 카고네의 몸무게를 지탱했다는 사실이 믿기지 않았다.

　추카보는 하품을 하면서 혁대로 옷을 묶었다. 그는 옷가지를 한쪽에 쌓아 놓고 양치기처럼 휘파람 소리를 내며 이내 다이빙대 쪽으로 달려갔다. 하지만 톰마소는 멱을 감지 않았다. 추카보가 수영하는 동안 그는 마른 나무뿌리들이 즐비한 가파른 강둑에 등을 기대고 조금 그늘진 곳 모래사장에 웅크리고 있었다.

　주변에 마른 갈대들이 있었다. 건너편 물가에 모여 있는 1미터 높이의 꽃대도 말라 있었다. 그것은 검게 타들어 가 있어서 살짝 건드리기만 해도 불에 탄 종이나 재처럼 부서져 내렸다.

　빽빽한 갈대밭 중간에 다른 식물들이 있었다. 하나의 식물군 안에 또 다른 식물군이 있는 식이었다. 그것은 흰 꽃들이었는데, 그 위에 대고 입김이라도 불면 썩은 줄기 위에 핀 주먹만한 크기의 흰 꽃들이 흩어져 날아갔다. 흰 꽃들이 모두 땅바닥 혹은 모래가 섞인 풀밭 혹은 자갈 위에 떨어졌기 때문에 줄기만 남아 있었다. 주변 어느 강둑에선가 불이 나서 지푸라기 더미, 풀밭 언저리, 나무를 태웠다. 그것들이 까맣게 타서 모두 검은 재가 되었다. 바람이 그 검은 재를 여기저기 싣고 다녀서 주변을 더럽혔다. 손을 댄 곳마다 검댕이 묻어났다.

그 검댕이 모든 것을 덮었다. 마른 꽃들, 땅에 떨어져 있는 보기 흉한 하얀 꽃잎들, 쐐기풀, 여름철 흔히 볼 수 있는 뱀처럼 기어 다니는 듯한 악취 나는 마른 잡초들, 캔이나 뒤집힌 약품 상자나 깨진 도기 파편들이나 똥이 섞여 있는 쓰레기 더미, 이 모든 것이 검댕을 뒤집어쓴 채 뜨거운 햇살을 받으며 덤불 사이에 널려 있었다. 태양마저 검게 보였다. 부르면 금방 대답할 정도로 이제 가을이 성큼 다가와 있었다.

톰마소는 기다렸다가 당 지부 사무실에 다시 가려고 잠을 좀 청했지만 햇살이 머리를 달구는 통에 잠을 잘 수가 없었다. 좀처럼 시간이 가지 않았다. 피에트랄라타 지부에 가서 동지들을 만나 볼 생각을 할 때마다 심장이 쿵쾅거렸다. 그들이 두 팔을 활짝 벌리고 자신을 형제로서 반갑게 맞이하지 않을 이유가 없어 보였다.

톰마소는 모래와 쓰레기가 들어간 신발을 벗을 생각도 하지 않았다. 주변 사람들은 모두 기름과 허연 거품이 둥둥 떠다니는 그 구정물에서 멱을 감고 있었다.

저 안쪽 강물이 휘돌아 나가는 곳에서 어린 녀석들이 서로 싸우며 시끄럽게 떠들어 댔다. 혁대로 옷가지를 묶어 쌓아 놓은 강변 가까이에는 추카보처럼 좀 더 큰 녀석들이 있었다. 이윽고 그들은 비탈길 아래에서 웅크리고 앉아 카드놀이를 했다.

추카보, 브루클린, 아편쟁이 녀석과 함께 톰마소도 카드놀이를 했다. 브루클린과 아편쟁이는 서 있을 힘도 없는 좀 덜 떨어진 녀석들로, 눈을 반짝이고 입을 씩씩거리며 말 한마디 할라치면 입에서 침이 튀어나왔다. 그들은 해가 저물기 시작할 때까지 체키네타 카드놀이를 했다.

이윽고 건너편 둑에 호모가 와서 주변을 살피기 시작했다. 녀석들은 그를 알았기 때문에 추카보를 포함해 모두들 물속으로 뛰어들었다. 그들은 건너편으로 가 호모에게서 돈을 얻어 내려 했다.

톰마소는 아직 좀 이르기는 하지만 다시 지부 사무실로 가서 기다렸다. 페르시키니는 사무실에 없었다. 하지만 문이 열려 있었고, 망가진 문 건너 술집에서 몇몇 목소리가 들렸다. 톰마소는 붉은 깃발이 덩그러니 걸려 있는 방으로 들어가 의자에 앉았다. 그는 바닥에 떨어져 먼지를 뒤집어쓴 신문을 넘기기 시작했다.

하지만 옆에서 들려오는 목소리들이 신경에 거슬려서 신문을 읽을 수 없었다. 그런데 옆집에서 기르는 돼지가 꿀꿀대는 통에 옆방의 목소리가 잘 들리는 것도 아니었다.

톰마소는 일어나 문 옆으로 가 앉아서 대화를 들었다. 누구 목소리인지 조금 구분되기 시작했다. 술에 취한 듯한 노인의 거친 목소리가 이렇게 말하고 있었다.

"다시 태어나려면 죽어야 해! 나의 시대에는, 폰테 시대에는 살아 있는 활기가 있었어! 내가 스무 살 땐 날 묶을 족쇄 따윈 없었지!"

"아으."

노인은 술잔에 든 포도주 한 모금을 마시기라도 하는 듯 잠시 침묵했다가 말을 이었다.

"옛날엔 스무 살만 돼도 세상을 알았어. 지금 너희는 예순이 돼도 세상을 모를걸! 내 몸에 난 칼자국들을 봐, 보라고!"

하지만 좀 더 젊은 목소리가 재빨리 그의 말을 가로챘다.

"죽었다가 살아난 그 소리 좀 들어 보죠! 자, 슬슬 사업 얘기를 해 보자고요!"

처음에 입을 열었던 사람은 잠시 말이 없었다. 목소리로 판단컨대 다소 나이가 있는 오십 대 디 니콜라가 틀림없었다. 톰마소가 어렸을 때부터 아는 사람이었다.

"이봐."

디 니콜라가 나지막하게 말했다.

"똑똑히 알아 둬. 난 너희를 위해서 이 일을 한 거야……. 그래서 너희는 일하지 않고 손쉽게 5000리라를 주머니에 넣었잖아! 하지만 혹시라도 나중에 말썽이 나서 내 이름이 튀어나오길 원치 않아! 이건 확실히 해 둬야 해! 그런 불상사만은 절대 안 돼!"

무덤에서 울려 나오는 것 같은 목소리가 대답했다. 백 살 된 노인처럼 치아가 두 개밖에 없는 카침페리오의 목소리였다.

"말썽 날 게 뭐 있어요! 지금 농담해요? 설령 발각된다 해도 한 사람한테 책임을 돌리면 되잖아요! 우리 넷이 모두 대가를 치르게 될 거라고 생각해요? 참 내!"

"그럼 누구한테 책임을 돌릴 건데?"

내부에서 깊숙이 울려 나오는 목소리로 부서진 축음기같이 말하는 사람은 델리 피오렐리였다.

카침페리오는 이내 침을 튀기며 대꾸했다.

"잃는 게 적은 사람, 그게 옳지 않아? 우리가 저분을 보낼 수는 없잖아……."

분명 디 니콜라를 두고 하는 말이었다.

"……아니면 나! 너희 둘 중 하나! 상황이 최악으로 치달아도 너는 잃을 게 뭐야? 더는 여기에 못 나온다는 정도지, 그건 별 문제 안 되잖아! 입을 다물어 줘야 해, 이 일이 알려지면 당 내에서 큰 문제가 생길 테니까!"

"일이 진행되는 동안은 그래야겠지!"

델리 피오렐리가 말했다.

"그런데 어제저녁 얼마를 꼬불친 거야?"

"100장이니까 2만 리라."

그 자리에 있던 네 번째 목소리가 말했다. 톰마소는 그게 누구 목소리인지 몰랐다.

"총액이 그거야! 그 이상은 빼낼 수 없어!"

'매표원이 틀림없어!'

그들은 잠시 말이 없었다. 몰래 감춘 돈을 나누고 말없이 각자 자신의 몫이 된 냄새나는 100리라짜리 지폐 다발을 보고 있었던 것이다.

'뭐 하는 거지? 표? 표라고? 무도회 표를 두고 꿍꿍이 수작을 부리고 있군! 그래, 분명히 경품 표를 말하는 거야……. 피오렐리가 표를 내놓지 않고 뒤로 빼돌렸군……. 알겠어, 이 배신자들이 각자 5000리라씩 챙긴 거야!'

옆방에서는 침묵이 흘렀다. 그들이 돈을 나누고 있었던 것이다. 담 너머 옆집에서 돼지들이 꿀꿀거리는 소리와, 푹푹 찌는 날씨에 판잣집들 사이에서 시끄럽게 놀고 있는 아이들 소리만 들렸다.

디 니콜라가 다시 말을 시작했다.

"우리가 여기서 일주일에 각자 5000리라씩 버는 거야. 한 달이면 2만 리라라고, 그 돈만 있으면 넌 그럭저럭 살 수 있을 거야……. 나는 집세를 낼 수 있고! 게다가 또 다른 일을 해서 돈을 챙길 수 있어, 만일 우리가 이 포도주에 손을 댄다면 말이야…….”

“하루에 포도주를 몇 리터나 팔아?”

매표원이 카침페리오에게 무덤덤하게 물었다.

“100리터, 두 통.”

카침페리오가 불만스러운 듯, 하지만 부드러운 목소리로 대답했다.

“더 팔 때도 있고, 덜 팔 때도 있고…….”

“난 여기 포도주를 빼돌리고 싶지 않아!”

매표원이 다소 의기소침해서 투덜거렸다.

“뭐, 포도주를 빼돌리고 싶지 않다고!”

델리 피오렐리가 냅다 화를 냈다.

“5000리라를 챙겼잖아? 나와 이 사람은 똥을 묻혀도 되고 너는 똥칠을 할 수 없다, 이거지! 돈을 갖고 싶다면 너도 위험을 감수해야지. 안 그래!”

디 니콜라가 끼어들어 카침페리오를 조용히 설득했다.

“왜 안 된다는 거야? 한 달에 5000리라를 더 챙길 수 있는데 그게 뭐가 나빠? 우리도 리터당 40리라를 농부들에게 지불할 수 있어, 당이 그렇게 지불하듯이 말이야. 이건 내가 맡을게! 너는 이 안에서 팔기만 하면 돼! 한 달에 3000리터에 우리 것 1000리터를 넣어. 돈이 얼마인지는 알겠지?”

‘빌어먹을 놈들! 예수님의 십자가도 팔아먹을 놈들이군!’

아까 만났던 페르시키니가 찌푸린 인상으로 바삐 들어왔다.

그의 눈은 맑고 진지했으며 반쯤 벌린 입 안에서 금니가 반짝 거렸다.

페르시키니는 톰마소를 힐끗 쳐다보더니 이내 다시 일을 시작하면서 그의 얼굴도 쳐다보지 않은 채 말했다.

"회의할 거니까 의자들 놓는 걸 도와줘!"

톰마소는 그 상황에서 페르시키니가 충분히 그럴 수 있다는 걸 알았기 때문에 그의 퉁명스러운 말투에 신경 쓰지 않았다. 톰마소는 즉시 일을 시작했다. 사무실과 술집에 포개 쌓아 놓은 의자들을 큰 방으로 가져가기 시작했다. 의자들을 책상 앞에 줄 맞춰 정리했다. 잠시 후 사람들이 도착하기 시작했다.

그들은 조그만 마당 그늘진 곳에서 땀을 뻘뻘 흘리며 기다렸다.

잠시 후 빈민촌 간부들이 모두 모인 지도부가 도착했다. 인쇄물 배포와 피에트랄라타에서의 단합 파티 준비를 안건으로 한 회의였다. 그래서 젊은이들도 있었고 노인들도 있었다. 연맹의 인쇄물과 선전 담당 책임자도 와 있었다. 그가 안으로 들어오자 다른 사람들도 땀을 닦으면서 그를 따라 천천히 들어왔다. 방 안은 사람들로 가득 들어찼고 서 있는 사람들도 있었다. 땀에 젖은 더러운 옷 냄새 때문에 조금씩 숨이 막혀 왔다.

"저기 저 사람은 누구야, 저 사람한테 가 봐야 하나?"

톰마소는 모두가 졸졸 따라다니고 있는, 위원장인 듯한 사람을 가리키며 페르시키니에게 물었다. 그는 파살라콰라는 인물이었고 톰마소는 이미 여러 해 전부터 그를 알았다.

"보고도 몰라?"

페르시키니가 말했다.

"인사를 드려도 될까?"

톰마소가 침을 조금 튀겨 가며 말했다.

"그럼 내가 등까지 떠밀어 줘야겠어?"

페르시키니는 머릿속으로 다른 생각을 하고 있었기에 여전히 퉁명스럽게 말했다. 톰마소는 파살라콰에게 다가가려고 했다. 하지만 그 순간 디 니콜라가 끼어들었다. 그는 분명 파살라콰의 발이라도 핥을 기세였다. 또 얼마나 많은 거짓말을 늘어놓고 있을까. 톰마소는 천천히 걸어갔다.

이윽고 토론이 시작됐고 모두들 의자에 자리를 잡기 시작했다. 톰마소는 회의가 끝나기를 기다렸다가 나중에 인사를 해야 했기에 한쪽으로 가 있었다.

톰마소는 회의가 진행되는 동안 벽에 등을 기대고 주변을 살폈다. 다른 사람들이 토론을 벌일 수 있게 연맹 사람이 안건을 제시했다.

톰마소는 디 니콜라를 잘 알았다. 네 번째 인물, 매표원 디 산토는 카침페리오 옆자리에 앉아 있었다. 렐리 피오렐리는 대신 젊은이들 사이에 끼어 있었다. 젊은이들은 자신들 차례가 와서 파티와 무도회에 대해 말할 수 있기를 간절히 바라며 홀쭉한 얼굴로 기다렸다.

'난 당신을 알아, 안다고!'

톰마소는 바둑판무늬 셔츠로 시커먼 속내를 감추고 사무엘처럼 순진한 모습으로 자기 자리에 앉아 있는 디 니콜라를 보면서 생각했다.

'영리한 인간이지, 아주 영리해!'

톰마소는 삼사 년 전에 농산물 사업을 계기로 그를 알게 됐다. 디 니콜라는 빚을 내서 트럭 한 대를 빌린 다음 치스테르나에 가서 수박밭을 있는 대로 샀다. 그 돈 역시 빚낸 것이었다. 톰마소와 배고픈 다른 두세 녀석은 페코라로 산에서 공을차다가 아주 헐값에 디 니콜라의 인부로 차출됐다. 그들은 치스테르나에 가서 밭에서 수박을 따고 트럭에 옮겨 싣고 운반하는 등 모든 일을 했다. 이윽고 그들은 로마로 달려갔다. 마을들을 지나면서는 재미로 여자아이들 뒤로 수박 반 통을 던져아스팔트에서 박살 나게 했다. 그들은 로마에 도착한 후 콰드라타 광장, 비토리오 광장 시장으로 갔다. 손에서 손으로 수박을 옮겨 내리고 시장에 잔뜩 쌓아 놓은 다음 몇몇 창녀와 함께 밤새 수박을 지켰다. 그들은 아침 일찍 해가 뜨자마자 목이터져라 외치며 수박을 팔았다.

"보세요, 불이 났어요! 소방관들이 와야 해요! 잘 익은 수박이 왔어요! 수박요!"

디 니콜라는 보기만 하고 돈을 챙겼다.

한편 디 산토는 다른 식으로 알게 됐다. 톰마소가 훨씬 더어렸을 때, 거의 기저귀를 차고 있을 즘에 그를 알게 됐다. 그때 톰마소는 머리가 깨진 채 빈민촌 구석에서 피를 흘리며 울고 있었다. 디 산토가 그곳을 지나다 톰마소를 보았고, 어쩔줄 모르고 구경만 하는 주변 사람들에게 소리치면서 그를 응급 치료 센터로 데려다 줬다.

"뭐 하는 거예요? 아이를 과다 출혈로 죽게 만들 겁니까?애야, 이리 와!"

"병원으로 데려갑시다!"

한 청년이 자기 말에 흡족해하며 말했다.

"병원은 무슨 병원! 응급 치료 센터로 데려갑시다!"

디 산토가 입을 삐죽거리며 말했다. 디 산토는 손수건을 꺼내서 톰마소의 상처 난 머리에 동여매고, 그의 어깨에 한 손을 얹고 살살 밀면서 간혹 몸을 숙여 말했다.

"아프니? 응? 아파?"

'그래, 그랬어!'

톰마소는 두 손을 주머니에 찔러 넣고 동료들을 보면서 생각했다. 안에 있는 사람들은 모두 예전부터 아는 얼굴들이었다. 그들은 담배 연기에 찌든 더러운 옷가지에서 풍기는 악취 때문에 모두 총 맞은 표정을 짓고 있었다.

하지만 톰마소는 다른 누구보다도 지부 위원장에게 눈길을 많이 줬다. 연신 지껄여 대는 젊은 녀석 옆에 위원장이 앉아 있었다.

'당신을 알아!'

톰마소는 실눈을 뜬 채 부드럽고 온화하게 늙은 여우같이 미소 지으며 생각했다. 지금 눈앞에서 보는 것처럼 생생하게 그 장면이 기억났다.

'치고받고 난리였어! 아수라장을 만들었지! 산타칼라 폭동 같은 데서 볼 수 있거나 늙은 술주정뱅이들이나 할 짓이었어!'

오늘처럼 뜨겁고 대낮 같은 8월 저녁이었다. 불붙은 듯 빛나는 달이 먼지와 쓰레기, 판잣집 들을 보랏빛으로 물들였다. 사람들은 반라로 밖에서 돌아다녔다. 빈민촌, 오래된 초원의 세계는 집시촌을 방불케 했다. 창문들과 문들이 모두 활짝 열려 있어서 집 안의 누더기들이 다 보였다. 웃는 사람도 있고 우는 사람도 있었으며, 어떤 판잣집에서는 떠들썩한 술판이 벌어졌고 또 다른 판잣집에서는 누군가가 죽었다. 젊은 녀석들 무리가 바지 위에 러닝 자락을 펄럭이고 노래를 흥얼거리며 여기저기 돌아다녔다.

노인들은 갈대밭 사이 정자 아래나 술집에 있었다. 이들 사이에 파살라콰도 끼어 있었다.

파살라콰와 다른 촌스러운 노인이 자신들의 가축을 놓고 말싸움을 벌였다. 두 사람 모두 마부였다. 각자 자기 말이 수레를 끌고 그들이 일하는 곳 비탈길을 더 잘 올라갈 수 있다고 주장했다. 말씨름이 꼬리에 꼬리를 물고 이어졌으며 포도주에 취해 갈수록 점차 살벌해졌다. 술기운에 보이는 것이 없어지자 주먹 다툼이 시작되었다.

술집 안에서 싸움이 시작되었다. 주변에 있던 노인들이 그들을 떼어 놓으려 애썼지만 그들도 취해 있었다. 두 사람은 싸움을 끝내고 싶었는지 밖으로 나갔다. 호호백발인 혹은 대머리가 된 노인들이 떼 지어 뒤따라 나갔다. 달빛이 눈부시고 조그만 전등이 켜진 술집 입구 앞에서 두 사람은 다시 한판 붙었다.

술에 취한 두 사람은 분노에 사로잡혀 명치에 픽 하고 주먹을 한 방 날리면 아랫배에 팍 하고 발길질을 한 방 날리는 식으로 치고받고 싸웠다.

그렇게 두 사람은 치고받고 소리치면서 이쪽저쪽으로 자리를 옮겨다녔다. 그러면 다른 사람들은 그들을 말려서 싸움을 끝내려고 애쓰면서 우르르 따라다녔다.

그들은 아니에네 강변 쪽 들판에 있는 비탈로 장소를 옮겼다가 다시 술집으로 내려왔다.

다른 사람들, 청년들, 아이들도 몰려들었다. 바람에 나부끼는 낙엽 더미나 참새 떼들처럼 장소를 옮길 때마다 그들도 이쪽저쪽으로 우르르 뛰어다니며 싸움을 구경했다. 흑인 혼혈아처럼 까맣고 반쯤 벌거벗은 톰마소도 거기 끼어 있었다.

잠시 후 두 싸움꾼은 지쳤는지, 핏빛 얼굴을 해 가지고 희끗희끗한 수염 아래로 이를 드러낸 채 각자 자신과 더 친한 친구들 편으로 잠시 떨어졌다. 느닷없이 파살라콰가 친구들을 뿌리치고 술집 쪽으로 미친 듯이 뛰어갔다. 썩은 널빤지들로 만든 울타리가 반쯤 떨어져 나간 채 술집 주변에 쳐져 있었다. 그는 널빤지 하나를 잡고 흔들어 뽑아냈다. 그 널빤지를 마구 휘두르자 모두들 이쪽저쪽으로 도망쳤다. 싸움 상대인 마부도 걸음아 날 살려라 재빨리 도망치는 듯했다. 그러나 그는 술집 안으로 뛰어들어 가더니 이내 의자 하나를 들고 나와 역시 미친 듯이 이쪽저쪽으로 휘두르기 시작했다. 그런 식으로 서로 휘둘러 대는 통에 한번은 이쪽이 도망치고 한번은 저쪽이 도망쳤다. 구경꾼들도 그들을 따라 우르르 이쪽으로, 우르르 저쪽으로 줄지어 뛰어다녔다. 구경꾼들은 두 사람을 말리려 애쓰기도 했지만 속으로는 머리통이 깨지는 순간을 목격하고 싶기도 했다.

톰마소는 위아래로 쫓아 달리다가 문득 옷가지가 땅에 떨어져 있는 걸 보았다. 파살라콰의 윗옷과 모자였다. 그는 몸을 숙여 주변을 살피다가 후딱 집어 들고 자리를 빠져나왔다.

하지만 톰마소를 아는 누군가가 어느 문가에서 그 장면을 보았다. 싸움이 끝난 뒤 파살라콰는 자신의 물건이 없어진 것을 알고 그것을 찾아다녔다.

"토르콰토의 아들이 가져갔어!"

파살라콰와 목격자가 톰마소의 판잣집으로 찾아왔다. 톰마소는 집 안에, 어머니는 조그만 앞마당에 있었다.

"당신 아들 집에 있죠?"

파살라콰가 험상궂은 눈으로 물었다.

"아들 녀석이 내 윗옷과 모자를 가져갔다던데!"

그들 목소리를 듣고 곧 돌아가는 상황을 눈치챈 톰마소가 손에 옷가지를 들고 밖으로 나왔다.

"땅에 떨어져 있는 걸 봤어요."

톰마소는 아주 순진하고 착한 소년 행세를 했다.

"아저씨 거라는 걸 알았어요. 아저씨들 싸움을 보니까 무서워서 그냥 집으로 가져왔어요!"

"잘했다, 잘했어!"

파살라콰가 말했다. 그는 톰마소에게 500리라까지 주더니 어떻게든 같이 데리고 가서 술을 먹이고 싶어 했다.

"무섭긴! 우리는 장난을 좀 쳤을 뿐인데! 가자, 너도 가서 한잔하자꾸나! 포도주가 그런 생각을 떨쳐 내 줄 거야!"

그랬던 파살라콰가 지금 연맹에서 나온 청년 옆에서 부산을 떨고 있었다. 청년은 다른 사람들 얘기를 조용히 경청했다. 파티와 무도회에 대해 토론할 시간이 왔다. 젊은이들 차례였다. 한 사람이 이런 얘기를 하면, 다른 사람은 저런 얘기를 하고 모두 제각각 자기 생각을 얘기했다. 하지만 연맹에서 나온 청년은 변함없이 상대방의 말을 존중하며 흥미롭게 들었다. 작은 책상에 팔꿈치를 기대고 흰빛이 돌 정도로 맑은 하늘색 눈으로 귀 기울여 들었다. 청년은 체격이 아주 다부지고 어깨가 떡 벌어졌지만 성격은 소심했다. 말투가 부자연스러웠고 무도회에 대해 토론하면서 화기애애한 대화를 나누고 있는데도 소년같이 뭔가 슬프고 불안한 빛이 눈에 감돌았다.

'바보, 그 소리를 다 믿냐!'

톰마소가 청년을 보면서 생각했다.

'이 사람들이 정말 네 말을 듣고 있을 거라고 생각해! 너한테 관심이나 있을 거 같아? 네 말이 끝나면 박수나 칠 거야. 이 사람들한테는 네가 이용 가치가 있으니까 말이야!'

델리 피오렐리의 친구가 끼어들어 무도회에 대해 한마디 했다. 그의 말을 들으면서 톰마소는 기분이 좋아졌다.

'이 사람 말 좀 들어 볼까! 숨 넘어가겠네! 어느 촌구석에서 온 거야? 양치기를 하다 왔나? 훌륭해! 국가적인 문제를 얘기해 주려나!'

톰마소가 생각했다.

'고작 무도회 얘기잖아!'

톰마소는 폭소가 터지려는 걸 참았다.

'저 사람은 자기 고향에서 타란텔라*와 피리로 분위기를 주도했던 모양이군! 하지만 제 얼굴에 침 뱉기지!'

연맹에서 나온 청년이 수줍고 조금은 침울하지만 단호한 태도로 끼어들어 책을 읽듯이 얘기했다.

'지껄여라, 지껄여! 여기서 너도 카이사르 같은 종말을 맞게 될 거야! 미국인들은 미국에 있다고 말하는 식이군!'

톰마소는 생각에 집중하며 얼굴을 찌푸렸다.

---

* 이탈리아 나폴리의 민속 무곡과 그 무용. 여자 한두 명과 남자 한 명이 추는 것이 통례다. 템포가 아주 빠르며 장조와 단조가 서로 교대로 나타나는 것이 특징이다.

'네가 실컷 지껄이고 났을 때 여기 상황이 어떤지 말해 주지! 내 말에 눈물깨나 흘릴 거다!'

톰마소는 델리 피오렐리를 곁눈질해 보았다.

'사기꾼! 오 분 후에 내 마음이 변덕을 부리고 네가 귀머거리가 아니라면 내가 만든 폭발음을 듣게 될 거야! 조심해! 이 안에 너희 모두의 운명을 쥐고 있다고!'

톰마소는 주머니 안에서 주먹을 꽉 쥐고 고소한 협박이 담긴 끈적끈적한 눈길로 주변을 훑어보면서 생각했다.

땀이 흘러내렸다. 가난에 찌든 피에트랄라타의 지평선 위로 높이 뜬 태양이 불꽃을 퍼부었다. 동료들은 해산하기 전에 무덥고 무질서하고 냄새나는 장소에서 이런저런 얘기를 한참 더 떠들어 댔다.

마침내 회의가 끝났다. 파살라콰에게 말을 걸 기회였지만 사람들이 여전히 그의 주변에 서서 잡담을 나누고 있었다. 톰마소는 그쪽으로 다가가서 기회를 엿보며 가만히 서 있었다. 파살라콰가 출구로 향하자 톰마소는 그를 따라가서 그의 팔꿈치를 잡았다.

'어딜 도망가는 거야? 너는 판파니*보다 더 나빠, 알아?'

톰마소가 그를 잡고는 큰 소리로 말했다.

"실례합니다, 저……. 잠깐 시간 좀 내주실 수 있나요?"

파살라콰는 시큼한 냄새가 풍기는 빌어먹을 낡은 신발 같은 얼굴로 온화한 표정을 지으며 톰마소를 바라봤다.

---

* 아민토레 판파니(Amintore Fanfani, 1908~1999). 이탈리아의 정치가. 아틸라의 기독교 민주당에 들어가 당내 좌파를 형성했으며 1954년 총리를 지냈다.

"뭔가?"

톰마소는 아주 조용한, 마당 구석으로 그를 데려갔다.

"저……. 진작 이런 말씀을 드리러 오고 싶었습니다……. 하지만 기회가 없었어요. 제가 병원에서 이제 막 퇴원했거든요. 그런 곳에서 나오면 어떤지 아실 겁니다. 제가 이렇게 찾아뵌 건…… 저, 무슨 얘기냐면…… 전 늘 생각만 있었습니다!"

톰마소는 말을 멈추더니 손바닥을 편 채 앞으로 내밀고 화난 듯한 진지한 눈으로 그를 가만히 쳐다보았다.

"다른 생각을 하지는 마십시오……. 저는 가난하고 노동 계급 출신입니다……. 들어 보셨는지 모르겠지만, 어쨌든 알아보시면 제가 포를라니니 병원에서 어떤 일을 했는지 금방 아실 겁니다……. 전 대자보를 붙이고 굴리엘미를 도와주기 위해 백방으로 노력했죠……. 병원 지부 위원장이었던 굴리엘미를 아시죠? …… 전 최선을 다했습니다! 이것만으로도 충분히 제가 누구이고 어떤 생각을 하고 있는지 이해하실 겁니다……."

톰마소는 이야기의 서두를 마치자 잠깐 숨을 크게 쉬었다. 파살라콰는 턱을 목에 붙이고 얘기가 어디로 흘러가는지 기다리며 동조하는 눈빛으로 그를 쳐다보았다.

"하지만 문제는……."

톰마소가 곧 얘기를 다시 시작했다.

"제가 당에 등록하지 않았다는 겁니다. 그게 중요하다고 생각하지 않았거든요……. 사상만 투철하면 그만이라고 생각했죠!"

그는 거래를 무사히 끝낸 것처럼 두세 차례 손뼉을 쳤다.

"하지만 이젠 그게 아니라고 생각합니다. 저도 당신들처럼 주머니에 당증을 소지하고 싶습니다. 또다시 싸움이 일어난다면 모두에게 당증이 있어야겠지요. 당신한테 나쁜 일이 생기면 저한테도 마찬가지일 겁니다. 전 당신 옆에 있고 싶으니까요!"

톰마소는 쓸쓸한 눈빛으로 이 마지막 말을 시작했지만 제법 빈틈없이 논리적이고 원칙적인 표현을 사용했다고 생각했기 때문에 목소리를 무겁게 깔며 말을 끝냈다.

그런 주제의 얘기를 접한 파살라콰 동무는 입에 쓴 것을 씹는 듯 어두운 표정으로 말없이 톰마소를 주시했다.

"당에 등록하려면 제가 뭘 해야 하고, 누구를 찾아가야 하는지 말씀해 주실 수 있을까요?"

톰마소가 얘기를 끝냈다.

파살라콰는 잠시 입을 다물고 톰마소를 쳐다보다가 말했다.

"세상에서 가장 간단한 일이지! 자네를 소개해 줄 수 있는 당원 둘을 아나? 그들을 데리고 와서 자네를 소개시키면 오분 후에 자네도 당원이 되는 거야. 인지를 붙이기만 하면 돼!"

파살라콰는 호감 어린 눈길로 톰마소를 다시 쳐다보더니 그의 어깨 위에 한 손을 얹으며 말했다.

"내게도 기쁜 일이네!"

톰마소는 그렇게 했다. 며칠 후 그는 증인이 되어 줄 두 사람을 데리고 지부 사무실에 나타났다. 바로 델리 피오렐리와 그리치오였다. 그는 당에 등록했고 지불해야 할 돈도 냈다. 마침내 당에 몸담을 수 있었다. 그는 주머니에 당증을 넣고 붉은 깃발을 위해 투쟁할 준비를 했다.

5
영원한 배고픔

톰마소는 서둘러 계산을 해 보았다. 주인은 매주 토요일 저녁 퇴근하기 직전 마지막 순간에 그에게 4000리라를 줬다. 그 중 2000리라는 옷 할부금으로 나갔다. 나머지 2000리라 중에서 일주일 전차비를 떼 놓아야 했다. 209번 전차비는 아침에 10리라, 저녁에 20리라니까 일주일에 180리라였다. 갈아타는 8번 전차비도 마찬가지로 180리라였다. 톰마소는 첫 번째 구간 마지막 정거장에서 내려 나머지는 걸어가기 때문에 그나마 그 정도였다. 180 더하기 180이니까 360리라였다. 담배도 피워야 하니까 하루에 나치오날레 담배 열 개비 값으로 600리라가 들었다. 500리라는 비상금으로 넣어 두었다. 나머지 돈은 집에 내놨다. 가족들이 이구동성으로 그렇게 해 주길 바랐기 때문이다. 옷을 사기 전에는 일요일을 보내기 위해 500리라를 따로 떼 놓았다. 하지만 지금은? 이레네와 오후 2시부터 저녁 8시까지 가르바텔라 거리나 초원을 왔다 갔다 산책하며 보낼 수는 없는 노릇이었다. 그날은 토요일이었다. 어떻게든 다음 날을 위해 최소한 500리라 정도는 마련해야 했다. 주머니에 담뱃값을 아껴 마련한 30리라가 있었다. 전차비를 아껴 마련한 40리라를 합치면 70리라가 가진 돈 전부였다. 그는 방금 받은 주급 4000리라에는 손을 대지 않았다. 그 돈을 웃옷 안주머니에 넣어 두고 없는 것으로 생각했다.

톰마소는 늘 그렇듯이 매주 토요일 직장에서 늦게 퇴근했다. 그는 줄리아나 거리에서 걸어 나왔다. 전에 다니던 시장 일자리를 잃었기 때문에 줄리아나 거리 과일 가게에서 새 일자리를 구했던 것이다. 그는 거리 중간까지 똑바로 가다가 줄리오체사례 거리로 접어들었다. 날이 어두워지기 시작했다. 벌써 9월이었다. 그는 발걸음을 재촉했다. 줄리오체사례 거리 끝에서 카부르 광장 쪽으로 들어가 산탄젤로 성을 지난 다음 파니고 마을에 도착했다. 그러고 나서 비토리오 대로를 건너 캄포데이피오리로 갔다.

그 중간쯤에 키아바리 거리가 있는데, 돌 포장이 군데군데 떨어져 나갔고 건물들이 창자처럼 줄지어 있었다.

거리 중간쯤 커다란 흰색 정문 위에서 녹색 네온 불빛들이 빛났다. 동시 상영을 하는 허름한 영화관 비토리오였다. 포스터 앞에 선 꼬마 녀석들이 두 손을 주머니에 넣은 채 주변을 살피며 극장 안으로 들어갈 기회를 호시탐탐 노리고 있었다.

톰마소는 진지한 표정으로 서둘러 극장 앞에 도착했다. 그는 입맛만 다시며 밖에 서 있는 녀석들을 거들떠보지도 않고 극장으로 들어갔다. 그는 주머니에 있는 돈을 모두 매표원에게 넘긴 다음 재빨리 표를 끊고 안으로 들어갔다.

우선 좌석 안내원을 피해야 했다. 그래서 톰마소는 천천히 검은 벨벳 커튼을 열고 살며시 들어가 벽에 한쪽 어깨를 기댄 채 화면을 주시하며 아까부터 그곳에 있었던 척했다. 「발리의 공주」를 상영 중이었는데, 목에 꽃목걸이를 건 하와이 여자들이 밥 호프 주변에서 훌라 춤을 추고 있었다. 춤에 취해서 입을 헤 벌린 밥 호프는 여자들을 쳐다보느라 정신이 없는지 연신 눈을 굴렸다.

주변에 좌석 안내원이 없었기 때문에 톰마소는 피곤한 표정으로 어깨를 탁 쳐서 벽에서 떨어진 후, 주변을 살피기 위해 기지개를 펴는 척했다. 자그마한 1층 관람석은 나지막한 나무 칸막이로 일등석과 이등석이 나눠져 있었다. 안쪽에는 특석 두세 줄이 있었다.

평상시처럼 앞쪽에 캄포데이피오리 녀석들 혹은 아레눌라거리나 포르티코도타비아의 유대인 꼬마 녀석들이 자리 잡고 있었다. 녀석들 틈에 산발을 하고 뚱뚱하고 초라한 노인 몇몇이 끼어서 루피너스 씨와 땅콩을 먹고 있었다. 그들 뒤, 중간 통로 너머 뒷좌석들에는 관객이 대부분 앉아 있었다. 남자 없이 혼자 온 여자들, 실업자들, 젊은 어중이떠중이들이었다. 그 뒤, 오른쪽 벽과 왼쪽 벽 앞 빈 공간에는 사람들이 서 있었다. 청년들, 꼬마 녀석들, 노인들이었다. 톰마소는 홀을 가로질러 건너편 벽으로 갔다. 그는 사람들이 서 있는 벽과 좌석 사이 빈 공간으로 파고들었다. 그는 사람들 가운데로 들어가서 다시 반대편 어깨를 벽에 기댔다. 사람들이 하도 기대고 문질러서 벽이 반질반질했다.

스웨터만 걸친 남루한 차림으로 주변에서 비비적거리는 녀석들과 달리, 톰마소는 자신이 건실한 청년이라고 생각했다. 그래서 무뚝뚝한 얼굴로 살짝 기지개를 펴면서 주변을 자세히 살폈다.

톰마소는 사람들 동향을 살핀 다음 다시 벽에서 떨어져 좁은 복도를 따라 일등석과 이등석을 나누는 칸막이 쪽으로 올라갔다. 마지막 줄에 자리 하나가 있었다. 그는 인상을 찌푸린 채 그 자리로 갔다. 한 녀석이 그 옆에 앉아 있었다. 캄캄한 가운데 멀리서 그를 봤지만 단박에 수상쩍은 감이 왔다. 그는 빈자리에 가서 앉은 다음 앞 의자 등받이에 무릎을 대고 몸을 눕혔다. 그때 채찍을 휘두르듯 불이 들어왔다.

톰마소는 관심 없는 척하면서 곧 편하게 고쳐 앉은 다음 화난 눈빛으로 주변을 둘러보았다. 석탄가루가 묻은 더러운 마늘 조각으로 박박 문지른 듯한 셔츠 깃 안에서, 목이 좌우로 돌아가는 것 같았다. 그는 일주일째 그 셔츠를 입었고 보라색 넥타이는 몹시 구깃구깃했다.

불 켜진 관람석은, 돌을 들어 올렸는데 그 밑에 벌레들이 바글바글한 풍경과 비슷했다. 뒤엉켜 꿈틀거리던 벌레들이 갑작스러운 빛에 머리와 꼬리를 미친 듯이 비틀면서 사방으로 기어가는 모습 말이다.

이등석의 마지막 두 줄은 어린 녀석들이 다 차지했고, 군데군데 끼어 앉은 머리가 희끗한 노인들은 진흙 실개천에 박힌 돌멩이처럼 가만있었다. 어린 녀석들은 열두 살부터 스무 살까지 연령대가 다양했다. 그들은 저마다 편하게 널브러져 있었는데, 어떤 녀석은 앞 의자 등받이에 무릎을 기댔고, 어떤 녀석은 빈자리에 다리를 올려놓았으며, 어떤 녀석은 옆 친구 다리 위에 자기 다리를 올려놓았다.

녀석들은 서로 치고받고 밀치거나 옆자리 친구 등 뒤로 팔을 돌려 좀 멀찌감치 떨어져 앉은 친구 머리통을 찰싹 때리고는 이내 손을 거두고 모르는 척 땅콩을 먹으면서 눈웃음을 지었다. 그들의 옷에는 5센티미터 정도 크기의 기름과 먼지 얼룩이 묻어 있었고, 그들은 닳고 닳아서 앞쪽이 반질반질해진 누더기 바지를 입었으며, 바지가 터져서 그 틈으로 흰 팬티가 보이기도 했다. 녀석들 가운데 섞여 있던 꼰대들은 기분이 상한 듯 의자 양쪽 팔걸이 사이에 옹크린 채 자못 심각한 표정으로 앉아 있었다.

벽을 따라 나 있는 복도로 사람들이 분주히 오갔다. 한 청년이 벌떡 일어나더니 껌을 질겅질겅 씹고 비웃음을 날리며 무슨 중요한 일을 보러 가는 것처럼 껄렁한 걸음걸이로 유유히 화장실로 향했다. 두세 소년이 큰 소리로 떠들고 웃으면서 함께 화장실로 갔다. 한 노인이 몸을 구부정히 숙이고 숨을 헐떡이며 천천히 화장실 쪽으로 갔다. 문에 쳐진 벨벳 커튼이 연신 올라갔다 내려갔다 했다.

톰마소 옆에 앉은 호모는 팔꿈치를 팔걸이에 올려놓고, 길고 유연한 손가락 사이에 담배를 끼워서 피우고 있었다. 톰마소가 녀석을 쳐다보자 녀석도 그에게 눈을 돌렸다.

불이 다시 꺼졌다. 톰마소는 다리를 벌려 왼쪽 다리를 옆에 앉은 호모의 다리에 갖다 댔다. 그리고 잠시 기다렸다. 그는 고양이가 개를 봤을 때처럼 부서진 의자에 꼼짝 않고 앉아 있었다. 콩깍지처럼 붉고 거뭇거뭇한 기미가 섞인 얼굴을 해 가지고 말이다.

살집이 두툼하지만 입술이 거의 없는 입과 뾰족한 코를 가진 작고 둥근 톰마소의 얼굴이 셔츠 깃 밖으로 나와 있었다. 원추형 종이 봉지 밖으로 멍청한 얼굴이 튀어나와 있는 것 같았다. 이발을 한 것 같기는 했지만 벌써 뒷머리가 많이 길어서 옷깃 밖으로 약간 삐져나왔다. 정수리 부위 머리는 아이들처럼 쭈뼛 서 있었다. 연약한 호모는 별다른 반응을 보이지 않았다. 신경이 예민해서 생긴 나쁜 버릇인 듯 사방을 두리번거리며 계속 주변을 살폈다. 톰마소는 다리를 좀 더 벌리고 엉덩이를 쭉 뺀 뒤 의자에 길게 누웠다.

그사이 벌레들은 침묵이 감도는 어둠 속 생활로 다시 돌아갔다. 하지만 이따금 여기저기서 키득거리는 웃음소리, 담배 때문에 싸우는 소리, 이미 영화를 두세 번 봐서 싫증 난 사람들이 장면을 해설하는 소리가 들려왔다.

호모는 여전히 반응이 없었다. 톰마소는 화난 표정으로 그를 쳐다보았다.

'뭘 기다려, 멍청아!'

톰마소는 자신이 앉은 의자 등받이가 거의 부서질 정도로 의자를 등으로 한 번 치고, 앞에 있는 의자 등받이가 거의 부서질 정도로 무릎으로 또 한 번 치면서 자세를 바꿨다.

호모 녀석은 계속 주변을 살폈다. 주변을 둘러보다가 이따금 옆에 있는 톰마소에게도 눈길을 주곤 했다.

'빌어먹을 자식!'

점점 더 약이 오른 톰마소가 생각했다.

'여기야!'

톰마소는 계속 몸을 뒤틀고 뒤척이면서 숨을 몰아쉬었다.

마침내 호모가 시선을 아래로 내리기 시작했다. 그렇게 십여 분 정도 흘렀다. 톰마소가 다리를 쫙 벌리고 의자 아래로 엉덩이를 더욱 미끄러뜨리는 바람에, 하마터면 침 뱉은 것과 땅콩 껍질 그리고 누군가가 급해서 살짝 실례한 오줌 자국이 널려 있는 바닥에 미끄러져 주저앉을 뻔했다. 그는 눈을 이리저리 돌리는 옆자리 녀석의 시선을 따라가 보았다. 호모는 두세 줄 앞에 웃옷을 벗고 앉은 젊은 녀석을 보고 있었다. 군인처럼 머리를 짧게 깎은 뒷통수와, 파란색과 회색이 들어간 카우보이식 셔츠를 멋지게 입은 등짝만 보였다. 톰마소는 그 사실 때문에 더욱 부아가 났다.

'개새끼……! 저 자식이 나보다 낫다는 거야? 내가 뭐 어때서, 머저리 자식!'

화난 톰마소가 자세를 고쳐 앉으며 이따금 옆에 앉은 호모 자식을 팔꿈치로 쿡쿡 찔렀다. 녀석은 저 앞에 앉은 청년을 쳐다보다가 점점 시선을 톰마소에게로 내렸다. 톰마소는 더욱 거칠게 녀석을 쿡쿡 찔렀다. 다 부서져 가는 닫힌 문 하나를 발견하고 한 방에 열릴 것이라 생각했는데, 좀처럼 열리지 않는 문을 어깨 아프게 두드리며 바싹 약이 오른 사람 같았다.

'어서, 뭘 하자는 건지 알잖아?'

마침내 옆자리 녀석이 마음속으로 이렇게 말하는 듯했다.

'좋아, 녀석을 후딱 쫓아내야지!'

그러더니 호모가 불쑥 손을 뻗어 왔다.

순식간에 일이 끝났고, 만족한 톰마소는 서두르지 않고 다시 단추를 채웠다.

이윽고 톰마소가 다시 고개를 들어 옆에 앉은 녀석을 쳐다보았다.

녀석은 아무렇지 않은 척 영화를 재미나게 보고 있었다. 톰마소는 이마를 찡그리고 멍한 눈빛으로 잠시 녀석을 쳐다보았다. 그는 얼굴을 찡그리고 입을 오므린 채 조용히 이런 말을 하는 듯했다.

'이 영화가 그렇게 재밌냐, 엉?'

곧이어 톰마소가 팔꿈치로 녀석을 냅다 쳤다.

녀석은 움찔하더니 톰마소에 대해 깜빡 잊었던 듯한 눈길로 그를 쳐다보며 잠시 가만히 있었다. 톰마소가 한 손을 들어 엄지와 검지 사이에 코딱지가 있는 것처럼 두 손가락을 비벼 댔다. 그러자 호모가 아주 조심스럽고 짧게 말했다.

"아, 그렇지, 미안해!"

톰마소는 아주 온화한 목소리로 말했다.

"잊었던 모양이야, 그렇지?"

"응."

녀석은 고개를 살짝 끄덕이더니 온몸을 뒤틀며 바지 주머니 안을 깊숙이 뒤졌다. 그가 100리라를 꺼냈다.

톰마소는 그 돈을 냉큼 받아 드는 대신 몸을 뻗어 가까이에서 살펴보았다. 정말 100리라가 맞는지, 혹시 5000리라짜리가 아닌지 확인하고 싶었다. 정말 100리라였다. 그는 말문이 막혔다. 천천히 자세를 고쳐 앉았다. 이윽고 그는 목소리를 깔고 말했다.

"이봐, 나한테 고작 100리라를 주겠다는 거야, 그런 거야?"

상대방은 여전히 100리라를 내밀고 있었다.

"어서, 가져가!"

호모가 불쾌한 듯 징징거렸다.

톰마소는 이대로 물러나려 하지 않았다.

"지금 나한테 적선하나?

톰마소가 여전히 목소리를 깔고 말했다.

"어머, 세상에!"

누군가가 비위를 상하게 했을 때 여자아이들이 하듯이 인상을 찡그리고 목소리를 질질 끌며 녀석이 말했다.

"이게 부족하단 거야? 네가 뭔데? 황금으로 만들어지기라도 했어?"

녀석이 구역질 난다는 듯 덧붙였다.

톰마소는 바짝 마른 입천장을 세게 쯧쯧 찼다. 그는 이마에 주름을 잡으며 눈썹을 추켜올렸다.

"돈 내놔!"

호모가 톰마소를 노려봤다. 톰마소도 이미 화가 나 있었다. 그렇다고 큰 소리로 말할 수도 없었다. 큰 소리를 냈다간 주변 사람들이 눈치챌 수 있었기 때문이다. 결국 톰마소는 나지막한 목소리로 단숨에 그 말을 뱉었다. 어둡고 깊은 곳에서 울려 나오는 말 같았다. 호모가 발끝을 세웠다. 그는 칠이 벗겨져 나간 앞 의자의 다리를 발끝으로 찼다. 그러고는 다시 자세를 고쳐 앉았지만 마음을 단단히 먹었는지 기분 나쁜 태도로 계속 몸을 뒤척였다.

"돈."

톰마소가 되풀이해서 말했다.

"돈 준다잖아? 자, 여기 있어!"

녀석이 다시 신경질적으로 100리라를 내밀었다.

톰마소는 이번에는 아무 말도 하지 않았다. 그는 삐거덕거리는 의자 팔걸이에 양쪽 팔꿈치를 올려놓고 의자에 똑바로 앉았다.

상대방 녀석은 톰마소의 침묵을 틈타 변명을 늘어놓았다.

"진작 말해 줬으면 좋잖아! 넌 입이 없냐? 난 100리라 이상은 줄 수 없어, 알아! 네가 무슨 말을 할지 모르지만 난 100리라 이상은 정말 줄 수 없어! 줄 수가 없다고! 하지만 사람들한테 나, 작은 우상에 대해 물어봐, 물어보라고. '작은 우상은 좋은 친구야.'라고 말하지 않는 사람이 있는지 보라고! 난 먼저 계약하고 일을 치르는 걸 좋아해. 좋으면 좋은 거고 아니면 그만이고. 이봐, 도대체 뭘 더 원하는 거야! 난 아주 매력적이야, 알아, 내 마음에 드는 남자들을 언제든 찾을 수 있어, 언제든 말이야!"

호모는 여전히 화가 나 부들부들 떨면서도 마지막 말이 마음에 들었는지 의기양양한 태도로 의자 등받이에 몸을 편히 기댔다. 톰마소는 자신의 어깨를 녀석의 어깨에 바싹 붙이고 무표정한 얼굴로 거의 목소리를 내지 않으며 세 번째로 되풀이했다.

"돈 내놔."

톰마소는 더 이상 농담할 기분이 아니었고 기다릴 마음도 없었다. 그는 뭐든지 할 태세였다. 호모는 두려워서 얼굴이 하얗게 질렸고 가슴이 쿵쾅거렸다. 톰마소는 움직이지 않고 가만히 있었다. 그가 손을 내밀며 말했다.

"그 100리라 이리 줘."

호모는 후다닥 톰마소의 손에 돈을 쥐어 주고 자기 의무를 다한 사람처럼 다시 의자에 편히 앉았다. 이젠 더 이상 볼 일이 없다는 태도였다. 그 순간 저쪽에서 손전등을 든 좌석 안내원이 뚱보와 여자를 데려왔다. 좌석 안내원은 톰마소와 호모 바로 뒷좌석에 그들을 앉혔다. 톰마소가 잠시 입을 다물었다. 그러자 호모가 여기저기로 시선을 날리더니 일어서려고 했다.

톰마소는 호모의 팔을 잡고 다시 의자에 강제로 앉혔다.

"어딜 가?"

톰마소가 침착하게 말했다.

"그럼 나보고 오늘 밤 내내 여기 있으라는 얘기야?"

호모가 주저하는 목소리로 말했다.

"아니!"

"그럼, 뭘 원해?"

"돈."

톰마소가 침 거품이 이는 누렇고 조그만 이를 드러내며 말했다.

"제기랄! 100리라 줬잖아!"

톰마소가 웃었다.

"100리라 갖고 뭘 하라고?"

호모가 한숨을 쉬었다.

"제기랄."

호모가 울먹이며 말했다. 그는 화를 내면서 한 손을 주머니에 넣고 꼬깃꼬깃하게 접힌 100리라짜리 지폐 한 장을 더 꺼냈다. 그러고는 톰마소에게 돈을 내밀었다. 톰마소는 아까처럼 침착하게 돈을 받아서 천천히 펴고는 혹시라도 50리라짜리가 아닌지 보려고 유심히 살폈다. 그는 100리라짜리가 맞는 걸 확인하고 나서야 안심하고 다시 돈을 접어 아까 받은 돈과 함께 주머니에 넣어 두었다.

잠시 후 호모는 조용히 일어나 나가려고 했다.

"안녕, 미남 친구, 잘 있어."

하지만 톰마소는 호모의 말에 아랑곳하지 않고 여전히 침착한 태도로 파리를 쫓듯 그의 어깨를 지그시 눌러 다시 앉혔다.

"어딜 달아나려고! 좀 더 있지그래?"

"미안하지만 난 벌써 이 영화를 봤어, 이만 가 봐야 해……."

호모가 떨리는 목소리로 말했다.

"이봐, 그만들 하지!"

여자와 함께 와서 그들 뒷자리에 앉은 뚱보가 큰 소리로 말했다. 뚱보의 말이 떨어지기 무섭게 두 사람은 죽은 척하는 짐승들처럼 꼼짝 않고 있었다. 그들은 똑바로 앉아 잠시 얌전히 영화를 봤다. 이윽고 톰마소는 천천히 어깨 너머로 뒤를 돌아보았다. 뚱보는 땀을 뻘뻘 흘리고 머리에는 머리카락 몇 가닥만 남았으며 안색이 베개처럼 하얀, 힘 못 쓰는 머저리여서 따귀를 맞으면 맞았지 날리지는 못할 것 같았다. 슬슬 일을 마무리 짓기로 결심한 톰마소는 호모 쪽으로 몸을 비튼 다음 눈에 독기를 품고 입을 실룩거리며 말했다.

"이봐, 이렇게 쉽게 떠날 수 있을 거라 생각해?"

"뭘 원하는 거야?"

호모는 뒷자리에 앉은 머저리가 애인과 같이 온 탓에 혹시 객기라도 부리지 않을까 겁내며 시간을 벌기 위해 다시 한 번 물었다.

"200리라나 줬잖아. 나한텐 많은 돈이야! 비토리오 극장에서는 200리라 이상 안 주잖아?"

"자식아, 내 인내심을 시험하지 마, 응!"

호모는 톰마소가 정말 인내심을 잃는 걸 봤다. 그는 자신의 말이 잘 들리도록 톰마소에게 가까이 다가가 마지막 카드를 꺼냈다.

"친구, 그 정도면 적당하잖아……. 돈이 있다면 왜 안 주겠어? 난 정말 한 푼도 없어, 땡전 한 푼 없다고……. 내 말을 믿어 줘……. 내가 무슨 부자라도 되는 줄 알아? 내가 호의호식한다고 생각해? 이봐……. 난 너보다 더 가난해……. 일 년 이상 실업자 신세야. 우리 엄마가 날 먹여 살리고 있어……. 사정 좀 봐주라, 친구……. 맹세하는데 다음번에 돈이 있으면 무조건 너한테 줄게……. 함께 피자도 먹으러 가고……."

"잔말 그만하고 어서 돈이나 내놔, 자식아……."

톰마소가 비웃으며 말했다.

호모는 겁이 나서 덜덜 떨었다. 그의 안색이 잿빛으로 변했다. 그는 울먹이며 손을 주머니에 넣어 다시 100리라를 꺼내더니 톰마소에게 건네기 전에 이렇게 말했다.

"자, 봐."

톰마소는 시선을 내렸다. 호모는 주머니를 뒤집어 더러운 안감을 보여 줬다.

"이게 내가 가진 마지막 돈이야. 이젠 전차비도 없어. 걸어서 가야 한다고."

톰마소는 세 번째 100리라짜리 지폐를 낚아채 주머니에 다른 돈들과 함께 넣어 두었다.

다시 이삼 분이 흘렀다. 무슨 까닭인지 모르겠지만 호모는 톰마소와 우정을 쌓으려 했다. 그가 애처로운 목소리로 말했다.

"네가 한 짓이 좋은 행동이라고 생각해? 먹을 것도 부족한 가난뱅이한테 돈을 뜯어내는 게 말이야!"

"쳇, 징징거리기는! 너희는 늘 그렇게 징징거리냐? 너희는 모두 똑같아! 늘 돈 한 푼 없다고 우는소리 하지만 사실은 돈을 숨겨 놓고 있거든……."

이 마지막 말에 호모의 얼굴에 흠칫 놀라는 표정이 스쳐 지나갔다. 그는 표정을 가다듬으며 마음을 조금 가라앉혔다. 그는 아무것도 아니라는 듯 연기하며 기지개를 살짝 펴더니 새끼손가락만 밖으로 펼친 채 다른 손가락 끝에 뺨을 기댔다. 여배우들이 까탈스러운 연기를 할 때 그러듯이 그는 턱을 당겨 비스듬히 옆을 쳐다보면서 아무렇지 않은 척 천연덕스럽게 말하려 노력했다.

"나쁜 자식! 넌 나를 완전히 벗겨 먹었어! 어쨌든 좋아! 내가 정말 미쳤지! 미리 계약한 후에 해야 하는 걸 왜 내가 잊었을까?"

"계약! 그래! 계약! 그러니 넌 돈을 더 내야 해!"

톰마소가 다시 으르렁거렸다.

"미남 청년, 이젠 정말 땡전 한 푼 없어. 원한다면 뒤져 봐! 일 전 한 푼 나오지 않을 테니까!"

호모가 농담으로 넘기려 애썼다.

톰마소는 조용히 호모를 쳐다보았다. 그는 살짝 미소 지으며 친근한 태도를 보였다. 그가 즐겁게 내기를 벌이듯 말했다.

"숨겨 둔 돈 내놔."

"무슨 돈."

호모가 떨면서 말했다. 계속 비웃음을 날리는 톰마소의 머릿속은 교활한 생각으로 가득 찼고 조그만 눈은 재미있다는 듯 반짝였다. 톰마소는 마지막으로 좀 더 크게 씩 웃어 주고는 여전히 기분 좋은 표정으로 웃옷 안주머니에 한 손을 넣었다. 그는 안주머니를 만지작대며 다른 손으로 주머니 단추를 풀었다. 그러고는 날씨가 더워 바람을 쐬려는 것처럼 손끝으로 옷깃을 잡고 웃옷을 가슴에 대고 두세 번 펄럭였다. 호모는 아무 말 없이 그를 쳐다보았다.

"자, 돈 내놔."

톰마소가 회색 와이셔츠를 입은 가슴 안쪽이 잘 보이도록 옷깃을 잡고 좀 더 세게 펄럭이며 말했다. 하지만 놀란 호모는 앞쪽만 바라보며 여전히 말이 없었다. 톰마소는 웃옷 안주머니 안에 손을 집어넣어 터진 주머니 안에서 뭔가를 찾은 다음 칼날이 접힌 잭나이프를 꺼내 들었다. 그는 그림자를 만들기 위해 오른쪽 다리를 들면서 주먹으로 꼭 쥔 칼을 배 부근 허벅지 사이로 가져갔다.

호모는 곁눈질로 칼을 보았다. 톰마소는 칼날을 튀어나오게 했다가 다시 접었다. 재미 삼아 그렇게 두세 번 칼날을 폈다 접었다 했다.

"돈 내놔, 어서!"

톰마소는 미소를 거두고 입을 삐죽이며 되풀이해서 말했다. 호모가 말을 더듬거렸다.

"뭐야? 너 미쳤어? 지금 뭐 하는 거야?"

톰마소가 다시 한 번 칼날을 튀어나오게 하면서 팔꿈치로 녀석을 치는 바람에 녀석이 하마터면 의자에서 미끄러져 떨어질 뻔했다. 결국 호모는 몸을 숙이고 덜덜 떨면서 신발 끈을 풀기 시작했다. 매듭이 너무 세게 묶인 건지 아니면 손이 떨려서 풀지를 못하는 건지 신발 끈이 잘 풀리지 않았다. 결국 그는 끈을 풀지 않은 채로 신발 한 짝을 벗어 톰마소가 잘 보이도록 신발 안에 있는 돈을 꺼냈다. 200리라였다.

"빌어먹을, 이게 무슨 냄새야!"

그들 바로 앞에 앉은 젊은 녀석이 말했다. 톰마소는 허벅지 사이에 칼을 숨겼다. 젊은 녀석이 호모를 돌아보았다.

"발을 얼마나 안 씻은 거야? 빌어먹을, 우릴 죽일 셈이야?"

"헤이, 푸르피나!"

젊은 녀석의 옆에 앉아 있던 또 다른 녀석이 손가락으로 코끝을 틀어쥐며 말했다.

톰마소는 200리라를 받아 들고 그것도 주머니에 넣었다.

"반대쪽 신발도 벗어."

호모는 톰마소가 시키는 대로 하며 투덜거렸다.

"아무것도 없어."

반대쪽 신발에서는 돈이 나오지 않았다. 톰마소는 다시 칼을 주머니에 넣고 헛기침을 몇 번 하고 주변을 살핀 다음 일어나 출구 쪽으로 갔다.

이젠 밤이었다. 9월의 밤이 갑자기 내려온 듯했다. 가을이 미리 시작되어 일찍 어두워졌기 때문이다. 하지만 어두운 하늘에, 집들 정면에, 자니콜로 산 위에 머물러 있는 잿빛 구름에 빛이 남아 있는 걸 봐서 아직은 여름이었다.

자동차들, 마차들, 오토바이들의 물결이 비토리오 대로로 들어가 라르고아르젠티나로 퍼져 나갔다가 아레눌라 거리, 베네치아 광장 쪽으로 사라졌다. 그런 혼란스러운 분위기와 특히 조금 있으면 퇴근할 수 있다는 생각에 들뜬 젊은 녀석들이 휘 파람을 불었다. 신문 가판대 앞, 꽃 장수 앞, 바 밖은 행인들로 붐볐다. 볼일이 급한 사람은 차도로 달려가야 했다. 한가로이 길을 누비는 사람들은 젊은 녀석들이었다. 그들은 여름옷인 청 바지에 줄무늬나 꽃무늬 티셔츠 차림으로 거의 항상 떼 지어 다녔다. 인근에 살아서 옷차림에 신경 쓰지 않고 나온 녀석들 은 깨끗하게 빨아 입은 흰색 러닝 차림이었다. 그들에게 지나 가는 여자애는 모두 자신들 여자였다. 그들은 떼 지어 있다가 여자애를 향해 일제히 떠들어 대기 시작했다.

"끝내주는데! 정말 끝내주는데! 황금 조개! 천국의 천사! 엉 덩이 죽여주는데, 야, 그 엉덩이를 갖고 성당에도 가냐?"

하지만 공기 중에 뭔가가 있었다. 잘 이해할 순 없지만 뭔가 신비한 것이 있었다. 너무 혼란스럽고 너무 어수선했다. 나치오 날레 거리에는 벌레 떼가 우글대는 것 같았다. 신호등마다 트 롤리버스들이 삼십 분씩 멈춰 있었다. 그런 식으로 에세드라 광장 분수와 역에 도착하려면 상당한 시간이 걸렸다. 모르가 니 거리나 볼로냐 광장 쪽도 조금 덜하긴 했지만 혼란스럽기는 마찬가지였고, 길을 따라 자동차 행렬이 길게 이어져 있었다. 비석 판 아래 촛불들이 놓인 모르가니 거리 담벼락 아래로 사 람들의 행렬이 있었다. 많은 여자들이 무릎을 꿇고 소리 높여 성모마리아의 은총을 간청하고 있었다.

베라노 아래쪽 종점에 또다시 많은 사람들이 몰려 있었다. 수많은 뚜벅이족들이 시내에서 온 전차에서 내린 다음, 가두 판매점과 과일 노점 사이 차양도 없는 어두운 공터에 떼 지어

서서 십오 분씩 마을버스를 기다렸다.

그 주변으로 묘지 담벼락이 솟아 있었다. 담벼락 위에 수많은 작은 촛불들이 줄지어 놓여 있어 빨간 불이 깜빡거렸다. 뒤쪽으로 티부르티나 역이 커다란 계곡처럼 자리 잡고 있었고, 그 주변으로 지평선이 끝나는 곳까지 집들과 고층 건물들이 들쭉날쭉 줄지어 이어지다가 어둠과 연기에 꿀꺽 삼켜진 듯 사라졌다.

멀리, 눈길이 닿을 수 있는 맨 끝에, 9월의 아름다운 밤을 낯설고 불안하게 만드는 뭔가가 있다는 것을 마침내 깨달았다. 그것은 폭풍우였다. 멀리 볼로냐 광장 뒤, 살라리아 거리에서 줄지어 희미하게 반짝이는 불 켜진 맨 뒤쪽 창문들 뒤로, 폭풍우가 하늘 한구석을 꽉 틀어막고 있었다. 달이 뜨지 않은 하늘보다 더 시커멓고 우글쭈글한 커다란 먹구름들이 저 하늘 끝에 켜켜이 쌓이면서 숨 가쁘게 천둥소리와 번개를 주변으로 밀어내고 있었다.

*

톰마소는 7시에 일어났다. 직장에 다니는 터라 그 시간에 일어나는 게 습관이기도 했고, 새 옷을 입을 생각에 들떠서 저절로 눈이 일찍 떠졌다.

톰마소가 이불을 걷어차고 침대에 앉았다.

"엄마."

톰마소가 감기 기운이 있는 목소리로 외쳤다.

"씻고 나가게 물 좀 데워 줘!"

하지만 저쪽에서 아무 대답이 없었다.

"빌어먹을, 다 죽었나!"

톰마소가 기침을 하면서 나지막이 말했다. 그는 창가로 가서 반쯤 부서진 짙은 색 셔터를 열었다. 그는 셔터를 올리고 나서 어리둥절한 표정으로 창밖을 쳐다보았다.

"제기랄."

톰마소가 얼음장같이 차갑고 하얀 하늘이 내려와 있는 걸 보고 소리쳤다.

"제기랄!"

톰마소는 화가 나 죽겠다는 얼굴로 되풀이했다. 지붕 바로 아래 있는 그의 집 창문에선 상당히 멀리까지 풍경이 내다보였다. 아래로 보이는 새로운 주택단지는 크리스폴티 거리에서 끝났다. 굴착기로 석회암을 케이크처럼 일정하게 잘라 울타리를 둘렀다. 성당 공사도 다 마무리되었다.

사방이 어두컴컴해서 아침 7시라기보다 저녁 7시 같았다. 컴컴한 하늘에 흰빛이 엿보였고 여기저기서 빛이 눈부시게 반짝이기도 했다. 하늘은 아직도 이따금 비를 조금씩 흩뿌렸다. 지붕, 들판, 거리 모두 비에 젖었다. 톰마소가 볼 수는 없지만 상상할 수는 있는 저 반대쪽에만 우윳빛 섞인 흰빛이 감돌았다.

"엄마."

톰마소가 다시 소리쳤다.

"엄마!"

하지만 어머니는 대답이 없었다. 톰마소는 팬티와 러닝셔츠 차림으로 부엌으로 건너갔다. 부엌은 비어 있었지만 밖에서 여자들 목소리가 들렸다. 현관문이 복도 쪽으로 열려 있었고, 그쪽에서 시끄럽게 떠드는 소리가 들려왔다. 톰마소의 팬티는 때에 찌들어 거의 누런빛을 띠었다. 발은 더러웠고 검은 땟국이 줄줄 흘렀다. 그는 부엌에서 다시 어머니를 불렀다.

"엄마!"

어머니는 현관 문설주 옆으로 고개를 살짝 내밀며 말했다.

"왜?"

"씻고 나가게 물 좀 데워 달라고!"

톰마소가 화난 목소리로 다시 말했다.

"이만 들어가 봐야겠네요."

어머니가 옆집 여자에게 말했다.

"그럼 들어가요, 로 부인!"

"들어가세요, 마리아 부인. 또 봐요!"

옆집 여자는 말린 대구 냄새 비슷한 악취를 늘 풍기고 다니는, 몸이 약한 뚱보였다.

"또 보긴 뭘 봐……!"

톰마소가 나지막이 말했다. 부엌으로 들어온 어머니가 냄비를 집어 수도꼭지 아래에 놓았다. 톰마소는 몸이 꽁꽁 얼어붙었다.

"젠장, 아우, 추워! 겨울이 돌아왔나?"

톰마소는 재빨리 침실로 돌아가 전날 입었던 바지와 셔츠를 입었다.

"빌어먹을, 비가 오잖아!"

톰마소는 화나서 큰 소리로 말했다. 그런 날 새 옷을 입어야 한다는 게 몹시 신경에 거슬렸다. 부엌에서 어머니가 말했다.

"어젯밤 못 들었니?"

"엄만 뭘 들었는데?"

톰마소가 서둘러 말했다.

"폭풍우 소리 말이다!"

"난 세상모르고 잤어."

톰마소가 어깨를 으쓱했다.

"세상에, 그 천둥소리를 못 들었다는 거야? 맘몰로 다리에도 번개가 떨어졌어! 난 세상이 끝나는 줄 알았다, 세상이 끝나는 줄 알았어!"

어머니는 그 소식을 알려 주며 아주 의기양양해했다.

"로사 부인이 무서워서 우리 집에 온 것도 못 들었니? 한 시간 이상 우리 집에 있었어. 나랑 네 아버지랑 함께 말이야! 우린 커피도 대접했지!"

"잘했네."

톰마소가 턱을 위로 추켜들면서 한마디 하고는 십오 일 넘게 신고 다닌 양말을 신는 데 집중했다. 어머니가 계속 말했다.

"그런 폭풍우는 내 평생 처음 봤어."

"물은 다 데워졌어?"

톰마소가 어머니의 말을 자르고 물었다.

"너 미쳤니? 이제 금방 불에 올려놨잖아!"

"그럼 펄펄 끓는 물을 주겠다는 거야?"

"그래, 차가운 물은 안 돼! 이런 추운 날씨에는 아차 하면 폐렴에 걸리기 십상이야. 너, 이번에 폐렴 걸리면 큰일이라는 거 알잖아!"

어머니가 싸울 듯한 기세로 말했다.

"그럼 나보고 여기서 한 시간을 기다리란 말이야?"

"근데 뭐가 그리 급해?"

"상관 마, 내 일이야!"

톰마소가 사납게 말했다. 그는 부엌으로 가서 찬물이 담긴 냄비를 보았다.

"언제 씻으려나."

톰마소는 감기 기운 때문에 쉰 목소리로 말했다. 그는 다시 침실로 돌아가 다 부서지고 낡은 장롱 서랍을 열어 새 옷을 꺼냈다. 흰색 잔줄무늬가 들어간 검은 양복이었는데, 죄수복같이 보이기도 했다.

"젠장, 정말 멋져!"

톰마소는 흡족해서 얼굴까지 빨개졌다.

옆 침대에서 자던 형이 눈을 떴다. 그도 인상을 찌푸리며 아무 말 없이 날씨를 보고 와서는 곧 멋진 양복바지를 챙겨 입었다. 그러고는 맨발로 부엌에 갔다.

"몇 시야, 엄마?"

형도 감기가 잔뜩 든 목소리였다.

"8시 다 됐어."

좀이 쏜 작은 부엌 탁자 위에서 콩 껍질을 벗기던 어머니가 말했다. 날씨가 조금 개기 시작했는지 구름에 가렸던 지붕이 반짝거렸고 하늘 여기저기에 쩍쩍 금이 가고 있었다. 잠시 후 톰마소의 아버지도 일어나 곧장 화장실로 향했다. 아버지는 매일 아침 화장실을 적어도 삼십 분 정도 차지했다.

"제기랄!"

톰마소가 화장실로 뛰어갔다.

"아버지, 세숫대야 좀 가져갈게!"

아버지는 기침을 하며 톰마소가 먼저 가게 해 줬다. 톰마소는 우툴두툴 회칠한 회색 벽 못에 걸어 놓았던 세숫대야를 떼어냈다. 아버지는 미친 듯이 기침을 하면서 화장실 안으로 들어갔다. 톰마소는 세숫대야를 부엌에 갖다 놓았다.

"젠장, 물은 어떻게 됐나?"

톰마소는 냄비 안에 손가락 하나를 넣어 보았다. 형은 우유를 데우고 있었다. 톰마소는 물이 조금 따끈해지자 아주 만족해하며 찬장 아래서 넓적한 통을 꺼냈다.

"아직 차가워!"

가스레인지 옆에 앉아 다리 사이로 콩 껍질을 벗기던 어머니가 말했다. 부엌은 세 사람이 겨우 들어갈 정도로 비좁아서 몸을 돌리면 서로 부딪히거나 다리가 걸렸다.

"아휴, 엄마. 급하단 말이야!"

톰마소는 서둘러 테이블을 옮기고 의자를 가져와 싱크대 옆에 붙인 다음 싱크대 위에 넓적한 통을 놓았다.

그 순간 아름답고 밝은 햇살이 창문을 통해 들어와 잠시 부엌을 환히 비쳤다가 이내 사라졌다. 화창한 날이 될 것을 예고하는 그 햇살에 톰마소는 기분이 좋아졌다. 그는 방으로 돌아와 더러운 옷가지를 천천히 벗어 던졌다.

"일단 씻어야지. 그러면 뭔가 재미난 일이 생기지 않겠어!"

부서진 의자 등받이에 걸어 둔 작업복 상의에서 신분증이 든 지갑, 피우고 남은 담배꽁초 두세 개, 노르스름한 빨간색 볼펜, 마지막으로 잘 편 100리라짜리 지폐 다섯 장을 꺼냈다. 그는 침대 머리맡 탁자에 그것을 모두 옮겨 놓고 팬티 차림으로 부엌에 돌아갔다. 어머니는 바닥에 온통 콩깍지를 넣어 놓은 채 콩 껍질을 깠고, 형은 카페라테를 마셨는데 잔에 넣은 빵에 물기가 다 스며들어 가 있었다.

톰마소는 싱크대 옆에 준비해 놓은 의자 아래 세숫대야를 놓은 다음 냄비 안의 물을 세숫대야에 조금, 넓적한 통에 조금 따랐다. 그는 의자에 앉아 더럽고 거친 발을 세숫대야에 담갔다. 배 아래쪽은 세숫대야 물로 닦았고, 위쪽은 싱크대에 올려 놓은 넓적한 통 물로 닦았다. 그가 다 씻고 물기까지 닦아 내자, 투명하고 신선하며 아름다운 햇살이 창문을 통해 부엌으로 스며들어 왔다. 황금빛 비가 내리는 듯했다.

하늘은 이제 거의 개었다. 하늘이 빛의 바다로 변했다. 빛의 바다 주변으로 백사장처럼 흰빛을 가득 머금은 뭉게구름이 둥둥 떠다녔다.

톰마소의 아파트 아래층에 사는 스파다치니 가족이 라디오를 켜 놓았다. 라디오에서 「라 쿰파르시타」가 크게 흘러나왔다. 열려 있는 다른 창문들을 통해 여자들이 집안일을 하거나 옷을 입으면서 라디오에서 흘러나오는 음악에 맞춰 각자 나름대로 노래를 따라 부르는 소리가 들렸다. 반면 길 아래 작은 분숫가에서는 아이들이 뛰노는 떠들썩한 소리가 올라왔다.

한껏 기분이 좋아진 톰마소도 「라 쿰파르시타」를 휘파람으로 따라 부르며 다시 방으로 가서 옷을 입었다. 외출 준비를 하는 데 거의 한 시간이 걸렸지만 그래도 시간이 일렀다. 라디오에서 흘러나오는 노래가 「라 쿰파르시타」에서 「세라 에 마지오」, 「세라 에 마지오」에서 「마루첼라」로 넘어가면서 톰마소의 흥을 한껏 돋워 주었다. 시간이 가장 오래 걸리고 복잡한 작업은 머리를 빗는 것이었다. 그는 줄곧 노래를 따라 부르며 여전

히 팬티 차림으로, 하지만 깨끗이 빤 팬티로 갈아입고 부엌에
가서 앵무새 새끼처럼 머리를 감았다. 그러고 나서 머리카락이
곱슬거리도록 머리에 수건을 꼭 둘렀다. 이삼 분 후에 수건을
푼 다음 주머니에 넣고 다니는 이 빠진 작은 빗으로 부엌 창
문 유리를 거울 삼아 머리를 빗었다. 하지만 전에 비해 뒷머리
는 너무 곤두섰고, 축축한 앞머리는 이마 위로 흘러내렸다.

"제기랄!"

톰마소는 나지막이 투덜거리다가 이내 다시 휘파람을 불기
시작했다.

> 기억해 주오, 당신이 좋다고 말해야
> 애인의 마음이 아프지 않다는 걸…….

톰마소는 머리를 다시 감은 뒤 발을 닦았던 지저분한 수건
을 머리에 둘렀다. 그렇게 두세 차례 반복했다. 그는 중간 중
간 축축한 의자에 편히 앉아 휘파람을 불거나 노래를 불렀다.
마침내 하느님에게 축복받은 것처럼 머리가 멋들어지게 만들
어진 듯했다. 머리가 적당히 촉촉해서 사냥개처럼 동글동글한
머리통 모양, 가는 목, 관자놀이 뒤쪽 불그스름한 부위에 착
달라 붙은 귀가 잘 드러났다.

톰마소는 아주 흡족해하며 목소리가 담장을 넘어갈 정도로
크게 외쳤다.

"아버지, 빨리 좀 나와요!"

톰마소는 아버지가 서둘러 화장실에서 나오기를 기다리며
다시 노래를 불렀다. 잠시 후 변기를 내리는 물소리가 들렸고

아버지가 나왔다. 톰마소는 달려가 화장실을 차지한 후, 너무 낮게 붙어 있는 거울을 보기 위해 다리를 벌린 채 빗으로 가르마를 타기 시작했다. 그는 이십여 차례 가르마를 고쳐 탔고, 자신이 아는 모양이 되도록 머리를 뒤로 빗어 넘겼다. 시간이 한참 더 걸린 후에야 그는 옷을 입을 수 있었다.

바깥에서는 태양이 눈부시게 빛나고 있었다. 크리스폴티 거리는 거의 비어 있었다. 이제 고작 엄마라는 말만 할 줄 아는 꼬마 두셋이 보도 한가운데서 놀고 있었다. 거리 오른쪽에 자리한 파타토 마을의 무너질 것 같은 두세 집에서 여자들이 시끄럽게 떠들어 대는 소리가 들려왔다. 하지만 그 아래로는 아무도 보이지 않았다.

매일 아침, 특히 일요일에는 적어도 아이들 삼십여 명이 축구 경기를 하거나 낮은 담벼락 위에 앉아 카드놀이를 했다. 그리고 톰마소 또래의 젊은 녀석들은 말싸움을 하거나 앞마당 계단에서 서로 놀려 대곤 했다.

"쳇!"

새 옷으로 짝 빼입고 이웃들 앞에 나타나면 어떤 반응을 보일까 생각했던 톰마소는 실망스러웠다.

톰마소는 바삐 할 일이 있지만 이웃들에 대한 호감 어린 배려에서 잠깐 짬을 내 몇 마디 잡담을 나눌 시간이 있는 사람처럼 조용하고 편안한 분위기를 연출했다.

톰마소의 옷차림에는 흠 하나 없었다. 침착하고 조심스레 발걸음을 옮기거나 손을 움직여 조용히 담배를 입으로 가져갈 때마다 햇살이 검은 양복에 부서지며 무거운 천을 금빛으로 물들였다. 흰색 잔줄무늬 바지 밑으로 멋진 구두 끝이 삐죽 보였다. 이미 몇 달 전에 사 놓았던 구두지만 아직 한 번도 신지 않아 깨끗했다.

톰마소는 이나카세의 중심 거리인 루이지체사나 거리를 천천히 걸어 내려갔다. 그곳에는 여자들만 있었고, 젊은 녀석들 몇몇이 오토바이를 타고 배기가스를 뿜으며 지나갔다. 성당 종소리만 필사적으로 울려 댔다.

"쳇!"

톰마소는 그 적막한 분위기를 보고 얼굴을 찌푸렸다.

그는 주머니에 담배 서너 개비가 남아 있는데도 나치오날레 담배를 사러 담뱃가게에 들어갔다. 거기에도 후줄근한 바지를 입은 노인 몇몇만 있었다. 이렇게 사람들이 보이지 않는 이유가 점점 궁금해진 톰마소는 담배를 받아 들고 돈을 지불한 다음 밖으로 나왔다.

주택단지 한가운데 자리한 상가에 모든 가게가 모여 있는 이나카세에서는 담뱃가게 옆에 이발소가 있었다. 그 앞에도 사람이 없었다. 평소 이발소를 들락거리던 사람들이 아무도 보이지 않았다. 노인과 낯익은 몇 사람뿐이었다.

톰마소는 루이지체사나 거리를 좀 더 걸어가 티부르티나 쪽으로 내려가면서 그 이유를 알아보려고 했다. 오른쪽 경사가 심한 비탈에 집들이 계단식으로 다닥다닥 붙어 있었다. 두 번째 집 1층이 첫 번째 집 2층 높이에 있는 식이었다. 여러 색깔의 집 정면으로 높다란 바깥 계단이 나 있었다. 현관 테라스 역할을 하는 층계참, 난간, 철책 들로 계단이 연결돼 있었다.

이런 새장같이 생긴 집들 중 하나에 톰마소와 아는 사이인 신틸로네가 살았다.

'다행이군, 이 녀석이 뭐라고 하는지 들어 볼까!'

여자들이 집 안에서 시끄럽게 떠들어 대는 가운데 신틸로네는 러닝셔츠 차림으로 자신의 집 전망대에서 거리를 물끄러미 내다보고 있었다. 건물들이 헐벗은 초원을 등진 채 내리쬐는 햇볕을 받으며 좁은 거리를 끼고 줄지어 서 있었다.

"화성인!"

톰마소가 난간 아래를 지나면서 말했다. 신틸로네는 대답이 없었다. 햇빛에 번쩍이는 옷을 입은 톰마소는 관심 없다는 듯 무기력하게 걸음을 멈췄다.

"어이, 다른 녀석들, 프란콜리키오, 루제레토, 우고 카르보니가 어디 있는지 넌 알겠지……."

오븐에서 방금 꺼낸 롤빵처럼 햇볕에 까맣게 탄 얼굴로 신틸로네가 톰마소를 쳐다보았다. 그는 검은 눈을 내려 잠시 생각에 잠긴 표정으로 톰마소를 가만히 응시했다. 귀가 이마 뒤에 부채처럼 펼쳐져 있었고, 짧게 자른 검은 머리가 착 달라붙어 있었으며, 두 눈은 검다 못해 푸른빛이 돌았다. 이윽고 신틸로네는 힘없이 혀를 입천장에 대고 천천히 찼다. 하도 힘없이 천천히 혀를 차서 혀가 입천장에 붙어 버린 것 같았다. 마침내 그가 일어나 호랑이처럼 턱이 빠져라 하품을 하더니 아무 대답 없이 테라스 안쪽 난간 사이 복도로 사라졌다.

"졸린가 보군!"

톰마소는 씁쓸한 마음으로 다시 가던 길을 갔다.

"빌어먹을 자식!"

톰마소는 나지막이 욕을 했다.

"뭐야, 모두 죽었나?"

톰마소는 화가 나서 큰 소리로 말해 버리고 말았다.

얼굴이 빨개진 톰마소는 새 옷을 입고 으스대며 체사나 거리를 마저 걸어서 티부르티나로 접어들었다.

안면이 없는 어린 녀석들 무리가 이나카세에서부터 톰마소와 같이 내려왔다. 잘사는 아버지를 둔 멍청한 자식들, 머리숱이 적은 학생 녀석들, 건들건들 불량해 보이고 싶어 하는 머저리들이었다. 아주 흥분한 그들은 톰마소처럼 티부르티나 쪽으로 가고 있었다. 톰마소는 녀석들을 보지 않고 그들 옆에서 조용히 굳은 표정으로 걸어갔다. 하지만 마음속으론 무슨 일인지 묻고 싶어 안달 날 지경이었다.

좀 더 아래쪽, 햇볕이 내리쬐는 가운데 쓰레기 더미처럼 벌거벗은 모습을 드러내며 서 있는 페코라로 산 아래 피에트랄라타 거리에서 다른 한 무리의 소년들과 청년들이 나왔다.

모두들 서두르는 기색 없이 티부르티노 쪽으로 떼 지어 내려갔다. 톰마소 바로 앞에서 그들은 무리 지어 페코라로 산자락, 오르막 보도를 걸어가고 있었다.

'이 녀석들은 뭔가 아는지 알아봐야겠군!'

톰마소는 아는 얼굴이 없는지 녀석들을 살폈다. 하지만 모두 모르는 얼굴들이었다. 아직 젖비린내 나는 개구쟁이 같은 얼굴들이었지만 다 큰 녀석들처럼 여우같이 교활해 보였다. 모두들 잘 차려입었다. 색깔 있는 셔츠를 입고, 엉덩이와 거시기 위치에 작은 주머니와 단추들이 잔뜩 달린 헐렁한 바지를 혁대 없이 입어서 발레리나처럼 가는 허리를 보여 주었다. 그들은 무리 지어 걸어가고 있었다.

"프로스페렐로가 공을 가져온대!"

올리브 기름처럼 금빛이 도는 작은 얼굴을 가진 녀석이 화를 내며 소리쳤다.

"프로스페렐로가 누군데?"

앞머리를 손바닥 길이 정도로 이마 위에 내려뜨린 녀석이 외쳤다.

"엉덩이가 잘생긴 녀석 말이야!"

첫 번째 녀석이 대답했다. 그가 활짝 웃자 작은 얼굴이 둘로 갈라지는 것 같았다.

"기다려, 기다려!"

그들 뒤에서 한 녀석이 목청 터져라 소리쳤다. 그는 뛰어서 그들을 쫓아왔다.

"어서 와."

무리 중 하나가 날카로운 목소리로 말했다. 톰마소가 아는 두 녀석, 프란콜리키오와 루제레토의 남동생이었다.

"헤이, 프란콜리키오랑 루제레토, 어디 있나?"

톰마소가 녀석에게 물었다.

"난들 알아!"

녀석이 침을 뱉으면서 말했다. 그는 너무 당당하게 그 말을 하면서 톰마소의 얼굴은 거들떠보지도 않은 채 다른 녀석들 틈에 끼었다.

"새끼……!"

톰마소가 중얼거렸다. 무안해진 그는 정확한 소식을 묻고 싶지 않아졌다. 이런 쪼끄마한 머저리 자식들한테 그러고 싶지 않았다.

모두들 햇빛을 받으며 혼자서 혹은 떼 지어 티부르티노 쪽으로 내려갔다.

이때 톰마소의 눈에 페코라로 산 앞, 티부르티노 어귀에 위치한 두에밀라 바가 보였다. 그는 서둘러 담배를 마저 태우고 두 손을 주머니에 찔러 넣은 채 천천히 걸어갔다.

바 앞에 붉은 스쿠터들이 즐비했고, 젊은 녀석들이 그늘막 아래 모여 와자지껄하게 장난치고 투닥투닥 말싸움을 벌이고 있었다.

녀석들은 반쯤은 바 안에, 그리고 반쯤은 밖에서 조그만 금속 테이블에 사이좋게 둘러앉아 있거나 무리 지어 서 있었다.

"커피 살래?"

다리를 길게 뻗고 두 손을 배 위에 모은 채 부서진 의자에 걸터앉아 있던 녀석이 톰마소를 보고 말했다. 톰마소가 붉은 여드름 자국이 가득한 얼굴을 찌푸리며 약삭빠른 미소를 흘렸다. 그는 아무 대답 없이 무리에 끼어들었다.

"어이, 너한테 한 말이야!"

녀석이 장난으로 한 말이 아님을 찌푸린 얼굴로 보여 주면서 재촉했다.

"야, 루제레토."

톰마소가 아주 달콤하고 깊게 울리는 목소리로 말했다.

"성가시게 하지 마, 자식아……!"

"귀족 같은데!"

루제레토는 잠깐 밥맛없다는 표정을 지었지만 금방 잊고 얼굴을 환하게 펴면서 말했다.

"친구에게 커피 한 잔 살 50리라가 없다는 말이야? 근데 어쩐 일이야? 이렇게 다 나타나시다니?"

하지만 루제레토는 그 자신조차 이미 스스로 하는 말을 전혀 듣고 있지 않았다.

"으아아아아."

루제레토는 손을 높이 쳐들고 개처럼 기지개를 폈다. 그는 배를 내밀고 의자 위에서 잠시 더 뭉그적거리며 몸을 비틀었다. 그는 돌연 기지개와 하품을 멈추더니 잭나이프처럼 벌떡 일어나, 붉은 셔츠 위에 끼어 입은 검은 스웨터를 아래로 조금 내리고 비웃음을 지으며 천천히 바지 주름을 펴고는 볼일을 보러 갔다.

루제레토의 형제인 프란콜리키오는 지저분한 동물같이 생긴 다른 세 녀석과 그늘막 아래서 놀고 있었다. 톰마소는 그에게 조용히 다가가 카드에 눈길을 던지며 아주 친근하게 굴었다. 톰마소가 프란콜리키오의 어깨를 톡 건드리며 말했다.

"잘 지내지?"

프란콜리키오는 혁대를 휘두르듯 톰마소를 급히 훑어보았다. 입에 담배꽁초를 문 그의 얼굴에 온통 주름이 잡혀 있었다.

"왜?"

프란콜리키오는 무뚝뚝하게 한마디 뱉더니 뱀처럼 독이 잔뜩 올라서 다시 카드놀이에 열중했다. 기분이 좋아 한껏 들뜬 톰마소는 그의 뒤에 조용히 서 있다가 불쑥 노래를 불렀다.

기억해 주오, 당신이 좋다고 말해야
애인의 마음이 아프지 않다는 걸…….

아주 암시적이고 냉소적인 노래였다. 카드놀이를 하던, 톰마소와 안면이 없는 녀석이 아무 말 없이 그를 훑어보았다.

톰마소는 옆 테이블 가장자리에 엉덩이를 걸치고 앉아 게임을 보고 있는 녀석들 무리로 천천히 자리를 옮겼다. 가까이 다가가자 우고 카르보니와 제루살레메 지역 녀석들이 보였다. 햇빛이 방울방울 새어 들어오는 그늘막의 젖은 잎들 아래서 그들은 흥미로운 주제로 대화를 나누는 듯했다. 톰마소는 관심 없는 척 그들에게 다가갔다. 이나카세에서 사귄 새 친구들 중 하나인 우고 카르보니가 대화를 멈추고 톰마소를 쳐다보았다.

"죽이는데, 쫙 빼입었어!"

그러자 톰마소는 아주 밝은색 머리털의 모근 피부까지 빨개졌다. 적어도 한 녀석은 제대로 볼 줄 아는군!

"헤! 힘 좀 줬지!"

톰마소가 농담하듯이 말했다.

우고는 "그래, 네 말이 맞다!"라는 기분 좋은 눈빛으로 얼굴을 찡그리며 조금 더 톰마소를 바라보았다. 이윽고 그는 다른 녀석들과 함께 철책 쪽으로 자리를 조금 이동하더니 하던 얘기를 계속했다.

톰마소는 그늘막 가운데 혼자 남겨졌다.

그는 두 손을 주머니에 넣고 슬쩍 하품을 하면서 그늘막 한가운데 남은 빈 의자에 가서 앉았다. 그는 의자에 다리를 뻗고 한쪽 다리에 다른 쪽 다리를 올려놓고는 머리를 의자 뒤로 젖혔다. 의자 등받이가 낮아서 조금 불편했지만 그는 이내 익살스러운 어조로 노래를 부르기 시작했다.

기억해 주오, 당신이 좋다고 말해야

애인의 마음이 아프지 않다는 걸.
당신은 5월의 어느 저녁 내게 좋다고 말했지,
날 떠나보낼 용기를 내면서…….

톰마소가 폼 좀 잡으려고 노래를 시작했다는 걸 잊고 점점 더 열정적으로 노래하면서, 그의 조그만 밤색 눈이 이쪽저쪽으로 돌아갔다. 그는 특히 카드놀이를 하던 녀석들과 한 시간 이상 질겅질겅 껌을 씹으며 그것을 지켜보던 녀석들 쪽으로 눈길을 보냈다. 그들 중에 알베르토가 있었다. 파시스트 당원이었던 시절부터 톰마소의 친구였던 회계사 녀석이었다. 녀석을 보자 톰마소는 자세를 고쳐 앉았다. 그는 의자에서 자겠다는 듯 배 위로 팔짱을 끼고 좀 더 멋지게 노래를 불렀다.

그런데 톰마소가 갑자기 노래를 멈추더니 고해하는 사제처럼 눈꺼풀을 내리고 얼굴이 빨개진 채 기분 좋게 말했다.

"아르베!"

자신을 부르는 소리를 듣고 알베르토 소르디를 닮은 알베르토 녀석이 순진한 표정으로 주위를 둘러보았다.

알베르토의 얼굴에서는 평소처럼 게으름이 뚝뚝 떨어졌다. 하지만 일요일이었기 때문에 옷은 잘 차려입었다. 멋진 회색 플란넬 양복에 사슴 가죽 신발을 신었고, 가슴에 난 멍청한 털을 보여 주려고 양복 아래 받쳐 입은 노란 티셔츠 단추를 조금 풀어 놓았다.

톰마소를 보자 녀석은 한 손을 들면서 말했다.

"어이, 토마!"

기분 좋게 나른해서 게으름을 피우고 싶어진 톰마소는 이맛살을 찌푸리며 다시 하품을 했다. 그는 인사할 기운도 없다는 듯 한 손만 들어 답했다.

상대방 녀석이 일어서서 톰마소에게 다가왔다.

"우아, 쫙 빼입었는데!"

알베르토는 잠시 입을 다물고 톰마소가 옷 입은 모양을 요모조모 자세히 살폈다. 톰마소는 우쭐해하며 녀석의 눈길을 말없이 즐겼다.

이윽고 톰마소는 앞에 있는 쥐색 의자에서 천천히 차례대로 오른쪽 다리와 왼쪽 다리를 내려놓았다. 그는 앞쪽 의자를 아래턱으로 가리키며 중얼거렸다.

"앉지그래!"

"어이, 토마, 여기 있지 말고 차라리 베스파를 타고 한 바퀴 돌아보지 않을래? 여기서 뭘 하겠어?"

"가자!"

톰마소가 나른한 목소리로 말했다.

"강물을 보러 가자!"

알베르토가 벌써 베스파에 탈 준비를 하면서 말했다.

톰마소는 알베르토가 왜 강물을 보러 가자고 하는지 아는 척하며 일어섰다. 하지만 제의를 받고 기쁜 마음으로 벌떡 일어서지는 않았다. 그는 먼저 원기를 충전해야 한다는 듯 의자에 잠시 더 앉아 있었다. 그러고 나서 윤이 반짝반짝 나는 새 옷을 입은 그가 멋지게 벌떡 일어섰다.

"가자!"

톰마소가 다시 말했다. 그는 다시 한 번 기지개를 펴고 나서 시끄럽게 떠들어 대는 머저리 자식들을 남겨 둔 채 알베르토와 함께 느릿느릿 바를 나왔다.

톰마소와 알베르토는 오늘, 그곳 두에밀라 바에서 최고 멋쟁이였다. 그 사실 때문에 그들은 지나치지 않을 만큼 가볍게 똥폼을 잡으며 우쭐댈 수 있었다. 두 녀석은 껄렁껄렁하게 천천히 바를 나와 베스파에 올라탔다. 알베르토가 앞자리에, 톰마소가 뒷자리에 탔다. 알베르토는 일고여덟 차례 구두 뒷굽으로 빌어먹을 베스파에 시동을 걸었다. 톰마소는 베스파에 편히 앉아 무관심한 태도로 주변을 바라보았다. 그는 베스파가 로켓처럼 출발할 때도 그 표정을 바꾸지 않았다. 그는 수갑을 차듯이 등 뒤에서 조용히 깍지를 꼈다.

미친 듯이 종소리가 울려 퍼지는 가운데 왼쪽으로 페코라로 산이, 오른쪽으로 광장 끝에 자리한 티부르티노 개발지가 보였다가 그들 뒤로 사라졌다. 메시도로 거리도 그들 뒤로 사라졌다. 도로 가장자리를 따라 협죽도가 볼품없이 줄지어 있었고, 술집, 사람들 행렬, 여기저기서 나와 모두 티부르티나 방향으로 가는 소년들과 청년들 무리가 보였다. 실버치네도, 근방에 새로 지은 더러운 비누 공장도 그들 뒤로 사라졌다.

아니에네 강은 티부르티노에 이르러 카스텔리 아래로 흘러 내려 갔다. 강물은 카스텔리에서 오래된 작은 벽돌 다리 아래로 흘러들어 갔다. 그곳에는 준설기와 아주 오래된 초라한 술집, 지하 묘지가 있었다. 뒤이어 강물은 갖가지 채소들이 심겨 있는, 비에 젖고 해묵은 채소밭을 한쪽으로 끼고 휘돌아 나갔다. 강 다른 쪽, 티부르티노 개발지 쪽에는 갈대밭과 곡식을 대충 베어 낸 들판이 있었다. 이윽고 강물은 표백제 공장 아래로 흘렀다. 탱크들, 이상한 작은 테라스와 층계참이 보이는 건물들이 무리 지어 있었다. 공장은 시큼한 흰색 하수를 강 쪽으로 흘려보내고 있었다. 강물은 티부르티나 다리 아치로 들어가서 갈대밭 터널 아래로 사라졌다가 몬테사크로 쪽으로 흘러내려 간 다음 테베레 강으로 뛰어들었다.

그 일요일, 주변 초원은 모두 바다로 변해 있었다.

티볼리 산 쪽부터 티부르티노 쪽까지 시야가 닿는 곳 모두 물바다였다.

티부르티노는 바다 가운데 항구처럼 솟아 있었다. 모두 똑같이 생긴 창고 같은 아파트들이 구석구석 줄지어 자리하고 있었고, 건물 한쪽은 햇빛에 하얗게 빛나고 다른 쪽은 검은 그늘 속에 가려져 있었다.

밭, 초원, 강둑, 거리, 오솔길 들이 어디가 어딘지 더 이상 구분되지 않았다. 저 안쪽에 물 위로 나와 있는 조그만 가스 충전소와 숲을 이룬 가로등들이 정박 중인 배처럼 보였다.

엄청난 부피의 누런 흙탕물이 쏟아져 내려 티부르티나 제방에 부딪힌 뒤 소용돌이와 거품을 만들어 냈다. 제방에 길이 막힌 성난 강물은 뒤로 성큼 물러섰다가 다시 물길을 찾아 흘러내려 갔다. 물결이 쌓이면서 다리 아래로 무섭게 흘러들어 갔다. 거기서 물결이 다시 들판으로 퍼져 나갔다. 그 한가운데 노아의 방주처럼 집들이 대여섯 채 있었다.

햇빛이 물 표면을 때리며 수많은 누런 파랑(波浪)을 금빛으로 물들였고, 물결을 타고 둥둥 떠다니는 썩은 나무줄기, 잡초, 상자, 쓰레기, 기름 얼룩을 비췄다.

홍수 난 광경을 구경 나온 사람들 때문에 티부르티나는 북새통을 이루는 항구 같았다.

이윽고 레비비아로 가는 311번 버스가 도착했다. 버스는 사람들을 헤치고 천천히 전진했다가 다리 근처에서 멈췄다.

베스파를 탄 알베르토와 톰마소는 오토바이를 끌고 나온 다른 녀석들과 함께, 버스가 어떻게 하나 보려고 따라갔다. 다리 50미터 앞에서 사람들이 내렸다. 거리까지 물이 들어와 있었기 때문이다. 버스를 타고 온 사람들은 누구는 내리고 누구는 버스에 남아 창밖으로 고개를 내밀었다. 맘몰로 다리에 사는 젊은 녀석 두세 명은 겁도 없이 신발과 양말을 벗고 해적처럼 바지를 장딴지 위로 돌돌 감아올린 다음, 사람들 시선을 끌기 위해 일부러 더 야단법석을 떨면서 홍수 난 거리를 웃고 장난치며 건너갔다.

대신 이쪽에 남은 사람들, 노인들, 여자들, 사무원들은 초조하고 화가 나서 손톱만 물어뜯고 있었다. 차장은 배에 두 손을 얹고 의자에 느긋하게 앉아서 휘파람을 불어 댔다.

알베르토, 톰마소, 그리고 구경 나온 소년들과 청년들 무리는 한 시간 이상 하는 일 없이 죽치고 있으면서 주변 상황을 구경했다. 버스가 다리를 건널 수 없었기 때문에 또 다른 버스가 다리 건너편 몬테사크로 방향에서 왔다. 서로 찰싹 붙어서 이런저런 방법으로 건너편으로 간 사람들은 그 버스를 탔다. 러시아워 때 로마 시내처럼, 그 물바다 한가운데 티부르티나에서는 차들로 길이 꽉 막혀 있었다.

근방에서 종이라고는 티부르티나의 조그만 종밖에 없었다. 그 종이 요란스레 울리며 정오를 알리기 시작할 때쯤에는 더이상 태양이 보이지 않았다.

하늘 끝자락에 빽빽이 옹크리고 있던 구름들이 다시 부풀어 오르기 시작했다. 생크림처럼 흰 구름들이 저 위 하늘 높이 흘러가며 뭉쳤다 흩어졌다, 다시 뭉쳤다 흩어졌다 했다. 웨딩드레스를 입은 신부처럼 가벼운 솜털 구름도 있었고, 바람에 쓰레기 더미처럼 흩어지는 먹구름도 있었다. 높은 구름, 낮은 구름, 작은 구름, 큰 구름, 잿빛 구름, 먹구름, 흰 구름이 모여 지저분하고 더럽고 차가운 구름을 만들며 다시 하늘 전체를 흐리게 했다. 하늘 한쪽에서 태양이 여전히 빛나고 있었지만 이젠 그리스도로부터 잊힌 듯했다. 속이 시커먼 영혼처럼 시커멓게 변한 하늘을 물결치듯 덮은 먹구름 딱지 아래로, 안개도 아니고 구름도 아닌 연기가 달려가고 있었다. 이윽고 그 크고 작은 뭉게구름과 연기의 일부가 로마 쪽에 이르자 일제히 잿빛으로 변했다. 하늘이 흙빛이었다. 도시 위로 흙을 문질러 놓은 것 같았다. 거기서 뼛속까지 울리는 천둥소리가 흘러나왔다.

티부르티노는 물바다 위에 솟아 있었고, 검은 물바다는 주변 들판으로 퍼져 나갔다. 물결이 어지러이 반짝였기 때문에 그게 물이라는 것을 겨우 분간할 수 있었다.

*

지난밤처럼 번개와 우박을 동반한 폭풍우가 몰아쳤다. 밤이 된 듯 캄캄해진 가운데 사람들은 굵은 빗방울이 떨어지기 전에 집으로 피했다.

1시나 1시 30분쯤 비가 잠시 그치는가 싶더니 비가 다시 세차게 쏟아졌다.

점심 식사 후 톰마소는 아까처럼 옷을 말끔히 차려입고 넥타이까지 맨 다음 집 아래 카페로 다시 내려갔다. 오후 데이트 약속을 서둘러 정리하기 위해서였다.

톰마소는 계산대로 가서 친밀하게 전화 토큰을 요구했다. 그는 손가락에 토큰을 들고 카페 주인과 잡담 몇 마디를 나눴다. 카페 주인은 사크로파노 출신인 늙은 공산당원이었고 무솔리니 시절 감옥에 갔다 온 전력도 있었다. 톰마소는 천천히 전화기 있는 데로 가서 번호를 돌린 다음 새로 칠한 하얀 벽 쪽으로 돌아서서 기다렸다. 그는 한참을 기다렸다. 이레네의 방 아래층에 사는 가족에게 전화했으니 이레네는 작은 창문을 통해 전화 왔다는 얘기를 들어야 할 거고, 뭔가를 걸치고 계단을 내려와야 할 것이기 때문이다. 이레네가 헐떡이며 "여보세요!"라고 말하자, 톰마소는 카페 안쪽으로 다시 몸을 돌리고 벽에 한쪽 어깨를 기댄 채 다리를 꼬았다.

"이레, 나 톰마소야!"

톰마소는 이레네가 앞에 있는 듯 얼굴을 붉히며 미소 짓더니 날씨를 화제로 삼아 곧장 본론으로 들어갔다.

"날씨가 어떤지 봤지?"

전화선 저쪽에서 이레네도 번개를 화제 삼아 날씨 얘기를 하는 듯했다.

"젠장!"

톰마소가 아주 점잖게 말했다.

"물난리 난 거 봤지? 오늘 너를 로마로 데려가고 싶었는데 날씨가 이 모양이니, 원!"

톰마소는 기분이 씁쓸했다. 진심으로 유감이었다. 전화선 저쪽에서 이레네가 날씨 문제를 대수롭지 않게 여기면서 몇 마디 한 모양이었다. 톰마소는 즉시 반박하며 이레네의 말을 일축했다.

"홍수 난 거 못 봤어? 이런 물난리에 어딜 가겠다는 거야, 이레네?"

그리고 톰마소는 대뜸 이렇게 말했다.

"비가 그칠 거라고, 비가 그쳐? 이쪽에서는 사흘 동안 줄창 비가 올 거야!"

톰마소는 잠시 이레네의 말을 듣고 있다가 노래하듯 나지막이 말했다.

"난 우산이 없어, 이레네. 우산이 없다는 거 알잖아!"

이레네가 "그럼 네 생일에 우산을 선물해 줄게."라고 말한 듯했다. 톰마소는 불쑥 벽에 팔꿈치를 기대며 말했다.

"음, 말만으로도 정말 고마워!"

뒤이어 이레네가 생일과 선물에 얽힌 누군가의 얘기를 한 모양이었다. 톰마소는 점점 더 얼굴을 붉히고 활짝 미소 지으면서 "아.", "음.", "그래!", "그 사람 누구야?"라고 대꾸했다. 그러다가 유쾌한 웃음을 날렸다.

톰마소는 점점 더 작은 소리로, 거의 속삭이듯 말했다. 입은 뭐라고 중얼거렸고, 동그란 눈은 웃고 있었다. 마침내 다시 데이트 얘기로 돌아가 얘기를 끝냈다.

"음, 친구들과 바에 있어. 카드놀이 좀 하다가 집에 가서 잘 거야!"

톰마소는 벽에서 팔꿈치를 떼고 성의 나팔수들이 나팔을 불듯 수화기를 들고 재빨리 큰 소리로 덧붙였다.

"그래, 내일 봐! 내일은 날씨가 좋을 거야!"

톰마소는 몸을 옹크려 수화기를 감싸고 인사를 했다.

"그럼 안녕, 잘 있어, 이레네. 내일 봐!"

톰마소는 고추처럼 빨개진 얼굴로 기분 좋게 마지막 말을 속삭였다.

"안녕!"

그러고 나서 톰마소는 수화기를 놓았다.

톰마소는 통화가 끝나자 잔기침을 하고 더플코트 단추를 잠그면서 계산대 앞을 지난 뒤 유리창 앞에 서서 밖을 내다보았다. 거기 서서 아무 생각 없이 바지 단추 사이에 엄지손가락을 찔러 넣고 하늘을 살폈다. 하늘이 조금 개었고 이제 비가 그치려 했다.

그 주 일요일 보스턴 극장에서는 「천국에 이르는 계단」을 상영하고 있었다. 그래서 사람들 사이에서는 그 영화를 보러 가는 것이 정신적인 의무나 마찬가지였다. 어제저녁 영화를 보지 못한 이나카세 사람들은 지금 영화관에 갈 준비를 하고 있었다.

몇몇 무리가 우산을 쓰거나 비옷을 뒤집어쓴 채 웃고 떠들며 루이지체사나 거리를 지나가고 있었다. 비가 그치기를 기다리는 동안 톰마소는 내깃돈 없이 카드놀이를 하자고 카페 주인에게 제의했다.

"주인장, 카드 한판 칠까요? 돈은 걸지 말고 그냥 재미로 말이에요."

노인이 동의했고, 그들은 선 채로 대리석 계산대 빈 공간에서 카드를 치기 시작했다. 한 판이 끝나자 분위기가 뜨거워져서 커피 내기를 했다. 톰마소가 이겨서 노인과 함께 커피를 마셨다. 커피를 다 마시고 나자 비가 그쳐 있었다.

톰마소는 밖으로 얼굴을 내밀고 날씨를 살폈다. 아직 날이 흐린 가운데 빗방울만 조금 흩날렸다. 그는 카페 안으로 다시 들어가지 않고 소리쳤다.

"잘 있어요, 주인장."

톰마소는 길을 나섰다.

그는 웃옷 깃을 세우고 두 손을 주머니에 찔러 넣은 채 보스턴 극장으로 갔다. 티부르티나 거리에서는 폭풍우 이는 바다 같은 하늘을 배경으로 나무들이 흔들렸다. 그곳은 비가 그친 틈을 이용해 버스를 기다리는 사람들과 군인들로 혼잡했다. 영화관 확성기에서 혼신의 힘을 다해 노래하는 클라우디오 빌라의 노래가 나왔다. 젖은 공기, 페코라로 산에 낮게 깔린 구름, 초라한 집들 사이로 보이는 작은 공장 네 개도 귀청 터져라 크게 노래하는 그 목소리에 잠겼다. 톰마소는 신나서 노래를 따라 부르며, 줄지어 극장으로 향하는 사람들 틈에 끼어 피에트랄라타 거리를 걸어갔다. 그는 노래를 흥얼거리며 보스턴 극장 안으로 들어갔다. 극장은 미어터질 정도로 초만원이었다. 물에 젖은 옷, 더러운 발, 땀 냄새가 진동하는 목욕탕 안에 들어와 있는 듯했다. 앞줄에 앉은 아이들이 시끄럽게 떠들어 댔다. 의자 아래로 오줌이 흐르고 스크린 아래까지 땅콩 껍질이 널려 있는 극장 바닥에 그냥 주저앉은 아이들도 있었다.

톰마소는 페인트칠이 벗겨진 벽을 따라 사람들을 헤치고 끼어들어 갔다. 그는 애인이나 어머니와 함께 온 것 같은 아가씨들이 몰려 있는 곳으로 비집고 들어간 다음 작은 기둥 뒤로 갔다. 그 근처 부산하게 움직이는 사람들 틈에서 이리저리 망아지처럼 뛰어다니는 계집애가 곧 눈에 들어왔다. 곱게 머리를 빗고 키가 작은 걸로 봐서 어린 소녀가 틀림없었다.

'어디 좀 볼까!'

톰마소는 여자애 쪽으로 다가갔다.

그는 화내고 투덜거리는 여자들의 불평을 들으며 사람들을 헤치고 지나갔다. 기둥 뒤에 좀 넓은 공간이 있었다. 기둥에 가려 보이지 않는 위치라서 사람들이 고개를 쭉 빼고 이쪽저쪽으로 비켜 서 있었기 때문이었다. 그는 스크린을 한쪽만 보는 걸로 만족하며 자리를 잡은 다음 발과 손을 움직여 가며 '지저분한 작업'을 시작했다. 그 여자애는 정말 솜털이 보송보송했다.

'젠장, 나 괴물 아냐?'

톰마소는 마음속으로 그렇게 허풍을 떨면서도 실제로는 전혀 웃지 않았다.

그렇게 십오 분이 지났다. 톰마소가 여자아이의 허벅지에 자신의 허벅지를 조금 더 가까이 대려는 참이었다. 그때 불이 켜지고 홀 안은 예의 그 무질서한 아수라장으로 돌아갔다.

소리치는 사람, 노래하는 사람, 땅콩 장수를 부르는 사람, 여기저기서 의자 등받이를 타고 넘어가는 사람들이 보였다.

톰마소는 자리를 잃지 않으려고 애썼다. 그는 폭풍우 치는 바다에 있는 거나 다름없었다. 그는 자연스럽게 행동하기 위해 사람들 틈에서 한 손을 빼내며 담배에 불을 붙였다. 기둥에 몸을 기댄 채 눈을 돌리다가 반대편에 있는 어떤 사람이 눈에 들어왔다. 처음에는 그 사람을 알아보지 못하다가 초점을 맞추고 자세히 들여다본 뒤 그가 누군지 알게 됐다.

그 사람은 침미오였다. 하지만 몇 달 새 살이 찌고 체격이 좋아진 데다 옷을 멋들어지게 차려입어서 침미오가 아닌 것 같았다. 그는 밀라노 사업가들이 쓰고 다니는 것처럼 흰 테두리가 들어간, 챙이 다소 넓고 딱딱한 회색 중절모를 쓰고 있었다. 아주 새것이었다. 이마에 난 여드름을 반쯤 가리면서 거의 눈썹 위까지 중절모를 눌러 썼지만, 어쩌다 우연히 모자가 그의 머리에 얹힌 것처럼 보였다. 조금 무거워 보이는 그 모자는 침미오의 얼굴에 좀 더 교활한 인상을 심어 줬다. 멋진 흰색 와이셔츠에 자잘한 밝은색 물방울무늬가 들어간 짙은 파란색 나비넥타이를 맸다. 그는 품질 좋고 가벼운 회색 모직 코트를 입었는데, 요즘 유행하는 어깨가 다소 좁은 영국식 코트였다. 코트 아래로 흰 단추가 줄줄이 달린, 검정에 가까운 짙은 양복이 보였고, 양복 아래로 옷감이 같은 조끼가 드러났다. 그는 가죽 장갑을 낀 왼손으로 오른쪽 장갑을 들고 있었다. 오른손으로는 긴 호박색 파이프를 들고 담배를 피우고 있었다.

침미오는 그렇게 말끔한 신사 차림으로 작은 기둥에 몸을 기대고 있었다.

"침미!"

톰마소가 침미오를 불렀다. 그를 본 침미오는 인사 표시로 고개를 약간 들고는 콧수염을 움직이며 살짝 웃었다.

톰마소가 악수를 청하자, 침미오도 아교풀을 붙이듯 그의 손가락을 꽉 붙잡았다.

"에에에이."

톰마소가 기지개를 펴면서 한숨을 내쉬었다.

"젠장, 빌어먹을!"

침미오가 웃음이 터질 것 같은 표정으로 그를 쳐다보았다.

"멋쟁이, 뭐 하냐?"

톰마소가 상냥하게 물었다.

"뭐 하냐고? 참새 엉덩이 좀 찢어 놓으려고!"

"휴, 넌 돈 좀 있나 보지!"

톰마소가 말쑥하게 차려입은 침미오의 옷차림을 살피면서 다시 한숨을 쉬었다.

"뭔 소리야! 먹고 죽을 돈도 없어! 땡전 한 푼 없다고! 완전 빈털터리야!"

침미오가 칼을 겨누듯 집게손가락을 목에 대고 말했다.

"하지만 자식아……!"

톰마소가 믿기지 않는다는 듯 말했다.

"나한테 500리라만 빌려 줄래?"

침미오가 뜬금없이 뻔뻔스럽게 말했다.

톰마소는 생각에 잠긴 채 녀석을 유쾌한 눈길로 쳐다봤다.

"젠장, 넌 정말 개자식이야!"

"엄마, 나 정말 행복해 죽겠어!"

침미오가 노래하듯 말했다.

불이 꺼지고 영화가 다시 시작되자, 사람들이 마지막으로 소리를 지르고 미친 듯이 휘파람을 불어 댔다.

보스턴 극장에서 나오면서 톰마소는 바깥이 어두워졌을 거라고 생각했다. 보통 그 시간쯤엔 날이 어두웠다. 하지만 아직 빛이 있었다. 빛이 어디서 오는지 이해가 되질 않았다. 세상이 뒤집히기라도 해서 저 위 하늘에 있는 지옥에 구멍이 뚫렸고, 그곳에서 불꽃이 내려오는 게 아닌가 생각했다. 주변 하늘은 캄캄했지만, 구름 사이로 짙은 코발트 빛을 띠는 깊은 구멍 같은 게 보였다. 구름들이 그 구멍을 우물 벽같이 둘러쌌고, 오렌지 빛으로 빛나며 주변으로 퍼져 나갔다. 짙은 수증기가 오렌지 빛으로 빛나는 구름들 앞을 지나갔다. 뜨거운 바람이 수증기를 거세게 뿜어냈다. 점차 짙어진 수증기가 낮게 깔리면서 피에트랄라타의 새 건물 일고여덟 채의 꼭대기를 가리더니, 아니에네 강과 피스칼리 초원 쪽으로 흘러갔다. 그 연기는 금방 진짜 구름이 되었고, 하늘 한가운데서 피처럼 떨어지던 빛을 흡수해 사그라뜨리면서 피에트랄라타에 죽음의 재처럼 뿌려졌다.

금세 날이 어두워지고 밤이 되었다. 잠시 후 다시 비가 내리기 시작했다. 피에트랄라타 거리에서 서둘러 집으로 돌아가는 사람들이 보였다. 바 불빛이 새어 나오는 거리 끝에서 또 다른 무리가 뜨거운 바람을 맞으며 버스를 기다리고 있었다.

톰마소는 두 손을 주머니에 찔러 넣고 옷깃을 세운 채 침미오를 데리고 진창을 깡충깡충 넘어 바로 뛰어갔다. 욕을 퍼부으며 달리던 침미오는 옷을 더럽히지 않기 위해 자신도 모르게 진창을 조심해서 건너뛰었다.

바는 초만원이었고, 자욱한 담배 연기와 비에 젖어 악취가 진동하는 더러운 옷 냄새에 숨이 막힐 지경이었다.

렐로, 추카보, 카치티니, 자칼, 첼레로네, 민키아, 프레기노, 부처, 그리치오, 나자렛 놈 등등 거의 모든 친구가 그곳에 모여 있었다. 빗물이 흥건한 바닥에 모여 앉아 카드 치는 놈도 있었고 잡담을 나누는 자식도 있었다.

톰마소가 들어갔지만 평소처럼 아무도 그를 보려 하지 않았다.

하지만 침미오가 들어가자 부처가 제일 먼저, 그러고 나서

민키아가, 점차 패거리 모두가 그를 돌아보았다. 놀란 눈들을 하고 잠시 침미오를 훑어보다가 하나씩 웃음을 터뜨렸다. 바닥에 넘어지지 않으려고 테이블을 붙들기도 했고, 데굴데굴 구르며 오줌을 지리기도 했다. 문가에서 사제 같은 얼굴로 조용히 녀석들을 살피던 침미오도 터져 나오는 웃음을 참고 있었다. 그는 친구들이 그 앞에서 미친 녀석들처럼 몸을 비틀며 배 터져라 웃는 걸 잠시 지켜보았다. 그러고 나서 단추를 하나씩 풀고 외투를 벌리더니, 앞으로 쑥 내민 배를 솥뚜껑만 한 손으로 움켜잡고 소리쳤다.

"이거나 먹고 웃어라!"

침미오는 바쁜 일이 있는 사람처럼 빠른 걸음으로 카운터로 갔다. 그는 불에 던져진 비곗덩어리처럼 얼굴이 시뻘건 바텐더를 보고 콧수염 달린 입으로 웃으며 말했다.

"카푸치노 한 잔!"

침미오는 늙은 여우같이 힐끗 뒤를 보았다. 다른 녀석들은 여전히 우하, 우하, 우하 웃고 있었다.

"오늘 저녁에 무슨 건수 있냐?"

자칼이 소리쳤다. 뒤이어 나자렛 녀석도 덧붙였다.

"누가 네 이를 잡아 줬냐, 침미?"

"침미, 넌 누가 뭐래도 빈민촌 출신이야!"

부처가 매독에 걸린 듯한 목소리로 말했다.

분위기가 조금씩 진정되자 카드놀이를 하던 녀석들이 다시 판을 벌였다. 톰마소는 렐로 옆으로 갔다. 렐로는 부처, 그리치오, 나자렛 놈, 델리 피오렐리가 카드놀이를 하는 걸 지켜보고 있었다. 톰마소가 렐로의 어깨를 톡 치면서 말했다.

"어떻게 지내, 렐로?"

"잘 지내지, 그럼 어떻게 지내겠어?"

렐로는 톰마소를 돌아보지도 않고 대답했다.

술이 잔뜩 취한 노인들과 중년 사내들도 있었다. 그들은 카운터, 즉 침미오 옆에 떼거지로 모여 있었다. 그들은 끝나지도 않고 결론도 나지 않는 애깃거리를 놓고 목청껏 소리 지르고 자기 가슴을 치면서 격론을 벌였다. 그들의 두 눈이 더러운 눈썹 털 아래로 툭 불거져 나와 있었다.

티부르티노에 사는 단골 두세 명이 우르르 쾅쾅 천둥소리와 함께 후다닥 바로 뛰어들어 왔다. 그들 중에 기타를 든 카를레토도 있었다. 그들은 헐레벌떡 뛰어들어 와 진창이 된 바닥에 발을 디딘 다음 젖은 옷가지를 털었다.

"럼 네 잔!"

그들이 바텐더에게 소리치듯 주문했다. 그들은 카운터로 다가갔다. 카를레토는 심금을 울리는 악기를 어깨에서 벗어 옆에 기대 놓았다. 테이블에 앉아 있던 두세 명이 벌겋게 달아오른 얼굴로 카를레토를 돌아보았다.

"저기 봐, 기타야!"

회색이 말했다. 자리에서 일어난 회색이 무릎이 약해서 휘어질 것처럼 휘청휘청 천천히 카운터로 다가오더니 카를레토에게 말했다.

"쳐 봐도 돼?"

침미오가 기타를 들고 노래하기 시작했다.

나의 기타주우우울…….

"자식……, 그리치오오!"

탁자에 같이 있던 녀석들이 소리쳤다. 회색의 노래를 들으면서 카드를 치던 또 다른 녀석이 노래하기 시작했다. 이번에는 「나의 기타줄」이 아니라 「오직 당신을 위해서」였다. 이윽고 세 번째 녀석이 노래했고, 잠시 후 예닐곱 명이 각자 나름대로 다른 노래를 부르기 시작했다. 그리치오가 노래했다.

파도여,
네게는 사이렌의 노래보다 더 아름다운 마력이 있다네.

벌써 머리가 벗겨지기 시작했지만 매끄럽고 찰랑대는 곱슬머리가 아직 남아 있는 부처가 말했다.
"배고파!"
이윽고 부처도 노래하기 시작했다.

장미 넝쿨 철책
어젯밤 천사가 내게 미소 지었지…….

마침내 카를레토가 다시 기타를 잡고 목청을 가다듬으며 음을 맞추더니 신이 내린 목소리로 노래 부르며 여봐란듯이 모두에게 한 방 먹였다.

너무나 아름답구나, 트라스테베레의 요정이여.
성당 둥근 지붕 그림자에서 태어난 너…….

다시 카드놀이에 열중해 있던 그리치오가 카드에서 눈을 들어 반짝반짝 흡족한 눈으로 주위를 돌아보며 말했다.

"뭐야, 배고픈 자들의 노래냐? 뭐야, 너희 배고파서 노래하는 거야?"

그리치오는 손에 들고 있던 카드 다발에서 한 장을 빼내 테이블에 던지더니, 고개를 들어 낡은 갈고리 같은 눈으로 쳐다보며 말했다.

"야, 너희 저녁밥은 먹었냐?"

"끼니 찾아 먹는 거 봤냐!"

델리 피오렐리가 담배꽁초를 입에 물고 불을 붙이며 말했다.

"이 자식들이 언제 밥 먹는 줄 알아? 부활절 때야!"

"우리도 그때 먹잖아!"

부처가 유쾌하게 웃으며 한마디 했다.

밖에서는 폭풍우가 점점 더 세차게 치고 있었다.

"이 안에서 우리 중 누가 부르마 탁발승에게 도전하면, 그는 아마 탁발을 그만두려 할 걸!"

부처가 더욱 쾌활한 목소리로 말했다.

부처의 얼굴을 보면 그 말을 믿지 않을 수 없었다. 그리치오, 델리 피오렐리, 나자렛 놈, 나머지 녀석들 모두 떠돌이 개에게 던져 줘야 할 것처럼 앙상한 낯짝들을 하고 있었다.

"배고픔에 얽힌 얘긴데."

부처가 카드로 시선을 내리며 말했다.

"카치티, 너 기억나지, 우리가 전차에서 만났던 날 말이야, 난 칸티키아와 같이 있었잖아? 젠장, 그날 우리는 쫄쫄 굶어서 배가 뒤틀렸잖아! 언제 밥을 먹었는지 기억나지도 않았지! 칸티키아는 내게 몸을 기대고, 난 그 자식한테 기대고, 우린 불쌍한 고아 같았어!"

부처는 피스톤처럼 입술 사이로 혀를 내민 채 침을 튀겨 가며 낄낄대고 웃더니 이렇게 말했다.

"내가 말한 대로 우리는 피를 뽑으러 리에지 대로로 갔어. 칸티키아는 벌벌 떨었지만 배고픈 게 뭔지…… 사자처럼 용기를 내더군! 그날 한 팔을 자르라면 잘랐을 거야!

우린 헌혈의 집에 도착했어. 일가족이 다 함께 온 사람들도 있더군. 아버지, 어머니, 아들, 딸, 할아버지, 할머니! 그 안은 온통 피 뽑으러 온 사람들 천지였어! 도살장 같더군! 난 칸티키아에게 말했지. '칸티, 걱정하지 마! 십 분만 참아, 그러면 우린 금방 다시 걸어서 나갈 수 있어. 기분 좋게 말이야, 칸티!'

칸티키아는 배고파서 눈물을 글썽였어. 난 녀석의 얼굴을 똑바로 볼 수 없었어, 이해하겠지! 나도 눈물이 났거든! 녀석이 멀건 수프처럼 보였어. 말을 할 때도 한숨이 섞여 나왔지……. 우리 차례가 되자 그 빌어먹을 자식들에게 신분증을 줬어. 어디 아픈 데는 없는지 엑스레이를 찍어 보더군. 알겠지, 아주 깨끗했어. 배고파서 기생충도 굶어 죽었을 테니까! 간단히 말해 그들은 결국 우리 피를 뽑아 갔어! 그러고는 우리 손에 작은 공을 쥐어 주더군! 피를 뽑고 옆방으로 들어갔더니 올리브 기름을 바른 아주 조그만 빵 하나와 소시지 조각, 마르살라 백포도주 한 잔을 줬어. 그게 신기루처럼 보이는 거야. 믿기지 않겠지만, 몸이 붕 떠올라 날아가는 느낌이 들더니 똥구멍에서 열이 막 나잖아. '칸티, 내 턱이 녹슬었나 봐!'라고 말했어. 빵을 잡기 위해 손을 내밀었는데, 그게 힘이 들었던지 난 바닥에 쓰러지고 말았어!"

부처는 한 손을 입가에 깔때기처럼 대고 사나운 눈초리로 주변을 둘러보았다.

"바닥에 쓰러진 거야!"

부처가 침을 튀겨 가며 반복해서 말했다.

"예수님이 날 하늘로 부르신 거지!"

부처가 다시 웃으며 덧붙였다.

"머리에 붕대를 칭칭 감은 채 병원에서 깨어났어. 앞에 내 배고픔을 덜어 줄 우유 한 잔이 있더군!"

모두들 웃으며 녀석에게 소리쳤다.

"자식……!"

이윽고 카치티니가 소리쳤다.

"너희 이 얘기 좀 들어 볼래!"

카치티니는 자신도 얘기를 들려주고 싶었기 때문에 반짝반짝 눈웃음을 쳤다.

"사흘째 굶은 날 허름한 식당에 들어갔어. 주머니에 1000리라가 있었거든. 이 인분을 시켰어. 하지만 배고픔이 가시지 않아서 수프를 주문했지. 한 그릇, 두 그릇, 세 그릇……."

카치티니도 손을 입가에 깔때기처럼 대고 목을 길게 뺐다.

"글쎄, 서른 그릇이나 먹었지 뭐야!"

카치티니가 소리쳤다.

"서른 그릇을 먹고 나서 다시 한 그릇 더 주문했더니 주인장이 국자가 든 빈 냄비를 들고 나타나서 내게 이러더군. '이봐, 인부들이 먹을 수프를 네가 다 먹었어! 네가 공사장 두 군데를 망쳐 놓은 거야!'"

친구들이 웃음을 터뜨렸다. 카치티니가 말을 마치기도 전에 자칼이 끼어들었다.

"그건 순 허풍이야. 나도 네 녀석의 눈물을 짜 줄게! 들어 봐, 아주 비극적인 얘기니까! 어느 날 나도……."

자칼이 주변을 돌아보았다.

"보도에 서 있을 수도 없을 만큼 배가 고팠어. 그래서 성당에 가서 삼십 분 동안이나 종을 울려 댔지. 그렇게 해서 산피에트로 무료 급식소에서 밥을 먹을 수 있는 식권 한 장을 간신히 구했어. 제기랄, 신부가 내게 식권을 주면서 무슨 수표한 장을 끊어 주는 것같이 굴더라고! 혹시 급식 시간이 끝나지 않을까 걱정하며 산피에트로 무료 급식소에 갔어……. 나이 먹은 노인네들…… 숨이 차 헐떡거리는 그 노인들 틈에 끼었어……. 누구는 기름통을, 누구는 통조림통을, 누구는 벽돌 상자를, 누구는 석탄 통을 들고 있더군……. 모자를 들고 죽을 퍼 달라는 사람도 있었어. '파스타와 콩을 모자에 넣어 줘.'라고 하더라고. '수프를 모자에 퍼 줘!'

어떤 노파가 내게 음식을 담으라고 통조림통을 하나 줬어. 한쪽 구석에 떨어져 앉아 맛있게 먹었어. 아으, 근데 낚시를 잘한다고 좋은 게 아니더군! 내가 수프 안에서 뭘 건져 올렸는지 알아? 콘돔이야!"

"제기랄……!"

주변에 있던 녀석들이 일제히 손을 들어 올렸다.

"있을 법하지 않아!"

자칼이 소리쳤다.

"음식을 요리한 창녀 같은 계집들이 물건을 가져온 배달원들과 붙어 먹은 거야! 그러곤 흔적을 숨기려고 거기다 넣은 거지! 내 통조림통은 가장 확실한 장소야! 난 식욕이 아주 왕성하거든!"

자칼은 어린아이처럼 눈을 빛내며 웃었다.

"쳇, 파스타와 콘돔이라! 미치겠지! 하지만 이런 요리를 어디 가서 먹어 보겠어! 아추라 해변에도 그런 요리는 없어! 제기랄, 구역질 나!"

"야, 다 말해 봐. 그래서 어떻게 했어? 콘돔을 먹었어, 아니면 버렸어?"

부처가 얼굴이 뻘게져서 물었다.

"아니, 머리에 썼어!"

자칼이 웃으며 소리쳤다.

"뭐, 축제라도 벌인 거야?"

카치티니가 웃으며 다시 묻자, 모두들 턱이 빠져라 웃음을 터뜨렸다.

그 순간 퍽 하고 전등들이 나갔다. 사방이 캄캄해졌다. 잠시 후 담뱃불만 반짝였고, 사람들이 밀치고 소리치는 모습이 어렴풋이 보였다. 누군가가 라이터를 켰고, 바텐더가 카운터 아래에서 초 두 자루를 꺼내 불을 붙이자 축축한 카운터에서 작은 불꽃이 힘없이 반짝였다.

모두들 촛불 빛에 의지해서 문으로 가 밖을 내다보았다. 어두웠지만 거리에서, 마을에서 무슨 일이 일어났는지는 보였다. 잠시 후 다시 불이 들어왔다. 바 앞 거리는 호수가 됐고, 물이 적어도 두 뼘 정도 차올랐다. 지대가 낮은 마을 중심 거리에선 지하실 작은 창문들까지 물이 차올라 반짝거리고 있었다. 가로등 네 개가 비치는 가운데 물 위로 집들이 삐죽 나와 있었다. 이미 낡은 물건들, 말뚝들, 폐품들, 앞마당 쓰레기들이 물에 떠다니기 시작했다. 이따금 멀리서 천둥이 치고 번개가 번쩍이면서 이젠 완전히 물에 잠긴 마을 전체를 보여 주곤 했다. 다시 불이 나갔고, 바 안에는 여전히 촛불 두 개가 빛났다. 모두들 문에 모여 있었다.

"뭐야, 베네치아 같지 않냐?"

카치티니가 말했다.

"베네치아 좋아하네……! 이건 우리 일이야, 알아!"

자칼이 투덜거렸다.

곤드레만드레 술에 취한 노인들은 비틀거리며 술에 젖은 목소리로 알아들을 수 없는 말들을 중얼거렸다. 그런 혼란 속에서 한 노인이 물이 흥건한 바닥에 쓰러졌다. 그는 다시 일어나지도 못하고 헛소리를 하며 그냥 누워 있었다.

청년 네다섯이 신발을 벗고 바지를 무릎까지 걷어 올린 다음 밖으로 뛰어나갔다. 사람들이 그들을 지켜보았지만, 그들은 이내 잘 보이지 않게 되었다. 그들은 흙탕물 속을 첨벙첨벙 걸어 어둠 속으로 사라졌다.

톰마소는 홀 구석에 쌓여 있는 빈 의자들 중 하나에 가서 앉았다. 몸을 쭉 펴고 두 손을 배 위에 얹은 채 편안한 자세를 취했다. 그는 올 테면 오라는 느긋한 마음으로 여차하면 그곳에서 밤을 보낼 준비를 하는 듯했다. 그는 담배를 꺼내 조용히 피우기 시작했다.

그때 비가 억수같이 쏟아지는 가운데, 밖에서 너울거리다 사라지는 불빛이 보였다.

불빛이 점점 가까이 다가왔다. 전등을 들고 머리와 어깨에 비옷을 뒤집어쓴 남자들이었다. 그들은 문을 열고 큰 소리로 뭐라고 말하기 시작했다.

잠시 후 톰마소도 그들의 말을 들으러 가까이 다가갔다. 하지만 그들은 몇 마디 떠들어 대더니 이내 아랫마을 쪽으로 가 버렸다.

흰 손전등 불빛이 흙탕물 여기저기를 비추는 게 보였다.

"누구야, 야, 누구야?"

톰마소가 렐로에게 물었다.

"저쪽 당 사람들!"

렐로가 중얼거렸다.

"뭐라고 했는데?"

"저 아래 피콜라상하이에서 사람들이 물에 빠져 죽고 있다는데!"

"어째서 물에 빠져 죽는 건데?"

"난들 알아!"

"홍수가 났어."

자칼이 말했다.

"강물이 넘쳤단 말이야?"

톰마소가 물었다.

"아니야, 자식아⋯⋯!"

"멍청한 자식!"

톰마소가 소리쳤다. 과거 그곳에 살 때 비가 오면 종종 마을 인근 언덕에서 물이 쏟아져 내리곤 했던 게 기억났다. 강둑이 15미터 높이여서 강물이 넘치는 것은 불가능했다.

"야, 우리 어떻게 하지?"

추카보가 소리쳤다. 톰마소는 마약을 한 듯 어두운 얼굴로 생각에 잠기며 잠시 침묵했다.

"저 사람들이 뭘 원하던?"

톰마소가 추카보에게 물었다.

"우리보고 도와 달라던데!"

"다음에! 부활절 때 도와주지, 뭐!"

자칼이 말했다.

"멍청한 자식들."

톰마소가 녀석들의 얼굴을 쳐다보며 역겹다는 듯 말했다.

"왜 우리가 도와주면 안 되는 건데? 무섭냐?"

"난 수영하고 싶으면 오스티아 해변으로 가……. 작은 배도 빌리고!"

자칼이 말했다.

톰마소는 녀석을 보지 않고서 말했다.

"결국 여기서 독일군 노릇이나 하겠다는 거군! 그러고도 너희 엉덩이가 편할 것 같아?"

자칼이 톰마소를 봤다.

"이것 봐라, 쟤 톰마소 맞아?"

자칼이 재미있다는 듯 말하고는 부처에게 물었다.

"너, 톰마소가 어떤 녀석인지 알지?"

"너 모르냐? 톰마소 성인(聖人), 홍수 수해민들의 성인!"

부처가 천연덕스럽게 말했다.

하지만 톰마소는 계속 고집을 피우며 열정을 다해 말했다.

"그럼 너희는 저 불쌍한 사람들이 어떻게 돼도 상관없다는 얘기야? 그러고도 너희가 남자라 할 수 있어!"

자칼은 슬슬 성질이 났다.

"야, 정 원하면 너나 가! 누구 말리는 사람 있어?"

"그래, 갈 거야, 멍청아!"

점점 더 불쾌해진 톰마소가 말했다.

"뭘 기다려, 수영복이라도 입으라고!"

부처가 톰마소를 쳐다보지도 않은 채 말했다.

약점을 잡힌 톰마소는 미친 사람처럼 냅다 문 앞에 있는 녀석들을 헤치고 나아갔다.

"비켜!"

하지만 톰마소는 새 옷을 입고 있었다. 그는 걸음을 멈췄다.

"뭐야? 무섭나 보지?"

나자렛 놈이 말했다.

"새끼……!"

톰마소가 날카로운 목소리로 말했다. 그는 바텐더에게로 돌아섰다.

"바텐더, 혹시 머리를 덮을 만한 봉투나 자루 있어요?"

바텐더는 아무 말 없이 몸을 숙여 카운터 아래를 뒤지더니 빗물에 젖은 자루 하나를 꺼냈다. 톰마소는 자루를 받아 들고 웃옷을 벗어 바텐더에게 맡겼다. 신발과 양말도 맡겼다. 바지를 걷어 올리고 머리와 어깨에 자루를 덮어쓴 다음 술에 취해 아직도 바닥에 누워 있는 노인을 건너뛰어 밖으로 나갔다. 그는 끓어오르는 분노 때문에 개처럼 으르렁거리며 생각에 잠겼다.

"잘 가, 토마, 내일 너한테 용감한 시민 상이라도 줄 거야!"

톰마소가 비를 뚫고 거리로 나서자 부처가 등 뒤에서 소리쳤다.

단순히 앞이 안 보이는 정도가 아니었다. 빗물이 톰마소의 눈을 때리며 얼굴을 타고 흘러내렸다. 마치 하수도 안에 있는 것 같았다. 몇 걸음 걷고 나자 벌써 뼛속까지 젖었다.

'그런데 내가 어디 가는 거지, 내가 뭘 하는 거야?'

톰마소가 억수같이 내리는 비를 뚫고 가는 자신이 한심해서 화를 내며 마음속으로 말했다. 몇 걸음 더 걷고 나자 물이 정강이까지 찼고, 다시 몇 걸음 옮기자 종아리까지 찼고, 다시 몇 걸음 나아가자 무릎까지 차올라 왔다. 그는 어둠 속에서 주변을 살피다가 오른편 몬티디피에트랄라타 거리 쪽으로 들어갔다. 그 혼란한 와중에 발판까지 물이 차오른 채 버스 정류장에 멈춰 있는 버스가 보였다. 거리 아래에서 목소리들이 들렸다. 홍수가 난 집들 창문에서 촛불이 보였다.

요란한 사이렌 소리가 들렸다. 사이렌이 울리고 또 울리며 줄곧 그곳에서 맴도는 듯했다. 잠시 후 비가 억수같이 퍼붓는 가운데 호수로 변해 버린 마을 전체, 거리 전체를 눈부신 빛이 비췄다. 소방차 불빛이었다. 소방차는 필사적으로 사이렌을 울려 대며 피에트랄라타 거리를 사람 걸음으로 내려오고 있었다. 하지만 더는 나아가지 못하고 버스가 서 있는 지점에 멈췄다. 소방차도 피콜라상하이 쪽으로 가는 모양이었다. 위로 올려진 눈부신 전조등 불빛이 거리와 집들을 대낮처럼 환히 밝혔다.

바로 그 전조등 빛줄기 아래 조금 앞쪽에서 폭발음, 뭔가가 부서지는 소리가 들렸다. 맨홀 뚜껑이 튀어 올라 보도블록을 깨뜨렸던 것이다.

톰마소는 소방차 옆으로 다가갔다. 천지를 덮어 버릴 듯 억수같이 쏟아지는 빗속에서 소방대원들이 뭔가 얘기를 주고받고 있었다. 그들도 무엇을 해야 할지 몰랐다. 강물로 뒤덮여서 집들이 어디에 있는지 모르는 모양이었다. 분명 소방차를 타고 그곳을 건너는 것은 불가능했다. 걸어서 가는 수밖에 없었다.

"가요! 내가 앞장설게요! 난 길을 알거든요!"

상황을 눈치챈 톰마소가 소리쳤다.

"여기서 멀어?"

밧줄을 어깨에 멘 검은 머리 소방 대장이 물었다.

"1킬로미터 좀 안 될 거예요!"

톰마소가 숨을 헐떡이며 소리쳤다. 소방대원들은 필요한 것을 챙기고 손전등으로 길을 비췄다. 그들은 무릎까지 차오른 물을 헤치고 몇 걸음 옮겼다. 그들은 전조등이 비추는 곳을 지나 신의 분노 한가운데로 뛰어들었다.

지하실에 사는 가족들은 위층 이웃집으로 피신했다. 두려움에 떠는 고함 소리, 아이들의 울음소리 등 사람들 소리가 들렸다. 좀 큰 아이들은 밖에 나와 물속에 서서 구경하고 있었다. 물이 내리막길로 폭포수처럼 흘러내렸다. 물 위에 가재도구들, 작은 상자들, 말뚝들, 나무 조각들, 쓰레기들이 둥둥 떠다녔다.

마을 안쪽 집들에서는 물이 더욱 높이 차올라 있었다. 한쪽에 언덕이 있고 다른 쪽에 강을 따라 밭들이 있었는데, 그 사이 움푹 들어간 지점에 집이 자리하고 있었기 때문이다.

톰마소와 소방대원들은 천천히 가야 했다. 내리막길 어귀, 그러니까 마을이 끝나는 지점에 작은 웅덩이가 있었다. 소방대원들은 웅덩이 주변에 모여 손전등을 비췄다. 웅덩이 꼭대기까지 진흙이 들어찼고, 스테이션왜건 한 대가 지붕이 반쯤 열린 채 파열된 하수구에 박혀 있었다.

그 가장자리에서 비틀거리며 앞으로 나아가는 그림자 하나가 보였다. 돌돌 말려 있는 아주 작은 그림자여서, 쏟아지는 빗속에서는 개나 어린아이같이 보였다. 이따금 넘어져 손을 앞으로 뻗은 채 물속에 쓰러져 있다가 다시 일어나 몇 걸음 걷다가 다시 넘어지곤 했다. 작은 개천을 이루며 거칠게 흘러내려가는 물이 내리막 교차로 앞까지 왔을 때였다. 급류를 타고 둥둥 떠내려온 양철 판 하나가 그의 다리에 와서 부딪히는 바람에 그가 물속에 꼬꾸라졌다. 소방대원들은 흙탕물이 입속으로 들어가 다 죽어 가는 남자를 끌어올렸다. 침이 검은 진흙에 섞여 거품을 내며 흘러내렸다.

"누구지? 어디 사는 사람이야?"

소방대원들이 물었다.

"무케타예요! 여기 9번지에 살아요!"

톰마소가 대답했다.

톰마소와 소방대원들은 그 남자를 부축해서 집으로 데려갔다. 그 집도 지하실 창문 위까지 물이 들어차 있었다. 지하실에 살던 사람들은 모두 손에 촛불을 든 채 계단으로 피신했다. 그들은 노인을 그 사람들에게 떠맡기고, 톰마소를 선두로 피콜라상하이 쪽으로 계속 걸어갔다.

톰마소 일행이 마지막 집을 지나자 오르막길이 나왔고, 물이 서서히 빠져나가고 있었다. 100여 미터 걸어가자 마른 땅이 나왔다. 하지만 진흙이 50센티미터쯤 쌓여 있었다. 아까보다 걷기가 더 나빴다. 동네에 도착하는 데 거의 삼십 분이 걸렸다. 그런데 그곳에 판잣집들이 없었다. 그들은 손전등을 비추며 다시 확인에 나섰다. 하지만 집들은 보이지 않았다.

오른쪽으로 강물이 지면과 거의 같은 높이로 흐르고 있었다. 평상시에는 지면으로부터 10여 미터 이상 아래에 강물이 있었다.

왼쪽, 그러니까 거리 위 산 쪽으로 이젠 거의 아무것도 보이지 않았다. 원래 작은 공터 주변으로 허름한 집들이 우후죽순으로 들어차 있던 곳이었다. 나무 조각, 부서진 벽, 양철, 온전하지만 뒤집혀 있는 지붕, 말뚝 들이 땅에 널브러져 있었다. 여기저기서 발생한 산사태가 산꼭대기에서 마을과 거리를 지나 강까지 휩쓸고 지나갔던 것이다.

좀 더 높은 곳, 동굴 주변에 있는 판잣집 몇 채만 온전히 서 있었다. 흙탕물이 강을 이루어 비탈 아래로 흘러내리는 가운데, 그 옆에 있는 집 몇 채도 온전했다.

다행히 빗줄기가 약해지더니 어느 순간 비가 거의 내리지 않았다. 그제야 시야가 조금 트였다.

톰마소는 소방대원들과 함께 진창에 푹푹 빠지고, 쓸려 내려가지 않고 남아 있는 덤불이나 나뭇가지, 비에 젖은 떨기나무들을 움켜잡으면서 산으로 기어올라 갔다. 마침내 산 중턱에 자리한 가장 높은 동네에 도착했다. 그곳에 빈터가 하나 있었다. 사람들은 입고 있던 차림 그대로 집에서 뛰쳐나와 그곳에 피신해 있었다. 어떤 사람은 잠옷 차림으로 갓난아기를 안고 있었고, 아이들은 울고 있었다.

여자들이 검은 진창에 미끄러지며 소방대원들에게 달려왔다. 그녀들은 울부짖으며 도움을 청했다.

"저기 봐요."

그들은 갑작스러운 재난을 당한 게 도무지 납득되지 않았기 때문에 이제 와 무슨 소용이 있겠냐는 듯 소리쳤다.

"우리에게 남아 있는 거라고는 저게 다라고!"

전에도 별거 없었다. 오막살이 몇 채, 녹슨 지붕 몇 개, 누더기 조금이 다였다. 그런데 지금은 그마저도 부서지고 흙탕물에 휩쓸려 강으로 떠내려갔다. 어렸을 적 톰마소가 놀곤 했던 마을 한가운데 공터는 작은 호수로 변해 있었다. 반쯤 물에 잠겼고 판잣집 몇 채만 남아 있었다.

여기저기 판잣집 몇 채가 간신히 버티고 서 있었다. 하지만 산 쪽에서 흘러내려 온 진흙이 창턱까지 쌓여서 썩은 덧문 두 개를 부수고 집 안으로 들어가기 시작했다. 이윽고 진흙 사태가 현관문을 부쉈고, 집 안에 있던 가재도구, 의자, 상자, 신발, 그릇, 부서진 작은 탁자 들이 밖으로 쏟아져 나왔다. 이 모든 것이 집 앞에 쌓여 있었다. 그러다가 곧 진흙이 흘러내려 마을 가운데로 밀려갔고, 완전히 부서진 판잣집 다른 잔해들과 섞여 강으로 쓸려 갔다.

주민들은 거의 대부분 판잣집 몇 채가 서 있는 그 동굴 주변으로 피신 가 있었다. 몇 사람만이 피에트랄라타로 가는 길에 서 있었다.

사람 팔뚝만 한 큰 쥐들이 무너진 땅굴에서 나와 마른 땅에 피신해 있는 사람들과 섞여 있었다. 진흙 범벅이 된, 털이 검고 긴 쥐들이 사람들 신발 위로 뛰어다녔다.

성난 소리와 함께 소용돌이를 일으키며 급류가 흘러내려 갔다. 그것이 주변 땅을 흔들어 놓는 것 같았다.

모두들 팔을 내젓고 소리치면서 한곳을 바라보고 있었다.

비에 홀딱 젖은 파살라콰, 디 니콜라, 디 산토와 다른 공산당 원들도 그곳을 바라보고 있었다. 그들도 조금 전부터 그곳에 와 있었지만 막상 어찌할 바를 몰라 하늘의 은총만 기다리고 있었다. 그곳엔 그리스도의 도움도, 성모마리아의 도움도 없었다. 부서지지 않은 판잣집들 사이 아직 물이 차지 않은 곳에 한 여자가 있었다. 모두들 그 여자를 바라보고 있었던 것이다. 그곳에 사는 한 여자가 물건을 몇 개라도 구하고 싶은 마음에 집 안으로 들어간 모양이었다. 그녀가 바깥에 물건들을 쌓아 놓기 시작했는데, 창문으로 들어온 흙더미에 물건들이 휩쓸려 가 버렸다.

순식간에 흙더미는 점점 더 높이 쌓여 갔고, 여자는 집 안에 혼자 남겨졌다.

빗소리, 바람 소리, 급류 소리 때문에 여자 목소리가 거의 들리지 않았다. 밧줄이 있는 소방대원들이 여자를 구하러 가기 위해 나섰다. 톰마소는 야단법석을 떨며 그들을 끈질기게 따라다녔고 목청 터져라 소리치며 자신의 말을 듣게 하려고 했다.

"당신들은 이 지역을 몰라요. 샅샅이 알지 못한다고요! 사방에 웅덩이가 널려 있고, 철조망이 쳐져 있어요. 내가 길을 아니까, 날 보내 줘요!"

하지만 소방대원들은 톰마소를 거들떠보지도 않고, 억수같이 퍼붓는 비를 맞으며 밧줄을 준비하기 시작했다. 한 사람이 허리에 밧줄을 매고 들어갔다. 하지만 그곳이 내리막길이었기 때문에 두 걸음도 내딛지 못하고 미끄러져 진흙을 눈까지 뒤집어썼다. 그는 일어서려고 했지만 그러질 못했다. 그러자 다른 대원들이 그를 다시 끌어올렸다.

"내가 뭐랬어요!"

톰마소가 소리쳤다.

"당신들은 못할 거라고 했잖아요! 저기로 가면 안 되고, 돌아가야 해요!"

"여기 길을 아는 이 청년에게 맡기죠!"

파살라콰가 끼어들었다.

"이제 어떻게 해요? 가요, 말아요?"

톰마소가 나설 채비를 하고 얼굴을 붉히며 소리쳤다.

"이쪽으로 와 보지."

소방 대장이 말했다. 그는 톰마소의 허리에 밧줄을 매 줬다. 톰마소는 자신이 어떻게 하는지 보여 주기 위해 뒤도 돌아보지 않고 길에서 내려섰다. 그는 여자의 집에 똑바로 가는 대신 빙 돌아가는 길을 택했다. 돌아가는 길에도 진흙이 정강이까지 차 있었다. 아직 간신히 버티고 있는 공터 주변 판잣집들을 끼고 돌자, 얼마 지나지 않아 여자의 집에 도착했다. 여자는 판잣집 작은 창문 밖으로 목을 뺀 채 살려 달라고 외쳤다.

"가요, 아줌마! 가만히 계세요!"

톰마소가 진창에서 소리쳤다. 공터 중간쯤에 도착하자 그때부터가 문제였다. 산에서 흘러내려 오는 흙탕물 급류를 건너야 했다.

톰마소는 물속으로 뛰어들었다. 물이 배꼽까지 올라와서 원앙처럼 두 팔을 휘저으며 걸었다. 급류가 너무 세서 아차 실수로 발을 헛디디면 강으로 휩쓸려 갈 위험이 있었다.

톰마소는 돼지처럼 진흙을 뒤집어쓰고 더러운 흙탕물에 몸을 담근 채 이를 악물고 눈이 튀어나오도록 용을 쓰며 건너편 여자의 집 앞에 도착했다.

산발을 하고 비에 흠뻑 젖은 여자는 두 손을 앞으로 모은 채 톰마소를 기다리고 있었다. 톰마소가 도착하자 여자는 갑자기 머리가 돈 모양이었다. 그녀가 정신없이 주변을 돌아다니기 시작했다.

"이걸 가져가게 해 줘. 이불, 옷도……."

여자가 소리쳤다.

"아줌마, 난 짐꾼이 아니에요!"

여자가 꼼짝하려 들지 않자 톰마소가 거칠게 소리쳤다.

"가요! 가자고요, 아줌마. 여기 있으면 아주 위험해요!"

"하지만 난 무서워, 어떻게 하지?"

여자가 몸을 굽혀 물을 바라보았다. 그녀는 머리카락들이 실뱀처럼 양쪽 뺨에 찰싹 달라붙어 있었고, 얼음장처럼 차가워진 창백한 얼굴로 덜덜 떨고 있었다.

"이리 오세요, 나한테 기대고 목을 잡아요!"

톰마소가 여자를 잡아당겼다. 그는 그제야 여자를 알아보았다. 몬테사크로, 아니에네 다리에서 매춘을 하는 창녀였다. 그녀의 기둥서방은 톰마소의 친구였다.

'정말 웃길 거야, 이 여자 때문에 내가 물에 빠져 죽으면 말이야!'

"건널 수 있을까. 세상에, 저거 안 보여?"

여자가 울먹이며 어린아이 같은 목소리로 외쳤다.

"그래도 해 봐야죠!"

톰마소는 여자를 대충 둘러업었다. 그러자 여자가 그에게 매달렸다. 그녀는 평소 웃거나 화내거나 얻어터지거나 할 때도 매사에 극심한 두려움을 느꼈다. 하지만 한편으론 매사 자신과는 관계없는 일인 듯 굴기도 했다. 그런데 지금 그녀는 자신에게 일어난 일 때문에 넋이 나가 있었다.

"조심해, 저기 웅덩이가 있어. 저쪽으로 지나가지 마!"

휩쓸려 갈 듯 높이 차오른 흙탕물로 뛰어들자 여자가 톰마소에게 부탁했다. 톰마소는 더는 걸어갈 힘이 없었다. 그는 지쳐 죽을 것 같았지만 필사적으로 버텼다.

"조용히 좀 있어요. 어디로 건너야 하는지는 나도 아니까!"

톰마소가 소리쳤다.

"오, 하느님. 할 수 있겠어, 할 수 있겠어?"

여자가 떨면서 불평했다.

"주둥이 닥치지 못해……!"

여자의 머리카락이 자신의 얼굴에 달라붙자 톰마소가 소리쳤다.

"이봐, 내가 당신을 바닥에 처박길 원해? 또다시 하느님을 찾았다간 이 한가운데 내려놓을 거야, 빌어먹을……!"

톰마소는 밧줄을 잡고 필사적으로 내리막길로 걸어갔다. 그곳에서 사람들이 그를 기다리고 있다가 밧줄을 천천히 잡아당겼다. 온몸이 땀에 젖고 숨이 막혀 죽을 것 같은 순간 마른땅에 도착했다. 여자는 미쳐 날뛰며 발작을 일으켰다. 다른 사람들이 그녀를 진정시키려 애쓰며 코냑 몇 모금을 마시게 했다.

톰마소는 허리에 맨 밧줄을 풀고 기진맥진해서 진창에 뻗어 버렸다. 하지만 욕을 뱉을 힘도 없이 지친 얼굴을 사람들에게 보여 주고 싶지 않아서 몸을 구부리고 얼굴을 가렸다.

다른 쪽, 몬테사크로에 소방차 한 대가 도착했다. 사람들이 대부분 거기에 있었다. 이제 구조 작업이 끝났고, 여기에 남은 수재민 몇 명을 피에트랄라타로 데려가 비를 피할 수 있는 곳에 수용하는 일만 남았다. 사람들은 원하는 만큼 물을 실컷 맛보았으므로 서둘렀다. 소방대원들과 주민들이 여자들, 어린아이들, 환자들을 부축해서 옮겼다. 그사이 다시 비가 내리기 시작해 강으로 흘러들어 갔다.

톰마소에게 어린아이 둘이 맡겨졌다. 한 아이는 서너 살쯤 됐고, 또 다른 아이는 여섯 살이었다. 톰마소는 어린 녀석을 등에 업고, 큰 아이는 손을 잡고 갔다.

착한 아이들이었다. 어떤 생활을 했는지는 모르지만 아이들은 애늙은이처럼 생각이 많은 얼굴을 하고 있었다. 어쨌든 아주 귀여웠다. 형제여서 얼굴이 닮았고, 흐트러진 반곱슬머리에 커다란 검은 눈망울을 가졌다. 하지만 아이들의 얼굴은 창백하고 어두웠다.

그들의 신발이 진창에 푹푹 빠졌고 그들은 잠시 말없이 걸어갔다. 너덜너덜하지만 아직은 보기 괜찮은 외투 옷깃을 올려 세운 큰 녀석이 작은 얼굴을 들어 톰마소를 올려다봤다.

"이제 우리 집이 없는 거죠! 우리 어디로 가는 거예요?"

"음, 추워서 죽는 사람은 없을 테니까, 걱정 마!"

"프란코의 집 쪽에도 홍수가 났어요?"

녀석이 잠시 골똘히 생각하는가 싶더니 다시 물었다.

"난 프란코가 누군지 몰라. 하지만 여기 산다면 그 집도 성하지 못할 거야, 가만있어!"

"목을 끌어안지 마."

큰 녀석이 톰마소의 등에 업혀 있는 동생 녀석에게 말했다.

"우리 집은 낮은 데 있어서 그래."

큰 녀석이 다시 말을 이었다.

"높은 집에 사는 사람들에게는, 물이 들어오지 않았어!"

"야, 제기랄, 목을 꼭 끌어안지 말라고 했잖아."

톰마소가 소리쳤다.

폭우가 다시 시작되려는 듯 세차게 몰아치는 비바람을 맞으며 그들은 천천히 피에트랄라타에 도착했다. 톰마소는 판잣집 사람들을 잠시 당 지부 사무실로 데려갔다. 이곳도 반쯤 물에 잠겼다. 비좁은 공간에서 사람들은 벤치에 앉아 있었고, 여자들은 아이들을 팔에 안고 있었다. 모두들 훌쩍이며 절망을 토해 냈고, 밖에서는 점점 더 세찬 빗소리와 천둥소리가 들려왔다.

'세상에 종말이 왔나.'

톰마소는 당 사무실 안 광경을 쳐다보며 생각했다. 어떤 이는 무릎에 어린아이를 앉힌 채 둘둘 말린 이불 위에 앉아 있었고, 어떤 이는 의자에 앉아 발을 말리면서 양말을 짜고 있었으며, 어떤 이는 아파 우는 여자 옆에서 위로의 말을 건네고 있었다.

"뭐 해…… 우는 거야? 운다고 물이 빠질 것 같아? 당신뿐 아니라 여기 모든 사람한테 닥친 일이야, 알아!"

하지만 여자는 그들의 말을 듣지 않고 미친 사람처럼 굴었다. 그녀와 마찬가지로 주변에 있는 많은 여자들이 가진 것을 모두 잃었고 벌레처럼 알몸이 되었다. 술집 테이블에는 아이들이 고양이 새끼들처럼 떼 지어 모여 있었다. 적어도 서른 명쯤 되어 보이는 아이들이 뒤엉켜 있었고, 어머니들은 그 주변에서 추위에 떨며 아이들을 지켜보고 있었다.

조금 더 큰 아이들 서넛이 어른들이 보지 않는 틈을 이용해 구석에 있는 공산당 깃발로 인디언 놀이를 하며 놀았다.

"야, 이 자식들아!"

톰마소가 녀석들을 보고 소리쳤다. 그는 아이들한테 가서 깃발을 빼앗아 다시 제자리, 책상 옆 구석에 놓았다.

"여기가 너희 집인 줄 알아?"

톰마소가 화를 내며 다시 한 번 소리쳤다.

"저리 가!"

별다른 일은 일어나지 않았다. 마을이 물에 잠겼고, 평생 그보다 더 나쁜 일도 겪었던 사람들이 사는 오막살이들이 부서졌을 뿐이다. 하지만 모두들 울고 있었고, 희망을 잃은 채 처참하게 학살당한 기분이었다. 흙탕물로 더러워진 그 붉은 천 조각, 톰마소가 수재민들이 우글거리는 사무실 한구석에 다시 갖다 놓은 그 붉은 깃발에서만 여전히 희망의 빛이 반짝이는 듯했다.

*

아침 늦게 눈을 뜬 톰마소는 곧 몸이 좋지 않다는 걸 느꼈다. 피곤해 죽을 지경이었고 뼈가 욱신거렸다. 눈이 떠지지 않았고 무릎을 일으켜 세워 침대에서 일어날 기운도 없었다.

톰마소는 나무 조각처럼 잠시 침대에 누워 생각했다. 11시쯤 되었을 것이다. 목소리도 소음도 들리지 않았다. 창문에서 빛이 별로 들어오지 않는 걸로 보아 아직 날씨가 궂은 게 틀림없었다. 멀리서 사이렌 소리가 들렸다.

"자, 힘내!"

톰마소는 빈민촌 상황이 어떻고 그곳에서 무슨 일이 일어났는지 보러 가고 싶어 스스로에게 말했다.

그가 일어나려고 몸에 힘을 주는데 발작적으로 기침이 났다. 곧이어 또다시 기침이 났다.

'제기랄!'

톰마소는 몹시 불쾌해하며 마음속으로 투덜거렸다. 다시 기침이 났고, 더러운 손으로 입안을 문지른 것 같은 맛이 났다. 차가운 철이나 못을 핥은 맛이었다. 그는 그 찝찝한 맛을 없애기 위해 입안을 핥으며 신발을 신으려고 몸을 수그렸다. 하지만 철을 핥은 것 같은 맛이 가시기는커녕 더 심해지더니 급기야 달콤하게 느껴지기까지 했다.

"지난밤에 내가 코딱지라도 먹었나?"

톰마소는 다시 혀로 입천장을 핥으며 스스로에게 물었다. 그런데 자신도 모르게 눈길이 러닝셔츠로 향했다. 러닝이 온통 붉게 얼룩져 있는 게 보였다. 피였다. 몸이 아팠을 때도 피를 토한 적은 없었다. 처음에는 꿈꾸는 것 같았다. 피 얼룩을 보고 또 보다가 손가락으로 만져 보았다. 피가 선명하고 끈적끈적했다.

"어떻게 된 거지?"

톰마소는 몸이 덜덜 떨렸고 정신이 혼미해서 아무것도 보이지 않았다. 무슨 일이 일어나고 있는지 이해하는 데 그리 오랜 시간이 걸리지 않았다. 아까보다 더 심한 기침 발작이 그를 뒤

흔들며 나가떨어지게 했다.

톰마소는 기침이 멈추자 일어나 화장실로 달려갔다. 그는 집에 혼자 있었다. 식구들 모두 일터에 있었기 때문에 그 시간에는 아무도 없었다. 그는 걸으면서도 자신이 서 있는 게 기적이라고 생각했다. 하지만 거울을 보러 간신히 화장실까지는 갈 수 있었다. 턱이며 목, 러닝이 온통 피로 더러워져 있었다.

"세상에, 엄마!"

놀란 톰마소가 하얗게 질린 채 소리쳤다.

톰마소는 벽에 몸을 의지한 채 비틀거리며 부엌으로 갔다. 개수대로 가서 행주를 집어 물에 적신 다음 얼굴과 러닝을 문지르기 시작했다. 얼룩이 질 때까지 문지르고 또 문질렀다. 하지만 그때 또다시 기침 발작이 일어났다. 목구멍 안에 뜨거운 철이 있는 것처럼 간질간질해서 서 있을 수가 없었다. 기침 발작이 돌풍처럼 그를 흔들어 놓았다. 그는 기침이 멈추기를 기다렸다가 다시 피 얼룩을 닦았다.

기진맥진해진 톰마소는 잠시 개수대 옆에 서서 수도꼭지를 틀어 놓고 접시에 튄 피를 씻어 냈다. 다시 기침이 났다. 그는 천천히 행주를 짜서 깨끗한 물에 적신 다음 자신의 방으로 가 침대에 몸을 던졌다.

톰마소는 천 의자 위에 젖은 행주를 놓은 다음 얼굴을 위로 향한 채 다리를 뻗고 한참을 가만히 누워 있었다. 너무 비통해서 생각을 할 수가 없었다. 혼자 누워 식구 중 누군가나 어머니가 돌아와 자신을 도와주기를 간절히 기다렸다. 하지만 환상은 품지 않았다. 그는 지금 자신에게 무슨 일이 일어나고 있는지 잘 알았다.

'난 죽어 가고 있어!'

톰마소는 손가락 하나 까딱하지 못한 채 한 시간 동안 꼼짝하지 않고 누워 있었다. 마침내 문 열리는 소리가 들리고 어머니가 들어왔다.

"엄마, 나 아파, 의사 좀 불러 줘."

"오, 하느님!"

톰마소의 모습을 본 어머니는 아들이 진짜 아프다는 걸 알고 소리쳤다. 그녀는 눈물이 터질 것처럼 입을 덜덜 떨며 말 한마디 하지 못하고 잠시 아들을 쳐다보았다.

"어서, 의사를 불러 줘, 젠장!"

톰마소가 소리쳤다. 어머니는 "그래, 그래, 진정하렴!"이라고 말하며 얼굴을 두 손으로 가린 채 몸을 돌려 뛰어나갔다. 그는 또다시 거의 한 시간 동안 아까처럼 꼼짝하지 않고 누워 있었다. 한편 아버지와 형이 주린 배를 안고 일터에서 돌아왔다. 식사가 준비되어 있지 않고 톰마소가 아파 누워 있는 걸 본 그들은, 그 방에 앉아 때때로 톰마소를 들여다보며 의사가 오기를 조용히 기다렸다.

마침내 의사가 도착했다. 그는 톰마소를 진찰하고 여기저기 만져 보더니, 폐결핵을 언제 앓았는지 물었다. 톰마소의 병이 심각했기 때문에 병을 두고 농담할 상황이 전혀 아니었다. 한편 톰마소에게 또다시 심한 기침 발작이 일어났다. 그는 계속 기침을 토하며 손에 들고 있는 행주와 베갯잇을 피로 흥건히 적셨다. 어머니는 옷장으로 달려갔지만 손수건이나 수건을 찾지 못했다.

의사가 톰마소를 병원으로 데려가는 게 좋겠다고 말했다.

어머니는 무릎이 덜덜 떨렸고, 아들의 몸 위로 쓰러지며 아들을 쓰다듬었다. 톰마소는 일 년 새 벌써 세 번째 병원으로 실려 가는 셈이었다. 하지만 그녀가 할 수 있는 건 아무것도 없었다. 두 시간 후 톰마소는 종합병원 침대에 누워 있었다.

톰마소는 이틀 동안 계속 그런 상태였다. 그는 지속적으로 각혈을 하면서도 계속 희망을 품었다. 첫 번째 입원했을 때 회복했다. 두 번째도 병을 이겨 냈다. 그는 죽어서 무덤 속에 들어가게 될 거라고 자신을 설득하고 싶지 않았다. 이제 병원에 대해 조금 알 것 같았다. 병원에서 대우를 받으려면 어떤 말을 해야 하고 무엇을 해야 하는지 알았다. 톰마소는 자신에게 필요한 조치를 빠짐없이 받을 수 있도록 첫날부터 확실하게 행동했다. 그는 피를 쏟을 때 목구멍을 간질이는 것과 싸우면서 턱을 벌리고 눈을 뜬 채 누워 지냈다.

일요일에 이레네가 세티미오, 여자 친구 디아시라와 함께 문병을 왔다. 이레네는 톰마소의 가족들이 나갈 때까지 기다렸다가 침대 머리맡 탁자 위에 과일과 마르살라 백포도주 조금을 말없이 올려놓았다. 다른 두 사람도 말이 없었다.

어린아이처럼 빼빼 마른 톰마소는 이불을 덮고 창밖을 바라보고만 있었다. 그는 한마디도 하지 않았다.

이레네는 평소처럼 유순하게 슬픈 눈으로 잠시 톰마소를 바라보다가 아프리카 계집애와 소곤소곤 말을 주고받았다. 이윽고 그녀는 참을 수가 없었는지 얼굴을 감싸 안고 울기 시작했다. 병실이 아주 조용해서 우는 소리가 더 크게 들렸고, 모두들 그녀를 돌아보았다. 디아시라가 이레네를 꼭 껴안고 달래 보려 했지만 이레네는 감정을 추스를 수가 없었다. 겨우 울음을 멈춘 그녀는 이젠 어린아이처럼 눈물을 찔끔거리며 훌쩍거렸다. 하지만 그마저도 할 수 없었는지 이내 얼굴을 한 손으로 가린 채 더 절망적인 울음을 터뜨렸다. 결국 디아시라가 이레네를 데리고 나갈 수밖에 없었다.

당원들도 문병을 왔다. 그들은 톰마소가 죽는다면 그의 이름을 피에트랄라타 지부에 붙이기로 의견 일치를 봤다. 지금 이렇게 값비싼 대가를 치르고 있는 톰마소의 용감한 행동에 대한 보상이었다. 행색이 초라하고 빼빼 야윈 렐로도 찾아왔고, 염색 머리에 피둥피둥한 얼굴이 방금 나무에서 딴 사과처럼 싱싱해 보이는 추카보도 찾아왔다.

톰마소는 마을 소식도 들을 수 있었다. 장관이 찾아와서 마을 전체를 뒤덮은 진흙 더미를 보고 노상 하는 약속을 남발하고 갔다는 것이다. 한편 집을 잃은 사람들은 이미 수재민들이 있는 몇몇 수도회, 몇몇 학교에 분산 수용됐다고 했다.

늙은 당원들이 인사하고 나간 다음에도 렐로와 추카보는 떠날 생각을 않고 잠시 더 남아 있었다. 마침내 추카보가 주머니에서 배 몇 개와 바나나 두 개를 꺼냈다. 그들은 너무 어색해서 무슨 말을 해야 할지 몰랐다.

"과일 가져온 거야?"

톰마소가 물었다.

"뭐하러? 조화나 가져오지!"

"그만해, 푸치!"

배와 바나나를 침대에 올려놓으며 추카보가 말했다. 그도 울음을 터뜨렸다.

"자식…… 울긴, 여기서 울어야 하는 사람이 있다면 바로 나야! 안 그래? 너희가 죽냐?"

얼굴이 햇볕에 타서 까무잡잡하고 배를 곯아서 말라 비틀어진 렐로는 추카보와 함께 눈물을 글썽이며 꼼짝하지 않고 병실에 남아 있었다.

"어서 가! 내 옆에 있지 말고 나가서 맘껏 즐겨, 오늘은 일요일이잖아!"

톰마소는 반대편으로 얼굴을 돌리고 더는 말하지 않았다.

톰마소는 죽는다면 자신의 집 침대에서 죽어야 한다고 고집을 피웠다. 병원에서도 이젠 그를 데려가도 좋다고 쉽게 허락해 줬다. 화창한 날이었다. 구름 한 점 없는 하늘에서 태양이 찬란하게 빛났고, 새 주택단지 거리에서 사람들이 잡담하고 노래하는 9월 하순의 아주 달콤한 날이었다.

톰마소는 자기 침대에 눕자 몸이 한결 나아지는 듯했다. 결국 아직은 이별을 고할 때가 아니었다. 몇 시간 전부터 기침이 그친 그는, 이레네가 가져온 마르살라 백포도주를 조금 달라고 어머니에게 부탁했다. 하지만 밤이 되자 몸 상태가 점점 더 나빠졌다. 다시 피를 토했고 숨을 쉴 수 없을 정도로 기침이 났다. 잘 가, 톰마소.

작품 해설

『폭력적인 삶』(1959)은 이탈리아 작가 피에르 파올로 파솔리니의 두 번째 소설이다. 파솔리니는 이탈리아 현대문학의 대표적인 시인이자 소설가, 비평가이면서 영화감독이었다. 그는 고전주의 성격이 강한 이탈리아 엘리트 문학에 반발하며, 역사를 의식하고 민중에게 다가가는 새롭고 진보한 문학이 나와야 한다고 주장했다. 이를 위해 그는 스캔들을 끊임없이 일으키면서 지배 담론의 억압성을 드러냈다. 다양성과 개성을 존중하는 것 같으면서도 체제에 위협이 되는 이질적인 요소들을 제거하고 획일화하는 거대 자본주의 사회에 줄기차게 반항했다. 자본주의 사회의 어두운 뒷골목을 적나라하게 드러낸 첫 번째 소설 『거리의 아이들』은 이탈리아 사회에 커다란 충격을 안겨 주며 호평과 악평을 함께 받았고 파솔리니는 재판에까지 회부됐다. 두 번째 소설 『폭력적인 삶』 역시 많은 논란을 불러일으켰고 파솔리니는 또다시 스캔들의 중심에 섰다. 그의 소설들이 이탈리아 사회에 큰 파장을 일으킨 것은 숨기고 싶은 어두운 사회 모습과 폭력, 동성애, 절도 등 그동안 소설들이 감히 드러내지 못했던 치부를 도덕적 평가 없이 그대로 드러냈기 때문이다.

파솔리니의 소설들이 로마를 배경으로 탄생하게 된 것은 그가 동성애 스캔들로 공산당에서 축출당하고 프리울리를 떠나 1949년 로마로 이주한 전기적 사건 때문이다. 그는 로마 변두리 빈민촌에서 교사 생활을 하면서 로마 하층계급의 삶을 알았고, 이를 소설로 기록했다. 그는 '개인은 타인의 삶과 역사에서 결코 자유롭지 않고, 자기를 지키려는 순수함은 불순함과 같다.'라는 자기반성을 하며 자신이 속한 계급이 아닌 타인, 역사를 이루는 민중의 삶을 이해하고자 했다. 파솔리니는 「그람시의 유해」라는 시에서 우리네 세상과 사람들을 이해한다는 것은 그들의 '악까지도 이해'하는 것이고, '그들을 표현하는 것은 그 악까지도 표현하는 것'이라고 했다. 그리고 '지옥을 이해하고자 하는 굳은 의지로 그곳에 남아 있어야 구원을 찾는 것'이라고 믿었다. 『폭력적인 삶』은 파솔리니가 지옥을 방불케 하는 로마 빈민촌에 남아 그들의 악까지 이해하고 표현하고자 했던 의지의 산물이다.

이 작품은 톰마소 푸칠리의 성장소설이다. 소설은 열세 살 소년에서 스무 살 청년으로 일찍 생을 마감하기까지 약 팔 년에 걸친 톰마소의 짧고 폭력적인 삶을 이야기한다. 소설의 전반부에서는 주로 빈민촌 아이들의 폭력적인 일상을 다룬 일화들을 나열했다. 톰마소는 로마 변두리 빈민촌 피콜라상하이에 사는 소년이다. 이탈리아 빈민촌은 파시스트가 재개발한 결과 생겨났다. 시내 고적지에 살던 하층민들이 로마 교외로 강제 이주당했고, 전쟁 후 여기에 피란민들이 가세하면서 자연스레 빈민촌은 범죄의 온상으로 변해 갔다. 1950년대는 2차 세계대전의 아픔과 폐허를 딛고 일어나 놀라운 경제성장을 이룩해 가던 시기였다. 그러나 로마 빈민촌 사람들은 경제성장에서 소외된 채 발전의 그늘에서 신음하고 있었다. 파솔리니가 보기에 그런 로마는 고대와 현대, 발전과 퇴보, 부와 가난이 공존하는 모순된 공간이었다. 로마는 화려하고 휘황찬란한 모습 뒤에 무허가 빈민촌, 도랑물과 쓰레기, 굶주린 사람들, 돈 몇 푼에 몸을 파는 창녀들을 숨기고 있었다.

톰마소를 비롯한 빈민촌 아이들은 어렸을 때부터 보고 배운 악행과 악습을 되풀이하며 남의 것을 훔쳐서 번 돈 몇 푼으로 주린 배와 당장의 욕구를 채우며 살아간다. 사제관 닭을 훔치고, 주유소를 습격하고, 돈을 마련하기 위해 동성애자에게 자기 몸까지 팔고, 창녀의 돈을 훔친다. 파솔리니는 그런 빈민촌 아이들을 비난하지 않는다. 창녀인 어머니에게 돈을 갈취해 살고 있는 카고네에 대해 "사실 그가 저지른 몰염치한 행동은 빵을 얻기 위해서가 아니었고, 단지 몸에 밴 나쁜 습관 때문이었다."라고 얘기한다. 파솔리니가 보기에 악행에 젖어 있는 빈민촌 아이들은 자연의 생명력을 간직한 순수한 실존이며 민중의 형상이다. 빈민촌 아이들이 갖고 있는 쾌활함과 무례함, 동물적인 충동, 순수함과 폭력성은 민중의 특성이자 자연의 두 얼굴이다. 아이들의 야만적인 생명력은 순수와 폭력, 선과 악의 양면을 지니고 있다. 하지만 진보와 발전을 표방하는 로마에서 돈과 성을 좇아 움직이는 동안 점차 순수와 선은 사라지고 폭력과 악만이 확대재생산된다.

주인공 톰마소와 친구들은 그저 자신들의 본능적 욕구인 배고픔과 성욕을 해소하기 위해 아무 생각 없이 도둑질을 하고 폭력을 저지른다. 소설에서 성행위는 아름다운 사랑의 행위가 아닌 단순한 욕정, 동물적 생명력의 분출일 뿐이다. 성행위에 정신적인 깊이가 없으면 동물적인 차원에 머무르게 된다. 빈민촌 아이들 역시 대부분 정신적인 깊이가 없으며 충동적이고 본능적이다. 성행위를 거칠게 묘사하는 것은 파솔리니 소설에서 나타나는 전반적인 특징이다. 임신한 창녀가 똥이 쌓여 있는 지저분한 동굴에서 선원과 성행위하는 장면, 동성애자 선생님에 대한 아이들의 호기심 어린 관심, 아이들이 돈 몇 푼 벌기 위해 아무 생각 없이 동성애자를 찾아 나서는 장면은 빈민촌 아이들의 성의식뿐 아니라 작가의 인식도 보여 준다.

파솔리니는 폭력과 절도를 일삼는 아이들에게 어떤 도덕적 잣대도 들이대지 않은 채 사실만을 기록한다. 그는 아이들 속에 내재된 선한 모습은 사라지고 비참한 현실 속에서 점차 폭력과 악으로 얼룩지는 과정을 보여 줌으로써 그것에 책임이 있는 사회와 정부를 자연스레 비난하고자 했다. 그는 민중의 유쾌한 천성을 사랑했다. 그래서 민중의 고유한 특성이 거짓된 부르주아 이데올로기에 물들지 않기를 바랐고, 그것을 파괴하는 자본주의의 발전을 거부했다.

빈민촌 아이들과 부자 아빠를 둔 아이들 사이의 계급 차이는 소설의 중요한 모티프 중 하나다. 파솔리니는 그들의 계급 차이를 부촌과 빈민촌의 풍경에서뿐만 아니라 아니에네 강변 빈민촌의 배고픈 아이들과 몬테사크로 혹은 바테리아노멘타나의 고층 아파트에 사는 부유한 아이들의 차이를 통해서도 드러낸다. 톰마소는 계급 차이를 인식하고 있다. 톰마소는 도시 빈민 계급에 속해 있으면서도 상류층과 우정을 맺고 부잣집 아이들을 부러워하며 그들 계급으로 신분 상승하기를 선망한다. "이 녀석들과 어울리면 뭔가 이득이 있을 거야. 명성도 얻을지 몰라! 이 녀석들과 커피 마시러 가거나 영화관에 가는 게 낫겠어, 아니면 저 자식들과 같이 가는 게 낫겠어? 이 녀석들 중에서 제일 변변치 못하다는 자식도 최소한 의사나 변호사, 기술자를 아버지로 뒀어. 그들은 두려울 게 없는 사람들이지!" 두려울 게 없는 사람들……. 톰마소는 가난의 공포를 뼈저리게 느꼈으며 다른 빈민촌 아이들과 달리 가난에서 벗어날 수 있기를 소망했다.

폭력적인 삶을 살던 톰마소는 청순한 이레네를 만나면서 변화를 보인다. 이레네와의 만남은 결혼하고 안정된 직업을 찾으려는 톰마소의 야심, 정상적인 생활을 하고 싶은 욕망을 자극한다. 이레네와 데이트하기 위해 친구들이 있는 바를 나서며 톰마소는 '도둑 기질이 다분해서 도둑질을 하거나 사기를 치지 않으면 종일 할 일이 없는 추카보나 침미오 같은 희망 없는 놈팡이들과 자신은 다르다.'라고 생각한다. 톰마소는 희망 없이 하루하루를 폭력적인 삶으로 살아가는 다른 빈민촌 아이들과 자신은 다르다고 생각한다. 그에겐 삶의 희망이 있었던 것이다.

이레네를 모욕한 우편배달부를 시비 끝에 칼로 찔러 이 년간 감옥에 갔다 오면서 톰마소의 삶은 커다란 변화를 겪는다. 톰마소가 감옥에 간 사이 쌍둥이 동생들은 죽고, 가족은 시청 청소부였던 아버지 덕분에 운 좋게 재개발 아파트촌 이나카세에 작은 아파트 한 채를 얻는다. 감옥에서 나온 스무 살 톰마소는 그 변화를 실감한다. "톰마소는 눈물이 날 정도로 감동해서 목이 메었다. 그는 지금의 감정을 드러내지 않기 위해 일부러 인상을 약간 쓰면서 아파트 안으로 들어갔다. 톰마소가 기억하는 어린 시절부터 줄곧 그는 쓰레기와 진창과 배설물들이 주변에 널려 있고 양철과 방수포로 지붕을 덮은 판잣집에 살았다. 그런데 드디어 지금 벽이 아름답게 칠해져 있고 계단에는 완벽하게 마무리된 난간이 쳐져 있는 호화롭기까지 한 건물에 살게 된 것이다." 톰마소는 "이나카세에 두 부류가 산다는 것을 알았다. 한 부류는 공무원, 철도청 직원, 전차 기사로 그들의 회사를 통해 집을 분양받은 사람들이었다. 그들 중에는 회계사, 측량 기사 등등 상위 계층도 있었다. 다른 부류는 판잣집들이나 작은 집들에서 살다가 어쩌다 시에서 집을 분양받은 사람들로 지지리 가난하고 거친 삶을 살아온 사람들이었다." 계급 차이를 인식하면서도 톰마소는 자신이 이젠 미래 없는 빈민촌 아이가 아니라 어엿한 중산층 시민이 된 것같이 우쭐댄다. 부자들의 정당인 기독교 민주당에 등록하고, 이레네와의 미래를 꿈꾸며 노동시장에서 정정당당히 돈을 벌어살아갈 결심까지 한다. 그는 이레네 앞에서 "나는 변하고 싶어. 더는 예전의 톰마소처럼 살고 싶지 않아." 하고 말한다.

하지만 톰마소는 징병검사를 받다가 폐결핵 판정을 받고 포를라니니 병원에 입원하게 된다. 그 병원에서 톰마소는 정치의식의 변화를 겪고 '낫과 망치가 그려진 새 붉은 깃발'을 발견하면서 정신적으로 성숙한다. 입원한 지 두 달 뒤 그는 우연히 병원장의 횡포에 맞서 일어난 간호사들의 파업과 처우 개선을 요구하는 환자들의 농성에 참여하고, 주동자 굴리엘미의 피신

생활과 탈출을 돕는다. 주변을 둘러보지 않은 채 아무 근심 없이 자신들이 가야 할 곳을 향해 앞만 보고 걸어가는 활기찬 굴미엘미와 동무들을 철조망 너머로 바라보면서 톰마소는 자신의 내면에서 어떤 가능성을 발견한다. 그러면서 "아아아, 나는 부자였어, 왜 그걸 몰랐을까!" 하고 한숨 쉬며 말한다. 계급 차이를 인식하며 상류계급을 부러워하고 그 속에 편입되기를 희망했던 톰마소는, 이제 자신이 속한 계급을 부정하는 게 아니라 자신이 가진 것을 이해하고 자신이 속한 계급 사람들을 위해 할 수 있는 것을 찾는다.

뭔가 자신이 대단한 일을 한 것 같은 성취감과 어떤 책임감을 갖게 된 톰마소는 퇴원 후 공산당원이었던 굴리엘미를 좇아 공산당에 등록한다. "주머니에 당증을 넣고 붉은 깃발을 위해 투쟁할 준비를 했다." 하지만 파솔리니는 톰마소가 우연히 알게 된 공산당 간부들의 비리를 이용해 당증을 얻는 과정을 설명한다. 파솔리니는 민중의 삶을 진정 이해하지 못하는 사람, 자신의 목적을 위해 민중의 아픔을 이용하는 사람, 민중에 대한 단순한 동정 등의 허위의식, 공산당의 지나치게 낙관적인 전망, 공산당 지도층의 관료적인 태도 등을 비판해 왔다. 그는 68운동을 주도했던 학생들보다는 그들의 저항을 막아 냈던 전경들을 옹호했다. 학생들은 대부분 부르주아계급에 속하지만, 전경들은 배고프고 못 배운 프롤레타리아계급 청년들이었기 때문이다.

톰마소는 공산당에 가입하고 과일 가게에서 일하며 새로운 삶을 꿈꾸지만 예전 악습을 떨쳐 내지 못한다. 그는 이레네와의 데이트 자금을 마련하기 위해 영화관에 들어가 동성애자를 협박해 돈을 갈취한다. 그러던 어느 일요일 그가 새로 장만한 할부 양복을 갖춰 입고 데이트를 나가려 했던 날, 간밤에 내린 비로 예전에 살던 피콜라상하이 빈민촌이 물에 잠긴다. 공산당원 자원봉사자의 도와 달라는 부탁을 받고 그는 기꺼이 봉사에 나선다. 그런 톰마소를 보고 다른 친구들은 수재민들의 성인이라며 경찰이 용감한 시민상을 줄 거라고 놀린다. 이웃 빈민촌 사람들의 절망 앞에 다른 친구들은 무관심했지만 그는 자신의 건강에 치명적인 위협이 되는 걸 알면서도 도움의 손길을 주러 용감히 나선다. 그는 위험을 무릅쓰고 홍수 때문에 격리된 늙은 여인을 구한다. 그는 공산당 지부에 마련된 수재민 수용소의 절망적인 상황 속에서도 희망의 빛을 본다. "별다른 일은 일어나지 않았다. 마을이 물에 잠겼고, 평생 그보다 더 나쁜 일도 겪었던 사람들이 사는 오막살이들이 부서졌을 뿐이다. 하지만 모두들 울고 있었고, 희망을 잃은 채 처참하게 학살당한 기분이었다. 흙탕물로 더러워진 그 붉은 천 조각, 톰마소가 수재민들이 우글거리는 사무실 한구석에 다시 갖다 놓은 그 붉은 깃발에서만 여전히 희망의 빛이 반짝이는 듯했다."

그 사건을 통해 톰마소에게 중요한 정신적 성숙이 일어난다. 그동안 그는 부르주아계급 아이들을 부러워하며 그 계급에 속하기를 소망해 왔다. 그런데 이제 자신이 프롤레타리아계급에 속한다는 것을 인식하고, 자신을 희생하면서까지 자기 계급 사람들을 구했다. 중요한 것은 그 정치적 인식과 이데올로기적 성숙이 학습이나 투쟁, 공산주의 사상을 통해 얻어진 의식적인 것이 아니라, 일련의 사건이 톰마소 내면의 순수함과 선을 자극해 일어난 자발적이고 무의식적인 것이라는 점이다. 톰마소는 내면에 감춰진 자기 긍정과 이웃에 대한 사랑과 희생정신을 발견했다. 파솔리니는 민중은 자신이 보여 주는 역사를 의식적으로 인식하지 못하며, 그들의 의식을 통해서가 아닌 무의식적인 단순성을 통해서 역사를 쇄신한다고 생각했다. 파솔리니는 민중의 투쟁 정신이 아닌 유쾌한 천성과 원초적인 생명력을 사랑했으며, 민중의 원초적인 생명력과 지식인의 지적인 힘이 맞물려 새로운 사회와 역사가 탄생하기를 원했다.

홍수 사건의 후유증으로 톰마소는 다시 각혈과 기침을 하고 병원에 입원한다. 죽음을 직감한 그는 집에서 임종을 맞기를 원한다. 파솔리니는 톰마소의 죽음을 짧지만 아주 인상적으로 그리고 있다. "밤이 되자 몸 상태가 점점 더 나빠졌다. 다시 피를 토했고 숨을 쉴 수 없을 정도로 기침이 났다. 잘 가, 톰마소." 톰마소는 부르주아계급이 아닌 자신이 속한 프롤레타리아계급에서 희망을 찾았고, 그들을 위해 자신을 희생하는 영웅적인 죽음을 맞았다. 파솔리니는 가난이 인물에게 서사적 분위기를 만들어 준다고 말했다. "가난은 그 내적 특성상 서사적이다. 비참하고 가난한 사람, 하층 무산계급의 심리 안에 들어 있는 요소는 의식이 없기 때문에 어쩌면 늘 순수하고 그래서 본질적이다." 그 분위기에 영웅적인 죽음이 덧씌워지며 톰마소가 가진 인간 본연의 성스러움이 빛을 발한다.

하지만 톰마소 외에 다른 친구들은 비참한 죽음을 맞이하거나 비참한 상황에서 허우적거릴 뿐 어떤 발전적 전망도 찾아내지 못한다. 창녀인 어머니의 돈을 빼앗아 살아가던 카고네는 어머니가 포주에 의해 죽임을 당하자 질병과 배고픔에 시달리다 목매 자살하고, 미치광이는 경찰을 피해 도망가다 차

사고로 죽는다. 렐로는 전차에 치여 다리를 잃고 구걸하며 살아가고, 다른 빈민촌 친구들도 좀도둑질로 연명하며 바에서 빈둥거리기나 한다. 파솔리니는 그들의 모습에서 아무런 인생의 목적 없이 하루하루를 보내는 게으름, 잔인하고 무기력한 냉소, 패배감에 젖은 강박적 불안을 보여 준다.

파솔리니의 소설들 속 빈민촌 아이들은 거의 대부분 죽음을 맞는다. 그들이 비참한 삶에서 빠져나올 수 있는 방법은 죽음밖에 없다. 첫 번째 소설 『거리의 아이들』은 그 생각을 극단적으로 보여 준다. 하지만 두 번째 소설 『폭력적인 삶』에서 파솔리니는 톰마소의 영웅적 행위를 통해 하층민이 비참한 삶에서 빠져나올 수 있는 전망을 제시하고자 한다. 파솔리니는 민중의 젊은이들이 부르주아화되는 것을 바라지 않았다. 그들이 고유의 천성, 유쾌하고 원초적인 생명력을 잃지 않고 발전해 나갈 수 있는 방법을 찾길 바랐다. 그러나 파솔리니의 희망과 기대는 무너지고 만다. 이 소설 이후 파솔리니는 민중의 혁명적인 힘이 소실되고 자본주의 체제에 흡수되는 것을 보면서 절망했다.

파솔리니는 소설에서 인물의 외모와 성격, 특성을 자세히 설명하는 것이 아니라, 등장인물이 쓰는 말씨, 방언과 은어 등을 모방하며 인물의 성격을 창조해 낸다. 파솔리니에 의하면 소설은 순수한 재현이고, 이데올로기나 사회학적 의미는 가장 직접적인 물리성에서 매개되어 나와야 한다. 직접적인 물리성이란 인물의 행위와 그 배경이 되는 거친 환경을 온전히 모방하는 것, 사물들이 직접 말하는 것이다. 사물들로 하여금 말하게 하기 위해서는 퇴행 작업, 즉 모방 작업이 필요하다. 인물들은 작가와는 다른 언어를 사용하며 심리적, 문화적으로 다른 자신들의 세계를 표현하기 때문이다. 모방 작업은 문체 연구를 요구하는 작업이고 화자의 언어와 인물의 언어, 표준어와 방언 같은 언어의 혼용이 필요하다. 예를 들어 선택한 인물이 민중이라면 소설가는 전체적으로 혹은 부분적으로 방언을 사용해야 하고, 선택한 인물이 부르주아라면 소설가는 표준어를 사용해야 한다는 것이다. 그러므로 작가가 자신과는 다른 사회 조건의 인물들을 표현하고자 할 때 인물의 구어를 완벽하게 되살려 내면서 그들의 현실을 모방해야 한다. 작가가 인물의 정신으로 들어가 작가의 입장에서 인물의 심리뿐 아니라 언어까지 모방함으로써 작가와는 다른 세계의 환경을 객관적으로 서술해 내는 것, 파솔리니는 이것을 진정한 자유 간접화법이라고 이해했다.

소설에서는 등장인물들이 모두 로마 빈민촌 아이들이기 때문에 인물들의 대화를 모두 로마 방언과 은어로 처리해 그대로 모방했다. 파솔리니에게 방언은 민중의 오랜 경험이 녹아 있는 언어, 자연의 본성과 생물학적 특성이 담겨 있는 구어, 실제 사물과 사건으로부터 촉발된 조건반사의 언어였으며, 코드화된 언어가 아니라 인간의 몸이 실제 사물과 접촉해 얻은 사유 이전의 언어였다. 파솔리니는 민중의 삶이 층층이 쌓여 어떤 초역사적인 것을 보존한 소수의 언어에서 자본주의 이데올로기를 탈신비화할 수 있는 혁명적인 힘을 보았다. 파솔리니는 소설가가 소수 영역에 남아 있는 비공식적인 언어를 연구하고 글쓰기를 통해 그 언어를 재생해 냄으로써, 부르주아 지식인들이 고상한 단일 언어로 숨기고자 했던 사회 계급 사이의 불평등과 불일치, 역사적 모순을 드러내야 한다고 생각했다. 파솔리니에게 방언은 매스미디어와 교육을 통해 언어를 표준화하는 자본주의 부르주아 언어에 대항하는 수단이었다. 차이를 인정하지 않고 소수의 언어를 학살하면서 획일화하는 권력의 지배 담론, 자본주의의 거대 서사에 대한 도전이었던 것이다.

파솔리니의 창작 목표는 현실에 대한 사랑으로 현실을 재현하는 것이었다. 그는 소설을 서술할 때 방언과 은어 등 구어를 그대로 모방한 후 작가의 고급스러운 문학 언어를 혼합했다. 그런 글쓰기를 통해 이성과 합리성, 발전과 진보라는 이름 아래 소외되고 억압받아 왔던 것들의 성스러움, 민중의 거친 생명력 속에 숨어 있는 성스러움을 드러내고자 했다. 파솔리니는 거대 자본주의 사회가 차이를 인정하지 않고 특수한 문화를 학살하면서 획일화하는 것을 '끔찍한 질서'라고 말했다. 그는 획일화 속에 숨겨진 불평등과 문화를 드러낼 수 있는 새로운 글쓰기 기법으로 자본주의의 거대 서사에 저항하려 했다. 파솔리니는 톰마소의 죽음을 통해 민중의 거친 생명력 속에 숨어 있는 성스러움을 보여 주려 했다. 종교나 제도가 만들어 낸 것이 아닌 인간 본연의 성스러움, 그것을 지켜 내는 것이 파솔리니의 희망이었고 우리가 찾아야 하는 것이 아닐까 한다.

2010년 7월
이승수

작가 연보

1922년   3월 5일 볼로냐에서 직업 장교였던 카를로 알베르토와 초등학교 선생님이었던 카사르사 출신 수산나 콜루시 사이에서 출생. 이후 가족은 아버지 직업 때문에 파르마, 벨루노, 코네리아노, 사칠레, 크레모나 등으로 이사 다님. 프리울리 지방 카사르사에서 계속 여름휴가를 보냄. 레지오에밀리아에서 중학교, 볼로냐에서 고등학교와 대학교를 다님.

1925년   동생 귀도가 벨루노에서 태어남. 파솔리니는 귀도에게 처음으로 동성애를 느낌.

1937년   볼로냐 갈바니 고등학교를 졸업하고 랭보의 시를 처음 접함.

1940년   볼로냐 대학교에서 로베르토 론기의 예술사 수업을 열심히 수강. 에르메티즈모 시인들의 작품을 읽고 프로이트의 작품을 접함. 대학교 영화 동아리에서 고전 작가들의 영화를 접함. 카사르사에서 여름을 보내며 농촌 세계를 탐색.

1942년 파스콜리에 대한 논문으로 대학을 졸업하고 볼로냐에서 시집 『카사르사의 노래』를 발간.

1943년 피사에서 군대에 징집됨. 일주일 만에 리보르노에서 독일군에게 체포당했다가 도망쳐 어머니와 남동생이 피란 가 있던 카사르사로 감. 친구 몇 명과 함께 사설 학교를 엶. 프리울리 방언과 이탈리아어로 시를 쓰기 시작함. 많은 그림도 그림.

1944년 파솔리니의 논문이 실린 『스트롤리구트 디 카 데 라가』가 나옴. 레지스탕스로 활동했던 동생 귀도가 죽음.

1945년 파솔리니와 카사르사 친구들이 《아카데미우타 디 렌가 프를라나》를 창간. 『포에지에』 발간. 《아카데미우타》에 「일기」라는 제목으로 시들을 실었는데 나중에 시집 『가톨릭 성당의 나이팅게일』에 포함됨.

1946년 《아카데미우타》에서 잡지 《소설 노트》를 발간하기 시작.

1947년 《소설 노트》에 실린 프리울리 자치권 논쟁에 참여. 공산당에 입당.

1948년 빌바소네 중학교에서 이탈리아어를 가르침. 농민 투쟁을 목격. 『아마도 미오』를 씀.

1949년 시집 『가톨릭 성당의 나이팅게일』 마지막 부분인 「마르크스의 발견」을 쓰고 《아카데미우타》에 프리울리 시로 「내 조국은 어디에 있나」를 실음. 미성년

자를 타락시키고 공공장소에서 음란한 행위를 했다는 죄로 경찰에 고소당해 교사직을 잃고 공산당에서 축출당한 뒤 어머니와 함께 로마로 이주.

1950년　로마 코스타구티 광장에 월세방을 얻어 삶. 어머니는 가정부 일을 해야 했고, 파솔리니는 실업 상태에서 신문 잡지 일을 하여 돈을 벎. 『거리의 아이들』 집필 시작. 산드로 펜나와 조르조 카프로니를 알게 됨. 로마 빈민촌 세계를 돌아다니며 그들의 삶을 탐색하고 이해하고 사랑하게 됨.

1953년　『아름다운 청춘』의 마지막 부분을 씀.

1954년　바사니와 공동으로 마리오 솔라티 감독, 소피아 로렌 주연 「강의 여인」 시나리오를 씀. 1951년부터 살았던 맘몰로 다리의 집에서 몬테베르데누오보 지역으로 이사. 『아름다운 청춘』, 『일기에서』, 「민중시」를 출간.

1955년　『거리의 아이들』이 나옴. 소설은 큰 파장을 일으켰고, 파솔리니는 음란죄로 기소됨. 로베르시와 레오네티와 함께 잡지 《작업실》을 창간. 바사니와 공동으로 「산중 죄수」 시나리오를 씀. 모라비아를 만나고 잡지 《새로운 주제들》을 공동 기획함. 시 「프리울리 그림들」을 씀.

1956년　『거리의 아이들』 재판이 벌어짐. 카를로 보, 피에트로 비안키, 주세페 웅가레티의 호의적인 증언 덕분에 구속을 면하고 압수가 풀림. 시 「낭독」, 「굴착기의 눈물」, 「노동의 땅」을 씀.

1957년	시집 『우리 시대의 종교』를 집필. 『그람시의 유해』가 나옴. 「카비리아의 밤」 시나리오 작업에 참여.
1959년	두 번째 소설 『폭력적인 삶』 출간. 크로토네 상을 받음. 교황 피오 12세에 반대하는 파솔리니의 풍자시 때문에 봄피아니 출판사와 충돌하면서 《작업실》 출간 중지.
1960년	비평집 『열정과 이데올로기』와 시선집 『이탈리아 민중시』 출간. 영화 「아름다운 안토니오」, 「1943년의 긴 밤」, 「바보같은 하루」에 참여. 리차니의 「꼽추」에 배우로 출연.
1961년	영화 「아카토네」를 찍음. 『우리 시대의 종교』 출간. 『장미 모양의 시』에 실릴 시들을 씀. 모라비아 모란테와 함께 제3세계, 인도, 아프리카를 여행.
1962년	그리스, 이집트, 수단, 케냐를 여행. 안나 마냐니와 함께 「맘마 로마」를 찍음.
1963년	영화 「백색 치즈」가 나옴. 영화는 종교 모독죄로 기소됨. 파솔리니는 재판을 받고 징역 4개월을 언도받지만 일 년 후 로마 상급 법원에서 풀려남.
1964년	『장미 모양의 시』가 가르잔티 출판사에서 나옴. 25회 베네치아 영화제에서 「마태복음」이 심사위원 특별상을 받음. 11월에는 영화가 파리에서 상영됨. 노트르담 사원에서 개최된 공개 토론에 참석. 파리에서 사르트르 등 대표적인 프랑스 예술가들을 만남.
1965년	1회 페사로 국제영화제에 참가하여 보고서 「시적 영화」를 발표. 이곳에서 롤랑 바르트를 만남. 니네

토 다볼리, 토토와 함께 영화 「매와 참새」를 찍음.

1966년 영화 「매와 참새」가 칸 영화제에서 성공을 거둠. 미국에 처음 감. 미국에서 앨런 긴즈버그를 만남. 모라비아와 함께 잡지 《새로운 주제들》을 주관. 영화 「오이디푸스 왕」 촬영지 섭외를 위해 모로코를 여행.

1967년 영화 「오이디푸스 왕」을 찍음. 잡지 《새로운 주제들》에 첫 번째 희극 「필라데」가 실림.

1968년 영화 「테오레마」가 나오고 동명 소설이 가르잔티 출판사에서 발간. 영화가 음란죄로 기소되어 감독과 제작자가 구속되었다 풀려남. 《새로운 주제들》에 「새로운 연극을 위한 성명서」를 실음.

1969년 마리아 칼라스와 함께 「메데아」, 「돼지우리」를 촬영. 세르지오 치티의 첫 영화 「오스티아」의 시나리오 집필.

1970년 마리아 칼라스, 모라비아, 다치아 마라이니와 함께 아프리카를 여행. 칼라스와 함께 아르헨티나 마르데 플라타 영화제에 참석. 마지막 소설 『석유』를 집필. 영화 「데카메론」을 촬영.

1971년 시집 『초인되기와 조직하기』가 가르잔티 출판사에서 나옴. 니네토 다볼리가 여자 친구와의 결혼 소식을 전하자 절망함. 베를린 영화제에 출품된 「데카메론」이 은곰상을 수상. 영화의 음란성을 놓고 많은 비판이 쏟아짐.

1972년 언어, 문학, 영화에 대한 비평집 『이단적 경험』이 가르잔티 출판사에서 나옴. 베를린 영화제에서 영화

「캔터베리 이야기」가 황금곰상을 수상. 다치아 마라이니와 영화 「천일야화」의 시나리오 작업을 함께 함.

1973년 《코리에레 델라 세라》에 글을 싣기 시작함. 예멘, 아프가니스탄, 네팔 등을 돌아다니며 영화 「천일야화」를 찍음.

1974년 니네토 다볼리가 결혼함. 영화 「천일야화」가 칸 영화제에서 심사위원 특별상을 수상. 영화는 음란죄로 기소됨. 일간지 《코리에레 델라 세라》에 소비주의 사회와 이탈리아의 획일화에 대항한 문화 정치적 논쟁의 글을 계속 실음.

1975년 에이나우디 출판사에서 『잔인한 아버지』, 『신성한 미메시스』, 『아름다운 청춘』을 개작한 『새로운 청춘』이, 가르잔티 출판사에서 『해적의 기록』이 나옴. 마지막 영화 「살로, 소돔의 120일」을 찍음. 11월 1일과 2일 밤 사이 오스티아 인근 리도에서 살해당했으나 살해 이유는 명확히 밝혀지지 않음.

세계문학전집 **253**

폭력적인 삶

1판 1쇄 펴냄   2010년 7월 23일
1판 12쇄 펴냄   2023년 6월 12일

지은이   피에르 파올로 파솔리니
옮긴이   이승수
발행인   박근섭, 박상준
펴낸곳   (주)민음사

출판등록   1966. 5. 19. (제 16-490호)
서울특별시 강남구 도산대로1길 62(신사동) 강남출판문화센터 5층 (우편번호 06027)
대표전화 02-515-2000   팩시밀리 02-515-2007
www.minumsa.com

한국어 판 ⓒ (주)민음사, 2010. Printed in Seoul, Korea

ISBN 978-89-374-6253-5 04800
ISBN 978-89-374-6000-5 (세트)

* 잘못 만들어진 책은 구입처에서 교환해 드립니다.

본 책은 이탈리아 외무부에서 수여한 후원금으로 번역되었습니다.
Questo libro è stato tradotto grazie ad un contributo alla traduzione
assegnato dal Ministero degli Affari Esteri italiano.

세계문학전집 목록

세계문학전집은 계속 간행됩니다.